AF273319

ANDREA D. MORALES nació en Sevilla en 1995 y allí estudió Historia. Se especializó en la Edad Media y, en concreto, en Historia de género en al-Ándalus. En la actualidad es profesora de Documentación histórica en la academia Literatura juvenil para escritores. Entre sus obras ya publicadas se encuentran *Las brujas de Tintagel* y *Bajo la luz del faro*. Luego, con *La última sultana* y *La dama de la judería*, se consagró como una de las voces más prometedoras del género histórico en España. También ha escrito el libro de no ficción *Divinas*. *La biblioteca de Córdoba* (Ediciones B, 2025) es su obra más ambiciosa. En ella recupera la figura de la poeta, calígrafa y catalogadora de libros Lubna, así como la de la biblioteca de Córdoba, una de las construcciones más importantes y, a la vez, olvidadas de la Historia.

Papel certificado por el Forest Stewardship Council®

Primera edición en B de Bolsillo: septiembre de 2025

© 2023, Andrea D. Morales
Autora representada por IMC, Agencia Literaria, S. L.
© 2023, 2025, Penguin Random House Grupo Editorial, S. A. U.
Travessera de Gràcia, 47-49. 08021 Barcelona
Diseño de la cubierta: José Luis Paniagua
Imagen de la cubierta: Composición fotográfica a partir de imágenes de
Richard Jenkins, AdobeStock, 123RTF, Shutterstock, Dreamstime y Depositphotos

Penguin Random House Grupo Editorial apoya la protección de la propiedad intelectual. La propiedad
intelectual estimula la creatividad, defiende la diversidad en el ámbito de las ideas y el conocimiento,
promueve la libre expresión y favorece una cultura viva. Gracias por comprar una edición autorizada de
este libro y por respetar las leyes de propiedad intelectual al no reproducir ni distribuir ninguna parte
de esta obra por ningún medio sin permiso. Al hacerlo está respaldando a los autores y permitiendo
que PRHGE continúe publicando libros para todos los lectores. De conformidad con lo dispuesto en el
artículo 67.3 del Real Decreto Ley 24/2021, de 2 de noviembre, PRHGE se reserva expresamente los
derechos de reproducción y de uso de esta obra y de todos sus elementos mediante medios de lectura
mecánica y otros medios adecuados a tal fin. Diríjase a CEDRO (Centro Español de Derechos
Reprográficos, http://www.cedro.org) si necesita reproducir algún fragmento de esta obra.
En caso de necesidad, contacte con: seguridadproductos@penguinrandomhouse.com

Printed in Spain – Impreso en España

ISBN: 978-84-10381-13-1
Depósito legal: B-12.085-2025

Compuesto en Comptex&Ass., S. L.
Impreso en Novoprint
Sant Andreu de la Barca (Barcelona)

BB 8 1 1 3 1

La dama de la judería

ANDREA D. MORALES

Para Alejandro,
cualquier palabra de amor
se queda pequeña a tu lado.
Te quiero

Las mujeres malas para los hombres malos, los hombres malos para las mujeres malas. Las mujeres buenas para los hombres buenos, los hombres buenos para las mujeres buenas.

Corán, 24:26

Prólogo

Las fronteras mutan, las murallas se derrumban y el recuerdo del encierro permanece en todas las generaciones dolientes. Hacía centurias la aljama sevillana había estado encajonada por unas murallas que definían su *limes*, ubicada en el sudeste de la ciudad, lindaba con el Alcázar. Los altos y gruesos muros se habían construido para engullir a todos aquellos que profesaran la fe mosaica, que no habían de mezclarse con los cristianos, como no ha de mezclarse el aceite y el agua, repeliéndose. Sin embargo, por sus muchas puertas —exteriores e interiores—, entraban y salían de ese barrio en el que los habían apartado, y se diseminaban por las calles aledañas.

Ahora, la población judía yacía entre el Alcázar viejo y el Corral de Jerez. Dentro de sus límites, tan difusos que a veces eran violados, tan marcados que había quienes no se atrevían a traspasarlos, existía una encrucijada, entre la collación de Santa Cruz y la de Santa María la Blanca, entre calle y calle, un espacio angosto y lúgubre por el que todos transitaban y nadie se detenía, lugar de paso, nunca de encuentro. Y pese a ello, cuando la noche caía con su manto oscuro, dos figuras pardas aparecían con un andar silencioso.

Finales de noviembre de 1480
Medianoche

Era una de esas noches estivales suaves y tibias, suaves eran las manos de Susona que anhelaban acariciar el rostro de Nuño, cuya tez desprendía la calidez de una primavera ya pasada y marchita. No había flores en los árboles que se desperdigaban por las plazas, verdes y frondosos sin el aromático azahar, aunque este permanecía en el ambiente preñándolo de un dulzor masticable, almíbar etéreo. Ocultos por las paredes de piedra gruesa y las tinieblas que los cubrían, sin candiles que los delatasen, el cielo parecía aún más tinta derramada sobre un pergamino. Únicamente las luminarias titilantes aportaban un ápice de luz, un reguero argénteo que abrillantaba sus ojos. Por eso Susona podía ver el rostro de Nuño, por eso Nuño distinguía las armoniosas facciones de Susona, que le recordaban a estatuas recién cinceladas.

Se había ganado el apelativo de la Bella, la Bella de la judería, la Bella de la ciudad, la Bella del reino, relegando así los rumores que circulaban en torno a su mácula, origen y estirpe. Y es que Nuño sabía que en el mundo terrenal la belleza abría puertas y a las mujeres hermosas se les perdonaba lo imperdonable. Él no era así, no era uno de esos hombres que se dejaban cegar por la fugacidad del atractivo femenino ni arrastrar por los bajos instintos. Él era justo, aunque Susona le dijera que no, porque Susona sabía que no, que no lo era, no en el fondo, donde habitaba ella, en el flanco izquierdo de su pecho, bombeante.

—¿Me amáis?

—Os amo.

—¿Cuánto?

—No sería capaz de describirlo —confesó él a media voz—. Mucho.

Susona temió que un soplo de aire se llevara los susurros de los que era objeto y que estos llegaran a oídos ajenos. Sin sus palabras, sin sus promesas —por vanas que fueran— se quedaría vacía, hueca. Se quedaría sin nada.

—¿Cuánto es mucho?

—Lo suficiente para que me arda el alma y el corazón se me quiebre con vuestra ausencia. Lo suficiente para que sin vos los días se me antojen eternos y las noches amargas como las naranjas. —De haber sido primavera habría señalado las frutas orondas. A Susona nunca le habían gustado las naranjas y su mermelada—. Lo suficiente para que iniciara guerras y las extinguiera, para que sembrara los páramos baldíos y de ellos brotaran flores. ¿Y vos, por qué no me amáis lo suficiente?

Sumida en un sepulcral mutismo, sentía las pupilas de Nuño clavarse en ella, dagas hirientes que le abrían la carne para desentrañar las verdades que se escondían entre huesos y vísceras. Estaban alojadas dentro, donde nadie pudiera alcanzarlas.

Nuño inspeccionó la encrucijada solo para asegurarse de que ni un alma merodeaba a aquellas horas intempestivas, la mano en la empuñadura de la espada en un gesto precavido, tan fiero y apuesto que a Susona se le olvidó el posible peligro que les acecharía si alguien los divisaba. Pero no había nadie, los hombres y las mujeres de bien reposaban en sus camas, completamente ajenos a los comentarios sibilinos que se confundían con la brisa templada, y allí estaban ellos, con sus respectivas sombras como únicos testigos. Que Susona hubiera acudido a su encuentro, entre la negrura y los arbustos de dama de noche, la condenaba a no ser una mujer de bien, y, sin embargo, nada podía reprocharle. Siempre hallaría perdón porque Susona seguía siendo bella y su cabello azabache se asemejaba a las alas de un cuervo, pájaro de mal agüero.

—¿Qué más podría hacer yo para demostraros que este sentimiento es puro?

—La obligación con la que habéis de cumplir.

—Lo que me pedís es traición. —Ahora era ella quien sabía al amargor de las naranjas, sintió náuseas al paladearlo—. Eso no es amar.

—Os pido lealtad.

—¿A quién?

Diego de Susán, su padre, siempre le había dicho que la lealtad y la confianza no eran ofrendas que regalar, que debía cuidarse de aquellos que las exigían sin ofrecer nada a cambio, pues eso significaba que no conocían el valor de las cualidades más importantes que residen en el ser humano. Pero Diego de Susán también decía y hacía muchas cosas al amparo de la noche, y ella no estaría de acuerdo con todas.

—A mí. A los míos —contestó casi posesivo.

Susona se percató de que no había dicho «nuestros», de que Nuño había levantado una barrera infranqueable entre ambos, del grosor de los lienzos de las murallas. Quizá nunca pudiera sortearla.

—¿Acaso no soy igual que vos, que los vuestros? ¿Acaso no pertenecemos todos al mismo rebaño? —preguntó, a sabiendas de que la sangre que discurría por sus venas estaba tiznada mientras que la de él era límpida.

—Los enemigos de Dios no acceden al reino de los cielos. Mentir es pecado, Susona.

Dio un paso al frente, los dientes apretados y chirriantes en una mueca de ferocidad que él no había presenciado antes.

—Matar también lo es —espetó.

—Nadie habla de matar.

Se tragó el bufido que le arañaba la garganta.

Nuño era la luna, cambiaba según las fases, mostraba caras distintas, discordantes, nadie percibía cuándo prescindía de una y se vestía con otra, excepto ella, que olía las mentiras al igual que el azahar, desde lejos. Susona tenía un fino olfato, aunque se atrofiara cada vez que él se le acercaba.

—Eso no es lo que dicen vuestros ojos.

Bajo coacción no habría confesado que, en ocasiones, pensaba que Susona podía leer sus intenciones más perversas con solo mirarlo y eso lo aterrorizaba como un crío. Con el fin de defenderse, pues no hay mayor afrenta que la formulada por una mujer, mordió con fuerza.

—Seguís mintiendo. Un pecado más en la lista que os hará arder en el Infierno. —Se guardó el arrepentimiento que, enquistado en las costillas, le gritaba que abocarla al fuego eterno era un ardid rastrero incluso para él.

Cuando hablaba así, Susona contenía el repentino deseo de

desandar sus pasos y regresar a su hogar. Su amante destilaba más rabia que pasión.

—No deseo que se derrame más sangre entre estos muros, estas gentes ya han sufrido y padecido en exceso. Alimentar un fuego extinto es reavivar el odio, y el odio solo trae desgracias y penurias.

—Fiad de mí, que mis intenciones son honradas, es la concordia lo que busco.

Para acariciar la paz había que enzarzarse en batallas que desgajaban, y el reino de Castilla adolecía desde hacía años, oprimido por la cadena de eslabones que se había forjado con acero y la sangre de los vencidos, con los que yacían muertos en la guerra civil que había tocado fin hacía un año escaso.

—¿Qué he de hacer? —preguntó temerosa.

—Declarar, ser honesta, ser leal, actuar de buena fe —hablaba con una cadencia que la invitaba a creer en él.

—Y entonces, ¿qué sucederá?

—Dios proveerá.

Eso no era suficiente, no para ella, necesitaba arrancarle una promesa que no sonara vacua, algo a lo que aferrarse cuando el suelo que pisara se desvaneciera y se precipitara hacia el abismo.

—¿Pediréis mi mano en matrimonio? —Se le llenó la voz de esperanzas.

—¿Cómo hacerlo si me engañáis vilmente? Osáis mentirme mirándome a los ojos sin pudor alguno y esperáis que premie vuestra terrible falta con un anillo que os designe como mi esposa. —Susona sintió el peso de la desnudez de sus dedos, los cubrió en un acto de vergüenza que le hizo descender la mirada hasta sus propios pies—. Un hombre no puede confiar en una mujer deshonesta. Vuestra mano nunca será mía si os obcecáis en continuar por este camino malogrado.

—Sois cruel —balbuceó—. Jugáis con mi corazón, que sabéis que os ama.

De repente el dolor no se originaba en aquel órgano, ni en el orgullo malherido por esas flechas envenenadas que muy usualmente Nuño lanzaba. El dolor lacerante provenía de la barba que no se atrevía siquiera a rozar, por si le pinchaba la yema de los dedos, por si se hundía en ella y en el leve espesor. Provenía de la comisura de sus labios, recta, que no se elevaba ni descendía, provenía de sus ojos castaños que reflejaban la figura que era ella y de la máscara hierática de cera que había adoptado hasta convertirse en alguien inhumano. Alguien a quien ella podría llegar a odiar.

—No supliquéis por mi amor cuando lleváis la mácula del silencio en los labios que beso y me contamináis con ella. Libraos del pecado y libradme a mí de él. Haced lo que debéis hacer.

Una ráfaga de brisa meció los oscuros y largos cabellos de Susona, la visión se le enturbió entre las lágrimas agolpadas y las guedejas que escaparon de la red del tranzado. Al percibir el vidriado de su mirada, Nuño se debatió entre doblegarse a su voluntad o refrenar el odioso deseo de hundir la nariz en su melena para aspirar el aroma de azahar que manaba de ella, y finalmente susurrarle al oído que estaba maldita y que, aun así, merecía la pena. Iría directo al Infierno.

Susona no lo sabía, pero lo sentía en la distancia que separaba sus cuerpos, en la rigidez de los músculos de Nuño. Que para acabar con una maldición, primero hay que regar con sangre.

PRIMERA PARTE

E, señor, non te di este enxenplo sinon que non creas a las mugeres que son malas, que dize el sabio que «aunque se tornase la tierra papel, e la mar tinta e los peces d'ella péndolas, que non podrían escrevir las maldades de las mugeres.

Sendebar o *Libro de los engaños de las mujeres*

En efecto, no hay nada que deba rehuirse tanto en este mundo como una mujer perversa y disoluta; es algo monstruoso porque la naturaleza misma de la mujer la lleva a ser sencilla, prudente y honrada.

CHRISTINE DE PIZAN,
La ciudad de las damas

1

20 de noviembre de 1480

Nuño soñaba que besaba una calavera de la palidez del marfil, de cuencas vacías que no le devolvían la mirada. Besaba esos labios tumefactos en los que ya no existía piel, de los que no surgían gusanos e insectos que carcomían la carne a tiras que le recordaba a las reses trinchadas en fastuosos banquetes.

Se despertaba sin percibir atisbo de repugnancia, añorando la gelidez de esa mandíbula. Aquello lo inquietaba. Solo el diablo podría haberse adueñado de su alma para que no vomitara ante esa tétrica imagen que se le aparecía en forma de pesadillas neblinosas. Solo el diablo podría haberle conjurado para que deseara fundirse en los labios óseos de una muerte olvidada por el tiempo, exhumada y profanada. Todo lo que no se halla bajo tierra es profano. Para purificarse tendrían que lanzarlo a la hoguera, quemarlo como a las malas mujeres, a los herejes, a los impíos.

En el señorío de Sanlúcar se erigía un castillo que el gran y honorable Enrique de Guzmán había mandado construir tiempo atrás. Recibió el nombre de Santiago en honor de uno de los más célebres apóstoles de Jesús, Santiago Matamoros, aunque su edificación no respondía a la lucha contra el infiel.

Piedra a piedra, lo que un día fue la cima de un montículo verde hiedra se tornó un bastión agazapado tras un hondo foso, un bastión de gruesos muros y torres inexpugnables, de ventanas ceñidas que eran saeteras y ballesteras que dejaban traspasar venablos mas no la luz del sol. Y para reclamarlo como propio, para asegurarse de que doña Isabel jamás pudiera arrebatarle lo que él mismo levantó, negándole a su descendencia el privilegio de heredar dichos bienes, marcó la entrada con el escudo de su excelso linaje: en campo de azur dos calderas jaqueladas de oro y gules de las que manaban desde cada asa seis serpientes de sinople, y bordura componada de Castilla y León. Una sirena actuaba de tenante y unía la heráldica de los Guzmanes con la de los Hurtado de Mendoza, familia de gran prestigio con la que habían emparentado. Decorando los arcos de las puertas se contaban varias segures, el emblema que clamaba que las cosas más peligrosas con él aseguraban su peligro.

Era un hogar que distaba mucho de aquel en el que Nuño había crecido, el brillante vergel que rumoreaba agua, el Alcázar de la ciudad de Sevilla, del que habían desposeído a su familia, junto con otras fortalezas y propiedades en distintas villas. Humillados, despreciados y vejados cual menesterosos que vagabundean por las calles con las manos ahuecadas en busca de una mísera limosna, Enrique de Guzmán, su padre, no olvidaba ni perdonaba. «El poder nos será devuelto», solía decir, pero Nuño llevaba tres años observando las mismas pétreas paredes que lo cercaban y ahogaban. Más que casa era una cárcel de la que escapaba cada noche para volver cada amanecer, la guarida a la que reptaba después de mentir con su lengua bífida.

Ya estaba acostumbrado.

Nuño de Guzmán y su buen amigo Sancho paseaban por el cuadrangular patio de armas, una rutina que habían adoptado desde aquel invierno y que les permitía intercambiar información sobre el asunto que les atañía. Primero, degustaban los servicios de la comida y se ponían tibios a base de vino, luego se enzarzaban en ese deambular que los sosegaba y les asentaba el estómago, sin adormilarse.

—¿Lograrás que sea sincera y te entregue pruebas de las prácticas que cometen los malos cristianos? —le interrogó Sancho.

Siempre hacia delante, Nuño mantenía la mirada posada en el frente, ya fuera en el recodo del inmenso espacio o en uno de los caballerizos que pasaba por allí sujetando las riendas de las cabalgaduras de sus hermanos menores, lo que atestiguaba que habían finalizado sus lecciones ecuestres. El humilde sirviente los saludó con un escueto «mis señores», seguido de una reverencia, ellos cabecearon en señal de aceptación y reconocimiento.

—De las pruebas se encargarán otros, yo solo he de arrancarle la verdad. —Pateó un pequeño guijarro que se interpuso en su camino, tal y como lo habían educado, ejerciendo violencia contra el mínimo obstáculo, aplastando todo atisbo de rebelión—. Una acusación suya bastará.

—Tamaña empresa para un Guzmán —bromeó su buen amigo, y él no pudo evitar que las comisuras le traicionaran y ascendieran.

Le echó un brazo por encima de los hombros y lo atrajo hacia él. Era hora de actividad y en el patio se congregaba la servidumbre en un ir y venir, ocupada con sus correspondientes quehaceres.

—Pobre de ti si aún dudas de mis habilidades. —Le golpeó el pecho con una sonora y seca palmada y rio. Con un empellón lo alejó, así como lo había capturado en aquel sincero gesto casi fraternal—. Me cobraré este triunfo más pronto que tarde y tú habrás de tragarte esas palabras maliciosas que solo responden a la envidia. —Lo señaló con el dedo índice, divertido.

Su intachable honor le impedía apostar; no obstante, de buena voluntad le habría ganado a Sancho un par de maravedíes que habrían servido nada más que para alardear de ellos frente a otros y ridiculizar al desafortunado perdedor. Se lo habría recordado por toda la eternidad, en banquetes, prostíbulos y tabernas, rodeados de los vapores del alcohol, un mazo de cartas y un jolgorio generalizado que opacara sus voces. Se lo habría recordado incluso en la noche de sus nupcias, antes de que Sancho huyera a su alcoba acompañado de su pura y loable esposa, si es que en algún momento decidía matrimoniar con una joven de noble cuna.

—Pareces muy seguro y confiado, querido Nuño, casi tanto como cuando creíste que la conquistarías con el silencio y no con galanterías, cuando todo hombre sabe que las mujeres se rinden ante versos bien formulados y presentes distinguidos, joyas brillantes de las que presumir en público.

—Lo hará, créeme, Sancho. Un día ya no podrá seguir con esa farsa que representa y recurrirá a mí, vendrá corriendo y la culpa le brotará de la boca. Ninguna buena mujer puede ocultar algo así y no sucumbir ante el martilleo incesante de su conciencia. La conozco.

—A la Bella.

—No, a Susona —le corrigió.

Para él no eran la misma persona, no se parecían ni en la afilada nariz. Más quisiera la Bella de la judería ser la mitad que la verdadera Susona.

—Conozco sus pensamientos antes de que estos germinen en su mente, conozco sus miedos antes de que llegue a pronunciarlos, conozco sus intenciones, sus deseos, sus desvelos, sus virtudes y sus vicios. Lo hará. No podrá vivir sabiendo que no ha cumplido con un cometido que le he asignado. Me ama demasiado, no soportaría fallarme si eso supusiera mi pérdida. Y sabe que supondrá mi pérdida. —Nuño asintió, más para sí que para Sancho, que caminaba a su lado y se ajustaba el jubón de seda con brocado, para a continuación cuadrar los hombros, ensanchados por los postizos cosidos internamente.

—También ama a su familia y a su pueblo.

—Me ama más a mí. Se dejará vencer. Ha de resultar. Ha de resultar —repitió—. Como resultó la conquista que tú creíste imposible, amigo mío, y que yo llevé a término, porque las mujeres ceden ante lisonjas, pero Susona es Susona.

Porque Susona era más que belleza y él lo supo en el preciso instante en el que sus miradas se cruzaron. Los hombres se paraban para contemplarla y enardecer el privilegio de poder hacerlo, obnubilados por sus bonitos rasgos y su carácter dulzón, no inocente. La bañaban en miel, que a ella se le antojaba pegajosa, pues las moscas la asediaban menos que los moscardones que ansiaban lamer su piel aceitunada. Tenía que espantarlos educadamente, mujer de bien, lo que se espera de toda moza.

Nuño se consideraba jugador del azar y ganador por nacimiento, así que manejó las cartas en una tirada magistral que le confirió no el oro, pero sí su corazón. Actuó como nadie lo había hecho, no se refirió a ella como la Bella, sus labios formaron el nombre que le pertenecía: Susona. Y Susona, que estaba acostumbrada a ser la Bella pues así lo había dictado la collación, el pueblo, el mercado, la plaza y el reino, le sonrió brillante, y en ella Nuño encontró la luz del amanecer.

—La matarás, Nuño, preveo que a esta la matarás.

—Estás loco —le increpó molesto—. ¿Me crees capaz de semejante acto deleznable? ¿Acaso crees que encontraría el valor para asesinarla?

No a una mujer culpable de algún crimen, no a una mujer desconocida e indefensa, a una mujer cualquiera. A ella. A Susona. De pensarlo le temblaban las piernas, las manos, hasta la mandíbula inferior.

—Confundes mis palabras —se defendió Sancho, que ya vaticinaba el malhumor en las aletas nasales hinchadas de Nuño.

—Has pronosticado su muerte y antes me sajaría la garganta, me ahogaría en mi propia sangre, me bañaría en ella. Antes me sacaría los ojos de las cuencas y las tripas del estómago para que vosotros, los míos, pudierais alimentaros con mi carne. Antes me tiraría por el más alto pico o la más alta torre. Antes me prendería fuego sin acumular los maderos de mi pira funeraria, besaría las llamas candentes, me abrasaría. —Se golpeó el pecho con ímpetu en una especie de sermón apocalíptico que habría amedrentado a cualquiera—. Antes que Susona, yo.

Aceleró sus pisadas, adelantándolo y dejándolo atrás.

Sancho sabía que aquello pasaría, Nuño era demasiado voluble. Presto, siguió su ejemplo y cuando lo hubo alcanzado, atrapó su antebrazo obligándolo a detenerse en mitad de la solana del patio de armas.

El astro rey se encontraba en lo alto del cielo y emitía un calor reconfortante que no tardaría en ser insuficiente contra el aciago otoño, instándolos a refugiarse entre las pesadas pieles de sus capas y mantos. Desde la diminuta ventana de la torre del homenaje se vislumbraba el mar, a veces cerúleo y calmo, otras bravo y enfurecido, cobalto y espumoso. Cuando se veía asediado por los miedos y la incertidumbre, Nuño subía allí, los problemas empequeñecían hasta convertirse en una mota de polvo en el horizonte, que el salitre se llevaba consigo.

El joven Guzmán alzó la cabeza y contempló la esbelta edificación, tenía la sensación de que en la costa el frío era demencial al nacer directamente de las entrañas del gélido océano, cruento comparado con su benevolencia en Sevilla y el Alcázar.

—Jugar con mundarias es distinto que jugar con las esperanzas de una pobre doncella que cree que le rindes devoción, las primeras están curtidas en mentiras, saben que son mentiras y ellas mismas nos mienten, venden su cuerpo por dinero, pero esta… —Chasqueó la lengua—. Dudo que haya padecido un desamor, aún es demasiado joven. Y, desde luego, el rechazo del hijo de un carnicero o un zapatero no es el rechazo de un Guzmán, del primogénito de don Enrique de Guzmán.

Enarcó la ceja, sorprendido por el despliegue de misericordia de Sancho, que no reparaba en los sentimientos de las muchas mujeres que habían yuntado carnalmente con él, engañadas por palabras ladinas, abandonadas tras el gozo.

—¿Desde cuándo te preocupa? —La sorna era evidente.

Sancho se pasó los dedos por su rubio cabello, dejándolo alborotado.

—Desde que mi hermana ha entrado en edad casadera, temo encontrármela suspirando por amores no correspondidos, llorando a la mañana siguiente por un hombre como nosotros, de los que toman lo que desean y no piden nada a cambio.

La descripción que había hecho de ellos era acertada y angustiante. Sancho ya había tomado conciencia de que sus lascivas aventuras habían traído consecuencias desastrosas para aquellas jóvenes inexpertas que habían confiado en él, pecando de inocentes e incautas al alimentarse del amor cortés que aspiraban a poseer. Nada abre más los ojos que el dolor de quienes amamos. En cambio, era la primera vez que Nuño se reconocía en una figura que desdeñaba. Si tuviera una hermana y un hombre como él la cortejara, le abriría el pecho con la espada y tiraría su repugnante cadáver al Guadalquivir.

La repentina hosquedad que lo había invadido se disipó.

—Vamos, Sancho, tu hermana Juana es una Ponce de León.

—Una rama secundaria —especificó—. Bastardos de uno de los tantos hijos del gran Juan Ponce de León y Ayala.

El segundo conde de Arcos y quinto señor de Marchena, Juan Ponce de León y Ayala, había casado en primeras instancias con Leonor de Guzmán, la única mujer con la que casualmente no engendró descendencia. Sí lo hizo con su segunda esposa, Leonor Núñez, quien había sido su amante y le aseguró la continuación de su linaje con ocho hijos. A esos ocho hijos se les sumaron otros dieciocho con distintas concubinas y barraganas.

Aquella semilla esparcida por toda la ciudad y la condición de bastardía inherente en esa mezcolanza de nobleza y común habían permitido que Nuño y Sancho obviaran sus apellidos enfrentados y confraternizaran.

—Bastardos o legítimos, sois Ponce de León al fin y al cabo. Tu hermana es mujer de alcurnia y para proteger su honor inmaculado ya estás tú, ya estoy yo. —Esbozó una sonrisa y colocó la mano sobre el hombro acolchado de su amigo—. Cualquiera que se acerque a ella con intenciones deshonrosas tendrá que responder ante nosotros y el acero.

Si algo era Nuño era leal para con sus deudos y amistades, pese a su larga lista de defectos.

—Deberías rezar por no cometer locuras que nos condenen

a todos, que condenen tu alma, Nuño. La matarás, aunque no seas tú el que empuñe el puñal y vierta su sangre.

—¿Quién lo hará entonces? —Sus dientes rechinaron en una mueca de ferocidad parecida a la del perro que amenaza con morder a aquellos que osan entrar en su territorio—. ¿Quién lo hará? Detendré su mano.

La advertencia había vuelto a prender la llama de la ira.

—No la volverás invisible y el reino no será ciego ante su presencia. La matarás para los suyos, para los nuestros, para los habitantes de Sevilla, para el mundo entero que olvidará su nombre por temor a escupirlo entre los dientes, porque los parias son el silencio más pesado —declaró—. Nadie querrá su alma vendida, ni siquiera tú, para entonces Susona no será Susona. Y su cuerpo corrupto no servirá para nutrir a esos perros sarnosos que se pasean por las calles famélicos.

Nuño probó el amargo remedio que él dispensaba con asiduidad, no le agradó ser el blanco de los dardos ponzoñosos.

Hacía meses que Sancho presagiaba que su amigo se inclinaba en la peligrosa balanza del bien y el mal sin saber dónde se posicionaba, sin saber qué era lo correcto y lo incorrecto. Enmudecía cuando se trataba de aspectos delicados —los asuntos del corazón lo eran—, y más cuando correspondían a la bella Susona. Aquella vez fue una excepción, no se guardó de expresar su verdadero parecer. Se arriesgó a que la vesania de Nuño cayera sobre él.

En los ojos castaños de Nuño creyó percibir una chispa de cariño. No. No era cariño. Era un sentimiento más poderoso que ese, el avasallador amor que todo hombre ha experimentado, siendo este su perdición.

—La amas —murmuró, tan impactado que dudó de su instinto—. Verdaderamente la amas.

—Naderías, Sancho. —Fue un graznido y el propio Nuño lo supo al escucharse, débil y asustado. Irritado, se rascó la barba con un gesto de dureza, la vista desviada hacia un par de sirvientes que cruzaban el patio cargados con leña, destinada a aprovisionar así el lar.

—Sí —dijo completamente seguro—. A mí no puedes mentirme. ¿Cómo es posible, tú, Nuño de Guzmán?

—Cumplo con el deber que me encomendó mi padre. Eso es todo. Si se lo hubiera pedido a Juan Alonso me habría librado de pasar las noches en esas calles laberínticas de la judería y podría pasarlas contigo entre risas y juergas.

—Juan Alonso tiene catorce años, no está tan versado en las artes amatorias. Si le hubiera encargado enamorar a Susona habría fracasado, la Bella lo habría mirado con altivez y se habría reído de él, y ahora tendríamos al mediano de los Guzmán con el rabo entre las piernas, llorando la derrota. Lo sabes.

—Lo sé.

—¿Por qué lo niegas entonces?

Emitió un sonido gutural de desesperación que llamó la atención de los allí presentes. Nuño esperó a que los sirvientes, que habían dedicado unos segundos a observarlo, decidieran continuar su camino. Desaparecidos bajo el dintel de la puerta, se inclinó hacia delante acercándose a Sancho y preguntó en voz baja:

—¿Qué he de hacer para librarme de esas habladurías, tomar una mujer aquí mismo, delante de todos?

—El irascible y orgulloso Nuño de Guzmán quiere dar muestras de su virilidad en público —bramó Sancho entre carcajadas—. No, gracias, buen amigo, no soy de esos hombres a los que les place observar el espectáculo de otros.

—Me congratula, no estaba en mi ánimo invitarte a lo que debe ser privado.

El ambiente, otrora irrespirable, se destensó y aligeró. Los puños de Nuño se desmadejaron, muestra inequívoca de que había mermado el fuego de la indignación. Reanudaron la marcha en silencio.

—Me lo dirías, ¿no? Si te enamoraras, de Susona o de cualquier otra mujer de noble cuna —especificó—, ¿me lo dirías?

Nuño calló. Visualizó la sonrisa temblorosa de la joven, los labios rosados que le nublaban en los momentos de lucidez y aun así le guiaban entre los callejones oscuros de la judería.

«Si besas al demonio, te enamoras del demonio —eso decía su padre—, cuidado con los labios, puertas del alma que cruzan la garganta anudada y atraviesan el pecho. De ahí no hay quien escape». Se lo repetía cada mañana y cada noche, antes de que él se lanzara a visitarla. Para Nuño no era un aviso, sino una orden tajante y rigurosa.

—Si me enamorara de una mujer de bien te lo diría, mi querido Sancho —cedió, devastado por la lucha interna que libraba sin éxito alguno.

—¿No es Susona mujer de bien?

—Aún he de averiguarlo. Es de linaje judío, y quién sabe si no es judía y finge ser una buena cristiana, como tantos otros.

—Yo solo he hablado de amor, Nuño, al que poco o nada le importa la fe de las personas. —Esta vez fue él quien le dio una palmada de ánimo en la espalda—. No de obligaciones y casamientos.

Nuño agitó la mano en un signo de irrelevancia que hizo a Sancho chasquear la lengua, porque nadie aprende de cabeza ajena y su amigo hacía tiempo que había perdido el rumbo. En aquellos momentos solo quería sentarse bajo un árbol con olor a azahar y devorar los gajos de una naranja mientras desenredaba la larga melena de cuervo de Susona.

2

Susona soñaba con una calavera que colgaba de la jamba de una puerta cualquiera de una casa cualquiera de una calle de una collación de la judería sevillana, y debajo rezaba: SVSONA, que significaba traidora en un idioma ilegible. Y la traición sabía a naranja y a agua de azahar; el amargor era mermelada en su paladar y una mueca de repugnancia en la de Nuño.

Le asustaba ser ella. La templada muerte de dientes desnudos y cabeza cercenada, carente de lengua, melena y ojos.

Aturdida por la somnolencia se dejaba hacer. Una doncella la asistía en la alcoba junto a su vieja aya Catalina, quien la ayudaba en el laborioso proceso de acicalamiento. Mientras la joven sirvienta se esmeraba en colocar la camisa para que se vislumbrara a través del cuello de pico de la saya, Catalina encajaba y alisaba la prenda que le llegaba hasta los talones. Para evitar la exposición impúdica de los senos introdujeron un cos, y mediante unas cintas cosieron las mangas a la saya, primero la derecha, después la izquierda. Embutida en el vestido verde y calzados los chapines de seda sin talones, la perfumaron con aceite de benjuí, le colorearon las mejillas y los labios con fuco, y le alcoholaron los ojos con una aguja y unos polvos a base de sulfuro de antimonio, empequeñeciéndolos y volviéndolos ónices. Finalmente, con esmero y parsimonia le desenredaron el cabello y lo trenzaron haciendo uso de una red que simulaba hilos de plata.

Siempre que se miraba al espejo veía el reflejo de Nuño detrás de ella, esa sonrisa de enamoramiento que le bailaba en la boca al susurrarle al oído «os comparo en belleza a la Virgen y a la Virgen ganáis», que le hacía ser cristiano a la par que hereje. Eso era amor, según Susona. Un amor demencial. Su ausencia se le clavó en el costado y deseó con todas sus fuerzas que estuviera allí, admirándola. Asumía esa malsana vanidad por él.

Habiendo culminado con el atavío, descendió las escaleras de su hogar. Catalina le pisaba los talones lamentándose de que había sido del todo imposible borrarle aquellos surcos amoratados que se le habían aposentado a causa del inexistente descanso. Susona la oía exhalar y gruñir a cada escalón, quejarse de dolor en la espalda y la cadera.

—Ningún remedio os vale y ya hemos probado hasta con afeites traídos de tierras moras. —Tenía una voz rasposa.

—Perded cuidado, Catalina. —Aferró su mano huesuda y con un apretón trató de tranquilizarla—. Después de algunas labores, procuraré echarme a dormir. Dios quiera que lo logre.

—Hacedme llamar durante el baño, os aplicaré una cataplasma que hacía mi madre, receta familiar. Conseguirá que por largo tiempo vuestra cara sea bella, blanca y fresca, y no agrieta ni arruga la piel.

Las ironías del destino habían querido que el emplasto secreto que atesoraba su familia fuera inútil en lo concerniente a ella misma, el rostro de la vieja Catalina era la corteza de un árbol.

—Así lo haré —le prometió, aunque nada le preocupaban las ojeras que a otras mujeres habrían afeado.

En la planta baja se bifurcaban sus caminos, Catalina había de ocuparse de sus tareas. Con los años había medrado en su carrera, pues empezó siendo una nodriza que amamantaba con su dulce leche a los niños de pecho, y ahora, tras años bajo el servicio de Diego de Susán, se encargaba de otros muchos quehaceres. Por su parte, Susona había de continuar por el pasillo, directa hacia el salón, en el que se encontraría con su progenitor. Antes de separarse, besó la sien de su vieja aya, menuda y de corta altura, de andares lentos y jadeantes.

—Es la muerte, mi niña —la avisó la nodriza. De la cofia se le escapaban algunos mechones grises—. Quienes sois sensibles a ella, la veis por doquier.

Aquel comentario agorero la perturbó en gran medida. Lo rumió, incapaz de deshacerse de él durante el intrascendente trayecto hacia el salón.

Diego de Susán estaba sentado delante de una mesa sobre la que reposaban balanzas y una pluma entintada que escupía manchas negras. Leía con parsimonia uno de los libros de cuentas allí apilados, el mismo en el que llevaba el registro de la compraventa de las mercancías de su negocio con una precisión exhaustiva. Era hombre de orden, no soportaba que los números se mezclasen, y también era hombre de honor, por lo que todo lo que adquiría y vendía tenía un precio justo, no aceptaba un maravedí de más en época de carestía, como no aceptaba un maravedí de menos en época de bonanza. Sentía una atracción nula por la dorada fortuna que muchos perseguían sin descanso, eximido del pecado de la avaricia y la usura, de las que tanto se acusaba a los judíos por sus tejemanejes con los préstamos. Una inculpación muy injusta, él mismo bien lo sabía.

Susona lo observó desde la esquina de la estancia, abrigado con un jubón de terciopelo negro jaspeado que lo hacía sudar. Era temprano y el ambiente estaba caldeado. A través de una de las ventanas penetraba la luz de la mañana, antes rojo fuego, luego naranja amarga, por fin, dorado resplandeciente. Se derramaba sobre la superficie alargada de la mesa e incidía en la balanza, concediéndole un brillo que debido a su deterioro lucía desvencijado; a Diego de Susán le ocasionaba una momentánea ceguera, así que amusgaba los ojos, tornándolos ranuras. El discurrir del tiempo era implacable con él, se le marcaba en los surcos de la faz, en las hondonadas en torno a las comisuras de la boca, en la frente plegada, en el cabello cano.

Desde allí, Susona, aún en plena floración, se preguntó cómo se sentiría el envejecer.

—¿Qué te aflige?

La pregunta la sorprendió, su padre estaba tan sumido en sus tareas que no pensaba que hubiera advertido su presencia. Y no lo hubiera hecho de no haber percibido el arrastrar de los pies de Susona, que la convertía en un espíritu errante vagando solitario por los pasillos del hogar.

Carraspeó un poco y salió de entre las sombras de aquella esquina en la que se había parapetado, al igual que los niños que juegan en las callejuelas a ser caballeros que defienden una fortaleza a punto de sucumbir al sitio. La espalda recta, las manos asidas recogidas sobre su propio regazo, un par de pasos al frente. El sonido de los chapines contra el suelo le produjo un escalofrío.

—En la naturaleza de las mujeres reside la bondad y la aflicción —respondió de memoria.

—¿Quién es el dueño de tales palabras? —Se interesó, aunque en ningún momento elevó la mirada. Exhaló un suspiro angustiado y con la pluma tachó algo en el manuscrito, que Susona no alcanzó a divisar.

—Fray Hernando de Talavera, quizá.

Entonces sí, su padre levantó la vista y compuso una sonrisa enternecida. Enseguida supo que la había atrapado en la mentira, había conjurado la frase tras haberla leído infinidad de veces en un libro del que no recordaba la autoría, pero que se le antojaba clerical.

—Dudo que conociendo a la reina doña Isabel y siendo su leal confesor tenga en tan poca estima la naturaleza femenina. —Recolocó la pluma en el soporte del tintero y el tintineo metálico llenó el salón.

—No todas las mujeres pueden ser doña Isabel. —Se acercó y pasó la yema de los dedos por el respaldo de la silla de cadera, el trabajado cuero presentaba ciertas dobleces por el uso continuado, y en el taraceado de los brazos y patas se apreciaban muescas por el choque contra el mobiliario de mesa.

—Dios nos libre. —Una especie de risa hosca le lijó la garganta—. De ser así, tendríamos guerras incesantes por ver quién ha de ceñir la corona.

Y una guerra más arruinaría al pueblo que aquejaba de heridas todavía sangrantes. Aquello le trajo a la memoria a Nuño. Nuño de Guzmán y su petición. Nuño de Guzmán y esa extraña sensación que abrigaba de que algo ocultaban los muros de su hogar y el de tantos otros habitantes de la judería que se hacían llamar conversos. Porque quienes son cristianos nuevos deben demostrar constantemente su fe, que no han caído en las antiguas tradiciones que han sido desterradas a base de agua y bautismo. No hay mayor fervor que el de los neófitos, a excepción del de los cristianos viejos que ven peligrar su poder.

Susona se alisó los pliegues del vestido jade y, recogiéndolo para no dañar la tela, tomó asiento.

La soledad los había empujado a compartir tiempo y aunar sus corazones, al contrario que otros padres que se desligaban de la educación y la madurez de su descendencia femenina en pro de los varones engendrados. A ambos les agradaban esos momentos a solas en los que, arropados por el mutismo y el trino de los pájaros, él revisaba la contabilidad mientras ella probaba bocado. A veces, se enredaban en alguna conversación trivial sobre los rumores que corrían por el mercado, las parroquias y las plazas colindantes.

Una de las sirvientas más longevas dispuso una bandeja vidriada repleta de hogazas de pan, un ramillete de uvas y varios higos y membrillos; todo era del amarillo apagado y el violeta lúgubre del otoño temprano. Le ofreció una copa de vino a Diego de Susán con el fin de aligerar la tarea que se traía entre manos. «El vino hace llevadero lo más insufrible», solía decir la mujer, y él asentía, de acuerdo con el comentario, pero sin excederse, pues los vapores del alcohol son la antesala de los vicios, que en cuanto te dominan y absorben, estás perdido.

—¿No comes nada más? —inquirió pasado un rato. Solo la había visto picotear aquí y allá, ensimismada en sus pensamientos, la vista fija en un punto indeterminado del salón, entre los nudos de la madera de la mesa y sus propias manos, que le resultaban incómodas.

Susona hizo una mueca y depositó una rebanada de membrillo sobre el plato, luego se palmeó para deshacerse de las migas de pan.

—A estas horas no tengo demasiado apetito. —Desde que Nuño la apremiaba, todo le caía como piedras en el estómago y le producía cierto malestar—. Además, lo que sí censura fray Hernando de Talavera es el deleite y el ardor con el que muchos comen y beben. No seré yo objeto de sus reproches ni de los de Dios.

—Se les reprueba el deleite y el ardor a quienes vuelcan sus sentidos en las viandas y el vino de manera que ni oyen ni ven más que lo que tienen por delante, no la cantidad.

Examinó el bodegón de frutas desgajadas con el que se había cebado mediante cuchilladas. No había demasiado en el plato, haberlo devorado con mesura no habría sido signo de gula. ¿Por qué entonces cualquiera de sus actos le parecía desafortunado y criticable?

—Mejor ser comedida —manifestó—. Tampoco tengo hambre.

—¿Sabes? Tu madre nunca se mostró apenada por los sinsabores de la vida, ni siquiera en su lecho de muerte; nos dejó en silencio, sin un gemido de dolor o disgusto, no fuera a ser que nos preocupáramos por su alma más que por ti, que acababas de nacer, o por tu hermana, que con siete años era tan solo una niña asustada que presenciaba algo que no debía. —Su voz supuraba un reguero de nostalgia con el que Susona podía tropezar—. Siempre pensé: qué buena es María, que tiene una sonrisa en los labios para calmar mis congojas, que sabe lo que debe decir para aliviarme de estas cargas, que no llora, ni se turba, ni maldice, ni engaña, ni obra con maldad. Qué buena es María, qué diligente y servicial, que da de comer al hambriento y de beber al sediento, que solo sabe cuidar a los demás y sacrificarse por ellos, velar por aquellos que ama y la necesitan, aunque estos últimos no la amen a ella.

Por primera vez, el recuerdo de María no lo carcomió, quizá porque se encontraba con los ojos claros de Susona, unas lagunas grisáceas que al contemplarlo le otorgaban una suerte de serenidad que había creído perdida. Eran un préstamo que su madre le había cedido antes de abandonarlos, de dejar huérfanas incluso aquellas pertenencias que él continuaba guardando en un arcón, con la esperanza de que conservasen su angelical aroma.

Susona no había tenido la oportunidad de conocerla, llegó al mundo tras una labor tortuosa que le arrebató la vida, extirpándole el cariño materno que a ningún niño de corta edad debe faltarle. Y Nuño, conocedor de estos sucesos, procuraba siempre que podía recordarle que llevaba impreso el más deleznable de los crímenes: el matricidio. Un pecado más que la destinaba al ardiente Infierno.

—Os parecéis, la veo mucho en ti —dijo Diego de Susán—. Como si una parte de ella perviviera en tu interior.

—¿Y mi hermana?

Negó.

—Tu madre y tu hermana María no se parecen más que en el nombre. Pero tú… —la señaló—. Tú eres su viva imagen. Puede que Hernando de Talavera, si es que es él quien ha pronunciado tales palabras, tenga razón en lo que a la bondad femenina se refiere. Así pues, dile a tu padre qué te aflige y te anula el apetito.

Las similitudes entre su madre y ella empezaban y terminaban con la mirada acuosa y la larga, abundante y sedosa cabellera azabache que caía trenzada por su espalda, y que su hermana María recogía en un moño y una toca.

Por mucho que su padre jurara y perjurara que eran dos gotas de agua, Susona sentía que era hija de otra mujer, una que también le era ajena, que la habría parido y dejado en la puerta de aquella casa para que algún matrimonio la criara como suya.

Sentía que era la mala hierba de un mal brote, pues la adorada y dulce María, esposa de Diego de Susán, la superaba en virtudes y jamás habría cometido los deslices que ella guardaba con recelo.

Con la culpa instalada en el pecho, fingió una agradable aunque tirante sonrisa y, tras reunir un soberano esfuerzo, consintió en llevarse a la boca varias uvas que arrancó del racimo.

—Como diría mi madre, no habéis de preocuparos por nada. —A continuación, pinzó la miga del pan y le demostró que realmente comía. Le costó una eternidad masticar aquello y solo consiguió tragar después de regarlo con vino.

Diego de Susán no se dejó engañar por los trucos de estómago y sonrisas simuladas, ya era viejo para ello y había presenciado muchas argucias disfrazadas de buenas intenciones.

—Las penas de un padre son las penas de sus hijos, y desde que tu hermana casó y marchó de casa, solo te tengo a ti. —Cerró el libro de cuentas, colocó las manos entrelazadas sobre la mesa y se inclinó hacia delante—. Reconozco ese rostro de cuando eras niña. Te aterrorizaba la oscuridad de la noche, solías buscar a la vieja Catalina, que por entonces no era tan vieja, y le suplicabas que espantara las pesadillas. A veces dormías sin sobresaltos, otras, en cambio, caías presa de malos despertares.

Catalina le había cedido su cuerpo entero para que hiciera las veces de cobijo. Ahora, cuando amanecía y se hallaba perlada de ese sudor gélido que le bañaba las sienes, no deambulaba con los pies desnudos por la casa para encontrarla y así llorarle en la almohada. Se sentaba en uno de los rincones de su alcoba, lo más cerca posible de la ventana, y se afanaba en el bordado o en la lectura de las Sagradas Escrituras. Aquello que la alejara de los temores de la calavera y la distrajera de sus oscuras disertaciones era recibido con gratitud, ya fuera aguja e hilo o rezos silentes. Aguardaba allí, con la vista cansada, los dedos entumecidos, hasta que el amanecer la sorprendía.

—Siempre habéis sido muy observador. En estos últimos días

me persiguen los malos sueños —contestó—. Ni mojándome el rostro en el aguamanil logro espantar las pesadillas.

—¿Qué te atormenta en ellas?

—Una calavera.

La mera mención arrugó su adusto ceño. Su voz, antes constreñida por el vacío que provoca el fallecimiento de un ser querido, el luto latente de quien no supera la pérdida, se debilitó, despidiendo inquietud.

—Malos presagios los de la calavera, Susona. ¿Cómo se llama? ¿A qué responde?

—No tiene nombre.

Susona pensó que ojalá tuviera nombre, que ojalá no fuera el suyo.

—Todas tienen nombre, a alguien ha de pertenecer. No son flores que brotan ni frutos que cuelguen de los árboles, son los restos de las personas que ya no están, la cascara mortal y voluble que es el cuerpo y que permanece en la tierra, habiéndose ya escindido el alma y ascendido al Cielo o descendido al Infierno.

—Está abandonada y marchita —respondió, ahogada en las imágenes que visualizaba con los párpados cerrados—, ni los cuervos la picotean para extraer de ella un resquicio de carne pegada al hueso. Está ahí, adherida a la pared de piedra, con el frío azotándola, el viento golpeándola y el calor decolorándola. Se astilla, se erosiona, se hace trizas pero mira imponente a través de la negrura de las cuencas vacías y juzga a aquellos que pasan por delante de ella ignorándola. Está abandonada y marchita. Hiede.

Un repentino frío emergió de las pesadillas, lejos había quedado el suave clima estival que asolaba el reino aún en un otoño benigno, carente de lluvias que embarraran el suelo. Temblaba. Aterida, se arropó a sí misma en un abrazo que no le confirió alivio ni templanza, el colgante que ornamentaba su clavícula no hacía más que afianzar aquella sensación de gelidez. Le faltaba una joya, le faltaba un anillo en ese dedo, la desnudez la avergonzó al igual que noches atrás.

Diego de Susán advirtió la pena que subyacía en el gesto adoptado por sus labios, normalmente gruesos y rosáceos, y ahora delgados como la fina línea trazada por una pluma. Qué merecido el apelativo de la Bella, ese mohín no aplacaba la hermosura de su grácil rostro. En esa tristeza embalsamada había filigranas argénteas, gotas de rocío que la decoraban y bruñían. Susona era lo mejor que tenía, todo lo que tenía.

—¿Te habla?

Ella negó abatida. Al principio pensó que debía de ser el cráneo de su madre, con todo, eran tan ajenas la una a la otra que creía que no la habría elegido a ella para visitarla por las noches, sino a su primogénita María o a su bienamado esposo, lo que la dejaba a merced de las garras de la muerte de Dios sabía quién.

—No tiene mensaje que transmitirme, ni consuelo que ofrecerme, su voz ya se ha extinguido.

El silencio se extendió durante unos segundos que Diego de Susán utilizó para mesar su encanecida barba. Alargó el brazo para capturar la copa de vino que la sirvienta había escanciado hacía rato, y al asomarse al líquido borgoña atisbó su reflejo maltrecho y ensangrentado. Se arrepintió y la dejó en su sitio, tenía el paladar pastoso.

—Quizá deberías preguntarle. No hay respuesta sin pregunta, ni milagro sin rezo y ofrenda, ni perdón sin sacrificio y penitencia. Todo tiene un precio, más aún el conocimiento.

Susona se preguntó cuántos avemarías y padrenuestros tendría que rezar si cedía ante Nuño y sus encantos, ante sus promesas de amor, ante la devoción que le profesaba en la clandestinidad. Cuántas penitencias tendría que sufrir para que Dios se apiadara de ella y de su alma ennegrecida, y le expiara los pecados, incluido el del matricidio. Porque ella jamás le arrebataría la vida a nadie, cobrársela suponía jugar a ser Dios y, aunque los hombres besaran sus pies, ella no era diosa. Cuántas veces tendría que marcar su espalda con un látigo, cuántas líneas rojizas tintarían su piel. Cuántas monedas habría de pagar para ser confesada y comulgar.

¿Sería acaso suficiente? ¿Le salvaría eso del Infierno al que Nuño la condenaba con una lista de pecados que harían palidecer incluso a los hombres más viles?

—No puedes pretender saber qué busca, qué quiere de ti sin mediar palabra. Has de preguntarle —insistió.

—Preferiría no hacerlo, padre. Hablarle a una calavera es hablarle a la muerte, llamarla a gritos, tentarla para que acuda. A veces creo que simplemente está ahí suspendida como lo está el sol en la bóveda celeste, para recordarnos que podemos mirar a la muerte de reojo mas no de frente, pues eso nos dañaría y cegaría, para que no olvidemos que está al acecho, para incitarnos a vivir.

Susona no quería morir, no tan pronto. Aún gozaba de juventud y tiempo, aún podía ver las estaciones sucederse, un verano más, un otoño más, un invierno más, una primavera más. Nuevamente. Aún podía saborear la fruta de temporada y acostumbrarse al amargor de las naranjas, a los besos de Nuño, incluso si eso significaba ser una traidora.

3

Medianoche

Él siempre llegaba primero a la encrucijada. Desmontaba antes de traspasar la frontera de la judería, daba dos palmadas en el lomo al caballo en señal de gratitud por haberle llevado hasta allí una noche más y lo dejaba reposar. Si encontraba algún mendigo le lanzaba un par de maravedíes a cambio de que lo vigilara, si encontraba a un niño le ofrecía más para tentarlo, le revolvía el cabello y le guiñaba un ojo.

Habiéndose asegurado de que el animal estaba a buen recaudo, se internaba en el laberinto de callejuelas cruzando pasadizos; con la cabeza gacha y una capa azabache que le confería anonimato esquivaba a los escasos viandantes que todavía merodeaban a aquellas horas intempestivas. Solían ser beodos que regresaban a sus hogares tras haberse excedido con el alcohol, o prostitutas que se atrevían a ejercer fuera de la mancebía so pena de cien azotes, identificables por llevar las melenas sueltas, no vestir sedas ni joyas y portar un prendedor de oropel. Precisamente estas eran difíciles de sortear, pues mostraban interés por cualquier varón que pudiera comprar sus servicios y Nuño, con sus ropajes caros, era el cliente idóneo. Puede que tratara de fundirse con la piedra de los muros para pasar inadvertido, de ahí la capa, mas se negaba a fingir que no era un Guzmán. Ser un Guzmán era un orgullo, lo que muchos desearían. Y a él se le veía Guzmán desde la distancia.

No tenía de qué ocultarse, era Susona quien había de cuidarse de los oprobios que pudieran surgir si alguien averiguaba que se veía en secreto con él.

Allí aguardó, armado con la espada al cinto, no fuera a ser el objetivo de algún maleante. Ante la imposibilidad de permanecer quieto daba unos cuantos pasos de un lado a otro, silenciosos. Sentía un extraño burbujeo trepándole por la boca del estómago, y es que pasaba la mitad del tiempo amándola y la otra mitad odiando lo mucho que la amaba, esforzándose para dejar de hacerlo y renegar de ella. Todo en balde. Todo en vano.

Captó la fragancia de lilas que anunciaba su llegada, aunque desde la primavera pasada lo que realmente le atraía era el aroma de las blancas flores de los naranjos. Las noches cálidas habían mutado en noches frescas, y lo que fue brisa ahora era un viento racheado propio del otoño, que ensordecía sus voces. Las estaciones son mujeres, de ahí los caprichos de temperatura que tan pronto te derriten como te hielan.

La distinguió en la lejanía. Había rehusado el tranzado e iba a cabellos, bajo la capa que la resguardaba del frescor se vislumbraba un vestido rojo granza que alimentó el ansia de devorarla cual granada. Desde pequeño había pensado que las granadas eran especiales, un cofre de piel carmesí que al abrirla de un tajo te descubría miles de rubíes que, al llevártelos a la boca, explosionaban. Una búsqueda del tesoro para elegir la más perfecta, la más redonda, la inmaculada, la tersa, la dulce. Ella era su granada, del mismo modo que el reino nazarí de Granada pertenecía a los musulmanes y a su sultán Abu l-Hasan.

—Susona.

Ella sonrió, su nombre en labios ajenos no significaba nada porque nadie la llamaba por él, pero Nuño sí. A veces, Susona solo deseaba ser eso, Susona, y no la Bella de la judería.

Atendiendo a su castidad, la besó en la mejilla, tan cerca de la comisura de los labios que ella los dejó entreabiertos por si la suerte caía de canto y de verdad se fundían en un beso. Hacía noches que no la besaba, no de verdad, era su forma de castigarla por no ceder a la presión.

—¿Qué me traéis, dulce condena? —preguntó.

Otra habría reculado, ella no. Indómita, esbozó una media sonrisa de la que pendía pena y sarcasmo.

—¿Eso soy para vos? ¿Una condena?

Nuño emitió una especie de ruido sordo que le rasgó la garganta. Le besó el dorso de la mano y sonrió por encima de sus nudillos.

—Una que muy gustosamente acepto, nuestro Señor no llevó penitencia tan placentera. Si todas las condenas fueran como vos habría miles de pecadores esperando a ser declarados culpables de sus muchos delitos. —Sabía amansar a las fieras.

Susona atrapó varios mechones que caían sobre el rostro de Nuño, se le escapaban de entre los dedos y terminaba acariciándole el pómulo. Durante unos segundos, él se permitió disfrutar de su roce aterciopelado, con los párpados cerrados y sus respiraciones acompasadas.

—¿Qué me traéis? —insistió.

—No traigo conmigo nada que no sea visible a vuestros ojos. —Se mostró—. Soy todo lo que hay en mí.

—Mujer hermosa y taimada, dolor de mujer honrada.

—No hallaréis ninguna otra más honrada que yo en este reino, ni en otros reinos, moros y cristianos. —Susona alzó la nariz en un gesto de orgullo que lo cautivó.

Le gustaba la Susona callada, la Susona prudente, la Susona que se escondía ruborizada y la Susona que mordía a dentelladas.

—¿Significa eso que venís a confesar?

—No hay nada que confesar. —De repente la dulzura de su voz se había desvanecido.

Dio un paso atrás y valoró poner fin al encuentro de esa noche, hastiada de las disputas que se repetían, de los llantos que le sucedían, de las manos temblorosas y el corazón trémulo que luego ocultaba bajo las sábanas de su cama. Estaba cansada de que las escasas horas nocturnas en las que se veían hubieran cambiado, nada quedaba de aquel cortejo en el que Nuño le prometía amarla hasta el último de sus días y trataba de robarle besos, a los que ella no se resistía.

El joven Guzmán no soltaba a su presa con tanta facilidad, una vez que la enganchaba con sus afilados caninos apretaba y apretaba, desgastándola, quebrantando su espíritu hasta oír el crujido de sus huesos rotos. Y la presa pasaba a ser víctima.

Ya había aprisionado a Susona, así que le hincó el diente.

—Honraos. Honraos a vos y a esa honradez que decís poseer y que sé que existe, pues la he visto y está enterrada bajo capas y capas de podredumbre que yo mismo... —Enmudeció. Se mordió la lengua y notó la boca llena de sangre, de óxido ferroso.

Ya era tarde, Susona le había leído los pensamientos. Que él mismo lavaría esas capas de suciedad con un fino paño hasta desterrar las partículas de lodo que se adherían a su alma.

—Estoy limpia —le increpó—. Nací y me bautizaron, al igual que bautizaron a los niños que nacieron antes de mí y a los niños que nacieron después de mí. Mis padres son cristianos, buenos cristianos, como muchos de los vecinos de las collaciones adyacentes, como los que habitan fuera de la judería.

La atenazó por el antebrazo y con un suave, aunque contundente, tirón la obligó a dar un par de pasos hacia delante. Trastabilló con el albero.

—Pero seguís asentados aquí dentro, a sabiendas de que la influencia de los judíos podría haceros recaer en las malas prácticas.

—No hay tentación para los que son fuertes de espíritu. Perseguís fantasmas. Miráis, pero no veis. Aquí no hay nada que no sean viviendas de fieles creyentes y sí, también hay judíos, mas ningún mal nos causan.

—Susona, denunciadlos. —Sus manos se aferraron a las de ella, más sudorosas de lo que le habría gustado, más callosas de lo que habría querido, porque al lado de Susona todo era menos divino y más mortal, todo era basto—. Estoy tratando de salvaros, de salvarnos a nosotros y a este reino.

Se deshizo del agarre, inquieta por la imperiosa necesidad con la que Nuño la apresaba.

—¿En qué os habéis convertido? ¿En delator? —Lo miró con aversión—. Lo que cada uno haga en su hogar solo le compete a él y a Dios, y vos, Nuño de Guzmán, no sois Dios.

—Pero sí soy su humilde servidor. —Se le escapaban las palabras por entre los dientes, un siseo venenoso de serpiente. De Guzmán.

—Servidle de otra forma pues. Dedicaos a la limosna, que hay quienes piden por las calles porque no tienen nada que llevarse a la boca, esas son las pobres almas que han de preocuparos.

—Los que blasfeman, los que injurian, los que usan el nombre de Dios en vano deben recibir un castigo, como los devotos reciben su recompensa en el reino de los cielos. —Hablaba en términos absolutos, sonaba a real decreto, a edicto—. Dios pagará a cada uno según lo que merezcan sus obras.

Supuraba odio. Ahí estaba la peor de sus caras, la más oscura de todas ellas, que salía a relucir en contadas ocasiones, la que disfrazaba con máscaras de galantería y donosura. A Susona le aterró reparar en que, de haber sido judía, Nuño la habría odiado con una intensidad prohibitiva solo por el mero hecho de existir, de nacer. Y le aterró aún más reparar en que, incluso siendo testigo de ese falso embozo que se resquebrajaba, lo amaba. Amaba lo peor de él, esa pátina negruzca que eran sus defectos y que contaminaba todo aquello que tocaba. A ella.

—Vos también blasfemáis cuando se trata de mí o de nuestro amor. —Le siguieron unos segundos de silencio en el que clavó la mirada en sus chapines de brocado, reuniendo así el coraje para añadir—: Si es que esto es amor...

Decía que lo era, que era amor, la convencía de ello mediante lisonjas melifluas, luego destrozaba sus ilusiones, desperdigadas por el suelo, semejante a pedazos de vidrio de un contenedor de perfume que cae. Solo así, usando la mano izquierda con suavidad y la derecha con una violencia candente lograría someterla a su voluntad.

Estaba sorprendido, aquella noche Susona se había recubierto de una coraza invisible de placas de hierro que repelía sus estocadas. «Si es que esto es amor», había murmurado ella, la congoja la atenazaba, y así, sin pretenderlo, había herido a Nuño.

—Me redimo —le confesó—. Cada vez que os veo luego me redimo, algo que no hacen los que judaízan en secreto.

Parecía ser que, después de todo, Susona sí que era un pecado que lo atormentaba y por el que rezaba.

—Ni sois juez ni sois verdugo. Dejad los juicios condenatorios para el Señor, que ya él se encargará de decidir a quiénes acoger en su seno y a quiénes no. ¿Por qué deseáis ostentar un poder que no os pertenece?

—Solo sirvo a mi reina y a Dios. —Era tan cortante como el filo de su espada.

Susona maldijo esa lealtad con la que se vestían los Guzmanes y que realmente los dejaba desnudos.

—¿Es esto lo que os pide Dios, que señaléis con el dedo a los que consideráis enemigos? —Le recriminó, horrorizada ante esa postura desalmada—. ¿Esto es lo que os pide la reina?

Nuño hubo de parpadear, demasiado concentrado en el éxito de su empresa para comprender el tono de acidez que emitía Susona. El desprecio le curvaba las bonitas comisuras hacia abajo, engrandecía su belleza.

Sabedor de que perdía la partida, jugó una última carta, cruel y despreciable.

—Habláis como si fuerais una de ellos. —No tuvo que fingir repugnancia, lo llevaba escrito en la cara—. Parece que os duelen.

Ella acusó el recelo sombreándole los ojos castaños, aciagos y negros ahora que no había iluminación.

—A una buena mujer debe dolerle el sufrimiento ajeno, sentir el padecimiento de los demás también es caridad cristiana, aunque muchos lo hayáis olvidado. —Deseó haber llevado consigo un paño bordado con el que enjugarse las falsas lágrimas que derramaría para removerle el corazón. Por ahí había escuchado que las mujeres que rompían en llanto solían conmover a los hombres, que se ablandaban ante semejante muestra de debilidad.

Para eso habría sido necesario que él no tuviera el pecho hueco.

De repente el semblante de Nuño se contrajo, alertado por un gemido que no identificó hasta que se hizo más notable. Fue raudo en cuanto a los movimientos, haciendo gala de sus dotes militares, disciplina en la que era ducho gracias a las horas que había empleado entrenando desde niño. Acorraló a Susona entre su robusto cuerpo y la fría pared, la joven sufrió el golpe desmedido en su espalda. No gritó, tampoco exhaló suspiro alguno que evidenciara pánico. Estaba helada y muda.

En un arrebato de protección, todavía provisto de la capa oscura sobre sus hombros, se pegó a ella y procuró cubrirla con la misma, arrebatándole su identidad. Estaba salvando su honra. Posó los dedos sobre sus labios y chistó.

—¿Oís eso? Suena como el chisporroteo de un fuego.

Aguzó el oído, no captó nada. Ni el arrullo de una alondra, ni el zumbido de una abeja, ni el ulular de un búho o el soplido del viento.

—Será el prender de un candil —respondió ya liberada.

—O las brasas de mi pira funeraria.

Era la primera vez que Nuño de Guzmán olía a miedo cuando su aroma natural era el del aceite y el jabón perfumado. Se encontró a sí misma enternecida ante la escena, su rostro lívido, la mirada errante, la mandíbula tensa, parecía un crío que corría a abrazarse a las faldas de su madre en busca de refugio. Se acercó de nuevo a él, hasta que sus respiraciones se entremezclaron y no se diferenciaba el hálito de uno del del otro, y lo consoló como solo una amante sabe hacerlo.

Le acariciaba la amplia espalda en círculos mientras musitaba:

—Ningún buen cristiano arde en una pira, esas son costumbres añejas y bárbaras que han sido desterradas con la llegada de la verdadera fe y Cristo. Vos sois más cristiano que nadie, más temeroso de Dios que nadie.

«Pero no más piadoso», calló Susona. De ser así, se habría apiadado de ella, no le habría rogado que cometiera una traición que él no concebía como tal, sino como un acto loable y completamente necesario para obrar justicia. Todavía creía que la casa de los Guzmanes era justa.

—No lo entendéis. Todo lo que hago lo hago por vos.

Cesó en las rotaciones, ahora Susona lo contemplaba con los labios separados, los ojos vidriosos. Él se percató de que esperaba una declaración de intenciones que se ajustara a su dedo, aunque no fuera de oro y diamantes, de plata o piedras preciosas. Ahí supo que era el momento de asestar la estocada.

—Queréis ser mi esposa y es mi deseo convertiros en madre de mis hijos, mas no podré teneros si no sois la buena mujer que decís ser, cristiana y virtuosa. —Había hilvanado mentira tras mentira, puede que un par más la hicieran capitular—. Y si ya casados averiguo que habéis encubierto a quienes se bautizan y rezan a Yahveh en secreto, pues vuestros antepasados lo hicieron, que vuestro nombre está manchado y que habéis manchado el de mis deudos, no podré perdonároslo. Tampoco a mí podrán perdonarme. Me repudiarán, arderé en el Infierno, mi familia no me dará cristiana sepultura, mis huesos serán esparcidos fuera de la ciudad, lejos de la tierra que me ha visto crecer, en tierra de nadie.

Susona estaba más hermosa que nunca, con la mitad de su rostro plateado por la luz de la luna, y el otro en la penumbra del callejón que les guarecía. Nuño quiso trenzar una guirnalda de azahar para ella, coronarla reina. Se contuvo a duras penas, consciente de que un gesto de amor le haría cejar en su empeño, porque, contra todo pronóstico, estaba enamorado, pese a que no era esa su intención al principio de los tiempos. Ahora los años transcurrían así: antes de Susona y después de Susona. Susona era el principio de los tiempos, de la luz, de la vida.

Movió el dedo índice en un ligero espasmo que ella no captó, siempre que evitaba rozarla le salían ampollas en las manos, una extraña alergia que denotaba que la necesitaba. La doncella era calmante y bálsamo.

—Habéis perdido la cordura, amado mío —acunó su rostro, sentía su cálido aliento, sabor a naranjas amargas—, y no ha sido por mi causa, que es lo que más me entristece.

No. No era por ella. Era por el inmaculado honor de los Guzmanes.

Susona pensó que si era ella la calavera que veía en sueños, acabaría falleciendo de pena, de toda la que iba entretejiendo cual amplios tapices, con hilos de los que el propio Nuño la proveía cada vez que insistía y dudaba de su naturaleza. Nunca llegaría a fiar de su palabra.

Lo besó en los labios, fue un roce tan sutil que a Nuño le recordó a las mariposas posadas un leve instante en las flores para luego alzar el vuelo. Lo habría alargado de haber podido, de haber tenido la certeza de que él correspondería. Y él habría respondido, la habría sembrado de besos y se habría concentrado en ver su propio reflejo en los claros iris de Susona, que lo ahogaban como si se hubiera sumergido en el río que cruzaba la ciudad.

Pero no. Fue un roce casto.

—Hacéis ardua esta tarea de amaros, Nuño de Guzmán —susurró.

La joven dio media vuelta sobre sus talones y recorrió unos pies de aquella callejuela, testigo de promesas y juramentos que no habrían de cumplirse.

—Sí es amor —se atrevió a decir Nuño a la espalda de ella. Susona se giró al oírlo—. No estaría aquí de ser de otra manera, pese a vuestro linaje.

—Pues seguid aquí, conmigo.

No solía verbalizarlo, por eso Susona atesoraba cada una de las palabras que a él se le escapaban. Por eso sonreía, porque la amaba, solo un poco, quizá lo suficiente. «Los amores furtivos siempre son amores trágicos», pero Susona no creía en refranes populares. Ciega, sorda y muda por amor, a menudo perdía el juicio y la poca cordura que le quedaba.

Nuño no se movió ni un ápice, esperó allí hasta que ya no fue posible distinguir la fina silueta de la dama de la judería en la oscuridad.

4

Amanecía en Sevilla, zona de realengo, y en el señorío nobiliario de Sanlúcar, propiedad de los Guzmanes.

Don Enrique de Guzmán acumulaba bienes como acumulaba títulos, segundo duque de Medina Sidonia, cuarto conde de Niebla y séptimo señor de Sanlúcar, era tenido por sabio y valeroso, por hombre brillante y magnífico, de buen entendimiento, gran ánimo y hechos notables. Pero la política y la familia eran asuntos que convergían única y exclusivamente cuando se necesitaba de la segunda para impulsar la primera, o bien al revés. Eran dos cauces de un río que discurrían paralelos y solo al final sus turbias aguas reposaban en el mismo mar.

A los deudos y sus cuidados se dedicaba doña Leonor de Ribera y Mendoza, con la que había casado hacía ya diecisiete años. Mujer gentil y excelsa, silenciaba su pena por no haber concebido una fémina volcándose en la crianza de sus hijos varones, quienes empezaban a desvincularse de ella por esa necesidad enfermiza de los jóvenes de alejarse de sus progenitores. Ese era el motivo de que pasara tanto tiempo bordando, encomendándose a Dios en la capilla y destinando dinero a obras pías.

Ella en el hogar, él inmerso en luchas y una intensa actividad constructora de fortificaciones que preservaría su nombre por toda la eternidad. Solo Nuño conocía la otra faceta de su padre, la menos ensalzada, la nada alabada, la que él había heredado.

El duque de Medina Sidonia repiqueteaba sus uñas contra la superficie pétrea del banco del tabuco ventanero. No hallaba problemas en el descanso, un par de copas de vino y una cena en abundancia lo doblegaban al sueño, no obstante, desde que estaba envuelto en esa maraña de secretos y conspiraciones, abría los ojos antes de que la luz del amanecer despuntara en el horizonte. En uno de los pequeños espacios de la torre del homenaje aguardaba sentado la llegada de su hijo, visible en la madrugada pero no en el conticinio y la intempesta, tan oscuros sus ropajes y su corcel que se confundían con la nocturnidad. Allí simulaba ser Dios, contemplaba el inmenso paraje que se extendía ante él, la villa de Sanlúcar, los campos de cultivo, el vasto océano desprendiendo un olor a salitre que le inundaba las fosas nasales y lo revitalizaba. Era suyo aquel señorío en el que ejercía jurisdicción y del que obtenía rentas, y se extendía hasta donde no alcanzaba la vista. Ninguno de los madrugadores habitantes, ya afanados en sus fatigosos quehaceres, sabía que su señor los observaba desde allí arriba. Él los veía a todos, nadie lo veía a él. Desde luego, era lo más cercano a ser Dios, por muy blasfemo que fuera ese pensamiento.

A través de la estrechez de la saetera distinguió la diminuta figura de Nuño, que avanzaba veloz. Enseguida se puso en pie y se dirigió hacia uno de los salones, ignorando a la servidumbre que se tropezaba con él y le hacía reverencias a su paso; en el castillo, cualquiera que no lo equiparara en rango era invisible para él.

Gustaba de recibir las visitas en el salón de recepciones, rodeado de pompa y boato, sobrecogido por los murales policromados que embellecían la bóveda, lo que le confería un aura de solemnidad y oficialidad. El Aula Maior, destinada a ello y a distintas ceremonias, era demasiado ampulosa para reunirse con su hijo, por lo que prefería la estancia de la chimenea. Más pequeña en cuanto a dimensiones, menos suntuosa, recibía el nombre por el lar que estaba encajonado en uno de los muros, reconfortante en los meses invernales. De las paredes grisáceas colgaban ricos tapices franceses de hilos de oro y plata donde se representaban escenas del popular cantar de gesta el *Cantar de*

Roldán, entre ellas el enterramiento del valeroso héroe en la iglesia de Saint-Romain tras ser derrotado en la lucha contra el enemigo sarraceno. En el centro del salón, una mesa alargada y ocho sillas de la más exquisita artesanía.

Nuño, que había dejado su montura en manos de uno de los caballerizos, traspasó el umbral, presidido por la hachuela que ornamentaba las puertas del castillo. La segur grabada en piedra siempre le había parecido una amenaza velada, ahí arriba, a punto de caer en cualquier momento y cercenarle la cabeza.

—Hijo. —Se levantó al verlo entrar en la estancia.

—Padre —respondió Nuño, a quien le costaba tenerse en pie por el cansancio. Había pasado la noche cabalgando y aunque no sentía doloridos los músculos, sí le pesaba el alma y las últimas palabras intercambiadas con Susona. No siempre lograba hurgar en la herida de la joven hasta hacerla sangrar, acercándola así a la verdad que debía revelarle. En ocasiones, él que sangraba era él.

Enrique de Guzmán le agarró la mandíbula cuadrada, le palmeó la barba con ambas manos y posó un beso en cada mejilla, señal de un afecto que emergía y se extinguía con suma rapidez. Luego, lo invitó a sentarse, un ofrecimiento al que Nuño no correspondió. En algún momento a lo largo de su vida había dejado de sentirse a salvo a su lado, así que ahora mantenía las distancias al igual que haría un animal indefenso en presencia de su predador natural.

—Contadme. —Regresó a su sitio. Tenía una sonrisa rajada en la cara que anunciaba victoria—. ¿Traéis noticias que puedan ser de mi interés?

Nuño se deshizo del polvo del camino incrustado en su jubón negro y en las calzas, de la capa se había desprendido en los establos. Contuvo la tos en la garganta, consecuencia de la polvareda que ahora flotaba en el ambiente, y dijo:

—Aún no, padre.

Y así, la satisfacción que yacía pintada en el rostro de don

Enrique de Guzmán se disipó dando paso a un semblante taciturno que avecinaba tormentas.

—¿Y cuánto más tardaréis? —Su voz adquirió un cariz ofensivo—. ¿No habéis tenido bastante con el invierno, la primavera y el verano, que también malgastáis el otoño?

—Hago cuanto está en mi mano.

—¡Pues no hacéis suficiente! —le recriminó iracundo, golpeando el robusto brazo de la silla de cadera. Se puso en pie y deambuló por la sala con pasos apresurados y los puños prietos—. ¡Mentidle, engañadla, seducidla, interrogadla, acosadla y presionadla! Es solo una mujer, no puede ofreceros más resistencia que una plaza mal defendida.

Aquello evidenciaba lo poco que conocía a la verdadera Susona, para derribar los portones de su fortaleza era menester hacer uso de un contundente ariete.

—Ya he intentado esos métodos y ninguno ha resultado.

—¡Probad con otros entonces!

Nuño bajó la cabeza y asintió, un perro domesticado y sumiso.

—Sí, padre. —La figura de Enrique de Guzmán se alzaba ante él, todopoderoso y nada clemente.

—No podemos esperar más. Toda la familia depende de vos: vuestra madre, vuestros hermanos, incluso ¡yo!

Si Nuño odiaba la mansedumbre con la que respondía ante su padre, Enrique de Guzmán odiaba la dependencia de cualquier persona que no fuera él mismo, en especial de su hijo, más joven e inexperto.

—Lo sé, padre —repitió nuevamente.

—No. —Acotó con el dedo índice estirado señalando su fracaso y vergüenza. Nuño notó cómo le corroía por dentro la decepción de su progenitor, volvía a ser aquel niño pequeño que tras haber fracasado en su instrucción de latín soportaba la reprimenda—. No lo sabéis, lo intuís, pero no lo sabéis. Necesitamos información valiosa con la que obsequiar a la reina doña Isabel, un presente incuestionable que equilibre la balanza a nuestro favor y la haga tomar partido, y no hay mayor muestra de devoción y lealtad que nuevas que beneficien al reino.

—No nos devolverá el Alcázar de Sevilla, ni por todo el oro del mundo, aunque le entregáramos el reino de Granada.

—En eso os equivocáis. Por Granada nos haría entrega de las llaves del Alcázar, mas no pretendo recuperarlo. —Meció la mano restándole importancia a aquel recinto palaciego que un día los acogió y se transformó en hogar—. De hecho, sé de buena tinta que esa batalla está más que perdida. No obstante, cierta información podría garantizarnos la devolución de algunas fortalezas que estuvieron bajo nuestro poder: Frexenaf, Aroche, Aracena, Librixa, Alanis, Constantina o Alcantarilla.

Nuño acusó el brillo de la codicia en sus ojos, un brillo febril que él compartía. Ansiaban cosas diferentes: su padre, poder; él a Susona, más allá de lo establecido, más de allá de lo que era aconsejable para un hombre de su cuna.

—Esperáis mucho de doña Isabel.

Enrique de Guzmán prorrumpió en una seca carcajada que sonó sardónica y abusiva.

—Dícese mujer justa, que no cae en parcialidades, que recompensa a los que honran a su persona. En nada se parece a su hermano, el difunto rey Enrique, mas albergo la esperanza de que sea tan generosa como él y pague con mercedes nuestros servicios a la Corona.

Nuño veía poco probable que su majestad les regresara las propiedades que les habían pertenecido, eso supondría un retroceso en lo ganado, una cesión que doña Isabel y don Fernando no estaban dispuestos a conceder, por mucho que agradecieran a la nobleza su apoyo, por mucho que la necesitaran en tiempos venideros.

Recordaba a la perfección el día en que la vio por primera vez y el efecto que causó en él. Era verano, el calor caía con aplomo sobre Sevilla y el suelo era un secarral que hacía arder la suela del calzado. El 25 de julio de 1477, con el sol brillando sin tregua alguna, doña Isabel entró en Sevilla montada a lomos de un caballo níveo de crines cepilladas. Tenía los ojos del azul claro del cielo primaveral y el cabello, que se presuponía rubio por el color de sus finas cejas, cubierto por un casquete y un velo. Le impresionó su corta estatura, subida sobre unos chapines que le concedían más altura, la blancura de su rostro y la mesura y continencia de sus movimientos. Vestía tabardo sobre brial de brocado de la más lujosa seda carmesí, y llevaba encima pedrerías deslumbrantes y sortijas. Todo en ella refulgía con la gracia de los que han sido bendecidos por Dios.

Tan grata fue su visita que la ciudad se vistió de gala para recibirla con gran solemnidad y placer. Con juncias, tomillos, hierbas perfumadas y olorosas se alfombraron las calles por donde había de pasar. Ante ella se arrodillaron caballeros, clerecía, ciudadanos y el común, y se organizaron festejos y juegos en su honor durante algunas jornadas. Se estableció en el Alcázar, apoderándose de él, e impartiendo justicia cada viernes en audiencia pública, sentada sobre una silla de paño de oro que reposaba sobre una tarima. Y de allí expulsó a los Guzmanes, para los que ya no había cabida.

Cumpliendo con los designios reales, don Enrique de Guzmán entregó no solo las llaves del Alcázar sino también todas las fortalezas que doña Isabel le exigió, al igual que el excelentísimo don Rodrigo Ponce de León renunció a las de Jerez y Alcalá de Guadaira. En ellas fueron colocados alcaides naturales de las villas, sin connivencia con su familia o la de los Ponce de León, todavía enfrentadas.

No. Doña Isabel de Castilla no devolvería aquellas propiedades a la casa de los Guzmanes, aunque su padre aspirara a ello desde el instante en que lo despojaron de sus bienes. Guardaba el rencor y el escozor en un relicario de oro y plata, y al fondo, la esperanza.

Habiendo paliado su furia y sus nervios con el incesante caminar, Enrique de Guzmán escanció vino en la copa que había sobre la mesa. Se deleitó en la visión de aquella catarata rojiza, en el vaso lleno y no medio vacío, en el sabor afrutado de la uva fermentada, proveniente de los dulces viñedos de Gandía.

—Pero para que eso suceda —prosiguió—, para que doña Isabel nos otorgue mercedes hemos de ofrendarle algo que valore, y no hay nada que más aprecie que su fe.

—Conversos. Cristianos nuevos que judaízan en secreto —resolvió Nuño.

—Cristianos que no son cristianos —afirmó—. Muchos dicen serlo y siguen viviendo en la judería, ningún cristiano que se precie aceptaría convivir con marranos, para los recién convertidos es un riesgo que conllevaría grandes daños, inconvenientes y diversos desaires con infamia. Los que se quedan ahí es porque no han renunciado a su dios.

Pensó en Susona, ella moraba dentro de aquellas collaciones que habían ido variando según los numerosos intentos de apartamiento, muchos de ellos infructíferos. Era la única hija de un rico y afamado mercader, con el oro de aquel próspero negocio podrían haber abandonado la judería y haberse instalado en una zona de la ciudad en la que los cristianos fueran mayoría, en la que su apellido no fuera cuestionado. No obstante, ahí seguían, en el barrio donde sus antepasados habían vivido y perecido, pese a que sus rezos hubieran cambiado.

—Susona hablará, solo necesito algo más de tiempo.

Enrique de Guzmán dio un largo trago, algunas gotas de vino perlaron su barba veteada por incipientes canas. No la soltaba, era una extensión más de su brazo. Sonrió, y aquella sonrisa que se asomaba por encima de la copa erizó los vellos de la nuca de Nuño.

—El tiempo es un bien escaso, hijo mío, y vos lo agotáis.

—Dadme una oportunidad, padre. —La súplica destilaba urgencia y ese horrible anhelo de aceptación paterna que aborrecía al sentirse vulnerable.

Si no lograba que Susona confesara los crímenes de fe de sus vecinos, puede que su padre decidiera recurrir a otro hombre, un leal servidor que le sonsacara esa maldita información a través de métodos menos ortodoxos. Al amparo de la noche, por las callejuelas merodeaban algunos pobres diablos que, siendo amigos de las sombras, aceptaban unos cuantos maravedíes a cambio de satisfacer las necesidades ajenas, incluso las más sórdidas. «Pedid y se os dará» era su respuesta a todo. Armados con un acero afilado y un garrote camuflado entre los pliegues de las ropas, su oficio era complacer al pagador: desde extraer secretos inconfesables hasta hacer desaparecer a quienes traían problemas. No les importaba condenar sus almas, el oro compraba la confesión, y la confesión el perdón.

Imaginar a Susona en manos de alguien que no fuera él lo enloquecía y asustaba a partes iguales. Quería ser él el peligro que la acechara y quien la protegiera.

—Antes de que finalice el año podréis hacerle llegar a la reina lo que tanto deseáis y ser recompensado, si ella lo estima oportuno.

—Todos lo seríamos —le corrigió.

Nuño contempló impasible cómo su padre se acercaba, un paso tras otro, retumbaba el sonido de sus botas contra el suelo de fría piedra del salón. Entre sus rostros apenas había distancia, lo miraba a los ojos castaños, idénticos en forma y color, y también las espesas pestañas que los enmarcaban. Cuando habló aspiró el aliento preñado de alcohol.

—A veces me pregunto si no os habré sobrevalorado, si el amor de padre no me habrá cegado haciéndome creer que erais digno de esta empresa. No hagáis que siga cuestionándomelo, Nuño.

El joven tragó saliva y el mero acto le produjo dolor en su garganta reseca.

—Sí, padre.

Los Guzmanes alardeaban del lema de su linaje: *Praeferre patriam liberis parentem decet*, «Un padre debe anteponer la patria a sus hijos». Con él fingían que la Corona era más importante que los lazos familiares, que la fidelidad y el buen servicio hacia su rey era prioridad, y que darían la vida de sus hijos como su antepasado Guzmán el Bueno dio la del suyo negándose a rendir el bastión de Tarifa ante la ofensiva de los meriníes y nazaríes, respaldados por el infante don Juan, hijo del rey Sabio, Alfonso X.

Por desgracia, don Enrique de Guzmán habría vendido a toda su progenie igual que habría vendido su patria si de ello hubiera obtenido rédito y una mejor posición. Porque como habían comprobado en la guerra civil, las lealtades basculan. Y las serpientes, rastreras como son, se enroscan en su cuerpo reticular, sigilosas y pacientes, y aguardan, dispuestas a hincar sus colmillos y esparcir su veneno.

5

Habían transcurrido un par de semanas desde que Susona le había confiado que una calavera la acechaba en sueños, y en todas ellas Diego de Susán había oído sus pies descalzos recorriendo los pasillos del piso superior. Se paseaba con el cabello oscuro cayendo sobre la espalda y el rostro, cepillado con esmero por la buena de Catalina, en camisola de dormir, que, a la luz de los candiles, lucía un amarillo desgastado. No gimoteaba, no hablaba, solo deambulaba.

A veces le parecía el espíritu errante de su esposa, la tierna y bella María, que venía a visitarlo o atormentarlo, a culparlo de una crianza demasiado benévola, que tendría como consecuencia la caída de Susona en pecados como la vanidad o la envidia, el orgullo o la lujuria, de los que deben guardarse las mujeres honrosas y padecen las hijas altivas de los padres que no han sabido poner coto a sus caprichos. Pero enseguida reparaba en que no era María sino Susona, que nunca descendía las escaleras, era como si estuviera prisionera en aquellas estancias, y él lo agradecía, pues de bajar se tropezaría con que la realidad era peor que el mundo onírico del que tanto deseaba huir.

Temeroso de que se hubiera convertido en un animal nocturno y peligroso —todas las criaturas de la noche lo son—, Diego de Susán le preguntaba cada mañana en la mesa del salón cómo se encontraba, cómo había dormido, si había descansado después de la letanía de rezos y la lectura de un par de versículos. La respuesta ya la conocía incluso antes de que ella se la revelara, siempre era la misma. «La calavera no me permite descanso, padre, no me da tregua», repetía con una voz pastosa que no le pertenecía. Tampoco le pertenecían aquellas ojeras extendidas bajo sus ojos claros de manantial, ni los despertares inoportunos, ni esa opacidad en su melena semejante al ónice. Y pese a ello, seguía siendo bella, la más bella de la judería, de Sevilla y del reino. Veía a su difunta esposa en cada uno de sus rasgos, bella pero no tanto.

—Desistirá, la calavera desistirá. —Eso le había dicho él—. Cuando los mensajes no son respondidos se disuelven como la bruma de la mañana en cuanto las nubes se pliegan a los rayos del sol. La luz siempre vence a la oscuridad, Susona.

Si Susona continuaba con los labios sellados por un lacre rosado, la muerte se iría del mismo modo que vino, sin invitación, sin previo aviso. Nunca sabría qué era lo que la había traído hasta allí, qué era lo que buscaba con ansia, qué era lo que deseaba de ella.

Diego de Susán, que contaba desgracias y tragedias, y le faltaban dedos de la mano para enumerarlas, sabía de buena tinta que la ignorancia era un cuchillo mellado que acababa sajándote el vientre. Era preferible conocer que desconocer.

Era la décima noche, la luna brillaba en lo alto del firmamento acompañada por rielantes estrellas plateadas que recordaban a diamantes engarzados. En la hora del concubio, aquella en la que las gentes suelen recogerse para dormir, muchos hombres se levantaron de sus jergones dejando a sus esposas e hijos arropados por el calor de las mantas, regresarían antes de que notaran su ausencia. Habían de acudir a un compromiso que les había llegado hacía unos días a través de una misiva, un pergamino doblado que solicitaba silencio y su destrucción en el fuego del lar. Provistos de ropajes parduzcos y fundidos con las sombras, se deslizaron con sigilo por las callejuelas, sin lumbre que les iluminara el camino, hacia la casa del honorable Diego de Susán. No la necesitaban, les guiaba el instinto y la memoria. Los que nacen en la judería se desenvuelven con soltura en ella, incluso en medio de la oscuridad.

Diego de Susán había contado veinticinco figuras cruzando el umbral de su hogar, a todas ellas las había recibido con susurros y en secreto. Aún faltaba una más, la última y más importante, la de su viejo amigo Beltrán, que no tardaría en golpear tres veces la madera de la puerta. Tres golpes era la seña estipulada que los identificaba como aliados, y, por fin, tras varios minutos, llegaron esos tres golpes.

Al abrir se encontró con un Beltrán gris, enfundado en una capa larga que le cubría el rostro y le arrebataba la identidad. Bajo ella, jubón y calzas de un marrón degradado que asemejaban más las de un campesino que las de alguien de su condición, un mercader que se había visto favorecido por la fortuna. Nadie lo habría reconocido, excepto Diego de Susán. Se abrazaron con efusividad y se palmearon las espaldas. Ya desenlazados sus cuerpos se miraron a los ojos, recordando los tiempos vividos, emocionados por el momento, aferrados por los antebrazos en un gesto fraternal. Se apreciaban como hermanos.

—¿Y la bella Susona? —preguntó. Siempre tenía un pensamiento para ella.

—Duerme plácidamente, o solo duerme. —«O al menos lo intenta», calló.

—¿Y si se despierta?

Negó con la cabeza.

—Lucha en sueños contra una calavera que la acosa, a lo sumo deambula por su propia habitación, da vueltas en la cama y se asoma a la ventana. —Con la mano apoyada en su espada lo instó a caminar a su lado rumbo al salón, aquel en el que tantas copas e intimidades habían compartido. Allí los esperaban los demás—. No te asustes si la ves ahí, no es un espíritu, son las pesadillas que la martirizan.

Beltrán alzó la cabeza hacia el techo.

—¿Y si nos oye?

—No lo hará.

—Veintiséis hombres son demasiados hombres, los murmullos son para las mujeres, no para nosotros.

—Ten fe. He sido precavido.

—¿No descenderá las escaleras y nos encontrará aquí a todos?

—Susona es prudente, como lo fue su madre y la madre de su madre, porque solo así se crían las buenas mujeres. No da ni un paso que le haya sido vetado. Con respecto a nosotros, mi hija es ciega y sorda.

—¿Y muda?

—Como si le hubieran arrancado la lengua con tenazas al rojo vivo. No puede hablar de aquello que desconoce.

«Nadie debería hablar de aquello que desconoce», pensó.

Todavía no habían penetrado en el salón, desde el que llegaban ligeras voces metamorfoseadas en un siseo hostil. Los candiles encendidos conferían al entorno hogareño un aspecto lúgubre y funerario: sobre las paredes de piedra se dibujaban las efigies de los asistentes, diversas en altura y corpulencia se alargaban hasta parecer gigantes. Era uno de esos juegos de luces y sombras que Diego de Susán solía interpretar con sus hábiles manos, creando formas para que su pequeña, que antes lo había sido, riese y adivinase. De eso ya hacía mucho tiempo.

Beltrán observó que una chispa de tristeza cruzaba el rostro de su amigo. Envejecido, criaba vetas blanquecinas y grisáceas en un pelo que otrora había sido moreno, conservaba la largura, no la densidad, que escaseaba como escasean las fuerzas en aquellos que resisten los embates y se levantan del tropiezo una vez más, pese al dolor de los músculos y las heridas sangrantes. Pese a saber que volverán a besar el empolvado suelo.

Juntos habían atravesado infinidad de trances, el más duro de ellos, cuando su esposa falleció al dar a luz y él se sumió en una melancolía que le languideció el cuerpo y el alma; ahí perdió las fuerzas y parte de la esperanza. Suerte que Catalina se ocupó de amamantar a la criatura mientras él lloraba, y distrajo a la pequeña María, que, devastada, lloraba a su madre. De que él no se quedara en los huesos se encargaron las criadas, Beltrán y su mujer, que no consintieron que las niñas fueran huérfanas también de padre.

El gorjeo pueril y la risa de Susona le devolvió la vida, y ahora ya no concebía vivir sin ella.

—Mi querido Diego —su mano golpeó el recio hombro de su compañero, quien le dedicó una sonrisa turbia que ya había vislumbrado en otras ocasiones—, prométela rápido y prométela bien. Hazlo antes de que se enamoren perdidamente de ella y no la olviden, y que por no alejarse la rapten y se la lleven en una noche oscura. Y entonces seas tú quien no la olvidará.

¿Y si aquella era la noche? Temió que cuando subiera las escaleras ya no estuviera bajo su techo, que lo hubiera abandonado sin despedirse, que hubiera renunciado a él. Temió que Susona dejara de ser Susona, hija de Diego de Susán, para ser mujer de hombre extraño.

—Aún es pronto, aún hay tiempo.

—Quince primaveras son más que suficientes. No esperes mucho más, o el desenlace será fatal.

La hija de Beltrán ya había celebrado sus humildes esponsales y era un año menor que ella. Beltrán en persona había elegido al afortunado, un hombre de buena familia que trabajaba en el oficio de curtidor, lo que le garantizaba un futuro cómodo aunque no lujoso.

—Susona ha sido bien instruida, es mujer sagaz, despacha adecuadamente a los hombres que la rondan cual gallos de corral que se pelean a picotazos por la única hembra. —María lo habría hecho mejor, él había hecho lo que muy humildemente había podido—. Aún puede cumplir un año más.

Beltrán exhaló un hondo suspiro.

—No deseaba ser yo la alcahueta que te confesara esto. —Se lamió los labios y buscó las palabras exactas. Su semblante se tornó sombrío y Diego de Susán se esperó lo peor—. Su honra peligra. Comentan las malas lenguas que un caballero cristiano la vigila, que pierde latidos por ella.

—¿Quién? —escupió.

—El hijo mayor del duque de Medina Sidonia, Nuño de Guzmán. —Bajó la voz al pronunciar su nombre.

—No se atreverá. —Fue más un deseo que una premonición.

—Los Guzmanes creen que todo está a su alcance —le recordó.

—No mi Susona.

—Prométela con cualquiera, aunque luego rompas el casamiento y nunca lleguen a ser marido y mujer. Un anillo en el dedo mantendrá alejados a los rufianes como Nuño de Guzmán, ya sabes cómo se las gastan los hombres de su calaña…

Por Dios y por la Virgen que lo sabía. La nobleza siempre hacía valer sus derechos sobre el común.

—Al contrario. —Se pinzó el puente de la nariz—. Encadenarla a un futuro matrimonio no hará más que aumentar su atractivo a ojos de los demás. Lo que pertenece a otro es más deseable aún, por eso Moisés esculpió en la tabla ese mandamiento.

—Hazme caso, carísimo amigo. Será mejor que la encierres en esta casa o la prometas con un joven. Mi muchacho mismo.

Era una opción tentadora, sin embargo, no quería ser el padre que empuja a su hija a un enlace que solo responde a motivos económicos y sociales, quería ofrecerle la oportunidad de amar y ser amada. Sería injusto negarle la libertad de la que gozó su hermana mayor.

Beltrán se encogió de hombros.

—¿Por qué no? Tu hija María se desposó con Álvaro Suárez, el hijo de Benadeva, está encinta, a tres meses de dar a luz, si no fallo en mis cálculos o en lo que me cuenta mi esposa. —Diego de Susán le confirmó que así era—. Y parece que ante ella se abre un porvenir próspero.

Los nietos, esa bendición caída del cielo que alegra a los ancianos encaminados hacia la tumba en sus últimos episodios. Querría a los hijos de María, a los que colmaría de atenciones y regalos, y amaría a los de Susona, aun sin existir pensaba en ellos.

—María se fue temprano y eligió a un buen hombre. Benadeva es amigo y mayordomo del cabildo de la Catedral, y dio testimonio de su vástago, que ojalá siga sus pasos en lo que al negocio de los préstamos se refiere, pues es lucrativo. Conociendo al padre, conozco al hijo. Mi María y su progenie están en buenas manos.

—¡Por eso mismo! —aulló. Diego de Susán le chistó para que no ascendiera el tono y él se lamentó—. Por eso mismo —musitó—. Mi Gonzalo es buen chico.

—¿Te ha rogado que intercedas por él?

—Lo sugirió. —Esbozó la sonrisa maliciosa de un niño avieso—. Es una idea que barruntaba hace algún tiempo.

Debía de ser desde temprano, pues Gonzalo, que aventajaba en edad a Susona, se había criado con ella, pasando la infancia juntos, con otros púberes como los de Benadeva. Nunca había mostrado interés por ninguna niña, a decir verdad, mucho menos por María, más cercana a él en años y proclive a la complacencia, lo que la hacía perfecta para convertirla en su esposa. En cambio, la mirada se le perdía en Susona.

—¿Sabes cuál es el problema, Beltrán? Que te dedicas al comercio como yo, y utilizas las mismas triquiñuelas que para vender tus productos. A mí no me das paños de lana por paños flamencos.

Beltrán abrió la boca por la ofensa mal simulada que elevó los ánimos de su amigo.

—Vamos, me conoces. Sabes que a mi Gonzalo no le faltan las candidatas. Es apuesto.

—Como su padre —le concedió, su amigo se hinchó de orgullo.

—Y de gran intelecto.

—Esa característica es de su madre, no cabe duda —terció.

Retuvieron la risa que ya afloraba. Una vez calmados, Beltrán le dio un apretón en el hombro y añadió:

—Aceptaste a Álvaro Suárez para tu hija María, pese a lo de su madre. En mi casa no habrá problemas, mi mujer no es la de Benadeva, no es Isabel Suárez, y en estos momentos no ser una conversa que judaíza en privado es una seguridad para cualquier familia de cristianos nuevos, incluida la tuya. Prométeme que pensarás mi oferta. No por mí, ni por mi hijo, sino por Susona.

Ambos se asomaron al interior del salón, los hombres que allí aguardaban empezaban a impacientarse y los bisbiseos se intensificaban. Se hacía tarde, la luna no dominaría el cielo para siempre, había mucho por discutir, mucho por urdir. No tenían toda la noche. Debían aprovechar el refugio de la oscuridad.

Diego de Susán agradeció los consejos de su amigo y la propuesta de matrimonio que, de resultar fructífera, habría entroncado sendas familias.

—Hallaré otra manera de mantenerla a mi lado, una que no suponga emparedarla entre estos muros o condenarla a una vida de infelicidad.

Beltrán asintió con labios prietos.

—Las hijas siempre se marchan —dijo con nostalgia—. Es ley de vida.

—Aún puede cumplir un año más —repitió Diego de Susán.

Dejó que Beltrán se uniera a los presentes, y con un par de pasos regresó a la entrada de la casa. Inspeccionó el exterior a través de la ventana asegurándose de que no había ninguna bandada de cuervos sin alas, llamados pretendientes, bajo la de su hija. Desde allí no se veía su alcoba. Estaba asomada, algo en su interior se lo advertía, que Susona admiraba el paisaje de callejuelas silenciosas y desangeladas, sin rastro de vida humana, insomne, con sus ojos claros enrojecidos por la presencia de la calavera.

A la espera de algo, de alguien.

6

Perdida en la espesa negrura, Susona vagabundeaba por unas calles que recordaba haber visto pero no transitado. Todo le resultaba agradablemente familiar, aunque la niebla manara desde el albero del suelo y se elevara hasta dificultarle la visión, al dotar al barrio que la rodeaba de una apariencia fantasmal. Veía y no veía, pues la cortina de volutas de humo se iba diluyendo a medida que andaba sin rumbo y la perseguía a cada paso. La envolvía.

Giró hacia la derecha en la primera esquina, la siniestra era propiedad del diablo. De pequeña la habían obligado a coser, a escribir y a usar la mano derecha, pese a que su instinto clamaba por la izquierda, que por naturaleza exigía recobrar su posición dominante. Continuó recto, casi a tientas, tratando de no tropezar con sus pies desnudos, en los que se clavaban los guijarros. Iba pegada a las paredes en un vano intento de camuflarse de los posibles asaltantes, que eran proclives a interesarse por las escarcelas que colgaban del cinto y las joyas de las mujeres de cierta condición. Ella no llevaba nada encima, nada más que la camisola de dormir que se le pegaba al cuerpo, así que poco podrían sustraerle. Pero el miedo no radicaba en que se llevaran sus alhajas, sino aquello que más valor tenía: la pureza que tan recelosamente guardaba y que ni siquiera a Nuño había entregado.

El ambiente estaba cargado, el respirar se hacía trabajoso debido a la humedad que se mezclaba con una sensación de calor agobiante; sentía la columna impregnada de un sudor pegajoso.

Las calles se habían convertido en un laberinto y por más que torcía hacia la derecha no terminaba de llegar a ninguna parte. A veces creía que se había desorientado en la judería, en su judería. Porque las casas que se encontraba eran similares a las de sus vecinos. Ahí vivía Juan González Çid, sedero de profesión; ahí Catalina González, que era filera; ahí Gabriel Sise, buhonero; ahí la viuda de Alvar Carmona, y ahí Diego Fernández de Santillán, doctor. Pero los hogares a los que se refería debían de hallarse en otras calles, en las contrarias a las que había enfilado. No estaba equivocada, se ubicaba a la perfección, pues todos los que han sido encerrados allí desde hacía siglos se conocían los riachuelos serpenteantes que eran las arterias de la judería como si fueran las líneas de la palma de su mano. Solo los visitantes no atinaban a encontrar las puertas.

Por fin una bifurcación.

No dudó, prosiguió por la derecha, como si una fuerza mayor se hubiera anclado a su pecho y tironeara de él indicándole el camino. Salió a una pequeña plazuela, estaba desierta y los imponentes naranjos proliferaban al igual que la fruta madura, el olor abofeteaba sus fosas nasales hasta volverla indiferente al resto de aromas dulces. Fue entonces cuando reparó en que era primavera, una aciaga primavera. Nada brillaba como debía, el sol no resplandecía como en la época estival, tragado por la neblina, tampoco calentaba como solía hacerlo, a pesar del sudor que chorreaba por su espalda y le bañaba las sienes. Lo de allí arriba era un cielo gris plomizo que incitaba a la desazón. Era una primavera triste que no brotaba.

A la derecha. Siempre a la derecha.

Los naranjos sembraban las vías aledañas, cuajadas de casas anónimas. Con los pies barría el azahar caído, una cuna floreada que le hacía cosquillas.

Si cruzaba hasta el final aquella calle encontraría las gruesas murallas del Alcázar. Porque aquella calle era su calle. Se detuvo. Miró la calavera desde abajo, colgaba de la jamba de la puerta mediante un gancho metálico, pero también estaba incrustada en la propia pared. Podría haber confundido la encrucijada con aquella en la que se reunía con Nuño, podría haber confundido la edificación con su propio hogar, de no haber estado espejados los estrechos caminos que desembocaban en ella. Era un mundo distinto, el de los sueños o las premoniciones. A la diestra lo de la siniestra, a la siniestra lo de la diestra.

Le sonreía, burlona, una mueca de dientes amarillentos y carcomidos por el tiempo. La observaba con sus cuencas vacías que asemejaban dos remolinos de agua tragando y tragando, hundiendo navíos enteros que nunca amarran en puerto.

Debajo llevaba su nombre tallado en la piedra. SVSONA.

Se le humedecieron los ojos y quiso desgañitarse, gritarle. ¿Por qué Susona significaba traición? ¿Era esa traición la que Nuño le suplicaba entre besos y caricias? ¿Esos besos y caricias, ese amor, la conducirían al exilio y la muerte, a ser la calavera de marfil que preservaba su nombre?

Dudosa, dio un paso al frente. Cuanto más se acercaba, más notaba el hedor a podredumbre, menos lo ocultaba el azahar, la dama de noche y las naranjas. En el mercado había vendedores que recurrían a ese ágil truco, disfrazar la carne en mal estado con especias fuertes que enmascaraban la pestilencia para que las compradoras no repararan en ello y la adquirieran.

De sus labios no emergió palabra alguna, se atragantó con todas ellas, las no formuladas, las ya pensadas. Y Susona se quedó sin respuesta. Hablarle a una calavera era hablarle a la muerte. Ella no quería morir, prefería vivir con pesadillas a verse arrastrada por la muerte. A verse alejada de Nuño.

La calavera seguía observándola, tan fijamente que por un instante creyó que la reconocía, que sabía quién era, a quién pertenecía aquella frente amplia y esos altos pómulos.

Y entonces se despertó.

La lumbre seguía prendida, iluminando los rincones de un tenue naranja. Se desproveyó de las agobiantes sábanas que la mantenían cautiva, enredadas entre sus piernas, y llenó los pulmones de aire, una bocanada que pretendía ahuyentar sus demonios internos. Aún sentada en la cama, posó la mirada en la tabla que ornamentaba su alcoba —regalo con motivo de su décimo aniversario—. La Virgen la contemplaba con un rostro lechoso e indulgente. Vestida con paño azul cobalto y una aureola de pan de oro, sostenía en brazos al niño Jesús.

La imagen la reconfortó. Esa sonrisa delicada y misericordiosa, que no era sonrisa sino una suerte de levedad en los labios de la Virgen, siempre la serenaba. Era como si su madre la mirara a través del grabado de aquellos ojos almendrados y negros, que si diferían en color, habrían de coincidir en la paz que transmitían. Porque aquellos que nacen sin madre encuentran amor en la madre de todos.

Se levantó de la cama y se remojó el rostro en el agua fresca del aguamanil de cobre que reposaba sobre la mesa. Al hundir las manos en el bacín, la vegetación repujada parecía bailar. Dejó que las gotas cayeran por su cuello y se colaran por los pliegues de la camisola derramándose por la clavícula. No quería pasar otra noche leyendo bajo el candil, ni quería dejarse los dedos en las puntadas del bordado hasta cabecear de cansancio y sopor. Cuando eso sucedía, se quejaba del dolor de espalda y cuello, que a menudo cedía ante los estragos del sueño. Rezar tampoco le placía, pues, si bien su padre y Catalina creían que antes de cerrar los ojos cumplía con sus oraciones, hacía semanas que había renunciado al consuelo de la fe. Algo se agitaba en su interior, algo que le impedía postrarse de rodillas ante el crucifijo y recitar las plegarias. No se había olvidado de Dios, aunque últimamente sintiera que Dios sí se había olvidado de ella, y que por esa razón caminaba por calles irreconocibles. Dios era luz, y la suya se había apagado, dejándola sumida en las tinieblas.

Se asomó a la ventana, el aire de la calle le meció los cabellos, algunos mechones se le habían adherido por el sudor, otros por el agua que todavía la perlaba. De haber sido verano se escucharía el zumbido del canto de las chicharras, pero a aquellas horas, en otoño, en la judería solo se apreciaba el silencio sepulcral. Más que un espacio de vivos era una necrópolis.

A juzgar por el movimiento de la luna, aún no era medianoche, Nuño no habría llegado a la encrucijada. Regresó su mirada a la Virgen.

Susona decidió que pasearía por su hogar y, esta vez sí, descendería las escaleras.

7

Los hombres agazapados sobre la amplia mesa era lo que Diego de Susán imaginaba que habría sido la última cena de Jesucristo y sus apóstoles, compartiendo pan y vino. Pan ácimo. Solo que su mesa estaba rodeada por más de doce seguidores, eran veintiséis, y en ella no había viandas ni refrigerio, solo los nudos de la madera. Como anfitrión, les habría sacado un asado de carnero para comer, buen vino para beber, fruta de temporada para degustar, puede que un postre para finalizar, si la velada hubiera sido placentera y no un pecado que ocultar.

No había encendido el fuego por miedo a que la lumbre los delatara, a que desde la calle algún transeúnte trasnochado oyera el sonido de las lenguas y el crujir de los troncos, y dedujera que Diego de Susán estaba acompañado por alguien además de su hija, el servicio y las ganancias obtenidas con el sudor de su frente e intrincados cálculos. Cuando se era fiel a la Corona había que ser cuidadoso, cuando se era un traidor, había que serlo aún más. Los dedos acusadores, ramajes de un árbol podrido, siempre señalaban a los mismos. Tan difícil era demostrar la inocencia no habiendo cometido un crimen y teniendo las manos limpias como habiéndolo hecho.

Daba gracias a la oscuridad, y daba gracias al silencio, aunque, siendo este ensordecedor, sus respiraciones eran un reclamo a gritos. Por eso contenía el aire en los pulmones, en la garganta, y emergía paulatinamente de sus labios ya ajados, ocultos por una barba canosa.

En su hogar todo era la luz macilenta de un candil y un silencio funesto.

—¿Nos encontramos en un lugar seguro? —preguntó uno de los convocados.

Fue a responder, pero su fiel compañero Beltrán ya había tomado la palabra, de pie a su lado, perro y dueño, escudero y falso caballero.

—Ni escondidos y acurrucados debajo de vuestras camas, temblando cual críos lactantes agarrados al pecho de su nodriza, estaríais más seguros que aquí, entre las paredes de Diego de Susán, quien hoy os acoge. —Acto seguido, lo obsequió con una palmada en la espalda que lo invitó a iniciar el discurso.

Lo había preparado a conciencia durante meses, respaldado por compañeros ilustres y de gran relevancia que secundaban sus ideas y estaban dispuestos a favorecerle, como Bartolomé Torralba, Manuel Saulí y el propio Beltrán. Sin embargo, ahora que había llegado el momento, Diego de Susán se sentía desprotegido, desvalido. En cuanto expusiera sus intenciones y el motivo de la reunión, con apoyo o sin él, la espada de Damocles se balancearía sobre su cabeza. Degollado por un tajo.

Había que correr ciertos riesgos.

—No habita ni un alma en esta mi casa que pueda ser testigo de nuestra intriga, a excepción del espíritu de mi difunta esposa, que Dios la tenga en su gloria. —Un aciago mutismo abatió a los hombres que discretamente murmuraron a favor de la pobre mujer—. El servicio no se halla aquí, y mi bella hija duerme, al igual que su aya. Los únicos oídos son los que en esta sala oyen, los únicos ojos son los que en esta sala observan, y las únicas lenguas, las que en esta sala pronuncian palabras sibilinas. Estamos tan seguros como leales sean vuestras intenciones para con la causa.

Era reconfortante estar arropado por sus hermanos; Juan, Pedro y Álvaro de Susán habían asistido pese a que la relación que los unía ya no era tan estrecha por el paso de los años. La familia era la familia, o eso solía decirse, así que ahí estaban, en las duras y en las maduras, como lo habían estado para festejar las nupcias de su hija María con Álvaro Suárez.

Los más cercanos a él asintieron con pleno convencimiento. Otros susurraron en voz tan baja que le fue imposible descifrar qué era lo que comentaban, y otros se cruzaron los brazos sobre el pecho, neutrales, recelosos. Beltrán le dedicó una mirada de preocupación, él no respondió; la suya, marrón madera, al contrario que la de su hija Susona, se centraba en los rostros de cada uno de los hombres que se cobijaban bajo su techo.

¿Qué entrañaba más peligro: lo que estaban a punto de decidir o haber abierto las puertas a tantas personas, pudiendo alguna traicionarle por la espalda? Siempre había algún traidor, siempre había uno que se arrepentía.

Pedro Fernández Benadeva se puso en pie, colocó las palmas de las manos sobre la mesa de madera que habían ocupado cual ejército penetrando en la ciudadela de un reino enemigo —deseó que fueran un ejército— y, ante la expectación de todos, expresó:

—Creo que hablo en nombre de mis hermanos cuando digo que la confianza depositada en todos los aquí presentes es plena e inmutable, al igual que la fidelidad a nuestro pueblo y a nuestra causa. —Se refería a su «pueblo» con la añoranza de un apátrida. La culpa era de su esposa, Isabel Suárez estaba tan apegada a sus raíces judías, había inculcado a sus vástagos la fe y las tradiciones mosaicas de tal manera, que Benadeva vivía entre dos mundos: el pasado y el irreconocible presente.

—Hablad pues, Diego de Susán, que los que nada saben acerca de lo tramado deben de estar impacientes por oíros —culminó Bartolomé Torralba, que había estado escuchando con atención los cuchicheos intermitentes mientras se mesaba la barba, el oído aguzado por si captaba algo que les interesara.

Diego de Susán se aclaró la garganta, presa de la tos seca.

—Hemos aquí veintisiete buenos hombres, hombres honrados de familias honradas que se han tornado importantes en nuestra comunidad por sus propios méritos y muy diversas labores: mercaderes —señaló a Adolfo de Triana y su hermano—, letrados y alcaldes de justicia —Abolafia sonrió—, mayordomos de la Catedral de nuestra ciudad de Sevilla —el aludido, Pedro Fernández Benadeva asintió—, cambiadores, canónigos, sederos, jurados, tinteros, pero hombres conversos. Siempre conversos. Una condición que pesa más que cualquier otra y que arrastramos cual cadena en los pies.

—Fue un intercambio. La fe de nuestros padres y abuelos por la paz —reclamó Alonso Fernández de Lorca—. Quizá no sea un trato justo y ventajoso para aquellos que acostumbráis a manejar maravedíes y sacar provecho de la compraventa, quizá nuestros antepasados tendrían que haber luchado y resistido, pero para los que no trataban con asuntos comerciales era más esperanzador pagar con el bautismo que con un nuevo asalto que destruyera sus hogares.

—Abandonadas nuestras sinagogas, desterradas nuestras creencias —murmuró alguien.

—No es un precio bien pagado si no recibimos lo prometido, querido amigo —objetó Benadeva—. Ser cristiano nuevo no nos dispensa de ser hostigados, ni de vernos acosados por medidas restrictivas que cercan nuestras actividades y negocios y que nos injurian siendo denominados usureros y ratas avariciosas que únicamente anhelan amasar fortuna.

—No sois vos el más indicado para hablar de injurias ni de restricciones con respecto a los negocios, Benadeva, que siempre os ha sonreído la fortuna. Veinticuatro de Sevilla, mayordomo del Cabildo de la Catedral, prestamista, mercader, propietario de una nave… ¿Algo se os ha resistido?

A Pedro Fernández Benadeva le temblaba el ceño por el comentario sarcástico.

—¿O es que os preocupa que alguien descubra que en vuestro hogar el bautismo ha sido como el agua fría con el que os bañáis en verano, simple agua? —lo azuzó otro.

Poner coto a los maliciosos rumores era imposible, se esparcían con la rapidez de una enfermedad infecciosa que se contrae por los miasmas. De eso sabían mucho los judíos, siempre acusados de traer consigo contagios.

Benadeva, con el fin de defender la honra de su esposa y tratar de desmentir las calumnias vertidas sobre ella pese a ser ciertas, procedió a inculpar de criptojudíos a los que lo habían señalado, y estos se indignaron. El murmullo fue en aumento, Diego de Susán observó estoico cómo aquellos hombres se enzarzaban en disputas y se denigraban unos a otros, y pensó que habría sido mejor no haberlos citado. Beltrán se vio en la obligación de silenciarlos y recordarles que no se hallaban en disposición de airear sus descontentos, que dos mujeres dormían en los soberados del piso superior.

El silencio regresó de inmediato, acompañado de muecas torcidas de angustia y rabia enconada por el reciente altercado. Lograr la unanimidad entre individuos, cada uno de su padre y de su madre, era un milagro. Y Diego de Susán no poseía semejante poder.

—La fe por la paz. —Aillón repitió las palabras antes pronunciadas por Alonso Fernández de Lorca, el toquero—. Os recuerdo que ha sido un trato no justo, pero sí favorecedor. No hace ni una centuria que las calles de la judería se colorearon de rojo, en tiempos del joven rey Enrique III. No hubo contención a una revuelta que se cobró vidas, así lo cuentan aquellos que sobrevivieron. Se encarceló a quien la promovió, Ferrán Martínez, arcediano de Écija, y una multa fue impuesta como pago por la destrucción de nuestro hogar, una multa que tardó en completarse al menos una década.

—¿Es eso suficiente? —bramó uno de los hermanos Adalfe sin contención alguna—. ¿Y las familias, las esposas viudas y los hijos huérfanos? Muchos de nosotros, ahora cristianos, somos descendientes de aquellos que sufrieron.

—Trágicos sucesos los del año 1391 de nuestro Señor Jesucristo… —se compadeció Gabriel de Zamora.

Diego de Susán exhaló un suspiro del que escapó la turbación que empañaba su ánimo desde que había convocado a aquellos buenos hombres en su hogar, aun a riesgo de ser instigador y perecer por ello. Si esa fuera la razón de su condena, bien la admitiría, pues lo era. Al Cielo o al Infierno con la verdad, obrando con justicia. Era consciente de que el miedo estaba allí, sentado a la mesa, un invitado más del formal banquete que engullía la ira y sofocaba la sed de incendios.

—No os he hecho llamar para discutir la conversión de los que nos precedieron, a los muertos es mejor no importunarlos, tampoco para hablar de si este o aquel continúa con prácticas judías en su intimidad. Eso en nada nos concierne, ¿no creéis?

Abofeteados por la culpabilidad, bajaron la vista hacia el suelo, avergonzados de haberse juzgado entre sí. ¿Para qué necesitaban enemigos si entre ellos ya se apuñalaban?

—Proseguid —le animó el tesorero de la Casa de la Moneda, Luis de Medina—. Y perdonadnos por este arrebato que ha dejado a muchos de nosotros en evidencia. —Se alzó para dirigirse a todos—. Mesura, señores, que se vienen tiempos difíciles.

—¿De eso se trata? —inquirieron por el bando de la derecha—. ¿De la instauración de la Santa Inquisición en Sevilla?

Diego de Susán captó el matiz de pesar en la voz de Juan Fernández de Abolafia, conocido también como el Perfumado debido a su excesiva compostura y sus vestiduras engalanadas que pretendían imitar las de la nobleza. Habida cuenta del secretismo que rodeaba a aquella reunión, había prescindido de sus brillantes joyas, aunque no del aroma a almizcle.

—En efecto, amigo mío. Como bien ha advertido Luis de Medina, vienen tiempos difíciles para los conversos, los seáis de corazón o no.

—Siempre son tiempos difíciles para los cristianos nuevos —intervino el bachiller Rodilla, que había acudido junto con sus tíos, los Sepúlveda—. En Toledo, Ciudad Real y Córdoba nuestra comunidad ha padecido ataques por parte de la turba, incendiada con arengas, alimentadas por los cristianos viejos.

—Estamos a salvo —garantizó uno—. Para algo reclutamos a una milicia después de la agresión a los conversos cordobeses hace siete años. Además, los Guzmanes han aceptado en el condado de Niebla a muchos conversos que buscaban protección, y en la tierra de estos la han encontrado. Hay opciones.

A Diego de Susán le rechinaron los dientes al oír de nuevo ese apellido nobiliario. Los Guzmanes no eran de fiar, la vanidad y la codicia resplandecía en aquellos ojos de serpiente, nunca se habían preocupado por el pueblo; ningún poderoso se preocupaba más que de sí mismo. Estaba seguro de que don Enrique de Guzmán solo había amparado a los refugiados conversos al ver la posibilidad de utilizarlos a su favor más adelante. Y así lo había hecho, los que abandonaron desesperados su hogar pagaron la protección recibida aliándose con el duque de Medina Sidonia tres años después, cuando armó a cuatrocientos de ellos para defender el Alcázar de Sevilla de la instauración de la Santa Hermandad.

Don Enrique de Guzmán conseguía lo que se proponía, mentía bien, se vendía aún mejor, por eso seguía contando con el apoyo de muchos conversos en su lucha banderiza contra el marqués de Cádiz, don Rodrigo Ponce de León. No se percataban de que eran cristianos nuevos respaldando a una dinastía que se cimentaba sobre los valores caballerescos, la limpieza de su sangre y la fe en Dios, una dinastía de cristianos viejos, ni de que, logrado el principal propósito, serían desechados como la basura que, en realidad, consideraban que eran.

No obstante, Diego de Susán, prudente y comedido, no deseaba abrir grietas entre sus colaboradores, así que dijo:

—La milicia no servirá de nada esta vez. Estamos bajo la atenta mirada de la Santa Inquisición, que, al no tener competencia sobre el judío y el mudéjar, pues se encarga de salvaguardar las buenas prácticas cristianas, escudriñará a los recién conversos. A todos los que descendemos de judíos.

—¿Qué habremos de hacer? —quiso saber Benadeva, la preocupación le había matado cualquier atisbo de rebeldía y ahora arrastraba las palabras con pesadez.

Diego de Susán leyó en sus rasgos el temor a que alguien

imputara a su esposa y que la apartaran de su lado. Una acusación hacia Isabel Suárez y su mancillada reputación salpicaría la de toda la familia, no solo la de Benadeva, sino también la de Susán, cuya hija María serviría de nexo.

—¡¿Hemos de hacer algo, más de lo que ya hacemos?! —exclamó Cristóbal Pérez de Mondadina. De nuevo, Beltrán chistó y le amenazó con ser expulsado si no calmaba los nervios—. Es una vergüenza —rumió—. Una auténtica falta de dignidad.

—Es que ahora tenemos que ser más cristianos que los cristianos viejos, más que doña Isabel, más que el propio Pontífice. —Se quejó Pedrote el de las Salinas.

—Pronto nos exigirán que nos abramos el pecho para que puedan ver brotar nuestra sangre y así examinar si es igual que la de ellos.

Estuvieron de acuerdo. Era un ultraje y un escándalo.

Mientras que ciertos cristianos viejos pecaban con irreverencia y el arrepentimiento no los acosaba, un considerable número de judeoconversos hacía demostraciones públicas de su fe mediante actos cotidianos. Los carniceros vendían en sus tablas vacuno, cordero y cerdo, despachaban hasta la última pieza; una constatación de que no se apocaban a la hora de manosear las tripas de esos animales catalogados de sucios, de que en sus tiendas no compraban ni judíos ni muslimes, que tenían prohibido la consumición de la carne del puerco debido a su religión. Era lo más parecido a gritar: «¡En esta casa, en este negocio, somos cristianos! ¡Fieles cristianos que han roto con su pasado y sus tradiciones semitas!». Y las mujeres pedían cerdo para llevar a la mesa y dar de comer a sus hijos, y eso era lo más parecido a gritar: «¡Somos cristianos y nuestros vástagos son cristianos, tan cristianos como los vuestros, miradnos, este es nuestro alimento!».

—No procedamos a caldear el ambiente, pues será peor el remedio que la enfermedad —insistió Diego de Susán.

—¿Y entonces?

Todos los ojos estaban posados en él. Se lamió los labios

agrietados y el suspiro que exhaló le removió el encanecido bigote.

—Debemos ser cuidadosos y procurar no levantar sospechas, actuar como siempre, y si alguno sigue profesando la fe de nuestros ancestros, pese a haber abrazado a Cristo, que posponga los rezos hasta que la situación se halle estable. —Su mirada y la de Benadeva tropezaron.

—Y, por encima de todo, permanecer unidos —añadió Beltrán—. Que las desavenencias aquí producidas no se pregonen fuera de las paredes de este hogar, que no se repitan. No nos volvamos en contra los unos de los otros, no nos increpemos ni nos denunciemos ante el Santo Oficio por envidias o intereses.

De nuevo un silencio opresor llenó por completo la estancia, la brisa refrescante se colaba por las contraventanas y hacía titilar la lumbre del único candil. Por un momento parecía que la asamblea había tocado su fin, que los allí presentes se levantarían para arroparse con sus capas del color de la oscuridad y salir por la puerta al refugio de la noche.

—¿Para eso estamos aquí, hermano? —Lo interrogó Álvaro de Susán, el menor de los varones de la familia—. ¿Para lanzar un mensaje de amor e incitarnos a ocultarnos entre las sombras como ratas?

Ese comentario prendió una mecha untada de alcohol y el fuego los alcanzó enseguida.

—Somos cristianos pero seguimos siendo ratas —masculló, iracundo, Aillón.

—Marranos —rumió Manuel Saulí, y sus compañeros le miraron como si se hubiera referido a ellos en un insulto que curvó comisuras. Así era—. Marranos, siempre marranos. No importa que seamos o no cristianos, mientras conste que nuestros ancestros fueron judíos, existirá la duda, y para ellos no seremos más que animales, cerdos en una cochiquera, ciudadanos de segunda si es que nos consideran ciudadanos, pues solo les interesamos cuando les somos necesarios, cuando no, marranos. El pueblo taimado, el pueblo deicida.

—Los culpables de todas las desgracias que asolan las ciudades de nuestro reino, sea cual sea la naturaleza de ellas: peste, muerte de ganado, malas cosechas...

—Y nos atribuirán asesinatos no cometidos, prácticas terroríficas como devorar a recién nacidos o envenenar aguas y pozos. No nos salvarán nuestros cargos, oficios ni bautizos, tampoco nuestro dinero.

—Hay algo peor que ser judío —culminó el cambiador de Santa María a cal de la Mar, Pedro Ortiz Mallite—, ser un cristiano nuevo.

—Siendo los judíos patrimonio personal de la reina doña Isabel, siendo sus judíos, nadie osará tomar las armas contra ellos y asaltar la judería como tiempo atrás, mas ¿qué hay de los conversos? A la Inquisición se le unirán los cristianos viejos que vierten maledicencias sobre nosotros.

—¡Eso! —Gabriel de Zamora se irguió—. Podemos jurar que no nos inculparemos ante el Santo Oficio, pero no podemos hacer que los cristianos viejos se sometan a idéntica promesa. Emergerán las rencillas y tened por seguro que muchos caeremos.

En la faz de Beltrán se dibujó una amplia sonrisa de satisfacción.

—Irán a por nosotros y se valdrán de mentiras —les avisó—. Esa es la razón de que estemos aquí.

Diego de Susán apoyó las manos sobre la mesa y se balanceó hacia delante, restándole fuerza a su voz.

—Debemos cuidarnos de aquellos que nos agreden con palabras de desprecio y miradas de repugnancia, de aquellos que nos someten pese a que hemos cumplido con la obligación de abrazar a su Dios y olvidar al nuestro, de desprendernos de lo que fuimos y ya no somos. Caminamos con la cabeza gacha porque pisan nuestro cuello hasta que aspiramos el aroma de la tierra. Y no clamo en defensa de nosotros, sino de nuestros padres y los padres de nuestros padres, que hicieron el sacrificio de sufrir y no llorar. Clamo en defensa de nuestros hijos, de los hijos de nuestros hijos, de nuestra dignidad.

De su Susona.

Cuando llegara el final, cuando llegara la hora, cuando Dios lo reclamase y él tuviera que, obedientemente, abandonar el mundo para cruzar al reino de los cielos y reunirse con su esposa, a quien deseaba estrechar entre sus brazos, no quería que Susona viviera como él había vivido. Porque los padres nunca quieren que sus hijos vivan como ellos han vivido.

—Enfrentarnos a los cristianos viejos antes de que aquí se asiente la Inquisición —dedujeron.

—¿Y arriesgarnos a morir por reclamar qué?

—El pasado y el futuro que nos pertenecen y se nos extirparán en breve —explicó Beltrán con el puño a punto de precipitarse sobre la mesa, que fue capturado a tiempo por de Susán, evitando que el golpe despertara al vecindario.

—¿Qué proponéis?

—Un disturbio —anunció Beltrán.

—Una conjura —sentenció el anfitrión.

8

Contó veinticinco paseos en el interior de su alcoba antes de abandonarla y adentrarse en los pasillos. Hastiada e insomne, caminó por ellos, descendió las escaleras notando la gelidez de los peldaños; la casa era fresca en verano, tibia en primavera, fría en otoño e invierno. Recorrió la parte baja de la vivienda reconociendo cada mueble con el que podría haber tropezado de no haber memorizado su configuración, y los esquivó con la mano tendida, rozando con la yema de los dedos su superficie. Las vetas de la madera.

El silencio absoluto incrementaba cualquier ruido por nimio que fuera, y a sus oídos llegaron unas voces peculiares que reverberaban en las paredes, susurros airados y conspiratorios provenientes de alguna parte. Al principio se asustó, con la respiración extirpada se llevó las manos al pecho, como si así pudiera controlar su agitado corazón. Luego pensó que estaba enloqueciendo, que había terminado de perder el juicio que recobraba al alejarse de Nuño, quien nublaba su perspicacia e intuición. Pensó que oía espíritus encerrados entre los muros de su hogar, castigados entre piedra y piedra, que ahora era ella la que perseguía fantasmas. Y que este era el de su madre.

Se arrimó a una de las paredes y, aguzando sus instintos pegó el oído. Atenta, persiguió los bisbiseos inidentificables hasta llegar al pasillo que daba directo al salón. De la puerta entornada manaba un ligero haz de luz, débil y anaranjado, tan pobre y titilante que dedujo que había un único candil encendido. Si no hubiera escuchado nada habría creído que su padre había sido vencido por el sueño mientras se afanaba en las cuentas; no obstante, era demasiado tarde para que Diego de Susán se entretuviera en calcular los beneficios y daños de su próspera empresa, demasiado tarde para una reunión clandestina. Aunque eso era lo que escondía aquella estancia, a un grupo de más de quince varones, a juzgar por la cacofonía de murmullos que emitían.

Procuraban ser silenciosos, no discutían, se turnaban para hablar, respetándose unos a otros; cuando alguien elevaba el tono recibía un chistido que lo hacía enmudecer. Parecían muy concienciados con la naturaleza secreta de la asamblea. Sus modales y expresiones eran variadas, los había notables, y también de condición humilde, coincidían en dos aspectos: su residencia en Sevilla, fácil de adivinar por el acento, y la rabia ardiente que destilaban.

Interesada en poner rostros a los allí presentes, Susona se asomó con un sigilo propio de un gato pardo callejeando en busca de una raspa de pescado que hurtar de los despojos acumulados en los rincones. Solo alcanzó a distinguir la figura de su padre y al inconfundible Beltrán, siempre a su lado. Enseguida regresó a su escondrijo, el corazón le tamborileaba y lo sentía palpitar en los oídos. No había mentiras entre ellos, nada se ocultaban, salvo el galanteo con el joven Guzmán y ese cónclave convocado. Si no la había hecho partícipe de lo que allí acontecía sería por una buena razón, al fin y al cabo, los padres siempre buscan proteger a sus hijos de posibles peligros. Y cabía que aquello fuera peligroso.

El sentido común imperaba, Susona se propuso desandar sus pasos y encerrarse en sus aposentos con el fin de no interrumpir la enigmática velada. Una vez hubiera concluido y se asegurara de que su progenitor descansaba en la alcoba, se deslizaría nuevamente por los pasadizos de su hogar e iría al encuentro de Nuño de Guzmán.

—¿Qué proponéis? —preguntó un desconocido.

Las palabras llegaron claras hasta Susona.

—Un disturbio. —Ese había sido Beltrán, el bueno de Beltrán, al que ella estimaba y adoraba a partes iguales. En uno de sus aniversarios le había obsequiado con un misal en el que las oraciones, escritas con pulcritud y elegancia, estaban rematadas por iniciales miniadas y un vergel que las encuadraba. Los rezos se alternaban con ricas ilustraciones de pasajes de la Biblia, también enmarcadas por coloridas florituras.

—Una conjura. —Ese había sido su padre, Diego de Susán. Ya no pudo moverse.

Acercó el oído, más asustada que curiosa porque si algo no debían ser las mujeres era eso, curiosas, una conducta inherente al género femenino: hembras curiosas había muchas, hombres curiosos, ninguno. Por eso fue Eva la que mordió la manzana del árbol del Edén, ella la que cedió ante la tentación del diablo. Por eso fue Pandora quien abrió la caja que contenía los males del mundo, amén de la esperanza. No por debilidad, sino por curiosidad, conceptos que se confundían muy a menudo.

—Nos conducís a un acto suicida. Acabaremos muertos —dijo Alonso Fernández de Lorca.

No necesitaba verlo para saber que era él, aquel timbre aterciopelado formaba parte de su identidad. Al ser toquero administraba el pequeño comercio familiar, todavía regentado por su padre, Pedro Fernández de Lorca, que pese a los achaques de la avanzada edad se negaba a dejarse morir. Susona y Catalina los habían visitado en multitud de ocasiones para rebuscar cintas en su mercería: de hecho, muchas de las telas alargadas de vivas tonalidades con las que Catalina le trenzaba el pelo habían sido compradas allí. Pedro Fernández de Lorca era un hombre de gran amabilidad que siempre guardaba la mejor mercancía para ella, porque «si estas cintas de raso carmesí son bellas bajo la luz del sol, más bellas han de ser en la dama Susona», solía decir.

—Peor que muertos —convino Álvaro de Sepúlveda.

Con aquel caballero también había tratado personalmente, su hijo Juan de Jerez de Loya era mesonero de la collación de San Pedro. Y aunque la taberna era un lugar que le estaba vetado —no era recomendable para una buena mujer, menos si era una moza inexperta y aún casadera—, sí que habían coincidido alguna vez en la Catedral.

A medida que captaba algo más de información, sesgada por suspiros ajenos y sus propios nervios enredados en la boca del estómago, llegaba a la conclusión de que todos eran vecinos. Los hermanos Adalfes de Triana residían cerca del castillo de San Jorge; Cristóbal Pérez de Mondadina vivía en la collación de San Salvador, y Pedrote el de las Salinas, en la de San Bartolomé. Luis de Medina estaba asentado en el barrio de San Andrés; Gabriel de Zamora, en la calle Francos, y Pedro Fernández Benadeva, suegro de su hermana María, era vecino de la collación de Santa María. Los más lejanos venían de las villas de Utrera y Carmona, a los que no situaba ni reconocía, el resto eran personas con las que se cruzaba en su día a día.

—¿Qué hay de los judíos? —quiso saber Benadeva.

Susona tragó saliva, adolecía de una suerte de opresión en el pecho.

—¿Contaremos con ellos en esta conjura?

—No puedo responder por ellos.

—¿Pero les comunicaréis el ardid?

Hubo un silencio absoluto en el que solo se oyó el chasquear de la lengua de Diego de Susán. La joven adivinó que había sido una negativa.

—Es un secreto que no ha de salir de esta casa, ni siquiera para aunar voluntades con aquellos que, de buena gana, serían nuestros aliados.

Resonó un bufido desdeñoso, alguien disentía.

—No podéis estar más equivocado, mi querido Diego de Susán —discrepó Pedro Ortiz Mallite—. Puede que la conjura contra los cristianos viejos favorezca a los judíos, dada su situación, mas no aceptarán unírsenos. Es lo malo de ser conversos. Demasiado judíos para los cristianos, demasiado cristianos para los judíos. Navegamos entre dos aguas, y ya sabéis que aquellos que osan surcar mares distintos acaban hundiéndose.

—Una vez que nos hayamos levantado, será decisión de la aljama judía participar o reservarse —comentó Beltrán.

—Muchos se animarían a ello —sugirió Benadeva—. La rodela bermeja que están obligados a portar en el flanco izquierdo del pecho como distintivo de su fe es una afrenta que nadie debiera consentir, han quedado marcados como el ganado, sin mencionar la carga tributaria que los exprime.

—La cabeza de pecho es cuantiosa.

Benadeva hizo un sonido que Susona dedujo que iba acompañado de un asentimiento.

—Además de las limitaciones que padecen en su vida diaria y los insultos que les llueven cuando una mala época se aproxima.

—Que sean pues libres de escoger bando o abrazar la neutralidad en este conflicto —zanjó la cuestión Diego de Susán—, que nada se les reprochará.

Los murmullos fueron creciendo y Susona ya no pudo entender lo que se parlamentaba en el salón, las voces se confundían, las disidencias afloraban y lo que antes había sido un intercambio de opiniones se convirtió en un corral lleno de picotazos. Judíos sí. Judíos no. Conversos que eran criptojudíos. Criptojudíos dentro de su casa.

Su hermana nunca le había confirmado las sospechas, ella tampoco le había preguntado al respecto, a sabiendas de que no sería sincera, no con ella, no en un asunto tan delicado. Había rumores que señalaban a su suegra como criptojudía y eso significaba que Álvaro Suárez, su esposo, habría sido criado en la fe mosaica junto a sus otros hermanos. Hasta ese preciso momento no había dado credibilidad a las habladurías, pues las gentes disfrutan creando mala fama, e Isabel Suárez acumulaba motivos por los que ser envidiada. Además, de ser cierto, su padre no habría aceptado ese casamiento. ¿O sí?

La primera vez que Nuño la acorraló entre sus brazos y la interrogó sobre prácticas judías en el seno de la comunidad conversa, el verano se esfumaba y los árboles comenzaban a colorearse de granate y amarillo, del pardo de las hojas caducas que caen al suelo y conforman una alfombra mullida que cruje bajo los pies. Susona no pensó en Isabel Suárez, tampoco en su hijo. Ahora, no podía apartar de su mente la dolorosa verdad, que su propia familia se había vinculado con falsos cristianos. Que lo que Nuño aborrecía y buscaba de forma desesperada se hallaba entre sus deudos.

¡Ay, María! ¿Qué había hecho su hermana el día en que decidió aceptar a Álvaro Suárez como marido? ¿Cómo había podido enamorarse de un hombre que rezaba en silencio a un Dios que no era el suyo? ¿Y cómo su padre, un hombre creyente y devoto, lo había permitido? No. Él no sería consciente de ello. Debían de haberlo engañado. Benadeva lo habría omitido.

Maldijo el desatino de su hermana, que al enamorarse había quedado ciega a los defectos de su prometido, y maldijo a su padre, por no haber investigado a la familia de uno de sus más queridos amigos. Ya no podía confiar en Benadeva, ni en su cuñado, ni en su propia hermana, sangre de su sangre, ni en la criatura que crecía en sus entrañas.

La conversación se siguió desarrollando dentro del salón y para cuando Susona espantó sus fatídicas cavilaciones, la paz se había restablecido y su padre hablaba con seguridad.

—Habremos de tomar Sevilla, hacernos con el control de la ciudad y usurparla de las manos de los cristianos viejos que nos desprecian.

—No hace ni siete años que sufrimos un ataque por parte de los de rancio abolengo, ahora serán ellos los que aprendan lo que es el miedo —manifestó Beltrán.

—¿Qué sucederá cuando la tomemos y sus majestades conozcan la conjura? ¿Qué sucederá cuando envíen hombres de armas y nos pasen por el cuchillo y la judería sea sembrada de sal y nosotros, castigados? —Aquel precavido era el bachiller Rodilla—. Porque seremos castigados, la represión será brutal, la sangre derramada de cristianos viejos es más roja que la de los judíos.

—Pero algunos de los que estamos aquí no somos judíos, ¿recordáis? —Fernando García de Córdoba carraspeó—. Somos cristianos, cristianos de verdad.

Estaban a punto de enzarzarse en otra disputa.

—Pero no sois cristianos viejos, y no hay ninguna más roja que la de los cristianos viejos.

No había ninguna más preciada. Diego de Susán, con el rostro mortecino por la luz del candil, lo sabía. Susona, agazapada en las tinieblas, lo sabía.

—Las noticias tardarán en llegar a Castilla —prosiguió su padre—, y más aún los hombres de doña Isabel y don Fernando con sus espadas afiladas y su emblemática fe. Para entonces nuestra hazaña se conocerá en otras ciudades del reino y comunidades de conversos se levantarán agitadas, alentadas por nuestro ejemplo. Las buenas nuevas también se contagian. Nos propagaremos como el fuego en un bosque seco en época de verano.

Susona podía oír el crepitar de las llamas, el calor que irradiaba, que le derretía las facciones como si estuvieran compuestas de cera, del lacre de cera con el que le habían sellado los labios. Nuño había errado, era la pira funeraria lo que había creído distinguir en el silencio de la noche en el callejón donde se reunían. Y ella, joven necia, lo había desoído.

—Dividirán sus fuerzas entre tantos frentes abiertos... —continuó Beltrán—. Esa será su perdición, pues no podrán extinguir todos los incendios que claman justicia.

—Tendremos que reflexionar sobre esto que nos proponéis —dijo el Perfumado. Desde allí le llegaba a Susona el aroma con el que se embadurnaba.

—No os habría hecho llamar si no supiera que aceptaríais, al igual que todos los que aquí os halláis, y no porque haya sido yo quien convoque una junta clandestina para liberarnos del yugo que nos oprime, pues no soy nadie y bien lo sabéis —sin embargo, Diego de Susán sí era alguien, era más que alguien—, sino porque sé que anheláis justicia por cada agravio padecido y una vida en paz, de la que no gozaremos a no ser que nos alcemos en pos de un futuro.

—Queréis enfrentaros a la Corona —balbuceó uno de los varones.

—Odiaría hacerlo —terció el padre de Susona con voz solemne, la misma que utilizaba cuando la política salía a relucir en sus diálogos matutinos—. No hay nadie a quien respete más que a sus majestades; con todo, es una cuestión de honor. Nuestro honor.

—Ojo por ojo y diente por diente, ya no pondremos la otra mejilla —sentenció Bartolomé Torralba.

—Antes de que nos inculpen por delitos no cometidos y nos vendan al Santo Oficio. —La arenga de Manuel Saulí removió los ánimos.

—Sevilla será nuestra si actuamos con presteza y somos silenciosos, si juramos estar unidos y combatir juntos, si juramos no hablar.

—Así juramos —repitieron al unísono. A Susona le sonó similar a una letanía litúrgica.

¿Cuántos había? ¿A cuántos hombres daba refugio el techo bajo el que ella dormía?

Su cuerpo desvalido fue precipitándose, destruido por la ferviente defensa que había abanderado ante su amado Nuño; ahora esas palabras se le antojaban mentiras amargas, palabras de naranja que la condenarían ante él. Todavía con la espalda pegada a la pared, tocó el suelo, su camisola desparramada sobre la fría piedra, cuya gelidez traspasaba la tela y se colaba hasta entumecerle los músculos, hasta calarle los huesos.

—¿Cómo habremos de proceder? —intervino Pedro de Susán.

Susona jamás habría imaginado que los hermanos de su padre hubiesen acudido y se mezclasen entre los asistentes, Pedro, Juan y Álvaro. ¿Quedaba un solo miembro de su parentela que no estuviera manchado por los ritos judaicos o una traición inminente?

—Todos aquellos que ocupen cargos de importancia en la ciudad han de caer, del mismo modo que los que tengan tierras y puedan suponer un peligro para nuestra causa: el asistente mayor don Diego de Merlo, jurados, veinticuatros, corregidores, alguaciles, alcaldes, procuradores, famosos caballeros cristianos...

—El marqués de Cádiz, don Rodrigo Ponce de León, es ducho en el combate y su destreza en el campo de batalla es celebrada —añadió otro—. Su señorío de Marchena está a unas doce leguas de distancia, si no nos deshacemos de él, aparecerá con las huestes en el plazo de una mañana y dará guerra.

Secundaron aquella muerte, exaltados por la violencia, embriagados por la ínfima y resplandeciente posibilidad de tumbar a uno de los mejores militares. Clamaban por su cabeza, como si clavar un acero en el estómago de don Rodrigo Ponce de León fuera tarea sencilla, como si degollar a toda una casa nobiliaria fuera tarea sencilla.

—Treinta y ocho leguas habrá desde el condado de Cabra hasta Sevilla y un poco menos desde el señorío de Baena. Don Diego Fernández de Córdoba y Montemayor tardará más en llegar con sus mesnadas.

—Ya es viejo para asir las armas, está en plena senectud, dudo que cabalgue hasta aquí.

—Tiene hijos varones a los que enviar. Cuidado con los Fernández de Córdoba, despuntan en las luchas y son queridos por doña Isabel y don Fernando —avisó Aillón.

—Están emparentados con don Fernando —corrigió Manuel Saulí.

—¿Y los Guzmanes? —preguntó Beltrán en un susurro que hizo sangrar los oídos de Susona.

El aliento se escapó de su pecho en forma de volutas de humo, como las que desprende la carne chamuscada al sucumbir a las lenguas de fuego de una hoguera avivada. Ella misma hedía a putrefacción, a descomposición, a cadáver olvidado en una zanja acosado por moscas y buitres carroñeros, por perros rabiosos.

Cerró los párpados, ojalá se los hubieran cosido hasta haber quedado ciega y no haber presenciado la figura recortada de su padre en las sombras. Ojalá le hubieran dejado sorda para no haber sido testigo de esa conjura. Posó la cabeza sobre sus rodillas.

—Cualquier caballero de estirpe y linaje que sea cristiano viejo y posea tierras en la Andalucía —afirmó su padre—. Eso implica a los Guzmanes, a todos los Guzmanes.

«A los Guzmanes».

«A todos los Guzmanes».

Una lágrima surcó sus arreboladas mejillas, estampando un húmedo sendero de perdición. Susona nunca lloraba, tenía prohibido llorar. El llanto emborronaba la belleza de las mujeres, los hombres eran alérgicos a la sal de la pena. Y ella era bella, la Bella de la judería.

No emitió gemido alguno, el grito de horror se le quedó atascado entre las costillas. La silenciaba el dolor de la garganta al contener el quejido que le fracturaba los huesos.

La calavera de sus sueños tenía la frente amplia y los pómulos altos, como ella, como su padre, como su madre, con quien compartía los ojos claros de rumor de agua y rasgos argénteos. Dejó de temer que el esqueleto que colgaba de la jamba de la puerta de ese mundo terrorífico y espejado fuera ella. Porque si ahora temía algo, era la muerte de Nuño de Guzmán, caballero cristiano del que acabaría bordando la mortaja con finos hilos de violeta.

9

¿Cuán necia había sido negándole a Nuño lo que él ya imaginaba? Había actuado igual que Pedro, que negó tres veces a Jesucristo. ¿Y si ella era Pedro? ¿Y si era el traidor de Iscariote? Había rehusado más de tres, nueve veces, nueve noches, y en todas ellas había aludido a sospechas infundadas que no se sustentaban más que en el puro deseo de odiar, en la necesidad visceral de rebuscar en la intimidad para descubrir maldades y señalar con el dedo. Porque lo que más placer producía a las almas ennegrecidas era regodearse en el sufrimiento ajeno, en la miseria provocada, justificarla en nombre de Dios.

Qué lamentable. Los que mentaban a Dios de forma constante eran, a menudo, los que menos practicaban la piedad y el amor.

Y su padre... ¡Ay, su padre y sus aliados! Que con la violencia que planeaban infligir libraban a Nuño de sus responsabilidades de injuriador. Que la judería agrupaba a judíos, a conversos, a malos conversos, a criptojudíos. Y una conjura se fraguaba.

Permaneció encerrada en uno de los soberados del piso de arriba, en los aposentos aledaños al suyo; otrora los había ocupado su hermana María, ahora se presentaban vacíos, desalojados, tristes. Allí habían quedado retazos de una vida anterior que no parecía extrañar: baúles para el guardarropa, perfumadores, pebeteros y un aguamanil, el tapiz de una doncella que sostenía un unicornio, y que ella siempre había querido para su alcoba, pues se veía reflejada en aquella dama de cabello ceniciento y ojos de lapislázuli. Al matrimoniar María y trasladarse a la casa de su esposo, Álvaro Suárez, su padre le ofreció traspasarlo a su dormitorio. Susona lo rechazó. Sentía que el paño era de María, nunca le pertenecería a ella.

Asomada parcialmente a la ventana desde la que se divisaba la puerta de su hogar, aguardó expectante la salida de los hombres que, encapuchados, abandonaban la reunión, uno a uno. Tomaban caminos diferentes. No se despedían. No hablaban. Era difícil distinguirlos bajo el espesor del cielo nocturno, con aquellas capas de tonos terrosos se confundían con las paredes de las viviendas que conformaban el barrio. Beltrán fue el último en irse. A él sí lo identificó.

Oyó los débiles pasos de su progenitor subiendo las escaleras, el rezongo que manaba de sus labios, el arrastre de la puerta de sus aposentos, el sonido que indicaba que se había cerrado. Ya debía de haberse acostado. Esperó y esperó. Y colmada por la angustia, caviló sobre si su reacción habría sido diferente de no haber advertido a Nuño de Guzmán entre los apelados, entre los objetivos, en el centro de la diana, entre las víctimas.

La voz de su padre resonó en su cabeza de nuevo: «Los Guzmanes». Y Susona visualizó la imagen de un Nuño malherido, sangrante, aspirando las últimas bocanadas, clamando por un soplo más de aire que le llenara los pulmones. Lo visualizó arropado por sus brazos, con la cabeza posada en su regazo, y ella suplicante, de rodillas. Si eso sucediera, desearía enhebrar una aguja y suturar las aberturas de la carne que un acero mellado habría abierto. Sanarlo. Visualizó la daga maldita y la mano asesina de su padre.

Regresó a su alcoba y, a la luz de la luna, no sin gran esfuerzo, se vistió con la saya del verdín que se consigue oxidando el cobre con vinagre. Las mangas cosedizas, adornadas con brocados dorados, las unió a través de agujetas, la camisa interior rebosaba por las aberturas de las prendas. Sin maquillaje que realzara la belleza de sus facciones, ni guirnalda o trenzado que le apartara el cabello del rostro, se enfundó los chapines, a riesgo de tropezar y que la fina tela de sus ropajes se ensuciara y rasgara con la caída, que se manchara de sangre al trillarse las rodillas contra el suelo. No importaría, el verde era volátil como Nuño, preciado como Nuño, en unos años el color se degradaría por su inestabilidad y lo que un día fue esmeralda pasaría a ser algo indefinible, igual que los amantes abnegados que, por vicisitudes del destino, se tornan desconocidos.

Para resguardarse del frío, se envolvió en una capa que ocultara su identidad.

Habiendo descendido hasta el piso de abajo, examinó sigilosa su derredor. No quedaban indicios de la asamblea clandestina, parecía imposible que unos minutos antes aquella casa hubiera dado cobijo a amigos y desconocidos, a sus tíos, sus deudos, todos ellos conspiradores.

—Aguardad, mi bella niña, mi pequeña flor de lilas —la llamó una voz femenina.

Se detuvo en el acto, ni siquiera había llegado a rozar la puerta por la que pretendía escapar. Tardaría un poco en pisar suelo libre de traiciones.

Catalina la observaba con el ceño destensado y una mirada benévola. Hacía mucho que no la veía sin cofia, con el largo cabello gris recogido en una trenza fina y desaliñada a causa de la almohada. Llevaba la camisola de dormir y se había cubierto los hombros con un mantón que había vivido tiempos mejores y que aferraba con sus raquíticos dedos.

—Ya hace mucho que no huelo a lilas, parecen haberse marchitado dentro de mi cuerpo.

—Es cierto, desde esta pasada primavera oléis amarga como las naranjas de los árboles de esta nuestra collación. —La anciana arrugó la nariz y Susona no pudo evitar olfatearse a sí misma, temiendo que aquel aroma pérfido se le hubiera adherido a la piel.

—Mi vida es amarga.

—¿Cómo decís eso siendo tan afortunada? —Chasqueó la lengua y negó abatida por aquella pésima consideración sobre su persona—. Sois bella e inteligente, pura y delicada, doncella de buenos modales y gustos refinados, esas son más virtudes de las que poseen algunas. Y aun así lamentáis vuestra buenaventura. ¿Qué hacéis despierta a estas horas tan tardes e intempestivas, sollozando cual plañidera regando con lágrimas los suelos de piedra? —Susona palpó sus mejillas, pegajosas por los surcos de sal que se habían secado—. ¿Adónde os dirigís?

—Trato de huir de la calavera que me persigue en sueños, mi querida aya, pero cada paso que doy me lleva al camino que ya ha sido trazado. Ahí es adonde me dirijo.

Desde hacía noches, semanas, meses, Catalina la había oído pasear por los pasillos a la misma hora, puntual, al igual que los curas rezan sus maitines. Escapaba para verse con ese hombre de linaje y estirpe. Ese Guzmán. Lo sabía. Había presenciado los desastrosos efectos que había ocasionado con su cortejo. El enamoramiento había ido consumiendo a Susona, que languidecía despacio.

—Salir sola entraña peligros —la apercibió.

—Esta casa está repleta de peligros. Llevaré cuidado, iré acompañada de acero afilado. —De entre las dobleces de la vestidura sacó el cuchillo que siempre portaba y nunca había utilizado. La hoja mellada estaba deslustrada.

—¿De quién más?

—De la muerte.

La vieja amusgó la vista y le desnudó el alma, Susona tragó saliva y le supo amarga.

—De alguien que aún vive, lo veo en vuestros ojos de arroyo. Sois mala mentirosa, Susona, siempre lo habéis sido. Y yo lo he permitido creyendo que era recomendable alejaros de ese pecado, cuando de todos es sabido que para sobrevivir la mujer ha de perfeccionar la labor del hilado, la de la seducción y la de la mentira. —Exhaló un suspiro pesaroso que la encorvó en mayor medida.

Recordaba que de pequeña se llenaba el buche de moras y negaba haberlas comido, con los labios coloreados de violetas y los dedos teñidos de zumo pegajoso impregnado en sus uñas. Lo negaba y lo negaba, y su hermana María la señalaba, censuradora, ante Catalina y el servicio.

Recordaba el día en que escondió un gato herido debajo de su cama, al primer maullido su padre lo encontró. El ruido había sido nimio y él se hallaba en el salón de abajo, pero María lo había oído con sus oídos de murciélago y la delató. El animalito era minúsculo y pulgoso, su cuerpo cubierto de magulladuras y calvas daba lástima. Susona vaciló a la hora de confesar, de hecho, no lo hizo, juró que él solo había accedido a su alcoba y que, probablemente, desvalido, se había resguardado allí. María, de quince años, la calcinó con la mirada.

Una vez —solo fue una—, tentada por lo prohibido, robó el anillo de una de las criadas mientras esta amasaba pan. No era más que un trozo de metal sin valor ninguno, no obstante, ocasionó gran desasosiego y escándalo dentro del hogar. Habiéndola atisbado deambular por las cocinas durante sus quehaceres, la damnificada la acusó de hurto al señor Diego de Susán, que no consintió en admitir que su amada hija menor era una ladronzuela. Por miedo a que María investigara en el interior de su joyero, envolvió la alianza en un paño y la enterró en la tierra fértil de un naranjo de la plaza más próxima. Allí debía de seguir, si es que las lluvias y las raíces no la habían hecho emerger.

Las maldades cometidas, fruto de la niñez, habían sido ejecutadas con la mano izquierda, la que era empujada por el diablo.

Susona había mentido numerosas veces a lo largo de su vida y siempre se había confesado. Al final la culpabilidad le arañaba el estómago y le impedía conciliar el sueño, así que acudía a la parroquia y cumplía la penitencia, pues eso es lo que debían hacer las buenas cristianas, las buenas mujeres, las mujeres honradas. Tras unas avemarías y un generoso estipendio, era perdonada. Desde que había conocido a Nuño mentía más a menudo, más que nunca. Mentía siempre, mirando a quien fuese a los ojos, a veces silente. Desde que había conocido a Nuño no había vuelto a confesarse.

—No habéis de preocuparos —la tranquilizó.

—Nada bueno sucede cuando el sol se oculta y cae la noche.

—Nada bueno sucederá si sigo aquí.

Él moriría, moriría y sería todo huesos. Y Susona tendría que llorarlo hasta que se reunieran nuevamente, en el Cielo o en el Infierno.

—No tentéis a la fortuna, pues con ningún mortal se casa. Escuchadme a mí, que os he amamantado y acunado. Escuchadme ahora que ya soy vieja, vieja como un árbol, como un bosque, vieja como un nudo.

Se fijó con atención y reparó en que lo era, en que nunca había conocido su edad, ni su pasado, ni su vida antes de que ella llegara, porque cuando abrió los ojos por primera vez, y su madre los cerró, lo que vio fue el rostro de Catalina. Si la hubiera parido no habría podido ser más madre de lo que ya era. Y mientras ella espigaba y florecía, su aya empequeñecía y se doblaba.

—Siempre que vayáis a hacer algo, presentádselo a Dios y descansad en él —la aconsejó—. Así sabréis si vuestras decisiones son acertadas o, por el contrario, errores de los que os lamentaréis en el lecho.

Ahí fue cuando Susona se percató de que había sido una ingenua al creer que Catalina ignoraba sus salidas nocturnas. Estaba al corriente de que su corazón latía por Nuño de Guzmán.

—Que vuestros labios no me delaten ante mi padre, prometédmelo. —Sus manos se aferraron a las de su aya, tan ajadas, tan arrugadas, tan ásperas, tan expertas. Y ella, tan desesperada—. Prometedme que os los coseréis. Prometédmelo si es que me queréis como la madre que no conocí. Que guardaréis mi secreto y no hablaréis, que me dejaréis marchar sin decir una palabra.

Los amores furtivos son amores condenados, Catalina lo sabía. Se avecinaba un final de tragedia.

—Mi niña, mi bella y dulce Susona, veo, oigo y callo, un don que muy pocas personas poseen. —Le dio un par de golpecitos en el reverso de la mano—. Si no os quisiera haría meses que no podríais escabulliros por la noche a merodear entre callejones y amar libremente. Haría meses que yaceríais encerrada, penando. Cumplo con el silencio de quereros aunque eso me lleve a cuestionarme si yerro, pues, de quereros como debería, habría hablado.

Una liviana sonrisa se dibujó en el rostro de la bella Susona. Querer era tan confuso como odiar.

Examinó el exterior a través de la ventana, la luna era de la blancura calcárea de la calavera de sus pesadillas. No se había movido, el tiempo no había pasado, los minutos se arrastraban con lentitud. Aún era temprano. Aún era temprano. Plena intempesta.

—Regresaré como cada noche, antes de que la luz bañe el horizonte y se distinga el hilo negro del blanco en bordados y tapices. —Se ajustó la capa y se colocó la capucha, que creó sombras en su faz.

—Susona, recordad: oír, ver y callar. A veces el silencio es prudencia, la mejor respuesta ante una pregunta muda. Cuidaos bajo el manto de la oscuridad, no dejéis que os acechen.

—Dormid y soñad. —Besó su mejilla con dulzura—. No veléis por mí, no será necesario. Dios está conmigo.

—¿Cuál de ellos, mi niña? ¿El suyo o el nuestro? —La sonrisa torcida de la vieja aya se fracturó—. Id.

Susona se preguntó si no eran acaso el mismo y si no actuaba ella según sus designios.

10

Nuño había soñado durante nueve noches consecutivas con el beso de la vida y la muerte, sin saber qué significaba. De los dientes y la mandíbula huesuda brotaban flores primaverales, el ambiente se inundaba de azahar y él sonreía. Pero las calaveras son sinónimo de muerte, y la muerte debe aterrar.

Lamentaba que hubieran separado la cabeza de su desconocido cuerpo, pues le daba la sensación de que la antigua doncella debió de haber sido hermosa, dulce, cálida. Le hubiera gustado acogerla entre sus brazos y acariciar su melena, su piel tostada, observar los iris de sus ojos y adivinar su tonalidad. ¿Se asemejarían al verdor de la hierba, a los lagos azules, al gris del cielo neblinoso, a la miel de los panales? ¿Habrían sido castaños, marrón tierra o negro escarabajo? ¿Habrían sido claros, agua de luna, como los de Susona? ¿Y sus mejillas, estarían salpicadas de pecas, lunares, se teñirían del color de la grana?

E incluso así, la propietaria de la calavera nunca sería tan bella como su amada Susona.

Recordaba como si hubiera sido ayer el día en que la vio por primera vez. Las primeras veces no suelen olvidarse.

Mediados de enero de 1480

Era invierno, un invierno crudo de esos que se cuelan entre los remiendos de los ropajes y nos congelan hasta el aliento. Portaba un jubón acolchado de terciopelo negro jaspeado sobre el que destacaban bordados de seda, las hombreras postizas lo volvían corpulento, y la cintura ceñida, estilizado. Las calzas del color de la mentira, amarillas, hacían juego con el brocado dorado, y los zapatos finalizaban en una punta achatada. Para resguardarse del frío recurría a una capa. A pesar de ello, a Nuño le dolían los dedos de las manos, amoratados por la escasez de riego y las bajas temperaturas; trataba de calentarlos con el vaho de su propio aliento. Un buen fuego, eso era lo único en lo que pensaba.

Hacía una semana que un mozo de su servicio le había informado de que cada mañana, antes de que las campanas de la Catedral dieran las doce del mediodía y se rezara el Ángelus, Susona se encontraba en la Puerta de Minhoar de la ciudad, acompañada por una anciana encorvada con cofia que parecía su propia sombra, pues no se despegaba de ella. El sirviente la había seguido en cada uno de los pasos a través de la congregación del común, un día, y otro, y otro, un rostro insípido más entre aquella marea humana que se agolpaba en aquellas calles. Y jugando al ratón y al gato, se había imbuido de su rutina, datos necesarios que le había traspasado.

El sol ya hacía rato que había despuntado en el horizonte, Nuño de Guzmán se hallaba en el patio de armas y aprovechaba los últimos momentos para acariciarle el lomo a su caballo, que había sido ensillado por uno de los mozos de cuadras. A su diestra, su inseparable amigo Sancho Ponce de León, que se había presentado voluntario para hacer el viaje a Sevilla con él y, completada la tarea, regresar juntos al señorío de Sanlúcar. Enfrente, el criado que había actuado de espía.

—Describídmela —le pidió al humilde servidor—. Necesitaré saber cuál de todas las mujeres allí presentes es Susona, hija de Diego de Susán.

Hasta entonces no se había interesado por la apariencia física de la muchacha a la que había de galantear y seducir. Sin embargo, ahora que se disponía a cabalgar rumbo al sitio indicado, le preocupaba hallarse ante una joven no tan agraciada que hubiera recibido el apelativo por burla o compasión.

—No necesitáis más detalles, mi señor, cuando lleguéis sabréis quién es, se la conoce como la Bella y puedo aseguraros que no tiene pérdida.

—¿Son sus cabellos oro pulido?

Así la imaginaba Nuño, una dama de melena dorada y piel de alabastro, de mirada profunda, cejas finas, dientes blancos y labios rojos, de rasgos cincelados como el Arcipreste de Hita señalaba en su *Libro de buen amor*. Y él quería, además, que poseyera una voz tan dulce como las manzanas asadas, uno de sus manjares predilectos.

—No, mi señor. —Perfiló una sonrisa de embeleso al rememorar la armoniosa faz de la joven—. La Bella no es oro fundido, es plata labrada. Dejaos guiar, la reconoceréis pese a la multitud.

—¿Y si no es certero mi ojo?

Sin un retrato o una descripción más concienzuda, dudaba de que pudiera encontrarla entre tantas mujeres que asistían a los negocios que se sucedían en las calles aledañas a la Puerta de Minhoar. Puede que incluso con el retrato no la distinguiera, a veces no eran del todo exactos pues el pintor dotaba a las doncellas de mayor belleza a causa del tintineante dinero de sus progenitores, quienes encargaban el dibujo con la intención de mandarlo a algún pretendiente lejano.

El sirviente fue tajante:

—Quedaréis ciego, mi señor Guzmán, será vuestro pecho el que os indique. Oídlo, seguidlo cual candil que os alumbra en los caminos tenebrosos, es la estrella que guía a los peregrinos hasta las reliquias de los santos.

—Sois de poca ayuda —le recriminó, molesto. Se le escapaba el alma por los labios cuarteados y resecos por el mezquino frío.

—¿Temeroso de errar, mi querido Nuño? —Se mofó Sancho, que le asestó un codazo cómplice—. ¿Tú, que presumes de ser hábil en la caza y en la conquista, de haber yacido con hermosas mujeres, de ser lince y zorro? ¿Quién osaría pensar que, quizá, nuestro caballero no sea tan caballero?

Se batieron en una batalla de miradas que culminó en sonrisas burlonas.

—Esta es una empresa delicada, amigo mío, he de atraerla, he de enamorarla. La caza requiere entrenamiento, puntería y paciencia, bien lo sabes. Nadie se interna en las profundidades de un bosque y regresa con la res más jugosa y gigante que haya existido, no el primer día, no en la primera jornada. Antes hay que observar el paisaje en el que se mueven las presas, elegir la adecuada, esperar a que se produzca el momento propicio, siempre arco en mano y flecha en punta, listo para asaetear. Y aun así —le palmeó la espalda—, algún proyectil fallará y no dará en el jabalí. Hay quienes practicamos la caza mayor, otros... —Rio y Sancho supo cómo continuarían sus palabras—. Otros cazáis tórtolas.

Sancho, en absoluto envidioso y difícil de dañar en cuanto a palabras, prosiguió con la chanza mientras se aupaba para subirse a su caballo, que recientemente habían traído de las caballerizas. Ya arriba, se aferró a las riendas y chasqueó la lengua para que el animal diera un par de pasos hacia atrás, buscando así posicionarse.

—Deberías apostar contra mí si tan seguro estás de tu inminente trofeo, aunque no es acertado vender la piel del oso antes de cazarlo. Susona se te resistirá, regresarás al igual que han regresado todos los hombres que han requerido su amor, derrotado. La Bella es sagaz, locuaz, tenaz, peligrosa...

Nuño no respondió hasta que hubo montado a su corcel y se colocó a su lado.

—No lo dudo. —Se hundió aún más en la capa—. Cristiana, conversa, judía, muslime, cualquier mujer es peligrosa, Sancho, son fuente de todas las perversiones. Ya lo dijo san Jerónimo en su Vulgata, que la mujer es la puerta del diablo, el camino de la maldad, el aguijón del escorpión y en realidad cosa de mucho peligro. Pero sabré ganarme su corazón.

Si trataba de amilanarlo, quebrar sus fuerzas y su ánimo, estaba muy lejos de lograrlo. Después de tantos años, ya debía saber que Nuño se crecía frente a las adversidades y que no había nada de lo que disfrutara más que de una buena apuesta, un buen banquete y una buena cacería. Subestimarlo era azuzar a la bestia.

—El peligro no reside en su sangre y origen, tampoco en su naturaleza femenina, sino en su inteligencia. De las mujeres perspicaces es de lo que hay que cuidarse.

—La haré mía. —El caballo reculó, el sonido de sus herraduras contra la piedra del patio no apagó su voz—. Por Dios que la haré mía.

Y por Dios que Nuño de Guzmán creyó férreamente que la haría suya.

De la bella Susona se hubieran escrito ríos de tinta si hubiese consentido ser musa de las decenas de poetas que la acosaban, extasiados por el perfume floral que desprendía su cabellera y la piel aceitunada que prometía ser del sabor de las negras olivas. Habrían entonado canciones, provistos de laúdes y arpas bien afinadas. Habrían compuesto rimas y versos alabando sus facciones, sus modales, su figura. Y así, habría sido inmortalizada en pergaminos que perdurarían para la eternidad y que se leerían por los siglos de los siglos. Así, su nombre nunca caería en el olvido.

Segunda hija de un rico mercader converso, orgullosa y de altanero carácter debido a su apariencia, se rumoreaba que caminaba con la nariz hacia el cielo, siendo su mayor aspiración contraer nupcias con un cristiano viejo a fin de impulsarse hacia la más alta esfera y que su condición de descendiente de judíos quedara relegada. Del mismo modo se comentaba que, dulce como el almíbar, doncella virginal, rehuía los varones por vergüenza y temor, escondida entre los pliegues de su aya y los altos muros de su casa. Que no osaba alzar la voz y menos cruzar la mirada con hombres, que se recluía en la iglesia más cercana para orar y confesar pecados que nadie creía que pudiera obrar. ¿Quién de las dos bellas Susonas era la verdadera Susona? Nuño pretendía descubrirlo.

Lo último que hizo antes de partir y salir del recinto que era el castillo de Santiago fue girarse sobre su montura y tratar de identificar en algunas de las minúsculas saeteras el rostro de su padre. Vio algo brillar y deseó que fueran sus joyas de oro, que destellaban con la luz anaranjada que teñía el cielo con suaves pinceladas.

Entre la Puerta de Minhoar, entrada a lo que antaño había sido la judería cercada por murallas, y el Arco de las Imágenes, donde la parroquia de San Nicolás, se había construido una amalgama de negocios. En particular un mercado que abastecía a las buenas gentes que allí vivían, una carnicería que contaba con media docena de tablas de venta, locales de diversa índole y varias tiendas de especieros y buñoleros, siendo estas las más cercanas a la sinagoga. Lindando con la Puerta de Minhoar se alzaba la iglesia de Santa María la Blanca, que tiempo atrás fue una sinagoga a la que muchos judíos acudían, y antes una mezquita en la que oraban los musulmanes cuando Sevilla todavía les pertenecía. Más allá se extendía un corral donde se estabulaba y se sacrificaba el ganado, de manera que la distancia entre los animales y los puestos de carne era escasa, lo que facilitaba el traslado de las contundentes piezas.

El criado estaba en lo cierto cuando mencionó que allí se agrupaban muchas mujeres, la mayoría de origen modesto o servil, se diferenciaban de las refinadas damas por su atuendo. Estas últimas no solían frecuentar el mercado, y se las veía incómodas y reticentes a adquirir ese comportamiento casi vulgar que consistía en esparcir rumores, vociferar, soportar empellones y pedir a gritos los productos. También había un número considerable de hombres que, a juzgar por sus vestiduras, se encargaban de abastecer las despensas de sus señores.

El lugar bullía de vida, el aire estaba viciado a causa del hedor a sangre sucia que se elevaba por encima del olor de las fuertes especias; los sacos de arpillera repletos de almizcle, clavo, nuez y azafrán no podían competir con los charcos bermellón que se acumulaban en el suelo de las carnicerías. El ruido sordo le pinzaba los tímpanos a Nuño.

Querría haberle preguntado a Sancho si se había enamorado de alguna de las féminas que los rodeaban e ignoraban, como si no estuvieran siendo bendecidas con la presencia de un Guzmán y un Ponce de León, pese a ser de una rama bastarda. No obstante, se había quedado solo a la altura de la Puerta de Yahwar, el cruce en el que se unía el Alcázar y la ciudad. Sancho se había apeado del caballo y le dijo que allí lo esperaría, en cualquier taberna que encontrase en la que sirvieran vino, a riesgo de que estuviera aguado y supiera a lluvia estancada. Así pues, habría de fiar de su instinto.

Nuño perdió la espada, la batalla y la guerra en cuanto la localizó entre el gentío, en una de las tablas de carnicería regentada por una judía de mediana edad que, con un cuchillo afilado, hacía crujir los huesos de lo que había sido una vaca. «¡Qué oficio tan cruento y sanguinario para una fémina!», pensó Nuño.

Por el trato de cercanía parecían conocerse, al menos la vieja aya y la dueña del negocio, que respondía al nombre de Ana González. Susona permanecía en silencio, con una sonrisa tierna en los labios, expectante ante la conversación que allí se desarrollaba. El inclemente viento mecía sus guedejas oscuras, sobrantes de la melena embutida en una redecilla gris perla que, a ojos inexpertos, podía pasar por hilos de plata. Debajo de la capa de piel se dejaba entrever un brial colorado. Supuso que eso era lo que inspiraba en los hombres: el amor pasional y las llamas purificadoras del fuego del Infierno.

Susona no había reparado en él, no se sentía presa de un cazador experimentado. Obtenida la carne, dados los maravedíes oportunos, intercambiados un par de palabras de más y unas sonrisas cordiales, inició un paseo con su nodriza, que sujetaba con firmeza una canasta con las provisiones y un manto que se cernía sobre su pecho.

La gélida brisa que atravesó las callejuelas atrapó el aroma a lilas de su cabello y lo coló en las fosas nasales de Nuño. Ya nunca podría olvidarlo. Había sido herido de muerte. Cuando la vio caminar de perfil y la oyó reír supo que había de enamorarla, no por la empresa que lo había llevado hasta allí sino porque ansiaba tenerla.

Se sumergió en la masa heterogénea de personas con el fin de interceptarla antes de que las campanas de la Catedral tañeran y la oportunidad se le escapara entre los dedos.

Un puñado de críos revoltosos correteaban calle arriba tropezando con las piernas de los viandantes que, apurados, los maldecían. Entre la confusión y la distracción, uno de ellos se camufló entre las sombras y se abalanzó hacia la tienda del buñolero. Allí agarró uno de los dulces y se dispuso a huir, pero el dueño lo atrapó en pleno hurto. Habiéndolo capturado por el cuello de la capa y sacudiéndolo al son de los improperios, le arrebató el buñuelo. Lo siguiente que acaeció fue un golpe que lo tumbó.

Para entonces el intento de robo ya había corrido de boca en boca y los espectadores observaban la escena. Alertada por el estruendo, Susona no dudó en deshacerse de su aya e ir a socorrer al niño, que yacía en el suelo sollozando. No le importó que los chapines ni el bajo del brial se tiznaran. Se acuclilló frente a él, lo puso en pie con suma delicadeza y le ofreció una sonrisa preñada de cariño. El pequeño seguía con la cabeza gacha y los ojos anegados, hipaba a causa del llanto silencioso. Un verdugón empezaba a emerger en la mejilla castigada. Nuño envidió la caricia que le prodigó Susona, tan llena de misericordia, visiblemente afectada por el encontronazo.

—Dadme dinero —instó a su nodriza, quien rebuscó en el canasto y le tendió un par de monedas. Susona abrió la mano del niño y las depositó en ella—. Para vos —dijo.

Le enjugó las lágrimas con su propio paño bordado, llevándose así el reguero salado y las máculas de suciedad que le surcaban la faz, a continuación le susurró un secreto al oído. Se irguió y extrajo de su limosnera unos maravedíes, con ellos compró varios dulces, en realidad los arrancó del local del buñolero tras haberle cedido el dinero. De los bollos nacía una nube humeante que pregonaba que estaban recién hechos.

—No se castiga al que roba por necesidad, mi buen señor, y menos a un niño de tan corta edad que aún no discierne el bien del mal—. El reproche pudo haber generado una discusión acalorada.

Nuño se preparó para que el vendedor montara en cólera y osara dirigírsele con desdén, faltando a su honra. Se preparó para salir en su defensa y ganarse su corazón, pues las damas en apuros son las que caen rendidas a los pies de los valerosos caballeros. Nada de eso sucedió. Susona era por todos conocida y hablaba con una cadencia melosa que impedía perjudicar a cualquiera con sus palabras. El hombre se disculpó ante ella por su arranque de violencia, aunque dedicó una mirada iracunda al ladronzuelo.

A la criatura todavía le temblaba el puño derecho en el que guardaba el dinero y con la capa remendada había creado una suerte de bolsa en la que llevar los panecillos. Esbozó una sonrisa al removerle Susona el pajizo pelo.

—Id con Dios —se despidió de él—. Y no seáis imprudente ni obréis con malicia. Recordad lo que os he dicho.

En sus labios ampliados Nuño leyó un «gracias, mi señora».

Aquella imagen le despertó un sentimiento que no alcanzaba a comprender, estaba conmovido, realmente conmovido. La muchacha se había compadecido del pobre niño, solo le había faltado acunarlo entre sus brazos. Cabía que las calumnias que circulaban en torno a ella fueran testimonios que intentaban envilecerla, cabía que fuera inocente y caritativa a la par. Eso agilizaría el proceso de conquista y la resolución del misterio que su padre le había encomendado.

Al verla reanudar la marcha junto a su aya, Nuño la siguió, esta vez abriéndose paso con decisión y ganándose la reprobación de quienes sucumbían a sus empellones.

—Mi señora de Susán —la llamó a medida que se acercaba a ella. El escándalo generalizado era ensordecedor—. Mi señora Susona. —Probó de nuevo. El nombre se deslizó por su garganta y deseó pronunciarlo nueve veces más.

Susona se giró al advertir un tono de voz desconocido, conjugado con un rostro nunca visto que anheló conocer con todos los sentidos restantes: vista, gusto, olfato y tacto.

—¿Os conozco? —Frunció la nariz.

—No, mi señora.

—¿Quién sois y por qué me interpeláis de forma brusca, siendo un obstáculo en mi camino?

De haberse tratado de otra mujer, se habría indignado al ser considerado un obstáculo que sortear.

—Mi señora, permitidme tal atrevimiento. —Ejecutó una noble reverencia—. Soy Nuño de Guzmán, primogénito del segundo duque de Medina Sidonia, cuarto conde de Niebla y séptimo señor de Sanlúcar, el gran don Enrique de Guzmán. —Ella torció el gesto al oír su apellido—. Y vos sois Susona, hija del rico mercader Diego de Susán.

Susona enarcó la ceja izquierda, más extrañada que sorprendida por la información, que era de dominio público.

—Nadie se refiere a mí como Susona, soy la Bella o la Fermosa Fembra. Nunca nadie me ha llamado Susona a excepción de mi padre y mi aya, no creo ser Susona para nadie que no sea ellos y mucho menos para un desconocido que interfiere en mi camino.

Nuño pensó que las habladurías eran ciertas, que la joven era preciosa y soberbia, una combinación peligrosa dada su condición de mujer. A ningún hombre le placían las mujeres agriadas, altivas y déspotas. Ningún hombre la querría si no era un melocotón jugoso cuya pulpa se derramara por el mentón al hincar el diente en su delicada piel.

—Si me disculpáis, señor mío. —Hizo el amago de esquivar su cuerpo y sus anchas espaldas. La mano de él la detuvo al enroscarse en su antebrazo, ella observó el agarre y elevó los ojos para encontrarse con su mirada.

—No vengo interesado en la famosa hermosura que rodea a la figura de la bella dama de la judería. Vengo por vos, mi señora, pues soy el hombre al que habéis de amar.

Susona contuvo la risa desdeñosa que pugnaba por nacer de su garganta. Aquel hombre destilaba prepotencia y superioridad, una seguridad en sí mismo que le recordaba la de los grandes señores que se vanagloriaban de ser, pese a que no eran. Los Guzmanes eran grandes señores, señores cristianos con títulos y posesiones, de los que gozaban de escudos de armas y lazos familiares, de contactos con la realeza. E incluso así, era un enamorado más de los muchos enamorados que la habían asaltado en las calles de la ciudad desde que su cuerpo había madurado como la fruta.

Entrecerró los ojos y escudriñó el rostro de su admirador. La mandíbula marcada, los labios finos bajo una barba no demasiado frondosa. Se fijó en las arrugas en torno a sus ojos marrón castaño, se marcaban sin que sonriera, un gesto que aún no había tenido el placer de comprobar si era capaz de convocar, ya que había mantenido la seriedad en todo momento. Le sobrepasaba en edad pero no demasiado, intuía que cinco veranos a lo sumo —eran solo dos—. Su innegable atractivo provocó que, por primera vez, vacilara en sus firmes pasos.

—Cuantísima soberbia para tratarse de un hombre de semejante alcurnia.

—Mi único cometido en la vida es este, mi señora, ser merecedor de vuestro amor.

—¿Por qué? —espetó—. ¿Acaso no hay damas suficientes entre la nobleza? ¿No hay ninguna mujer de honorable cuna que os atraiga? No soy una joya que podáis añadir a vuestra colección.

—No os querría si fuerais un broche de oro y diamantes.

A ella no la engañaría, aun siendo inexperta y púber. No la convencería con simples halagos y obsequios brillantes, con un juramento de amor que se haría añicos en cuanto otra doncella se le cruzara, porque lo haría. Los caprichos de los hombres, en especial los de los hombres poderosos, son efímeros.

—Buscad barragana en otra parte —se atrevió a rechazarlo.

—Por Dios, mi señora, no me hagáis objeto de tan mala consideración, que mi propósito está lejos de reduciros a concubina o manceba. Eso supondría agraviaros. —Se llevó una mano al pecho y dijo—: Lo que habéis hecho por ese niño ha sido todo un gesto de bondad.

—Cuando, pues, des limosna, no hagas tocar trompeta delante de ti, como hacen los hipócritas en las sinagogas y en las calles, para ser alabados por los hombres; de cierto os digo que ya tienen su recompensa —recitó.

Nuño identificó el versículo de la Biblia. Mateo 6:2.

—Y además sois humilde y devota, una mujer excelsa.

—Reservad vuestras lisonjas para alguna necia doncella —lo atacó la anciana—. Habrá muchas que ansíen creer en esas honradas intenciones.

Susona despegó los labios, un brillo de ilusión relució en la mirada de Nuño, y sonrió, sabedora de que esperaba una valiosa oportunidad. Siendo hija de comerciante, conocía bien el valor de los objetos, cuanto más codiciado, más caro, mayor era la pugna para obtenerlo. Respondió como tantas otras veces había respondido a aquellos que habían tratado de cortejarla.

—Intentadlo otro día, quizá a otra hora, quizá en otra estación o en otro año de nuestro señor Jesucristo.

El fracaso se le clavó a Nuño en el costado con el ahínco del acero de un puñal. La vieja aya se mostraba satisfecha del comportamiento de su protegida, y en la mente del Guzmán una única palabra se formuló. «Bruja». «Vieja bruja judía».

Desapareció en mitad de la multitud, entre cuchicheos y disimuladas risas que lo alcanzaban.

El deseo de Susona quedó grabado a fuego en Nuño, junto con su imagen.

Lo intentó otro día, a otra hora, en otra estación. Así terminó el desapacible invierno que los helaba, y así llegó la primavera, promesa de flores y azahar.

11

Finales de noviembre de 1480
Medianoche

Vislumbró una sombra alargada en una esquina de una de las muchas callejuelas y, como la habría reconocido aunque unos cuervos le hubieran picoteado los ojos hasta volverlos lechosos y ciegos, supo que era Susona.

Lucía un pálido preocupante, tanto que le recordó a la calavera que besaba en sueños, con la mandíbula tensa y los labios contraídos en una fina línea, casi desdibujados. Llevaba las uñas ocultas en los puños blandiendo un cuchillo invisible y andaba veloz, sus talones apenas rozaban el suelo, los bajos verdosos de la saya flotaban creando una especie de onda.

Nuño se preguntó si la premura con la que corría respondía a la añoranza, a la necesidad de abrazarlo y no dejarlo escapar. Él la añoraba siempre, a cada instante, pese a que su incapacidad para expresarlo lo llevara a reservarse para sí mismo un sentimiento que se le pudría en su interior. Amar y no deber. Amar y no poder.

Para Susona el camino recorrido había sido una odisea y no un simple paseo de escasos minutos, pues por más que se apresuraba no parecía haber final en aquel laberinto de muros altos y gruesos, la encrucijada no llegaba. La efigie de Nuño, recortada en la oscuridad, se le antojó un delirio, una alucinación causada por la febrícula de un mal resfriado que se te cuela en el cuerpo y te postra en la cama semanas. Temió que fuera fiebre lo que azotaba su cuerpo, eso explicaría el calor que había ido generando en cada partícula de su ser, y por qué ardía y quemaba si alguien la rozaba siquiera. Temió abrir los ojos, todavía arenosos y algo aguados por las lágrimas, y encontrarse con la nada, voluble, el espacio que él había ocupado en ese callejón todavía con su aroma.

Azotada por la urgencia, como el animal que obedece a los latigazos de su amo, se lanzó hacia él, los brazos extendidos, la boca desencajada.

—Nuño… —Nunca su nombre había sido pronunciado con el ansia de los sedientos y la voracidad de los hambrientos—. Nuño… Por Dios, por la Virgen y todos los santos.

Al llegar le besó los labios, las mejillas, la punta de la nariz, la frente, las dos manos y cada uno de sus dedos, la yema de todos ellos. Le habría besado hasta los pies, hasta la tierra que él pisaba. Nuño se dejó amar. Nunca la había visto tan devota.

—No sabía que os habíais convertido en un potrillo desbocado que busca a su señor. —Se le escapó un asomo de risa—. No es ese el comportamiento de una dama. ¿Qué os fustiga para que corráis y piséis el bajo de vuestro vestido, no lo recojáis y sigáis corriendo?

—Vuestra muerte.

La sonrisa jocosa de Nuño desapareció, en su lugar, el rostro quedó lívido, cubierto por los lienzos blanquecinos de un sudario.

Aprisionó el antebrazo de Susona y tironeó de él, conduciéndola a una fría pared. La humedad se había adosado a las piedras carcomidas por el paso del tiempo y una especie de olor ferroso que anticipaba lluvia se les metía en la nariz. Todavía capturada, la joven dijo:

—Es vuestra muerte la roca con la que tropiezo y el valor que me obliga a recomponerme para continuar. Amado mío, he visto vuestra muerte con la misma claridad con la que ahora os veo y puede que mañana no vuelva a hacerlo porque puede que mañana ya sea tarde.

—¿Quién desea mi muerte? —Sin percatarse, aumentó la fuerza de su agarre, pero Susona no emitió quejido alguno. Se tragó el resquemor apretando los dientes, cerrando los párpados, balanceando su cuerpo hacia el flanco en el que sentía la mordedura de los dedos de Nuño.

—Mi padre —murmuró, la mirada huidiza se concentró en sus ornamentados chapines—. Diego de Susán.

Señalarlo fue el mayor gesto de amor que podía ofrecerle.

Nuño la soltó, liberando su antebrazo por el que volvió a discurrir con fluidez la sangre; ella aprovechó para masajearlo.

—¿Acaso conoce vuestras escapadas a la luz de la luna? Debe de ser eso —gruñó—. Debe de haberos visto mientras os deslizabais entre las sombras para venir a mi encuentro, debe de haber mandado a alguien que os siga camuflado en la oscuridad y ahora conoce mi identidad. Querrá apartarme de vos y ha encontrado la única manera de hacerlo. Matándome.

Un gato famélico y despeluchado los rondaba con sus mullidas almohadillas, sus ojos amarillentos resplandecían y a Nuño se le aceleró el pulso al confundirlo con el brillo de la hoja de una daga afilada, con el fulgor de un candil encendido que los descubriría, de una voz que exclamaría: «¿Quién va?», y así Nuño de Guzmán se vería expuesto, del mismo modo que Susona de Susán. Algo le sugería que ambos colgarían de una soga al cuello en la plaza de San Francisco, más ella que él, que pagaría por su absolución. El animal los ignoró y prosiguió su camino hacia otra collación donde no hubiera pesares.

Impulsado por el frenesí, examinó su derredor, sus espaldas, las de Susona, las vías que se cruzaban, los cuatro caminos unidos y desolados que conformaban la encrucijada. Todo lo que les rodeaba eran tinieblas espesas, la gélida brisa y una cúpula de estrellas adiamantadas.

—Maldita sea. ¿Os ha seguido alguien? —la interrogó.

—Nadie.

Se llevó la mano a la empuñadura de la espada, que colgaba de su cinto, dispuesto a batirse en duelo contra aquel que Diego de Susán hubiera enviado contra él. Muy pocos hombres poseían la valentía necesaria para enfrentarse a quienes desean ver yaciendo en el suelo, abatidos por su propia arma. Había que ser de la dureza del pedernal para cercenar la vida de alguien y, luego, no sucumbir a los remordimientos. Una vez que se da muerte ya no se halla paz, y no todos son capaces de subsistir en una guerra interna. La que él experimentaba desde hacía meses le iba ganando terreno.

Susona le acarició el puño, sintió el frío de sus dedos, que crujieron al abrirse y abandonar el refugio del arma. Era una bestia a punto de morder.

Y entonces empezó a sollozar. No fue un sollozo silencioso de los que riegan las mejillas, fue uno de esos gemidos lastimeros que anidados en las profundidades del corazón arañan el pecho para salir. Intentó cortarlo de raíz, mas no encontró el modo.

—No lloréis, mi bella dama. —Le enjugó las lágrimas con sendos pulgares. Verla así le dolía como una herida abierta—. No lloréis, amada mía. Que lo que peor me sabe de morir es dejaros este gran disgusto.

La abrazó con fuerza y Susona, habiendo desechado la idea de que su llanto ahuyentaría a los hombres y le restaría belleza, el pensamiento de que horripilaría a un Guzmán, se permitió regarle el jubón con su pena.

A Nuño no le sorprendía que Diego de Susán quisiera eliminarlo. Había previsto que en algún momento se cruzaría con alguien que buscara conducirlo al más ardiente infierno, bien por rivalidades políticas, bien por haber mancillado a una joven de su familia, probablemente un padre o un hermano mayor airado. En el primero de los casos, se defendería con el acero y atacaría con presteza a su enemigo. En el segundo, solo existiendo la violencia o una compensación por el futuro arruinado, compraría el honor de la susodicha y la venganza con oro. Al fin y al cabo, Nuño era un Guzmán y los Guzmanes reposaban entre oro y riquezas. «Todo el mundo tiene un precio, hijo mío, hasta el más leal de los hombres, solo has de averiguar cuál es», solía advertirle su progenitor.

Lo realmente insólito era que Diego de Susán fuera el primero. Aunque a su favor, Nuño había sido precavido y se había cuidado de no acercarse a doncellas de buena cuna cuya reputación no soportaría un escándalo de tales dimensiones. Manchar apellidos ilustres desencadenaba luchas banderizas: la honra no era asunto baladí. Por eso había recurrido a prostitutas de carnes magras —que siempre sabían lo que se hacían— y al esporádico galanteo con ciertas mozas que, dada su paupérrima situación, poco o nada podían reclamar.

Susona, en cambio, tenía potestad para reclamarle hasta su último aliento, y él le complacería.

—Soy una ingenua —balbuceó.

—No seáis despiadada con vos, no ahora. —Clavó la mirada en su gesto contorsionado por la desgracia y le besó la coronilla para estrecharla de nuevo—. Esa nunca ha sido una de vuestras faltas. No permitáis que las cuitas os conviertan en una mujer que no sois.

—Vos no lo entendéis —se lamentó—. Soy una ingenua, una cría que ha creído lo que le decía su buen padre, porque ¿no dicen las escrituras que amemos y respetemos a nuestros progenitores? He obrado según las palabras de Dios y he bebido mentiras envenenadas.

Nuño la apartó para examinarla con atención. El cabello ónice le caía cual manto pesado, pegado al salitre que le recorría las mejillas, los pómulos, la barbilla: de las tupidas pestañas pendían gotas de rocío.

—¿A qué os referís?

Temblaba al igual que las frágiles hojas sacudidas por el viento.

—Os traigo lo que tanto me habéis pedido, la verdad de la que hasta ahora era ignorante y el miedo que me da náuseas. Os traigo lo que deseabais, lo que ya preveíais, lo que olíais y me susurrabais al oído como la serpiente a Eva para que mordiera la manzana. Os lo traigo en mis manos desnudas.

—¿Son ciertas mis sospechas?

Asintió.

—Decidlo en voz alta.

Susona titubeó.

—Lo son. —No fue más que un murmullo estrangulado.

Le había pedido demasiado. En el fondo sabía que le había pedido demasiado y que con sus exigencias la había fragmentado por completo, hasta hacerla añicos; no obstante, a él también le habían pedido mucho más de lo que podía dar.

—En estas collaciones habitan judíos, cristianos y malos cristianos que no han olvidado su procedencia, mas no puedo daros nombres, pues no poseo tal información.

Omitió las verdades acerca de Isabel Suárez, esposa de Pedro Fernández Benadeva, suegra de su hermana María, y omitió al marido de esta, Álvaro Suárez. De descubrir que había lazos que la unía con criptojudíos Nuño la repudiaría.

No podía vivir sin Nuño. No quería vivir sin Nuño.

—¿Y cómo lo sabéis?

—Hay quienes los señalan, y las paredes que conforman la judería tienen ojos y oídos, siempre atentos a las maledicencias.

—No son oprobios si son ciertas, tampoco maledicencias. ¿Cuánto hace que estáis enterada?

—Escasos minutos.

—¿Vos también, Susona? —La agarró y la acercó a él con un zarandeo—. Miradme a los ojos y juradme que no sois uno de ellos, que no judaizáis, o sí, mas no os atreváis a mentirme como habéis hecho hasta el día de hoy.

Alzó el rostro, antes vuelto hacia el suelo.

—¿Me acusáis a mí de engaño, de actos tan abominables como la herejía? —espetó ella indignada.

—¿Por qué, si no, ibais a habitar en este maldito lugar?

—¿Por qué motivo iba a abandonar el hogar de mis antepasados? ¿Lo haríais vos? ¿Renunciaríais a lo que fueron vuestros ancestros solo por contentar a aquellos que os desprecian sin motivo alguno y no os consideran sus iguales, pese a que en las Sagradas Escrituras se indica que amemos a nuestros hermanos pues todos somos hijos de Dios?

—No todos somos hijos de Dios —la corrigió.

—Santa Cruz siempre ha sido nuestra collación, lo fue cuando éramos judíos orgullosos de ello y estábamos cercados por gruesas murallas, y lo es ahora. Y si Dios quiere, lo seguirá siendo. Mi madre falleció en esa casa, ni su espíritu errante me obligaría a marchar.

—¿Lo sois? ¿Sois judía en secreto? —la azuzó. Para conseguir que confesara había de corromperla—. ¿Lo es vuestro padre? Eso explicaría su deseo de verme ahogado en las llamas del Infierno.

Susona apretó tanto los labios que Nuño pensó que estaba a punto de cubrirlo de crueles y despiadados insultos, y, siendo merecedor de todos ellos, guardaría silencio. En su lugar, ella se irguió y cuadró los hombros, con la altura que le conferían los chapines le llegaba a la barbilla. Lo atravesó con una mirada glacial.

—Dejé de rezar a Dios en el momento exacto en que os presentasteis ante mí. No judaízo, no lo he hecho nunca y nunca lo haré, soy cristiana, tan cristiana como vos. Me bañó en el agua de la pila bautismal el cardenal Mendoza, bien lo sabéis.

Pero no había mencionado la fe de su progenitor, a Nuño no le había pasado desapercibido.

—La bendición del agua no parece haber limpiado la frente de aquellos a quienes habéis defendido —la atacó. Un rictus de desprecio se aposentó en su semblante.

Su tacto lo abrasaba. Al soltarla, Susona quedó desamparada, el frío se acrecentó en sus huesos desvalidos y astillados. Dio un paso al frente, las manos tendidas para capturar las de Nuño y rogarle que desistiera de esa actitud hostil. Él reculó, se alejó de sus ágiles dedos; a ella se le escapó un gemido que para Nuño fue una puñalada.

Fingía odiarla, a veces él mismo se confundía y creía que la odiaba. A veces, ensimismado en la tarea de hurgar en las profundidades de sus entrañas, se olvidaba del daño que con sus garras de depredador ocasionaba, de que bajo sus colmillos había un pobre cervatillo moribundo de sangre goteante. A veces no sabía cómo cesar en la destrucción, era todo lo que conocía, en lo que lo habían instruido, lo que había mamado.

—¿Ahora me repudiáis, después de haber actuado según vuestras órdenes? —Llevaba el dolor impreso en la faz surcada por regueros de lágrimas, y estas no hacían más que brotar sin contención—. ¿Ahora me repudiáis, tras demostraros que os amo y que tanto es así que he traicionado a mi pueblo por vos, que he traicionado a mi propio padre?

Nuño quiso besarla y arrebatarle de los labios todas las mentiras que había ido encadenando hasta formar un colgante que aprisionaba y decoraba su cuello. Enredó los deseos en su lengua y se los tragó para que ella nunca los viera, para que nunca los saboreara si al final se rendía y la besaba.

Y es que Susona siempre sería Susona. Su bella y amada Susona, sin importar su naturaleza, judía, cristiana o conversa. Y, de renegar de Cristo, Dios y la Virgen, también sería ella hereje y blasfema.

—¡Por Dios! —bramó, desquiciado ante la imagen de la doncella llorosa—. Dejaría que vuestro padre me asesinara con sus asquerosas manos de judío, que me rebanara la garganta con la hoja de su mellado puñal, que me diera muerte y que esta fuera una muerte lenta y dolorosa. Antes de vos no hay nada, Susona. Después de vos, no hay nada, Susona.

Lo que guardaba el corazón le rebosaba por la boca.

Él mismo iría a la puerta del hogar de los Susán, tocaría la aldaba hasta que le abrieran, cruzaría los pasillos y se postraría de rodillas ante ese caballero veinticuatro para que le cercenara la cabeza de un tajo limpio.

—¿Qué más verdades traéis? No os mordáis la lengua.

12

De poder, Susona escogería un rostro cualquiera de los muchos varones que habitaban la poblada ciudad de Sevilla y lo cosería a las facciones de Nuño, lo dotaría de una nueva identidad. Su padre no podría hallarlo, Beltrán no podría encontrarlo, ninguno de los conversos —criptojudíos o no— que habían acudido aquella noche a la reunión podría dar con él. Camuflado a la par que expuesto, Nuño de Guzmán pasearía por delante de sus narices y ellos jamás sabrían que el hombre al que deseaban asesinar estaba ahí, entre ellos. El mejor escondite es el que está a simple vista.

Le robaría los rasgos a una mujer cualquiera de la ciudad, más cristiana que judía, más cristiana vieja que conversa, una buena cristiana ante todo, y se cosería sus ojos, sus labios, su nariz, su frente y sus pómulos. Se cosería los lunares y las pestañas con hilo dorado y así Susona tendría otro rostro y nadie la reconocería como Susona, ni la Bella, ni la Fermosa Fembra.

Disfrazados, se amarían públicamente, siendo ellos mismos, siendo otras personas.

—Hay palabras que he de susurraros al oído —confesó—, y cuando lo haga tendréis que huir, esconderos y buscar un lugar seguro, un refugio en el que guareceros. Mi padre no es el único que desea vuestra muerte, lo hacen todos los conversos que han acudido hoy a verlo, resguardados por la oscuridad de la noche. No saber cuál de ellos será el que os arrebate la vida me impulsa a querer arañarme la cara.

Nuño le capturó los dedos para evitar que sus uñas horadasen el terreno fértil que era su tez, sería pecado mortal destruir esa belleza.

—¿Os referís a reuniones clandestinas? —Ella asintió—. Decid qué ha acontecido, por qué motivo buscan mi muerte y quiénes son los traidores a Dios, nuestro Señor, pues si hace apenas minutos que habéis descubierto la herejía de vuestros vecinos ha debido de ser allí, en vuestro dulce y amado hogar, donde han encontrado cobijo. ¡Por Dios, Susona! —Se pasó la mano por el cabello, ya alborotado—. ¿En qué os convierte eso?

La saliva que había acumulado en la boca era bilis amarga que ingirió a desgana.

Susona se acercó a él, le besó los labios en un movimiento fugaz, entonces buscó su oído, apoyó la mano en una de sus mejillas solo para asegurarse de que tras lo que oiría no se apartaría nuevamente de su lado, y habló. Habló en un murmullo tembloroso mientras jugueteaba con su rasposa barba, que le recordaba los dientes del peine de marfil con el que Catalina le desenredaba la melena.

A medida que diseccionaba la conspiración urdida, los huesos que en un futuro no lejano compondrían un osario, el levantamiento converso que buscaba inspirar con su sacrificio y que honraría a los caídos en los ataques de años atrás en otras tantas ciudades, notó la tensión de los músculos de Nuño. En cierto momento, su respiración se volvió agitada, trabajosa, efecto directo de los pensamientos y el miedo que se arremolinaría en su mente.

Cuando se separó de él examinó su mirada enturbiada, dos pozos oscuros que parecían haber engullido la luz del mundo.

—Nuestra muerte —bisbiseó, plenamente consciente de que no era su cortejo lo que le había ganado el odio de Diego de Susán y sus aliados. Era su apellido y su sangre inmaculada. Y con él iban sus deudos.

—No me habría perdonado guardar silencio y asistir a vuestra misa y entierro, tampoco gozaríais de misa y entierro si la conjura fuera un éxito, vuestro cuerpo se descompondría en una honda zanja de tierra, revuelto entre otros cadáveres ataviados con ricas prendas y sangre. Una fosa común para compartir con el resto de los caballeros cristianos, nobles y hombres buenos, o los que vosotros consideráis buenos.

—Me habéis salvado la vida.

—Os he salvado de las garras de un destino que quizá no os perteneciera. —Mantenía la vista anclada en sus finos labios y los dedos hundidos en el espesor de su vello facial—. Ahora debéis iros y esperar oculto a que las aguas se calmen y el río regrese a su cauce.

—El río rebosante de sangre se desborda, Susona.

Nuño ya podía sentir el líquido rojizo bombeando más pausadamente en su cuerpo, adquiriendo el espesor de la miel.

—Que corra pues la sangre de otros hasta desembocar en el mar, mas no la vuestra, mi amor. No alcéis la espada contra los conversos, el acero no es rival para el rencor enquistado de aquellos que han sido humillados durante tanto tiempo.

—¿Qué he de hacer entonces? —inquirió con mayor brusquedad de la que pretendía—. ¿Esconderme, gritar así mi cobardía mientras los grandes señores de la Andalucía son asesinados con vileza y mi propio padre sucumbe a una rebelión de canallas?

—Valentía también es saber qué batallas librar y cuáles ganar, a qué lizas sobrevivir —insistió.

Nuño emitió un quejido frustrado que le rasgaba la garganta, deseaba gritar como cuando era niño y, herido por la decepción de su progenitor, el fracaso lo invadía. Enterraba la cara en los almohadones de su lecho y vociferaba, expulsaba las emociones enconadas que quedaban atrapadas entre las plumas de oca y las sedas de las ropas de cama. Luego salía ligero.

En su lugar, se frotó la faz y deambuló en círculos. Susona se dispuso a interceptarlo y calmarlo.

—Dejad que las cosas sucedan tal y como han de suceder —le aconsejó—, que el tiempo discurra y lo veáis discurrir a salvo.

—Eso sería abandonar a los míos a la providencia, desampararlos. Son peticiones que no puedo cumplir. El deber para con mis deudos me llama.

—¿Acaso el mío no?

Un silencio pegajoso se extendió entre ellos, un silencio que duró segundos aunque parecieron minutos, horas, semanas incluso. Permanecieron el uno frente al otro, a la distancia que salva un beso, ligados por la mirada.

—Os he obsequiado con más información de la que debería. Así que lo haréis, sé que lo haréis, porque sois más Nuño que Guzmán y os conozco. —Capturó su rostro entre las pequeñas y delicadas manos y lo acarició con uno de los pulgares. Durante unos instantes, Nuño cerró los párpados y se permitió gozar del cariño recibido—. Os he visto recitándome poemas en invierno y os he regalado guirnaldas de rosas en primavera. Lo haréis por mí.

Al abrir los ojos, la efigie de Susona estaba neblinosa, espolvoreada por una bruma que no era bruma sino el vidriado que pronosticaba lágrimas. Parpadeó un número incontable de veces para deshacerse de ellas.

—Permitir que la flor y nata de la nobleza perezca, que nuestra ciudad caiga en una intriga perpetrada por infames judíos que simulan ser cristianos, todo ello a cambio de mi vida. Lo que me pedís es una traición a Dios y a la Corona.

—Os pido que os salvéis.

—*Praeferre patriam liberis parentem decet* —proclamó.

Esa era la diferencia entre ellos, Susona no tenía un lema al que acogerse, no sería la vergüenza de toda una saga de caballeros de lustrosas armaduras que habían antepuesto la Corona a su familia. De aceptar, Nuño transgrediría, se convertiría en el primer Guzmán en imponerse frente a la tradición, en priorizar el amor —un amor prohibido y clandestino— por encima de los valores nobiliarios, de la obediencia a Dios y a la reina.

—Para que vuestra felonía sea más liviana, tened presente que yo he cometido una traición hacia mi pueblo —le recordó.

—No es traición si actuáis con el fin de salvar la verdadera fe y a sus fervientes creyentes. Es lealtad y honor.

Susona apartó la vista de él y giró la cara hacia la diestra.

—Sigue siendo una traición pues vendo a los que se supone que me aman, a los que han conformado el hogar en el que he crecido, el seno en el que he nacido y he sido criada. Vendo a los míos, a mi parentela, a mi propio padre.

»¿Cuán egoísta es reconocer que lo único que me mata es vuestra seguridad, que lo único que me importa sois vos? Que tome Sevilla quien de verdad la desee, moros, judíos, conversos o cristianos, el pueblo, sus majestades o reyezuelos sin poder. Las ciudades y los reinos no son hijos de padres y madres, no son lactantes que reconocen quién los alimentó, cambian de dueño y lealtad así como cambia el viento cuando sopla de este y oeste. No la defendáis.

—¿Y luego qué? ¿Qué haré cuando todo esto haya pasado y no sea más que un recuerdo lejano? ¿Qué haré cuando las calles ya no sean regadas con sangre y las flores blancas de azahar vuelvan a brotar? ¿Qué haré cuando la vida gane a la muerte?

La última vez que Susona había sonreído fue la noche anterior, en aquella misma encrucijada.

—Regresar a mis brazos, buscarme en esta nuestra calle, en la oscuridad de la noche y con el lucero de la luna, aquí es donde yo os esperaré. —Sus comisuras se estiraron hasta delinear una sonrisa producto de la fe.

—¿Lo haréis, me esperaréis?

—Lo haré —prometió Susona—. ¿Lo haréis vos, vendréis por mí?

Habría de buscar refugio en un convento, tomar los hábitos —como hizo Eloísa por su Abelardo— aunque no los votos, renunciar a su nombre y apellido, a sus bienes y privilegios. Le intrigaba saber si podría sobrellevar la vida del monacato: orar, arar las tierras, comer frugalmente, volver a orar. Probablemente, no. Desdeñaba la castidad así la austeridad, la pobreza era para los pobres de nacimiento. Probablemente, pasados unos días preferiría que uno de esos conjuradores le hubiera rajado el estómago con su acero. Matarse él mismo antes que proseguir encerrado en esa prisión de piedra y vidrieras de colores, paz y vino, sangre y cuerpo de Cristo.

Pero suponía que sobrevivir a una masacre de tal calibre conllevaba sacrificios. Y ese había de ser el suyo.

—Lo haré —prometió Nuño, que la recibió entre sus brazos cuando ella se abalanzó.

Inhaló el aroma a azahar de su cabello negro, una fragancia que otrora había sido a lilas. Guardó en su memoria la suavidad de la piel de Susona, la tibieza de su aliento en el beso compartido y el sabor a granada de sus labios. Sobreviviría en un anhelo perpetuo hasta que pudiera volver a tenerla consigo, y entonces Nuño se preguntó si no sería mejor la muerte. ¿Cuántos maravedíes le costaba el sentimiento que brotaba en su pecho cuando veía a Susona, y cuando no la veía, la anhelaba?

—Os daré algo y vos me daréis algo a cambio. —Destilaba sosiego, la armonía de una niña pequeña que recoge flores silvestres y confecciona una tiara, la de la joven doncella que culmina la labor de bordado y lo muestra a su progenitora.

—Ya me habéis dado suficiente, la oportunidad de contemplar un nuevo amanecer.

Negó con la cabeza.

Susona desanudó la lazada de la capa, que se precipitó hacia sus pies. Luego avanzó hacia él, sorteando la cuna de tela grisácea que había quedado en el suelo; los chapines no se enredaron en ella, la pisaron.

—Entregaros lo más preciado que hay en mí es la única forma de garantizar que vuestra palabra sea cumplida, que no me abandonaréis a mi suerte. —Su voz era de una sensualidad cautivadora. Colocó la mano de Nuño sobre su escote y, con ella como guía, fue descendiendo hasta los senos—. Necesitaré un recuerdo al que aferrarme durante vuestra ausencia, uno que avive la esperanza de teneros a mi lado.

—¡No!

Se apartó horripilado, su conciencia fustigada por el terrible hecho de haber tardado de más en reaccionar, de haber degustado la sensación.

—¿Me rechazáis? —preguntó atónita, su orgullo maltrecho.

¿Qué hombre rehusaba un ofrecimiento tan tentador, por el que muchos se batirían en duelo? A Susona siempre le habían apercibido sobre ello: «Cuidaos de aquellos caballeros que con lisonjas pretenden conseguir vuestro afecto, guardaos de los hombres, pues obtenido vuestro favor y saciado su apetito, enfilarán el camino recto y jamás los veréis reaparecer».

—¿Es esto lo que queréis, doblegaros ante los deseos perniciosos de la carne y pecar de fornicio pese a que este acto os condene al fuego eterno?

¿Qué le importaba a ella arder si el sufrimiento ya lo padecía en el mundo terrenal, si el propio Nuño de Guzmán la había destinado a convivir en la morada infernal cientos de veces por sus múltiples crímenes? Por matricida. Por Bella. Por mujer. Por su origen judío. Por la supuesta maldición que recaía sobre sus hombros.

Si era inevitable que la balanza de la justicia se inclinara hacia el mal, entonces no le quedaba más que entregarse en su totalidad.

—Es amor, no fornicio. Y esto es lo único que me queda.

Volvió a depositar su mano en la piel desnuda de la escotadura, apenas duró.

Nuño se agachó para recuperar la capa y la acomodó sobre los hombros de Susona resguardándola del frío otoño. La miró con lástima, advirtió su desesperación. Pero él era un caballero y si había de tomarla no sería en circunstancias tan poco placenteras y propicias para una dama, tan poco honrosas. No sería en una callejuela de la judería, en un otoño de hojas naranjas y tristes, rebajándola a la categoría de prostituta barata que se niega a permanecer en la mancebía, a la de mujer vulnerable.

—No soportaría trataros de lo que no sois y el pago de mi

amor, de mi regreso, no ha de ser vuestra virtud. —Le besó la frente—. Vos merecéis más que la espera de Penélope a Ulises.

—Elijo libremente confeccionar el mismo tapiz y deshilacharlo hasta que hayáis arribado a mis costas. Solo rezo para que no haya Circe que os demore en su isla.

—Ni dioses paganos que me impidan viajar hasta vos. Me gané vuestro corazón y me ganaré el derecho a poseeros, no seáis mi limosna, sino mi premio.

Lo habría hecho.

Fiaba de él y, al mismo tiempo, temía que, durante su estancia separados, la olvidara, que la dejara atrás como si fuera un recuerdo de una vida anterior, el eco de una pesadilla. Yacer carnalmente, concederle su virginidad, era una declaración de intenciones que supuraba un «me entrego a vos en cuerpo y alma, a sabiendas de que de no retornar seréis la ruina de mi porvenir, pues sin vos, no habrá futuro para mí». Las mujeres solo tenían su buen nombre, la inmaculada honradez que lo revestía.

Era una forma de atarlo, simple y torpe, le habrían avisado féminas de su alrededor. La coyunda para un hombre experimentado no es el desflore de una doncella que solo ha sido tocada por Dios, lo que para él es un mero disfrute y desahogo, para ella es perderlo todo, alejarse de la luz blanquecina y prístina que mana del unicornio. Ni siquiera el fruto de una noche de pasión —criaturas berreantes recién nacidas— aportaba un seguro de permanencia.

—Entonces será la vanidad femenina, la fuente de pecado, el elemento perturbador lo que os ceda. Renunciaré a la cabellera que me ha sido dada por Dios a modo de velo, así no habrá reclamo de hermosura y ningún hombre posará sus ojos en mí.

Susona retiró un mechón delantero del resto de su melena y lo trenzó. Tras rebuscar entre los pliegues de sus ropajes y dar con el acero que siempre portaba encima, sesgó la guedeja con un tajo diestro y limpio, el del carnicero que quiebra los huesos y amputa el miembro inerte de un animal despellejado.

El Guzmán observó la escena con los labios entreabiertos, cómo Susona sujetaba aquellas hebras azabaches que se asemejaban a una espiga de trigo putrefacta.

—¿Qué habéis hecho? —Toqueteó el cabello mutilado.

Abrió la escarcela que a Nuño le pendía del cinto y dentro guardó la ofrenda.

—Llevadlo siempre con vos.

Él juró que así lo haría.

Aquello era, sin lugar a dudas, la fuerza de amar más allá del pálpito del corazón, la fuerza de amar con el espíritu y el alma, con la intimidad de lo más preciado y valioso que nos otorga Dios, que no es tangible, sino etéreo. Que no se abraza, se siente.

13

Debía ser delito so pena de muerte despertar a alguien de su rango en una noche apacible, de esas tan frías que invitan a resguardarse en el cálido lecho mientras el viento silba más allá de las ventanas. Calor fue precisamente lo que envolvió al asistente mayor de la ciudad de Sevilla, don Diego de Merlo, cuando se encontró con la cara mustia de uno de sus criados susurrándole que tenía visita. ¡Visita! ¡A aquellas horas inadecuadas!

Se levantó hosco, aunque en silencio, para no perturbar a su esposa Constanza, que dormía como una niña pequeña, acurrucada entre sábanas y una manta de piel que a él le hacía sudar. Siempre había sido una mujer de sangre gélida, de ahí que requiriera capas y capas de abrigo. Durante unos segundos se permitió contemplarla, el cabello trigueño desparramado sobre las almohadas y las arrugas que, con frecuencia, le surcaban la lechosa faz mermaban con la paz de los sueños. Era fácil apreciar las venas azuladas que se ramificaban bajo su tez. Sonrió. A su edad y todavía enamorado, era un milagro. Un milagro de verdad, no de esos que proclamaban que la talla de un crucificado lloraba sangre. Porque la sangre no se llora, se vierte.

Constanza abrió los ojos y atisbó una figura parda e ignota, que por su complexión identificó. Estiró el brazo y, con el ronroneo de un gato, suplicó:

—No tardéis, os lo pido.

Y él, aún más frustrado por alejarse no solo del mullido lecho sino de su tibio cuerpo que le procuraba reposo, se lo prometió.

—Es muy entrada la noche. —Le rozó los dedos de la mano. Constanza asintió, con los párpados titubeando, a punto de cerrarse—. Dormid. En breve regresaré con vos.

Se tomaba cualquier asunto que le atañese muy en serio, esa era su obligación; no obstante, uno que le desvelara y le apartara de Constanza se convertía en algo personal. Algo que resolver.

Diego de Merlo dudó entre vestirse de forma correcta o atender a quien fuera tal cual, con la camisola, lo que le daría a entender a ese ingrato que no era bien recibido, que las audiencias se dejaban para por la mañana. Al final, subyugado por el protocolo y la cortesía, se deshizo de las ropas de dormir. Ya enfundado en sus calzas y su correspondiente camisa, ajustado el jubón acolchado de mangas cosedizas y de brocado leonado raso, consintió en acudir al salón de recepciones. Allí descubrió que el perturbador de su descanso era nada más y nada menos que el primogénito de los Guzmanes. Nuño de Guzmán.

«Mal asunto», pensó.

El calor le trepó por el estómago y se asentó en su cuello, hinchado e irritado por el enfado, enseguida lo sofocó, al advertir el rostro depauperado que presentaba el caballero cristiano. Estaba envuelto en una película de sudor que goteaba por sus sienes y sus ojos oscuros lucían un brillo febril. Paseaba de aquí para allá, agitado. Debía de ser grave para mantener al joven Guzmán en ese estado de delirio.

No le sorprendía, las noticias graves, las malas noticias siempre llegaban de noche, de madrugada, cuando la luna aún estaba en lo alto, y las perversiones se cometían sin la luz del día, a oscuras, en el anonimato que concede la penumbra del diablo. Las malas noticias siempre corren más que las buenas nuevas. Don Diego de Merlo lo sabía muy bien, había vivido un buen número de experiencias que lo corroboraban. El año anterior, en el mes de septiembre, recién prorrogado en su cargo de asistente mayor por mandato de doña Isabel, había tenido que obrar justicia ante un alboroto en la iglesia de Cazalla, donde se había cometido un asesinato. Varios hombres habían sido despojados de la vida tras refugiarse en la parroquia, manchando así un lugar sagrado. El crimen obedecía a un intento de venganza por parte de un individuo que acusaba a uno de ellos de haber asesinado a su padre. ¡Qué error ese de tomarse la justicia por su mano! Muchos eran los que sembraban el caos y, luego, él era el encargado de repararlo.

Cumplía bien con sus múltiples cometidos, por eso había desempeñado el mismo cargo en Córdoba hacía cinco años, por eso el 2 de agosto de 1478, la reina Isabel lo había nombrado asistente mayor mediante una Real Cédula, y por eso mismo, había dilatado su estancia, la primera el 28 de agosto de 1479, la segunda el 15 de junio de aquel año de 1480. Eso lo llenaba de orgullo.

Atravesó la amplia estancia, decorada con bonitos tapices y el escudo de armas de los Merlo, y tomó asiento. Al hacerlo, emitió una especie de gruñido trabajoso. Se sentía viejo, aunque no lo era, no en su ánimo sino en su cuerpo, que poco a poco se resistía a ciertas actividades que otrora realizaba sin inconvenientes. Aquello era un buen ejemplo, antes no le suponía esfuerzo alguno levantarse a deshoras para bregar con sus obligaciones, ahora lo aborrecía hasta lo indecible. Mas si él expedía incomodidad, mayor era la que irradiaba Nuño de Guzmán, que, con la mandíbula tensa y el puño aferrado en torno a la empuñadura de su espada, a punto estaba de abalanzarse sobre un enemigo invisible.

El asistente mayor exhaló un suspiro y, evitando formalidades innecesarias, dijo:

—Temo que traéis malas noticias. No habría de ser de otra manera dado que habéis perturbado mis sueños y me habéis levantado de la cama. —Un segundo suspiro de cansancio hizo bailar su espeso bigote—. Ahorradme tiempo, mi señor de Guzmán, y contadme lo que sea que os mortifique. Con suerte, podré volver a dormir antes de que amanezca —dijo, aunque ya había perdido la esperanza de conciliar nuevamente el sueño.

¡Cuán trabajoso era ese oficio que le había sido otorgado por ser capaz y voluntarioso! Por heredar las grandes competencias de su padre Juan de Merlo el Bravo, alcaide de Alcalá la Real y guarda mayor del difunto rey Enrique IV. Siempre debía haber un Merlo para enmendar los problemas, para engendrar soluciones a la Corona de Castilla.

Habría agradecido que su padre lo hubiese prevenido sobre dos aspectos fundamentales: el primero, que una vez que se acepta un cargo como ese, ya solo se puede dormir tras haber fenecido; el segundo, que una esposa nota con rapidez las preocupaciones de su marido, los desvaríos. Ser asistente mayor del reino iba a acarrearle la muerte a él y a su bondadosa Constanza.

—Estáis en lo cierto, señor mío —dijo Nuño, que, posando la mano libre sobre su pecho, dotó al momento de mayor solemnidad—. Sabed que os traigo aciagas noticias, noticias de suma importancia, pues de vuestro desempeño dependerá la vida de muchos caballeros cristianos que hoy duermen plácidamente y puede que mañana descansen bajo la fértil tierra sevillana, llorada por sus cristianas esposas; tierra que será regada con las lágrimas de vuestra bienamada doña Constanza.

Un nervioso y ligero parpadeo se adueñó de su ojo derecho, Nuño se percató de ello. El miedo se olía en los rincones, apestaba más que el orín, y Diego de Merlo, al oír la parca mención de su mujer, hedía. Trató de ocultar la turbación acomodándose en el asiento y meneando el cuello, como si calmara un repentino dolor de nuca.

—Los cristianos viejos, los buenos cristianos, que por desgracia escaseamos, somos más valiosos que el oro de este nuestro reino. —Con un gesto de la mano lo instó a continuar—. Hablad, Nuño de Guzmán, si es la vida de los caballeros cristianos la que está en riesgo, hablad presto y raudo si es la mía la que corre peligro. La muerte siempre va un paso por delante de Dios.

Aquellas palabras se asemejaban a las que Susona había expresado antes de separarse de él, del resguardo de su cuerpo en un abrazo y un beso furtivo. «Id y ocultaos donde la luna no os alcance y el sol no os vea, donde nadie pueda encontraros, solo yo, donde el acero de las espadas no os roce. Id, que la muerte siempre va un paso por delante de la vida, amado mío, pues es la que finalmente vence».

Huir no era justo y Nuño era, por encima de todo, un hombre justo, como su apellido. Huir no era honorable y tampoco cristiano. Huir no era caballeroso. Por esa razón estaba ahí, ante el asistente mayor, robándole minutos a la noche, con el fin de hacer justicia.

—Fuerza debéis tener para ingerir las palabras que voy a desvelaros. Señor: los conversos confabulan contra nosotros.

Diego de Merlo hizo un gesto que restó importancia al asunto. Casi se le escapó un bufido de indignación.

—Nada nuevo se trae entre manos esa panda de marranos deicidas. —Apoyado sobre el brazo de la silla de cadera, se frotó el ceño justo donde acusaba un aguijonazo. El mal dormir le producía dolores de cabeza.

¿Para eso lo había despojado de las garras del dulce sueño, para acusar a los judeoconversos de algo que ya se preveía? La mismísima doña Isabel le había advertido de posibles alborotos con motivo de la instauración del Santo Oficio. De ahí, que le hubiera mandado una carta fechada en el día 9 de octubre, sellada con su sello de plomo y firmada con un «Yo, la reyna». En ella le concedía plenos poderes para reprimir bullicios y escándalos que se produjeran en la ciudad para impedir la actuación de los sumo inquisidores. Bien estaba, se trataba de una medida preventiva, esperaba no tener que hacer uso de ella.

Nuño, no conforme con la pasividad del asistente mayor, insistió.

—Se han reunido en esta noche para urdir una conjura y tomar nuestra ciudad. Su intención es hacerse con ella y eliminar a los cristianos viejos y poderosos de Sevilla, levantar a las comunidades de conversos y judíos de todo el reino. —Aquello hizo que Diego de Merlo se reavivara, incorporándose, como si hubiera recibido un pinchazo en el trasero. Nuño supo que, por fin, lo escuchaba con atención—. Desean implantar el caos.

Estaba preparado para infinidad de altercados, pero no para un escándalo de semejante calibre. Una conjura que en un tablero de damero significaría poner en jaque a toda la sociedad y a la propia reina Isabel. Y esta, la pieza más importante del juego político, nunca había de caer.

—¿Estáis seguro? —Se había inclinado hacia delante y enarcado una ceja.

—Tan seguro que me cortaría la mano y no la perdería. —Se la mostró, no había ni un ligero temblor en ella: pétrea y firme, podría asir un arma—. Una voz me lo ha confesado, la de la hija del hombre que ha dispuesto su hogar para la asamblea de los revoltosos.

—La bella Susona —adivinó don Diego de Merlo. Ante la estupefacción pintada en el rostro de Nuño, soltó una risa agria—. Incluso a mí me llegan los rumores que tanto distraen a las gentes. Dícese que un caballero cristiano de la familia de los Guzmanes, casualmente nadie se atreve a dar su nombre, corteja en secreto a la dama de la judería.

Los encuentros clandestinos, una vez descubiertos, lapidaban la reputación de la joven, de la que se presuponía que había perdido la puridad. Y una dama sin puridad no era más que una mundaria. Nuño rememoró cómo Susona se le había ofrecido, cómo le había suplicado que la hiciera suya para que así la reclamara más adelante en calidad de esposa, cómo había depositado todas sus esperanzas en él. Aún llevaba sus guedejas en la escarcela que le colgaba del cinto, las cuales se le antojaban pesadas. Quería tocarlas, deleitarse en aquella suavidad, en el perfume de azahar.

—Nada me interesa menos que la identidad de la susodicha, no me importa si vuestro galanteo es con la hija de Diego de Susán, la de Benadeva, la de Mengano o Fulano. Dejo las intrigas para las alcahuetas y los padres permisivos de esas jóvenes doncellas, que no cumplen correctamente con la guarda de estas. Deberían estar ojo avizor. —Nuño reprimió el impulso de defender a Susán, que con celo vigilaba a su hija. De pronto recordó que aquel hombre deseaba su cabeza y ese sentimiento se disipó—. Solo quiero saber si estaría dispuesta a compartir su relato conmigo aquí y ahora.

Los labios de Nuño temblaron. Se mordió la lengua para no increparle. No dejaría a su amada en manos del asistente mayor, no la dejaría en manos de ningún cristiano que no fuera él mismo. De haber podido, la habría encerrado en una alta torre o en un convento perdido entre las vastas tierras del reino, allí donde nadie la encontrara, allí donde solo él pudiera visitarla. Esa realidad lo golpeó. El amor por Susona le hacía dudar de los suyos, a los que siempre había defendido.

—No lo repetirá, antes se cosería los labios con gruesos hilos de lana y se arrojaría al Guadalquivir para que no la hallasen viva. —No mentía, bien sabía que era cierto, que Susona, mujer de carácter, lo haría—. Lo ha susurrado a mis oídos, presa del miedo pues es mi seguridad lo que la ha llevado a ser delatora.

Debía haberla abrazado más fuerte, más tiempo. Debía haberla besado más tiernamente, más despacio, hasta el amanecer.

—¿Os ha dicho cuándo se llevará a cabo esa conjura que nos inquieta sobremanera?

—No, señor, no posee información sobre localización ni fecha, mas no tardará en producirse, los conversos buscan sorprendernos. Supongo que el tiempo que malgasten en pertrecharse para el asalto, si es que no lo están ya.

Don Diego de Merlo musitó una oración; en un momento tan delicado como aquel le insuflaba fuerzas, y Dios sabía que las necesitaba.

—Malditos judíos. Una conspiración contra nosotros —murmuró. El día había empezado antes, ya no podría dormir, rompería la promesa que le había hecho a su Constanza, no regresaría a sus sábanas compartidas. Tenía que sofocar una revuelta—. Con qué rapidez se han desprendido de esa máscara de cristianos convertidos en cuanto han visto peligrar su estatus por la instauración del Santo Oficio. Quien nada tiene que ocultar, nada teme. Ellos solos se han señalado, marranos escondidos en la clandestinidad, rezando a su Dios con las luces apagadas y el silencio velándolos, fingiendo acudir a misa, fingiendo recibir un bautismo que deshonran y manchan con sus comportamientos herejes. —Su timbre era airado y Nuño se preguntó si le dolía más el cristianismo menospreciado o la posible caída de la ciudad—. Malditos sean estos marranos que tratan de hundir lo que con tanto esfuerzo han levantado nuestros monarcas.

No puntualizó si era la fe o la unión de los reinos de Castilla y Aragón gracias al matrimonio entre doña Isabel y don Fernando, que muchas piedras habían tenido que sortear para hacerlo efectivo.

—Hemos de ser rápidos, Guzmán. —Dio un fuerte golpe a los brazos de la silla y se irguió. Con un par de zancadas, se acercó a Nuño—. Hemos de ser prestos, más que ellos. Cuanto menos tiempo tengan a su disposición, menos oportunidades de que su conjura sea fructífera. Dadme una lista de nombres, si es que la tenéis, y marchaos a casa a descansar, habéis cumplido como buen cristiano y buen caballero. —Lo aferró por el hombro, notó el postizo interno del jubón y apretó en señal de aprecio y gratitud—. Os habéis ganado vuestra plaza en el Cielo.

Nuño asintió, no muy convencido. Más que el Cielo, parecía pisar el Infierno. Los remordimientos se alojaban en su boca dejándole un intenso sabor a hiel.

Diego de Merlo, que había descendido la mano hasta el centro de la espalda del Guzmán, lo encaminaba hacia la puerta de salida.

—Antes de entregaros los nombres de quienes desean nuestra muerte, requiero una promesa de vuestra señoría. —El tono con el que habló no dejaba opción a réplica y, con los jugosos datos que acababa de entregarle, Diego de Merlo no podía negarle nada. Ser solícito tenía un precio.

—Pedid y se os dará, Guzmán. Espero que sepáis que habéis servido en gran manera no solo a la Corona, sino también a

Dios, nuestro Señor, a toda la cristiandad. —Lo obsequió con una palmada en el omóplato.

—Que nada le ocurra a Susona, que nadie roce ni uno de los azabaches mechones de su larga cabellera de cuervo. Que nadie la injurie, que nadie la agreda, que nadie la desposea de lo que por derecho es suyo, sea cual sea el triste destino de su progenitor, sea cual sea la penitencia merecida. Que quede libre de cargos. La deseo en paz, sin temor ni consecuencias. Ha traicionado a su pueblo por Dios.

Las comisuras de Diego de Merlo se elevaron en una sonrisa sardónica e indescifrable que no gustó a Nuño, como si este pudiera ver algo que era invisible a sus ojos, algo que se resistía a su entendimiento, una lección que aún no había aprendido y mucho menos absorbido.

—Os equivocáis, joven Nuño, lo ha traicionado por amor. Vos mismo habéis dicho que ha sido vuestra muerte la que la ha llevado a tal estado de desesperación que ha acudido veloz a narraros la conjura. ¿Qué habría sucedido de no haber estado vuestro nombre en la lista negra de caballeros cristianos a los que quieren dar muerte? —Se encogió de hombros, divertido—. Por fortuna, nunca lo sabremos.

—Por Dios o por mí ha declarado —siseó. Apretó los puños hasta clavarse las uñas en las palmas de la mano—. Y gracias a ella habréis sofocado una revuelta y salvado vidas, preservado nuestra ciudad y sentenciado a los culpables. Es lo único que exijo, que Susona no sea reprendida por sus acciones, ya que solo la bondad y el miedo la han movido a actuar así.

—Sea. —Un ligero asentimiento selló el pacto entre ambos hombres, que se estrecharon—. Qué poética es la vida, ¿no creéis, Guzmán? Habéis caído rendido ante los pies de la dama de la judería.

Nuño intentó obligarse a sonreír, en su lugar convocó una mueca fatal, mordaz.

—Casi tan poético como que un judío os condene y su hija cristiana os salve. —Remarcó la fe de Susona, creyendo que así la protegería de futuros padecimientos, una vana compensación por haberla vendido a las autoridades.

Minutos después, había veintisiete nombres de varones manuscritos en un pergamino. La mayoría eran personalidades importantes de la comunidad conversa del reino de Sevilla, unos pocos, vecinos sin trascendencia, aunque igual de culpables del delito de sedición. Con una pulcra caligrafía se los acusaba de insurrectos y de prácticas judaizantes, porque solo unos criptojudíos reclamarían venganza por los insultos y desmanes, por el asalto que ensangrentó la judería de sus antepasados, años atrás. Solo unos criptojudíos anhelarían hacer caer la ciudad, la Corona y hasta el Santo Oficio.

La sangre se paga con sangre.

La de los cristianos viejos por la de los conversos.

La de Diego de Susán por la de Nuño de Guzmán.

14

La luna por fin parecía haberse movido, promesa de un nuevo día. Susona se preguntó cuándo se agotaba la esperanza, si esta no sería una jarrilla de agua fresca en un inclemente verano de la que beber y beber hasta que no queda ni una sola gota en el fondo. E incluso así, no te ves saciada, necesitas más esperanza, necesitas seguir bebiendo. En su copa aún había un resquicio de agua, aún podía mojarse los labios en ella.

Abrió la puerta de la alcoba, los goznes se quejaron y el chirrido le erizó los vellos de la nuca. Adentrose en aquellos aposentos que le eran ajenos pero no desconocidos, modestos en comparación con el suyo. No había tapices colgando de las paredes, ni ricas alfombras, tampoco un espejo redondo de bordes de plata labrada, perfumadores ni pebeteros, ni una arqueta en cuyo interior reposaran deslumbrantes joyas. Estaba desangelada como las celdas de los franciscanos, o lo que Susona imaginaba que sería la celda de un franciscano. Aunque austera, al no estar sometida al voto de pobreza, Catalina gozaba de cierta comodidad, el camastro era acolchado, las sábanas y mantas de peor calidad, toscas en su manufactura y simples en las costuras, abrigaban y la vestían. En una de las esquinas había un amplio arcón en el que guardaba sus efectos personales.

Con respecto a la decoración, dos objetos por todo ornato: un crucifijo que el señor don Diego de Susán le había regalado en un gesto de buena voluntad y agradecimiento por sus muchos servicios, y una estatuilla de la Virgen con el niño Jesús sentado en sus rodillas. La talla había perdido parte de los pigmentos azules del manto y blancos de las vestiduras; la madera ganaba la batalla al paso del tiempo. Debía de ser añeja, un bien que habría heredado de sus antepasados por testamento y que había quedado en la familia.

Entre el infame y gemebundo ruido y el sonido de sus pisadas desnudas sobre el suelo, lo más probable era que hubiese despertado a Catalina, por mucho que hubiera intentado ser silenciosa. Sin embargo, desprovista de sueño alguno, la anciana había permanecido en un estado de duermevela desde que ella había abandonado el hogar, con el acero en mano y corazón tembloroso. Yacía en la cama con los ojos abiertos, cubierta por las sábanas que se removieron al incorporarse ella para observarla. Al igual que una hora antes, llevaba el cabello recogido en una trenza a medio deshacer.

—Llegáis pronto, mi niña. Sigo sin distinguir el color de los hilos de los bordados y tapices. —Sus manos arrugadas recorrieron con parsimonia la tela, en la que no existía más tonalidad que la blancura límpida.

—Aún es de noche. Lamento importunaros.

—Los viejos ya no dormimos, nos priva del sueño la edad. —Se encogió de hombros, restándole importancia—. Quizá porque muy pronto dormiremos para siempre y nuestro cuerpo prefiere aprovechar cada segundo que nos resta.

Susona asintió. Empezaba a temer la noche eterna, la muerte que acechaba a sus deudos y la amenazaba con el peor castigo: la absoluta soledad. Se acercó al mueble más próximo y prendió un candil, lo dejó sobre el arcón alumbrando uno de los rincones de la estancia. En las paredes se dibujaban los contornos del mobiliario, la silueta del crucifijo, sus propias efigies, una esbelta y firme, otra enjuta y cansada. Todo era de un amarillo ceniciento, incluidos sus rostros.

Cuando se apagara el candil, ya iluminaría el sol y los pájaros trinarían.

—¿Puedo quedarme con vos hasta que amanezca? No quiero perderme entre las sábanas de mi cama, no quiero que el día me sorprenda sola y aterida.

—Cuanto más envejezco, más grande se me antoja el camastro. Venid a mi lado. —Una palmada fue suficiente invitación. Susona se recogió los bajos del vestido verde y hundió el jergón bajo su peso. Adoptó la posición fetal y permitió que los brazos de su nodriza la atraparan—. Aquí siempre hallaréis un hueco para vos, un pecho sobre el que acurrucaros, una manta para resguardaros y una voz para acunaros con nanas.

Una lágrima traicionera se escapó de sus ojos empapados. Había llorado tanto que no le extrañaría que su sangre se hubiera tornado agua salada, corriente de marejada que encalla buques y los arrastra a las profundidades. Susona nunca había visto el mar, e imaginarse la inmensidad de un Guadalquivir salado hasta donde alcanzase la vista le era imposible.

Si Sevilla tuviera costa, le habría suplicado a Nuño que embarcaran en el primer navío que partiera, rumbo a un destino incierto, lejos de ese reino que los condenaba al odio. Se habría postrado, le habría besado los pies, se lo habría rogado de rodillas, santa y beata. Por seguro, él no habría accedido, no conocía el éxodo obligatorio, la tierra que pisaba era la tierra que los reyes habían concedido a sus ancestros, tierra de Guzmanes; no renunciaría a ella. Ni siquiera por amor.

Las caricias justo en el inicio de la cabellera, donde el nacimiento de su frente, eran remolinos calmos que le recordaban su niñez, tiempos apacibles en los que todavía no era la Bella. Solo la pequeña Susona.

—Desearía con todo mi corazón volver a ser una infanta y que las historias de finales felices que me narrabais ahuyentaran estos malos sueños.

—Ay, mi niña. —El suspiro estaba cargado de desolación—. Si yo tuviera el poder de ahuyentar con una palabra lo que fuera que os atormentase, con independencia de su naturaleza, esa calavera... —Un silencio invadió la estancia, Catalina se contenía para no maldecir los putrefactos huesos que martirizaban a su pequeña—. Esa calavera la reduciría a polvo. Cenizas a las cenizas, polvo al polvo.

Pasaron largo rato allí tumbadas, con la respiración acompasada y el silbido del viento que se colaba por las rendijas de las contraventanas y ventanas haciendo danzar la luz del candil.

Omitiendo el gruñido de dolor de sus articulaciones, Catalina se levantó, se puso el manto sobre sus hombros y tendió una mano a su joven señora.

—Acompañadme. —Incorporada, Susona clavó los ojos en los de la nodriza, cristalinos y enrojecidos—. Ninguna de las dos va a dormir en la noche de hoy, será mejor reponernos con una bebida caliente. Las bebidas calientes siempre ayudan a recomponer el alma hecha añicos. ¿Qué tal leche con miel? Aplaca hasta a los recién nacidos más revoltosos y les provee de unas horas de dulce somnolencia.

Aceptó. De algo debían servir los remedios pretéritos que habían ido traspasándose de madres a hijas, cocinados a fuego lento en el lar bajo la atenta mirada de las nuevas generaciones.

Catalina la guio hasta las cocinas. Una vez allí, Susona tomó asiento enfrente de una mesa alargada, en aquellos momentos despejada de enseres, y, obediente, observó los movimientos de la anciana mientras esta maniobraba con un cazo y una redoma de leche que acababa de sacar de la despensa. Vertió el contenido, que aromatizó la amplia estancia, y lo puso al fuego, que chisporroteó y caldeó el ambiente.

—Sé que no habéis seguido mis consejos. —De espaldas a Susona, removía el líquido níveo con un cucharón de madera. A su diestra, en el poyo que hacía las veces de mesa auxiliar, había dispuesto miel y canela.

—Lo hice. En cada paso que di Dios caminaba a mi lado, venía conmigo. Actué de buena fe.

—Visteis, oísteis y no guardasteis silencio, pese a que os lo advertí, porque os lo advertí. —Sacudió la cuchara dando unos golpecitos sobre el borde del cazo y se giró hacia ella.

—¿Qué importa eso ahora? —espetó—. ¿A quién le sorprenderá? ¿Acaso no dicen los hombres que Dios creó a la mujer con el único propósito de hablar, llorar e hilar?

—Ni siquiera vos os creéis las palabras que pronunciáis.

Aborrecía ese proverbio latino. Despreciaba y rebajaba al género femenino a simples objetos, inútiles salvo para tareas que los varones se negaban a realizar por su carácter dominante, poco apto para el hilado, actividad que desarrollaba la paciencia, o el llanto, que era un signo de debilidad que dejaban en exclusiva a las mujeres vulnerables y a las plañideras. Lo de hablar era harina de otro costal, pues todo lo que ellos verbalizaban era de soberana importancia. Todo lo que dijeran estaba bien dicho. Ellas, al contrario, solo hablaban de cuestiones intrascendentes, maliciosas, como que Fulana había gastado una cantidad indecente de maravedíes en tela de brocado para que le confeccionaran un vestido con el que vanagloriarse del dinero que ganaba su marido. O que Mengana había discutido con su vecina por una gallina que había saltado la tapia y había ido a parar a la casa de la otra.

Rumores. Habladurías. Cuchicheos. Eso era lo que anidaba en sus bocas. Y a causa de esa creencia tan extendida, se declaraba que no había nada tan eficaz para esparcir un rumor como contárselo a una mujer.

—Es la culpabilidad, la lleváis grabada en la cara. —La señaló.

Susona reprimió las ganas de tocarse la nariz, los párpados, los labios, cualquier rasgo que delatase su crimen.

—¿Vos lo sabíais? —Se refería a la reunión, quizá a la conjura.

Catalina asintió.

—Es todo un mérito ocultar a una mujer lo que sucede en la casa en la que habita. La desconfianza suele posarse en las féminas jóvenes como vos, en los jóvenes en general, pues sois esclavos de caprichos pasajeros y esa inestabilidad os hace harto peligrosos. En cambio, nadie se preocupa por una vieja frágil.

—¿Por eso no me lo habéis contado, porque creéis que soy voluble e indigna de confianza? —Su cuerpo se curvó hacia atrás, cual un junco mecido por el viento.

—No. —Trató de capturar su mano para estrecharla—. No os lo he contado porque vuestro padre, mi señor Diego de Susán, tampoco me lo había contado a mí, y los asuntos de los hombres no son de nuestra incumbencia. De ahí que os recomendara callar.

La leche borboteó en el caldero y la nodriza se acercó a atenderla, volvió a removerla, poniendo especial cuidado en la nata grumosa que iba apareciendo a medida que se calentaba. Desprendía un olor muy particular, dulzón, que a cualquier adulto le haría evocar su más tierna infancia.

—Hay muchas cosas que no os he confesado por vuestra seguridad. —Añadió a la leche una pizca de canela y un chorreón de miel.

Catalina había hablado de dos dioses. «¿El suyo o el nuestro?».

—Miradme a los ojos y decidme la verdad, mi querida Catalina. —La seriedad con la que se dirigía a ella hizo que la anciana abandonara su puesto en el lar y se posicionara enfrente de Susona, al otro extremo de la mesa—. Sois como Isabel Suárez, la suegra de mi hermana María, que acude a misa en la parroquia y en la intimidad de su alcoba reza a otro, ¿verdad?

La inesperada sonrisa que se abrió paso en su faz, incrementando las hondas arrugas que la surcaban, fue una respuesta silente.

—Ciertamente. —No dudó en confesarlo.

Aquella declaración fue un duro golpe para ella.

Susona había creído conocer a Catalina, a su Catalina. A la anciana nodriza que arrastraba los pies y se quejaba de las lumbares y el crujido de los huesos de la espalda, consecuencia directa de haber perseguido a críos que se le escapaban correteando entre sus piernas. A la Catalina cristiana, la de refranes populares y sabiduría ancestral, la que compraba en el mercado y murmuraba sobre esto y aquello mientras la ayudaba a acicalarse. A la mujer que velaba sus sueños.

La realidad era bien distinta. Lo cierto era que todo lo que sabía de Catalina —o lo que había dado por sabido— era falso. ¿Pero quién era ella para juzgarla? Había acusado a Nuño de eso mismo, lo había reprobado por hurgar en la privacidad de los demás.

—¿Lo sabe mi padre? —Cabeceó en señal de asentimiento—. ¿Cómo es eso posible, que acepte sin contemplación que María case con un hombre que finge ser cristiano y es judío de corazón, que me amamante y crie una mujer que profesa la fe mosaica en secreto, colocándonos así en una situación tan precaria?

¿Cuántas cosas más le habían ocultado y cuántas más descubriría esa noche?

—Ese maldito Guzmán os ha envenenado la mente —se lamentó.

Catalina vertió la leche caliente en dos jarritas de barro cocido. No usaría la vajilla fina, ni las copas de vidrio, para que la esencia de estos materiales no contaminara con su sabor el de la bebida. A continuación, agregó un poco más de canela y en el líquido se generó un remolino parduzco.

—¿Es mi padre un hereje, lo era mi madre? —Titubeó al preguntarlo. No podría soportar una mentira más, por muy curtida que estuviera en el arte del embuste.

Aquella pregunta sorprendió a Catalina con las manos ocupadas. Por unos segundos se quedó tal cual, petrificada, hasta que dijo:

—No. Ni el uno ni la otra, mi niña, podéis estar tranquila en cuanto a la memoria de esta y el respeto que debéis a vuestro progenitor.

Susona no se percató hasta entonces de que había estado reteniendo el aire en los pulmones. Enseguida lo soltó y aspiró una bocanada de aire.

—¿Y qué hay de la cruz y la talla de la Virgen de vuestra alcoba?

Catalina depositó las jarritas sobre la mesa, una para Susona, otra para ella; el resto lo reservó en una vasija. Al sentarse en el banco le chirriaron los dientes.

—Una doncella no solo ha de ser pura, ha de parecerlo. —Le guiñó un ojo. Era para guardar las apariencias—. La primera se trata de un regalo de mi señor, bien lo sabéis, que siempre ha sido un hombre generoso, el más generoso de todos los que he conocido y de todos los que me han contratado —especificó con el dedo índice en alto, en una pose mayestática—. En cuanto a la Virgen, era propiedad de mi marido. Se la compró a alguien que estaba deseoso de deshacerse de ella, un renegado.

A veces, el destino era así de cínico. Igual que había judíos y muslimes que, por diversos motivos, se convertían al cristianismo, había cristianos sin mácula en su sangre que decidían abrazar el islam o el judaísmo. Bien sonado era el caso de la nueva esposa del sultán de Granada, de la que llegaba el eco a todos los rincones y producía gran pesar en los fervorosos creyentes. De ser una niña cristiana a ser esclava en la corte de Abu l-Hasan, de esclava cristiana a amante del gobernador, de amante a musulmana, de musulmana a sultana.

Viendo que no había probado el remedio casero, Catalina empujó el bebedizo hacia ella.

—Sabe dulce. —La tranquilizó. Sabía cuánto odiaba lo amargo, el jugo de las naranjas de los árboles, la mermelada que se hacía con ellas—. Será melaza en vuestra lengua. Bebed, os sentiréis mejor.

Primero lo olisqueó, luego, dio un sorbo.

—Ojalá obrara milagros e hiciera que las horas pasasen tan rápido como el anhelo de los amantes que se extrañan en la distancia y vuelven a encontrarse. O no, mejor no… —Se palpó los labios, todavía permanecía adherido a ellos el tacto de los de Nuño—. Quizá he de admirar la luna y estar atenta. Quizá esta noche sea noche de vigilia.

«Noche de traición», calló. Ignoraba que esta había sido servida en dos bandejas de plata, en dos mesas diferentes, en dos bandos de una misma ciudad.

La vida siempre se superponía a la muerte. Así había nacido ella, abriéndose paso en las entrañas de su madre, que, palpitantes, expulsaban el último aliento de vida que habitaba en un cuerpo rendido. Susona era matricida, pero también esperanza. Susona era vida frente a la muerte.

Por la posición de la luna aún habían de atravesar varias horas para llegar al galicinio, próximo al amanecer. Catalina, que había reducido la leche con miel a la mitad del jarrillo, se acomodó en el asiento y exhaló sus preocupaciones. Le prometió a Susona desentrañarle su historia y responder cualquier pregunta que le surgiera.

Catalina Pérez continuaba ejerciendo el oficio que habían desempeñado todas las mujeres de su familia. El de nodriza. Lo había sido su bisabuela, su abuela, su madre, sus tías, sus primas, sus hermanas. Lo era ella y lo eran sus dos hijas, las que había alumbrado.

Era un trabajo modesto que servía para rascar monedas y aportar ayuda a la economía doméstica, que, con tantas bocas que alimentar, muy a menudo necesitaba un empujón. También era un trabajo de enorme sacrificio, según el contrato estipulado, la nodriza se llevaba el recién nacido a su hogar, donde lo alimentaba y criaba, o ella se instalaba en la casa de la pareja que requería de sus servicios, lo que significaba, en última instancia, postergar a sus propios hijos. Casi tan irónico como doloroso, que una madre viera crecer a niños ajenos y se perdiera esa etapa de sus vástagos. Pero también existía belleza —es usual que lo bello se perciba incluso en los momentos más descorazonadores—, pues con la leche producida por sus pechos nutría a muchos pequeños y se sentía madre de todos. Una dicha similar albergaría la Virgen María, si Catalina y sus deudos hubieran sido cristianos y se rindieran al culto mariano. Con todo, Catalina se consideraba casi madre de Susona.

—Fuisteis la decimonovena niña a la que amamantaron estos senos ya caídos. —Bajo la camisola se adivinaban unas brevas maduras. La nodriza se ajustó el manto para cubrirse, consciente de la mirada curiosa de Susona—. Para entonces yo ya había recibido el bautismo. Nadie de mi parentela había renegado de su fe, todas las mujeres que me precedieron se habían mantenido indemnes a los embates que sufrían por su condición de judías. Mis tías, mis primas, mis hermanas... —Catalina destilaba añoranza.

—¿Lo sabía mi padre cuando os contrató?

Negó con la cabeza. Diego de Susán lo descubrió más tarde, aunque lo sospechaba desde la primera vez que la vio aparecer por la puerta de su hogar.

—Si lo sabía no dio muestra de ello o no le dio importancia alguna. A las nodrizas se les exigen unos requerimientos, siempre buscando lo mejor para el lactante, que sea buena devota, que su alimentación sea correcta, que sea cariñosa y mansa, que no peque de fornicio ni de otros vicios. Mi señor hizo todas esas preguntas y más, pero no osó interrogarme acerca de mis orígenes ni de mi fe, aunque yo se lo vendí bien. Le dije que era judeoconversa y que no hacía mucho de mi bautismo. Sabía que don Diego de Susán provenía de familia conversa y esperaba que no hubiera olvidado sus raíces, y que esa unión lo hiciera compadecerse de mí.

—Apelar a la compasión no funciona con muchos varones, lo sé. —Tragó saliva—. A Nuño de Guzmán no le vence la piedad.

—Por eso no me puse a disposición de ninguna gran familia nobiliaria, mi niña, porque la misericordia se mueve en otros círculos que no son los del poder.

Y porque no la habrían querido.

—Susona, vos nacisteis cristiana, de familia conversa ya de tercera generación. Ser «el otro» en un mundo que es hostil es como subir una cuesta empinada. En tiempos del rey sabio, las Cortes decretaron que judías y musulmanas no podían dar de mamar a ningún niño cristiano, y no hace mucho el obispo de Sigüenza, Pedro de Luján, ha prohibido bajo pena de excomunión que los hijos de cristianos bebiesen de nuestra leche.

Las muchas féminas —judías y muslimes— que vivían en tierras cristianas y practicaban ese oficio podrían haberse repartido con cordialidad a los recién nacidos, de manera que ninguna criatura inocente pasara hambre, y que a ninguna de ellas les faltara trabajo. Pero para los musulmanes la leche de mejor calidad, tan dulce que parecía almíbar, manaba de las ubres de las árabes, por lo que tendían a contratar a jóvenes muslimes de entre veinticinco y treinta años. Así que a las judías solo les quedaban los niños de familia abrahámica.

Por desgracia, no todas tenían la capacidad adquisitiva para llamar a una nodriza, por mucho que se lanzaran acusaciones de avaricia contra aquellos que se habían hecho de oro a base de conceder préstamos. La pobreza también asolaba a la comunidad judía, ya muy mermada tras el asalto de 1391, por ende, en caso de extrema necesidad recurrían a los calostros de cabra de algún vecino ganadero, que de forma desinteresada les prestaba el animal.

—Un día el negocio tocaría a su fin, todas lo sabíamos, amas de crías, parteras, nodrizas —le explicó—. ¿Y qué haríamos entonces, a qué nos dedicaríamos? Esto es lo único que yo sabía hacer, mi bella niña, daros de comer de mi cuerpo. Así que mi marido pensó que quizá deberíamos cambiar de fe, y lo hice. Lo hicimos.

»Fuisteis mi última niña. Siempre seréis mi niña. —Sus dedos recorrieron la superficie de madera de la mesa y, al alcanzar los de Susona, se enredaron con ellos—. No hay un solo día en que no agradezca a Dios que me permitiera conoceros, que vuestro padre me acogiera en el hogar en estas horas de vejez, ya habiendo fallecido mi bienamado esposo.

—Pero os he visto festejar celebraciones cristianas y os he visto comer cerdo y liebre, y otros animales que os estarían vetados según vuestra religión —recordó Susona con voz queda—. Y jamás habéis pisado una sinagoga en mi presencia. ¡Me habéis acompañado a misa!

Catalina rio entre dientes.

—Digamos que Dios entiende estos sacrificios y nos perdona por ellos. Estoy en paz con Él y Él lo está conmigo.

Se desmadejaron los dedos cuando Susona, ansiosa, los pasó por su cabellera.

—Si alguien se enterara de esto, de que sois una mala cristiana que judaíza en privado y que lo hace en mi propia casa…

Los resultados serían una calamidad. Catalina acusada de hereje, prisionera; el nombre de Susán quedaría en entredicho; su padre sería interrogado por dar cobijo a una criptojudía y se le investigaría por cercanía, por connivencia, porque eran conversos y antaño fueron judíos, porque residían en la judería. La arrestarían a ella y a su hermana María, de quien sospecharían también, y eso los llevaría a la familia de Benadeva. Los hallarían culpables. Caerían todos, un castillo de naipes desmoronándose. Si es que la conjura no resultaba exitosa.

—¿Qué amenazas tienen para una anciana como yo que está deseando partir de este mundo cruel? —gruñó sardónica—. ¿Mis hijos? Ninguno de ellos reside en el reino de Sevilla, todos marcharon tras el ataque de 1473 contra con los conversos. Se retiraron al reino de Granada junto con sus familias, que para vivir bajo dominio cristiano lo mismo les valía vivir bajo dominio islámico. Que el sultán nazarí sea benévolo con ellos —rezó en voz alta.

Percibió el desasosiego en Susona, un torbellino de angustia que la había dejado lívida.

—Susona, a veces la conversión es el único camino, aunque no sea voluntaria. —Utilizaba el mismo tono que cuando le enseñaba de pequeña cómo ejecutar un bonito bordado—. Amancebarse con judías se considera bestialismo, amancebarse con moras se considera bestialismo, porque el moro y el judío no son sino perros y la mora y la judía no son sino perras. Y quien peque con ellas es como quien peca con bestias. —Al oírlo, compuso una mueca de disgusto—. No podemos alimentar a niños cristianos como no podemos tratar a mujeres cristianas en la labor del parto ni en caso de enfermedad. Estamos atadas de pies y manos. Prohibido todo, no nos queda nada.

Pero la joven aún se aferraba a un pasado balsámico que hacía horas expiraba.

—Eso no es cierto. Me consta que fue una afamada comadrona mora la que atendió en el parto a la reina Juana de Avis, esposa del rey Enrique IV, y que el médico personal de la reina doña Isabel no es otro que el judío Badoz. Hay opciones para los de vuestra religión.

—Las leyes no son iguales para todos. El pueblo es el pueblo, la nobleza es la nobleza, la Corona es la Corona. —Un silencio sepulcral las cubrió con su manto—. ¿Qué os duele, mi engaño o que haya manchado la imagen que teníais de mí? Si es vuestro deseo prescindir de mis servicios, sabed que bien podéis comunicármelo, os atenderé esta noche y me iré mañana por la mañana.

Susona rechazó la propuesta.

—No, no —farfulló. Le dolía la garganta de retener el llanto. Capturó la mano delgada y surcada de venas de Catalina y la besó—. No. —Ya no sabía la razón por la que lloraba—. Es que últimamente nadie parece un buen cristiano, ni siquiera yo.

La anciana le dedicó una mirada de compasión. Ser testigo del padecimiento de aquella muchacha a la que amaba como si fuera su propia hija le abría una brecha en el pecho solo comparable con el fallecimiento de su esposo. Jamás se perdonaría haber participado en el daño.

—Terminaos la leche, mi niña. Esperaremos juntas a que la tempestad de esta funesta noche amaine.

Catalina alargó el brazo libre y aprisionó el mechón esquilado que asomaba entre la inmensa mata negruzca que era la melena de Susona. Se veía a simple vista el corte del cuchillo, imperfecto, desgarrador. La joven sintió un cosquilleo, atisbó el juicio en los ojos neblinosos de su aya, y la vergüenza le tiñó de grana las mejillas.

—Decidlo, no os reprimáis.

En vez de una inminente regañina, esbozó una sonrisa.

—Ay, los amores —concluyó.

15

No cualquier hombre, por muy apuesto que fuera, disfrutaba de las delicias de un amor cortés, pues había que ser paciente y obstinado para perseguir a la dama que con sus labios de pétalos de rosa le hubiera robado el corazón, y esta tendía a ser esquiva.

Muchos no estaban dispuestos a atravesar los caminos espinosos, muchos consideraban que era una pérdida de honor arrastrarse por el lodo para besar los pies de una mujer. Otros, en cambio, aceptaban de buena gana el ritual que se les imponía y se mostraban anhelantes, suspirantes, suplicantes, se abrían el pecho en canal para que la amada observara —no sin estupor y un brillo de regocijo en los ojos— sus pasiones más perversas y sus miedos más ocultos. Componían versos románticos, les cantaban cual trovadores desde la calle bajo la luz argéntea de la luna, las colmaban de obsequios, juraban y perjuraban en nombre de Venus que ese sentimiento visceral que se les había clavado en el costado los conduciría a la muerte, que no tenerlas era un tormento inhumano. Y así aguardaban a que, con cada gesto de amor, ellas se reblandecieran como la fruta madura en los impíos veranos y, tornándose azúcar, decidieran corresponderles.

La espera mataba a los desprovistos de fuerza suficiente, a los de ánimo pobre y mente débil. Y mataba en igual medida a los que, poderosos y confiados, estaban acostumbrados a usar la violencia para conseguir las mieles prometidas, los que no cortejaban sino amedrentaban, los que creían con firmeza que los placeres negados eran una invitación que sabía mejor.

Desde el primer encuentro en la Puerta de Minhoar, Nuño se afanó en lograr su objetivo: que Susona lo aceptara como carísimo amigo, amante y servidor.

Entre las habilidades de Nuño no estaba la composición de poemas; sin embargo, cuando su querido amigo Sancho, de los Ponce de León, le sugirió que la mejor manera de cortejar a la bella de la judería era confeccionar uno, lo intentó. Buscó inspiración en los poetas más célebres de su tiempo y de tiempos pasados, en los trovadores provenzales y en sus propias vivencias, pero él jamás había necesitado endulzarle el oído a una joven con palabras melifluas para que esta se rindiera a sus encantos. Le bastaba con ser un Guzmán y ofrecerle su atención, le bastaba con su rostro.

Fue lo más parecido a arrancarse la piel a tiras para dejar al descubierto sus músculos, y luego rajarse los músculos para hurgar en la carne de sus órganos, para profundizar en sus huesos de marfil y seguir excavando en las profundidades de su anatomía. Todo era dolor y no sabía cómo verbalizarlo, cómo escribirlo, cómo plasmarlo en el pergamino.

—Hubiera preferido una corona de espinas y unos clavos en la cruz —rezongó tras una ardua lucha contra sus sentimientos.

—No blasfemes —rio Sancho, que, arrellanado en una silla de cadera, degustaba el vino recién escanciado y se perdía entre las páginas de *La historia de Lanzarote*.

Aún no había redactado ni un solo verso y la superficie rugosa e impoluta del pergamino le devolvía una mirada burlona. Cada vez que se decidía a posar el cálamo se arrepentía y la negrura de la tinta no dibujaba letra alguna.

—Alaba su hermosura, por algo es conocida como la Bella —le aconsejó Sancho con los ojos fijos en la lectura.

Lo cierto es que ya lo había hecho. En un pergamino de su derecha había ido boceteando las lisonjas que toda mujer querría escuchar: dientes blancos como cuajada, cejas apartadas del negro carbón, mejillas de arrebol, senos como las manzanas del Paraíso. Y luego lo había tachado con premura, completamente avergonzado.

—Lo habrá oído miles de veces de labios de otros.

—Prueba con «eres el sentido de mi vana y penosa existencia» —se burló.

Nuño gruñó. Pensó que sería más fácil, en las historias de amor, el caballero siempre lo hacía fácil, los trovadores lo hacían fácil.

Cuando su padre le encomendó la tarea de persuadir a la inocente hija de Diego de Susán y arrancarle las verdades, al igual que los físicos arrancan los dientes con sus tenazas y dejan las encías vacuas, lo dio por hecho. Su apellido le allanaría el camino y su donaire sería el señuelo en el que caería presa.

—Entonces dile que es el bastión que protegerás con tu propia vida, pues ella ahora es tu señora y le debes servicio y fidelidad. —Nuño lo observaba con una ceja enarcada. Al alzar la vista del libro y percatarse, Sancho se mesó la rasposa barba y exhaló un suspiro de frustración. Cerró el volumen y lo abandonó sobre la mesa—. Que ella es el cáliz de Cristo y que lo que más anhelas en el mundo es posar tus labios en el borde de su alma, para así embeberte del amor que esta contiene.

—¿Has escrito poemas a alguna doncella?

—¿A quién? —bufó—. Conoces a todas mis conquistas.

De la primera a la última, desde la mundaria de una de las mancebías más afamadas del reino de Sevilla hasta la jovenzuela que aspiraba a cazar a algún hombre de dinero que la sacara de las calles. Compartían sus aventuras amorosas como si fueran las gestas de grandes caballeros, del rey Arturo y su fiel Lanzarote. Pero el corazón del hombre es un silo profundo y angustioso que guarda miles de secretos, y Nuño sabía mejor que nadie que ni la persona más cercana y querida descubre lo que esconde en su interior.

—Dile lo del cáliz de Cristo —lo instigó—. Y, si no, contrata a un poeta y haz pasar su creación por tuya. La Bella nunca lo sabrá.

Y con la naturalidad que otorgan los años de amistad y la repugnante intimidad que conceden, Sancho regresó a la lectura y posó los pies encima de la mesa, estirado cuan largo era.

Nuño se negó a caer en semejante bajeza, si había hombres del común capaces de hilvanar versos para cantarlos a sus amadas, por pobres que fueran en intelecto, él también podía. Debía incluso superarlos en ese noble arte, pues su educación había sido esmerada y exquisita. Lo que diferenciaba a aquellos de Nuño de Guzmán era que, pese a que no habían gozado de la fortuna de una instrucción, en su día a día apelaban más a los sentimientos de lo que él jamás habría llegado a imaginar.

Así pues, escribió sobre el cáliz de Cristo, sobre la excitación de la noche ahora que la galanteaba guarecido por el manto de la oscuridad, sobre el temor que le producía la llegada del alba, sobre la punzada que a duras penas soportaba en las costillas tras cada separación. Escribió sobre esto y aquello, y enterró hondo los elogios insípidos con los que la habrían perseguido sus anteriores admiradores.

Se lo recitó al oído, la suavidad de su voz fue la caricia de un ángel, y Susona creyó que tendría que dar una inmensa bocanada para volver a respirar. Todo lo que dijo fue:

—No sabía que teníais un don, mi señor de Guzmán. —Una de sus comisuras se tensó hacia arriba.

Nuño supo enseguida que había logrado que del erial brotara una semilla, y que si la regaba con cuidado daría frutos: su amor, su confianza, su confesión.

Cuando el inestimado invierno se fue aplacando gracias a la templada temperatura que la resplandeciente primavera convocaba, Susona había consentido en amar y, por encima de ello, en ser amada por Nuño de Guzmán.

La había conquistado como se conquista una ciudad parapetada por murallas gigantescas y gruesas, de enormes piedras, de torreones defensivos, de altivez. Las ciudades fortificadas no se derriban mediante la fuerza, se someten con estrategia. La había sitiado, cortado el acceso y desabastecido hasta provocar carencia de alimentos y, por ende, hambrunas, una hambruna desoladora que la dejaba en los huesos. Un insomnio sin previo aviso. No había necesitado un ejército hostigador ni una caballería, no había necesitado refuerzos. Los poderosos muros que circundaban a Susona sufrieron deterioro y se firmó la paz, o quizá fuese una tregua.

—Os iréis como se van las golondrinas —declaró la noche en la que los capullos de azahar se tornaron flores—. Lo sé, lo he oído, el viento entre los árboles me lo susurra en una brisa precavida.

Nuño inspeccionó las calles aledañas de la encrucijada que habían marcado como propia, se aseguró de que nadie rondaba las inmediaciones, que no había oídos atentos. Sentía un par de ojos indiscretos clavados en la nuca, azuzándole, persiguiéndole y sabía que eran los de su padre, invisibles y acuciantes, en la lejanía de su alcoba, allá en el señorío de Sanlúcar. Don Enrique de Guzmán todo lo veía.

—No digáis eso en voz alta, que cualquiera que os oiga pensará que habláis de brujería. No os conviene formular palabras sibilinas. Podríais ser denunciada por un vecino cruel que os deseara el mal. Haber nacido bella granjea envidias y celos, alguien ansiará veros caer del pedestal en el que os encumbráis.

Ella esbozó una sonrisa dulce.

—¿Acaso no soy la bruja que con su belleza a todo hombre hechiza y seduce? —Se deslizó, rompiendo la distancia que separaba sus cuerpos—. Mi fascinación es enfermedad letal, ni el más experto cirujano la puede tratar. No importa si lo grito o lo murmuro, quienes han de señalarme lo harán.

Con un gesto instintivo, propio del que se sabe amenazado, asió la empuñadura de su espada, envainada le colgaba del cinto y apretó tanto que el metal se le quedó tallado en la palma.

—Rajaré las lenguas de aquellos que osen malograr vuestro nombre, de aquellos que os injurien. Pedid un deseo, os lo concederé con mis manos desnudas. Y si necesitáis una prueba de amor que no sea la de deshacerme de quienes hagan peligrar vuestra seguridad, trincharé mi corazón y os lo entregaré en bandeja de plata para que bebáis del zumo de mi sangre, para que saciéis el hambre. Nadie os acusará, ni siquiera del embrujo del que ahora soy cautivo.

Él mismo creía que debía de haber un ápice de magia corriéndole por las venas porque, ¿qué iba a ser, si no, siendo conversa y de origen judío, siendo matricida, siendo tan hermosa, tan taimada como el pueblo que vendió al hijo de Dios? ¿Qué iba a ser, si no, siendo mujer?

Por todos era conocido que ciertas féminas ostentaban un poder invisible aunque valioso, el de los filtros amatorios, el de las ligaduras y nudos, el de los bebedizos, el del mal de ojo, la fascinación y el embrujo.

—Prometedme que no me abandonaréis, eso será suficiente, amado mío, pues ya siento vuestra ausencia causándome un gran daño, un dolor candente similar al de un cuchillo que abre la carne.

A Nuño se le espesó la saliva en la boca.

—No os abandonaré. —Rezó para que su voz no lo delatara—. ¿Por qué habría de hacerlo?

—Vuestro corazón es inescrutable, a veces logro rozarlo y otras… —los dedos de Susona giraron hasta dibujar círculos concéntricos en su pecho— no atino a saber dónde se encuentra.

Aferró su mano y la colocó en el lado izquierdo, allí donde el palpitar.

—Aquí. Siempre aquí.

Pero Susona quería algo más, su palabra, la palabra de un Guzmán que va reñido al honor, y el honor de Nuño estaba reservado para con su linaje, sus deudos.

—Prometédmelo entonces —le exigió—. Que no me abandonaréis, que allá adonde os dirijáis me llevaréis con vos, aunque sea a una guerra absurda, aunque no deba ni pueda asistir, aunque haya de permanecer encerrada en el hogar. Me llevaréis. —Sus manos seguían unidas, entrelazadas sobre el jubón acolchado del Guzmán—. Y si no es así, marchaos y no volváis a posar vuestros ojos en mí, pues me habréis envenenado con unas intenciones vendidas que no son honestas ni honradas. Hablad ahora, Nuño de Guzmán, o callad y perdeos de vista.

No podía regresar al castillo arrastrando el fracaso, habiendo fallado a su padre.

La mirada de rumor de agua de Susona le suplicaba silente y Nuño pensó que deberían grabar sus facciones en la piedra para que no se perdieran, sería el rostro prestado a una nueva virgen de una nueva iglesia. Él le rendiría culto.

—Lo prometo —anunció solemne—. Prometo amaros y serviros, aunque sea una herejía, pues os soy tan devoto que empezáis a relegar a Dios. —Con suma sutileza, apartó la mano de su pecho para llevársela a los labios y besarle los nudillos—. Me acompañaréis hasta el fin de mis días, sea cual sea mi destino, y yo os acompañaré, sea cual sea el vuestro.

Nuño mentía, llevaba pronunciando mentiras desde que había visto a Susona por primera vez, pocas verdades habitaban sus labios. Se tranquilizaba diciéndose que lo hacía por una razón mayor, por una empresa mayor, que, al final, no había pecado que no limpiase una sarta de oraciones, un generoso donativo y un párroco conocido.

Susona escuchó sus mentiras, sabedora de que lo eran, pues ella, buena mentirosa, había estado mintiendo desde que lo había conocido. Pocas verdades habitaban en la boca de la bella Susona.

—Me cortaré las alas para no ser la golondrina que alza el vuelo.

16

El amanecer lo sorprendió cabalgando, a mitad de camino entre el señorío de Sanlúcar y la ciudad de Sevilla, con el horizonte teñido de un tono arrebol que otrora le habría recordado a las mejillas de Susona, y ahora se le antojaba del color de la sangre derramada. El camino que se extendía ante él a veces se desdibujaba, y Nuño se obligaba a enfocar la vista; tenía los ojos enrojecidos, arenosos, una extraña sensación que aplacaba abriéndolos y cerrándolos. Quería creer que se debía al cansancio, a las emociones de aquella noche interminable, lo cierto es que había llorado, y aunque solo fuera un poco —no más de un par de lágrimas—, se avergonzaba de ello. Porque, por primera vez, había temido por su vida.

De niño confiaba en la protección que le ofrecía la nobleza de su linaje, su grandilocuente apellido y su padre, quien, para él, era como el astro rey: incluso en las noches oscuras le consolaba saber que estaba ahí, escondido pero presente. Porque la noche no dura eternamente y el que por aquel entonces era un pequeño Nuño de Guzmán esperaba a que un nuevo día asomara, a que su progenitor resplandeciera y lo iluminara. Sin embargo, los tiempos habían cambiado, se habían abierto brechas entre ambos, brechas insalvables, y don Enrique de Guzmán ya no le parecía todopoderoso ni un ser tocado por la mano de Dios. No había podido impedir que la reina doña Isabel les arrebatara el Alcázar, donde habían vivido, del mismo modo que no podría impedir que la muerte lo reclamase cuando llegara el momento, ya fuera por una enfermedad que lo debilitase o por la espada de un criptojudío ladino. Al fin y al cabo, solo era un hombre que pecaba de más defectos que virtudes, un hombre al que ansiaba complacer.

Así pues, temía por su vida, por la de su familia, en especial por la de su devota madre, Leonor, y por sus hermanos menores. Juan Alonso tenía catorce años, el jovencísimo Martín apenas siete. ¿Qué maldades habían cometido ellos para merecer que todo un conjunto de conversos deseara cercenarles la cabeza? Su única culpa era llevar el apellido Guzmán. Ser Guzmanes. Ser cristianos viejos.

Y temía por Susona, más que por sí mismo. Aún saboreaba el dulzor de sus labios, aderezado por suaves notas de miedo, del amargor de la traición de naranja y azahar. La que él había perpetrado.

Para cuando penetró en las propiedades del castillo de Santiago, las primeras horas de la mañana se le habían echado encima. Con la mente todavía sumida en los peores vaticinios y la congoja atenazándole el pecho, se dirigió a las caballerizas. Allí desensilló, y dejó reposar al animal azabache. A pesar de que debía ir al encuentro de su padre, se permitió observarlo pastar durante unos minutos, paja y heno cubrían por entero el suelo y amortiguaban las pisadas. Le dio una palmada amable en el costado, a lo que él contestó con un relincho, para, enseguida, regresar a su desayuno herbáceo.

A Nuño le abatió la certeza de saber que no volvería a montarlo, al menos no para que lo llevase hasta Susona, para que lo condujera a la judería. De tantas veces recorrido, el caballo ya conocía el trayecto, no necesitaba sus instrucciones, había memorizado que antes de medianoche partían hacia la ciudad. Decidió que no. Que no lo haría. Que no lo montaría, pues hacerlo le traería recuerdos de los paisajes que visualizaba cuando iba a ver a Susona. Y ya no la vería. No hasta que el peligro cesara. Deseó que una tropilla lo pisoteara con sus herraduras, que aplastara su cráneo y su cuerpo, todo huesos, pues sin su amada no había corazón, y que sus sesos se esparcieran por las calles empedradas de la judería.

Se despidió de su leal palafrén con una caricia en el lomo. A sus oídos susurró:

—Vendré a verte todos los días, querido amigo. Lo prometo.

Aquella era una promesa fácil de cumplir, al contrario que sacarlo a pasear, aunque fuera por el patio de armas. Alzarse sobre su grupa sería un castigo, el cuerpo le pediría que lo espolease rumbo a la judería, y debía refrenarse, adormecer sus instintos. Le pediría a su hermano Juan Alonso que se encargara de él, el animal tampoco podía perder la costumbre de trotar con libertad.

—Y te traeré dulces manzanas de las cocinas —prosiguió—. Y zanahorias.

De necesitar una cabalgadura optaría por uno de los muchos animales que descansaban en las caballerizas, la yegua caramelo de su madre era dócil y rápida, esa le serviría.

Al abandonar el lugar, Nuño reparó en que cerraba una etapa, como el joven escudero que es armado caballero.

Dispensó a los sirvientes con los que se cruzaba y se encaminó con pasos acelerados a la estancia de la chimenea, donde su padre aguardaba su llegada cada amanecer, ávido demandante de noticias que le beneficiaran. Probablemente no creería que una mañana que simulaba ser tan vulgar y cotidiana, le concedería los frutos de su muy esmerada siembra, pese a que las semillas plantadas fueran las de la discordia. Casi podía imaginar la mueca de regocijo que se perfilaría en su rostro. Le había exigido nombres de conversos que judaizaban en secreto, y él, servicial y afanoso, le regalaba algo más. Conjuradores. Herejes. Disidentes. Felones.

En el salón, la luz dorada se colaba por la ventana e incidía sobre el tapiz del *Cantar de Roldán* y salpicaba con motas brillantes las sillas vacías, que habían sido ocupadas por grandes señores cristianos, nobles ilustres: los Mendoza, los Álvarez de

Toledo, los Ponce de León, los Fernández de Córdoba, entre otros. Su padre presidía la enorme mesa de robusta madera en la que solía reunirse en la intimidad con sus aliados y enemigos, veladas de política y tres servicios de asados, de vino especiado y conversaciones gélidas. «Tened a vuestros amigos cerca, a vuestros enemigos aún más», ese era su consejo. Siempre se había vanagloriado de ser un hombre de confianza trémula, la única constante era su esposa, Leonor de Ribera y Mendoza, mas con ella tampoco compartía sus cuitas, pues era firme defensor de que había cuestiones que escapaban a la comprensión femenina.

Sancho estaba allí, en el asiento que le correspondía dada su lealtad, absorto en una distendida partida de alquerque contra don Enrique de Guzmán. El servicio los había agasajado con buenas viandas, rebanadas de pan y fruta de la temporada: peras, racimos de uva, membrillo e higos secos perlaban la bandeja de plata en la que yacía grabado el escudo de armas de la familia. Entre el bodegón conformado por el morado del alivio y el amarillo de la mentira refulgían granadas, rojas y apetecibles. Fue irremediable. Nuño pensó en Susona.

Aquella escena se daba en una mañana de lo más ordinaria, de no ser porque, si triunfaba la conjura conversa ideada por Diego de Susán, no habría más mañanas plácidas y ordinarias para ellos.

—¡Por fin! —exclamó su padre. Don Enrique de Guzmán se levantó y, como de costumbre, lo estrechó entre sus brazos. Deseaba tanto que la empresa que le había encomendado tuviera éxito, que hacía de sus bienvenidas cada amanecer una celebración cariñosa e impostada. Y, como de costumbre, él no correspondió al gesto, sus músculos se tensaron con el contacto.

La chimenea estaba prendida; para Nuño, que venía bañado en sudor por las prisas y el secreto desvelado, era excesivo aquel ambiente opresivo e irrespirable. Una vez liberado, se despojó de la capa que le sobraba y la tiró de malas maneras sobre la primera silla que encontró. ¿Le ardía la cara o tenía febrícula? Se llevó la mano a la frente, se sentía envuelto en brasas incandescentes.

—Estábamos preocupados —admitió Sancho, que se había girado en el asiento. Sus brazos caían sobre el respaldo de la silla de cadera—. Tu padre me hizo llamar al advertir que las horas discurrían y no volvías. Nos temimos lo peor, que unos ladrones te hubieran asaltado o unos judíos desalmados te hubieran asediado y herido. —Nuño palpó la escarcela y rezó para que Sancho, que tan bien lo conocía, no adivinase que llevaba encima mechones del cabello de Susona como si de una sacra reliquia se tratase—. Íbamos a esperar un poco más, a que la luz nos alumbrara, para salir a buscarte.

Examinó las facciones de su padre en busca de un signo de preocupación. No lo halló. En aquella máscara hierática desquebrajada en contadas ocasiones, solo para mostrar vesania o decepción, no había rastro de inquietud por su bienestar. Nuño sabía que dormía sin sobresaltos, privilegio del que él ya no gozaba.

—Gracias a Dios vuestra madre aún duerme. Si hubiera despertado y no os hubiera hallado aquí habría enloquecido al suponeros víctima de una tragedia. Me mataría con sus propias manos si algo malo os acaeciera. —La risa que siguió a sus palabras sonó fingida.

Ahí estaba la odiosa y triste realidad. Era su madre, ignorante de la intriga urdida por su marido, quien sufría de desvelos al presenciar cómo se levantaba él de la mesa tras la fastuosa cena, se despedía y huía a lomos de su alazán, lejos de su hogar. Creía que frecuentaba en demasía tugurios en los que la fornicación y los juegos de azar —condenados por algunos hombres de fe— eran la atracción principal. No aprobaba la ociosidad en tan alto grado, pues echaba a perder incluso al mejor de los caballeros.

Leonor era temerosa en exceso: de hecho, Nuño no recordaba a su madre sin ese miedo perenne que le constreñía el ceño. Miedo a todo, a que cayera de la montura, a que lo hirieran en una refriega, a que una res furiosa lo embistiese durante una cacería, a que le robaran, a que lo secuestraran y lo dañaran, y al pedir el rescate ella lo encontrase sin dedos en las manos, apaleado, sangrante. Por eso, cada noche le decía: «Cuidaos, hijo mío, que adonde sea que vayáis a divertiros, solo o acompañado, en mancebías o tabernas, hay tanto gozo y libertinaje como amenazas y desventuras», y entonces lo besaba y lo dejaba partir.

Nuño notó una suerte de agonía al cavilar sobre el asunto. Lo que aterraba en gran medida a su madre no perturbaba a su padre, quizá porque él no temblaba ante la idea de que se fuera una noche y no regresara a la mañana siguiente. Quizá su padre no temiera perderlo para siempre. Había dos varones más que podían heredar los bienes de los Guzmanes, ellos perpetuarían el apellido a través de sus vástagos, conservarían la grandeza del linaje. El mayorazgo iría a parar entonces a las manos del segundón, Juan Alonso.

Los Guzmanes no se extinguirían si Nuño moría.

Leonor de Ribera y Mendoza, sí.

Nuño se acercó a la mesa, le dio un golpe en el hombro a su amigo Sancho, quien capturó su mano justo en el momento exacto y la apretó. «Me alegro de que sigas vivo», parecía decirle.

—No lloréis más, ya me encuentro en casa, sano y salvo. —Escanció vino en la copa sobrante y lo fulminó de un trago. El calor que lo inflamaba no cesaba ni siquiera regándolo con alcohol. Seguía en llamas vivas—. Vuestros temores solo son eso, temores.

Don Enrique de Guzmán efectuó un ligero asentimiento y tomó de nuevo asiento.

—¿Os ha retenido la negrura de la noche o los besos encendidos de la Bella de la judería? —En su voz se percibía el matiz de la ironía—. ¿O acaso no es eso suficiente y habéis tenido que saciar vuestros apetitos con alguna mujerzuela? ¿Se os resiste, os vuelve el rostro?

Una vez más le asaltó el recuerdo de su amada suplicándole que la poseyera, que se llevara lo más valioso que tenía: su puridad.

Apretó con fiereza la mandíbula y las aletas de su nariz se ensancharon, Sancho fue el único que se percató de la violenta y muda respuesta de su cuerpo. Entre defender a Susona —no consentiría que nadie pusiera en tela de juicio su honra— y callar, prefirió lo segundo. Nunca se había enfrentado a su padre y aquella mañana de noviembre no fue una excepción.

Bebió una última copa antes de comunicarle las nuevas.

—Mi tardanza obedece a que me he visto en la obligación de recurrir al asistente mayor, don Diego de Merlo, y levantarlo de la cama para hacerle partícipe de una funesta noticia. —Enrique de Guzmán, que se había inclinado hacia delante para mover una de las piezas del tablero, reculó. Elevó la vista y lo observó con mirada astuta. A Nuño se le atoraron las siguientes palabras y hubo de escupirlas—. Teníais razón, padre, los conversos tramaban algo.

—¡Lo sabía! —El golpe de su puño contra la mesa resonó en la estancia, la vajilla vibró con un sonido metálico y las cuentas del alquerque bailaron, confundiendo la partida—. ¡Por Dios y la Virgen, que lo sabía! —Se levantó—. Esos asquerosos marranos no han abandonado su fe. Los conversos no se han convertido, no son más que judíos que judaízan en secreto.

—¿Es eso, mi querido amigo? —insistió Sancho—. ¿La dama Susona ha admitido que su pueblo sigue adorando a Yahveh? ¿Has conseguido una confesión de tu amada?

Enrique de Guzmán paseaba por la sala cual animal salvaje enjaulado, desprovisto de su naturaleza, desposeído de la capacidad de asestar un mordisco en la yugular que revele la sangre de su víctima. Nervioso e impaciente, sus pasos apremiantes se oían en la inmensidad de la piedra desnuda que conformaba la estancia.

Fue entonces cuando Nuño percibió el paso del tiempo en su padre, en el pelo veteado y ralo, que escaseaba en la coronilla y caía pobremente sobre sus hombros, en su espalda curvada, en las comisuras de los labios, que descendían derretidas, cera de una vela consumida por el tiempo. En la necesidad férrea de recuperar la grandeza de sus años de juventud.

—¡Una matanza! —ladró su padre tras oír la explicación de lo sucedido—. ¡Pretenden asesinarnos y hacerse con nuestra ciudad, arrebatarnos nuestras tierras, aquellas por las que hemos luchado, por las que nos hemos dejado la vida, el sudor y las lágrimas, hasta la sangre! ¡¿Cómo osan esos perros?!

La noticia dejó de pesar sobre Nuño como si se hubiera librado del yugo de un buey. Le escocían los ojos y en su pecho palpitaba algo, estaba seguro de que no era su corazón. Susona había partido con él.

—Se derramará sangre para frenar tal barbarie, preveo terribles consecuencias. —Sancho chasqueó la lengua.

Aún no había mencionado a Susona, pero Nuño leía el nombre en su mente, en el pensamiento de su querido amigo, que ya le había avisado. La condenaría, él mismo con su puño y su mano la condenaría a los peores males del mundo. Él la mataría con sus acciones y reacciones. Y Nuño sabía que antes la muerte. Imaginó sus manos manchadas de la sangre de Susona, de olor a granada, de sabor a granada, imaginó que lamía los dedos para capturar su esencia, para que la vida de ella perviviera en su cuerpo, para que lo recorriera. Sancho supo que pensaba en ella.

—Los grandes crímenes son los peor castigados —murmuró él.

—Y esto es, sin duda alguna, un crimen atroz.

Estuvieron de acuerdo.

—¿Sabéis lo que eso significa? Que emprendimos esta tarea intuyendo que la comunidad conversa era desleal, infiel a Dios y a Cristo, pues rezaban en las parroquias e iglesias y en casa continuaban con sus prácticas semitas, con sus aberraciones. Y ya intuíamos que si eran adoradores de Yahveh, seguirían practicando esa magia ancestral que envenena nuestras aguas y pozos, y diezma nuestra población, que deja yermos los vientres de nuestras mujeres para que así no nazcan nuevos cristianos, para atraer malas lluvias, para producir malas cosechas, para convocar hambrunas y enfermedades. Buscábamos herejía y ahora tenemos más que eso, una traición al reino de Sevilla, a los cristianos viejos, a la Corona. Esto es más de lo que habríamos podido desear.

—A falta de plata, hemos encontrado oro —dijo Sancho—. Oro macizo.

La conversación degeneró a sórdidas especulaciones que, de haber nacido de otras bocas, habrían achacado a mujeres charlatanas e insidiosas. La conjura les había afectado tanto que todo lo que hacían en el salón de la chimenea era elucubrar, airados.

—Es una venganza por el establecimiento del Santo Oficio —dictó Enrique de Guzmán, su rostro se había teñido de granate a causa de la ira que bullía en su interior—. No son tan osados como para alzarse contra doña Isabel y don Fernando, tampoco contra los inquisidores, por eso toman represalias contra los cristianos viejos.

—Puede que solo intenten asustarnos —farfulló Nuño.

—Más bien, somos un daño menor. Lo que pretenden es amedrentar a los inquisidores o a los propios monarcas, de manera que revoquen la institución.

—¿Un daño menor? —Don Enrique de Guzmán estalló en carcajadas—. La muerte de tan ilustres caballeros no es un daño menor, Sancho Ponce de León, os lo aseguro. No creáis que a vos, por ser una rama bastarda, os exonerarán.

—Ni se me habría ocurrido —replicó esbozando una sonrisa cómplice.

—Lo que buscan es hacernos pagar por nuestra sangre limpia, por quedar libres del escrutinio de la Inquisición. Es un intento de pasarnos por cuchillo y socavar el poder real. Atentan contra la Santa Madre Iglesia.

—O por los ataques que llevan aguantado a duras penas desde hace casi cincuenta años.

—¡Yo! —Se golpeó el pecho en un alarde de orgullo y las joyas, que destellaban sobre su jubón de tafetán, tintinearon—. Don Enrique Pérez de Guzmán y Meneses, segundo duque de Medina Sidonia, cuarto conde de Niebla y séptimo señor de Sanlúcar, hijo del excelso Juan Alonso de Guzmán, los he acogido en mis dominios. ¡En mi fortaleza de Niebla! ¡Y así me lo pagan!

—Dudo que sean los mismos conversos —le rebatió Sancho.

—Judíos. Esas conversiones no han sido más que farsas.

En algún momento Nuño se había sumido en el mutismo, había dejado de escuchar. Con la mirada vacua y un sabor amargo en el paladar, se servía una copa tras otra, en un intento desesperado de que la culpa remitiese.

—Habéis actuado bien, hijo mío. —Don Enrique de Guzmán agarró con fuerza la nuca de su vástago y acercó tanto su cara que las narices se rozaron. Cerró los ojos y aspiró hasta encerrar en su memoria los recuerdos del aroma de la juventud. Nuño olía como él, Nuño era él—. Habéis servido bien a la causa atrayendo a la Bella, habéis servido aún mejor despojándola de secretos y advirtiéndonos de ello, cumpliendo con vuestro cometido. Sois mi orgullo.

Aquello era a lo que había aspirado desde crío, a recibir un comentario generoso de su progenitor, que tan distante y parco en cariño era con su descendencia. En otra ocasión, esas palabras lo habrían colmado de dicha. Por desgracia, Nuño no rozó lo ufano.

—¿Y ahora qué, padre? —Todavía sujetaba la copa en la mano.

—Hemos de aguardar a que don Diego de Merlo proceda, para eso es el asistente mayor de la ciudad.

—¿Y Susona? —El nombre le quemó en la lengua.

—Muerta. —Aquello le extirpó la respiración a Nuño—. Y si no lo está, para vos ha de estarlo, muerta y enterrada bajo tierra húmeda. No tardará en sucumbir, si es que no la arrestan al igual que a su pérfido padre, al igual que a los traidores de sus compañeros judíos. —Escupió sobre el suelo y Nuño no pudo apartar los ojos del esputo, cuajado de desprecio—. Desterradla de vuestra cabeza. Un buen caballero cristiano, un hombre justo, un hombre de honor no debe ser visto en compañía del pueblo taimado, de una mujer taimada llamada Susona.

No se atrevió a corregirle, a decirle que Susona no era judía, sino cristiana. Volvió a guardar un silencio absoluto y devastador.

Obediente y sumiso, Nuño asintió.

Susona lo había profetizado, se lo había susurrado el viento que mecía las copas de los naranjos perladas de frutas y flores blancas. Se iría como las golondrinas. Dios se lo exigiría y él acataría las órdenes divinas.

—Antes de comer, id a ver a vuestra madre —le ordenó su padre—. Y lavaos el rostro y vestiros adecuadamente, de lo contrario, alimentaréis su preocupación.

17

A sus ojos, la mañana se presentaba despejada, con el cielo del azul del manto de la Virgen. La luz del sol penetraba a raudales a través de las ventanas de los aposentos de Catalina y bañaba de dorado las sábanas de la cama entre las que se enredaba Susona. Después de la reconfortante leche caliente con miel y canela, tras una espinosa confesión, se habían trasladado a la alcoba. Era preferible esperar al amanecer en el mullido jergón que en el incómodo asiento dispuesto en torno a la mesa de las cocinas. Y, contra todo pronóstico, había caído en las garras del sueño.

Por primera vez desde hacía semanas, la calavera no había aparecido entre la bruma de las pesadillas. Lo que había soñado era muy distinto: se mecía en las irregulares mareas del Guadalquivir bajo una cúpula plomiza, encapotada de nubes de tormenta que lloraban lágrimas negras, las cuales moteaban su cincelado rostro.

Se desperezó. La boca aún le sabía a dulzor, a miel, y sin embargo le parecía que hedía amargo, a mermelada de naranja, y los regueros de sus mejillas permanecían húmedos, signo inequívoco de llanto. Observó a su derredor, solo halló la quietud del hogar y la mirada cándida de la talla estropeada de Nuestra Señora María. Catalina se había marchado en silencio, acuciada por sus muchos quehaceres, y la había abandonado en el lecho permitiéndole el descanso. Allí, reconfortada por la tibieza de los rayos del sol, se convenció de que todo iría bien. De que cuando el desastre amainara, Nuño iría en su busca —así se lo había prometido— y se reencontrarían uno en los brazos del otro.

Ya en pie, todavía envuelta en el abrigo del sopor y los pensamientos benignos, se alisó las arrugas de la saya verde y se recolocó una de las mangas cosedizas, que le quedaba por el codo debido a las cintas de seda desanudadas. El cabello negro se le había enmarañado y se asemejaba a la maleza. Pensó en descender las escaleras sin ornato ni acicalamiento alguno, con la piel deslustrada y sin sonrojo, como señalarían los eclesiásticos: sin artificios que cambiaran la creación de Dios. Pero entonces su padre se alarmaría, pues, como buena moza preocupada por su aspecto y por la opinión de los demás, no recordaba haberla visto sin emplastos que la embellecieran más de lo que ya era. Cabía que, después de todo, alejarse de Nuño de Guzmán matara su vanidad.

Imaginaba la situación que se produciría. Diego de Susán la observaría por encima del libro de cuentas y ella guardaría en las entrañas los secretos descubiertos aquella noche, inquieta.

«No pruebas bocado hoy», le diría su padre, que significaría: «Hoy tu rostro luce maciliento y parece que has sucumbido al desánimo, ya no encuentras ganas ni para comer lo poco que antes te llevabas a la boca fingiendo un grandioso esfuerzo».

Ella examinaría la fruta y reprimiría las náuseas, todavía afectada por el judaísmo de Catalina y la suegra de su hermana María, por la conjura orquestada por su progenitor, a quien siempre consideró hombre de paz. Todo lo que un día había creído era mentira.

«Hoy tengo menos apetito que de costumbre», se excusaría, y un silencio sepulcral imperaría en el amplio salón. Se sentiría rodeada por las siluetas de los hombres que habían asistido a la asamblea, espíritus de voces huecas.

Su padre no la creería, acusaría su conmoción maquillada de indiferencia. No descubriría el motivo real, como no había descubierto que los primeros meses de primavera Susona había sido la viva imagen de la mujer enamorada a escondidas, que pierde el comer y el beber, suspira a menudo y se desocupa de las tareas que antes tanto le agradaban.

Susona despertó del trance al oír unos golpes de gran violencia aporreando la puerta de su hogar; fue como si una aguja del bordado le hubiera pinchado el dedo. El sonido la perturbó, al igual que la insistencia de unos nuevos y contundentes embates que provocaron alboroto en la planta baja de la vivienda. Hasta aquella alcoba del soberado resonaba el ajetreo de la servidumbre, una de las criadas se aproximaba a todo correr entre aullidos que invitaban al inoportuno visitante al sosiego. ¿Quién osaba personarse a aquellas horas en casa ajena y de tan lamentables formas?

Se temió lo peor al notar un empuje exagerado, similar al choque de un impío ariete. Nadie que se preciara se presentaría así, sin avisar y con exigencias. Para irrumpir tan abruptamente se necesitaba poder, y aquellos que lo ostentaban en semejante cuota eran invitados indeseados, pues siempre traían consigo la desgracia.

Bajó las escaleras con premura y los pies descalzos, sintiendo la frialdad del suelo por el que se deslizaba. Los recuerdos de la noche anterior cortaron su respiración cual ráfaga helada de un invierno intempestivo y gélido, alejada ella del fuego del lar. Descendía en el momento exacto, en el momento justo para ver cómo la puerta se abría y en el umbral se recortaba una docena de figuras. Se detuvo a medio camino, un pie tocando el escalón, el otro suspendido en el aire.

—Diego de Susán —vociferaron.

La sonoridad del nombre fue un trueno que quebró el cielo. «Se avecinan tormentas, se avecinan lluvias», había dicho su vieja aya hacía horas, cuando todavía la oscuridad las resguardaba y la leche hervía con las lentas llamas.

Amusgó la vista. No reconoció los rostros de los varones, pero sí sus intenciones. Eran alguaciles.

—Esperen aquí —les suplicó la sirvienta, que al ser la primera vez que se enfrentaba a las autoridades había quedado demudada. Jugueteaba nerviosa con el abantal salpicado de pequeñas manchas de suciedad.

Los alguaciles, pertrechados con armas por si alguien ofreciera resistencia, no tuvieron que aguardar más de unos segundos, Diego de Susán acudía a la llamada con tranquilidad. Caminaba sereno, el jubón de terciopelo negro jaspeado y el suave olor a limpio que impregnaba su canoso pelo le daban la apariencia de quien se sabe inmune a causa de su bondad intrínseca. Aparentaba una naturalidad desbordante.

Sus miradas se cruzaron, ella escaleras arriba, él escaleras abajo. Sonrió, y a Susona se le clavó en el costado aquel gesto de amor paternal.

—¿Qué se les ofrece, mis buenos señores? ¿En qué puedo servirles? —Tenía las yemas de los dedos tiznadas del ónice de la pluma, con un gesto les instó a pasar. No quería que los guardas se quedaran en el limes, entre la entrada de su casa y las calles, al alcance de ojos indiscretos y las lenguas de doble filo.

El hombre que estaba al frente de la escuadra de alguaciles dio un paso. Resaltaba no tanto por su cargo o el mando que ejercía, sino por las cicatrices de lo que había sido una cara picada de viruela. Susona dedujo que debía de rondar una edad aproximada a la de su padre.

—¿Es usted Diego de Susán? —quiso asegurarse.

—El mismo —asintió.

—Diego de Susán, quedáis apresado por orden del excelentísimo asistente mayor de esta nuestra ciudad de Sevilla, don Diego de Merlo, de acuerdo a las nuevas disposiciones de su majestad la reina doña Isabel. —Las palabras salieron apresuradas de su boca. Fueron puñales que hirieron el corazón de Susona, su espalda impactó contra la fría pared, se cubrió la boca con las manos y deseó precipitarse desde lo alto de las escaleras—. ¡Prendedle!

Varios guardias lo cercaron, impidiéndole cualquier posible escapatoria. Diego de Susán no tenía intención alguna de huir, dejó que lo empujaran contra uno de ellos mientras los demás ejercían una fuerza innecesaria para aprisionar sus muñecas con los grilletes. El hierro de las cadenas le arañó la piel, en breve la carne enrojecería por el roce y aparecerían llagas.

—¿De qué se me acusa? —Mantuvo la compostura.

No recibió respuesta.

La servidumbre al completo se congregaba ya en el espacio de la entrada del hogar, más amplio que un zaguán, alertados por el gutural grito que había proferido la criada al oír la orden de arresto. Susona observaba desde las escaleras, con la garganta seca, la lengua adherida al paladar, incapaz de articular una sílaba.

—Sabed que soy un hombre respetable y cualquier injuria que haya sido vertida sobre mi persona no es más que una vil falacia que atiende a envidias por mi condición y riquezas. —El miedo había salido a pasear y los alguaciles lo notaron.

Diego de Susán no estaba mintiendo. Por un instante creía que el motivo de la detención estribaba en los celos que levantaba su posición.

—¿De qué se me acusa? —reiteró—. ¿Cuál es mi crimen?

—Habéis sido acusado de herejía por ejercer prácticas y tradiciones judías en la clandestinidad pese a haber abrazado la fe cristiana, además de oposición a la instauración de la Inquisición. Por dichos motivos habéis sido denunciado ante el asistente mayor y el tribunal del Santo Oficio.

«Denunciado ante el asistente mayor y el tribunal del Santo Oficio».

Susona se lanzó contra la balaustrada de piedra, que la contuvo de arrojarse al vacío, sus garras se clavaron en ella, las uñas se rompieron.

—¡Padre!

El sabor de su boca era hiel, bilis que vomitar.

Diego de Susán sabía que no bastaría con gritar el nombre de su hija, ni con desear que se alejase, tampoco con suplicarle que se encerrase en la alcoba para no ser testigo de la detención. Susona descendía los peldaños a toda prisa; su rostro, contraído en una mueca de sufrimiento y desesperación, seguía irradiando hermosura. Durante un par de segundos creyó ver a su difunta esposa, pero la neblina que lo había cegado se diluyó y

Susona volvió a ser Susona, joven y triste, joven y atemorizada. Y él agradeció que su bienamada María no estuviera viva para presenciar la tragedia.

—No se lo lleven. Por misericordia de Dios todopoderoso. —Se abrió paso entre el servicio, dispuesta a serpentear a los guardias que escoltaban a su padre, deseosa de colgarse de su cuello. Catalina la retuvo. La vieja aya la atrajo hacía sí en una unión que a Susona le quemó la piel.

Se removió entre los brazos de Catalina hasta escapar, los alguaciles se interpusieron en su camino, creando una muralla inexpugnable en torno a Diego de Susán.

—Piedad, señor mío, se lo ruego.

—Y yo le ruego, señora mía, que se aparte y guarde silencio. Mis hombres y yo solo cumplimos con nuestras funciones.

—Detenéis a un buen hombre.

—Velamos por el orden público.

—¡Y lo apresáis como si fuera un delincuente y un malhechor, un homiciano! —Se desgañitó, enardecida por la rabia—. No ha derramado ni una gota de sangre. —«Aún no», pensó. «Aún no»—. Es inocente de los crímenes que se le imputan. ¡Decídselo, padre! ¡Decídselo! ¡Que vos no sois judío!

—Susona… —Se le quebró la voz y apartó la mirada.

—¡Decídselo! —Insistió Susona con ferocidad mostrando los dientes caninos—. ¿Cómo van a exigir su detención si mi padre es un humilde servidor? Sus majestades confirmaron su puesto de caballero veinticuatro de esta nuestra ciudad hace tres años y desde entonces ha ejercido como tal. Doña Isabel y don Fernando no tendrían tan mal tino.

No sería él quien contradijera las decisiones reales, sin embargo, numerosos habían sido los monarcas que habían confiado en personas equivocadas.

—Habrán entonces de cederle el cargo a otro humilde servidor —contrarrestó jocoso—. Si puede ser que no peque de herejía ni ose enfrentarse al Santo Oficio.

Diego de Susán era culpable de un delito diferente y no sentía culpa, pero dado que las mentiras liberan más almas que las verdades, no descartaba en algún momento confesar serlo y padecerla, padecer de una culpa que le mordiera y no lo dejara vivir, si eso le garantizaba sobrevivir. Regresar al hogar junto a su hija.

Tras una seña autoritaria, los subordinados procedieron a arrastrarlo a través del pasillo y se lo llevaron por fin. Susona fue interceptada por dos hombres que la refrenaron, extirpándole la posibilidad de seguir el agorero camino del reo.

—Mi padre no judaíza —gritó a las espaldas del alguacil.

Este se detuvo, giró sobre sus talones y con unas zancadas la encaró. Sus pasos fueron tan abruptos y sonoros que Diego de Susán se retorció por primera vez y luchó contra sus carceleros.

—¡No la toquéis! ¡Es solo una cría! —Un guardia cercano le propinó un puñetazo en el estómago que lo dobló por la mitad.

Susona no podía moverse, los pies descalzos se habían clavado al frío suelo.

La examinó con detenimiento, ojos claros de rumor de agua, cabellera tan oscura como la pez, tez aceitunada y unas facciones armoniosas que habrían inspirado a trovadores. Así se la habían descrito. Incluso en aquellas ojeras pronunciadas que parecían cuencos en los que se acumulaban lágrimas, había una belleza natural, terrenal, devastadora. Era una de esas mujeres que originan guerras cruentas que se saldan con miles de vidas, vidas arruinadas, una Helena de Troya.

«Guardaos de lastimar a la hija de Diego de Susán —le había prevenido el asistente mayor—, no oséis tocarla, mirarla siquiera, está bajo la protección de un caballero cristiano».

Una sonrisa le rajó el rostro, una cicatriz abierta que mostraba los dientes blancos y hasta el fondo del estómago. Susona reculó, Catalina la envolvió entre sus brazos y él pensó que al final solo era una mujer que había jugado bien sus cartas amancebándose con un noble, garantizando que su insolencia no fuera castigada con el revés de la mano. Algunas féminas solo aprendían la importancia del silencio con una buena golpiza. Pero ni ese gran señor que velaba por ella podría evitar el juicio al que sería sometido Diego de Susán.

—No seré yo quien juzgue sus pecados.

—Vos también seréis juzgado en el juicio más grande de todos —lo amenazó.

Ignorada, Susona trató de alcanzar a su padre para estrecharle la mano y besarla en gesto de afecto. Él alargó el brazo para rozar su tierna mejilla una última vez, quería llevarse el recuerdo a la humedad de la prisión para conservar algo de calor en el cuerpo, algo a lo que aferrarse. El tirón que recibió le impidió hacerlo, las cadenas de los grilletes tintinearon.

—No has de preocuparte. Dios no abandona a sus creyentes, a sus fieles siervos que solo obran según sus designios, a aquellos que actúan de buena fe, con amor —recitaba a medida que era expulsado de su hogar a trompicones—. Dios no abandona a los que no lo abandonan a él, a los que no reniegan de su existencia. Dios no me abandonará, hija mía. Allá donde esté, él estará conmigo.

Sonrió como sonreía cuando Susona era una niña y él debía calmar sus miedos, el padre que debe protegerla de todo mal, sin saber que cuando fuera mayor, ella misma sería el mal, que obraría mal, y ese mal arrasaría con la judería. La traidora habitaba bajo su techo, naciente de su semilla.

La servidumbre asistía al espectáculo, horrorizada al ver cómo se llevaban al señor, al inmaculado, al respetable, al querido Diego de Susán. Y Susona se derretía en el suelo, sostenida por la nodriza que, arrugada, acunaba el viejo árbol a la verde hierba. Arrancada de cuajo, perdía savia a través de los ventanales de los ojos.

—Os lo advertí. Os dije que se avecinaban tormentas, ahora llueve… —Catalina enjugó una de sus lágrimas.

18

Doña Leonor de Ribera y Mendoza gozaba de un reclinatorio en sus aposentos privados, era habitual en ella postrarse ante Dios y rezar con fervor. Rezaba por causas justas y necesarias, que las lluvias estivales regaran los campos para que de estos brotaran trigo y cebada, lo suficiente para alimentar la tierra que alimenta a los hombres y las mujeres y los niños, pero no demasiado, para que los cauces de los ríos no se desborden y sus márgenes se encharquen, y los hogares se inunden y los cultivos se pudran. Que el frío fuera benévolo, que los árboles dieran leña para soportar la gelidez y la humedad que empapa los cabellos y los huesos, aunque eso supusiera quemar la noble madera de la que se hizo la santa cruz de Cristo, que misericordioso aporta calor con su luz y aporta calor en el lar. Que el invierno no trajera consigo esos contagios masivos que se dispersan por el aire a través de los miasmas respirados y espirados, librándose de esa febrícula que postra en el lecho a tantos y que a los recién nacidos los manda al lado del Señor.

Rezaba para pedir abundancia, para espantar la carestía, para que se hincharan los fértiles vientres y dieran frutos, para que el ganado engordara, para que ningún estómago estuviera vacío, para sanar las heridas abiertas de la última guerra, para que no hubiera una próxima.

Y rezaba también por lo que algunos habrían considerado causas perdidas: que las malas mujeres encontraran la salvación, que los malos hombres hallaran el camino correcto, que los niños expósitos fueran amados por quienes no pueden engendrar.

Que los que perdieron la fe se curasen de su ceguera y los enfermos sanasen. Que los judíos abrazaran al Dios verdadero, para que así su pecado deicida fuera perdonado, y que los musulmanes, los de estos territorios y los del otro lado de la frontera, apostataran de su herejía y recibieran el sacramento del bautismo. Y que su hijo Nuño de Guzmán no se dejara enredar por la maldad humana que habitaba en los corazones ennegrecidos de aquellos con los que frecuentaba sórdidos antros.

Sus oraciones siempre eran escuchadas en la alcoba o en misa, lugar al que acudía bien temprano para oír el sermón matutino y dotar de una buena suma a la humilde parroquia; para ella era la forma más acertada de comenzar el día. Despertaba pensando en Dios, se acostaba pensando en Dios. No sabía que aquella mañana rutinaria de preocupaciones y desvelos, sus plegarias habían sido más que escuchadas, habían sido atendidas.

Nuño cumplió con lo que su padre le había ordenado, aunque para don Enrique de Guzmán no fueran tanto órdenes como sugerencias estrictas que esperaba que su hijo aceptara y efectuara sin oposición alguna, para eso él era el señor de aquellas tierras y el cabeza de familia.

Nuño se lavó la cara varias veces con el aguamanil de sus aposentos, que, a juego con el bacín del aguamanos, era de plata dorada y esmalte. Todavía le duraba el cansancio, no se deshacía del pesar ni del inestimado ardor que le corría por las venas, incendiado por el vino. Exhaló un hondo suspiro y deseó que el fresco líquido, que le devolvía el reflejo de su rostro cetrino, le paliara el inmenso aturdimiento en el que deambulaba a causa de los efectos del alcohol.

Ya desprendido del polvorín que se le había adherido durante el camino a cada palmo de piel descubierta, se cambió de ropajes. No sustituyó la negrura por ningún otro color, se vistió con nuevas calzas y un jubón de seda con brocado verde raso. Tras ello, se dispuso a ir a ver a su madre.

El estómago le rugía de hambre cuando la encontró en uno de los pasillos, acompañada por su séquito de doncellas. Doña Leonor resplandecía con la intensidad con la que lo hacen las madres amadas por sus hijos, con ese brillo especial que las corona con una aureola de oro. Llevaba un brial de terciopelo, unas faldetas de brocado y unos chapines ornamentados con perlas que simulaban motivos florales. Una impla alba le ocultaba el cabello, tan fina que amenazaba con deshacerse entre los dedos al mínimo contacto, tan límpida que no había ni un oropel.

A Leonor de Ribera y Mendoza le placían más la caridad y los gestos piadosos que la ostentación con la que muchas damas se engalanaban. Según decía «son las buenas acciones las que realmente revisten nuestra alma y nos embellecen a ojos de los demás. Pues hay quienes, vanidosos por naturaleza, presumen de exquisitos ropajes pero el brillo de su interior es tan opaco que no desprenden fulgor». Compartir con la reina Isabel semejante cualidad intensificaba no solo su carácter devoto, sino también su obcecación con portar vestiduras modestas —singularmente cuando acudía a misa—, aunque de fina urdimbre, de acuerdo a su altísima condición, para así no desmerecerla. No hay mayor influencia en moda y protocolo que la de los reyes, el espejo en el que se miran sus vasallos, incluso los más ricos vasallos.

—Pensaba que estaríais ocupada en misa.

Al oír su voz, doña Leonor se detuvo. Se embriagó con la imagen de su primogénito, que, gallardo, apuesto, valiente y leal, era el caballero al que muchas jóvenes aspirarían. Esbozó una amplia y fragmentada sonrisa al verlo acercarse, el pecho henchido de orgullo materno.

—Hacia allí me dirijo. No ha sido una buena noche y esta mañana apenas estaba en condiciones de levantarme para acudir a primera hora.

Nuño posó la mano en su antebrazo y clavó los ojos en ella, su semblante se congestionó al instante.

—¿Acaso sufrís malestar alguno?

La palpable preocupación la enterneció.

—Una pequeña indisposición, nada que deba alarmaros. —Le acarició la mejilla y le resultó sorprendentemente fresca, como si las gotas de agua de azahar se hubieran adherido a la piel de su hijo, a la barba—. Doña Mencía me ha traído una tisana que ha obrado milagros.

—Ajenjo, mi señor —le informó con una grácil reverencia y un aleteo de pestañas. Enseguida descendió la vista hacia sus propios pies en una muestra de vergüenza bien estudiada.

Nuño dedicó una mirada fugaz a la joven, que vestía más austera que su señora y portaba un rosario en las manos. Era la hija pequeña del bastardo de una rama menor nobiliaria. Su madre la había aceptado bajo su servicio y tutelaje por dos razones importantes: la intermediación de su marido —todavía no había ser humano que se opusiera ante don Enrique de Guzmán— y porque gustaba de prestar auxilio a jóvenes damas.

—Me llena de gozo que hayáis encontrado algo de tiempo para dedicarme.

—Siempre tengo tiempo para vos, madre. —Sembró un beso en su sien y ella sonrió complacida.

—Acompañadme a dar un paseo, hace demasiado que no me honráis con algo así. Pasear. Solo pasear. —Lo enganchó—. Los mejores regalos son el tiempo que les concedemos a aquellos a quienes amamos, no las joyas pesadas y rutilantes, no las finas sedas.

Le pesaba su traición a Susona, el distanciamiento que ahora había de sobrellevar. Por esa razón, y por la necesidad absoluta de complacerla, aceptó. Todavía no había aprendido cómo negarle un capricho a su madre, que ya de por sí era mujer de escasos antojos. Habría ido con ella a misa o de peregrinación hasta Santiago a ver al santo si así se lo hubiera pedido, si así le hubiera asegurado que su penitencia se volvería liviana.

No llevaban recorridos más que unos pasos cuando doña Leonor infló sus pulmones del gélido aire matutino.

—Tenemos suerte. Dios nos obsequia con un día más, un día precioso. Perfecto para nuestro paseo.

Nuño alzó los ojos para contemplar el cielo, el azul mariano le dañaba la vista, tan lúcido era.

—Así es. —Parpadeó varias veces y un mosaico de colores vibrantes bailó delante de él.

—Una lástima que no hagamos esto más a menudo, es reconfortante. Extraño sobremanera nuestros paseos por los jardines del Alcázar de Sevilla, debimos haber mantenido la costumbre, debí haberos obligado a todos —se refería a su progenie— a caminar conmigo entre el vergel.

—Perded cuidado, puede que esto no sea el Alcázar y que echéis en falta el rumoreo del agua discurriendo por las acequias, mas a partir de hoy me quedaré aquí en el señorío con vos. Dispondréis de todo mi tiempo y toda mi atención. —Al ver el rostro atónito de su madre, añadió—: Y todos mis afectos.

Doña Leonor llegó a la conclusión de que su hijo no mentía, de haber sido así ella lo sabría, pues las madres siempre saben cuándo uno de sus vástagos es un mentiroso. Que Nuño hubiera conseguido ocultarle su verdadero cometido nocturno y la existencia de Susona se debía a que de su boca no había brotado engaño alguno, porque esconder secretos y engañar distan de semejarse.

—Sabéis cómo hacerme dichosa, hijo mío. Así ahuyentaréis mis preocupaciones y os alejareis de esos senderos sinuosos que llevan a la perdición. —Le dio unos golpecitos suaves en el dorso de la mano.

Él chasqueó la lengua y negó con la cabeza.

—Ya no los transito, madre.

—Bien, bien. Es una gran noticia. —Asintió con la mirada perdida en el horizonte—. Supongo que era vuestro destino caminar por los zarzales como Moisés atravesó el desierto, porque eso es lo que son el libertinaje y la ebriedad, zarzas que crecen en el desierto, las dificultades que habéis de combatir para ser un hombre mejor.

—No soy un beodo, por Dios. —Rio por el exagerado discurso que podría haber sido pronunciado en el púlpito de la iglesia.

—El aliento os hiede a vino. —No fue una recriminación. Doña Leonor enarcó una de las cejas a la espera de que su hijo la contradijera. Él entreabrió los labios para decir algo, nada salió de ellos, los efluvios de las copas que había ingerido aquella mañana seguían aposentados en su estómago—. La próxima vez que pretendáis enmascarar vuestras correrías con el alcohol preocupaos del aliento, comed anís, masticad almáciga o una de esas píldoras que se derriten en la boca. ¿Qué llevan, doña Mencía? —le preguntó a la doncella.

La joven, olvidada en la retaguardia junto a la comitiva de doncellas que parloteaban, muy ensimismadas, de cuestiones banales —o lo que doña Leonor consideraba que eran cuestiones banales, es decir, todo aquello que se alejase de las obligaciones y el respeto a Dios—, se aligeró para alcanzarlos y responder.

—Agua de melisa, mi señora.

—Agua de melisa —repitió doña Leonor.

—Comeré mondas de limón si vos me lo pedís —concedió divertido, y su madre quedó satisfecha.

—A las damas no les agradan los hombres de excesos y mala vida. Buscan un caballero moderado en el comer y el beber, limpio, bien oliente. Un buen cristiano temeroso de Dios, honrado y de palabra, que reza y se resiste a las tentaciones del diablo.

—¿No se enamoran primero del aspecto?

Por sus manos habían pasado las suficientes jóvenes para asegurar que así era, que tener un rostro afable y hermoso marcaba la diferencia entre ser amado por miles de damas o levantar lástima.

—Con la vejez la hermosura se marchita, el alma no. Por eso habéis de ser un buen caballero cristiano.

—Ya habrá tiempo para las damas.

—¿Ahora no os interesan las mujeres? —Casi fue un graznido repleto de ingenuidad.

Nuño pensó que solo una, Susona se le había enquistado al igual que las astillas de una lanza que tras la justa se te clava en la armadura.

—Solo vos, madre mía.

Doña Leonor cesó en el caminar, y con ella todo su séquito; hubo de alzar la cabeza para mirarle a los ojos.

—¿Utilizáis el encanto que Dios os ha dado con vuestra propia madre? —Nuño no pudo contener la carcajada que le picaba en la garganta—. Tened por seguro que conmigo no funcionan esos ardides. —Fingió un malestar que avivó la risa descontrolada de su hijo y al poco ella también se encontró riendo, aunque con moderación.

Pasado un tiempo, ya reanudada la marcha, doña Leonor de Ribera y Mendoza dijo:

—Ansío veros casado con una buena esposa.

Nuño se habría preocupado de no haber sabido que su padre contrajo nupcias a los veintitrés —él aún no había llegado a los veinte—, y que si todo padre desea que sus hijas casen con hombres idénticos a ellos, toda madre desea que sus hijos varones casen con jóvenes bellas que sean la personificación de la gracia y la virtud.

Transcurrirían siglos hasta que su progenitora hallara a una dama que reuniera sus mismas características, que fuera un pozo de bondad y dulzura, y pasarían milenios hasta que don Enrique de Guzmán diera su aprobación, beneficiada su política con los desposorios. Para entonces, a él ya lo habrían enterrado. Eso lo apaciguaba, le permitía seguir anclado a Susona, regodearse en su tragedia amorosa, aguardar a recuperarla. Porque la recuperaría. Dios sería su testigo de tamaña hazaña.

—Ahora que vais a gozar de tanto tiempo libre, que ya os habéis saciado de esas nefastas compañías femeninas de vida libertina y os proponéis abandonar los malos vicios —lo regañó veladamente—, sería muy agradable que ayudarais a vuestro hermano con sus estudios, algunas materias son un desafío para él.

—Auxiliaré a Martín en lo que sea que me indiquen sus preceptores, aunque ya sabéis que nunca he sido un estudiante ejemplar. El latín siempre se me ha resistido.

Pero Leonor era ciega para con sus hijos, no veía defecto alguno en ellos, eran Guzmanes, hermosos diamantes que simplemente habían de ser pulidos con esmero para que su esplendor fuera total. Nuño sería el más resplandeciente de todos.

—Sed paciente —le recomendó—. Martín os escuchará y aprenderá mejor de vos que de sus maestros, pues os ama como os ama Juan Alonso, con el amor incondicional de un hermano.

—No soy Séneca, poco podré enseñarle.

—Sois su hermano y eso es suficiente para él. Enseñadle lo que mejor sabéis.

La traición. Lo que mejor sabía era de traicionar y ser traicionado, y de esas lecciones quería librarlos a ambos.

—Me temo que habéis relegado al fondo de un arcón los recuerdos de mi infancia. —Un regusto amargo se instaló en su paladar—. Padre entraba en cólera por cada error que cometía.

Aquello pervivía en su memoria, la hosquedad con la que don Enrique se dirigía a él cuando uno de sus mentores le señalaba los fallos de su primogénito, la decepción llameante en sus pupilas, la ira que lo consumía. No era perfecto, por mucho que se esforzara en complacerle, por mucho empeño que pusiera en semejarse a él, en seguir sus pasos.

—Vuestro hermano no requiere refuerzo en cuanto al latín, la gramática o la filosofía, y de los martirologios ya me encargo yo. Solo tenéis que ayudarle en las competencias más prácticas.

—Acaba de empezar su instrucción, es normal que le cueste al principio.

Martín lo admiraba, lo elevaba a la categoría de divinidad cuando asistía a uno de sus entrenamientos en el patio de armas y lo contemplaba boquiabierto, absorto en sus diestros movimientos, en aquella habilidad que él no poseía y ambicionaba. Aspiraba a ser tan ducho como él, a cabalgar con presteza, a manejar el sutil arte de la espada, a regresar del bosque con una res enorme tras una jornada de montería, a disfrutar de la cetrería y no temer a las aves rapaces, cuyos picos afilados podían agujerearle la mano. Aspiraba a ser tan esbelto, robusto, sagaz y osado, a ser la copia miniada de Nuño de Guzmán, pero ni siquiera Nuño de Guzmán quería ser Nuño de Guzmán.

—Y una mañana podríais dedicármela a mí —prosiguió doña Leonor—, me placería mucho que vinierais conmigo a misa, a la capilla a rezar.

Nuño compuso una amplia sonrisa.

—Vuestros deseos son órdenes para mí, madre.

Todavía era temprano, las campanas estáticas aún esperaban a que dieran las doce del mediodía para anunciar el Ángelus. Se despidieron en la puerta de la iglesia, después de que ella le insistiera en que entraran juntos para hablar con el cura y luego con Dios, para practicar la dadivosidad con un generoso donativo. Nuño se negó.

—Quizá mañana.

—Pediré por vos, hijo mío, como siempre hago.

19

Ante la gravedad de la situación solo cabían dos posibilidades: dejarse vencer y llorar en el amplio zaguán de la casa, acurrucada en el regazo de Catalina, o levantarse y tratar de encontrar una manera de liberar a su padre. Sabía que esto último era imposible, más para una mujer, una mujer joven no casada, prácticamente desamparada en aquellos instantes, una conversa sobre la que podría recaer la sospecha de judía, atendiendo a las acusaciones que habían llevado a su progenitor a prisión. No obstante, Susona se puso en pie, todavía temblando a causa de los sollozos descontrolados. Se enjugó las lágrimas con el reverso de la manga, dejando en ella un verde intenso en forma de mácula, y se sacudió la falda de la saya, que, maltratada, lucía abundantes arrugas debido a los trotes de la noche anterior.

—He de irme —dijo con una firmeza que impresionó a Catalina.

Susona le prestó ayuda para que se levantara, los huesos del aya crujieron y una mueca delató su dolor.

—No estáis en condiciones de ir a ninguna parte —la reprendió—. Desfalleceréis en cualquier momento.

Lo cierto era que se sentía débil, no había comido nada desde la remeja, consistente en pan, queso y vino; la leche endulzada que le había preparado Catalina en horas intempestivas, pese a ser un bálsamo calmante, no le había aportado fuerzas. Tampoco tenía apetito. Estaba segura de que de llevarse cualquier alimento a la boca vomitaría, devolvería hasta la lactancia con la que su nodriza la había proveído de recién nacida.

—He de ir con mi hermana María, querrá saber lo ocurrido.

—Querer y deber son cuestiones muy distintas. María no querría, nadie querría, pero debía saberlo, y Susona estaba dispuesta a cumplir la función de heraldo—. Benadeva sabrá cómo actuar.

Catalina torció el gesto.

—¿Entendéis que vuestro padre ha sido apresado por judaizar en secreto y vos os queréis dirigir a la casa de quienes cometen ese crimen?

Una carcajada áspera le limó la garganta. De nuevo, tuvo ganas de llorar.

—Aquí se comete el mismo crimen. —Se sorbió la nariz y con voz estrangulada dijo—: También es su padre y María merece conocer el arresto por mí, su hermana, no por los rumores que asolen la judería. Nunca me lo perdonaría si se lo ocultara.

—No deberíais salir sola, iré con vos. —Catalina vio la expresión reacia de la joven. Estaba vieja, sus articulaciones se quejaban cuando se esforzaba demasiado; si era premura lo que ansiaba Susona, ella solo la retrasaría. Cedió, aunque no gustosa, su deseo de protegerla era inmenso—. Entonces llevaos a alguna de las criadas. Que una buena dama no debe andar por las calles en soledad, menos después de lo que ha acaecido.

Catalina hizo llamar a la agradable mujer que ayudaba en las cocinas y disponía la mesa de casa de los Susán, hija de aquella que siempre le servía una copa de vino a su señor bajo la excusa de que con vino todo se hacía más llevadero. Era de complexión frágil y rostro alargado. De pequeña, Susona había pensado que tenía cara de caballo y la compadecía por ello; nunca lo había expresado en voz alta, pues ser poco agraciada era uno de los defectos más terribles para la mujer. Como bien había dicho el rey Sabio: «Casaos, casaos jóvenes y hermosos, y aquellos varones que carezcan de hermosura que amen y casen con doncellas hermosas que suplan este defecto, para que así su descendencia sea sana y hermosa».

Se calzó los chapines que una de las sirvientas le había traído de sus aposentos, y se refugió en la capa, entre cuyos pliegues escondió el puñal.

—No preguntéis a Benadeva —la aconsejó la nodriza mientras le acomodaba la capa—. Es un hombre importante, mas ya sabéis cuál es su condición. Su implicación podría hundir a vuestro padre en vez de salvarlo de las garras del Santo Oficio. Id a ver a alguno de vuestros tíos, buenos cristianos. La familia es la familia.

Susona asintió y con la sirvienta pisándole los talones, salió de su hogar. Se dirigieron a la collación de Santa María, donde los Benadeva tenían residencia, unas viviendas más allá se había trasladado María junto con su esposo, Álvaro Suárez, con el fin de no alejarse demasiado de la parentela. Quizá debiera recurrir a Pedro Fernández Benadeva, pues, aunque su esposa se mantuviera férrea en la religión judaica y la hubiera transmitido a sus doce hijos, cuatro de ellos formaban parte del cabildo de la Catedral, siendo dos de ellos racioneros, uno mediorracionero y otro canónigo. Suponía, o más bien albergaba la esperanza de que la relación de estos con la Iglesia le favoreciera en cuanto a información.

En los escasos minutos de trayecto —la distancia era tan corta que no llegaba ni a un cuarto de legua— se cruzaron con un singular espectáculo: lo que solían ser callejones apacibles en los que se movían sus habitantes se había tornado un hervidero de excitación. Las mujeres inundaban la vía, formaban corrillos y compartían secretos entre miradas indiscretas, o bien se asomaban a las puertas de sus casas y desde allí charlaban con las de las de enfrente, fraguando así una enorme red de cotilleos.

—Ay, mi señora Susona, este revuelo es mal presagio. —La sirvienta se pegó a ella.

«Naderías», habría dicho Susona, desestimando la sensación providencial de su acompañante, sin embargo, ella también lo notaba. El aire estaba cargado de una especie de agitación. Los susurros reptaban entre los pies de los viandantes, que correteaban a toda prisa, propagando las nuevas. La Puerta de Minhoar, en cuyas inmediaciones se hallaban los comercios, debía de estar en plena ebullición: si había un centro para las habladurías era ese.

Aceleró el ritmo, disgustada porque el arresto de su padre ya se hubiera hecho eco, no le pasaban desapercibidos los rostros crispados que la miraban de reojo. En un lugar como aquel, antaño cercado por murallas, en el que la población había quedado atrapada como los benditos huesos de un santo en un relicario, cualquier desventura se dispersaba con una celeridad virulenta. Había de llegar a María antes de que la desagradable noticia lo hiciera.

Por unos instantes creyó que sus ojos, cansados y arenosos, le estaban mintiendo. En la concurrida calle su hermana andaba con zancadas incómodas y torpes, con una mano se agarraba el abultado vientre, que sobresalía bajo la capa, y con la otra se masajeaba las lumbares. La toca que le cubría el cabello moreno y el ceño fruncido la avejentaban, pese a que había cumplido los veintitrés años y rebosaba juventud. Susona pensó que sería por los abortos sufridos, por la energía que debía absorberle la criatura que crecía en su interior y que, con suerte, nacería. Había estado encinta tres veces, ninguna de ellas llegó a término, habían rezado mucho para que en esta ocasión la Virgen la bendijera con un niño sano. Por desgracia, el motivo de su repentino deterioro físico no era únicamente el estado de buena esperanza que le arrebataba el sueño y el descanso.

—¡Hermana! —exclamó María al distinguirla entre el gentío. Con gran esfuerzo, trató de acelerar.

Susona corrió hacia ella, la sirvienta a su zaga.

—Me acercaba a vuestra casa. ¿Qué hacéis aquí? —Ese fue todo el saludo, ni un beso, ni un abrazo, ni un apretón de manos que evidenciara que compartían sangre. María había tenido que matrimoniar y abandonar el núcleo familiar para que pudieran simplemente tolerarse. A Susona siempre le había apenado esa animadversión que no lograban sortear.

—Me dirigía a ver a padre. Estoy desesperada, Susona. —Entonces sí, percibió que llevaba impreso en el rostro la huella de la congoja—. Han detenido a mi esposo. Uno de los jóvenes de la nave Benadeva ha venido corriendo a informarme, mi carísimo Álvaro se encontraba allí cuando se presentaron los alguaciles para arrestarlo. Se lo han llevado. ¡Ay, Susona! Que se han llevado a mi Álvaro. Solo me quedáis vosotros.

Podía contar con los dedos de una mano las veces que se habían abrazado. Viendo a María presa del desconsuelo, Susona la estrechó, permitiéndole por unos segundos mostrar esa vulnerabilidad que tanto se afanaba en esconder. En ese instante fue su sostén, del mismo modo que los arbotantes de la Catedral soportaban con estoicismo el peso de la piedra. Las lágrimas de su hermana le encharcaron el hombro.

Al separarse, le preguntó:

—¿Solo nosotros?

María cabeceó y le narró lo sucedido. Habiendo recibido la terrible noticia, se apresuró a ir a casa de sus suegros, a sabiendas de que Benadeva, como prestamista, mayordomo del cabildo de la Catedral y veinticuatro de Sevilla, atesoraba unos cientos de favores de personalidades importantes. Esperaba que cobrándose alguno pudieran solventar aquel terrible error, pues para María no era más que eso: un error. Debían de haberse equivocado de hombre.

Al llegar, la puerta estaba abierta, casi desencajada de los goznes y su interior había sido violentado, el mobiliario revuelto delataba un destrozo irreparable; solo quedaba el servicio, atónito y atemorizado. Los alguaciles buscaban a Pedro Fernández Benadeva, Isabel Suárez les había dicho que se hallaba ausente y desconocía su localización, que antes de que el sol despuntara ya había abandonado el lecho. Creyendo que ocultaba a su marido, los guardas recurrieron a la violencia y hurgaron en la intimidad de su hogar, a la caza de aquel. Tal y como ella les había advertido, Benadeva no se hallaba allí.

Susona intentaba digerir la noticia, se congració con el insólito y triste hecho de que al menos no habían registrado entre sus pertenencias. Un consuelo nimio.

—¿Y vuestra suegra?

—En su casa, bajo los cuidados de unas criadas de confianza. —Hizo un gesto con la cabeza, indicando por dónde había venido—. La atendí enseguida, estaba trastornada, balbuceaba sentada en una de las sillas del salón, llorosa. Decía que nunca más, que Dios mío nunca más. Yo misma le preparé una tisana para atenuar sus nervios y con ayuda del servicio la llevamos a la cama. Si la vierais, hermana, la pobre mía…

—¿Y Benadeva?

María se encogió de hombros, no lo sabía; la tristeza formaba una sombra en sus ojos.

—No me atrevo a visitar a mis cuñados por miedo a encontrarme horrores similares.

Era probable que en la búsqueda frenética de Pedro Fernández Benadeva, los alguaciles inspeccionaran los hogares de todos sus vástagos. ¿Quiénes sino sus deudos le darían refugio? En aquellos momentos, estar emparentados era cosa de alto riesgo. Ser María, esposa de Álvaro Suárez, ya entrañaba riesgo. Susona le desveló que ser hija de Diego de Susán también.

Conmocionada por los reveses del destino, María se tambaleó y retrocedió, Susona y la criada hubieron de aferrarla por la cintura para evitar la inminente caída. Le costó un poco reponerse.

—Todo esto escapa a mi comprensión. —Se apoyó en uno de los muros que conformaban la calle y se limpió el sudor de la frente con un paño bordado—. No conozco a nadie más humilde y bondadoso que padre.

—Lo acusaron de oposición al Santo Oficio y de judaizar en privado.

—¡¿Padre?!—Un sonido le trepó por la garganta, mitad bufido, mitad risa sardónica. Para Susona fue una clara afirmación de lo que Álvaro Suárez era, de lo que Isabel Suárez era—. Se equivocan de hombre. Se equivocan de hogar.

Si a su marido lo habían arrestado por idénticas faltas, María no tardaría en ser viuda, o peor, en ser procesada también por hereje.

—Beltrán. —Le frotaba la espalda a su hermana en un gesto reconfortante—. El bueno de Beltrán sabrá qué hacer.

Fiaba de él, llevaba toda la vida haciéndolo.

—No puedo correr. —María se acarició la barriga y emitió un hondo suspiro.

—Iremos al ritmo que marquéis, hermana. —Le ofreció un brazo para que se asiera a él y la sirvienta hizo lo propio—. Habéis sido una imprudente al salir sola en vuestro estado, imaginad que os caéis y algo malo le sucede a la criatura.

—Sois peor que un cuervo, pájaro de mal agüero —rezongó la embarazada, que se dejaba arrastrar camino a la collación de San Bartolomé.

A tenor de los acontecimientos y con la inculpación de falsos cristianos planeando sobre sus cabezas, decidieron no acercarse a ninguno de sus tíos, la casa de los Susán no era un entorno seguro. Si los alguaciles los habían detenido llegaban tarde, si se dirigían hacia allí no había nada qué hacer, su presencia en el hogar solo los haría parecer culpables del mismo delito. Mandarían recado a través de una criada transcurridos unos días.

Según caminaban, Susona captaba retazos de conversaciones ajenas.

—El Perfumado ha sido arrestado junto a su esposa esta misma mañana. Doña Inés vio a los alguaciles escoltándolos al salir de la casa, ambos iban maniatados.

—¡Que Dios nos ampare! —gimió la otra.

En la esquina de la siguiente calle, a punto de ser arrolladas por una manada de niños que jugaban y corrían, ignorantes de las calamidades que padecían sus convecinos, se encontraron a un cuarteto de mujeres.

—En la collación de San Bartolomé —explicaba una—. Entraron donde el Manco y se lo llevaron preso. Y minutos después, la misma suerte corrió Pedrote el de las Salinas. Una tragedia tras otra.

Las presentes ahogaron un grito compungido.

—¿Habéis oído eso? —murmuró María.

Susona asintió, deseó haber nacido sorda. Así no habría oído nada sobre la rebelión, ni los embates en la puerta de su hogar, ni la detención de su padre, ni las mentiras, ni los rumores esparcidos. Entonces tampoco habría oído la voz rasposa de Nuño confesándole su amor, ni las canciones de cuna que Catalina solía entonarle, ni la lluvia arreciando o el trino de los pájaros. Un precio muy alto.

La collación de San Bartolomé estaba aún más cerca de la de Santa María de lo que esta estaba de la de Santa Cruz, de ahí que enseguida divisaran la parroquia que había dado nombre al barrio. En torno a ella se apiñaban las gentes, muchos eran residentes de San Bartolomé, otros procedían de collaciones aledañas. Cualquiera pensaría que se habían reunido allí para rezar por las almas de los pobres hombres que habían sido despojados de total libertad aquella mañana: nada más lejos de la realidad, cristianos nuevos y judíos se congregaban sin distinción alguna, provocando una cacofonía de improperios y gritos. Hilvanaban las noticias que unos y otros habían traído con el fin de comprender el nuevo golpe que devastaba la judería. Esta vez, no era el asalto de una masa furiosa de cristianos viejos enaltecidos por un clérigo, no sabían si preferían que lo fuera.

La esposa de Beltrán, partícipe en la asamblea vecinal, se lanzó a abrazarlas. Sara era una mujer menuda de tez de marfil, décadas más joven que su marido; el enlace fue un milagro caído del cielo, habida cuenta de que poseía las peores cualidades para una joven: un cabello bermejo que trataba de tapar con toca y una salpicadura de pecas. Decía que Beltrán se había apiadado de ella, pues no contaba con dote al ser huérfana por parte de padre y madre; él confesaba haberse enamorado perdidamente con solo mirarla.

Para Susona era una segunda madre, Catalina iba primero.

—No es momento propicio para que deambuléis por las calles. —Las besó con efusividad. Susona se percató del ligero temblor de sus dedos y lo vidriado de sus pupilas.

—Nos han llegado rumores de lo de Pedro de Jaén y Pedro González, el de la Sal —se apresuró a decir.

Gonzalo, el hijo de Beltrán y Sara, se apartó de la turba y fue a su encuentro. Había heredado el rasgo problemático de la constelación de pecas de su madre, por fortuna, la frondosa barba tapaba buena parte de ellas, lo que lo salvaba en apariencia. De alguna generación anterior había obtenido unos ojos azules intensos que solo se conseguían del glasto, y una espalda ancha que le habría favorecido para trabajos pesados.

—No han sido los únicos, al Perfumado se lo han llevado junto a su esposa —les anunció—. Buenos días, mis señoras, que Dios os guarde. —Inclinó la cabeza en un gesto cortés.

—También lo hemos oído —comentó María, todavía con una mano en la oronda barriga. Sara extendió la suya para acariciarla, la criatura se removió en el interior de su madre y ambas compusieron una sonrisa ilusoria.

—Aillón y Bartolomé Torralba han sucumbido, desconozco si por acusaciones similares —prosiguió Gonzalo, un ojo puesto en Susona, siempre en Susona—. El hijo del cuñado de un familiar suyo ha presenciado el arresto. Aillón los ha llamado malditos bastardos.

Las hermanas Susán intercambiaron una mirada de preocupación y Sara, que las había visto crecer y reconocía cada una de sus expresiones, incluso las de angustia, atinó a acertar que Diego de Susán había caído también.

—¡Oh, Dios mío! —Rompió en un llanto desconsolado. Gonzalo echó un brazo sobre los hombros de su madre y la atrajo hacia él; le sacaba varias cabezas de altura, a su lado la mujer empequeñecía. Se aferró al jubón de su hijo y aceptó el paño de lágrimas que María le tendió—. ¿Qué les moverá a llevarse a todos nuestros hombres?

—Padre regresará —le susurró Gonzalo, que trataba de consolarla a duras penas. Ella asintió, nada convencida.

Aquel inesperado golpe dejó aturdida a Susona.

—¿También Beltrán?

Era de dominio público que cualquier converso se enfrentaría una vez en la vida a una denuncia por herejía, aludiendo a su linaje judío o muslime, y cuanto más hubiera medrado, cuanta mayor fuera su fortuna y más envidias hubiera despertado con su ascenso, más probabilidades existían de que algún enemigo, empachado de celos, lo hubiera injuriado para verlo caer. A los cristianos viejos no les agradaba que los que antaño fueron marranos accedieran a la órbita del poder, y no todos eran intocables como Andrés Cabrera, que contaba con la protección de la reina al ser su asesor, tesorero, escribano mayor de privilegios y confirmaciones, alcaide de los alcázares de Madrid y Segovia, y haber contraído nupcias con su amiga íntima, Beatriz de Bobadilla.

Susona hizo un recuento de los apresados, tan fugaz que se le mezclaron los nombres. Su padre. Álvaro Suárez. Juan Fernández Abolafia, el Perfumado. Pedro de Jaén, el Manco o el de las Roelas. Pedro González, el de las Salinas. Ahora Aillón, Bartolomé Torralba y hasta Beltrán. El bueno de Beltrán. Pedro Fernández Benadeva sería el próximo. Tres eran caballeros veinticuatro de Sevilla, uno de ellos alcalde de justicia; sus negocios, basados en la compraventa, el arrendamiento o los préstamos, eran prósperos y los habían impulsado a una situación acomodada.

Gonzalo ya había pensado en ello, acusar a un cristiano nuevo de judaizar en secreto era una manera efectiva de deshacerse de él. No le extrañaría que un día los denunciaran por comer carne en época de cuaresma, y cuando las autoridades se personaran en sus hogares encontrarían una empanada de ternera en la alacena, y cuando ellos negaran que fuera suya, ya habrían sido declarados culpables. Una mano perversa habría comprado a alguien del servicio para que colara en las cocinas la fruta prohibida. Intrigas políticas más complejas se habían dado en la corte.

—Creería que están interesados en los hombres más influyentes de nuestra comunidad y que estos arrestos responden a una limpieza de cargos y oficios, de no ser por lo del toquero.

—¿Qué toquero? —insistió María—. ¿Alonso Fernández de Lorca?

—Ese mismo. Su padre, Pedro Fernández de Lorca, se encarga del comercio durante su ausencia.

—Parece que alguien les hubiera señalado —gimoteó Sara.

«Parece que alguien les hubiera señalado». «Les hubiera señalado».

Susona revivió el preciso momento de la noche anterior en el que susurraba al oído de Nuño una lista de las voces que había identificado en el seno de su hogar. ¿Cómo, si no, sabría él de quién guardarse, a quién evitar?

Así supo que no era la única traidora, que la traición que ella había cometido había sido menor que la que había cometido Nuño, o quizá no. Estaban pagando la sangre con más sangre, la deslealtad con deslealtad, la traición con traición. Se atragantó con su propio dolor lacerante. Todos eran Judas Iscariote.

Contempló las palmas de sus manos, límpidas a simple vista, manchadas en profundidad, la sangre le fluía por los dedos, se le escapaba por las diminutas aberturas del cazo que formaban, como si anhelara beberla. Habría ahogado a Nuño en ellas, lo habría ahogado con ellas. Por la traición. Porque la justicia no era justa y Nuño nunca había sido un hombre justo. Le había mentido.

Y así, como si María hubiera oído de nuevo al gato maullar bajo la cama, como si hubiera atisbado el tinte violeta en los labios de Susona después de engullir moras, como si hubiera presenciado la muerte de su madre después de traer una nueva vida, advirtió la culpa en ella. La culpa que se comía la culpa, el pecado descarnado.

Se apartó, la miró a los ojos, el semblante constreñido en una mueca del más puro y vívido miedo, y bisbiseó:

—¿Qué habéis hecho, hija del demonio?

La algarabía opacó su voz. Nadie la escuchó salvo Susona.

Y entonces lo entendió, que lo que una vez le dijo Nuño en aquella encrucijada que unía callejuelas era verdad. Una verdad absoluta como que Dios es uno y trino. Que estaba maldita y que su maldición acababa de caer encima de todos los habitantes de la judería.

20

—Me quiero morir. ¡Me quiero morir!

Aupada en una de las ventanas del piso de arriba, Susona apenas se resistía a la tentación de lanzarse al vacío. Con la vista perdida en el suelo, se imaginaba allí tendida en un riachuelo de sangre fresca, la cabeza abierta al igual que una nuez cascada, las extremidades en ángulos imposibles. Defenestrada, un títere sin cuerdas, una muñeca de trapo postergada por una niña demasiado mayor.

La brisa fresca terminaba de despeinarla y enturbiaba su visión, mechones negros se le pegaban a los regueros salados que le surcaban las mejillas, los labios, el cuello. Notaba el frío del alfeizar en sus pies desnudos —sería más fácil saltar sin esos incómodos y molestos chapines—, los dedos de las manos se le habían entumecido debido a la escasez de riego, tan fuerte se aferraba. Quería ser ella la que tomara la decisión de precipitarse, no un traspié, un mal tropezón, y, sin embargo, algo en su interior temblaba.

No hay mayores locuras que las generadas por la ceguera del amor.

Ahí arriba, con la fijeza de una virgen pétrea y doliente, enfundada en la saya verde, era un remanso de luz minúsculo y glauco que resaltaba en la inmensidad de las intrincadas callejuelas de la judería.

Catalina, reuniendo la escasa fuerza que le quedaba y que se multiplicaba cuando se trataba del bienestar de su querida Susona, la agarró por la cintura y tiró de ella. La sentía sollozar, sus músculos agarrotados y a la vez tan endebles que se asemejaban a la cuajada y se sacudían a tiritones.

—Ya basta, mi niña insensata e imprudente. Si seguís aullando dejaréis de ser la Bella para ser la Traidora, todos sabrán que fuisteis vos la que ha vendido a los hombres ricos de la judería, a los conversos, a los vecinos, a vuestro padre Diego de Susán, por todos apreciado. —Asomada a las alturas, la anciana aya le llegaba por las curvas.

La culpa que otros habrían callado Susona quería gritarla. Negaba y negaba con la cabeza a cada palabra que Catalina le susurraba, las lágrimas le caían a borbotones.

—De verdad que quiero morir —confesó compungida.

De la noche a la mañana lo había perdido todo, a su padre, a su amado, a su hermana, que si bien nunca habían sido cercanas, en los últimos tiempos habían aprendido a tolerarse. Todavía la martirizaba el gesto de horror que se había dibujado en el rostro de María, aquella dispensa fingida para abandonar la collación de San Bartolomé dejando allí a Sara y a Gonzalo, esposa e hijo de Beltrán. La había perseguido y la había alcanzado, habida cuenta de que María no podía correr debido a su estado. «No puedo ni miraros a la cara. Sois maliciosa como una enfermedad, todo lo que tocáis lo convertís en ruinas y cenizas», le había escupido cuando trató de frenarla. Después la dejó ir.

Esa acusación la hacía sentir un pobre rey Midas, porque María estaba en lo cierto, todo lo que había pasado por sus manos se había marchitado, incluso su propia madre.

Catalina le chistó desde abajo.

—Enmudeced, enmudeced como debíais haberlo hecho la pasada noche.

Aquella mañana de cielo cerúleo y horribles nuevas no sería el día en que Susona moriría, no en noviembre, no en otoño, no en el año de nuestro señor Jesucristo de 1480. Y, a sabiendas de que no había llegado su momento, descendió del alféizar.

No consintió en refugiarse entre los brazos de Catalina, escapó de la nodriza y se acurrucó en una esquina de la alcoba.

Susona vertió siete lágrimas que recordaban a los siete dolores de la Virgen y podría haber escanciado una más. Una última lágrima, una octava. La primera por su madre, a la que habría matado de pena con su decisión. La segunda por su padre, al que había condenado, al que mataría con su decisión. La tercera por su hermana María, que ya la odiaba y ahora deseaba su muerte. La cuarta por Catalina, a quien creía haber fallado. La quinta por todos los cristianos, viejos y nuevos. La sexta por los judíos, por los apegados a su fe, por los que la abandonarían. La séptima por sí misma, que había sido una traidora. La octava por Nuño, que la había traicionado.

—Me quiero morir —gimoteó—. Quiero que me corten la cabeza y la separen de mi cuerpo. Que no me entierren, no soy merecedora de ello. Lo he perdido todo, todo, lo poco que poseía en esta cruel vida me lo he arrebatado con estas mis manos. Huérfana y pronto repudiada. Me odiarán, no solo en Santa Cruz, sino en San Bartolomé, en Santa María, en San Andrés y en San Salvador y en Triana, y en todas las collaciones y barrios de esta ciudad. Seré... —Su voz titilaba—. Seré mujer maldita.

Catalina arrastró una banqueta que había en un rincón y la depositó a su lado. Se sentó con gran trabajo.

—Nadie tiene por qué enterarse de lo sucedido.

—La verdad siempre sale a la luz.

—A nadie le importa la verdad.

—Les importará en cuanto Nuño me señale y sea de dominio público que yo he sido quien ha descubierto a los hombres que intrigaban en esta conjura. Les importará en cuanto lleguen las represalias y los padres, maridos, hermanos e hijos acusados sean declarados culpables y ajusticiados.

Los que sufren tragedias nunca olvidan. Por eso los conversos sevillanos aún soñaban con la brutalidad del ataque de 1473, ocurrido solo siete años atrás, y aunque ella aún no había nacido por aquel entonces, sí que conocía a aquellos que habían vivido los de 1465 y 1434. Del mismo modo que no se olvidan los caídos, no se olvida a los instigadores.

—Son otras las acusaciones que penden sobre vuestro progenitor y sus aliados —le recordó—. Judaizar en privado y oposición al Santo Oficio no es levantar a una comunidad, ni pasar a cuchillo a los grandes señores de la nobleza.

—Por una razón u otra, los matarán, encontrarán la manera. Tengo las manos teñidas de sangre porque es sangre lo que se derramará, ya la huelo fluyendo por las calles de la judería, ya riega los naranjos.

Cuando abrieran la fruta, cuando la mondaran, cuando la sajaran por la mitad para devorarla, para desmembrarla y saborear los gajos, no verían la tonalidad naranja, la verían rojiza. Los árboles habrían absorbido la sangre derramada de los cadáveres que imaginaba se acumularían en las calles, consecuencia de la revancha que se tomarían los cristianos viejos. La naranja amarga se tornaría naranja de sangre y sabría dulce y oxidada.

—Nuño me ha traicionado, qué poco vale su palabra…

Catalina exhaló un suspiro, mitad extenuación, mitad la zozobra del fracaso. Se había encomendado al cuidado y a la guarda de esa niña, y en algún momento había faltado a su compromiso. No tenía que haber permitido que el Guzmán se le acercara, debía haberlo alejado con maldiciones y un gruñido parecido al que las perras emiten cuando un humano se aproxima a sus crías.

—Poco valen las promesas de los cristianos, Susona, poco valen las promesas de los caballeros, nada valen las promesas de los hombres. Ya deberíais haberlo aprendido, ya deberíais haberlo sabido.

Susona alzó la mirada, encogida como estaba, refugiada en la esquina de la habitación, apoyada su espalda en la pared, recogidos los pies, abrazada a sus piernas con la cabeza hundida entre las rodillas. Alzó la mirada y gritó.

—¡No me lo recordéis! Si me lo recordáis, os juro por mi padre que me arrojo desde la ventana. Por Dios y por la Virgen, os lo juro. Sin padre, sin amante, sin corazón. —Se golpeaba el pecho con los puños—. Me lo ha arrancado con sus frías y firmes manos, con las mismas que ase la espada. Ojalá fuera su acero el que me traspasara el estómago, y no sus mentiras.

—Necia —la reprendió el aya muy estricta. De niña evitaba hablarle así, pues consideraba que Susona ya había padecido suficiente al perder a su madre, y una disciplina dura y desmedida no haría más que incrementar su sentimiento de abandono—. Eso es lo que habéis sido, una necia. Habéis salvado la vida de un Guzmán y condenado la de vuestro honorable padre.

—¡Fue el miedo! —aulló—. Fue el amor. Nuño me nubla el juicio y el entendimiento. No veo. Con él, no veo, no huelo, no siento. Anula mis sentidos. —Cuando estaba con Nuño solo veía a Nuño, solo olía a Nuño, solo sentía a Nuño—. Con él, el miedo me vuelve aún más cobarde. Y saberlo muerto por mi padre me enloqueció, su conjura fue una daga en mi costado. ¡Y yo podía evitarlo!

—La daga en el costado serán las llamas en el cuerpo de mi señor, Diego de Susán, y de todos los que han sido apresados, hombres y mujeres. Os avisé, os advertí que habíais de ver, oír y callar.

Las mujeres debían callar, siempre en silencio, siempre mudas. Apretó los labios hasta dañarlos con sus afilados dientes, la boca se le llenó de un sabor ferroso.

Aquel día habría sido distinto si Susona no hubiera hablado, si hubiera escuchado las advertencias de su vieja aya, si no hubiera soñado con una canina que la mantenía insomne paseando por los pasillos de su hogar.

—Nada puede ser peor que haberme enamorado de Nuño, a quien ahora amo y odio —murmuró—. Si solo tuviera la capacidad de retroceder en el tiempo y actuar de otra manera, ser más sensata.

—Por desgracia, no podéis desenredar los errores como yo peino los nudos de vuestra cabellera cada noche antes de que partierais en busca del amado, un amado que no volverá.

¿No volvería? ¿Nuño no regresaría por ella tal y como le había prometido la noche anterior? ¿Cómo creerlo, si también le había jurado guardar silencio sobre la conspiración y ocultarse para así salvar su vida, y, en cambio, había denunciado a los cabecillas, sacrificándola a ella y a los suyos en favor de los señores poderosos?

¿Quería acaso que la buscase en aquella encrucijada, después de haberla vendido?

—Llorad hoy, mañana y pasado, permitíos sentir —dijo Catalina—. Mas el cuarto día habréis de poneros en pie y ocuparos de llevar esta casa, pues para algo sois su señora.

—¿Y si no puedo?

La nodriza le dedicó una compasiva sonrisa y le acarició el rostro con la ternura de una madre.

—Hay miles de mujeres que gobiernan castillos, haciendas y negocios en ausencia de sus hombres, ya se encuentren de viaje, en la guerra o hayan fallecido; no les queda otro remedio. Vos misma lo habéis presenciado, así lo hace Ana González, carnicera en la Puerta de Minhoar, y la viuda de Alvar Carmona. Con vos serán una más.

Cuando la supervivencia llamara a su puerta, Susona, necesitada, tendría que abrirle e invitarla a pasar.

SEGUNDA PARTE

E como quier que en lo susodicho exceden y pecan los ombres, pero mucho mas exceden y pecan las mugeres [...]. Casadas y por casar se dissueluen primeramente en criar y agufrar los cabellos, comentando a representar el fufre de los infiernos y las biuas llamas de aquel terrible fuego humoso, obscuro y negro en que han de arder con ellos.

HERNANDO DE TALAVERA,
*Tratado sobre la demasía en vestir
y calzar, comer y beber*

Pero mira los lugares de culto y por cada joven verás veinte o treinta mujeres viejas vestidas con gran sencillez y decoro. Eso respecto a la devoción, pero la caridad está aún más extendida entre las mujeres.

CHRISTINE DE PIZAN,
La ciudad de las damas

21

Para cuando diciembre arrasó con sus bajas temperaturas, los inquisidores se habían asentado, provocando el espanto en la comunidad conversa, que ya temblaba debido al arresto acaecido y el descabezamiento de sus líderes. La ciudad de Sevilla se desgajó al completo entre aquellos que temían ser los siguientes apresados, víctimas de alguna acusación por parte de un vecino envidioso, y quienes con el pecho henchido defendían que el tribunal era justo y equitativo, que no se detenía ante los más altos cargos, y por ello habían prendido a algunos de los más honrados y ricos hombres, veinticuatro y jurados, bachilleres y letrados. «Quien es buen cristiano, está a salvo. De nada ha de preocuparse», decían los mismos que poseían un linaje límpido que les garantizaba la exención de la continua vigilia del Santo Oficio.

El alboroto fue tal que los atenazados por el miedo migraron en una segunda oleada. Los que no se dirigieron al reino nazarí de Granada, lo hicieron a tierras de señorío, donde buscaban la seguridad de algún gran noble, de allí se encaminarían al reino de Portugal. Fueron denominados infieles y malos cristianos, porque, de no serlo, ¿por qué huían?

Los que permanecieron en Sevilla, bien por la incapacidad de fugarse o por negarse en rotundo a renunciar a las tierras de sus ancestros, exaltaron sus creencias. Más cristianos que el Sumo Pontífice, más cristianos que la mismísima Roma, más cristianos que el propio Jesucristo, por muy blasfemo que sonase. Neófitos que recientemente habían abrazado la fe, conversos de segunda, tercera y hasta cuarta generación se afanaron en disipar las posibles dudas que hubiera con respecto a ellos. Dejaron de parlamentar con sus vecinos judíos y, como si las tradiciones mosaicas fueran contagiosas, acudían con más fervor a la iglesia, se posicionaban en primera línea para la misa y se confesaban con asiduidad, aunque no tuviesen pecados que expiar.

Sometidos a una tensión perenne, el ambiente se enrareció y cayó con pesadez sobre los hombros de todos los habitantes.

La segunda semana de diciembre Susona había mandado un recado a sus tíos para advertirles de la detención de su padre, pese a que suponía que la noticia ya les habría llegado a través de las hablillas que se diseminaban por la judería y alcanzaban cualquier rincón, incluso los infestos. Lo hizo así por su propia seguridad, por la de sus deudos, y porque al no residir en la misma collación era difícil que se encontraran en misa en la parroquia, ya que los habitantes de cada barrio acudían a la suya. Tampoco era la iglesia el sitio indicado para tratar de asuntos tan desagradables.

La carta, que debería haber entregado en mano una de sus criadas, regresó tal como se fue, cerrada y sellada, sin respuesta. La joven alegó que había visitado los tres hogares, el de Juan de Susán, Pedro de Susán y Álvaro de Susán; en ninguno había obtenido más que el silencio y la indiferencia. Viendo una vecina que ella se deshacía en llamar a la puerta, le avisó de que Juan de Susán había marchado unos días atrás con su familia, y que si bien no se habían ido al amparo de la noche, sí lo habían hecho en una madrugada violácea y fría. Le siguió Pedro de Susán y sus hijos una jornada después, lo mismo que Álvaro de Susán y los suyos, una más tarde.

—¿No preguntasteis adónde habían ido? —le había recriminado Susona.

—Sí, mi señora. Y sus palabras fueron: «Solo Dios lo sabe».

Como si de fugitivos se tratase, habían dejado las casas desangeladas, habían vendido las propiedades y sus bienes a toda prisa, a unos precios deshonestos que jamás habrían aceptado de no haber mediado la urgencia y la necesidad que los espoleaba. Y menos los Susán, tan curtidos estaban en la compraventa. Lo que había sucedido con sus negocios, lo desconocía.

Abandonada por su parentela, que muy irónicamente había huido a tierras de señorío, Susona jamás sabría si había sido por temor a ser los siguientes apresados por idénticos crímenes y tener que enfrentarse al Santo Oficio, o a ser considerados culpables de la conjura. Del mismo modo que jamás sabría si el gran señor que los había acogido era consciente de que una noche de finales de noviembre esos hombres habían asistido a una reunión en la que habían acordado atentar contra su vida, y si ese honorable y nobilísimo señor sería un Guzmán. Porque Niebla daba cobijo a muchos conversos desde hacía tiempo atrás —judaizantes y no— y era territorio de don Enrique de Guzmán.

Aquella ausencia le había extirpado cualquier oportunidad de acogerse no solo al refugio que ofrecen aquellos que comparten tu sangre y te han visto dar los primeros pasos, también al consejo de los que son sabios debido a la experiencia y la avanzada edad. María y Susona se habían quedado completamente solas, y lo que las dejaba en un estado de mayor desamparo era que no se hablaban entre ellas desde el fatídico día en que los alguaciles irrumpieron en sus hogares.

Hasta entonces Susona había sido paciente, había aguardado encerrada entre las cuatro paredes de su casa, como se espera de cualquier mujer honrada. Y lo había hecho asustada y llorosa, a la espera de que unos embates tumbaran la puerta de la entrada y los guardias reaparecieran, esta vez con el cuerpo maltrecho de su progenitor, esta vez para llevársela a ella, esta vez seguidos por Nuño.

Todo era una vorágine de remordimiento y miedo, de imágenes proyectadas por su mente: frías celdas de cuyos techos goteaba agua de lluvia, en cuyos suelos se formaban charcos de pestilencia, un hombre mugriento, desgreñado, de ropajes raídos y espalda encorvada, engrilletado, una voz inexistente, un espíritu quebrado. A lo lejos, gritos desgarradores. Allí donde se priva de libertad no entra la humanidad. Al cerrar los ojos vencida por el cansancio, Susona imaginaba a su padre así, una figura recortada en la oscuridad, la sombra del hombre que un día fue.

A Nuño lo imaginaba empuñando una daga que le clavaba en el corazón sin piedad alguna, retorciéndola, hincándola con una mueca torcida que supuraba satisfacción y regocijo a medida que ella se postraba. Era incapaz de oír sus súplicas, demasiado embriagado por el dolor ajeno, por la sangre que borboteaba. Y entonces, a punto de exhalar el último aliento, se desvanecía, porque para Susona, Nuño era viento; cuando no estaba a su lado era brisa que notaba incluso en un ligero soplido, cuando la rozaba era racha de temporal, devastadora. Ahora que no estaba, le había arrebatado el aire de los pulmones.

Por tanto, dormía poco, comía menos, y el rezo —que ya no le era habitual— lo había olvidado por completo. Catalina la obligaba a probar bocado cada mañana, ella misma preparaba unas galletas a base de nuez moscada, canela y clavo, todo ello reducido a polvo y mezclado con un tanto de agua y otro tanto de harina. Era un remedio casero recomendado para el mal del corazón, y Susona sufría de él por partida doble, a causa del padecimiento de su padre y de la traición de su amante. Con el fin de agradar a su aya y no aumentar su preocupación, Susona las mordisqueaba con desazón —no llegaba a comerse más de dos—, pero las pastas no le drenaban la amargura que la invadía ni le purificaban el ánimo.

Para entonces el frío se había recrudecido. Expectantes a lo que habría de venir, los hogares ya se habían provisto de leña y espesas mantas con las que abrigarse, de conservas con las que alimentarse. El otoño es un aguacero que todo lo inunda y enseguida da paso al invierno glacial: son estaciones duras, nada benévolas, que se ceban con los desfavorecidos. El otoño y el invierno son para los que nadan en la abundancia, pero incluso los grandes señores, con sus castillos y sus fortalezas, sus brocados, sus paños de oro, su servidumbre, su vajilla de plata y sus asados, empalidecían ante la crueldad de la naturaleza.

Por fortuna, la guerra había quedado atrás y el recuerdo de aquellos aciagos meses en los que la oscuridad del día y el rojo de la sangre se fusionaban, en los que el frío se colaba por entre los remiendos de los ropajes y el hambre roía hasta el estómago de los reyes, empezaba a emborronarse. Para algunos, no obstante, resucitaba en cuanto el temporal avisaba de su llegada.

El fuego del lar calentaba el amplio salón y el resplandor del mediodía se filtraba por la ventana ganándoles así la batalla a las densas nubes que amenazaban con cubrir el cielo de gris plomizo. Aquello era un grandísimo alivio, los rayos del sol acariciaban el rostro de Susona, que se giraba hacia ellos con los ojillos entornados. Un manto le cubría los hombros, le caía sin gracia sobre un brial cualquiera que había elegido.

—De demorarse esta situación, estaríamos en una posición incómoda. —Estaba de pie junto a la mesa, con la mano y el flanco izquierdo de la cadera apoyado en la robusta madera.

—Habláis con tibieza, mi niña. No soy uno de esos señores de alta alcurnia que necesita que le endulcen las malas noticias, ya he tragado muchas.

Miró a Catalina, que, sentada en una de las sillas, se acomodaba la cofia.

—Se nos escapa el dinero como el agua entre los dedos —sentenció.

—¿Y los ahorros de vuestro padre, la riqueza que ha amasado durante todos estos años?

Contuvo las ganas de abrir los brazos, extenderlos cual alas y abarcar lo que la rodeaba, un gesto que diría: «En todo esto. En mí. En vos. En ellos. En cada uno de los ornatos que embellecen esta morada y en cada una de las prendas que componen mi guardarropa, mi tocador, mis alhajas».

—Aguantarán durante algún tiempo, pero el negocio está parado desde su arresto, así que solo tenemos eso, ahorros. —Se abrazaba a sí misma con la mirada perdida al otro lado de la ventana—. No volverán a entrar ganancias.

—Entonces ponedlo a rendir.

A Susona se le escapó la risa por los orificios nasales.

Qué ridiculez. Ponerlo a rendir era imposible, lo más parecido a leerle las líneas de la palma de la mano y augurar que un día —más tarde que pronto— casaría con un rey. Un milagro.

—Yo no sé nada sobre ello. Mi padre jamás me instruyó, siempre creyó que... —Carraspeó y corrigió—. Siempre creímos que lo heredaría mi futuro marido. ¿Acaso no es lo que debería ser?

Catalina asintió.

Era lo que debería haber sido, desde luego que sí. El esposo de María se habría hecho cargo, de no haber tenido el futuro asegurado: los negocios de Pedro Fernández Benadeva eran los negocios de Álvaro Suárez, que desde bien niño se había interesado por el oficio y había seguido los pasos de su progenitor. Eso había hecho que la continuidad de la economía familiar de Diego de Susán recayera sobre el pretendiente de Susona.

Ninguno hubiera esperado que el hombre que la besara fuera un Guzmán, un Guzmán jamás aceptaría laborar. Y un Susán jamás confiaría en un Guzmán.

—En ese caso solo hay dos opciones, mi querida niña. —Dio un par de golpecitos en la mesa con sus nudillos, originando una sonata arrítmica—. Que encontréis cuanto antes un esposo capaz que retome el negocio en ausencia de mi señor don Diego de Susán o que vos misma os pongáis a ello.

Se giró de repente. La mención de cualquier desposorio le provocaba náuseas, una mueca de horror se le pintó en el rostro.

—No tengo conocimientos sobre la materia, ya os lo he dicho. Y sin mis tíos no hay nadie que me guíe en ese mundo que me es ajeno y desconocido. Mi padre se preocupó de que manejara el noble arte del bordado y el hilado, la música y la literatura, la religiosidad y la dádiva, asuntos femeninos que de poco nos sirven en estos infaustos momentos. Quizá si hubiera nacido varón, la historia sería diferente.

—Siempre nos quedará el hilado. —Una hosca risa le lijó la garganta.

Infinidad de mujeres habían sacado adelante a su familia mediante la confección de ropajes que luego vendían en el mercado. El hilado, la costura, el bordado, tareas a las que habían sido relegadas por su naturaleza mansa y servil, había supuesto la diferencia entre la mendicidad y la salvación, al permitir disponer un día más de un plato de comida en la mesa.

Susona pensó en ellas, en esas féminas anónimas, y concluyó que siendo el destino tan rastrero, finalmente sí que habría de dejarse los dedos, la vista y la espalda en la aguja y el hilo, en el telar de Penélope, que ya no tejería el lienzo de amor de Nuño.

Se sentó derrumbada en la silla que otrora había ocupado su padre y escondió la cara entre las manos. Con los ojos cerrados, todavía visualizaba un ápice de luz ambarina que provenía del fuego encendido, como si una llama bailara ante ella indicándole la salida en esos momentos de oscuridad.

Apiadándose de ella, Catalina hundió los dedos en su espesa melena y la masajeó, el sonido de sus uñas contra el cuero cabelludo era reconfortante. Cuánto le apenaba ese mechón solitario que ahora le rozaba la barbilla y se hacía tan evidente. Peinarla a diario y hallarlo retorcido, inclemente y rebelde la hostilizaba, porque no lograba domarlo y embutirlo en los hilos del tranzado, porque las guedejas cercenadas eran la esperanza de un todo que no llegaría. Y Susona lo observaba en el reflejo del espejo como quien ve las promesas rotas.

—Seríais buena en el negocio.

—No puedo. —Su voz sonaba ahogada.

—Claro que podéis. Sois sagaz y avispada, aprenderéis rápido.

Alzó la cabeza y negó.

—No soy mi padre y no soy mi madre, como habréis podido comprobar. No tengo la perspicacia de él, ni la lealtad de ella.

La vieja nodriza le estrechó la mano con una fuerza inusitada y convocó una sonrisa lastimera.

—No conocía a vuestra madre como para juzgaros según su carácter, mas no diría que sois desleal, solo una muchacha que se ha perdido a mitad de camino, exactamente igual que la mayoría de los jóvenes de vuestra edad.

—La mayoría de los jóvenes de mi edad no traen la deshonra a su casa y la desgracia a su pueblo.

—Por supuesto que lo hacen —bufó—. Las doncellas se quedan encinta con solo mirarlas y eso ya es una deshonra imposible de limpiar, y los hombres, con sus guerras y sus luchas intestinas, su orgullo henchido y su violencia enconada, derraman sangre, la muerte es su desgracia.

Sin embargo, ninguna de esas faltas era equiparable a haber traicionado a su progenitor, a haberle conducido a prisión. A él y a tantos otros hombres.

—Dejad el negocio bajo mis órdenes y antes de que se celebre la misa del gallo estaremos ahogadas en deudas. La cuestión es, mi querida aya, que no puedo ocupar el puesto de mi padre, ni en esta casa, ni en lo que al oficio se refiere. Hacerlo sería darle por perdido, aceptar que nunca volverá. —Se levantó de pronto y exclamó en un lamento agudo—: Por Dios, si sentarme en esta silla ya me está martirizando.

Fue un sollozo gutural que no terminó de florecer, se le quedó atascado en el esófago. Tenía los ojos vidriosos, su mano temblorosa taponaba la agüilla que nacía de su nariz.

¿Se le habían agotado las lágrimas para siempre? ¿Había un límite para ello del mismo modo que las nubes se desprendían de la lluvia, del mismo modo que el aljibe se vaciaba?

—Aún es pronto —arguyó tras un suspiro.

Se encaminó hacia la ventana y desde ahí examinó el exterior, los brazos en jarras, la espalda recta. El mediodía impelía que hubiera un trasiego de viandantes, mujeres que venían de la compra, que se paraban a entablar conversación con las vecinas al amparo de la solana que les sonrojaba las mejillas, niños que correteaban aprisa, jadeando, ensimismados entre juegos. Sus progenitoras no les quitaban el ojo de encima.

Acusó una punzada de nostalgia. Hacía tiempo que no abandonaba el refugio de su hogar, que no hacía vida pública, que no se paseaba por las calles concurridas, aquellas que un día le habían rendido pleitesía por ser «hija de», «vecina de», por ser de una belleza eclipsante. Extrañaba esos tiempos ufanos.

Catalina la había consolado con respecto a ello. «Cuando las vicisitudes se vuelven tragedias y estas arrecian contra familias humildes, se cierran puertas y ventanas, se llora la pena en la intimidad, en la reclusión». Mas Susona ya había cesado el llanto, y sus puertas seguían vetadas para quienes no pertenecieran a la casa de Susán. A veces pensaba que nunca las abriría.

—Aún no ha pasado ni un mes desde su detención. Aún es temprano.

La nodriza se irguió, no sin un soberano esfuerzo, y se posicionó a su lado. Echó el brazo en torno a su cintura y la apretó contra ella.

—Entonces, mientras regresa nuestro señor de Susán, habremos de ser precavidas con el dinero y eliminar cualquier gasto banal. La comunidad entenderá que no podamos aportar la donación que solemos al fondo para beneficencia.

Susona cabeceó en señal de asentimiento.

—Además, no hace mucho mi padre concedió unos trescientos maravedíes al bacín de los confesos.

Lo recordaba bien, había sido a comienzos de ese mismo año. Desde 1477 había adoptado la costumbre de entregar una dádiva cuantiosa, entre doscientos y trescientos maravedíes según la holgura con la que se manejaran, junto con Juan Alemán Pocasangre, quien también contribuía.

«Dar a los que menos tienen —le había explicado su padre cuando era niña y la donación exigua—, con esta bolsa comunitaria quien esté padeciendo penurias hallará consuelo en sus iguales, en su pueblo, pues la solidaridad es nuestra piedra angular, la herencia de nuestros antepasados». La pequeña Susona no lo había comprendido, no en su totalidad. Diego de Susán se retrotraía a antaño, al *hecdes* de los judíos, que sufragaba las necesidades de los pobres y subvencionaba las enseñanzas de la Torá.

Reparó en que de no ser cuidadosa con el dinero, si se alargase el proceso judicial de su progenitor —Dios no lo quisiese—, ella misma tendría que reclamar piedad y abogar por su derecho a recibir ayuda de aquellos a los que había traicionado y condenado. Odiaría ser una menesterosa, odiaría aún más exigir piedad, por encima de todo, odiaría ser hipócrita.

—Nos privaremos de lujos —resolvió—. Prescindiremos de aquellos servicios que no sean indispensables, nos quedaremos vos y yo, solas.

¿Acaso no habían estado siempre solas, completa e irremediablemente solas, como las mujeres que eran? Ahora lo veía, o eso le parecía.

—Como gustéis, mi joven señora.

—Menos tuvo Cristo.

Era una durísima decisión despedir a aquellas personas que habían cumplido con muy buenos servicios en su hogar, siendo además leales a su familia. Se percibía cruel y despiadada, una mala señora, una señora ingrata que atiza con un puntapié el trasero de quienes han pululado a su derredor haciendo su vida más sencilla y gustosa. Habían cambiado la ropa de su cama, habían limpiado su alcoba, habían guisado la comida que ella ingería, la habían ayudado a vestirse y a maquillarse, le habían preparado la bañera de agua caliente en invierno, de agua fría en verano, habían caldeado su estancia para que durmiera sin rilar y la habían aireado para que el ambiente no fuera asfixiante a la mañana siguiente. Todo ello en silencio, sin importunar.

Y a pesar de todo, Susona debía pedirles que no volvieran más, pues ya no serían precisas sus labores.

Lo hizo sin demora, bajo la excusa de que si lo pensaba demasiado quizá su fuerza flaquease y la misericordia y el cariño le ganase. Los reunió en el salón aquella misma noche y les comunicó que, dado que los problemas económicos no tardarían en acuciarla, se veía en la desagradable obligación de no requerirlos más. Lejos de la indignación que esperaba recibir, lo que hubo fue una tormenta de llantos desconsolados que le hizo replantearse su decisión, pese a que últimamente había tomado algunas que eran calamitosas y habían conllevado consecuencias nefastas. Ahora dejaba a esas mujeres y hombres sin trabajo, los devolvía a sus viviendas sin la promesa de un sueldo para alimentar las bocas que formaban su núcleo familiar.

La voz de su hermana María la golpeó. «¿Qué habéis hecho, hija del demonio?». De nuevo esa sensación de que todo lo que pasaba por sus manos se convertía en cenizas. De que todo lo que amaba se marchitaba.

Trató de paliar las repercusiones repartiendo una pequeña suma de dinero entre los criados, una compensación nimia, un agradecimiento sincero por los años que habían invertido en cuidarla a ella y a su parentela. Era un seguro —no demasiado seguro— de que sobrevivirían durante un margen de tiempo prudencial hasta que encontraran otra noble casa en la que fueran necesarios sus servicios. Ellos lo agradecieron de corazón, casi sorprendidos. Porque puede que Susona se sintiera muerta por dentro sin su padre, sin Nuño, pero aún le quedaba generosidad en el cuerpo, una virtud femenina que había cultivado desde niña, que no podía desatender ni ignorar.

22

Nuño era especialista en romper promesas y juramentos, aun así, en aquel periodo de agonía cumplió con dos de las tres que le había hecho a su honorable madre. Invirtió tiempo en la familia. Cada mañana, a la hora del Ángelus, auxiliaba a su hermano menor, Martín, en las lecciones prácticas que tanto se le resistían, una vez que este ya había finalizado con el latín, la filosofía y otras materias que a él en su infancia le habían resultado tediosas. La corta edad del niño y el reciente inicio de su instrucción lo animaba a esforzarse a ser un buen maestro, un incentivo que, tal y como doña Leonor había previsto, le elevaba el ánimo.

Su cuerpo, entumecido por la desazón y los vapores del alcohol —del que a duras penas se alejaba— agradecía el movimiento, el desquite de batirse en duelo contra el crío de seis años al que desarmaba con facilidad y benevolencia. Lo tumbaba y lo levantaba. Lo tumbaba y lo levantaba. A veces, se reía de alguna broma, de algún insulto o improperio con el que lo maldecía al errar. Le divertían las caras de desconcierto cuando no atinaba a dar una estocada o no esquivaba una de las suyas, cuando caía y daba con su trasero en el suelo, magullándose; le deleitaban los aspavientos que hacía, los movimientos exagerados.

De repente, los once años que los separaban y habían propiciado una relación más distante se tornaron ridículos. Dejó de comprender la razón por la que hasta entonces su hermano pequeño había sido un extraño para él, la razón por la que había preferido a Juan Alonso. Nuño reconoció un ápice de alivio en esos instantes simples, rutinarios, un bálsamo calmante, y aunque el dolor instalado en su pecho no se mitigaba, sí volvía a respirar. Al menos, cuando el sol brillaba en la cúpula celeste.

A Martín le enseñó el manejo de la espada, el del arco, y la monta se la cedió al mediano, Juan Alonso. No se fiaba de sus instintos, de la añoranza, del semental que durante meses lo había llevado hasta Susona. No se fiaba de sí mismo.

Al que había sido su fiel amigo de cuatro patas, lo visitaba con asiduidad, siempre provisto de zanahorias y jugosas manzanas con las que comprar su cariño. Para no perder el vínculo, en especial ahora que quien lo cabalgaba era Juan Alonso, suplantaba al caballerizo en la tarea de cepillarlo. Y lo hacía con sumo gusto. Algunas horas muertas de la noche las pasaba allí, en las cuadras: sumido en la ebriedad y el llanto, observaba los ojos oscuros del animal, le acariciaba la sedosa crin mientras luchaba con la necesidad de ensillarlo y huir. De regresar a la encrucijada.

Pronto se acostumbró a los largos paseos vespertinos con su madre por los jardines y el patio del castillo, momentos que aprovechaban para conversar y rememorar la época en la que residían en el Alcázar. Doña Leonor de Ribera y Mendoza, complacida por haber recuperado al mayor de sus hijos, al que había dado por perdido, hablaba en tono dulzón y, presa de la nostalgia, imaginaba un porvenir brillante. «Cuando caséis con una buena mujer y tengáis hijos, llevaré a mi nieta a la iglesia, yo misma le enseñaré la vida de los santos y le regalaré un precioso libro de horas —solía decir—, será la más pía de todas las doncellas de buen linaje». Volcaba en él y en esa futura esposa de rostro borroso sus sueños de acunar entre sus brazos a una fémina. Nuño la dejaba fantasear, solo asentía y sonreía, y decía: «Sí, madre. Como gustéis, madre. Sea, madre».

En ambos encontró un refugio. Pasear con su progenitora le resultaba gozoso, instruir a Martín era una obligación que logró transformar en distracción, a sabiendas de que el pequeño de los Guzmanes lo necesitaba y admiraba a partes iguales.

Sin embargo, a misa acudió en contadas ocasiones, las indispensables, y doña Leonor de Ribera y Mendoza lo reprendía por ello. Nuño no soportaba sentarse y oír los sermones, como no soportaba el ruido silencioso de las cuentas de los rosarios pasando de dedo en dedo, las respiraciones pesarosas, el incienso de los perfumadores, la luz de Dios, el juicio de Dios, la silueta de Cristo en la cruz. Se sentía un farsante entre tanto creyente, un hereje, un impío. Porque si le hubieran dado a elegir entre la salvación eterna y Susona, habría elegido a Susona. Siempre Susona.

Almacenaba resentimiento y soledad, culpa y remordimiento, todo ello lo reservaba para la nocturnidad. Sin alcohol no conciliaba el sueño, si es que a ese estado de duermevela se le podía llamar sueño.

Sancho lograba arrebatarle un par de confesiones y se daba por satisfecho, Nuño no compartía emociones ni pensamientos, y si lo hacía era porque estaba borracho y se le escapaba la verdad de la lengua como la espada de la mano. Dentro de su estómago se maceraba algo más que agriados sentimientos, y en ocasiones necesitaba liberarse de ellos. Los vomitaba junto con la bilis. El leal Sancho los recogía, le limpiaba la boca y remojaba su rostro en agua fresca. Regurgitar pasiones era mucho peor que regurgitar el vino.

Eso fue exactamente lo que sucedió tras una cena íntima que don Enrique de Guzmán había organizado.

El duque de Medina Sidonia y señor de Sanlúcar había recibido la noticia de la detención de los conspiradores con los brazos abiertos. Saberlos apresados y humillados, encerrados en tristes cárceles a la espera de un proceso judicial inquisitorial que podría alargarse un tiempo y que no haría más que abocarlos a la locura y la desesperación, le confería seguridad. Se sentía a salvo e intocable, la máxima expresión de poder.

Satisfecho por sus pesquisas y el éxito de su empresa, invitó a don Diego de Merlo y a su esposa, doña Constanza, a una apacible velada en la que los agasajó hasta la extenuación. Para ello se engalanó con ricos tapices el amplísimo salón de ceremonias, en la alargada mesa se dispuso un primer mantel de exquisita seda, encima otro más estrecho, el escudo de armas de los Guzmanes yacía bordado en sendos, al igual que en el fondo de la vajilla de plata, que había sido pulida hasta arrancarle un brillo argénteo.

Como señora del hogar, Leonor de Ribera y Mendoza había supervisado los preparativos y decidido hasta el último manjar. El aperitivo fue fruta de la temporada, una bandeja repleta de peras, manzanas amarillas y arenosas, membrillos y granadas; el primer servicio consistió en un guiso de ternera de cocción lenta aunque simple, contundente al estómago. De segundo, pato asado con una ligera salsa hecha a base de zumo de frutas; de tercero, pescado fresco que esa misma mañana había sido capturado y traído desde el mercado por el despensero del castillo; todo ello acompañado de verduras de la huerta. Para el postre, queso y algunos dulces elaborados con miel y almendras.

Nuño le había suplicado al oficial que escanciaba el vino que jamás le faltara bebida, así pues, el hombre permaneció detrás suyo, la sombra de su sombra.

—Voy a necesitarlo —se había defendido al captar la mirada reprobatoria de Sancho, que le prevenía de la desfachatez de emborracharse en un banquete organizado por su progenitor.

—Compórtate o tendré que arrearte —le amenazó el Ponce de León.

Podría haber prescindido del zumo de uvas, pero entonces no habría sobrevivido a lo que él consideraba una incómoda recepción. No había visto a Diego de Merlo desde la noche de la traición y ahí estaba, sentado enfrente de su padre, vestido con finos ropajes. Su presencia se le clavaba debajo de las uñas.

—Por vos, señor mío—. Don Enrique de Guzmán alzó la copa y bebió en su honor. Degustó el vino.

El resto de los presentes hizo lo propio, elevar las copas y llevárselas a los labios.

—Más afrutado de lo que esperaba —reconoció el asistente mayor, la vista fija en el líquido rojizo que meneaba.

—Procede de buenas viñas.

Diego de Merlo, habituado a tratar con hombres de alcurnia, no dudaba de la naturaleza del vino como tampoco de la de las viandas. Los que nacían en el seno de la nobleza lo revestían todo de un aura de elegancia y protocolo que delataba el espectáculo que representaban en su afán de creerse monarcas.

El copero rellenó las copas y, tras haberse trinchado la carne, dio comienzo la cena. Durante unos segundos imperó el ruido metálico de la vajilla, el masticar y el sorber. Doña Constanza Carrillo de Toledo intercambiaba miradas con la anfitriona y esta le sonreía con amabilidad. Allí donde los varones devoraban, ellas degustaban con moderación y cadencia extraídas de un tratado de mesura en el comer y el vestir.

Nuño, en cambio, contemplaba los cadáveres despedazados que habían sido animales, pellejo, espinas, escamas y huesos desterrados en los platos, la carne deshilachada jugosa escapando entre los dedos grasientos de los comensales. Se percibió uno de esos restos, un trozo de res que desgarraban, mordían y trituraban con sus dientes.

—Os complacerá saber que Benadeva ha sido apresado bajo engaño en el convento de San Pablo —anunció Merlo, que se limpiaba las manos en el estrecho mantel de seda superpuesto con el de abajo.

Sancho le dedicó una ojeada a Nuño y este captó la advertencia en sus ojos.

—Un rumor parecido ha llegado hasta estas tierras. —Enrique de Guzmán carraspeó después de tragar—. Las malas nuevas vuelan más rápido que las buenas; no obstante, aún tengo informadores que son mis oídos. ¿Lo ocultaba el canónigo Benadeva o alguno de sus otros hijos?

—Donde sea que se escondiera lo desconozco. Le hicimos

llegar una misiva a su mujer, Isabel Suárez, para que se la entregara en caso de que apareciera. En ella constaba que el rey don Fernando deseaba concertarse con los conversos de esta nuestra ciudad para tratar de los problemas que habían surgido.

—Deduzco que nada sabe su majestad sobre esto. —Sonó tan precavido y neutral que Nuño adivinó que a su padre le parecía una actitud ofensiva para con los monarcas, al contrario que para Diego de Merlo, quien prosiguió narrando la hazaña.

—Que Dios me libre de perturbar a don Fernando con asuntos tan banales —rio y se llevó a la boca algo de comida—. A Benadeva le llegó la cita y acudió a ella a caballo, acompañado de su gente. Entró en el corral del convento de San Pablo y espetó a dos frailes que allí había: «Qué mandan vuestras paternidades». Evidentemente, los hermanos estaban más que avisados de la situación y nos habían permitido camuflarnos en las proximidades para asaltarlos y prenderlos. Y así sucedió.

—Una gran gesta, no cabe duda.

Y todo había sido en nombre de Dios.

—No es la historia que se cuenta en las calles. No se habla de engaño sino de suerte —rebatió Nuño, que no había probado bocado a pesar de que su estómago rugía. Únicamente saboreaba los vapores embriagantes del vino, que embotaba su cabeza y aligeraba el sufrimiento.

Don Diego de Merlo esbozó una amplia sonrisa y él volvió a sentirse el niño al que se le escapan los secretos de los adultos.

—Bueno, mi joven señor de Guzmán, de esta conjura conversa se contarán muchas historias y todas serán diferentes pues nadie será imparcial. Han sido detenidos ancianos, hombres y mujeres, cómplices indiscutibles de sus maridos, la esposa del Perfumado está entre ellas.

—Por Dios bendito —rezó en un susurro doña Leonor, a continuación se persignó—. ¿A qué se debe tantísimo arresto femenino?

El asistente mayor dejó la copa sobre la mesa y se dirigió a la señora de la casa.

—Vos y mi buena esposa sois fieles a Dios, nuestro Señor, mas muchas conversas siguen profesando la fe mosaica y acogidas a sus tradiciones, bautizan a sus hijos en el cristianismo y los crían según una ley que no es la nuestra.

—Dios quiera que entiendan la magnitud de sus crímenes y se arrepientan de ellos —comentó con resignación Constanza—, que así al menos alcancen la salvación en el reino de los cielos.

Doña Leonor estuvo de acuerdo.

—¿Y se las acusa de herejía? —irrumpió don Enrique de Guzmán.

Merlo asintió.

—Y de oposición al Santo Oficio, al igual que sus maridos. ¿Qué historias creéis que contarán los hijos de estos herejes, que son de corta edad y han sido criados en la confusión? —le preguntó a Nuño, a quien escudriñaba por encima de la copa de vino—. Siempre serán medias verdades. No debéis creer todo lo que escucháis por ahí.

El joven se inclinó hacia delante, a punto de morder cual perro rabioso. El cinismo de Merlo le caía como piedras en el estómago, aquellos arrestos no habrían tenido éxito de no haber sido por Susona, por lo que ella oyó en el interior de su casa. Previsor, su padre alargó el brazo y lo colocó sobre su pecho, frenándolo. Nuño se mordió el carrillo interno hasta probar su propia sangre.

—Habéis sido presto en vuestra actuación, señor mío. —Utilizaba ese tono de voz fingido—. Gracias a vos no seremos víctimas de una masacre, como no lo será el Santo Oficio de escándalos, alborotos y bullicios.

Diego de Merlo efectuó un gesto con la mano que pretendía restarle importancia al asunto.

—Es mi deber, y no habría sido posible sin vuestra intermediación y la de vuestro primogénito. —De nuevo esa ristra de dientes blanquecinos que simulaban esconder algo—. Dios y la reina lo saben.

A Enrique de Guzmán le refulgió la mirada con la mención de su majestad, todavía albergaba la esperanza de que su implicación le valiera un ascenso en simpatía y que Isabel le devolviera las muchas propiedades que le había arrebatado.

Poco después, los sirvientes despejaron la mesa, concurrida de plata y sobras de comida, otros criados trajeron los postres y el copero escanció vino: las féminas lo rechazaron y optaron por agua, al igual que el pequeño de los Guzmanes, al que se le había intervenido desde hacía rato.

Picotearon del queso y los melosos pasteles, hasta que la política salió a relucir una vez más y opacó la diversión de los comensales.

—La reina es consciente de que el proyecto iniciado por fray Hernando de Talavera fue una iniciativa loable pero ineficaz. —Diego de Merlo no era proclive al dulce, sin embargo, reconocía que aquellos hojaldres eran una delicia. Hacía ruidos de satisfacción al masticar—. Ese jerónimo es demasiado débil para solucionar el problema que asola los reinos.

El duque de Medina Sidonia se arrellanó en el asiento y cabeceó, había posado la copa de vino en los brazos de la silla, de manera que no tuviera que estirarse para alcanzarla.

—Arriesgado, lo de confiar en un hombre que proviene de un linaje de judeoconversos. Quizá de ahí su magnanimidad con los renegados de Abraham. ¿Cómo obrar con dureza con aquellos que han sido su pueblo?

Nuño se había prometido a sí mismo guardar silencio, coserse los labios. Falló. Otra promesa que destrozaba con su afilada y bífida lengua de serpiente.

—Fray Hernando de Talavera es más creyente y devoto que todos los aquí presentes, salvando a nuestras muy fervorosas mujeres. —Las damas sonrieron—. Ni él se identificaría con criptojudíos ni los considera su pueblo. Sirve a Dios y Dios reclama bondad.

—Preciosas y acertadas palabras, hijo mío —lo alabó doña Leonor. Aún había esperanzas para él.

Enrique de Guzmán prorrumpió en estridentes carcajadas que hicieron eco en Diego de Merlo, quien aceptó seguir el juego a su anfitrión.

—Con bondad no se llega a ninguna parte, ha quedado más que demostrado. —Un par de lágrimas le resbalaban por la mejilla.

Nuño era pequeño, diminuto, una mota de polvo frente a aquellos gigantes. Avergonzado agachó la cabeza y no volvió a pronunciarse en lo que quedaba de cena. Se dedicó a vaciar las copas y a deambular por los recuerdos de su mente.

—Los inquisidores ya se han asentado —notificó Merlo—. El día once me presenté ante el cabildo municipal, muy vacío ahora que han sido arrestados a tantos jurados y regidores —rio—, y les mostré las órdenes de la reina doña Isabel que exigían dar acogimiento al doctor Juan Ruiz de Medina y a los frailes dominicos Miguel de Morillo y Juan de San Martín.

—¿Esos son los inquisidores?

—Así es —confirmó—. La misiva que me mandó su majestad los trataba de tales, decía que venían a inquirir y hacer pesquisas contra las personas que no guardan y mantienen nuestra santa fe.

—Habremos de aguardar su actuación y los autos de fe. Con todos esos presos, la hoguera arderá durante días.

Aquello condujo los pensamientos de Nuño hasta Susona, la imaginó con el rostro ceniciento, tiznado de suciedad, el vestido hecho jirones, los pies descalzos y las manos aprisionadas en unos grilletes que anunciaban su andar con tintineos. La imaginó cabizbaja, siguiendo una marcha fúnebre que precedía a la pira funeraria, al tronco al que la anudarían, a la paja y a la madera que prenderían. Quiso arrancarse los ojos con sus propias manos.

Sancho lo observó y descubrió a su amigo de la blancura de la cal. Se encontraban lejos y eso impedía que pudiera darle un sutil codazo, cubierto por el mantel de seda le propinó un puntapié en la espinilla que lo despertó de su letargo.

—¿Habéis hablado con el marqués de Cádiz? —se interesó su padre. Él siempre tenía un pensamiento para el marqués de Cádiz, señor de Marchena y conde de Arcos.

En ese aspecto, el odio era similar al amor.

—Sí, mi señor. Le comuniqué la intriga que se estaba fraguando en la ciudad de Sevilla contra su persona y reconoció sentirse muy aliviado ante el encarcelamiento de los revoltosos herejes, en especial por el aciago destino que habría deparado a sus hijas. Le recordé que ha sido gracias a los Guzmanes que hoy estamos vivos y le insté a que cesaran las rivalidades entre tan grandes y loables caballeros.

—¿Queréis que firme la paz con don Rodrigo Ponce de León? —La ingenuidad, aderezada con una palpable sorna, le desfiguraba el rostro, la ceja arqueada y las comisuras tirantes en un gesto de desagrado.

Rodrigo Ponce de León no era hombre de fiar, por mucho que ciertas personalidades se empeñaran en ello, incluidos sus majestades. Hacía diez años había contraído matrimonio con Beatriz Pacheco, unas segundas nupcias que lo acercaron al duque de Villena, Juan Pacheco, que sabía de lealtad lo mismo que del cultivo de cereales, pues buscando su beneficio, había basculado entre el difunto rey Enrique IV y doña Isabel, su hermana, dificultando el acceso al trono de esta.

Quien se alía con un traidor es también un traidor, así lo había demostrado cuando entró en connivencia con el rey de Portugal Alfonso V, que defendía la causa sucesoria de su sobrina Juana, hija de su hermana Juana de Avis, la esposa del fallecido monarca.

Diego de Merlo jugueteaba con los anillos de sus dedos mientras buscaba las palabras exactas, consciente de que convencerle no era una tarea sencilla. Las enemistades enconadas no se extraen con las pinzas de un físico.

—El establecimiento de una relación cordial sería menester, en especial ahora que nos hemos visto envueltos en tan desagradable incidente. Como diría el Santo Padre no debería haber guerra entre los buenos cristianos, pues estas hostilidades no hacen más que damnificarnos.

—Hay un Ponce de León en esta mesa —señaló doña Leonor de Ribera y Mendoza. Todos se giraron hacia Sancho, que en aquellos instantes se llevaba una uva a la boca, la cual quedó a medio camino—. La paz no nos es tan ajena, querido esposo.

Y Enrique de Guzmán hubo de admitir que así era.

Primero se retiró el pequeño Martín, que había pasado buena parte de la velada bostezando, aburrido por unos tejemanejes políticos que ni comprendía ni le interesaban. Luego, dispensaron a las mujeres, a quienes el descanso llamaba. Con el fin de que los invitados no tuvieran que regresar de vuelta a la ciudad y transitar caminos poco seguros bajo el manto de la oscuridad, dispusieron aposentos para ellos. Doña Leonor de Ribera y Mendoza se encargó de acompañar a Constanza junto a su séquito de doncellas y la invitó a misa a la mañana siguiente, antes de que partieran. «Recemos por los hombres», le propuso, y esta aceptó. Nada gusta más a las féminas devotas que lanzar oraciones al cielo por los hombres que aman.

Aún no había llegado la medianoche cuando se levantaron los muchachos y se excusaron ante el resto de los asistentes, que los dejó marchar. A aquellas horas la velada ya había decaído y a Enrique de Guzmán y Diego de Merlo les interesaba tratar a solas de asuntos sibilinos. En la bifurcación que separaría sus destinos, Juan Alonso intentó unirse a Nuño y Sancho en el salón de la chimenea, donde proseguiría su celebración particular, aunque el primero no tuviera motivo alguno que festejar y hubiera olvidado lo que era eso. Insistió e insistió, y su hermano le negó toda posibilidad.

—¡¿Por qué?! —le recriminó, dolido—. No soy un niño como Martín, tengo catorce años.

—Eso tampoco te convierte en un hombre.

Juan Alonso tenía la mirada incendiada. Con la altura que la pubertad le había concedido, permaneció frente a él con las manos cerradas en forma de puño, la faz roja a causa de la irritación. Nuño pensó que el parecido con su padre era asombroso. Juan Alonso sería un mejor sucesor de don Enrique de Guzmán de lo que él lo sería jamás.

—Si quiero pasar la noche con vosotros estoy en mi derecho, sea donde sea, yo también soy un Guzmán y este castillo es de mi propiedad.

Nuño le dedicó un último vistazo antes de soltar un bufido rastrero del que al amanecer, menos nublado por los efectos del alcohol, se arrepentiría.

—Vete a la cama —le ordenó con saña. Luego le dio un golpe en el pecho a su amigo y dijo—: Vamos, Sancho.

Abandonó allí a su hermano, dejándolo perplejo, y enfiló hacia la estancia. Sancho exhaló un suspiro de cansancio.

—Quizá otro día, mi joven señor. —Le revolvió el cabello y con dos zancadas alcanzó a Nuño, que le esperaba en una de las esquinas que torcían a la derecha.

A pesar de que había aceptado continuar con la embriaguez en el salón de la chimenea, Sancho no estaba de humor para beber, y dudaba que Nuño soportara una jarra más.

Doña Leonor de Ribera y Mendoza había recurrido a él unas semanas atrás y le había rogado que cuidara de su hijo, pues aunque permanecía en el señorío de Sanlúcar y ya no pasaba las noches en tabernas influenciado por pésimas compañías, notaba que arrastraba cierta languidez. Al principio había pensado que se debía al alejamiento de Dios, luego se percató de que el origen de su mal era una mujer. El amor hiere incluso al más recio de los varones.

Así que la intención de Sancho era reconducirlo a la alcoba y meterlo en el lecho. Con suerte, el vino lo arrojaría a las garras del sueño.

—Deberías descansar, querido amigo. —Palmeó su espalda—. Tu cuerpo y tu alma merecen reposo y consuelo, un par de oraciones y un mullido colchón. Ni siquiera has comido.

Nuño apoyó la espalda en la pared, la esquina se le enterraba en la columna.

—Temo vomitar lo que ingiera desde que conozco mi sino, el castigo que he de asumir por vender el amor de Susona —susurró—. Clávame un cuchillo y extírpame el corazón, mi fiel Sancho. Hazme leve este tormento. —Se examinó las manos—. Me arden las yemas de los dedos debido a la distancia, me lloran los ojos de no verla. Un mes más y habré sucumbido.

Él no lo recordaba, pero todas las noches le suplicaba lo mismo.

—La preocupación te corroe como una enfermedad que te postra en la cama con altas fiebres y delirios. Susona te enloquece.

Nuño no trató de negarlo, ella se había llevado su corazón y su cordura. Todo en él le pertenecía y, a cambio, conservaba la guedeja azabache trenzada.

Reconoció el semblante que antecedía al vómito sentimental. Sancho se aseguró de que Juan Alonso ya se había ido a sus aposentos y que no había nadie en los pasillos que alertara del escándalo producido por el joven señor Nuño de Guzmán. Con un cabeceo le indicó a su amigo que podía hablar con libertad y este descendió el tono.

—Le arrebaté una promesa a Diego de Merlo, fue su precio a pagar por la lista de hombres que había de apresar para evitar la conjura que se cernía sobre nuestras cabezas. El bienestar de Susona, su inmunidad ante la Santa Inquisición, su paz física y espiritual. Nadie ha de dañarla.

Unos segundos de silencio se extendieron, eran del mismo espesor que las capas de mermelada de naranja amarga. Nuño empezó a aborrecer la primavera, las flores blancas, el azahar, la dama de noche, los naranjos, todo aquello que brotara, todo lo que le recordara las noches con Susona. Y empezó a aborrecer el otoño eterno en el que vivía, en el que las hojas caídas de los árboles eran los fragmentos de su corazón doliente.

—Has atado nuestras manos para que no podamos herirla,

así lo prometiste cuando vaticiné que serías la causa de su muerte, que tú mismo la matarías. Es inviolable ante nuestro pueblo, pero no ante el suyo. Los conversos, los judíos clamarán justicia.

—Sevilla es Sevilla. Y Susona es Susona, la Bella de la judería. Nadie osará tocarla. Ni judíos, ni conversos, ni moros, ni cristianos. Nadie que no sea Dios todopoderoso puede reclamarla.

—¿Qué ocupa entonces tu corazón, qué angustia lo encoge y te dificulta respirar?

—Susona. Siempre Susona —gimió. En las paredes rebotaba su lamento, por mucho que se hubieran cubierto de tapices y ornamento—. El odio que debe de alimentarla, el odio que debe de germinar en su pecho ahora que le han arrebatado a su familia. Confesó por miedo a que yo perdiera la vida en la conjura y a cambio me he cobrado la de su padre.

El Ponce de León posó la mano sobre su hombro en señal de apoyo y apretó hasta arrugar el jubón y su postizo. Exhaló un suspiro, lo enganchó de la nuca y colocó su frente contra la de su amigo, rozándose. Pobre Nuño.

—Y tú por miedo, has asegurado la continuación de la suya sin ser objeto de puñaladas gracias al asistente mayor.

—No podré vivir sin ella.

A Sancho le inquietaba que Nuño cometiera una locura, aquejado de aquel amor maldito y furtivo que lo había emborrachado durante meses. Y a Nuño le inquietaba cometer una locura, desobedecer a su padre, a sus majestades, a Dios, traicionar a los suyos, a su pueblo. Una mentira más. Una traición más.

Era tarde para deshacer lo que ya se había hecho, era pronto para embarcarse en el primer navío que arribara a la costa más cercana y escapar con Susona.

—Nadie perece de amor, mi querido amigo —le advirtió Sancho.

23

Acostumbrado a que sus órdenes fueran mandato, a don Enrique de Guzmán le costó ceder. Estuvo barruntando varios días el consejo no deseado que le había dado el asistente mayor, y eso desembocó en disputas con su esposa, que de repente se mostraba muy interesada en la pacificación. No era de extrañar habida cuenta de que Leonor era una mujer pía, sin embargo, acataba el lugar que se le había encomendado en el ejercicio del hogar y la vida marital, por lo que advertía y recomendaba como toda buena fémina —siempre que se requiriese su juicio—, mas no se entrometía en asuntos que no le correspondían. Y uno de ellos era, sin lugar a dudas, la política.

—¡Mujer! —le gritó Enrique de Guzmán en el curso de una de esas desavenencias que últimamente se producían—. ¿Por qué ahora, por qué tanto interés?

Él sostenía la muy extendida opinión de que las mujeres solo servían para traer hijos e hilar la lana. Doña Isabel era una excepción al ser hija, hermana y nieta de reyes.

Leonor de Ribera y Mendoza lo observó con detenimiento. Los diecisiete años de matrimonio habían generado cierto grado de comprensión entre ambos, pese a que estaban muy lejos de ser una pareja ejemplar: entre ellos no había nacido el amor, sino un sucedáneo de este, el cariño y el respeto.

Entonces lo comprendió, vio todas las ideas danzando en los ojos marrones de su esposa. Y es que él era de naturaleza obstinada, no había valorado si lo que ofrecía sería recompensado con creces, si ganaría en el intercambio. Se había obcecado tanto en el daño que ese acuerdo infligía a su orgullo que no había reparado en las ventajas. Y las había.

Pactar con Ponce de León implicaba una derrota, peor aún, una falta de dignidad. Un agravio hacia su persona. Para él, las relaciones de aquel con el duque de Villena y el rey de Portugal lo convertían en un traidor, y sospechaba que rebajarse a su nivel no haría más que gritar al mundo que él era de idéntica condición. Aun con todo, ¿cuántos traidores habían sido acogidos nuevamente por la Corona? ¿Cuántos pecadores, habiéndose arrepentido de sus crímenes, habían sido perdonados por Dios? ¿No habría él de obrar con tamaña benignidad?

—Por el bienestar de Nuño —le rogó su esposa—. Pensad en vuestro hijo y haced lo que debáis hacer.

Era hora de enterrar el acero. Así pues, se sentó frente a la mesa de su escritorio, hundió la pluma en tinta negra y garabateó:

> Muy magnífico señor: El noble asistente mayor de esta nuestra ciudad de Sevilla, don Diego de Merlo, me mandó daros el consiguiente recado, que mucho placer hallásemos nos en veros como un hermano, un buen hermano cristiano, pues así está en los designios de Dios. Para mayor gloria de nuestro Señor, nuestras casas y nuestro pueblo, para así servir y honrar a nuestras majestades…

En aquel pergamino habría una oferta irrechazable que zanjaría el conflicto vigente y los aunaría para siempre.

24

Susona bebía del río, sedienta de dolor y rabia, sedienta de culpa, una culpa que no se extinguía por más que engullía agua fresca y clara de luna. La culpa le brotaba de la boca, le invadía los labios. Para Susona la culpa eran espinas de rosa, espinas de pescado que habría de vomitar, astillas que la desgarraban.

Aquella mañana despertó angustiada. Estaba bañada en sudor y, sorprendentemente, las lágrimas que creía haber perdido en sus llantos infinitos reaparecieron. Había soñado que se encontraba sentada en un inmenso prado primaveral del mismo color que su vestido verdín. Sobre su regazo reposaba la cabeza de Nuño, que había cerrado los ojos y se cubría la cara con una mano, protegiéndose así de los rayos de sol que se colaban por entre las ramas y la hojarasca del enorme árbol que les daba cobijo. Era un manzano.

Susona jamás se había sentado bajo un manzano. Nuño jamás se había sentado bajo un manzano. Hay que ser cuidadoso con los árboles bajo los que uno descansa. El olmo sí, el roble sí, el tilo que cura a los leprosos sí. El tejo no, el nogal no, el manzano no. La malignidad que habita en ellos traspasa sus raíces, su tronco, y se apodera de ti, te deja vacío, una cáscara sin fruto.

Pero ahí estaban, a la sombra de un manzano, y ella le entretejía una corona de flores. Clavaba sus uñas en el tallo de las rosas, la savia era dulce, y en el agujero ensartaba el tallo de otra. Era una tiara de amor robusta, no como las de margaritas. Las margaritas no resisten las penitencias y los sufrimientos del amor.

Colocó la guirnalda sobre el cabello de Nuño y este sonrió, todavía con los párpados cerrados y el rostro resplandeciente y sereno. Al abrirlos se incorporó y tomándola de las manos, dijo: «Perdonadme, amada mía. Maldito cuatro veces por haberos dañado tan hondamente. Que como Eloísa a Abelardo, a una palabra vuestra yo os seguiré, os seguiré sin dudar hasta la residencia misma de Vulcano». Las espinas de la corona de rosas se le hundían en la carne de la cabeza, de la frente, e hilillos sanguinolentos le caían hasta enturbiarle su tierna mirada. Y Susona gritaba.

No debían dormir bajo un manzano.

—¿Otra vez la calavera? —le preguntó Catalina.

—No. Era Nuño. —Se frotó las sienes, un aguijonazo le punzaba la cabeza—. Nuño suplicaba mi perdón.

Soltó una risa histérica que acrecentó las lágrimas. Hacía tiempo que no lo veía, pero a ella acudía en sueños. Se le presentaba en una vidriera de refulgentes colores, en los hilos del tapiz que sus manos tejían, en las miniaturas de los códices que un sabio perfilaba con destreza y cuidado; en todas se entremezclaban el pasado y el futuro. Y cuando las imágenes se volatilizaban, solo quedaban ella y sus gemidos lastimeros, sus dedos estirados para rozar un rostro que ya no estaba, que era bruma. Lo que había sido, lo que nunca sería.

Existían un millón de razones por las que había de renunciar a él y, aun así, lo quería. Llena de odio, llena de pena, llena de un resentimiento que le hacía desear agarrarle por el cuello y extirparle el oxígeno de los pulmones.

—Ya no sé la razón por la que lloro —confesó a media voz.

—Es la decepción. —Le secó el aya los surcos con el reverso de las mangas de la saya, como cuando era niña y se manchaba la boca del zumo de mora, las mejillas de suciedad—. Porque creemos conocer a quien amamos y luego descubrimos que no es más que un extraño.

—Yo sí lo conozco. O lo conocía —titubeó—. Quizá ya no sea el mismo.

Entonces pensó en todo lo que había descubierto aquella triste noche, en la Catalina judía, en la Isabel Suárez judía, en su padre traidor, en Beltrán y su felonía, en Nuño y su corazón de piedra. En que, a veces, las personas pasan de ser personas que conoces a personas que no.

—Quizá nunca fuera él.

Susona se ajustó la abrigada capa sobre los hombros y se dispuso a penetrar en terreno santo. La Catedral se alzaba imponente con aquellas agujas que acariciaban el cielo y simulaban ensartar las nubes. Quienes paseaban por las inmediaciones del lugar la admiraban desde abajo, seres insignificantes que elevaban la cabeza y observaban el esplendor de Dios. Las grandes construcciones —perpetuas en el tiempo y levantadas para honra de nuestro Señor— suelen causar ese efecto en los simples mortales, que se ven sacudidos por su naturaleza fútil.

Aun inacabada y en reformas, la Catedral siempre la sobrecogía. Algo en su interior le decía que se debía a las mentiras formuladas, a los errores cometidos, a sus últimos y deleznables actos que habían provocado sufrimiento a tantas familias —incluida la suya—. Habría de ser su alma mancillada la que se agitaba en su pecho y se revolcaba en el lodazal al igual que los cerdos en la cochiquera, al igual que los pecadores y los herejes se revuelcan en la suciedad de sus crímenes. No obstante, no eran sus deplorables decisiones lo que le hacía abrazarse a sí misma y caminar cabizbaja: era la oscuridad, los altos techos, las gruesas paredes. Le daba la sensación de haber sido devorada por un monstruo, Jonás dentro de la ballena. El lugar estaba bendecido por Dios e incluso así, siendo Él luz y calor, el frío y la gelidez le estrangulaban la garganta, y sus pasos reverberaban en la piedra desnuda.

Cruzó los arcos de punta que le recordaban a las terminaciones de lanzas y desvió la mirada de cada una de las estatuas que la perseguían con sus ojos marmóreos. Las tallas la juzgaban con severidad y empezó a dudar de si existiría salvación para ella.

Le había llegado la noticia de que don Pedro González de Mendoza, cardenal y obispo de Calahorra, Sigüenza y Plasencia, estaba allí dada su condición de arzobispo de la ciudad. Y ella se veía necesitada de consejo espiritual y la compañía de alguien ajeno. Guardaba la esperanza de que Su Eminencia pudiera ofrecérsela, calmar las preocupaciones que la atenazaban desde aquella precisa mañana en la que había soñado con Nuño bañado en sangre y coronado por una tiara de espinos que ella misma había confeccionado con sus manos.

Susona se postró en señal de penitencia y se persignó.

—Ave María Purísima.

—Sin pecado concebida —le respondió una voz cascada desde el otro lado del confesionario.

Las celosías ocultaban la mitad del rostro de Susona creando un mosaico de luces y sombras. El arzobispo de Sevilla, que la había distinguido por el tono de voz, amusgó la vista para ir descubriendo a través de las aberturas de la madera los rasgos de la joven que hacía mucho él había bañado en agua bautismal. Dos pensamientos colisionaron en su mente: que Susona de Susán tenía los bellos rasgos que un pintor copiaría para dibujar a la Virgen. Que el pecado tenía el rostro de Susona de Susán.

El cardenal Mendoza tragó con ímpetu en un intento de humedecerse la garganta, desde allí le llegaba el aroma que nacía de su cabello azabache, cubierto por una humilde toca. No supo apreciar si eran lilas o azahar.

—Requiero vuestro perdón, padre —comenzó ella, que arrodillada mantenía la cabeza gacha—, pues he pecado de tantas viles maneras que siento mi alma manchada de delitos. Temo que se extiendan como una enfermedad y morir por su causa.

Al contrario que Nuño, quien pensaba que el primer gran pecado de Susona había sido el matricidio, el cardenal Pedro González de Mendoza creía que el primigenio —y probablemente el peor de todos ellos— era gozar de esas facciones marianas.

—Confesadme vuestros males, hija mía. En Dios hallaréis la paz.

Susona asintió.

—No he sido una buena cristiana, no he honrado a mi santo padre, no he honrado a mi santa madre. No he honrado a Dios, nuestro Señor. He cesado en el ejercicio de mis rezos, he sido desleal, he ocultado verdades y he prestado falso testimonio. He mentido, sabedora de la gravedad de la mentira y de la naturaleza vil de esta, y no me ha importado. He odiado, he ansiado venganza, me he vanagloriado de mi belleza dejando de lado la modestia de una buena mujer, de una mujer honrada, de una mujer humilde. He sido soberbia y vanidosa. He pecado de avaricia y de gula, y he pecado de lujuria aun sin hallarme bajo el amparo del sagrado sacramento del matrimonio.

Rememoró la noche en que se despojó de la capa ante Nuño, en que se le ofreció carnalmente para así atarlo a ella, por entonces se hallaba inmersa en la candente batalla entre el poder y el deber, la tradición de la pureza y el deseo carnal. En cambio, ahora se le antojaba un acto desesperado. El Guzmán jamás había tenido intención de amarla, tampoco de quedarse.

El cardenal Mendoza chasqueó la lengua y negó con la cabeza.

—Detestables y abominables comportamientos para una mujer joven y bella, para una mujer cristiana.

Las más hermosas mujeres solían ser las más pecadoras, pues en su juventud y encantos residía el permiso que ellas mismas se concedían para actuar con libertinaje. Un peligro metamorfoseado en féminas. Por ello había sido Adán desterrado del Paraíso, porque Eva creyó poder morder la manzana impunemente. Todas creían poder proceder con impunidad.

—Lo sé, Su Eminencia, por eso me hallo hoy aquí. —Observó sus manos para no cruzar la mirada con los ojos que se ocultaban tras la rejilla que los separaba—. Para confesar todos ellos y que Dios me perdone. Implorad clemencia por mí, vos que sois intermediario entre los mortales y el Altísimo.

—Dice mucho de la bondad que habita en el alma de una persona por lo que reza y por quién reza, hija mía.

Susona rezaría por evitar la condena de su progenitor, el rechazo de los conversos, el odio de su hermana. Susona rezaría con fervor por recuperar el falso amor de Nuño, aunque a menudo se autoflagelaba por desear su regreso.

—Existen pecados menores y pecados mayores —le explicó—. Vos habéis incurrido en varios pecados capitales que han desembocado en otros tantos pecados cardinales, probablemente incitada por el diablo, que siempre nos acecha. La avaricia, la soberbia, la gula son horribles faltas. Si habéis caído en el odio es porque habéis paseado antes por la senda de la ira, ¿no es así? —Susona asintió, demudada.

—Imponedme la penitencia que me corresponda, que con ella cumpliré.

—Sabed que habéis pecado de omisión al abandonar vuestras oraciones para con Dios y para obtener su misericordia, debéis rezar con pasión. Demostradle vuestra devoción y arrepentimiento con un ayuno de maitines a vísperas, amén de treinta y cinco avemarías y treinta y cinco padrenuestros cada noche hasta la siguiente luna llena. Destruid vuestra belleza fustigándoos como penitencia, mas no con un flagelo que lacere vuestra carne. —Mendoza cerró los ojos con fuerza, incluso así visualizaba los labios entreabiertos que había al otro lado de la celosía. Inspiró por las fosas nasales—. Hacedlo con un cordón de seda.

—Sí, Su Eminencia.

El dolor que entumecía las rodillas de Susona al estar postrada debía de ser signo de penitencia, una penitencia que se alargaría en el tiempo pues tenía mucho que expiar. Se arrancaría la piel de la espalda a tiras haciendo uso de un látigo que con cada azote extirparía sus crímenes. La sangre derramada purificaría su cuerpo ponzoñoso.

—Debéis ser piadosa y así mostrarlo. Una cuantiosa donación siempre es bien recibida y será prueba de cuán generosa sois.

Ahí estaba el pago. Nadie compraba la absolución sin el tintineo de unas monedas. La fe también tenía un coste.

Susona exhaló un hondo suspiro. Su estado económico era delicado ahora que su padre yacía entre rejas y sus tíos la habían abandonado, con el negocio cerrado había pérdidas y ninguna ganancia. Austera, contaba cada uno de los maravedíes que gastaba en impuestos, leña y alimentos, de los lujos y excesos había prescindido.

Para dar una buena cuantía como donativo solo había tres opciones: desprenderse de parte de los ahorros que la sustentaban a ella y a su vieja aya, entregar algún bien de valor o recurrir a la bolsa de los conversos, el fondo comunitario que ayudaba a los vecinos en caso de extrema necesidad. Con la detención de tantos hombres, muchas esposas habían aceptado la limosna ofrecida para mantener a sus familias. Extender la mano y recibir dinero no le agradaba, mucho menos cuando hacerlo suponía arrebatarles la posibilidad del cobro a quienes ella había vendido, mujeres y niños que se hallaban en la pobreza por su culpa.

—Legaré uno de mis perfumadores de plata a la Iglesia, como se indica en el libro del Apocalipsis —determinó.

—«Fuéronle dados muchos perfumadores para unirlos a las oraciones de los santos sobre el altar de oro que está delante del trono. El humo de los perfumadores subió, con las oraciones de los santos, de la mano del ángel, a la presencia de Dios» —recitó el arzobispo de Sevilla, congratulado—. Permitidme que os agradezca en nombre de la Iglesia vuestra dadivosidad, yo mismo me encargaré de que penda en los altares.

Durante unos extensos segundos ambos permanecieron en silencio, él parapetado en la defensa del confesionario, que le permitía ver sin ser visto, deleitarse en la admiración de aquel rostro, ella de rodillas, cabizbaja, los ojos fijos en el suelo de piedra, en una posición sumisa. La humareda olorosa que procedía de los incensarios y el sonido de las pisadas de los fieles creyentes y hombres de fe intensificaban el ambiente.

Susona no osó moverse pese a la incomodidad de sentir la mirada del arzobispo de Sevilla clavándose cual aguijón.

—Es la lujuria lo que más me preocupa —prosiguió el cardenal, y Susona elevó la cabeza—. Ya habéis perdido toda honra, y eso, por desgracia, es imposible de recuperar. —Decidió no rectificar y admitir que la lujuria había sido un pecado de pensamiento, se libró de pecar en acto gracias al rechazo de Nuño—. Encontrar a un hombre que desee una fruta ya mordida es la prueba que Dios os impone, pues una mujer no está completa sin un varón a su lado. Una vez que estéis en paz, casad.

Había aceptado los muchos castigos que Dios le había deparado por sus faltas: la pérdida de su padre, la aversión de su hermana, la traición de Nuño, abrazar la escasez y la penuria, el corazón despedazado. Sin embargo, un matrimonio era la peor condena. No quería un esposo si este no era Nuño de Guzmán. Y cuando recordaba las mentiras de Nuño a él tampoco lo quería como esposo.

—*Ego te absolvo a peccatis tuis in nomine Patris et Filii et Spiritus Sancti.*

Susona pronunció un parco «amén» mientras el cardenal farfullaba la letanía latina. Con parsimonia se levantó, las piernas le temblaron en un primer instante y para ganar algo de tiempo alisó los pliegues del pulcro brial, que apenas se percibía debido a la capa. No dio más que un par de pasos cuando alguien la detuvo, una mano aferrada a su muñeca.

Don Pedro González de Mendoza sobrepasaba los cincuenta años en edad y los cien en experiencia. Era un hombre de ojos negros que irradiaban inteligencia. Su rostro marcado por unas espesas cejas y una barba cerrada y pulcra acentuaba ese aire de solemnidad que ya de por sí desprenden los clérigos que visten el rojo cardenalicio, el de aquellos que están dispuestos a derramar su sangre por Cristo.

Habiendo abandonado el escondite de madera tallada en el que cumplía sus funciones, se demoró en romper el placentero contacto, la piel de la joven era como el roce de la seda.

—Antes de que os marchéis, hija mía. Sabed que lamento profundamente lo acaecido a vuestro padre Diego de Susán, su arresto y los cargos de los que se le acusan son una trágica noticia.

—Agradezco vuestra compasión, Su Eminencia. Mantendré la inocencia de mi progenitor hasta el final al igual que él.

—No toméis la herejía como un asunto baladí, Susona. —El nombre le supo dulce—. Los conversos a menudo tropezáis con ella, confundidos por los ritos de vuestros antepasados y la añoranza que destiláis.

Consciente de que el cardenal la señalaba de los mismos delitos que su padre, la dama de la judería aguzó los ojos, se tornaron ranuras sibilinas.

—En mi hogar no hay cabida para la herejía —mintió.

Todavía no había salido de la Catedral, la casa de Dios, y ya había vuelto a pecar.

—Cuidaos de las prácticas judaicas que están tan apegadas a vuestra familia —le advirtió él—, que quizá las hayáis heredado y sin reparar en lo que hacéis no las distingáis.

Sí. El hombre que la había bautizado la estaba llamando criptojudía y hereje. No se amilanó, alzó la barbilla y con sumo orgullo, dijo:

—Sea, Su Eminencia.

Pero él aún la mantenía prisionera de su agarre y se negaba a soltarla.

—Desearía que supierais que si en un plazo de dos meses no habéis hallado a quien os acoja, antes de que os arrojéis a la mendicidad o la prostitución en un acto desesperado por vuestro estado de desamparo, yo estaría dispuesto a morder la fruta ya degustada por otro hombre.

Los lindos pecados del cardenal Mendoza eran de dominio público. Había engendrado tres vástagos, Rodrigo, Diego y Juan, los dos primeros con Mencía de Lemos y el último con Inés de Tovar, todos ellos legitimados con el beneplácito de la reina doña Isabel, de quien era muy querido. Tomar los votos no le había impedido gozar de las delicias de la carne, y Susona entendió enseguida que quería probar de la suya.

Estuvo tentada de recular y alejarse de él. El rictus en los labios de Pedro González de Mendoza le provocó un extraño malestar que no había sentido con anterioridad, un desasosiego que se acrecentó cuando este humedeció sus labios y ella se percató de la saliva en las comisuras. Con el fin de ser amable le dedicó una sonrisa dócil que el arzobispo de Sevilla supo que no era natural, ni siquiera agradecida, pero también supo que Susona no era mujer sincera. Y a él siempre le habían gustado las mujeres que no eran sinceras.

25

Nuño esquivó la noche en la sala de la chimenea, ahogando sus penas y llantos en vino, acompañado por un fiel Sancho que escuchó sus tribulaciones mal balbuceadas, los vapores del alcohol le enredaban la lengua. En algún momento se resistió a que lo apartaran de la jarra, y poco después su mente se rindió al cansancio con el nombre de la amada en los labios, el cual repitió una decena de veces, el cual despertó a Sancho una decena de veces.

Eran las primeras horas de la mañana cuando abrió los párpados, el dolor de cabeza le nublaba la visión y el secarral de la lengua le dificultaba la natural tarea de tragar saliva. Sabía a vino y a vómito.

Los huesos del cuello se quejaron soltando un crujido por la mala postura adoptada al dormir sobre la mesa, había caído con la misma profundidad que si una flecha le hubiera impactado en la espalda. De cazador a presa. De cazador a cazado. Nuño observó que Sancho continuaba babeando sobre la superficie de madera que habían tomado de almohada. Tardó unos minutos en recomponerse y, a continuación, salió de puntillas con sumo sigilo.

En su camino a los establos, pasó primero por las cocinas y se hizo con una manzana. Ya en las caballerizas le ofreció la fruta al animal que siempre le había guiado hasta la judería y, manteniendo la promesa que un día había hecho, escogió otra montura.

—Lo siento, viejo amigo —le susurró mientras le daba una palmada en el lomo.

Ensilló el palafrén de Juan Alonso sin recurrir a ningún mozo; era un joven caballo, rápido y servicial, de un marrón embarrado nada especial en comparación con el suyo, de un ónice profundo. El corcel no se resistió, aceptó de buena gana al nuevo jinete y se sometió a su control.

Nuño no dio aviso a nadie, simplemente partió rumbo a la ciudad de Sevilla para reconciliarse con la fe.

Se internó en la Catedral, sabedor de que su aspecto no era el indicado para hallarse en terreno sacro. Las noches en vela se habían marcado en forma de pronunciadas ojeras, la barba le picaba, y si su olfato era fino se atrevería a admitir que hedía a alcohol, un olor que se había adherido a su piel o sus ropajes como si su oficio fuera proveer de añadas la mesa de los monarcas.

Nuño no temía a Dios, pese a que se consideraba un buen creyente, un buen cristiano y un buen caballero, y por ende había de temerlo. Había traicionado a Susona por Él, no había mayor muestra de devoción que aquella: cumplir con su cometido, que no había sido otro que señalar a los herejes. El coste de renunciar a su amada había sido demasiado alto. No aspiraba a comprender los designios divinos, pues los caminos del Señor son inescrutables, su dedo le había elegido, o no, quizá quien le había elegido fuera su padre, Enrique de Guzmán, o el asistente mayor, don Diego de Merlo, o sus majestades, Isabel y Fernando. Nuño era un peón en una partida de ajedrez, deseaba abandonar el tablero.

Los muros catedralicios, revestidos de ornato en sus correspondientes capillas, llevaron hasta sus oídos una voz aterciopelada que lo visitaba en sueños, la de Susona. Aturdido, Nuño giró sobre sí mismo en un intento de ubicar de dónde provenían los susurros. Creyó volverse loco, quizá el alcohol aún discurría por sus venas y anulaba sus capacidades, quizá fuera el diablo que jugaba con sus anhelos y lo tentaba reproduciendo aquel timbre meloso que tanto extrañaba, quizá fuera una prueba de Dios, porque Dios siempre pone a prueba la fe de sus creyentes.

Pero sus sentidos no le engañaban. Habría distinguido su figura hasta en la más absoluta oscuridad. La dama de la judería mantenía una pose hierática, la cabeza erguida y los ojos fijos en el rostro del cardenal Mendoza, quien asía su muñeca. El contacto prendió una chispa de celos en Nuño, la distancia le abrasaba la yema de los dedos. Quiso orinarla como los perros para que nadie osara acercarse a ella. En su adicción a los amores imposibles, le temblaron las manos y hasta las rodillas, una película de sudor le empapó el cabello y los latidos se le descompasaron, todo ello impulsado por la visión de Susona.

Hubo un intercambio de palabras entre ambos que no oyó, a continuación, el hombre de iglesia la soltó y su brazo extendido colgó en el aire dejándola marchar. Susona huyó con pasos rápidos de las miradas de las santas efigies, y Nuño la contempló en silencio, con la lengua atorada, incapaz de correr detrás de ella. Le dio la impresión de que escapar era imposible, que siempre colisionarían en el lugar menos pensado, en el momento más inesperado, porque en su interior habitaban dos almas escindidas que se buscaban continuamente con el único propósito de reencontrarse.

En dos parpadeos, Susona había desaparecido y, de no ser por la posición de don Pedro González de Mendoza, se habría preguntado si no había sido una alucinación, fruto de los deseos de su corazón, un delirio producido por la febrícula.

Habiéndolo divisado a lo lejos, el arzobispo de Sevilla esbozó una amplísima sonrisa y le hizo un gesto con la mano de que requería de su asistencia. Nuño se arrastró hasta allí con la pesadez de quien se despierta de un buen sueño y se asoma a una desapacible realidad.

—¡Nuño de Guzmán! —La alegría con la que lo recibió fue mutando a una variedad de emociones, tras atravesar la sorpresa, la última fue el desagrado—. ¿Cómo acudís a la Catedral con semejante aspecto? Parecéis más un mendigo que un buen caballero cristiano. Si vuestro padre os viera... Os habéis dejado arrastrar por los placeres mundanos —dijo al olfatearlo y retroceder ante la bofetada de hediondez—. Por Dios que sí.

A punto estuvo de levantar los brazos y olisquearse las axilas, suponía que el pernicioso aroma no procedía tanto de ahí como de su garganta. Enseguida le embargó la vergüenza por no haberse lavado el rostro ni haber tomado una de esas píldoras de agua de melisa para aromatizar el aliento. Su madre le habría reprendido por ello, pues aunque fuera la bondad lo que embellece a hombres y mujeres, la apariencia también importaba. Y él era un Guzmán.

—Su Eminencia —saludó—. No son los placeres mundanos lo que me ha traído hasta aquí, no me he perdido en los pecados de la lujuria y el vicio, pues no son la solución al mal que me aqueja. —El cardenal alzó las cejas, impresionado por la confesión—. Es el amor lo que me hiere y hace que me encuentre así, errante.

—Ay, el amor. —Exhaló un hondo suspiro teñido de diversión—. El amor nos enaltece y nos hace dudar.

—¿Dudar de qué?

—De si debemos luchar por ese amor, de si somos merecedores de él y del sufrimiento que a veces nos ocasiona.

—¿No dicen las Sagradas Escrituras que el amor todo lo sufre, todo lo cree, todo lo espera y todo lo soporta?

—Así es —coincidió—. Corintios, carta primera, capítulo trece. ¿Qué buena mujer os ha robado el corazón, querido y joven Nuño? Son esos los asuntos más turbios, ¿sabéis?

Nuño pretendía confesarle el nombre, pero entonces el arzobispo le apretó el hombro en señal de intimidad y recordó que aquella mano que ahora presionaba el postizo del jubón era la misma que había aferrado la diminuta y frágil muñeca de Susona, y que quizá entre sus dedos aún había un resquicio de su perfume de azahar.

—¿De qué conocéis a Susona de Susán, Su Eminencia? —Lanzó la pregunta con cierta mordacidad.

Mendoza procuró no alarmarse, no pensaba que alguien le hubiera visto en tan deshonrosos deleites, se había cuidado de buscar una gruesa columna que los resguardara de miradas indiscretas. Tampoco pensaba que nadie, y mucho menos Nuño de Guzmán, reconociera a la dama.

—De su bautizo. Fui yo quien le otorgó el sacramento, aunque no era recomendable dada su condición de hija de conversos, mas los muchos méritos de su padre, Diego de Susán, habían de ser recompensados. Por entonces parecía una familia respetable a la que la tragedia había golpeado. —Chasqueó la lengua—. Una lástima lo de ese hombre.

—¿Lo del fallecimiento de su esposa?

—No, aunque la muerte de quien se ama no es algo que se olvide con facilidad. Hablaba de su denuncia al Santo Oficio por prácticas judaicas.

—¿Y su hija? —presionó—. ¿Qué acontece con la Bella de la judería?

Necesitaba mencionar a Susona, anhelaba pronunciar su nombre. Perdía el juicio cada día que no la mentaba, cada vez que se mordía los carrillos internos de la boca para no delatarse a sí mismo como un necio enamorado. Y es que los que aman en profundidad y en la distancia solo encuentran placer en dibujar al amado con sus amables palabras.

—Ha venido a mí para calmar sus miedos y suplicar el perdón de Dios bajo secreto de confesión, amedrentada por los múltiples pecados cometidos y el destino que estos le depararán.

—¿Os ha contado todos ellos? —El cardenal asintió, con las manos reposando sobre el pecho y el orgullo derramándose por el rojo de sus vestiduras—. ¿Incluso los más privados? —Volvió a asentir el prelado. A Nuño se le escapó una respiración entrecortada. Se mesó la barba mientras una de sus manos se dirigía directamente a la escarcela, y la pellizcó—. ¿Y se arrepiente?

Temió que la respuesta fuera sí y que aquello de lo que se arrepentía fuera él, que ella deseara borrarlo de sus recuerdos como él había deseado eliminar con paños mojados de agua fresca las capas de suciedad de su alma. Unas capas de suciedad que ahora anhelaba besar, mancharse los labios de barro, hundir sus manos en el lodazal.

—Como ha de arrepentirse una buena conversa —repitió.

Aquello fue una daga hurgándole en la herida del costado, removiéndose en sus entrañas. Susona se arrepentía de él. De haber aceptado su cortejo. De haber escuchado sus promesas vacías. De haberlas creído. De haber confeccionado una guirnalda de rosas en prueba de compromiso después de que él le recitara poemas de su puño y letra. De haberlo amado.

Muchas féminas lamentaban haber cedido ante los galanteos de Nuño de Guzmán, sin embargo, el único que le causaba dolor era el de Susona.

—Debe uniros una estrecha relación si sois quien la bautizó y ahora, en momentos de tamaña congoja, la confesáis —comentó con la voz estrangulada.

En el rostro del cardenal se dibujó la satisfacción.

—Ya sabéis que hay fieles que tienen predilección por ciertos clérigos por considerarlos más cercanos a ellos, la mismísima reina escogió como su leal confesor a fray Hernando de Talavera. Es bueno elegir a un hombre de Dios que os inspire confianza, desnudar los secretos del alma implica un soberano esfuerzo.

—Cierto es, Su Eminencia. Permitidme pues que, con motivo de la amistad de la que presumen nuestras familias, que es tan antigua como el mismísimo tiempo, os ruegue que intercedáis por mí.

—Será un honor, mi señor de Guzmán. —Se posó una mano sobre el flanco izquierdo del pecho—. Os tomaré confesión y pondré vuestras plegarias al servicio de Dios, percibo lo mucho que clamáis por una guía espiritual. —Nuño captó que se refería a su desmejorado aspecto.

—No es confesarme lo que os pido, sino algo más privado.

Confuso, Mendoza alzó una ceja.

—Decid pues.

—Os suplico que mediéis entre la bella Susona y yo —logró demandar tras unos instantes de vacilación—. Que en su próxima visita a la Santa Madre Iglesia, ya sea aquí en la Catedral o en la parroquia de su collación, intercedáis por mí y la convenzáis de que mis intenciones con ella son honestas, que cada uno de mis actos son guiados por el corazón.

—Así que esa es vuestra dama, la que os ha hecho esto. —Lo examinó con desaprobación.

El arzobispo de Sevilla se regocijó ante sus sospechas. Cuando de niña la trajeron para bañarla en agua bautismal era todo puridad, ahora, esa mujer era capaz de destruir incluso al más loable de los varones con el aleteo de sus pestañas. Solo había que ver el despojo humano en el que había convertido a Nuño de Guzmán.

—En efecto —musitó.

—Las disputas entre enamorados son asunto harto delicado, Guzmán. Mediar entre cónyuges es una cosa, hacerlo entre amantes, otra bien distinta. Soy cardenal, no una de esas alcahuetas.

—Entended que no os haría partícipe de esto si no fuera de urgente necesidad. —La posible negativa le había desatado los nervios, la ansiedad lo roía vivo—. Este no era mi propósito al acudir a la Catedral, sin embargo, al veros con ella he pensado que solo vos podríais auxiliarme. No me atrevo a importunarla, ni a poner un pie en la judería por no ser objeto de su odio y esos ojos de lluvia que te atraviesan cual afilados puñales si te miran con rencor y desprecio.

Mendoza se humedeció los labios. El joven Guzmán la había descrito con tan exquisito detalle que se notaba que realmente lo había cautivado con sus encantos y que, si no la había besado, al menos lo había intentado, pues para distinguir los matices en los iris de alguien había de haber estado a pocos palmos de ellos. Lo envidió.

—No sé si soy el más indicado para inmiscuirme en lo que quizá no tenga el beneplácito del duque de Medina Sidonia.

Debido al extraño comportamiento de Nuño advirtió que don Enrique de Guzmán no estaba a favor de aquella relación, todos los motivos que arguyera probablemente fueran certeros. Que Nuño era un hombre de alcurnia y linaje, que Susona era una doncella de ascendencia judía en la que no se podía confiar, en ningún judío se podía confiar. Que Nuño era el primogénito de los Guzmanes, que Susona era solo la hija de un rico mercader y el oro no podía limpiar su sangre pútrida.

No quería enemistarse con el duque de Medina Sidonia. Nadie debería enemistarse con el duque de Medina Sidonia.

Se pinzó el puente de la nariz y, tras exhalar un suspiro de exasperación, dijo:

—Las Sagradas Escrituras rezan: «Amad a vuestras mujeres, así como Cristo amó a la Iglesia, y se entregó a sí mismo por ella, para santificarla, habiéndola purificado en el lavamiento del agua por la palabra, a fin de presentársela a sí mismo, una Iglesia gloriosa, que no tuviese mancha ni arruga ni cosa semejante, sino que fuese santa y sin mancha. Así también los maridos deben amar a sus mujeres como a sus mismos cuerpos. El que ama a su mujer, a sí mismo se ama. Porque nadie aborreció jamás a su propia carne, sino que la sustenta y la cuida, como también Cristo a la Iglesia, porque somos miembros de su cuerpo, de su carne y de sus huesos. Por esto dejará el hombre a su padre y a su madre, y se unirá a su mujer, y los dos serán una sola carne. Grande es este misterio; mas yo digo esto respecto de Cristo y de la Iglesia. Por lo demás, cada uno de vosotros ame también a su mujer como a sí mismo; y la mujer respete a su marido».

»Es ya hora de que encontréis una bella dama con la que uniros en sagrado matrimonio, una dama de vuestra posición con la que engendrar hijos y dar continuidad al apellido de los Guzmanes. Ese es vuestro deber, así como el de todos los varones y todas las hembras. No creo que Susona de Susán sea la mujer adecuada para este cometido.

Nuño ignoró la recitación.

—Compadeceos de mí, Su Eminencia. —Capturó la mano y le besó el rutilante anillo de oro de rubí—. Dadme la paz que mi alma tanto ansía. Os lo suplico. Sed mi mensajero como lo fue el arcángel San Gabriel.

—No dudo de que Susona volverá a mí ahora que se ha acercado de nuevo a Dios y ha regresado al redil.

Pedro González de Mendoza sabía perfectamente que las mujeres que se alejaban del cerco de ovejas que formaba la comunidad cristiana solo tenían dos opciones: retornar arrepentidas y dispuestas a una penitencia que jamás finalizaría, pues toda su vida deberían mostrar esa vergüenza para ser nuevamente aceptadas; o continuar descarriladas y convertirse en parias de la sociedad.

Sería una pena un final así para Susona, que muriera en la mendicidad, desamparada. Por eso él la abrazaría, la acogería y se encargaría de su bienestar. Él era su única opción de supervivencia.

—¿Lo haréis entonces, Su Eminencia? ¿Seréis mi mediador? —insistió, ebrio de esperanza. Mendoza hubo de espantar sus ensoñaciones.

—Nuño, mi querido joven, valiente y obstinado Nuño. —La profunda espiración del cardenal le azotó la mejilla.

Con un leve gesto le invitó a caminar junto a él entre las naves y cruceros de la Catedral. Sus pasos resonaban en la inmensidad del recinto eclesiástico.

—Habéis de convencerla de que la amo, de que debe darme una nueva oportunidad y encontrarse conmigo pues este sentimiento es mutuo, sé que ella me profesa la misma devoción. Convencedla de que no me odie aunque el odio sea más que merecido, de que vuelva a mi lado, de que me acepte. Por Dios, que sé que es blasfemia, mas sin ella estoy muerto en vida.

—Le haré llegar vuestras promesas y vuestras palabras de amor. —Caminaba con la cabeza gacha, pendiente del bailar del bajo de la túnica escarlata, y no apreció la ilusión abrillantando las pupilas de Nuño, las facciones calmadas, el alivio inundando lo que había sido un pecho congestionado por la angustia—. Por desgracia, me temo que habéis elegido una bifurcación peligrosa en vuestro camino, os alejáis de lo que el Señor todopoderoso espera de vos, de lo que vuestra familia espera de vos.

—Mi amor por Susona no me impide cumplir con las obligaciones para con mis deudos y mi linaje —se defendió.

Y si lo hacía, si en algún momento había de escoger, huiría con ella. Después de haber probado la amargura de la separación, nunca más la abandonaría.

—Vuestro amor por Susona está corrupto —acotó con severidad, y la contundencia de la afirmación espantó a Nuño—. Es una tragedia que no debe desarrollarse más de lo que ya lo ha hecho, pues puede ser peligrosa. Judíos y cristianos, cristianos y judíos. Susona de Susán no es la mujer que debéis amar, no es la mujer que debéis desposar, ni con la que debéis procrear y formar una familia. Susona de Susán no es la mujer que ha de alumbrar a vuestros vástagos.

—Antes os habéis referido a ella como una buena conversa —le recordó airado—. ¿Por qué ahora la llamáis judía si vos la bautizasteis y hoy mismo se ha arrodillado para confesaros sus pecados y así obtener el perdón divino? ¿Acaso ha sido denunciada ante los inquisidores, alguien la ha acusado de hereje?

Las siguientes palabras trastocarían por entero el mundo que hasta entonces había creído conocer.

—Susona dice no haberos amado, querido Nuño.

El Guzmán cesó de inmediato en el caminar. Su faz se había contraído en un gesto instintivo, el que cierra los ojos y aprieta la mandíbula al recibir una estocada.

—¿Cómo decís? —La pregunta apenas le había brotado. Sentía que se atragantaba con ella.

Al reparar en que Nuño había quedado atrás, el cardenal Mendoza retrocedió. Por unos instantes, sintió lástima del pobre muchacho.

—Susona dice no haberos amado —repitió, esta vez con una

lentitud torturadora— y lamento ser yo el que os desvele esta cuestión tan dolorosa, pues sin duda alguna lo es.

—Eso no es posible.

No respiraba. No parpadeaba. Cabía que aquel gallardo caballero que portaba espada colgada al cinto acabara de ser derrotado por un poder superior, el del amor.

—¿Por qué iba yo a mentiros? Soy un hombre de Dios.

—No os acuso de ello, Su Eminencia —farfulló con la mirada perdida y acuosa.

Don Pedro González de Mendoza se posicionó en su campo de visión, a Nuño le costó enfocar la vista, neblinosa por el cúmulo de lágrimas. Las garras del cardenal se cerraron en torno a sus hombros, y él no sentía la presión. No sentía nada. Extrañó el duermevela en el que lo sumía el vino.

—Lo único que buscaba en vos era un matrimonio con un cristiano viejo para así gozar de la más alta consideración y que fuera olvidada su ascendencia judía. —Nuño no quería seguir escuchando. No podía seguir escuchando, así que negó con la cabeza como si eso fuera a callar al arzobispo—. Siendo esta su egoísta finalidad, ha reconocido haberse visto con otros hombres y haber mantenido ayuntamiento carnal con ellos, todos cristianos viejos.

Algo en su interior se fragmentaba en miles de pedazos vidriados. A partir de entonces a cada paso que diera, oiría su entrechocar en el fondo de su pecho, rasgándose unos a otros.

Cerró los párpados con una fuerza inusitada, pero su vívida imaginación, cruel y rencorosa, burlesca, le ofrecía imágenes desgarradoras en las que Susona se presentaba completamente desnuda a merced de varones desconocidos. Y entonces abrió los ojos. No lo soportaba. No lo soportaría.

—Dada la situación en la que se halla su progenitor —continuó Mendoza—, no descarta amancebarse con uno de sus múltiples pretendientes, incluso se ha tomado la libertad de insinuarme tal cuestión, a sabiendas de que por mi condición eclesiástica me he prometido voto de castidad, algo que le he recordado.

En otras circunstancias, ni siquiera le habría creído, porque, ¿quién conocía mejor a Susona, su Susona? ¿El hombre que la había bautizado hacía quince años o él, su amante, por quien había traicionado a su familia y a toda la comunidad de conversos? Pero la lógica había quedado reducida a polvo ante el torrente de sentimientos, y Nuño no era capaz de pensar con claridad.

Habría prorrumpido en un bufido. Fray Hernando de Talavera podía hablar del voto de castidad, el cardenal Pedro González de Mendoza, a quien se le sabían tres hijos bastardos de dos mujeres distintas y posiblemente un listado de incontables féminas con las que habría yacido en concubinato, no.

—Puedo expresarle vuestros sentimientos y vuestras honradas intenciones si así seguís deseándolo —se ofreció el arzobispo de Sevilla, que contenía la tirantez de las comisuras de sus labios.

Desbordado por la miseria, Nuño quería taparse los oídos y gritarle que callara aquella maldita boca sacrílega. No respondió. En su lugar, salió de la Catedral arrastrando los pies, con el corazón roto, la escarcela apretada dentro del puño y la sensación de que ya nada podría salvarlo de tan triste pena. Aquel golpe era mortal de necesidad.

26

Muchas cosas inquietaban a Catalina, todas ellas relacionadas con su pequeña Susona. La primera, que las penitencias que el cardenal Mendoza le había ordenado le parecían de una violencia desgarradora, llegaba al límite de la crueldad inducir a una pobre doncella que a duras penas probaba bocado a restringir el alimento durante tantas horas seguidas, de maitines a vísperas. Ya ni siquiera degustaba las galletas que le cocinaba por las mañanas para así elevar su espíritu y sanar su desgajado corazón. Susona languidecía y cerraba la boca, las costillas resaltaban en su frágil cuerpo, y ni con cordero lechal, asados de carne troceada y pato grasiento —recetas destinadas al engrosamiento— recuperaba la fortaleza y el volumen que había perdido.

La depauperación física se intensificaba con los azotes prodigados cada noche después de la recitación de las avemarías y los padrenuestros. El cordón de seda no le desgarraba la carne ni se la arrancaba a tiras, mas le enrojecía la espalda y dejaba una cordillera de líneas escarlatas que se superponían unas con otras. Susona se negaba a recibir un bálsamo que paliara los efectos de los latigazos, la condena debía calarle los huesos, el alma. Catalina sabía que de haberse abierto surcos y heridas habría pedido jugo de limón para que el escozor fuera profundo y las lágrimas le brotasen. «El dolor nos recuerda que estamos vivos», le había dicho el cardenal Mendoza un día que fue a visitarla para asegurarse de que cumplía lo estipulado. Y Susona había asentido, silenciosa, enmudecida.

Catalina no fiaba de los hombres que castigaban con salvajismo y fingían penuria cuando deseaban esbozar una amplia sonrisa, como esos maridos que golpean a sus esposas y se ensañan con ellas para luego acogerse al pregón de fray Cherubino de Siena: «Toma el bastón y pégala muy bien, que es mejor castigar el cuerpo y salvar el alma, que perdonar el cuerpo y dañar el alma». Encontrar placer en el sufrimiento ajeno era un comportamiento diabólico. Le había costado mucho morderse la lengua y no preguntarle a don Pedro González de Mendoza si él, habida cuenta de sus pecados carnales, había sufrido con la penitencia impuesta, si es que acaso había recibido penitencia por su lujuria indecente.

Tampoco le agradaba que rondase con insistencia a Susona, con la paciencia de los buitres, esos animales carroñeros que siguen a las mesnadas camino de la guerra, sabedores de que allí encontrarán cadáveres de los que nutrirse. Ya debía haberse cansado de saborear las delicias de Mencía de Lemos y de Inés de Tovar, y le apetecía hincarle el diente a una más joven y jugosa, una más fresca. ¡Al diablo con el arzobispo de Sevilla! Le había advertido a su niña sobre ello.

—No se os ocurra aceptar lo que sea que os ofrezca —le había dicho tras una semana de mortificadoras visitas por su parte—, que no es por caridad cristiana. No se compadece de vos, ni le preocupa vuestro bienestar, ni vuestra guarda, ni es el cariño lo que le empuja a auxiliaros. Su protección tiene un precio y ese precio es la virtud que conserváis. La quiere para él.

Pero Susona, que, sentada enfrente del fuego del hogar, solo daba puntadas en el bordado, dijo:

—Su Eminencia ni siquiera sabe sobre mi castidad. Piensa que la he perdido con otro varón.

—Con el Guzmán —graznó indignada.

—Con quien sea. No desvelé su identidad.

Había secretos que prefería guardar para sí.

—Aún peor, porque os cree desflorada y experimentada en materias que os son completamente ajenas.

—Supongo que algo conoceré sobre el placer cuando he sentido la necesidad de experimentarlo con el hombre al que amo —le confesó a media voz—. ¡Ay! —exclamó. Obnubilada por la conversación, la aguja se le había resbalado de la mano y había acabado pinchándose el dedo en un intento de frenar su caída. Enseguida se lo llevó a la boca para apaciguar el dolor, el paladar se le inundó de un sabor ferroso.

Catalina, que la observaba realizando ese acto pueril, reparó en que no había hablado en pasado, en que el sentimiento seguía indemne pese a los estragos de la traición. Que Nuño se le había incrustado en el corazón y no había quien lo despojara de aquel habitáculo.

Examinó de reojo la labor que reposaba sobre el regazo de Susona, una obra espléndida que muchas damas envidiarían. Era una joven con aptitudes para todo, pocas disciplinas no estaban a su alcance, hasta tenía una voz melódica que habría sido una delicia acompañada por un clavicordio. Pese a que se hallaba ensimismada en su propia tristeza, las puntadas eran certeras y seguras, quizá porque encontraba cierto solaz en esas tareas calmas y silenciosas en las que se refugiaba.

—Lo único que le agradezco a ese malnacido de Guzmán es que os respetase lo suficiente para no mancillaros.

—¿Es una mácula si yo también lo deseaba?

Ella emitió un gruñido.

—Si asesináis a un hombre que solo comete perversiones, por mucho que se lo merezca, por mucho bien que hagáis con su muerte, por mucho que deseéis acabar con su vida y librar a los demás de su comportamiento dañino, es un delito, ¿no es así?

Susona torció el gesto y, aún ensalivando la yema de su dedo, se encogió de hombros.

—Supongo que sí —murmuró abatida.

—Pues entonces supongamos que sí, que por mucho que anheléis yacer con un santísimo varón vuestra honra quedaría manchada. El placer mutuo y consensuado no os exime del pecado.

—Quería que fuera él —reconoció.

Durante unos segundos, la joven se sacó el dedo de la boca y al toquetear el bordado, la sangre que empezaba a manar de nuevo tiznó el blanco paño creando la figura de una amapola.

—Albergaba la esperanza de que regresara por mí. Siempre he oído que un hombre se enamora de la mujer virtuosa pero que permanece en el lecho de la que no lo es, y en algún momento creí que podría ser ambas. —Una sonrisa irónica se abrió paso en su faz—. ¿No os parece una necedad?

Catalina negó con la cabeza.

—No. No me lo parece.

—Quizá me entregaba a él por el motivo equivocado porque anhelaba que me hiciera suya, sin embargo, miro hacia atrás y percibo el deseo, el placer y la desesperación, la sensación de abandono que ahora me ahoga. Tenía miedo a su abandono. Y al final, si sucedía, si Nuño se iba para no volver tendría un recuerdo al que aferrarme.

—No os martiricéis, de nada sirve, por mucho que Su Eminencia os inste a ello. Lo importante es que vuestro virgo está intacto y eso pesa más que lo que os clamaran vuestros instintos. Y si alguien lo pusiera en duda, siempre hay mujeres con buen tino dispuestas a asomarse a las intimidades femeninas y corroborar que estáis igual que cuando vuestra madre os trajo al mundo.

A Susona no le inquietaban esas sospechas, lo que le carcomía las entrañas era algo relacionado con la fe. Ensimismada en sus propias cavilaciones, se llevó el maltratado dedo a la boca, Catalina exhaló un quejido de exasperación.

—Por Dios, dejadme ver —le exigió.

Se levantó y, renqueante, se dirigió hacia ella. Se postró en el suelo, cogió su mano y observó con detenimiento el punto rojizo que se había generado en la yema del dedo índice. Apenas era una mota minúscula y carmesí, punzante pero casi invisible, como los grandes dolores, imperceptibles a los ojos curiosos.

—Al no sacarle de su error con respecto a vuestra virtud,

para el cardenal Mendoza estáis marcada con el sello de las mujeres de mala vida —prosiguió ella. Susona elevó el rostro para mirarla—, por eso ahora muestra interés en vos. Os sabe desesperada y tratará de sacar provecho de ello.

—Solo actuará como mi guía espiritual.

—Que así sea, pero nada más. No me place que venga con tanta asiduidad a visitaros.

—No puedo impedírselo.

—Generará rumores y lo que menos necesitáis son falacias que desprestigien vuestro nombre. El arresto de mi señor Diego de Susán ya ha ocasionado nuestra caída en desgracia. Un hombre como don Pedro González de Mendoza en la casa de una doncella cuyo progenitor está ausente y no puede encargarse de su guarda es un jugoso cotilleo.

—Es cardenal.

—¿Y qué con eso? —escupió—. ¿Es inmune pues a los deseos? Bajo sus vestiduras se encuentra lo mismo que en las calzas de cualquier otro varón.

—Retened vuestra lengua. Habláis de quien está más cerca de Dios que nosotras.

Catalina bufó.

¿De qué servía que los clérigos predicaran en sus púlpitos contra el fornicio fuera del sagrado matrimonio cuando ellos mismos, solteros consagrados, se enorgullecían de las prebendas de sus bastardos engendrados con diferentes mujeres, a las cuales complacían en caprichos? ¿Cómo pretendían que el común aceptara abandonar el disfrute del sexo cuando ellos mismos no ocultaban siquiera su concubinato?

—Por vestir el rojo cardenalicio no habría de estar más cerca de Dios sino del Infierno, que sus pecados son excesos deplorables que se habrían castigado diferente de no ser lo que Su Eminencia es. —El desprecio hacia el arzobispo era palpable. De tener potestad, lo habría echado de la casa el primer día en que apareció—. Además, si de verdad fuerais objeto de su preocupación no se pasearía por este hogar con esos aires de gran señor.

Limitaría vuestros encuentros a la iglesia, que es donde deberían darse, no aquí.

—Ya os he dicho que no puedo impedírselo. Sería una ofensa cerrarle las puertas en las narices, mi querida aya.

—Viene a ejercer poder sobre vos.

—Lo sé. —Y la angustia se notó en el arrastrar de sus palabras—. Mas ¿no es eso lo que hacen todos los hombres?

A la anciana no le quedó otro remedio que asentir. Al ponerse en pie, un feo quejido le brotó de la garganta y hubo de apoyarse sobre las rodillas de Susona para erguirse en su totalidad. Tras frotarse la espalda y haberse recuperado del soberano esfuerzo, compuso una sonrisa maternal y le dio un par de toquecitos en el reverso de la mano.

—No os dejéis embaucar por sus lisonjas o sus predicaciones de clérigo. Os diga lo que os diga, no le correspondáis ni con una mueca de agrado, o habréis de pagar sus favores. Y deber favores a un Mendoza es como debérselos a un Guzmán o a un Ponce de León.

—Lo sé —repitió Susona—. Sé lo que es que un Guzmán te desposea hasta del aire de los pulmones.

—No permitáis que abuse de vos y os trate cual prostituta. Incluso si ya no tuvierais vuestra preciada honra por habérsela entregado a Nuño de Guzmán, sois más que eso. Sois más que una vulgar mundaria.

Susona no logró retener las lágrimas que discurrieron silentes por sus mejillas.

A veces es necesario que quien más te conoce se siente delante de ti, te aferre de ambas manos y te recuerde, con la mirada clavada en tus iris, que eres más que el daño que te han causado, que eres más que aquello a lo que alguien te intenta reducir.

—Eso también lo sé —farfulló. Su voz era el hilillo del bordado a punto de romperse.

—Bien. Bien.

La nodriza depositó un beso en su cuero cabelludo.

El día en que su señor Diego de Susán la contrató para amamantar a Susona prometió no solo criarla con la leche de sus pechos, también cuidarla y guiarla. Por eso la prevenía acerca del cardenal Mendoza y sus intentos de amancebarse con ella. Catalina conocía sus deshonrosas intenciones, no por bruja, no por judía, sino por mujer. Las mujeres adivinan el deseo de los hombres incluso cuando este no es formulado, incluso cuando se esconde bajo una coraza y una cota de malla, bajo un alba y una cruz. Precavidas, las mujeres adivinan el deseo y la pasión porque hacerlo a tiempo les salva la vida y no hacerlo las condena a muerte.

A Susona no le perturbaban estas cuestiones de padecimiento que tanto alteraban a Catalina. Toleraba el dolor en su estómago por la hambruna impuesta así como el de la espalda y los huesos quejumbrosos de su cuerpo, maltratados por la penitencia y la debilidad que la hacía lucir maltrecha. En cuanto a la lascivia, soportaba las miradas incendiadas del cardenal con un semblante estoico, cuando las insinuaciones acerca de su desventurado futuro se hacían más agoreras y la insistencia sobre acogerla entre sus brazos se sucedían, ella agachaba la cabeza y reconducía la conversación hacia su devoción a la Virgen.

—¿No sería un resarcimiento espiritual loable que me recluyera en un convento con unas bondadosas hermanas? —sugería con voz lastimera—. ¿Dónde estaría mejor que en una congregación de mujeres casadas con nuestro Señor? Quizá deba dedicarle mi vida por entero.

El arzobispo de Sevilla refunfuñaba, porque el encierro en el hogar era menester para que Susona se alejara de sus seres queridos y así rompiera los lazos con los miembros de la comunidad conversa. No hay mayor desamparo que la más absoluta soledad. Porque estar sola no es igual que sentirse sola, no se parecen ni remotamente. Y cuando Susona ya no resistiera más aquella situación de desamparo, recurriría a él.

En cambio, el recogimiento en un convento sería una pérdida terrible para el género masculino. Que le sesgaran la hermosa cabellera y la cubrieran con la toca de las monjas, que la vistieran de ónice y cal.

Pedro González de Mendoza aspiraba a sumar a Susona a su lista de mancebas como Susona había aspirado a no ser una más en la relación de conquistas de Nuño de Guzmán y Nuño de Guzmán había aspirado a no ser uno más de los caballeros despachados por Susona.

—Meditad bien vuestra decisión —le decía—. Que no por buscar la gloria de Dios acabéis penando por una existencia miserable que no era la que os estaba reservada.

—La castidad es más ensalzada que el matrimonio, ¿no es así?

Él asentía. «Concibe la mujer con inmundicia y hedor, pare con tristeza y dolor, nutre con angustia y trabajo, custodia con instancia y temor», había dicho Inocencio III.

—Si Dios quiere no tendréis que obsequiarme con vuestra protección, Su Eminencia, podré continuar con mi vida tal y como se ha desarrollado hasta el día de hoy en cuanto mi padre quede libre de las infames acusaciones que han vertido sobre su persona.

Y aunque el arzobispo vaticinaba que Diego de Susán comparecería ante el Altísimo en breve, volvía a asentir.

—Yo siempre me preocuparé por vos, hija mía. —Le rozaba la mano—. Por algo fui quien os bautizó y por algo soy vuestro humilde confesor.

Catalina veía al lobo disfrazado de cordero, salivando y afilando sus colmillos. El lobo no se escondía demasiado bien, no lo pretendía siquiera. Y a Susona poco le importaba, estaba inmersa en una crisis de fe que la aproximaba más a Dios que al amor ferviente que aún le declaraba a Nuño de Guzmán. Y eso que lo que más ansiaba era que Nuño volviera, que fuera la persona de la que se había enamorado en una noche de invierno.

Lo que en realidad le afectaba eran las palabras que don Pedro González de Mendoza le había dicho una semana atrás, que se cuidase de los ritos judaicos que no se habían extirpado del todo en su familia, siendo sus deudos incapaces de discernir la tradición de sus ancestros del dogma cristiano. Aquello había plantado en su alma una semilla de duda que no cesaba de crecer por mucho que Catalina trataba de convencerla de que la única persona que mantenía la fe mosaica en su hogar era ella. El cardenal no se había referido precisamente a eso, Susona lo sabía, Catalina lo sabía. Lo que había insinuado era que, en ocasiones, los conversos caían en la herejía sin percatarse de ello a causa de la desorientación que sufrían entre lo que habían sido y lo que habían de ser, pues aunque intentaban cumplir con los mandatos cristianos y ser fieles y devotos, era complicado deshacerse de sus raíces. Y es que los trasvases de religión eran como la muda de piel de una serpiente.

Susona podía ser una mala cristiana que había cesado en el ejercicio del rezo durante un tiempo prolongado, podía ser una traidora al haber señalado a los miembros de su comunidad, podía ser una mala mujer por haberse querido entregar a Nuño sin recibir la bendición del matrimonio. Pero no era una hereje, no consentiría que la definiesen como tal. Así pues, se afanó en ser la más devota de las mujeres, pese a que en símbolo de luto cubría los espejos.

27

En el señorío de Sanlúcar, Enrique de Guzmán y Leonor de Ribera y Mendoza habían tomado una decisión: someter a su primogénito al ojo de un experto físico que pudiera extirparle el mal del que tanto aquejaba. Al igual que el pacto firmado con los Ponce de León, llamar a un médico conllevó múltiples discusiones que se alargaron en el plazo de varias semanas, y si bien la primera desavenencia la ganó doña Leonor —de ahí que el duque de Medina Sidonia finalmente hubiera escrito al marqués de Cádiz y le hubiera ofrecido una oferta irrechazable para entroncar sus linajes—, en la segunda batalla fue él quien se proclamó vencedor. Pocas lizas había perdido a lo largo de su vida. No se detendría ante una mujer, aunque fuera la suya.

Le molestaba en exceso que Nuño se hubiera convertido en una suerte de espíritu errante que merodeaba por los pasillos del castillo, que amanecía completamente ebrio en los establos, abrazado a su caballo y lloraba como una doncella en apuros. Porque Enrique de Guzmán sabía que su hijo lloraba y agradecía no tener que presenciarlo: las lágrimas siempre le habían incomodado, en especial cuando provenían de los varones. Los hombres no habían de mostrar esos sentimientos tan propios de las mujeres, la desazón para ellas, la venganza para ellos.

Así lo expuso ante su esposa una de esas noches conjuntas en las que él había demandado su presencia en el lecho, una de esas oscuras y llovíznosas en las que el sonido del aguacero era una catarata pedregosa y el mar rugía a lo lejos, en las que apetece compañía y cobijarse bajo las mantas.

—Sanará. Sanará con el tiempo y con una buena mujer que lo cuide —reiteró Leonor por vigesimoquinta vez. Era partidaria de que cualquier mal encontraba remedio en las manos adecuadas y no había manos más adecuadas que las de una fiel muchacha con la que acabara de desposarse.

—Esa es la cuestión. Que no estamos en posesión del tiempo.

Una luminiscencia partió el cielo por la mitad y, a continuación, un bramido ensordecedor hizo retumbar las paredes del castillo. Doña Leonor, enterrada en la cama y con las gruesas mantas hasta el cuello, se acurrucó más en ellas, con el rostro cetrino a causa del susto. Enrique de Guzmán sonrió ante aquella demostración de pavor.

—Nuño ha de curarse de esa nostalgia pesarosa. ¿Es que acaso no os preocupa vuestro hijo?

Ella dio un manotazo sobre las pieles. Lo miró con los ojos abiertos y un rictus de estupefacción semejante al de quien ha recibido una hiriente ofensa personal.

—Mis hijos lo son todo para mí. —Su voz era de la dureza del pedernal y en sus palabras se leía: «No como para vos»—. Todo lo que tengo. Y todo lo daría por ellos.

Don Enrique de Guzmán tenía a su esposa donde la quería, haciendo gala del amor maternal. Leonor de Ribera y Mendoza predicaba con el sacrificio del pelícano, por sus crías se picotearía el pecho hasta dejar al descubierto sus entrañas para que estas se alimentaran de ellas.

—Entonces estaréis de acuerdo en que un físico es la mejor opción —dijo con condescendencia—, una intervención rauda y eficaz que le devuelva la dicha y lo traiga de vuelta de ese mundo funesto en el que parece haberse sumergido.

—Los entrenamientos con Martín le ayudan a sobreponerse, así como los paseos matutinos que damos juntos. Una vida de calma y contemplación favorecerían su pronta recuperación.

—No creo que lo que necesite sea ociosidad ni encuentros con Dios. —Gorjeó él con una incipiente risa—. Ya visteis el estado en que regresó tras su visita a la Catedral y al cardenal Mendoza.

—Entonces debierais hablar con Su Eminencia. —Alisó la ropa de la cama, ansiosa por ocupar sus dedos en algo, y observó a su esposo con el cuello estirado y una expresión de dignidad.

—Bastante tengo con las misivas con don Rodrigo Ponce de León. Es duro negociando.

En las últimas semanas, en vez de reunirse en algún lugar neutral —como el hogar del asistente mayor Diego de Merlo, que había mediado entre ambos— o haberse invitado el uno al otro a un banquete en una de sus muchas fortalezas como signo de buena fe, habían optado por mensajearse. Las cartas iban y venían, cerradas y selladas. Y lo que podía haberse concertado con una placentera charla, una sobremesa, un delicioso vino y un apretón de manos, se eternizaba con la tinta derramada.

—Más duro sois vos —le recordó ella con una sonrisa.

—Saldremos ventajosos en cuanto a los términos y condiciones del acuerdo, os lo aseguro.

Leonor no se atrevía a dudarlo ni por un instante. Dale a un hombre de espada un contrato matrimonial que pactar y le sacará al padre de la novia hasta los higadillos. Más si es su acérrimo enemigo. Más si este enemigo es rico y poderoso.

Todavía estaban estableciendo la dote que aportaría la muchacha, la primera etapa de aquel proceso que había de culminar ante el altar.

—Con respecto a Nuño, quizá Sancho pudiera…

Pero no terminó la frase.

—Sancho es un buen joven pero sigue siendo eso, un joven. La solución a nuestros problemas son una de las hijas del Ponce de León y un cirujano —acotó—. Si vos decís que la dolencia de vuestro hijo es un mal de amores entonces habremos de requerir servicios específicos.

A veces hablar con su marido era como hablar con uno de los bellos tapices que decoraban sus aposentos, solo que al revés, ella era la figura de urdimbre, escuchaba y escuchaba, y no siempre podía responder. A Enrique de Guzmán no siempre le interesaba que respondiera.

—Pero no. No es mal de amores. Es fascinación, señora mía —la corrigió él con hosquedad—. La fascinación no es una enfermedad menor que deba tratarse con ligereza.

Leonor exhaló un suspiro preñado de cansancio.

Quien ofició sus nupcias dijo que los allí contrayentes quedarían unidos para siempre, para bien y para mal. Siendo una joven dama, que obedecía a sus progenitores en cuanto a la elección de su futuro esposo y que soñaba desde niña con el momento más importante de su vida —los esponsales—, imaginaba que para mal significaba la distancia que los separaría cuando llegara la guerra y él partiera a la contienda.

En esos momentos, después de diecisiete años de matrimonio y tres hijos —dos de ellos bien crecidos—, sabía que ese «para siempre, para bien y para mal» describía la humilde cotidianeidad. Las risas, la comprensión y el disfrute en los momentos agradables, del mismo modo que las discusiones, los silencios castigadores y ese horrible pellizco de sentirse infravalorada en muchas de sus opiniones. Leonor lo soportaba porque una mujer debe hacerlo y porque al final del día repasaba el historial de vivencias y consideraba que la fortuna había caído hacia arriba. Que le había tocado un buen marido, pese a que su sacrificio —callar y ceder— era la fórmula para que la relación funcionara.

—¿Por qué pensáis que es un embrujo y no un simple enamoramiento? —concedió preguntarle. El desacuerdo se dibujaba en sus facciones.

A Enrique de Guzmán se le ensanchó esa sonrisa ladina.

—Porque solo eso podría doblegar a un Guzmán. Una mala mujer que poseyera el don de las artes oscuras. Y eso no se resuelve con vuestros rezos en la capilla.

Con semejantes menciones a la brujería, Leonor de Ribera y Mendoza se santiguó. Él, por su parte, guardó el secreto de la dama de la judería, que al ser de origen hebreo y atendiendo a lo que las malas lenguas contaban por ahí —que su hermosura era eclipsante— era más que obvio que manejaba la magia femenina. Y que Nuño, pese a su estirpe y linaje, no había podido resistirse a la fascinación que había caído sobre él, ni siquiera con ayuda de Dios.

De ser joven, Enrique de Guzmán lo habría hecho. Estaba seguro de ello. Susona no habría podido someterlo con esas triquiñuelas de amante del diablo.

Sancho sabía que lo de Nuño tenía más que ver con la imposibilidad de amarse que con embrujos y nudos de amarre, y que la culpa de la decadente situación de su amigo reposaba sobre don Enrique de Guzmán, que lo había lanzado a una batalla campal sin pertrecho. Hasta el más experimentado caballero recibe un golpe fatal, y hasta el más seductor de los varones rinde el alma ante una hermosa doncella. ¿Qué esperaba el duque de Medina Sidonia, que Nuño fuera invencible, que los dardos del amor nunca lo rozaran? Mal asunto el día en que lo mandó con deshonrosas intenciones a galantear a Susona de Susán, la Bella de la judería.

Él personalmente no creía en el aojamiento, en eso de que una mujer tuviera la capacidad de condenar a un hombre con un simple vistazo. Un encontronazo fugaz, un parpadeo, un aleteo de pestañas bien sincronizado, una mirada profunda y penetrante, y él, pobre animalillo indefenso, enloquecería. Eso eran supersticiones. No obstante, Sancho había visto a Nuño perder el juicio, tornarse cuervo.

Y es que el Guzmán vestía de terciopelo negro, algunos murmuraban que acorde a la moda, otros que por un luto autoimpuesto, quizá por penitencia. Tiempo atrás, si bien era cierto que tenía predilección por los jubones oscuros pues resaltaban el brocado dorado o parduzco y las alhajas, había vestido calzas del verdor de los prados húmedos, del amarillo del azufre y hasta del colorado de la granza. Ahora desterraba esas tonalidades por el recuerdo de Susona. Le había mentido con el amarillo de la felonía en sus calzas, el que portan los que prometen y engañan, el de Judas. La había vendido con el inestable verdín de los páramos en los que se baten los caballeros y se fugan los amantes, con la volubilidad de la juventud. Y la había amado con el rojo del fuego y la sangre, con el carmesí del que se pinta el deseo carnal y el amor divino. El del corazón llameante cuyo ardor no se extingue.

Desde su entrevista con el cardenal Mendoza, Nuño había descendido a los infiernos. En vez de regresar con cierto alivio y la esperanza recuperada, lo hizo con la cara demudada y un temblor horrible en las manos, como si padeciera fiebre. Y durante un par de jornadas cierto es que encamó, presa de una subida de temperatura que le hizo sudar las sábanas. Esas semanas se las pasó vilipendiando a Susona por el día y llorándola por las noches. «¿Cómo ha podido hacerme esto?», sollozaba sobre el hombro de Sancho, y este tenía que recordarle que él también le había hecho mucho a ella. «¡Pero es que yo la amo!», se defendía.

Así pues, en ocasiones Sancho dudaba de la inexistencia de esas artes femeninas para cautivar porque aquel sinvivir era lo más parecido a la fascinación que había presenciado. Por eso, cuando doña Leonor de Ribera y Mendoza le comentó las intenciones de su esposo de llamar a un físico, el joven le dijo:

—Mi señora, que cualquier solución posible que aleje este malestar de mi querido amigo sea bienvenida.

Fernán Martínez Abenino, el cirujano que lo examinó era converso. Converso de primera generación, de los refugiados en el condado de Niebla —tierra de los Guzmanes— después del altercado que azotó a la comunidad de cristianos nuevos en 1465.

El propio don Enrique de Guzmán lo había elegido por su fama, pero sobre todo por su condición: suponía que, si una mujer de ascendencia judía había maldecido a su hijo, un hombre del mismo linaje podría deshacer el entuerto. Poco le importaba que el susodicho ya no profesara la fe mosaica. Era firme partidario del «quien tuvo, retuvo», y pensaba que muchos bautizos eran una farsa mal ejecutada para ocultar tradiciones aún imperantes. Así que confiaba en que el galeno se valiera de cualquier método curativo —ya fuera cristiano, judío o muslime— para sanar a Nuño.

—Lo primero es reconocer el daño y averiguar si es fascinación o un amor mundano y terrenal —explicó el hombre a todos los allí presentes.

Nuño se hallaba sentado en el borde del lecho, con las extremidades desmadejadas cual títere al que le han cercenado las cuerdas. Se sentía incómodo en extremo bajo la atención de aquel hombre encanecido de barba rala. Y, para su gusto, había demasiados asistentes: su virtuosa madre, que permanecía alejada para no interrumpir ni importunar a Fernán Martínez; su padre, que, con los brazos en jarras y el ceño fruncido, despedía impaciencia, y un par de criados, amén de Sancho Ponce de León, el único al que Nuño había pedido que lo acompañara.

—Ya le digo yo que es aojamiento. Solo hace falta verlo. —Don Enrique de Guzmán señaló a su hijo—. Está turbado, tiene los ojos bajos y no le quedan fuerzas en el cuerpo. Siempre anda pesaroso y suspira vagando por los pasillos del castillo. Apenas come y durante un par de días ha estado postrado con escalofríos y sudores.

El médico, que lo observaba por encima de sus anteojos, giró la cabeza hacia doña Leonor en busca de confirmación. Desde la retaguardia, esta cabeceó y al duque de Medina Sidonia se le escapó un bufido, mitad indignación mitad furia. Decidió que aquel hombre no era de su agrado en tanto en cuanto prefería el beneplácito de su esposa al suyo.

—¿Habéis superado la febrícula, mi señor? —le preguntó a Nuño.

—En efecto.

—¿Os ha visitado otro médico?

—Sí, y lo achacó a un enfriamiento por un viaje en condiciones pésimas para mi salud. Una mala decisión.

La visita al cardenal Mendoza había sido algo más que una paupérrima decisión. Susona era un espectro que se paseaba por la orilla de su nebulosa mente. Tan pronto se le presentaba en sueños huyendo de la morada de Dios, tan pronto aparecía yaciendo en una enorme cama satisfaciéndole. Mas no era él, nunca era él quien la perseguía entre las naves de la Catedral, ni quien gemía entre las sábanas. Era un varón de rostro desconocido que se duplicaba y triplicaba y cuadriplicaba, y todo eran cuerpos y pies y manos, lenguas y dientes y bocas, voraces, sedientas. Y los dedos que la aferraban de los muslos eran tantos y tan diferentes que las náuseas le subían a Nuño por la garganta. Y en el clímax de la joven dama él despertaba lloroso, con el grito agónico perforándole el pecho.

Incluso despierto, aquellas pesadillas lo machacaban.

Fernán Martínez asintió y extrajo de su dispensario portátil toda una serie de instrumentos y mejunjes. Nuño rezó en silencio por que las afiladas y resplandecientes herramientas no tuvieran que sajarle la carne, aunque quizá un poco de ensañamiento físico atenuara la desazón de su espíritu.

Una sangría. Una sangría podría arrancarle a Susona de las concavidades más profundas de su cuerpo.

—¿Tenéis dolencia alguna?

Ni siquiera lo pensó.

—¿El corazón?

El hombre esbozó una sonrisa sincera mientras ordenaba sus pertenencias médicas.

—Como muchos jóvenes —apuntilló—. Es el corazón el órgano que más tiende a enfermar. ¿Estáis estreñido?

Nuño negó. Ya no hubo más preguntas acerca de sus excreciones y otros fluidos corporales.

Durante las consiguientes horas de la mañana, el joven Guzmán aceptó que el galeno lo sometiera a diversas pruebas. En la primera de ellas le colocó una esmeralda en el dedo anular y ahí estuvo un tiempo prudencial, suspendida en la yema, hasta que el hombre comunicó que era suficiente y que al no haberse oscurecido el color de la piedra no era aojamiento. Aquello no gustó al duque de Medina Sidonia, que insistió en que realizara un segundo ensayo.

—La tonalidad de una gema no puede determinar si alguien sufre de magia negra —criticó.

Ante todo, Fernán Martínez Abenino era un hombre pragmático. No le convenía enfrentarse a un señor tan poderoso como don Enrique de Guzmán, así pues, si este deseaba que el veredicto se inclinase hacia la magia, él lo haría. Le aplicaría a su primogénito todos los métodos habidos y por haber para identificar el aojamiento, e incluso siendo negativo el resultado, le recetaría mil y un remedios para desterrar el embrujo, aunque no lo poseyera.

Hubo otros tres procedimientos más. En el segundo, hizo sostener a Nuño otro buen rato la hierba que es el martago y para satisfacción de su progenitor el ramillete tembló entre sus manos, proclamando que era víctima de fascinación. Doña Leonor de Ribera y Mendoza contuvo un gemido de sorpresa, altamente preocupada por la posibilidad de que hubiera errado y que, al final, su hijo sí que sufriera de tan horrible padecer.

Los restantes estaban destinados a que de los ojos castaños de Nuño brotaran lágrimas. Para que nacieran, el cirujano le amarró al cuello un colgante de plata en el que se engarzaba un carduro. Al ser una joya pesada, la piedra —que decíase que se hallaba en el estómago del oso— pendía sobre su pecho.

—Si lloráis, mi señor, me temo que estáis lejos de un simple enamoramiento.

Nuño asintió y, siguiendo las instrucciones del médico, cerró los párpados y se concentró en el torrente de sentimientos que fluía en su interior, en la imagen de la amada.

—Esta será tarea sencilla —replicó don Enrique de Guzmán—. A diario se escuchan sus lamentos por todo el castillo.

Puede que fuera el matiz de desprecio en la voz de su padre o el recuerdo de Susona perfilándose en la oscuridad lo que abrió las compuertas de la angustia. En un par de minutos, Nuño estaba desbordado y regueros de lágrimas vivas le corrían por el rostro.

La misma noche en que Susona le confesó que el viento le había advertido que él marcharía como marchan las golondrinas, Nuño prometió rebanarle la lengua a quien se atreviera a acusarla de bruja y malograr su nombre. Su padre la denominaba mala mujer, porque solo una mala mujer en posesión de facultades mágicas podía obrar así, el castigo era la hoguera. Y él ardía en deseos de destriparlo por semejantes blasfemias, y de destriparse a sí mismo por permitirlo.

Fernán Martínez se acercó y al enjugarle las lágrimas se mojó el pulgar, se lo llevó a la boca y lo paladeó. Los estudiosos coincidían en que si su sabor era salado o amargo se debía al hechizo, mas no hay dulce pena.

Nuño de Guzmán no había caído presa de aojamiento alguno. Estaba enamorado. Enamorado hasta el tuétano. Y eso lo estaba matando.

—Para mitigar el mal que lo apesadumbra recomiendo que huela hisopo y *lilium convallium*, no las flores en sí mismas, sino un aceite elaborado a partir de ellas o una quema, de manera que lo que aspire sea una suerte de incienso. Si esto no lo alivia en unos días, habrá que probar con paños de escarlata mojados en agua de rosas: reposados sobre el pecho, el corazón recupera su fiereza.

El cirujano lo desposeyó del colgante de carduro y fue guardando sus pertenencias en el dispensario nuevamente.

—¿Y si no es suficiente? —preguntó doña Leonor, que se frotaba las manos en un gesto de ansiedad.

—Lo será. —Sonrió el galeno—. Lo será, señora mía, puedo asegurároslo. Pero si os inquieta, podéis optar por una escudilla de madera llena de azafrán, canfora, lágrimas del enamorado y agua rosada, que con ello se lave el rostro. Lo más importante es que no se mente a la mujer que lo ha postergado a esta situación y que no lo visite mujer menstruosa.

—Es fascinación, os lo avisé —se regodeó don Enrique de Guzmán.

El converso de Martínez esbozó una mueca que el duque de Medina Sidonia interpretó a su favor.

Nuño no entreabrió los labios para decir ni una palabra, sentado en la cama, con el rocío de las lágrimas colgando de sus pestañas, batallaba por controlar la respiración, sofocada a causa de la silenciosa llantina, y con las manos en el pecho se apretaba el jubón, como si así pudiera detener ese aguijonazo que lo azotaba a cada inspiración.

—Os recuperaréis, señor mío —auguró el físico, que posó una mano sobre su hombro y lo apretó en señal de consuelo.

A Fernán Martínez se le pagaron sus servicios según lo estipulado, y siendo doña Leonor generosa como era, azuzó a su esposo para que lo obsequiara con un donativo, la sanación de su primogénito bien lo valía. Don Enrique de Guzmán estuvo de acuerdo. Si aquellos remedios traían de vuelta al Nuño que él conocía, se comprometía a personarse en su hogar, allí en el condado de Niebla, y enterrarlo en abundante oro.

Sancho abandonó a Nuño en sus aposentos y corrió en busca del galeno antes de que partiera. Lo encontró en el patio de armas, ya montado en el caballo, resguardado en una capa que le ocultaba hasta la aguileña nariz.

—Decidme la verdad, buen hombre. —Doblaba el cuello para mirarlo a los ojos—. ¿Qué es lo que tiene?

—Que pase la pena como mejor pueda, mi señor Ponce de León, que no es aojamiento ni embrujo ni fascinación —le reveló—, que lo que tiene es peor que eso, pues el mal de amores es una aflicción incurable que solo mengua con el discurrir del tiempo. Os deseo buena suerte.

28

El nuevo año de 1481 de nuestro Señor Jesucristo entró pronosticando desgracias para todos por igual, no hubo distinción entre ricos y pobres, como no la hubo entre cristianos, judíos y musulmanes, pues la muerte no discrimina a la hora de arrancar el hálito a los mortales.

Ya asentado en su totalidad el Santo Oficio, resucitó con gran diligencia el prendimiento de hombres y mujeres, que dieron con sus huesos en las cárceles de San Pablo —convento prestado por los dominicos—. Allí les esperaban los primeros arrestados, cuyos espíritus habían sido quebrados. Al ser insuficiente el lugar para albergar a los herejes y sus maldades, enseguida se demandó el castillo ubicado en Triana, en una de las márgenes del río Guadalquivir, donde se mudaron los muchos presos y los inquisidores, formándose Audiencia para juzgar la culpa de cada uno de los reos y ordenar las sentencias correspondientes. El fuego eterno.

La nueva oleada de detenciones, causada por las confesiones de aquellos que habían sucumbido a la persistencia de la tortura, enardeció el miedo y muchos conversos huyeron, por lo que, con el fin de evitar tamaña estampida, pusiéronles a los fugitivos pena capital y apostaron guardas a las puertas de la ciudad. No obstante, había quienes lograban sortear a los que velaban las entradas, salidas y caminos, el éxodo resistía mientras el terror y la desesperación fueran amigos. Así que para mayor precaución, el día 2 del recién iniciado mes, Ruiz de Medina, fray Miguel de Morillo y fray Juan de San Martín enviaron un mandato a la flor y nata señorial de Sevilla, Jerez de la Frontera y Toledo, incluyendo al marqués de Cádiz, don Rodrigo Ponce de León, y al duque de Medina Sidonia, don Enrique de Guzmán. Así, los inquisidores prohibieron explícitamente a los nobles acoger a los desertores en sus tierras.

Pese a su férreo apoyo a la defensa de la fe, esta medida no fue vista con buenos ojos por los grandes del reino, que sintieron perder una cuota de poder estimada, algo de lo que venían adoleciendo desde el ascenso al trono de sus majestades, doña Isabel y don Fernando. Los nuevos monarcas, desviándose de la tendencia política que había caracterizado a los Trastámara —entre ellos al padre y al hermano de la reina, Juan II y Enrique IV—, habían prescindido de la excesiva concesión de mercedes y gracias, a fin de poner coto a la ambición nobiliaria y recuperar ciertos territorios. Todo ello en beneficio del fortalecimiento del poder regio y detrimento del señorial.

La lealtad era la lealtad, la nobleza aceptaba y callaba, por muy resentida que estuviera de lo que consideraba un oprobio. Servir a doña Isabel y don Fernando sin rechistar era una obligación que podían asimilar más o menos gustosos, al fin y al cabo, era su deber como vasallos. Que los inquisidores hubieran metido mano en sus señoríos, ducados, marquesados y condados era intolerable.

Las catástrofes se sucederían durante algún tiempo para el pueblo llano y los excelentísimos señores, todavía estaba muy lejos de regresar la prosperidad. No habían transcurrido más que un par de semanas cuando una terrible pestilencia azotó a toda Andalucía. Primero fueron unos pocos los que perecieron, luego, unos cuantos más. Por fortuna, aquello que ya ha hecho estragos es fácil de reconocer, y los esputos sanguinolentos y bubones negros que crecían en determinadas zonas del cuerpo eran un claro indicativo. El pánico se extendió con celeridad. Aún perduraba el recuerdo de las epidemias anteriores que habían mermado la vecindad, algunas solapadas con prolijas lluvias, esterilidad y hambrunas. Dos años atrás, allá por 1478, se había tratado de poner coto al infame contagio impidiendo que cualquier valenciano entrara en Sevilla, pues esa ciudad se encontraba asolada por la enfermedad.

Era como una de esas historias que se cuentan a los niños antes de dormir, de esas que poseen una moraleja que viene a decir: «No te acerques al lobo, que se come a las ovejas», «No fíes de un hombre, que muchos dejan a las mujeres desamparadas y deshonradas, majadas, desnudas y sin honor», «No te atrevas a penetrar en el bosque, que es oscuro y su foresta desorienta, y es morada de fieras, forajidos y aves de rapiña». Ya habían oído el final de ese cuento en innumerables ocasiones, sabían cómo terminaba, qué es lo que les deparaba el nuevo brote pestífero: muerte y desolación.

Por esa razón, el instinto de supervivencia se aguzó. La comunidad judía se preparó para ser objeto de nuevos ataques, no sería la primera vez que se les acusara de envenenar pozos y esparcir la infección por los miasmas del aire. Era común que en momentos de extrema peligrosidad se reavivaran las tensiones latentes y sus hogares fueran asaltados. Idéntica fue la actuación de los conversos —tanto los verdaderos cristianos nuevos como aquellos que aún profesaban el judaísmo en la clandestinidad—, a estos se les unió la preocupación de los apresamientos y la peste; doble motivo por el que querer abandonar la ciudad. Quienes no fueran quemados en la hoguera, agonizarían a causa de la alta fiebre y las bubas.

Susona rezaba día y noche por su padre, para que la negruzca epidemia no se colara por entre los remiendos de sus ropas en su fría celda y se lo llevase consigo. Rezaba por sus deudos, por los cercanos y por los que se habían alejado; una noticia de que sus tíos y sus respectivas familias se hallaban a salvo de la afección y las garras del Santo Oficio le habría placido y tranquilizado. Rezaba por Catalina y por sí misma, para que no cayeran enfermas. Y rezaba por Nuño, porque la única que lo besase fuese ella y no la ósea mandíbula de la muerte.

Aún soñaban con la calavera en la jamba de la puerta.

Enero de 1481

A quien menos esperaba encontrar llamando a su puerta era a su hermana María. Estaba allí con una barriga oronda y pesada que había descendido tanto que ya apenas le permitía caminar, nueve meses eran muchos meses incluso para las mujeres más rudas, y se sujetaba el abultado vientre con ambas manos, curvando la espalda hasta lo indecible. La vigilia de las últimas noches, la hinchazón y el agotamiento se le marcaba en cada una de sus facciones, en los surcos violáceos que eran sus ojeras. Esta vez, el embarazo no se malograría, llegaría a buen término.

En otras circunstancias quizá le habría preguntado por la partera, por las dolorosas contracciones, por si el niño se estaba retrasando o si aún no había llegado su momento de nacer, le habría ofrecido cobijo en su hogar dada la ausencia de su esposo, Álvaro Suárez, y le habría prometido un bonito obsequio con motivo del alumbramiento. ¿Quién mejor que su hermana pequeña para atenderla en el momento crucial de la labor y el puerperio? Habría deseado aferrarle la mano e insuflarle palabras de aliento, acunar a la criatura berreante y chistarle para que durmiera. Quizá en otra vida, en una en la que se hubieran amado, en una en la que se hubieran querido según el vínculo de fraternidad.

—Hermana. —Sonó más sorprendida de lo que pretendía—. Entrad y sentaos.

—No quiero sentarme —respondió mordaz.

María la sorteó con muy poca gracia, habida cuenta de su estado de ingravidez, más bien fue un empujón que hizo virar a Susona hacia uno de los flancos y masajearse la zona donde había recibido el impacto.

—Estáis próxima al parto, deberíais aceptar mi ofrecimiento y descansar. Os vendrá bien para aliviar la carga que portáis —insistió.

—Como si vos supierais el peso que recae en mí, como si ahora os importara la familia cuando no habéis dudado de echarnos a los perros.

Susona acusó el golpe con paciencia y trató de conducirla hacia el salón principal. María se negó a seguirla, se detuvo a los pies de las escaleras y se apoyó en la balaustrada de piedra.

—Pediré que os sirvan vino y que nos enciendan el fuego para calentarnos. Fuera hace frío. —Obvió que tendría que hacerlo ella misma y que habían prescindido de tantas comodidades, que por esa razón llevaba la contundente capa que aportaba algo de tibieza a sus huesos.

—Os he dicho que no quiero nada de vos.

—No —la rebatió con seriedad—. Habéis dicho que no queríais sentaros, son asuntos bien distintos.

—Pues no quiero nada que provenga de vos, no quiero caridad de una traidora —escupió mientras la examinaba de arriba abajo.

María había vivido allí el tiempo suficiente para advertir la escasez del servicio, el descuido en la pulcritud de la casa, el desabastecimiento de la leña y el silencio abrumador que preñaba cada rincón. Los ropajes de su hermana no habían variado en esplendor, pero, a juzgar por el desgaste que presentaba el bajo del brial y lo holgado que le quedaba, supuso que estaba invirtiendo el dinero en cuestiones nada banales. Alimentarse no era una de ellas.

—Podéis quedaros aquí, solo vengo a recoger algunas pertenencias que quedaron olvidadas con mi matrimonio.

Susona le salió al paso cuando estaba a punto de subir las escaleras.

—¿Pertenencias de qué? —Se posicionó frente a ella, con los brazos extendidos le impedía el ascenso.

—Mías. De padre. De madre. —Se encogió de hombros—. Lo que me corresponda.

—No —rugió ofendida—. No deis por muerto a padre.

Una risa silenciosa manó por las fosas nasales de María.

—Debéis de ser la única que vive cegada por ilusiones y esperanza —dijo con los brazos en jarras y un pie taconeando—. Padre no regresará como no regresará ninguno de los hombres que se llevaron arrestados. Los condenarán a todos, sea cual sea el crimen.

La observó asqueada. Su hermana aceptaba con total naturalidad la orfandad y viudedad. Quizá la que estuviera falta de sentimientos fuera María y no ella, pese a las muchas acusaciones que siempre le lanzaba. Jamás olvidaría aquel «hija del demonio».

—¿Cómo podéis decir eso? ¿Cómo podéis mentar sus muertes y no llorar siquiera?

—Porque lo he asumido, por duro que resulte. Hasta mi suegra lo sabe, por eso ha cogido sus efectos personales y se ha marchado. Todos nos hallamos en severo peligro.

La huida de Isabel Suárez sobrecogió a Susona. De todos los vecinos que se habrían camuflado entre las sombras para migrar a tierras de señorío, no habría apostado por ella, pero tampoco lo habría hecho por sus tíos y hacía tiempo que habían escapado. No había vuelto a tener noticia de ellos.

—¿Y sus hijos?

Deducía que aquellos que ya habían formado familia tomarían sus propias decisiones, incluyendo a los varones asociados al Cabildo Catedral de Sevilla, sin embargo, Isabel Suárez aún tenía críos de corta edad, entre ellos Luis, que contaba seis años.

—Los pequeños han partido con ella —le informó—. A mi cuñado García le enviaron carta a París cuando mi suegro fue detenido, aunque dudamos de que haya llegado, los demás aún persisten en quedarse, al menos de momento.

De momento no era una predicción precisamente halagüeña, significaba que un día cualquiera malvenderían sus posesiones y desaparecerían con los pocos bienes que pudieran cargar.

—¿Y vos, os marcháis? —En su fuero interno rezó por que

se quedara. Una hermana que la odiara y le deseara el peor de los castigos en el Infierno era preferible al desamparo absoluto.

—¿Con la seguridad en los portones y la lentitud del preñamiento? —se burló—. No. Mi suegra me lo ofreció, pero no puedo hacerlo. —Se acarició la barriga, ensoñada—. No abandonaré a mi esposo como ella ha abandonado al suyo. Pero supongo que la precaución ha imperado sobre el posible ajusticiamiento por hereje. Es mejor que se haya alejado de nosotros, su presencia era un riesgo.

Los suyos no la delatarían. Pedro Fernández Benadeva escogería el martirio antes que señalar a su mujer como la llama que avivaba la fe mosaica en su hogar, Álvaro Suárez no conocía la palabra traición. No les arrancarían una declaración, pese a que María podía asegurar que Isabel Suárez era mujer obstinada y criptojudía, y como tal había instruido a su progenie desde temprano en los ritos judaicos. Tanto era así que, preocupada por las tradiciones y el correcto cumplimiento de estas, vigilaba hasta a sus hijos varones ya casados. Ella misma daba fe de ello, no habían sido pocas las veces que su suegra se había personado al día siguiente en casa para asegurarse de que ella y Álvaro habían llevado a cabo el ayuno del Yom Kippur y respetado el *sabbat*.

—Ahora, si me lo permitís, me gustaría llevarme aquello que es de mi propiedad. —Hizo amago de esquivarla y ascender el primer peldaño.

Esa vez, Susona no se interpuso, se echó a un lado y dejó que con sumo esfuerzo subiera varios escalones. No le ofertó ayuda, aunque se moría de ganas de alargar la mano y soportar parte de su peso, hacerle más ligera la tarea; sabía que ella no la aceptaría. Así pues, solo dijo:

—Sois libre de llevaros lo que os perteneció de joven, mas tened la decencia de esperar a que el Santo Oficio se pronuncie sobre nuestro padre. —María, que se había detenido y jadeaba de cansancio, la observó—. No le arrebatéis nada en vida, no sería correcto.

—No sois la persona indicada para juzgar mis acciones —le recordó, maliciosa—. Nos habéis vendido por ese señor de noble linaje. ¿Acaso creéis que no se anda murmurando el galanteo que os traíais con él? —Susona enmudeció y agachó la cabeza, completamente arrebolada por la indecencia de sus encuentros—. ¿Cómo, si no, habrían descubierto algo tan íntimo como es la creencia secreta de nuestros hombres? Que Dios se apiade de vuestra alma putrefacta, Susona, cuando la verdad salga a la luz nadie de aquí lo hará. Seréis una apestada.

—Rumores. Son solo rumores —se defendió—. Han corrido miles de ellos de tantas otras jóvenes damas y la mitad han sido infamias vertidas sobre sus personas, a las mujeres nunca se nos otorga la inocencia, solo la culpa.

¿Qué había de ellos? Los hombres pecaban con regularidad, tendían a la lascivia y se desahogaban con mundarias y otras féminas con las que engendraban bastardos —algunos eran legitimados y reconocidos—, comían con voracidad y llenaban sus estómagos hasta que el jubón apretaba, se enredaban en la violencia y vertían sangre de enemigos sin compasión alguna, a veces también de sus partidarios. Ambicionaban una gran posición y amasaban riquezas, tentados por el rutilante oro y el sonido de las monedas, envidiosos del poder de otros; mentían sin contemplación y luego reían a carcajadas, su lealtad basculaba según sus intereses. Algunos herían y mataban a sus esposas, y se refugiaban en que la rebeldía femenina merecía un castigo, se justificaban a sí mismos.

Ellos siempre salían absueltos en cuerpo y alma, no solo por Dios sino también por su entorno más cercano. ¿Cómo condenar a un buen hombre pudiendo condenar a quien le ha empujado a pecar? La mujer. La mujer que lo sedujo, la mujer que cocinó grandes platos, la mujer por la que guerreó en campos de batalla, la mujer que exigía portar mejores vestidos para aparentar ser más, la mujer que susurró palabras sibilinas a su marido y lo confundió, la mujer que fue insumisa y lo obligó a golpearla.

¿Estarían vilipendiándola si ella hubiera sido un hombre converso y Nuño una joven doncella de alcurnia y linaje? Probablemente no. Las afiladas lenguas habrían encontrado la forma de invertir la situación.

—No, no lo son y yo lo sé. He visto la culpa en vuestros ojos, la misma de la que habláis.

Susona subió un par de escalones y se posicionó a su misma altura.

—Que lance la primera piedra aquel que no se haya enamorado —siseó.

—¿Esa es vuestra patética excusa?, ¿el amor?

Se guardó el más terrible de los reproches, que ella se había casado con un criptojudío, estableciendo lazos parentales entre los Susán y los Benadeva. Quizá fuera aún peor advertirle que haber regresado a los ritos de sus antepasados era renegar de Dios, y ese trasvase de fe también respondía al amor.

Como no contestó, María emitió un sonido rasposo que destilaba repugnancia. Bajo su mirada de escrutinio y desprecio, Susona se hacía pequeña. Podía ver todos sus defectos reflejados en los ojos negros de su hermana, que se le clavaban como puñales.

—Siempre supe que erais mala, lo supe desde el día en que nacisteis y madre nos abandonó.

—Ya basta. —Se le quebró la voz—. No hurguéis más en la herida. ¿Estaría orgullosa de ver cómo nos hablamos?

—¿Estaría orgullosa de ver cómo habéis traicionado a vuestros deudos y os escondéis entre las paredes de esta casa, dejando que todos crean las habladurías esparcidas sobre Luis de Medina o Gonzalo de Córdoba? ¿Vais a permitir que señalen a esos hombres inocentes para así libraros de la culpa?

Pese a que se recluía en el hogar, Susona había oído esos chismorreos. Decíase que Luis de Medina, conocido como el Barbados, hermano de los Baena, vecino de San Andrés y esposo de doña María Ortiz de Zúñiga, veinticuatro de Sevilla y tesorero de la Casa de la Moneda, había delatado a los hombres.

Muchos disentían, Luis de Medina había sido igualmente apresado, así que dirigían sus sospechas hacia aquellos que seguían en libertad, como el consuegro de Benadeva, Gonzalo de Córdoba, el trapero de la villa de Hinojos, quien negaba en rotundo semejantes oprobios.

No eran los únicos nombres que se barajaban con respecto a la traición, había un par de conversos más y, por supuesto, el suyo resonaba. Susona de Susán, la hija pequeña del gran Diego de Susán.

Un silencio sepulcral se hizo entre ellas.

—Lo sabía. Sois aún peor de lo que imaginaba, siempre lo habéis sido, escondida detrás de esa falsa máscara de belleza y piedad. Me llena de dicha que madre falleciera, así no puede ver la maldad que habita en su hija menor.

—Ya basta...

—Allá adonde vais, la extendéis. Sois una mala enfermedad que a todos contagiáis.

—He dicho que ya basta —murmuró afligida, con las manos cerradas en forma de puño y las uñas clavándose en la carne. Le escocían los ojos de contener el llanto.

Pero María ya no podía cesar en sus afrentas, la rabia la cegaba.

—Alejaos de mí, del hijo que crece en mis entrañas y de la parentela de mi esposo.

—¡Sois vos quien ha venido a buscarme!

—Y vos fuisteis en busca de mi cuñado el canónigo. ¿Pensabais que no me enteraría? ¿No os avergüenza haber causado tantísimo daño y mendigar para que sea otro el que arregle vuestros destrozos? Sois una niña caprichosa y voluble.

Eso no pudo negarlo.

Tras haber asumido que los pilares en los que siempre había descansado —familia y amor— habían menguado; dejándola así perpetuamente coja, Susona había comprendido que existía algo peor que sumergirse en una eterna espera de noticias acerca de su padre: la absoluta ignorancia con respecto a su estado. Lo que incrementaba el horror con el que convivía desde hacía semanas. Así pues, una mañana había recurrido a la misericordia de quienes han tomado los votos.

Alonso Benadeva había heredado los apellidos y el nombre de su abuelo, que se había preocupado no solo de hacer carrera en la Iglesia sino también del devenir de sus vástagos y de los vástagos de sus vástagos. Era canónigo y uno de los doce hijos de Isabel Suárez y Pedro Fernández Benadeva, cuyo paradero se había descubierto y ocasionado un arresto muy sonado el día 22 de aquel mismo mes de diciembre. Lo habían apresado en un vano intento de acogerse a sagrado y su hijo, avergonzado —quizá por la lamentable situación, quizá por verse envuelto en semejante escándalo—, negó haberlo auxiliado. Decíase que cuando alguien insinuaba que había participado en la infructuosa huida de su progenitor, el rostro del clérigo se coloreaba de escarlata.

Susona creía que, dado que los cargos que se le imputaban a Diego de Susán estaban relacionados con la fe, oposición al establecimiento de la Santa Inquisición y herejía, solo un hombre que vistiera los hábitos podría ayudarla. Para su desgracia, el canónigo Benadeva estuvo muy lejos de ello.

—Lamento no poder consolaros. No participo en estas cuestiones —se había excusado.

—Son asuntos de la Iglesia, ¿quién, sino vos, podría hacerlo? —Había insistido ella, y él adivinó que se refería a los lazos compartidos—. Solo deseo saber cómo se encuentra mi padre, si existe la posibilidad de visitarlo y, en caso contrario, si vos lo haríais por mí y por todas las familias que están sufriendo con estas detenciones tan injustas para entregarles un mensaje de amor de parte de los suyos.

El hombre se acercó para susurrarle entre dientes:

—Aun cuando quisiera, no podría.

—Alguien habría de acompañar a esos hombres e insuflarles ánimo.

El canónigo se pinzó el puente de la nariz y suspiró.

—Ya estoy en una posición harto delicada, hija mía —le recordó.

—Pero es la Iglesia, y vos sois un hombre de Dios. —Había examinado sus vestiduras eclesiásticas, como si no fuera merecedor de portarlas.

—Erráis si pensáis que todos los que vestimos la pureza del alba ostentamos cierta cuota de poder.

Esas fueron sus últimas palabras.

Había apostado a que Alonso Benadeva sería la respuesta a todas sus preguntas, la salvación a la que aferrarse, porque Alonso Benadeva era hermano de Álvaro Suárez y Álvaro Suárez era marido de su hermana María, y también él había caído junto a su padre y a Diego de Susán. Pero el canónigo sabía asimismo que había acusaciones que eran más verdades que calumnias.

Así que Alonso Benadeva no cedió, pese a ser lo que precisamente era. Y sus hermanos, Juan y Gómez Suárez, ambos racioneros, y Gonzalo de Gibraleón, mediorracionero, que gozaban de menor potestad que él, ni siquiera aceptaron hablar con ella.

—Solo quería información sobre padre, y habiendo sido detenido Benadeva pensé que... —Durante unos segundos se mordió el labio inferior, callada—. Pensé que él podría intervenir.

—No. Creísteis que él solucionaría vuestros errores. No se puede tener todo lo que se desea, Susona —le respondió la hermana—. Con vuestra edad ya deberíais saberlo, pero nadie os ha negado nunca antojo alguno, por muy pueril y banal que fuera, por eso actuáis así.

María se giró y subió las escaleras, directa a los que habían sido sus aposentos. Había llegado decidida a llevarse todo aquello que le había pertenecido pero su estado no le permitía cargar demasiadas cosas, así que ese día se conformó con reclamar lo menos pesado, lo que sus manos pudieran sostener. El resto se lo encargaría a uno de sus cuñados, que muy gustosamente se prestaría a ayudarla.

Arrasó con el aparador en el que aún yacían un par de pebeteros y un sahumador de plata, amén de ricos recipientes vacíos en los que otrora había guardado emplastos y productos para acicalarse. Desde bien joven María había optado por blanqueadores con el fin de que la tez aceitunada que compartía con su hermana pequeña fuera perdiendo color, por lo que durante una temporada recurrió a todo tipo de ungüentos aclaratorios. A aquellas alturas de la vida, se había resignado a su belleza. Introdujo todo lo que pudo en el interior de los contenedores huecos, incluidas algunas joyas que habían pertenecido a su madre.

Cuando regresó al piso inferior, la vieja Catalina la contemplaba negando con la cabeza en expresión de decepción. Susona ya la había informado de la discusión acontecida y le había rogado que no se entrometiera, eso solo caldearía la llama de la reyerta y ella la quería extinta, que el aire dejara de remover las ascuas que enseguida prendían.

—Que os aprovechen esos bienes materiales —comentó Catalina al verla con los brazos repletos de objetos y un dolor tirante en la comisura de los labios. Ya no podía masajearse las lumbares a medida que caminaba.

María la ignoró.

—¿No falta un perfumador de plata que era de madre? —le preguntó a su hermana.

—¿Cómo habéis podido, María? —le reprochó la mujer—. La codicia nunca ha sido uno de vuestros vicios, ni siquiera de pequeña ansiabais lo de los demás.

Entonces se dignó a mirarla.

—También son mi herencia. No voy a permitir que se pierdan aquí.

Susona había esperado que María no osara tocar los recuerdos de su madre, que los hubiera dejado intactos en sus aposentos, encapsulados en esa aura que aún conservaba su perfume angelical, su último roce. Para Diego de Susán eran una reliquia, les rendía devoción como si encerraran el alma de su difunta esposa.

No había sido así. Entendió que María había reclamado lo que creía que le pertenecía por derecho de nacimiento, y ella no podía negárselo. Al fin y al cabo, también eran su herencia, tal y como su hermana había expresado.

—Sí, el de plata dorada, labrado y hecho de tres piezas. Está en manos de la Iglesia —reconoció Susona, y María elevó las cejas en gesto de sorpresa—. Lo entregué como donativo, el cardenal Mendoza me impelió a ello diciendo que sería una buena dádiva y que pendería frente a un altar.

Acusó cuánto le molestaba que hubiera cedido aquello sin su permiso. La brecha que hacía toda una vida se había abierto entre ambas se acentuaba creando una angosta garganta que no se podía cruzar. Jamás volverían a trazar un puente.

—Supongo que ahora tratáis de paliar el remordimiento convirtiéndoos en una buena cristiana. ¿También habéis hablado con él para que os preste ayuda?

—No —murmuró cabizbaja—. He dejado el devenir en manos de Dios, nuestro Señor. Que se haga su voluntad.

—Aunque su voluntad sea consecuencia directa de vuestra traición. Volveré a por los arcones y por mi tapiz de la doncella y el unicornio —la avisó, a sabiendas de que Susona siempre había deseado trasladarlo a su alcoba—. Si es que para entonces no lo habéis vendido para salvar vuestra alma o no hemos sido todos apresados y quemados en la hoguera.

Susona asintió y la siguió hasta la salida en absoluto silencio. Una vez allí, le abrió la puerta y sin despedirla, permitió que su hermana, a punto de dar a luz, se marchara con las manos llenas. Se reconfortó pensando que algún día todos aquellos bienes pasarían a ser de su futura sobrina.

29

Y dende á pocos días quemaron tres de los principales de la ciudad y de los más ricos, los quales eran Diego de Susán, que decían que valia lo suyo diez cuentos, y era gran rabi y, según pareció, murio como christiano; e el otro era Manuel Sauli, é el otro Bartholome de Torralba. E prendieron a Pedro Fernandez Benadeva, que era mayordomo de la Iglesia de los señores Dean y Cabildo, que era de los mas principales de ellos, é tenia en su casa armas para armar cien hombres; y a Juan Fernández Albolasia, que había sido muchos tiempos Alcalde de la Justicia, é era gran letrado, é a otros muchos, é muy principales é muy ricos, á los quales tambien quemaron, é nunca les valieron los favores, ni las riquezas.

ANDRÉS BERNÁLDEZ,
Historia de los Reyes Católicos
don Fernando y doña Isabel

El tribunal del Santo Oficio había extraído múltiples declaraciones a los prisioneros hacinados en las cárceles del castillo de Triana, bautizado como castillo de San Jorge. Las personas son como piedras, en cuanto son sometidas a la presión adecuada y durante un tiempo prudencial, se desquebrajan y las grietas se ramifican y ensanchan. Y entonces, se rompen. Había muchos hombres y mujeres rotas en las entrañas de la sede inquisitorial, y nada que hacer con los pedazos de esas pobres almas en pena, más que apiadarse de ellas y ayudarlas a partir.

Para ello se había convocado el primer auto de fe en la mañana del 6 de febrero. Ni un solo nombre había sido proclamado en voz alta, la identidad de los condenados era un misterio y las absoluciones —Dios quisiera que las hubiera—, también.

6 de febrero de 1481

Acunada por la multitud, Susona se percató de que solo era una persona más entre la marea de rostros humanos inidentificables. Nadie reparaba en ella. Estaba ahí, aferrada a Catalina con una fuerza inusitada y media faz enterrada en la capa, abrigada para que el frío invernal no le cortara los labios ni le enrojeciera la nariz y las mejillas. Su cabello se camuflaba con el de las otras mujeres, la redecilla de su tranzado podía confundirse con la de cualquier otra y su estatura no superaba la de los demás.

La ansiedad que la estrangulaba desde hacía semanas por el hecho de encontrarse entre aquellos a quienes había traicionado fue menguando. No había rastro de su hermana María ni de los hijos de Benadeva, ni los vinculados con la Iglesia ni los legos. Tampoco de la familia del fiel Beltrán, habría sido fácil distinguir la melena bermeja de Sara, su esposa, aunque la cofia la ocultara.

Se había resistido a los intentos de comunicarse con ella primero llamando a su puerta, luego por medio de misivas. Aludía a indisposiciones, malestar u ocupaciones varias. No podía mirar a Sara a la cara y ofrecerle consuelo por la detención de su marido, no podía mirar a los ojos enamorados de Gonzalo y fingir que no había participado en el arresto de su padre. Y por encima de todo, no podía aceptar su auxilio, porque Sara querría cuidarla, asegurarse de que este revés no la dejaba postrada en el lecho, y Gonzalo, con su ademán protector, la habría instruido en las cuentas y el negocio de su progenitor sin pedir nada a cambio, nada más que unas palabras amables y unas sonrisas sinceras.

Eso no podía soportarlo. No podía permitirlo. Ser el centro de la resignación y la penuria cuando había ocasionado tanto mal.

Examinó su derredor. El amplio espacio que habían escogido para el primer auto de fe era una explanada, una plaza en la que la concurrencia humana no supusiera mayor problema para el correcto funcionamiento de la justicia. Todos cabían allí, entre codazos en las costillas y pisotones que hacían aullar a los que los sufrían. Los niños pequeños corrían el riesgo de morir aplastados, de no ser llevados en brazos por sus padres; algunos pilluelos se escapaban y correteaban entre las piernas de los demás, se colaban entre los huecos y se detenían en el mejor sitio para ver. La primera fila.

La gelidez de aquel terrible febrero casi podía combatirse con el calor que desprendían los cuerpos que allí se congregaban. Solo había dos tipos de espectadores: las familias de los detenidos, que oraban en silencio por recibir una mejor noticia que el ajusticiamiento de sus seres queridos, y los que acudían llamados por el morbo y la perversidad, deseosos de ver caer a quienes odiaban o de regodearse en las penurias ajenas.

Enfrente del gentío se había desplegado toda una milicia de alguaciles bajo las órdenes del asistente mayor don Diego de Merlo, que protegían con semblante impertérrito y las manos en sus espadas una tríada de postes de madera dispuestos formando una hilera. Recordaban a las cruces que se alzaban en la cima del monte Calvario.

Tres hombres anónimos habían sido juzgados, hallados culpables y, en breves instantes, serían condenados a arder en la hoguera, porque solo el fuego purificador podría librarlos de sus abominables crímenes.

Detrás de los maderos se había levantado una tarima improvisada en la que unas sillas vacías esperaban a sus ilustres ocupantes, una escalera a la diestra y otra a la siniestra permitía ascender hasta ella y contemplar el flamígero espectáculo que iba a desarrollarse, amén del vulgo. También la tarima estaba parapetada por alguaciles. Preveían un levantamiento a causa de la indignación, quizá desmayos por el terror de ver los cuerpos de aquellos herejes arder sin compasión. Todo estaba preparado para refrenar una posible revuelta, ya fuera por parte de los conversos encolerizados por la muerte de uno de los miembros de su comunidad, o de los cristianos viejos que ansiaban venganza.

Era irónico que un buen cristiano ansiara venganza. ¿No habían de exponer la otra mejilla al ser golpeados? ¿Por qué entonces vanagloriarse al ver cómo otros recibían aquellos cruentos castigos? ¿Qué había de cristiano en disfrutar del dolor de quienes pecaban o habían errado? ¿Y qué había de cristiano en pararse a observar cómo unos hombres eran cremados vivos?

Susona alzó la cabeza y observó la cúpula grisácea que los cubría. Era un día plomizo: el cielo, densamente poblado de nubes, se negaba a dejar traspasar ni un mísero rayo de sol. Si llovía, el agua apagaría las llamaradas calcinadoras y quizá entonces los inquisidores creyeran que había sido obra de Dios. Que Dios, en su infinita misericordia, había decidido perdonar a aquellos pecadores sin que importase cuál fuera su crimen y, siendo este su mandato, debían acatarlo.

Con todas sus fuerzas deseó que lloviera, aunque solo fuera un diluvio pasajero que empapara la madera, la yesca, los ramajes y evitara que prendieran. ¿Mas no sería eso alargar la condena de los pobres infelices a los que ya habían decidido ejecutar? Si no era aquel 6 de febrero, sería el 14, y así sucesivamente. Hasta que un día lograran que el fuego los redujera a cenizas y polvo.

—Se habrá lavado las manos como Poncio Pilatos —susurró la vieja aya, que no oía su propia voz entre el jaleo del populacho allí concentrado que con sus empellones las hacían bailar.

—¿El asistente mayor? —preguntó Susona, consciente de que no se refería a Diego de Merlo.

—No. Nuño de Guzmán —pronunció con el asco hiriéndole la lengua—. Se habrá lavado las manos para no ver que están manchadas de sangre, de la sangre de los hombres que hoy serán condenados a arder en la hoguera, de la de las familias desamparadas.

Aquello le devolvió el sabor amargo de la culpa. Nunca se había ido, pero el regusto le subió por la garganta.

—Parece que nadie se libra de ver en sus manos ríos de sangre —murmuró—. No son solo las suyas las que han traído consigo la desgracia de esos hombres, con las mías doy hoy muerte a tres de ellos.

Se le curvó el gesto y Catalina gruñó. Malas noticias, cuando Susona curvaba la sonrisa siempre era una mala noticia. Le dio un par de golpecitos en la mano en un vano consuelo, del que ella no se percató, tan obnubilada al ver los postes.

Llevaban allí un par de horas, y los pies y la espalda empezaban a resentirse. Pese al paso del tiempo, la gente se negaba a abandonar el lugar, nuevos ojos curiosos llegaban para quedarse, y cuando no eran ni las diez de la mañana una voz resonó.

—Vienen. Allí vienen —gritó alguien.

Y al igual que una plaga de langostas bíblica dispersándose por Egipto, los rostros se giraron en busca de los reos. No eran los prisioneros quienes se acercaban, no se oían las cadenas que los maniataban y alertaban de su llegada.

—Son hombres buenos, caballeros cristianos —avisaron.

—Cristianos viejos y asesinos —escupió Catalina.

Susona también era una asesina, pese a que no fueran sus manos las que sostuvieran la antorcha encendida que prendería el ramaje colocado en la base de aquellas piras funerarias, y no fuera su lengua la que ordenara su muerte. Si aguzaba el oído oía crujir la madera, si aguzaba sus sentidos, el calor del fuego le acariciaba las mejillas.

Arder. Qué forma más terrible y bárbara de morir.

Se alzó en puntillas y sobre las desconocidas cabezas cubiertas con tocas y sombreros observó a toda una comitiva de excelentísimas e ilustrísimas personalidades. Distinguió entre los presentes al licenciado Fernán Yáñez de Lobón, alcalde de Casa y Corte y lugarteniente del asistente Diego de Merlo, quien encabezaba el séquito con majestuosidad y pompa, en la retaguardia, los alguaciles.

—Maldades las de ese hombre —apuntó Catalina.

—¿Quién? —se interesó la joven, escudriñando entre los asistentes.

—El que sigue al asistente mayor. —Hizo un gesto con la cabeza en su dirección—. Es un perro sabueso que olisquea los rincones sucios de orín y heces solo por dinero. Lo he oído en la Puerta de Minhoar, donde los comercios, es él quien se hace cargo de los bienes confiscados de los condenados por el Santo Oficio.

Catalina le llegaba por el pecho, estrecharla y que la estrechara era como apoyarse sobre un bastón que, debido a su pobre altura hace que cojees y te duela la espalda. Catalina era su bastón, lo que le permitía no decaer y llorar en mitad de la plaza, acurrucada en sí misma. Susona era el bastón de Catalina, el único motivo por el que seguía anclada a la familia Susán. La nodriza nunca abandonaría a su niña de leche. Aún le quedaba mucho que mamar, mucho que ingerir.

—Tiene algo en los ojos. —Lo apreciaba desde allí.

—Es el brillo de la codicia —le aseguró—. No podrían haber encontrado a un hombre mejor para desempeñar ese oficio. ¿Quién, si no, iba a desposeer a una familia de sus bienes después de semejante tragedia? Un golpe tras otro: primero te matan al marido, luego, te dan una patada y a la calle.

Si el tribunal inquisitorial había condenado a su padre, ese hombre de ropajes exquisitos y sonrisa lineal les arrebataría el techo bajo el que vivían, las paredes que las resguardaban, la cama sobre la que dormían y hasta las sábanas con las que se arropaban.

—Sus pasos suenan como el tintineo de las monedas —dijo Susona. Se le había erizado el vello de la nuca y sus emociones estaban a flor de piel, percibía matices imposibles—. Su perfume debe de ser el del metal de los maravedíes.

A Catalina le sorprendió la respuesta.

—¿Qué hacen con ellas, con las propiedades de los fallecidos?

—¿Quedárselas? ¿Repartirlas? Dios sabrá.

Los venerables inquisidores fueron los siguientes en hacer acto de presencia. Fray Miguel de Morillo y fray Juan de San Martín, maestro y bachiller en Santa Teología respectivamente, y Ruiz de Medina fueron ocupando sus asientos en la tribuna, para, pocos minutos después, entre conversaciones indescifrables y casi murmuradas recibir a los grandes señores que asistirían al acto. Los Ponce de León y los Guzmanes resplandecían tanto que dañaban la vista. Su rancio abolengo se insinuaba en los mentones alzados y las vestiduras; cuajados de joyería y la más exquisita urdimbre, habían prescindido de sus mujeres e hijas, el complemento a omitir. «Un espectáculo grotesco que no soportaría el estómago femenino», dirían ellos para excusarlas. Y era cierto, doña Leonor de Ribera y Mendoza había preferido obviar aquella ceremonia, por muy en honor a Dios que fuera. «Id vos a la quema de herejes, que yo me quedaré en la capilla rezando por sus almas», le había informado a su esposo esa mañana.

Susona notó un picotazo en el estómago al distinguir las facciones de Nuño en la figura de un hombre de cabello entrecano, don Enrique de Guzmán era la representación de un futuro no demasiado lejano. Daba la impresión de que se había asomado a una laguna y en sus aguas calmas atisbaba el devenir, el tiempo y sus achaques de aquel que había sido su amante. Un Nuño de Guzmán envejecido. Al duque de Medina Sidonia le seguía su primogénito y el mediano de sus vástagos, Nuño y Juan Alonso; Martín de Guzmán estaba encerrado en sus aposentos por razón de los estudios.

Frente al aspecto adecentado y pulcramente estudiado de los honorables caballeros, Nuño era un vagabundo, un hombre dado a la mendicidad. Catalina había comentado que se había lavado las manos de sangre, no parecía habérselas enjabonado, ni tampoco el rostro. Sus pulcros ropajes quedaban deslucidos por su ánimo avinagrado.

A Susona se le encogió el corazón, no supo si se debía a la distancia que los separaba —él en la tarima, ella escondida entre el gentío— y que se materializaba en un hormigueo en la yema de sus dedos y un implacable dolor en el pecho, o a la traición que aún supuraba pus. Hacía meses que no se cruzaba con él, desde aquella noche en que le había susurrado al oído la conjura conversa y los nombres y apellidos de los insurrectos. Si lo tuviera delante, si solo fueran escasos palmos lo que los alejara a uno del otro, le habría echado las manos al cuello, y no precisamente para estrangularlo. A veces dudaba de sus intenciones. Quizá sí, quizá sí quisiera estrangularlo. El odio y el amor se parecían tanto...

El linaje de los Mendoza estaba representado con el arzobispo de Sevilla. El cardenal don Pedro González de Mendoza, cuyas vestiduras coloradas resaltaban en aquella mañana lúgubre, se reunía con el resto de varones de su categoría clerical. Al menos, había una cara amiga.

—Éramos pocos y llegó el hombre que vendió su alma al diablo, por lo que se esconde entre las piernas de una meretriz —espetó el aya. Susona le chistó en señal de reprobación, pero a la vieja nada le importaba. Nadie las oía—. Su Eminencia y las penas impuestas. Es cruel, os lo digo yo. Es cruel y se regodea en lo que os hace.

Susona pensó en la propuesta del cardenal, en todo lo que el Santo Oficio y ese tal Yáñez de Lobón le arrancarían de las manos en cuanto su padre dejara de ser su padre y pasara a ser un esqueleto, unos huesos negruzcos, cenizas que el viento trasladaría a otro lugar. Un lugar libre de traiciones y conjuras, un lugar más apacible y luminoso, menos oscuro y siniestro. El Paraíso.

—¿No es vivir la peor penitencia, mi querida aya?

—Cierto es —asintió la anciana tajante—. Vivir con la culpa y vivir con los fantasmas de aquellos a los que habéis condenado a una muerte atroz, vivir con las pesadillas de la calavera, vivir sin padre y sin amado, sin riquezas ni fortuna, sola en la deshonra y la humillación.

Nunca estaría sola. La tendría a ella.

—Supongo que ese es mi sino. Vivir deseando haber sido apresada y calcinada en este justo momento para así no tener que hacer frente al dolor ajeno que he causado. Vivir deseando la muerte.

—Peor. Vivir deseando estar ya muerta.

Desde el día en que su hermana María la había advertido acerca de las habladurías que impregnaban las collaciones, el debate en torno al culpable del primer arresto masivo se había intensificado. «Susona. Susona. La dama de Susán. La hija de Diego de Susán. La Fermosa Fembra. La Bella. La del barrio de Santa Cruz», circulaba de boca en boca. Catalina lo sabía de buena tinta, en la Puerta de Minhoar no se mencionaba únicamente a Yáñez de Lobón y a Diego de Merlo, a los inquisidores y los apresados. Todo el mundo tenía una especulación que lanzar.

En algún momento alguien la señalaría con el dedo y sería la traidora de la judería. Dejaría de ser la Bella, de ser Susona —aunque nunca lo hubiera sido, porque la Fermosa Fembra le ganó desde que abrió los ojos hacía quince años—, y entonces los alguaciles la detendrían. Pues lo recomendable es arrancar la mala hierba, extirpar con presteza la raíz, que la semilla no germine.

Si Susona engendraba, sus hijos heredarían su naturaleza vil y taimada, las supuestas prácticas semitas a las que sus ancestros habían renunciado y que según Su Eminencia aún salvaguardaban con cariño. Pero, si la condenaban a la hoguera junto a los demás conversos que ella misma había delatado, acabarían con la epidemia de herejes. Si sembraban de sal la judería y la reducían a escombros, el reino de Sevilla quedaría límpido, inmaculado, el problema converso habría encontrado solución, el Guadalquivir discurriría puro.

Con los rumores pregonándose, quien no la denunciara era porque había previsto cobrarse su cabeza.

30

A Nuño de Guzmán lo habían tenido que arrancar de las garras de una pesadilla y de la calidez de las mantas de la cama. Lo primero. Lo había agradecido, lo segundo lo había enojado en extremo. La noche anterior había caído bocabajo sobre el jergón, sin haberse desvestido siquiera —fue Sancho quien lo condujo a su alcoba y lo cubrió para que no volviera a sufrir un enfriamiento—. Se había bebido el doble de lo que ocupaba su pena y a aquellas horas intempestivas y madrugadoras aún no había superado los efectos del alcohol. Por no superar, no había superado ni lo que el galeno había catalogado de aojamiento.

Seguía turbado, cansado y dolido. Un puñal que le hubiera abierto las carnes y cuya herida se hubiera infectado le habría causado menos problemas que ese mal de amores que lo llevaba directo a la tumba. Mil veces maldecía a Susona por soñarla con otros, luego se lavaba la boca y bendecía su nombre. Jamás había sido tan devoto y hereje al mismo tiempo.

No había amanecido aún cuando lo embutieron en un jubón negro aterciopelado y unas calzas azabaches, lo perfumaron con aroma de benjuí, almizcle y ámbar, y lo sacaron a rastras del castillo de Santiago montado en su corcel —otra promesa rota—. Juan Alonso iba a la zaga, cercado por hombres de confianza, su padre presidía la marcha, y Sancho Ponce de León los acompañaba, siempre a su lado. Las horas de viaje a las que tan habituado había estado se le antojaron interminables, bajo el cielo neblinoso y el viento racheando, él daba cabezadas, todavía adormilado. Cada poco, Sancho le iba arreando codazos para que se mantuviera erguido y le ofrecía agua fresca, solo agua fresca. El vino le había dejado la mente embotada y la garganta seca.

Se sentía un despojo. Que las supuestas curas del físico Fernán Martínez Abedino no hubieran surtido efecto incentivaba esa molesta autopercepción. Ni con un médico converso habían logrado extirparle aquella horrible melancolía que lo consumía. Y es que solo Susona podría hacerlo. Susona y sus besos. Ella era todo cuanto necesitaba. ¿Cómo era posible que la causante de su padecimiento fuera a la vez la solución?

Precisamente ese pensamiento atormentaba a su padre, don Enrique de Guzmán. En la cabecera, hastiado del deplorable aspecto de Nuño y de su comportamiento errático y abusivo, viéndole cabalgar a duras penas, no pudo evitar preguntarse si no había errado en su decisión meses atrás. Era la primera vez que se cuestionaba a sí mismo. Era obvio que lo había sobrevalorado. No era el indicado para un asunto de tanta importancia como el que le había encomendado: enamorar a Susona y extraer información como se exprime el jugo de las naranjas amargas que cuelgan de los árboles de la judería, con presión y fuerza.

Cada minuto que no estaba a su lado envejecía, su salud se resentía, su ánimo se quebraba. Enrique de Guzmán ya no se reconocía en él, pese a compartir sus rasgos, solo veía a un maldito beodo que había perdido el juicio y la razón por culpa de una mujer también maldita. Nuño se había tornado un hombre débil, y un hombre débil no merecía llamarse hombre. Nuño ya no merecía ser un Guzmán.

Habiendo llegado a Sevilla y dejado a buen recaudo las monturas, se dirigieron con la escolta al lugar donde había de producirse el auto de fe. Mientras que don Enrique de Guzmán aspiraba el aire frío de la mañana como si le perteneciera, hinchaba sus pulmones de aquel ambiente glorioso que tanto le satisfacía, poco a o nada temeroso del contagio pestífero, Nuño, en cambio, caminaba como si cargara un saco de piedras sobre sus espaldas, un caminar pausado y cabizbajo.

—Las gentes están sedientas de diversión —anunció don Enrique de Guzmán gozoso al ver a la multitud agregada en aquel espacio que, según se multiplicaban los asistentes, empezaba a resultar angosto.

Los alguaciles apostados en la plaza les indicaron las escaleras que llevaban a la tarima y cortaron el paso a quienes, eclipsados por el fulgor de las joyas, se lanzaban a sus pies. Sucedía muy a menudo cuando transitaban entre el vulgo que, poco acostumbrado a la presencia de grandes señores, se enzarzaba en disputas continuas y empellones para alcanzarlos y besarles la mano.

Hubo una época en la que a Nuño le agradaba ese trato, se pavoneaba en él, un reflejo directo de su progenitor. En aquellos instantes, con el rostro cetrino y descompuesto, al verse asediado por la turba, se percibió como un impostor. Se refugiaba detrás del brazo extendido de un guardia, que, apostado delante de ellos, los protegía a él y a Sancho. El Ponce de León permanecía a su lado, aferrándole la capa, asegurándose de que en un arrebato de locura pasajero no huiría.

Apenas había subido unos escalones cuando miró hacia arriba. En el estrado reposaban los inquisidores junto a otros hombres de fe. Era increíble que tres pares de ojos, tres pares de manos, tres bocas y tres corazones decidieran si alguien podría continuar con su vana existencia o si el hilo de la vida sería segado públicamente.

Sancho percibió la lividez en su rostro y le apretó el hombro al distinguir las vestiduras cardenalicias de Pedro González de Mendoza, quien conversaba con Ruiz de Medina.

—Lo veo a él y la veo a ella. —Se habían detenido en mitad de las escaleras, a la espera de que don Enrique de Guzmán saludara al asistente mayor y al alcalde de Casa y Moneda.

—Entonces no mires. No alimentes esas imaginaciones.

Quiso bufar.

—Es difícil no hacerlo estando aquí. ¿Y si se encuentra entre ellos?

Desesperado, la buscó entre el común. Verla. Solo verla. Era lo que necesitaba su alma desgastada. Sancho volvió a asirle la capa: si la localizara saldría volando hacia ella y solo Dios sabría cómo finalizaría entonces aquel auto de fe.

—Pues si está aquí refrénate en tus pasiones, mi querido amigo, que con un espectáculo ya es más que suficiente. No añadas otro.

Sancho estaba en lo cierto. Nuño se obligó a girar el rostro, a centrar la mirada en los peldaños de madera que iba subiendo, uno a uno, en contarlos hasta llegar a la cima. Ahí arriba se sentía a tiro de flecha, una presa fácil de derribar. ¿Estaban siendo inteligentes al presentarse de un modo tan asequible ante la multitud? ¿Y si algún conjurado se camuflaba entre los asistentes ansiando dar cumplimiento al ardid que sus compañeros habían iniciado?

Siguiendo el ejemplo de su padre, se acercó a don Diego de Merlo, que había abierto los brazos en un gesto de calidez y familiaridad poco habitual. Aquella mañana, todos los grandes señores parecían ufanos.

—Nuño de Guzmán —saboreó su nombre—. Que Dios os bendiga por todo lo que habéis hecho posible.

—Recordad lo que me prometisteis, señor mío —le bisbiseó al oído al estrecharse en un abrazo varonil, palmada en la espalda incluida.

Diego de Merlo y su sonrisa indescifrable otra vez, al verla le dieron ganas de retroceder. Cuando se separaron, clavó sus ojos en los de Nuño y dijo:

—Os di mi palabra, joven Guzmán, y así he de cumplir. La palabra de un Merlo es sagrada, es ley, valiosa como el oro. Lo prometido es deuda, Dios sabe que yo siempre saldo las mías.

—¿Está a salvo? —Le había temblado la voz y eso ensanchó la sonrisa del asistente mayor.

—¿De nosotros? Por supuesto. —La forma en que lo pronunció le pellizcó el estómago.

Nuño quería creer que haría honor a su palabra, así que asintió y ocupó su lugar a la vera de su padre, similar a un perro apaleado que regresa a su amo. Juan Alonso imitó a su hermano y saludó al asistente mayor; luego lo hizo Sancho. A continuación, subió al estrado el que era décimo señor de Marchena, tercer conde de Arcos y segundo marqués de Cádiz, don Rodrigo Ponce de León, y como su semilla solo había engendrado féminas, lo acompañaban sus deudos varones.

Las palabras del cardenal Mendoza aún pesaban en el alma de Nuño, soterrada bajo capas y capas de inmundicia: una inmundicia que hedía más a dolor que al alcohol que se había adherido a su piel y obligaba a Enrique de Guzmán a fruncir la nariz, muestra de su descontento. Un descontento que pasaba desapercibido a ojos del populacho mas no a los de sus iguales, quienes lo juzgaban con dureza.

La peor de las miradas, la de don Rodrigo Ponce de León, que lo examinaba de arriba abajo con un rictus de desagrado. Por unos segundos, el tratado firmado entre ambos linajes peligró. Más tarde, el duque de Medina Sidonia lo salvaría, como lo salvaba todo, con sagacidad, una sonrisa ensayada y su habilidad en la negociación.

—¿Cómo se procederá? —quiso saber el marqués de Cádiz.

—No será más que una solemne lectura de los extractos de las sentencias de los inquisidores —informó Diego de Merlo—. Los culpables tienen derecho a oír los cargos que se les imputan, del mismo modo que el pueblo, que espera una respuesta por parte de la justicia.

—¿Y la pena de muerte? —se interesó Enrique de Guzmán.

—Así se obrará una vez que se ordene la ejecución, pues como ven ya ha sido preparada la leña que ha de arder. Solo debemos aguardar a que lleguen los herejes que han sido condenados.

—¿Es cierto que han surgido problemas?

Diego de Merlo chasqueó la lengua. Las malas noticias, nuevamente las malas noticias, que volaban con la celeridad de un cuervo que busca picotear las entrañas de un cadáver ya tumefacto.

—Han surgido problemas, mas ya han sido resueltos. Descuiden, señores míos, si lo que les atormenta es la posibilidad de que los culpables queden impunes y su vida corra peligro. Todos ellos serán procesados y ejecutados por los muchos delitos cometidos.

—¿Y quiénes son los condenados?

Diego de Merlo se colocó de espaldas al tumulto, de manera que nadie le oyera o leyera los labios. En un gesto instintivo, los hombres se acercaron, encorvaron sus espaldas, compartieron el misterio que en breve se descubriría. Llamado por la curiosidad, el cardenal Mendoza se unió a ellos.

—Manuel Saulí, Bartolomé Torralba y el que ha sido veinticuatro de Sevilla, Diego de Susán. Los cabecillas e instigadores de la conjura.

Sancho y Nuño intercambiaron una mirada de precaución. «El padre de la dama», decía la del bastardo Ponce de León. «He matado con mis manos al padre de mi amada», se leía en la del Guzmán. Pero ¿de qué se sorprendía? La noche en la que se habían dado cita entre las paredes del lar de Susán veintisiete sombras con maliciosas intenciones ocultas entre los pliegues de sus vestiduras fue la noche en la que él mismo firmó su sentencia de muerte.

Incluso si la conspiración hubiera sido exitosa, habría fallecido más temprano que tarde, en cuanto se hubiera dado la voz de alarma y los alguaciles hubieran salido a poner orden: la tragedia habría llegado a oídos de doña Isabel y don Fernando, y los excelentísimos señores de la Andalucía habrían intervenido, espada en mano, dirigiendo sus mesnadas.

—Es justo que quien presta su hogar para asesinarnos sea el primero en ser juzgado —comentó Enrique de Guzmán.

—Por desgracia, les confieso que lo será más por hereje que

por rebelde, que dícese que entraba en la iglesia de Santa María Soterrana, en la collación de San Nicolás, y allí oraba diciendo: «Aquí me veo entre estos mis enemigos, quemados los vea, los muertos y los vivos, esta oración ofrezco a la reina Ester para que la ofrezca al Santo Abraham».

—Imposible —graznó el cardenal Mendoza—. Rezar en público algo así es prender uno mismo la hoguera en la que le han de quemar. Conozco a Susán, es todo menos un necio suicida.

—¿Estáis seguro, Su Eminencia? —Don Rodrigo Ponce de León alzó una ceja—. ¿No es un acto suicida convocar una reunión para cazarnos como si fuéramos simples ciervos a los que abatir?

Don Pedro González de Mendoza no tuvo opción a réplica.

—Lo cierto es que Su Eminencia no yerra en sus predicciones, por supuesto que es imposible —coincidió Merlo—, pero por algo habrá que condenar a ese hombre, ¿no?

—¿Querer pasarnos por cuchillo no es suficiente? ¿Acaso es inocente?

El asistente mayor se encogió de hombros.

—Nadie es inocente en su totalidad, o así lo veo yo.

—¿Qué hay de Pedro Fernández Benadeva, por qué no va a ser ajusticiado en el día de hoy? —arremetió Enrique de Guzmán, sabedor de que se dejaban muchos de los apresados en las celdas. Aquellas muertes se le antojaban ínfimas. Un insulto. Sus linajes valían más que tres criptojudíos.

—Tardaron más en prenderlo.

—Cien armas halladas en su hogar son prueba más que suficiente para destinarlo al fuego. Con cien espadas pueden sajarse las cabezas de muchos nobles caballeros cristianos.

Las rivalidades que desde hacía años habían llevado al marqués de Cádiz y al duque de Medina Sidonia a una encarnizada lucha banderiza cuyo final pacificador no se atisbaba se habían disipado. Viéndolos afines, Nuño se preguntó si esa animadversión que se prodigaban no sería consecuencia directa de la semejanza de carácter y ese honor henchido por el que tanto se palmeaban el pecho. A menudo tendemos a enfrentarnos a aquellos que son nuestro vivo y fiel reflejo.

—Benadeva será convocado más adelante, cuando los inquisidores lo crean conveniente —acotó Merlo, y todos dirigieron la mirada hacia Ruiz de Medina, fray Juan de San Martín y fray Juan de Morillo—. Probablemente aún le quede mucho por declarar.

Una voz se desgañitó entre la multitud. Fue un «aquí llegan» exclamado con tantísimo júbilo que solo podía haber sido expulsado por el ansía de un enemigo o un envidioso.

Así era, los reos llegaban cabizbajos, los grilletes de sus manos y pies tintineaban a cada paso que daban. Andrajosos, con los ropajes parduzcos hechos jirones y los rostros demacrados, máscaras de quebrantos y una desdicha inimaginable, levantaban compasión y sollozos entre los suyos, que gritaban sus nombres, se tironeaban de las vestiduras, se arañaban las caras y se arrancaban guedejas.

Entre los lamentos predominaban los de las mujeres, que se apoyaban unas a las otras en su dolor y soledad, tan pegadas, tan juntas, podían ser todas hermanas, hijas de un mismo padre, madres de los niños que cargaban en sus brazos, cobijaban bajo sus capas, amamantaban públicamente con sus pechos, pese al frío. Los adormilaban y les hacían llevadera la espera. Envueltas en sus chales, las criaturas ni siquiera comprendían qué hacían allí.

Se sostenían en ese ánimo hundido que era visible en sus ojos vidriosos y apagados, el tiempo en vilo les había quitado la alegría. Solo quedaba en ellas la peor de las miserias.

¿Cuántas se marcharían llorando por sus esposos muertos? ¿Cuántas se desvanecerían en el suelo? ¿Cuántas regresarían a su hogar con la categoría de viudas? ¿Y huérfanas? Aquellos tres herejes dejarían un reguero de sufrimiento tras de sí.

Las tornas podían haber sido al contrario. La fortuna podía haberles sido esquiva a los Guzmanes y a los Ponce de León y a Diego de Merlo y a otras tantas grandes personalidades cuyos nombres habían sido escritos en la conjura con rojo sanguino. Y entonces habrían sido asaltados en una noche oscura de finales de otoño. Cabezas rodando por el suelo, vísceras vomitadas, pechos asaeteados, cuerpos malheridos retorciéndose. Y tañerían las campanas, los escudos de armas se darían la vuelta, los cuervos graznarían. Y las mujeres que se habrían abrazado enlutadas habrían sido las suyas, llorosas, silentes. Porque las buenas mujeres no lloran en voz alta.

El mundo se observa de un modo distinto cuando te percatas de que el muerto podías haber sido tú.

31

Al divisar a su padre tan maltrecho, Susona solo pudo pensar que lo habían privado de toda dignidad. Que en las cárceles que albergaba el castillo de San Jorge, se les succionaba el alma hasta convertirlos justamente en eso que caminaba delante de ella: los fantasmas irreconocibles de unos buenos hombres.

Diego de Susán abría la comitiva, le seguía Manuel Saulí y la cerraba Bartolomé Torralba, encadenados de pies y manos en un rítmico tintineo que se asemejaba a un sonido fúnebre. La efigie de su padre no encajaba con los recuerdos del hombre que la había cuidado, tampoco con la imagen de la última vez que lo había visto en su hogar, al ser arrestado por los alguaciles. Quien ahora recorría el camino era un completo desconocido. No era Diego de Susán, no era nadie. Un mártir que sucumbiría a la represión hecha de sangre y fuego.

Los inquisidores contemplaron impasibles el paseíllo de vergüenza de los condenados hasta sus correspondientes tumbas de paja y madera. El ambiente estaba preñado de un silencio pegajoso, únicamente paliado por los sollozos incontrolables de algunas mujeres, las familias de Saulí y Torralba, inidentificables entre la marabunta.

Uno a uno fueron posicionados en los altivos maderos, donde los amarraron con una soga que se les clavaba en la espalda hasta casi arquearla. No opusieron resistencia alguna, cualquier atisbo de rebelión y justicia que hubieran tratado de conservar durante su cautiverio, había sido cercenado de cuajo.

—Dios Todopoderoso —fue lo poco que alcanzó a articular Susona—, no hallará salvación.

No fue una pregunta, fue una afirmación. Quizá la afirmación que más le había costado pronunciar en sus quince años de existencia. La esperanza dejó de ser indemne y, como si buscara la verdad en unos labios ajenos a los suyos, en una mirada que le susurrara «niña, esto es solo un mal sueño», buscó el rostro de su aya. Catalina, hecha lágrimas, murmuraba:

—¡Ay de mi Susán! ¡Ay de mi señor! —como si por repetir su nombre, el arcángel san Gabriel fuera a descender de los cielos a llevárselo entre sus brazos.

Así pues, Susona se giró hacia el cardenal de Mendoza, le faltaban los años de experiencia de Catalina y no apreció la señal de reconocimiento en sus agudos ojos. Viró hacia el otro lado y allí estaba Nuño. Nuño de Guzmán y su traición, la razón de las cuitas que allí se desarrollaban, del apresamiento, de la separación filial, del apaleamiento, del ajusticiamiento. Ella le había salvado la vida. Él se cobraba la de las gentes que ella había amado. Así de desarraigada la dejaba. Porque quienes son incapaces de amar, nada les supone herir a los demás. Pero Nuño tampoco parecía Nuño, desde luego, no el que tantas veces había besado en aquella encrucijada a horas nocturnas.

Su hermana María ya se lo había advertido: que padre no quedaría exento de pena capital, que lo quemarían hasta reducirlo a cenizas y luego regarían la judería con ellas, y las calles quedarían alfombradas del polvo de su cadáver. Diego de Susán no se habría salvado ni aunque hubiera firmado su confesión: ser instigador de una rebelión y un converso que judaíza en la clandestinidad de su hogar.

Hay pecados imperdonables.

—Vayámonos, que no estáis en obligación de asistir a tamaña aberración, no habéis que observar cómo lo juzgan y lo condenan, mi pequeña. Vayámonos —insistió la vieja nodriza, que la aferraba con sus perecederas fuerzas y la tironeaba del brazo.

Incapaz de apartar la vista de ese Nuño de Guzmán, que, en la distancia, se mordisqueaba el labio inferior, dijo:

—No puedo dejar que muera solo, abucheado por muchos y odiado por todos. He de permanecer aquí, para que fije en mí su mirada y reconozca una cara, para que no olvide que le amo como solo una hija puede amar a su honorable padre.

Y entonces sí, fingió que el Guzmán había desaparecido de aquel estrado y se concentró en la figura lejana de su progenitor. Tan erecto en el poste de madera, tan abatido, tan lacerado, le recordó a Cristo en la cruz.

—Torturaros con la imagen de su muerte no os librará de la culpa.

—Huir tampoco —dictó ella con dureza—. A los actos, sus consecuencias. No me iré. No cerraré los ojos. Me quedaré en esta plaza hasta que sus huesos se hayan consumido. Que me sorprenda la noche y el frío me sobrecoja si es menester, dormiré al raso con las brasas aún candentes hasta que se extingan. Hasta que no quede nada de él.

—Maldita penitencia que nunca es suficiente. Al castigo de Su Eminencia le aunáis aquel que os encomendáis, que él os destrozará el cuerpo con sus latigazos y vos el alma con este espectáculo.

—¿Cómo no castigarme? —Su voz se tornó un quejido—. ¿Cómo no hacerlo cuando lo presentan ante mí de esta guisa? Miradlo, querida aya, mirad mi amor voluble por Nuño hecho jirones en sus ropajes, heridas en su carne, suciedad en su piel y miseria en su rostro.

Habían despojado a Diego de Susán de la distinción que pagaba el dinero, nada había ya del rico mercader que ahora vestía harapos. Tenía hematomas en cada recodo visible de su frágil cuerpo, maltratado por la vejez y la edad. Susona nunca lo había considerado frágil hasta entonces, no era más que un anciano de barba mugrosa, colores amoratados y costras resecas de una sangre sucia y cobriza. Golpeado hasta la saciedad, uno de sus ojos sufría una hinchazón que le impedía abrirlo con normalidad.

—Y María… María no se ha dignado a venir.

Susona buscó entre los allí presentes, seguía sin divisarla.

—Ahora tiene un hijo. Nadie debería traerlo a un lugar donde va a cometerse tal atrocidad.

Pero los lactantes eran muchos, las mujeres que no habían asistido con los niños colgados del pecho, lo habían hecho con sus retoños pegados a las faldas. Y Susona no pudo evitar sentir cierto rencor hacia su hermana, no por haberse llevado sus bienes y haber desalojado el hogar, ni siquiera por haber acertado en la predicción de la muerte de su padre, sino por no haber acudido. Había renunciado a un último adiós.

Diego de Susán levantó por primera vez la cabeza y sus miradas se encontraron a mitad de camino. Reunió un ápice de fuerza para emitir una leve sonrisa que le produjo dolor hasta en las costillas. Una sonrisa más, una pequeña sonrisa para su hija. Para Susona. La boca le sabía a sangre, sangre coagulada en la garganta, sangre espesa, sangre de cobre. El color de la sangre los había traicionado a todos, porque como un día dijo el bachiller Rodilla, la sangre de los conversos no es tan roja como la de los cristianos viejos. Y para estos últimos ellos siempre serían judíos. Marranos.

Tendría que haber sido más cuidadoso, se lamentó al percatarse de que su hija llevaba la culpa dibujada en el rostro. La traidora que había vendido a su pueblo era Susona, la misma que un caballero cristiano le había robado en una fría noche otoñal. Todo había empezado con ese Nuño de Guzmán, todo debería acabar con ese Nuño de Guzmán.

El cortante silencio se fracturó cuando leyeron la sentencia.

—Han sido acusados de herejía por la práctica y protección de ritos judaicos en su misma casa, manteniendo tradiciones como la lectura y enseñanza de los textos judaicos, el respeto a los sábados y el consumo de pan cenceño y carne proveniente de las tablas de carnicería judías. Así como de la creencia en la no resurrección, la inmortalidad y la impenitencia de Jesucristo, nuestro Señor.

Susona se dirigió a Catalina con los labios temblorosos.

—Dijisteis que era un buen cristiano —le reprochó—. Me lo jurasteis aquella noche.

—Habláis en pasado como si ya hubiera muerto —le advirtió, y ella se mordió el orgullo—. Lo es. Es un buen cristiano. ¿Acaso alguna vez lo visteis obrando como un mal cristiano?

Nadie nombró acto alguno de rebelión o traición, de levantamiento contra los cristianos viejos, de oposición al Santo Oficio, pese a que este había sido el cargo principal por el que los habían arrestado.

—No hay conjura —murmuró Susona, confundida por el veredicto de los jueces del tribunal—. No hay conjura. Nuño no me ha traicionado, quizá ya perseguían a los hombres por judaizar en secreto.

Catalina retuvo un gruñido, pues no haría más que hundir el dedo en la llaga que ya era el Guzmán.

—Sí hay conjura, mi pequeña. Mas no la mencionan por escasez de pruebas, ninguno habrá confesado, y sin pruebas no hay condena.

—Dudo que no hallen la forma de extraer una confesión, aunque suene falsa. Puede que no les importe que sea falsa. Con sus métodos tan persuasivos cualquiera acabaría en la hoguera, incluso los más inocentes. Porque mi padre es inocente. —Miró a Catalina de nuevo—. ¿Verdad?

La nodriza mostró una sonrisa torcida.

—Lo es. Lo es. Es inocente.

Susona necesitaría que se lo repitieran a menudo durante las próximas semanas, de manera que el recuerdo de su amado progenitor no se viera enturbiado por la opinión que otros tenían de él, por la sentencia condenatoria que lo arrastraría a las llamas del Infierno. Ella atesoraría sus virtudes, postergaría al olvido sus faltas.

—Citar públicamente la conjura sería reconocer que hay conversos que aún no han perdonado los múltiples ataques que han sufrido por su condición de cristianos nuevos, es más, que no solo no los han perdonado, sino que buscan resarcirse con sangre. Sería avivar una llama que desean extinguir. Mencionar algo en voz alta es dotarlo de poder y fuerza, hacerlo real, insuflarle vida.

—A veces es mejor callar —susurró. Un recordatorio perenne de que su silencio podía haber evitado las muertes que iban a producirse.

Catalina asintió.

—Y dejar que los ríos discurran por su correspondiente cauce.

Las autoridades y los inquisidores habían tomado una decisión: silenciar la conjura. Porque lo que no se menciona no existe. Todos aquellos que una noche de finales de noviembre se refugiaron en el hogar de Diego de Susán e intercambiaron palabras sibilinas arderían, y lo harían por un crimen distinto. Quedarían para la posteridad como malditos herejes.

Un alguacil se acercó antorcha en mano, la llama vibraba y Susona, pese a la distancia, sintió el calor en su rostro, un calor primaveral. Prendió así la base de maderos, leña y paja del primer poste, un Manuel Saulí a punto de desfallecer de cansancio y dolor cerró los ojos. Prendió también la base de maderos, leña y paja del segundo poste, Bartolomé Torralba bisbiseaba una plegaria a través de sus cuarteados labios. Prendió luego la base del tercero, y Diego de Susán alzó la cabeza una vez más para mirar a su hija.

Se iba y su hija no viviría mejor de lo que él había vivido. Se iba y su hija viviría igual o peor de lo que él había vivido. La abandonaba a su suerte. Tan acomodada, no le había enseñado a defenderse, a luchar con garras y dientes. ¿Qué sería de su Susona, desvalida y errante?

El primer grito perforó los oídos de los presentes, Susona estuvo tentada de taponárselos con las manos, sin embargo, aguantó cada uno de los aullidos agónicos que profirieron los primeros hombres que se vieron cercados por las lenguas flamígeras, las cuales crecieron devorando troncos y carne humana. El humo se espesó, el cielo se tornó de una negrura inescrutable y Diego de Susán se desgañitó cuando sintió el contacto del fuego.

El llanto gutural de los críos se dispersó con la celeridad de una enfermedad infecciosa, se confundió con los bramidos de los condenados, con las quejas de los indignados y los ruegos de los familiares y amigos. Un niño lloró cerca de Susona, era el hijo de su hermana María, que lo cargaba en brazos y lo acunaba dando ligeros saltos para calmarlo, pero el pequeño no hallaba consuelo al saber próximamente muerto a su abuelo. La salvaguardaban los Benadeva, cuñados y cuñadas que la cercaban para que ningún golpe la hiciera tropezar.

Frente al dolor también hubo júbilo, satisfacción en aquellos que se agolpaban y gruñían, que habrían despedazado con sus propias zarpas animales a los tres conversos que allí padecían tormento.

Susona no apartó la mirada de su padre, su corazón se quemaba al mismo tiempo que la madera cedía y crujía. El humo expedido por las brasas le picaba en la garganta, y la tos contenida la obligó a mostrarse pétrea e inamovible. Allí permaneció, tal y como había prometido, hasta que los gritos cesaron y solo quedó carne chamuscada en forma humana, derretida.

Ese sería su castigo: que la vida trascurriera mientras ella vivía para siempre en ese brutal momento.

32

Nuño tosió tanto que creyó que vomitaría las entrañas, la humareda se le había metido en los pulmones, le había arrebatado el oxígeno y le acariciaba los ojos ya ensangrentados, y eso le hacía llorar. Hubo de excusarse ante su padre, que observaba impasible aquella muestra de absoluta debilidad, las lágrimas corriéndole mejillas abajo. Porque Nuño, al contrario que don Enrique de Guzmán —hombre bien precavido—, no se había taponado las fosas nasales con un paño perfumado que evitara que el hedor lo alcanzara, algo que sí habían hecho los grandes caballeros, legos y señores de la Iglesia.

Pretendía aspirar cada voluta de carne, fuego y humo, tragársela con la boca si era necesario. Había traicionado a Susona y aquel espectáculo de figuras calcinadas que ya no se movían ni se retorcían, ni gritaban ni rogaban al cielo una clemencia que no llegaría, le había azuzado el arrepentimiento. Y su padre lo notó, adivinó la culpa que lo carcomía, y se avergonzó de ella y de la mancha que era Nuño en el blasón, en el linaje, en el apellido de su familia.

No podría olvidar los gritos que habían nacido de las gargantas de los condenados, un eco en su mente que retumbaba sin cesar y le erizaba los vellos de la nuca. Pensó que jamás los borraría de sus oídos perforados, que viviría con ellos para siempre, que nunca más volvería a escuchar algo que no fuera la agonía de aquellos hombres.

El ambiente festivo se fue disipando a medida que las horas transcurrieron, y la plaza quedó desierta de gentío y alboroto. Permanecían aún allí algunos inquisidores, alguaciles, eclesiásticos y caballeros cristianos de renombre enzarzados en conversaciones. En lo referente a la plebe, solo aguardaban en aquel lugar maldito los deudos de quienes habían sido martirizados, un enjambre de individuos dolientes que se racimaban para llorarlos, entre ellos, Susona.

A Nuño, la bilis se le subió a la garganta al reconocerla, todavía pendiente de las llamaradas, acurrucada en los brazos de su aya, ambas sentadas en el suelo y con la vista alzada hacia el tercer poste. Una náusea le sobrevino, le recordó al vino ingerido, al amargor de las naranjas de la judería, sinónimo de la melosa primavera que él había pasado galanteándola, ganándose su afecto y su consentimiento.

Ahora debía de odiarlo. ¿Cómo no hacerlo después de haber presenciado la barbarie que él mismo había provocado? ¿Cómo no hacerlo cuando ella se había fiado de sus honestas intenciones y él las había deshojado como quien arranca los pétalos de las rosas con las que se confeccionan las guirnaldas de los enamorados?

Sancho, advirtiendo la necesidad que lo arañaba de volar hasta Susona y suplicarle su perdón, dio un paso al frente y le susurró:

—Resiste, querido amigo, que no es momento ni lugar.

Diego de Susán aún crepitaba y la piel ennegrecida se le despegaba a tiras. No era el momento. Estaba allí de cuerpo presente. Acababa de rendir el alma frente a su desolada hija. No era el lugar.

Puede que haber sido el causante de semejante tragedia lo hubiera condenado —esta vez a él, y Nuño no sabía si había peor castigo que ese— a que jamás volviera a existir un sitio y un lugar para ambos. Un lugar en el que pudieran convivir sin que el odio supurase y el amor se marchitase, si es que no había muerto ya, pues las mentiras y las traiciones lo matan lentamente, y con su actuación él le había asestado el peor de los golpes.

A su derredor se arremolinaron los ilustres caballeros que habían asistido al auto de fe. Hasta hacía unos minutos se habían desplegado en el margen derecho de la tarima, el más alejado de los putrefactos cadáveres, y habían conversado a murmullos, con los pañuelos aromatizados cubriéndoles las bocas y las narices. Mucho se había hablado detrás de esos lienzos blanquecinos con olor a almizcle, en especial entre el duque de Medina Sidonia y el marqués de Cádiz. Se había producido un encuentro público y personal, arbitrado por don Diego de Merlo y sus dotes políticas, y allí habían solventado sus desavenencias y las reticencias que, por unos momentos, habían embargado a don Rodrigo Ponce de León con respecto al tratado firmado. No había tardado mucho en unirse a ellos el cardenal Mendoza, a quien habían requerido por su condición clerical y la potestad de otorgar sacramentos.

Habiéndose cerrado dichos trámites, el Guzmán y el Ponce de León lucían viejos aliados, de esos que se reencuentran tras años de separación y aprovechan para recordar las batallas en las que habían luchado codo con codo, socorriéndose el uno al otro. La política es un juego de hipócritas.

—En el siguiente auto de fe serán juzgados otros tantos hombres —confesó fray Juan de San Martín—. Nos hallamos a la espera de que uno de ellos sea Benadeva.

—Que el Santo Oficio aguarde al próximo invierno —indicó Enrique de Guzmán—, así tendremos leña y un buen fuego en el que calentarnos las manos cuando el frío arrecie.

El arzobispo de Sevilla chasqueó la lengua, visiblemente disgustado.

—No debemos, mi señor Guzmán, vanagloriarnos de la pérdida de almas humanas, pues, pese a los pecados cometidos y la herejía que tanto ofende a Dios, no son más que simples hombres cuyas acciones han sido desacertadas.

Enrique de Guzmán le restó importancia al discurso del cardenal Mendoza, y este calló.

—Abril —sentenció el otro inquisidor—, a más tardar.

Dos meses separaría a Pedro Fernández Benadeva del cruel destino padecido por Diego de Susán, Manuel Saulí y Bartolomé Torralba. Dos meses y quince días. El 21 de abril yacería cremado y su muerte daría origen a una pueril coplilla que diría «Benadeva dezí el credo. ¡Ax! ¡Que me quemo!», que los niños recitarían entre jugarretas.

—Para abril ya hará ese calor pegajoso que corre espalda abajo y humedece la camisola y el jubón —se quejó Rodrigo Ponce de León.

—Además, en abril siempre hay fuertes lluvias. ¿No peligrará el auto de fe?

—El fuego de Dios es más fuerte que las tormentas estivales, señor mío.

—Benadeva y ¿quién más?

—Quien traiga consigo la confesión de Benadeva.

—¿Su hijo Álvaro Suárez?

—Ningún padre soporta el sufrimiento de su hijo varón. Creemos que cederá ante el sometimiento de su vástago.

Nuño ni oía ni veía, las palabras que se intercambiaban en sus proximidades se deslizaban sin rozarlo siquiera, así como las gotas de lluvia resbalan sobre las capas aguaderas. No despertó del ensimismamiento hasta que su progenitor le asestó un codazo disimulado. El duque de Medina Sidonia había seguido la mirada perdida de su hijo, el suspiro a medio brotar de sus labios entreabiertos, y había llegado hasta Susona.

—No oséis mirar al diablo a los ojos o volverá a devorar vuestra alma, si es que acaso queda resquicio alguno de ella —fue una amenaza susurrada.

Tarde. Siempre tarde.

Don Enrique de Guzmán, doña Leonor de Ribera y Mendoza, Sancho Ponce de León, don Pedro González de Mendoza, Diego de Merlo, cualquiera que lo apreciara o despreciara estaba destinado a llegar tarde en lo concerniente a la dama de la judería.

Siempre tarde. Como Nuño y Susona.

—Ya os lo advertí, hijo mío. Quien besa al demonio se enamora de él.

Nuño no pudo romper el contacto con la mirada de Susona, el agua calma que eran los pozos de sus ojos se había tornado brasas candentes y temía quemarse con ellas, que le prendiera fuego con un mísero parpadeo. ¿Podía hacerlo? ¿Poseía Susona tales poderes? A veces creía que extendería las manos con las palmas desnudas e invocaría algún conjuro ancestral y femenino, y que él caería al suelo. Muerto y rendido.

Se habría abierto en canal con el acero mellado que ella solía portar si esos eran sus deseos, órdenes para él.

—Es hora de que nos retiremos, el cielo ya se ha teñido del color de la sangre derramada —dijo don Enrique de Guzmán, atrayendo a su hijo mediano, que lo seguía obediente.

—No hagamos esperar a nuestras mujeres —coincidió el marqués de Cádiz—, el camino es largo y la cena ha de servirse en breve.

—Y estarán ávidas de noticias.

Las nubes bajas se habían entremezclado con la humareda pestilente y todo el horizonte era una neblina grisácea por la que se colaban pinceladas de arrebol. Todos estuvieron de acuerdo en que, habiendo culminado el auto de fe inquisitorial, lo más recomendable era regresar a sus hogares y dejar que aquellos pobres infelices reposaran en sus piras aún ardientes. Los alguaciles velarían por los cadáveres y a los deudos todavía les quedaban lágrimas que verter.

El cardenal Mendoza interceptó a Nuño cuando este descendió del estrado, a la retaguardia de su progenitor.

—¿Os encontráis bien, joven señor? Tenéis peor aspecto del que acostumbráis.

Nuño observó al arzobispo de Sevilla y, a través del rabillo del ojo, a Susona en aquella posición deshonrosa y sumisa: coronada por los rayos bruñidos del atardecer, cenicienta y demudada, era más bella que nunca. Y fue tal su incomodidad que tuvo la sensación de que se le iban a deshacer las vísceras dentro del cuerpo.

—Tengo tantas preguntas, Su Eminencia, que temo no hallar respuesta a ninguna de ellas.

El clérigo asintió, como si aquello fuera algo usual.

—Las preguntas siempre encuentran respuesta en la oración. Venid y confesaos, yo os conmutaré la pena de vuestros pecados, os libraréis de la culpa y la pena que os aflige, os sentiréis más puro, más liviano.

Nuño negó con sutileza.

—No se trata de eso. El fuego ha devorado a estos hombres y a mí se me han grabado tan terribles imágenes. El espíritu de Diego de Susán me perseguirá en el mundo de los sueños y también en el mundo terrenal, en una vigilia perenne.

Le aterraba más la ausencia de Susona, que era ampollas en sus manos al verla tan cerca y a la vez tan lejos, y no poder rozarla.

—Llorar la muerte de los herejes demuestra la bondad de vuestra alma cristiana. No os preocupéis, ningún mal puede acaecer ahora que han abandonado este mundo siguiendo los designios de Dios.

—¿Dónde se encuentra la misericordia de Dios? —Eso era algo que le inquietaba desde que había visto aquellas lenguas flamígeras lamer con voracidad los pies calcinados de los condenados a la hoguera.

—Dios es misericordia en sí mismo.

Nuño sacudió la cabeza. El arzobispo no lo entendía, o quizá no quería entenderlo. Porque ¿cómo un hombre como él, que vestía el rojo cardenalicio y vivía por y para Dios, iba a entenderlo? Que aquellas imágenes abominables habían creado un surco en el pecho del Guzmán parecido al del arado en la tierra y por ahí se le escapaban los resquicios de fe que le quedaban.

—Si Dios sepulta nuestras inquietudes y ahoga nuestros errores en el fondo del mar, allí donde son vertidos y arrojados por su bendita mano, si Dios nunca más recuerda nuestros pecados, ofensas y nuestras transgresiones, pues donde hay remisión de estas no hay más ofrenda que el pecado, ¿por qué dar muerte a aquellos que han cometido estos actos? ¿Por qué Diego de Susán y los suyos no son perdonados? ¿Por qué arden en la hoguera?

Mendoza enmudeció. Examinó su alrededor con las pupilas brillantes, aferró el codo de Nuño y lo condujo a rápidas zancadas a un sitio algo más apartado del gentío nobiliario.

Las crisis de fe, tan comunes en los tiempos difíciles, no se pronunciaban, se vivían a puerta cerrada hasta que uno se reencontraba con el luminoso camino de Dios, que solo se abre paso tras mucho rezo, poniendo fin a los periodos de negrura. Pero Nuño se atrevía a mucho más, a contradecir las acciones del Santo Oficio.

Al arzobispo se le antojó curioso que un mismo acontecimiento, tan traumático para los espectadores y para quienes se habían visto involucrados en él, hubiera afectado de una manera tan distinta a los artífices de este. Pues si Susona había caído de rodillas frente al altar y se hacía devota, el Guzmán se alejaba de él y renegaba de Dios. Caminos distintos. Personas distintas.

No se encontrarían.

—Sed cuidadoso con lo que expresáis fuera del confesionario —le alertó el cardenal—, el oro compra el perdón de los reyes, la oración compra el perdón de Dios, no existe nada que compre el de la Santa Inquisición. Creedme, joven Nuño, los hombres que ahora yacen ante nosotros lo han intentado, otros aguardan su oportunidad en las cárceles del castillo de San Jorge.

—Y pese a ello no serán salvados, pues se ha dictaminado que quien yerra en lo concerniente a la religión ha de pagarlo con sangre.

—Así es. Por desgracia, hay asuntos que escapan a nuestra compresión y nuestro control.

Aquel Nuño que se habría relamido los labios ante la victoria de los cristianos viejos quedaba muy atrás, perdido en tiempo lejano. Era un Nuño que intimidaba a su amada con promesas infernales por su silencio, un Nuño que deseaba poner el ojo en la intimidad de hogares ajenos para descubrir si al amparo de la nocturnidad algunos rendían tributo a otro dios. Porque así lo había ordenado su padre. Porque así debía hacerse. Porque él era un Guzmán, y Dios, la fe y el reino siempre iban por delante. Porque pensaba que era justo.

Susona le había dicho que no era de su incumbencia lo que transcurriera en el seno de las viviendas, que eso solo pertenecía a sus moradores, a quienes permitían traspasar el umbral y a nuestro Señor, que tiene oídos y ojos en todas partes. Y Susona llevaba razón. Bien poco le había importado que esos hombres fueran judíos o cristianos, que la sentencia dictada fuera veraz. Si al menos los hubieran condenado por conjuradores no sentiría ese pellizco de culpa.

—¿Y si no lo eran? —se atrevió a preguntar. La faz de Mendoza se contrajo—. ¿Y si no eran herejes, y si no judaizaban en la clandestinidad, y si eran buenos cristianos que han sido ejecutados sin compasión?

¿Y si su único crimen había sido querer arrebatarles la vida?

—Lo que está hecho, hecho está. El cansancio que arrastráis, el juicio, ese desamor del que adolecéis os está afectando en demasía. —Le tomó sendas manos y le dio un golpecito en el reverso de una de ellas—. Id a casa y descansad, buscadme si necesitáis calmar vuestras congojas, que tenéis revuelta el alma.

—Dudo que podáis. Dudo que alguien pueda.

—Dios todo lo puede —le recordó—. Fiad de él, que tras la tempestad resplandece el sol. —Una sonrisa sibilina se dibujó en el rostro del cardenal Mendoza y le torció una de las comisuras—. Me atrevería a vaticinar que buenas nuevas no tardarán en llegar. Os placerán. Las agradeceréis.

Nuño lo observó, el ceño fruncido acentuaba el punzante dolor de cabeza que llevaba martilleándole desde hacía un par de horas. Toda el agua que había bebido durante el viaje a Sevilla no le había menguado la sed ni tampoco el espesor mental.

—¿A qué os referís?

Don Pedro González de Mendoza no respondió, mantuvo aquella expresión de misterio que le rajaba la boca y escondía secretos. No estaba en su poder —mucho menos en su ánimo— desvelar los futuros planes del duque de Medina Sidonia y del marqués de Cádiz, aunque cualquiera que hubiera gozado de una mente limpia, nada enturbiada por los vapores del alcohol y la penuria, habría adivinado que se firmaban nupcias, y que en ese contrato matrimonial figuraba el nombre de Nuño.

Enrique de Guzmán pretendía enterrar a Susona en el olvido, mas no se puede enterrar aquello que no está muerto.

33

Cuando los cuerpos corruptos cesaron en su arder, la noche había caído y Susona yacía sobre el albero del suelo, que le había tiznado del color del azafrán el brial y la gruesa capa con la que se abrigaba; solo su cabeza reposaba en la comodidad del regazo de Catalina, quien le acariciaba la larga cabellera que se derramaba cual cascada.

En cada madero, un hombre que había conocido. Manuel Saulí. Bartolomé Torralba. Diego de Susán. O lo que habían sido, lo que quedaba de ellos. Los guardias apostados cuidaban de los cadáveres que todavía exhalaban una bruma hedionda que se había instalado por toda la ciudad. Así olía la muerte, una mezcla de carne abrasada y la agria fetidez que desprenden las pústulas de la peste.

«Lluvia. Lluvia». Había pedido con clemencia al cielo, y el cielo no se la había concedido.

Diego de Susán era una figura chamuscada cuya piel aceituna se desprendía a tiras, ennegrecida y humeante, como si el fuego aún estuviera cociéndole los órganos internos. Era una escena grotesca que había hecho vomitar a muchísima gente y huir a otra, pero ella seguía ahí, con la vista clavada en aquella masa deforme a la que un día llamó padre. Porque de no haber asistido al auto de fe, cualquiera de aquellos tres individuos podría haber sido él y entonces habría tenido que postrarse ante todos y tratar de reconocer cuáles de aquellos rasgos derretidos compartía.

Todo habría sido aún más triste. Si es que puede calificarse de triste la brutal ejecución de un padre ante los ojos de su criatura.

No había vertido ni una lágrima durante el interminable proceso, ni siquiera cuando los agónicos gritos le perforaron los tímpanos. Ahora, los ojos le escocían tanto por el llanto contenido como por la humareda levantada. Una pátina de aceite la había embalsamado hasta convertirla en una estatua inmóvil, no sentía calor ni frío, Susona creyó que no volvería a sentir nada que no fuera odio y soledad. Un odio creciente hacia Nuño, traidor entre traidores, un hombre injusto y mentiroso. Un odio visceral hacia sí misma, hacia sus labios, que habían hablado. Una soledad desgarradora.

Unos pasos resonaron en la inmensidad de la plazuela. Era irónico que un lugar como aquel, que podría recibir el nombre de un santo, estuviera manchado de sangre inocente. Porque su padre era inocente, al menos de los cargos imputados. ¿Cuántas personas morían en nombre de Dios? Supuso que tantas como dioses y creencias hubiera en el vasto mundo.

El ruido de las pisadas cesó y con él la polvareda amarillenta que se había levantado con el andar y le rozaba la congestionada nariz.

—No es seguro que dos mujeres se hallen solas en mitad de la calle, en la oscuridad de una noche como esta en la que no brilla la luna. Cosas terribles podrían sucederos si alguien deseara dañaros.

Susona reconoció la voz del cardenal Mendoza y la danza peregrina de los bajos colorados de sus vestiduras.

—Quizá no haya luz en esta triste noche porque las llamas, que son las que alumbran, ya se han extinguido. —Le dolía la garganta al hablar, su voz sonaba ronca y aterrada—. No voy a moverme de aquí hasta que las autoridades permitan que me lleve el cuerpo de mi padre. Eso es lo que haría una buena hija.

—Una buena mujer, una buena cristiana y una buena hija abandonaría la terquedad y regresaría al hogar, donde estaría segura de no correr peligros innecesarios. Y allí esperaría, encerrada sin que la luz del sol entrara por las rendijas de los ventanales, sin que el aire penetrara en su humilde morada. No saldría y a nadie recibiría. Restringiría el alimento, prescindiría de las joyas y recogería su larga melena en un recatado peinado. Allí rezaría y lloraría su pena negra al igual que los vestidos que portaría. Una buena mujer, una buena cristiana se volvería un cuervo y cumpliría la penitencia impuesta por su humilde confesor, se reconciliaría con Dios.

—Una vez me hayan devuelto el cuerpo de mi padre cumpliré todo lo que me ordenéis vos y Dios, así os lo juro, mas no antes.

No había manera de convencerla.

Don Pedro González de Mendoza miró a la vieja aya. Con las comisuras en descenso y los párpados casi entornados, entonaba una suave y cascada nana mientras peinaba con parsimonia los cabellos de Susona. La melodía narraba la historia de una doncella que había muerto de pena por amor, cuyo espíritu se refugiaba en las lindes de un espeso bosque por el que salía a pasear cada noche siguiendo la senda de un plateado riachuelo. Allí, con los pies mojados aguardaba a su amante y, tan hermosa era, que con su sola visión deliraban los jóvenes que se topaban con ella.

La letra de la tonada podía haberse escrito por y para Susona.

—Hacedla entrar en razón, mi buena señora —le pidió el prelado—, que esta actitud es la de una demente.

Los dedos de Catalina se pelearon con un enredo de los cabellos de la joven y lo deshizo con un cuidado que el arzobispo envidió. Ojalá fuera él quien hundiera sus falanges en el entramado ónice que era la sedosa melena de Susona, que, desnuda, debía de cubrirle los senos y descender hasta la cadera.

—El dolor y la pena no atiende a razones, Su Eminencia. —La anciana no se dignó a levantar la cabeza y mirarlo. No quería verlo—. Vos bien lo debierais saber al oír en confesión a tantas viudas desoladas. Tendréis que atender a muchas tras la actuación del Santo Oficio.

—El dolor y la pena es un lamento privado del que nadie debe ser partícipe.

—¿Por qué entonces vestir enlutada y llorar por las esquinas de mi propia casa con la puerta y las ventanas cerradas? —preguntó la joven—. ¿No es eso un acto público de dolor?

Primero se había aislado por vergüenza y culpa, ahora tendría que hacerlo por el duelo. Susona no quería emparedarse, lo que quería era velar a su progenitor, perseguirlo en el cortejo fúnebre, convocar una misa por su alma, darle cristiana sepultura y llorarlo. Llorarlo con los ojos y con la boca. Llorarlo en las exequias y en la tumba y en el día de los santos difuntos y en el aniversario de aquel trágico 6 de febrero.

Mendoza guardó silencio. Contemplarla desde allí arriba, derribada en la tierra como si hubiera sido abatida por un cazador, era una escena que suscitaba ternura a la par que sobrecogimiento. Flexionó las rodillas y se acuclilló, tapando así la visión del cadáver de Manuel Saulí. Ella mantenía la mirada fija en Diego de Susán.

—Debéis levantaros del frío y sucio suelo. Debéis alejaros de esta plaza y de vuestro padre, él ya no se encuentra entre nosotros, la justicia ha actuado y vos debéis dejarlo marchar. La pena os carcome y os hace vulnerable, por eso resguardaros debería ser vuestra máxima prioridad. —Se atrevió a agarrar su muñeca—. ¿Me entendéis?

Lo que más lo aterraba era la frialdad que desprendía su piel, cualquier atisbo de color sonrojado había desaparecido; mejillas y labios se habían tornado de un violeta mortecino. Tocarla era como tocar un cadáver.

—Decidles que bajen el cuerpo de mi padre, que me lo entreguen para que lo envuelva en sábanas blanquecinas que simulen un sudario y lo lleve hasta mi hogar. —Hablaba pero no se percibía emoción alguna en su rostro, cubierto por una máscara calcárea—. Ya ha sufrido el tormento que según los inquisidores merecía: ser devorado por el fuego. ¿No es eso suficiente? Vos que sois bondadoso, Su Eminencia, vos que me bautizasteis, id y decidles a los guardias que se apiaden de la Bella de la judería y que le permitan velar a su padre. Hacedlo y me iré de esta plaza.

A don Pedro González de Mendoza se le habían presentado inquietantes preguntas en un mismo día, todas ellas hacían tambalear los pilares de la fe.

—No tengo potestad para eso, hija mía. No son a mis órdenes a las que responden, sino a las del asistente mayor.

—Qué crueldad negarle una despedida a alguien, incluso después de que ya se haya marchado.

El peso de la culpa la aplastaba hasta oprimirle el pecho, le arrebataba la respiración, reducida a un sonido agudo que le agujereaba los oídos junto con su nombre, el que habían gritado antes de perecer. Se le antojaba insuficiente.

—Cuando lo tenga entre mis brazos eliminaré las costras que ha ocasionado el fuego, recompondré su alma con agua clara y un lienzo con aguja e hilo. —Durante unos segundos cerró los párpados.

Nada. Ni una lágrima. Otra vez la atenazaba ese vacío abisal. Llamaba al llanto, se le atoraba en la garganta, no le sobrevenía. Estaba desértica.

Al abrir los ojos, la figura correosa de su progenitor se dibujó de nuevo en el horizonte. Su cerebro, todavía mutilado por la barbarie presenciada, luchaba contra la idea de que hubiera fallecido. Aún la poseía la angustiosa necesidad de levantarse e ir corriendo hacia él, aferrarse a su maltrecho cuerpo y rogarle entre gritos: «Despertad. Padre, despertad. Por Dios y por la Virgen, despertad».

No le respondería. Diego de Susán no le respondería porque ya había cruzado al Otro Lado, porque en aquella carcasa calcinada no quedaba nada, ni siquiera su alma. Porque si ella lo abrazaba, le saldrían llagas y ampollas en la piel, como si hubiera metido la mano en las cocinas y se hubiera quemado con la carne estofada.

—Lamento la desdicha que os asola como si fuera la mía propia.

—¿Os compadecéis de ella? —murmuró una Catalina mordaz.

—Compadecerse es padecer por la desgracia de otros. Padezco por la de todos los que hoy han perdido a sus seres queridos, sea cual sea la razón. —Y a continuación redirigió su atención a Susona—. Pensad en lo que habría querido vuestro padre.

Tan solo hacía unos meses, lo que Diego de Susán había querido era que la conjura urdida en secreto fuera fructífera y que los cadáveres que se apilaran en la plaza —justo en la que se hallaba el suyo en aquellos instantes— fueran los de los altivos cristianos viejos que tanto daño habían hecho a la comunidad conversa. Susona no podía desvelar algo así. Permaneció callada, apretando sus labios con los dientes.

—¿Habría querido que deambularais a solas en una noche oscura, con la única compañía de vuestra vieja aya, con el corazón roto y la penuria arrastrando vuestros pies? —insistió—. El peligro os acecha, Susona.

Se deshizo del agarre y los dedos del cardenal quedaron desmadejados, a él le supo al comportamiento de una niña necia y caprichosa.

—¿Por qué razón os preocupa nuestra seguridad, Su Eminencia? Estando rodeadas de alguaciles, si alguien osara atacar a dos vulnerables mujeres, estos actuarían en nuestra defensa y a nuestro favor, ¿no es así? —quiso saber Catalina—. ¿O acaso el asistente mayor, Diego de Merlo, ha dado la orden de que las familias de los reos no reciban socorro y sean perseguidas?

Don Pedro González de Mendoza hubo de reunir todo el coraje que habitaba en su interior para alejar el sucio pensamiento que le cruzaba la mente. A veces se dejaba vencer, en especial por las noches, cuando se arropaba con las mantas y descansaba en la cama; la imagen de Susona bailaba ante sus narices y él estiraba los dedos y estos rozaban sus labios, y él le besaba la boca.

Habría cedido parte de sus riquezas por deshacerse de la anciana y molesta nodriza, y secuestrar a Susona. La perseguiría como Apolo a Dafne, hasta que se convirtiera en laurel.

—Desconozco las intenciones del asistente mayor, buena señora —dijo esbozando una sonrisa críptica—. Mi preocupación es el bienestar de la dama, pues me ata a ella una relación de cariño que traspasa el tiempo. Su protección es mi desvelo esta noche. Necesita descansar y orar.

Fue a acariciarla, a ejercer presión, a tironear de ella para levantarla. En un acto reflejo, Susona se contrajo y Catalina se le echó encima, la atrajo hacía ella en un gesto de protección. Enseñó los dientes y gruñó.

—La he consolado en sus llantos eternos siendo una recién nacida, la he amamantado y he cuidado de que el frío no le calara los huesos y se la llevara al igual que a muchos niños de cuna, he aplacado sus pesadillas, he curado sus heridas y he espantado la fiebre cuando la postró en la cama y deliraba creyendo ver a su madre. Su protección es mi vida, señor mío, no la vuestra.

Si volvía a posar su asquerosa clerical mano sobre Susona le asestaría un mordisco que le arrancara la piel y le hiciera degustar su sangre manchada de horripilantes pecados carnales. Si volvía a atreverse a respirar el mismo aire que Susona, le extirparía los dedos uno a uno para luego tragárselos.

Las comisuras del arzobispo de Sevilla, contenidas a duras penas en una mueca, rilaron. Se puso en pie y alisó sus vestiduras, y con un tono autoritario y dominante, dijo:

—Sabed entonces que esos cuerpos no descenderán como lo hizo el de nuestro amado Jesucristo, permanecerán hasta que hiedan y los herejes entienda cuál es el castigo por judaizar en secreto, cuál es la punición por el ejercicio de prácticas mosaicas. —Susona lo miró desde abajo, con los ojos anegados de rabia y llanto, parecía una dolorosa—. Moriréis de hambre y sed antes de tener el cadáver de vuestro padre, seréis afortunada si ese es vuestro final.

»Volved al hogar, Susona. Cumplid con la penitencia que os impuse, a cambio os prometo que vuestra alma será más liviana y que yo mismo iré a buscaros cuando el asistente mayor dé la orden de que los familiares reciban a sus fallecidos.

No les dejarían darle sepultura, los arrojarían a una fosa común desconocida, a las afueras de la ciudad, donde nadie pudiera acudir a llorar sobre la tierra removida, para que cayeran para siempre en el olvido.

Susona se levantó con torpeza, los músculos entumecidos por el cansancio y el frío se quejaron, y hubo de apoyarse en Catalina para estirarse y que los huesos de su espalda crujieran. De haber yacido encogida le dolía cada una de las articulaciones, mas cualquier malestar físico quedaba empañado por el sufrimiento de su corazón. Estaba absoluta e inevitablemente destrozada.

A riesgo de hurgar en la herida, se permitió echar un último vistazo a aquel madero en el que reposaba el que fue su progenitor.

—Os agradezco vuestra genuina preocupación, Su Eminencia. No podría haber pedido un valedor más adecuado. —Catalina le dio un disimulado codazo, y el arzobispo de Sevilla sonrió complacido por aquellas melifluas palabras que, en realidad, sabía que no sentía.

—Susona. —La joven se giró, todavía agarrada a su vieja nodriza, como si no fuera capaz de sobrevivir sin ella a su lado—. No salgáis de casa.

Don Pedro González de Mendoza observó desaparecer las figuras entre la bruma grisácea que había ido formándose, en parte por el frío invernal que se resistía a marcharse pese a que en el próximo mes los árboles se cuajarían de flores y el azahar resurgiría en los naranjos, en parte por el humo expedido por las apagadas hogueras.

«Aquí quedo yo», le dijo a su querida nodriza al llegar a la encrucijada de los enamorados furtivos. «Aquí quedo para cobrarme la promesa que Nuño de Guzmán me hizo». Catalina chasqueó la lengua, a disgusto con la pésima decisión, sin embargo, nada de lo que dijera o hiciera haría cejar a Susona en su empeño.

La noche se le hizo eterna en el cruce de caminos. Asolada por los recuerdos que la rodeaban, escrutaba las esquinas, alma en pena que se pasea por el mundo de los vivos por una cuenta pendiente, a la espera de oír los pasos reconocibles de Nuño.

Al contrario que Catalina, Susona pensaba que aparecería, porque Nuño la había traicionado y el deber de un hombre, cuando comete un acto tan desleal y ruin, es aceptar las consecuencias. Las consecuencias de la traición eran que Susona quisiera ahogarlo con sus manos desnudas. Querer y poder son cuestiones diferentes. Querer y hacer son cuestiones diferentes. Susona jamás dañaría a Nuño, jamás acuchillaría su costado con una daga baja de hoja mellada, oculta entre los pliegues de sus ropas. Jamás cerraría sus manos en torno a su cuello hasta que sus pulmones dejaran de respirar y él, en un último alarde de fuerza, exhalara un suspiro fatal. Porque por encima de todo, Susona amaba a Nuño y, antes de atentar contra su vida, asumiría que la culpable de tantas muertes era ella.

Distinguió gatos pardos maullando, ratas correteando y cada uno de los rincones en los que ambos habían unido sus labios. Tuvo que taparse la nariz con un pañuelo impregnado de su fragancia para espantar el aroma a podredumbre y fuego infernal que había ido moviendo el viento.

Cuando el sol marcó el inicio de un nuevo día y bañó con su luz dorada el horizonte, regresó arrastrando los zapatos y el ánimo, que barría los suelos. Ni rastro del caballero cristiano que le había jurado amor eterno. Nuño había alzado el vuelo como las golondrinas que buscan lugares más cálidos en los que habitar. No regresaría, no a su nido. Deseó que no fuera golondrina sino cuervo, porque «cría cuervos y te sacarán los ojos». La ceguera, al menos, le impediría ver el mundo sin él.

TERCERA PARTE

Dice que nunca encontró una mujer honesta: «No hay ninguna que no se ría cuando oye hablar de excesos; esta es puta, la otra se maquilla, aquella mira con lujuria, una es villana, otra es loca y otra habla demasiado».

GUILLAUME DE LORRIS,
Roman de la Rose

Si la palabra femenina fuera tan despreciable y de tan escasa autoridad como algunos pretenden, jamás hubiera permitido nuestro Señor que fuera precisamente una mujer quien anunciara su Resurrección; así hizo con María Magdalena el día de Pascua, cuando le ordenó que llevara la noticia a Pedro y a los demás apóstoles. ¡Bendito seas, Dios mío, por haber querido que, además de los infinitos dones con los que colmaste al sexo femenino, fuera una mujer la mensajera de tan extraordinaria nueva!

CHRISTINE DE PIZAN,
La ciudad de las damas

34

15 de febrero de 1481

Habían requerido su presencia donde siempre, en la sala de la chimenea. Allí le esperaban don Enrique de Guzmán y doña Leonor de Ribera y Mendoza, el uno al lado del otro, sentados en sillas de cadera y con una copa de vino especiado delante. Cuando Nuño entró, sus cabezas que se rozaban en un gesto de intimidad se alejaron, lo que certificaba que habían compartido secretos que no deseaban que llegaran ni siquiera a la servidumbre.

Nuño se colocó delante de ellos con las manos cruzadas sobre su regazo, la mesa los separaba. Al percibir el semblante huraño de su progenitor y las arrugas en torno a las comisuras de la boca de su madre, que le generaban una expresión taciturna, un mal presentimiento se apoderó de él. Tragó la espesa saliva acumulada en la boca, le sabía a bilis, ahora todo tenía el amargo regusto del vómito.

—Vuestra madre aquí presente —la señaló en un ademán cordial—, aunque no ha tomado la decisión pero sí ha participado en ella —doña Leonor cabeceó y esbozó una sonrisa mal fingida—, en aras de ensalzar su gloria y su amor maternal desea comunicaros que ha elegido a vuestra prometida.

Todo rastro de sopor y lentitud, consecuencias de la ebriedad, se esfumó. La noticia le cayó en el estómago como una piedra pesada.

—Es una gran dama, llena de virtudes —se apresuró a justificar su madre, que evidenció la demudación de su faz.

Buscó algo que lo aferrara a la realidad, al suelo pétreo que pisaba, que lo atara a la tierra, se llevó la mano a la escarcela que colgaba del cinto, y por encima de la rica tela palpó las guedejas azabaches de Susona. La última vez que las había sacado de la bolsa para examinarlas le dio la ligera sensación de que aún conservaban su aroma, mas algunos mechones se habían desperdigado al deshacerse el trenzado. Aquello lo había enfurecido tanto que en un arrebato de vesania derribó el aguamanil y el bacín de aguamanos de sus aposentos.

En ese instante, concentrado en exceso en la ofrenda que permanecía en su poder, logró dominar su ánimo. No caería en la furia, no se tornaría airoso, no sería como su padre.

—No voy a casarme —sentenció.

Don Enrique de Guzmán cerró los puños en torno a los brazos de la silla, por su parte, doña Leonor exhaló un desinflado suspiro.

—No todavía. Los hombres del común no se desposan hasta los veinte, vos mismo no os prometisteis hasta los veintitrés. Es justo que yo siga idéntico ejemplo.

—No está en vuestras manos la decisión —le advirtió su padre.

Cargado de angustia, recurrió a la benignidad de su madre, que había concentrado toda su atención en juguetear con la copa que reposaba sobre la mesa.

—Madre, por favor, os lo suplico.

Pero enseguida reparó en que no tomaría partido, no a su favor. Doña Leonor chasqueó la lengua y con cierta pesadumbre dijo:

—Os vendrá bien tener una esposa, hijo mío. Necesitáis asentaros y discurrir por el camino del matrimonio, seguís perdido.

—No estoy perdido. —Sabía a la perfección dónde estaba, vagando atrapado en el Purgatorio, penando por todos sus crímenes, por los de su padre, porque quien no paga por los suyos los deja en herencia a sus descendientes.

El puño de Enrique de Guzmán impactó contra la madera de la silla, silenciando la siguiente reprobación. Nuño se tensó al verlo ponerse en pie.

—Os pasáis los días y las noches borracho, y aún tenéis la indecencia de negárselo a vuestra madre. Miraos en el espejo y decidme qué veis —escupió indignado—. ¿Queréis saber qué veo yo? —Tenía la mandíbula tan apretada que Nuño creía oír el chirriar de sus dientes—. A un pobre e infeliz beodo, indigno de su linaje.

—Mi señor... —exclamó su mujer. Había capturado el brazo de su marido y, colgada de él, le rogaba que suavizase su humor.

Tras unos interminables segundos, en los que doña Leonor contempló a su marido en esa posición y este se negó a apartar la vista furibunda de su hijo, volvió a sentarse.

Nuño le había sostenido la mirada con una voluntad férrea, luchando en su interior contra la costumbre de someterse, bajar la cabeza y pronunciar esa frase que tanto odiaba: «Sí, padre». La repulsión que sentía hacia sí mismo aumentaría si se doblegaba una vez más frente a aquel hombre, cuyo juicio sobre él era tan deplorable que nadie podría adivinar que era su hijo, fruto de su semilla.

Le había llamado pobre e infeliz beodo. Tuvo la certeza de que, en el fondo de su corazón —si es que Enrique de Guzmán poseía uno—, lo despreciaba. Y lo que era aún peor, ese desprecio era mutuo.

—Os casaréis —dictó con rotundidad—. El matrimonio es un contrato entre familias, no un asunto de amor como tanto pregonáis ahora los jóvenes. Si todos nos hubiéramos unido con quien nos placiera, la humanidad habría decaído ya hace mucho.

—El amor vendrá con el tiempo —le prometió su madre—. Si os esforzáis lo suficiente, al menos nacerá el afecto.

Él no quería amor si no era con Susona, no quería afecto y cariño si no eran los de Susona. Una larga vida con una mujer que no fuera ella se le antojaba la mayor de las desgracias, un castigo peor que el de aquellos herejes que habían sido condenados a la hoguera. De repente, el auto de fe inquisitorial le parecía una muestra de compasión.

—El amor ni siquiera es lo importante, entroncar con los Ponce de León, establecer alianzas, cerrar viejas heridas... Eso es importante. Por nosotros, por ellos, por Sevilla.

Una risa sarcástica arañó la garganta de Nuño, su cuerpo se destensó.

—No finjáis que lo que os preocupa es la sangre derramada en vuestras luchas banderizas. Habéis dividido el reino.

—Isabel no va a entregarnos las fortalezas perdidas, y esta enemistad contra don Rodrigo Ponce de León nos está debilitando. Nos conviene pactar con el marqués de Cádiz.

Y el pago era él, la moneda de cambio. «Mi hijo y tu hija», habían acordado, los habían predestinado a la infelicidad; con suerte, solo al hastío.

—¿Por qué yo? ¿Por qué siempre yo, padre? —le reprochó. Don Enrique de Guzmán entendió a lo que se refería, el motivo por el que lo había enviado a enamorar a Susona, a mentirle, a traicionarla—. ¿Por qué no Juan Alonso?

Nuño esperó oír múltiples razones. «Porque sois el mayor de mis hijos, porque fío de vos, porque erais el único que podría triunfar en semejante empresa, porque ¿quién sino vos?, porque sois mi heredero, porque sois mi vivo reflejo, porque os amo, porque sois mi hijo».

—Porque Juan Alonso desposará con la hija del condestable de Castilla, Isabel Fernández de Velasco, cuando llegue su momento —respondió doña Leonor.

La política matrimonial era un asunto harto delicado, por eso las grandes familias eran cuidadosas a la hora de escoger contrayentes. Los Guzmanes habían optado por dividir a su progenie, Juan Alonso contraería nupcias con Isabel Fernández de Velasco, hija del conde de Arcos, Pedro Fernández de Velasco, y su esposa Mencía de Mendoza. Al jovencísimo Martín, Dios sabía qué le depararía. En cuanto a Nuño, lo destinarían a

Elvira Ponce de León, una de las cuatro féminas que don Rodrigo Ponce de León había tenido con Inés de la Fuente, todas ellas legitimadas pese a su condición de bastardas.

Por fortuna, las muchachas habían sido concebidas antes del casamiento con Beatriz de Pacheco y su consiguiente alianza con el duque de Villena, lo que tranquilizaba en cierto modo a Enrique de Guzmán. Ya le suponía un soberano esfuerzo tenderle la mano al marqués de Cádiz, hacerlo prometiendo a su hijo con la nieta de Juan Pacheco habría sido más de lo que habría soportado su dignidad.

—¿Ha sido vuestra decisión o la de padre?

Leonor de Ribera y Mendoza guardó silencio.

—Insolente —lo agravió don Enrique con una mueca de repugnancia imposible de ocultar—. ¿Cómo osáis hablarle así a vuestra madre?

—Casaré con quien gustéis —le explicó a ella, ignorando a su padre—. Solo os pido unos años más de libertad.

No fue Leonor quien contestó.

—¿Para qué? —bufó el padre—. ¿Para que los malgastéis entre alcohol y barraganas judías?

—Por el amor de Dios —murmuró la mujer llevándose las manos a la boca.

Podía insultarlo, maldecir haberlo engendrado, repudiar sus lazos sanguíneos, rechazarlo e incluso desposeerlo de sus bienes. Pero no toleraría que ultrajara a Susona, que la tratara de manceba. Nuño dio dos pasos al frente y lo señaló con el dedo índice, acusador. Los muchos años de adoración a un hombre lleno de desaires y miradas reprobatorias rebosaron de su boca.

—¡Vos! —Rugió con la rabia del perro borboteándole—. ¡Vos sois el culpable de mi desdicha! ¡Me lanzasteis a por ella y ahora estoy maldito! ¡Si es fascinación, sabed que sigo preso de ella, y, si no lo es, por Dios y por la Virgen que jamás me recuperaré de esto!

Él le había empujado a los brazos de Susona, refugio al que se había visto obligado a renunciar. Le había dado un mendrugo de pan a un mendigo para retirárselo a continuación. Cuantísima crueldad.

Sorprendida, doña Leonor abrió los ojos y examinó a su marido. Encontró el desprecio pintado en su rostro.

—¿A qué se refiere?

—Es lo único que os pido —continuó Nuño, las lágrimas le surcaban las mejillas—. Que para librarme de este amor que me consume, de este mal que me aqueja y que vos habéis provocado con vuestra codicia, me otorguéis tiempo.

Enrique de Guzmán asistía a un espectáculo que consideraba penoso. Agradecía que no hubiera nadie presenciando aquella escena que no hacía más que avergonzarlo. ¿Cómo podía ser ese su hijo? Por más que buscaba, no se reconocía en él, lánguido y desgreñado, pálido, con las ojeras hundidas hasta asemejarse a un cadáver, sin una pizca de valentía o coraje.

—Sois débil como una doncella, fácil de embrujar y engatusar, tierno como un niño de pecho. —Torció el gesto—. Deshonráis nuestro apellido.

—¡Es suficiente! —Leonor se levantó y acudió en auxilio de su hijo. Lo rodeó con sus brazos y este escondió la cabeza en sus hombros, lloraba en absoluto silencio—. Sed misericordioso, mi señor, que es vuestro primogénito. ¿Acaso no veis cuánto sufre?

—Si Juan Alonso hubiera nacido antes, todo esto no habría sucedido. Aceptaría de buena gana el matrimonio.

Nuño elevó el rostro y gritó. Emanaba desesperación por cada poro de la piel.

—¡Maldita sea! ¡Entonces deberíais haber mandado a Juan Alonso a cumplir con vuestro cometido!

No lo decía de verdad. No lo pensaba de verdad. Le ardía el alma al imaginar a Susona con otro hombre, más aún si le era conocido, por esa razón ya no soportaba visitar al cardenal don Pedro González de Mendoza. Desde que le había confesado las intenciones de la joven cuando se encontraron, lo visualizaba en actitudes deshonestas, tomándola sin oposición, y a ella entregándose por propia voluntad como aquella última noche se le había ofrecido a él.

En ocasiones se arrepentía de no haberla aceptado en su lecho. Así ahora le quedaría algo a lo que acogerse, algo más que las reliquias de su hermosa melena, aunque fuera la esperanza de reclamar a un posible hijo como legítimo.

Pese al sufrimiento, había de ser él. El elegido para el galanteo, para enamorarse, para amarla hasta el fin de los días.

—Solo un par de años, madre. —Agarró sus manos y las besó—. Os lo ruego. Desposaré a la noble dama que hayáis escogido en cuanto cumpla los veinte.

Ella le acarició la mejilla con ternura infinita.

—Mi niño...

—Casaréis con doña Elvira Ponce de León, hija de don Rodrigo Ponce de León —zanjó Enrique de Guzmán—. Su padre y yo ya hemos entablado los términos y ofrece una dote significativa, a la altura de su abolengo. El cardenal Mendoza oficiará la ceremonia.

Ahí estaban las célebres buenas nuevas a las que había aludido Su Eminencia, el sol que emergía de entre las densas nubes para abrillantar su futuro: unos esponsales. El arzobispo se equivocaba, la noche se había tragado el día, todo era tinieblas.

Nuño cabeceó en señal de negación, con la mandíbula apretada y las uñas hincándose en las palmas, se resistió.

—No me casaré.

—Sí os casaréis. Soy vuestro padre y así os lo ordeno, vuestra opinión en este asunto es nula. La desposaréis y consumaréis la unión. Y cuidaos de que no me entere de que no la tratáis con el debido respeto. Que es una Ponce de León.

Leonor de Ribera y Mendoza lanzó una mirada de desaprobación a su marido, y todavía enganchada a Nuño, lo defendió:

—No deberíais dudar de la humanidad de vuestro hijo. Es un buen hombre.

—¡Que se comporte pues como un hombre! —aulló.

Nuño se deshizo del agarre y llevó la mano a la empuñadura de la espada.

—Rebajad el tono con el que habláis a mi señora madre —lo amenazó entre dientes. Apenas lograba contener las ansias de desenvainarla.

A eso habían llegado, a un odio acérrimo cuando no hacía demasiado Nuño lo había amado, admirado y venerado como solo se ama, admira y venera a un padre.

Sentado en la silla, en una pose casi mayestática, Enrique de Guzmán estalló en estruendosas carcajadas. Era una imagen ridícula. Aquel muchacho con regueros salados, ojos vidriosos y enturbiado por la inquina, queriendo ensartarlo con su acero, siendo a la vez refrenado por su honorable y devota madre, la propia artífice del matrimonio que él aborrecía.

—Coged todo ese coraje que os ha brotado y guardadlo para la noche de bodas. Y dejad de beber, dais pena.

El ambiente del salón era opresivo y la culpa no recaía en exclusiva en la chimenea encendida que caldeaba la piedra de los muros. Era de su padre. Enrique de Guzmán era capaz de prender fuego y alimentar las llamas con sus palabras.

Nuño salió de la estancia a enormes zancadas, las náuseas persistían y hubo de aminorar la marcha y apoyarse en la esquina más cercana. Se dobló por la mitad, con una mano en el estómago y la otra en la pared, tomó una bocanada de aire. No terminaban de llenársele los pulmones, era como si una flecha hubiera acertado en ellos y el oxígeno se le escapara por el agujero de la herida.

Su madre, que lo había seguido con urgencia, le frotó la espalda mientras él boqueaba. Pensó que estaba a punto de vomitar.

—¿Creéis que podríais hacerle entrar en razón? —resolló, todavía plegado sobre sí mismo.

—No. Está decidido a estrechar vínculos con los Ponce de León.

Otro golpe devastador avivó la ansiedad que lo estrangulaba. Con un soberano esfuerzo se irguió, el cabello le caía mojado sobre el rostro y algunos mechones se le adherían a la cara empañándole la visión.

—Un año. —Hablaba entre jadeos—. Que me conceda un año y antes de que llegue el próximo otoño celebraré mis esponsales.

Leonor de Ribera y Mendoza le apartó las guedejas y con un paño bordado le enjugó el sudor que lo empapaba.

—Ya lo habéis oído, no está en nuestras manos. La joven Elvira os hará feliz.

—No me preocupa mi felicidad.

—Nadie casa enamorado, hijo mío. El amor es un sentimiento que no podemos permitirnos los que tenemos un deber para con nuestra familia, para los que hemos de preservar un legado. Honrad a vuestro padre cumpliendo sus deseos.

Hasta ese momento había mantenido la mirada anclada en el techo del castillo. Estaba habituado a la palpable decepción de su progenitor, pero le costaba enfrentarse a la de su madre. Al preguntarle, se atrevió a clavar los ojos en ella.

—¿Son también los vuestros? —Ella se humedeció los labios, un signo de remordimiento que Nuño no detectó—. Por vos haría lo que fuera.

—Ansío veros felizmente casado.

Dícese que el amor en uso crece y en desuso mengua, el de Nuño jamás lo haría, mientras no olvidase a Susona ella siempre sería suya. Y así, aceptó desposar a doña Elvira Ponce de León, traicionando una vez más a la dama de la judería.

35

—¿Cómo es? —preguntó Nuño.

Tenía un ojo cerrado y otro abierto, con firmeza apuntaba al centro de la diana. Su concentración titubeaba entre la flecha que le cosquilleaba los dedos y el nerviosismo que le atenazaba el estómago, el esófago, la garganta.

—¿Quién?

—Doña Elvira. —El nombre le pesaba en la lengua.

Atendiendo a su estricta instrucción, Nuño exhaló aire entre los labios, vaciando sus pulmones, y solo al haberse quedado hueco, vacío e inhóspito, soltó la cuerda. Disparó y falló. La punta se quedó clavada en el segundo círculo concéntrico dibujado en el lienzo.

En otros tiempos habría maldecido en voz alta, en ese momento simplemente colocó la pala del arco sobre la puntera de su bota y observó a Sancho, que parecía medir la distancia que había entre él y el objetivo.

—Ah. —No parecía sorprendido en realidad. Se dispuso a saetear tomando posición—. Hace años que no la veo, una década casi, así que solo la recuerdo de niña. Supongo que habrá cambiado desde entonces.

Al soltar el arma, la flecha atravesó el patio de armas, cortó el aire silbando e impactó dos pulgadas más arriba que la de Nuño, tan cerca del blanco que casi proclamaba la victoria.

—¡Ja! ¿Has visto eso? —se jactó.

Llevaban siglos compitiendo en diferentes destrezas bajo la excusa de la distracción y una sana rivalidad, él lograba divertirse en la derrota y en el éxito, no así el Guzmán.

A Nuño ya no le escocía el fracaso en los juegos de azar como no le escocía el fracaso en lizas y cacería, le dolía Susona y el futuro truncado, el matrimonio convenido, la cruz que cargaba en sus hombros.

—¿Y cómo era? —insistió.

Sancho advirtió la preocupación de su amigo. Suponía que no era de buen gusto que te comprometieran con una doncella cuando tu corazón pertenece a otra, incluso si esa doncella es una Ponce de León.

Con el fin de animarlo y hacerle más sencillo el trance, rebuscó en su memoria y sació su curiosidad.

—De corta estatura, aunque quizá eso se deba a que era menor que yo en edad. Tiene los ojos oscuros.

—¿Negros?

—No. —Durante unos segundos dudó—. No, no lo sé, no lo recuerdo con exactitud. Creo que eran marrones. —Nuño cabeceó—. Y el cabello largo y trigueño, y la piel de alabastro. Su rostro era un corazón.

—Bastante específico, mi querido Sancho.

Él se encogió de hombros. Sancho jamás olvidaría aquellas pupilas de escarabajo, aquellos iris de las vetas de la madera, moteados de dorado cuando la luz del sol incidía en ellos. Sí, ahora lo veía con total claridad. En la sombra eran marrones oscuros, en la solana resaltaban con una tonalidad similar a la de la miel.

Sin esperar al turno de Nuño, quien se encontraba silente y con el arma aún sobre su bota, volvió a centrar la atención en el arco. Agarró otra flecha y la dispuso. Por mucho que enfocara la vista en la punta de acero, en los círculos, en el blanco que habría de alcanzar, ya no podía apartar la imagen que se reproducía en su mente. Doña Elvira Ponce de León siendo una niña.

—Era callada —dijo. Al mover los labios sentía la caricia de las plumas de la saeta—. Pasaba el tiempo bordando con sus hermanas, o leyendo, con la espalda muy recta y el mentón pegado al pecho. Un día la vi llorar mientras leía. —Descendió el arco, pero no desvió la mirada de la diana—. Reposaba sobre un banco de piedra completamente sola. Me acerqué y me senté a su lado a preguntarle si algo la había dañado, creyendo que quizá se había lastimado en algún momento. Negó con la cabeza sollozando y me dijo que era una historia muy triste.

Lo malo de los recuerdos es que una vez te sumerges en ellos cuesta nadar hasta la orilla y pisar tierra firme.

Nuño había fruncido el ceño y examinaba la efigie de su amigo, perdido en un tiempo lejano, en uno de los escasos momentos que no habían compartido.

—¿Cuál era? —quiso saber.

A Sancho se le estiraron las comisuras de los labios en una sonrisa preñada de nostalgia.

—*Tristán e Isolda*.

De la diana sobresalían cuatro flechas como puñales del pecho de la Virgen, los penachos de cada una indicaban a quién pertenecían, las blancas eran de los Guzmanes, las negras de tinte vegetal, de Sancho.

El disparo se dio por bueno. Habían perdido las ganas y la energía, el duelo por ser el mejor había quedado eclipsado y a ninguno de los dos le importaba la derrota o la victoria. Simplemente asesinaban el tiempo con aquella actividad, la otra opción era encerrar a Nuño en alguna alcoba para evitar que se diera a la bebida.

—Supongo que ha de ser una mujer ilustrada, sensible y piadosa —concluyó Sancho al cabo de un rato.

Esa vez, Nuño saeteó con destreza y alcanzó la blancura de la diana, traspasando el telar y haciendo que el astil bailara. No le supo tan dulce como de costumbre, todo era amargo sin Susona.

—¿Porque está recortada por el mismo patrón que sus hermanas o porque no todas las mujeres lloran con la historia de Tristán e Isolda?

—No, porque ella no quería ser Isolda.

Se lo había confesado aquel mismo día. A Sancho siempre le

perseguiría aquel día. Incluso en ese preciso instante, no necesitaba cerrar los ojos para revivirlo en sus carnes.

Elvira sentada en el pétreo banco gris, con el brial colgando y los pies balanceándose en el aire; era tan pequeña que no llegaba al suelo. Estaba rodeada de vergel, en la inmensidad de los jardines era una plácida flor más. Había estado leyendo muy concentrada en la tarea, con los labios entreabiertos, hasta que la tragedia de la historia la golpeó y se puso a sollozar. Sancho se había asustado, asustado de verdad. La niña sostenía el volumen contra el pecho, la melena le caía sobre el rostro y solo se veía una cortina dorada tras la que se escondía.

Sabía que estaba llorando por el ruido que hacía, los estertores de su cuerpo, incontrolables con cada bocanada de aire. Sancho estaba habituado al llanto, lo reconocía con rapidez. Había presenciado infinidad de veces a Nuño llorar, secarse las lágrimas con la manga del jubón o de la camisa, la cara hinchada y roja. Cuando él le decía: «¿Has llorado?», Nuño siempre respondía: «Los hombres no lloran». Pero ellos no eran hombres, y Sancho dejó de preguntar. Elvira era solo una niña, así que fue a socorrerla —o a consolarla—.

—¿Os habéis hecho daño?

Al negar, la catarata áurea se movió como si fueran las ondas del agua, el sol le arrancaba destellos.

—No.

—¿Entonces qué os aflige? —Se inclinó hacia delante para observarla.

—Al final muere. —Le enseñó el libro que abrazaba—. Tristán muere y ella se muere de pena.

—Es solo una leyenda —replicó él con una brusquedad de la que se arrepintió enseguida—. No es real.

—Eso no hace que sea menos triste. —Alzó la cabeza y Sancho quedó impresionado por las lágrimas que le corrían mejillas abajo—. Es una historia muy triste —gimoteó.

Se mordió el labio. Nunca había tenido que hacer frente a algo así. Cuando Nuño se enfurecía por haber llorado y rehusaba haberlo hecho, de inmediato lo olvidaban. Sancho había aprendido a oírlo y verlo, a no intervenir, a fingir que no había sucedido.

Elvira, en cambio, parecía desear que alguien le insuflara aliento a su menudo cuerpecito, se ahogaba en sus hipidos.

—Bueno, podéis leer el principio si es de vuestro agrado y nunca llegar al final. Así, ninguno de los dos morirá.

Para la lógica de un niño de siete años, aquella era una deducción magistral, la misma que utilizan los críos cuando el miedo se descontrola por las noches y los monstruos de la imaginación salen a pasear. «Si cierro los párpados, si no los veo, ellos no podrán verme a mí, estaré a salvo». Sin embargo, a la pequeña Elvira no le complacía, seguía compungida por el desenlace.

—No quiero ser Isolda. —Le temblaba la barbilla a causa de la llantina—. Y mis hermanas dicen que el mundo está lleno de Ginebras, Morganas, Isoldas e Igraines, que da igual cuál de ellas seamos pues el destino es cruel con todas.

Sancho se compadeció de ella.

—La Virgen os protegerá, no dejará que nada malo os ocurra.

—¿Eso creéis?

Asintió, plenamente convencido de que María, al ser madre de todos, la cubriría con su manto. Como su experiencia con las féminas se reducía a su hermana Juana, Sancho no sabía si darle unos golpecitos en la mano para reconfortarla, frotarle la espalda o concederle un abrazo. Todo ello era demasiado íntimo y afectuoso, la sangre que discurría por sus venas y les dotaba de idéntico apellido no los había hecho familia, no en el sentido más entrañable de la palabra.

—Yo me encargaré de que nunca muráis de pena, doña Elvira.

En algún momento a lo largo de los años esa promesa había quedado relegada a un rincón de su memoria.

Una década después, Sancho, de los Ponce de León, se sentía atado de pies y manos, sin capacidad alguna para socorrer a su mejor amigo Nuño de Guzmán y a la mujer que un día fue niña, doña Elvira, su prima. Sin poder, ni saber salvarlos a uno del otro. A él, de un matrimonio insípido del que deseaba huir pues lo condenaría a languidecer en cuerpo y alma, alejado de su Susona; a ella, de una relación penosa en la que sería esquilmada a base de partos para dar luz a los hijos del primogénito de los Guzmanes, una labor que no le valdría el cariño de su marido; sería ignorada, tratada como un mueble más de la amplia estancia.

A Sancho solo le quedaría observar la suerte de ambos.

36

Había decidido cerrar la puerta de los aposentos de Diego de Susán por miedo a que su perfume se volatilizara, escapara de las cuatro paredes y le trajera el recuerdo de tiempos mejores. «Que nadie ose abrirla», habría ordenado a la servidumbre con la voz rota y el cansancio reduciéndola a huesos, pero la ausencia de criados la habían dejado con la única compañía de Catalina, y la vieja aya no necesitaba indicaciones para saber que esa alcoba quedaría vetada para los restos.

Ningún padre ha de sobrevivir a su hijo, mas no se habla del duelo que sobrelleva el vástago cuando es su progenitor el que ha de ser sepultado. La pérdida es un poco así, no importa cuánto la conozcas, cuántas veces la hayas experimentado, siempre te sorprende al atravesarte como un cuchillo. Susona aún estaba reponiéndose de la traición de su amado y del odio de su hermana cuando el ajusticiamiento de su padre la había sacudido sin previo aviso. Quizá no. Susona había recibido múltiples avisos.

Así pues, había abrazado el luto, ahora todo era oscuridad, la negrura se había convertido en su refugio. Atendiendo a las instrucciones del cardenal Mendoza, no solo se había despojado de cualquier ornato que la embelleciera —anillos, pendientes, pulseras y collares encerrados en sus correspondientes contenedores—, también había vaciado los recipientes de los emplastos que a diario usaba para resaltar sus facciones, porque la mujer que no se adorna es pura y casta. El tocador, otrora repleto de cosméticos, se había despejado al completo, no era más que una superficie de madera sobre la que reposaba un crucifijo y un misal. El espejo de plata labrada lo había cubierto con un paño, de manera que no hubiera un reflejo que le devolviera la mirada. Todos los espejos de la casa habían sido cegados. Catalina se guardó de indicarle que aquella tradición tenía más de judía que de cristiana, y que a ojos del arzobispo de Sevilla ahí residía la herejía, la confusión de los trasvases de fe.

La austeridad la había invadido. Y pese a que su estado aún era el de moza casadera y había de ir a cabellos, se recogió la melena y portaba toca. Mantuvo el ayuno de maitines a vísperas y continuó azotándose la espalda con un delicado cordón de seda, duplicando la penitencia. Cada hora que no ingería alimento pensaba que podía aguantar una más, a cada suave latigazo que la hería se convencía de que podía soportar uno más.

Uno más. Uno más.

Siempre uno más, al igual que Cristo.

Y luego otro más. Porque todavía podía hacer de tripas corazón y resistir.

Otro más.

A Diego de Susán lo había abrasado el fuego purificador, había sido inculpado injustamente y ahora debía de estar padeciendo un tormento en el Infierno. Comparado con el sacrificio de su padre, ¿qué era lo suyo? Una nimiedad. Un delicioso y efímero paseo por un sendero ajardinado y cuajado de flores primaverales.

Muchas veces se preguntaba si aquello era lo mínimo que podía hacer para equiparar su sufrimiento, para exaltar su culpa, y lo cierto era que no. Incluso si ella misma se hubiera lanzado a las llamas durante el auto de fe y se hubiera fundido con el cuerpo calcinado de su padre para encarar idéntico destino, habría seguido siendo imposible que la traidora y el traicionado descansaran en el mismo sitial. Pese a que Diego de Susán también hubiera pecado de felonía.

«Lloraré vuestra pena pues es la mía, la lloraremos juntas si es lo que necesitáis, mi querida niña. Me golpearé el pecho cuando vos lo hagáis, ayunaré cuando vos ayunéis, rezaré cuando recéis, a quién recéis, y me prostraré ante quien os postréis», se había ofrecido la nodriza.

—Un día el cardenal Mendoza nos visitará —gimoteó entre hipidos una noche en la que Catalina le arrebató el cordón de seda de las manos y, rilando, la sumergió en una bañera de agua templada—. Nos visitará y traerá consigo el cuerpo de mi padre.

Encorvada hacia delante, con la espalda al servicio de la ternura de Catalina, el contacto de la esponja con las líneas marcadas le hacía rechinar los dientes, aferrarse al borde de la tinaja hasta clavar las uñas en ella, cerrar los párpados. No emitía ni un quejido lastimero. Se forzaba al mutismo. Había martirios peores que aquel, lo había presenciado con sus propios ojos.

La vieja aya la trataba con delicadeza, le chistaba cuando se sobresaltaba por el escozor, le humedecía la nuca para procurarle calma, dándole así unos segundos de respiro antes de reanudar el tormento.

—Lo hará. Sé que lo hará —dijo convencida.

A Susona se le había congestionado la nariz, y regueros de lágrimas saladas y mucosidad le recorrían la faz, y no precisamente por el roce de los paños y la limpieza de las heridas. El agua jabonosa y aromatizada que la bañaba bailaba con sus arrítmicos espasmos, el cabello mojado creaba ondas en ella. Toda la alcoba olía a jazmín.

—Cuando lo haga habremos de estar preparadas.

—¿Y vos queréis recibirle así?

«Así de depauperada», calló la anciana. Los huesos le sobresalían como las espinas del pescado, se le contaban las costillas y las vértebras, si de un golpe se las arrancaran, solo quedaría la jugosa carne, que ya no era jugosa, sino seca, deslustrada.

—Es que Dios ha de saber que me arrepiento de los actos que me han llevado a este momento. —Prorrumpió en una llantina desconsolada y se escondió entre sus rodillas—. Que maté a mi madre y he matado a mi padre, y cualquier condena sería benévola para alguien como yo.

Cuánto se odiaba a sí misma. Se odiaba más de lo que odiaba a Nuño y más de lo que amaba a Nuño. Y la vieja nodriza la observaba escandalizada, la miraba y miraba, y veía en ella a una frágil niña que sollozaba con una profundidad casi cavernosa. Siendo todo óseo, Susona se había quedado hueca.

—A mayor sufrimiento, mayor es la redención de Dios —suspiró la vieja aya, en absoluto desacuerdo con esa forma de penar—. Ay, qué error, dañaros para conseguir un perdón que solo vos podéis otorgaros.

Elevó la cabeza, el cabello le cayó pegado al humedecido rostro y entre las guedejas azabaches, sus iris grises se encontraron con los de Catalina.

—¿De qué sirve perdonarme a mí misma si los habitantes de las collaciones aledañas no lo hacen? Y Dios sabe que no puedo reprochárselo, que no puedo ni debo exigirles su indulgencia. No la merezco.

—Para que viváis en paz y no en guerra, para que los años que os queden no sean una lucha constante. ¿Os perseguirá la culpa hasta que os rindáis en el lecho? Sí. Mas podéis haceros el tiempo que os resta lo más llevadero posible, así el vino hacía llevaderas las tareas de contabilidad de mi señor Susán.

Catalina quería que prosiguiera con el luto y el duelo, y que a cambio abandonara la penitencia impuesta por el cardenal Mendoza. Ella se negaba. Susona siempre había sido así, visceral, no conocía las medias tintas.

—Los he visto ahí fuera —confesó. Se encogió más, apoyando la barbilla sobre sus rodillas—. Señalan nuestro hogar. He visto lo que han escrito.

Dos días antes, los pétreos muros de su hogar habían amanecido mancillados, alguien había aprovechado el anonimato que solo concede la nocturnidad para pintar de escarlata SVSONA, y debajo rezaba TRAIDORA. Como si fueran nombre y apellido.

Estaba marcada.

—No voy a mentiros. —Mojó nuevamente el paño en el

agua, ya tibia, y regresó a la tarea de limpieza: los anteriores latigazos se habían convertido en costras resecas, algunas cedían al sutil frote y dejaban al descubierto unas manchas rosáceas y alargadas—. Los rumores se han fortalecido en estas últimas jornadas.

María ya la había advertido de ello, se murmuraba que había sido la artífice de aquel ardid. Catalina lo había escuchado en el mercado: Susona de Susán ahora se escondía entre las paredes de su hogar por vergüenza, pues había vendido a los nobles hombres conversos que la rodeaban. Solo así obtendría lo que tanto ansiaba: el desposorio con el gran señor con el que se veía en deshonestos deleites.

Las gentes habían decidido que era ella, que solo podía haber sido ella, por encima de Luis de Medina y de Gonzalo de Córdoba. ¿Quién sino una mujer habría sido la culpable de tamaña calamidad? Que las mujeres eran malas, perversas, que en época primigenia Eva hizo caer al hombre, perder su puesto en el Edén, y desde entonces, todas las hembras nacían con lengua bífida y la vileza enconada.

—¿Creéis que vendrán a por vos, que en una de las próximas noches irrumpirán en nuestro hogar para sacaros a rastras de la cama y hacer justicia?

A Susona se le arqueó la espalda con el siguiente roce del lienzo y la esponja, el agua derramada se le colaba por la carne recién abierta. Asintió.

Se encontraba en mitad de dos mundos, en la linde de dos reinos distintos, en un limes que no se atrevía a traspasar. Demasiada sangre judía recorriendo sus venas para pertenecer a los cristianos, viejos y nuevos. Demasiado conversa para ser arropada por el pueblo judío, ancestros de su padre. Demasiado enamorada de Nuño de Guzmán para pertenecer a nadie más. Era una apátrida.

—¿Cuántas familias romperé con mi egoísmo? ¿A cuántos hijos dejaré huérfanos, a cuántas mujeres viudas, a cuántos hombres viudos? ¿Cuántos han sido apresados por mi amor por Nuño de Guzmán, por mi miedo a perderlo, por mi deseo de salvarlo?

—Quedaos quieta —le ordenó Catalina mientras terminaba el procedimiento.

Apretó el ceño y se mordió el carrillo interno, aguantó la picazón que se extendía y ramificaba, la notaba hasta en la punta de las yemas de los dedos. Le daban ganas de mordérselos, de descuartizarse las falanges.

—Sí. —Le costaba hablar, concentrada en el resquemor—. Vendrán a por mí y me cercenarán el cuello por todas las nobles gargantas que mi padre y los suyos no han podido rebanar, para así cobrarse venganza de los desmanes sufridos y los ataques padecidos.

—Malos augurios para aquellos que son traidores, ya lo sabéis, Susona.

—Malos finales para los traidores —coincidió—. Si vienen por mí, dejad que me lleven.

Catalina arrojó los paños y la esponja al suelo de la alcoba.

—Mi querida niña nacida de un vientre muerto, mi niña de ojos de rumor de agua y labios de flores y cabello como la tinta esparcida en un pergamino. —Acarició su melena y le besó la frente, ahí en el nacimiento—. Sois bella, sois astuta. Los hombres creen que no, pero cuando la belleza se marchita únicamente persiste la inteligencia, eso es lo que os mantendrá con vida hasta que la calavera os reclame. Por eso no moriréis a manos del pueblo, porque no dejaréis que sus manos os cerquen.

Susona clavó la vista en los remolinos de agua que formaban sus ondulados cabellos. Las hierbas vertidas y los aceites perfumados le daban una consistencia especial, era una película espesa y amarillenta que le impedía divisar su desnuda anatomía, similar al verdín que cubre las zonas pantanosas.

—Debería ser honrada y acabar con mi vida yo misma, del mismo modo que he acabado con la de mi padre, las de Saulí y Torralba y acabaré con las de los hombres que permanecen encerrados por el Santo Oficio, y las mujeres que permanecen encerradas, lejos de sus hijos y sus maridos. Las hogueras no tardarán en prenderse nuevamente.

—Aún es pronto para el siguiente auto de fe, los inquisidores tienen bienes por confiscar de aquellos que han sido apresados, entre ellos nuestro Diego de Susán. A veces creo que los oigo llamando a la puerta de Benadeva. —Se dio un par de toquecitos en la nariz—. Sí… —murmuró, sumida en la intuición femenina—. Los siguientes serán Benadeva y el bueno de Beltrán.

Beltrán. Qué pocos pensamientos le había dedicado al bueno y fiel Beltrán que tanto la había adorado desde su nacimiento. Se había arrebujado en el dolor por la muerte de su padre como quien se arropa entre capas y capas de mantas, insensible a la frialdad que arreciaba contra los demás y sus cuitas.

Que el 6 de febrero había sido su padre. Que el próximo día sería su bienamado Beltrán.

Reparó en que tendría que acudir otra vez a la plaza, que tendría que presenciar otros postes de madero consumirse por el vivo fuego, a otros hombres aullar, a sus mujeres llorar, a la judería vestirse de luto, al cielo nublarse. Aquello sería una pesadilla que tan pronto culminase, tan pronto volvería a comenzar.

Apresamiento tras apresamiento, juicio tras juicio, sentencia tras sentencia, diezmarían a los que ellos catalogaban de malos conversos.

—No podré mirar a los ojos a Gonzalo. Sara me escupirá a los pies, habrá guardado saliva para ello pese a haber gastado el agua de su cuerpo en el llanto de su marido.

—No olvidéis que vos también habéis llorado y os habéis lamentado, aún os quedan muchos días que llorar, muchos días que lamentaros, mi niña.

La vida es emocionalmente abusiva. Sus vicisitudes habían envejecido a Susona en lo que a la fuerza de la juventud se refería, cualquier delirio de grandeza, ansia de amor, pasión por vivir se habían extinguido. Se limitaba a respirar lo suficiente para ver un nuevo amanecer.

—¿Y qué hay después? ¿Cuál será nuestro destino cuando los inquisidores toquen a la puerta y nos arrebaten nuestro hogar? Nadie nos dará refugio en Sevilla, Catalina. Si me muero de sed, nadie me dará de beber. Si me muero de hambre, nadie me alimentará. Si me muero de frío, nadie me abrigará. Ahora soy una paria.

—Buscaremos cobijo en algún otro lugar del reino donde nadie nos conozca.

Repudiada por todos, querida por nadie, Susona se preguntaba qué sería de Nuño. Al rememorar su consumido aspecto en la tribuna de la plaza, creyó que el dolor que se materializaba en sus ojos era culpa suya.

Si había culpa, había pena.

Si había pena, había arrepentimiento.

Si había arrepentimiento, debía de haber amor.

Remisión.

En un arrebato de locura de aquellos que le hacían perder el juicio —cuando se trataba de Nuño, no poseía cordura alguna—, Susona se visualizó escapando con él.

—No tardarán en llegar esos perros sabuesos que huelen el dinero y el oro. —La voz de Catalina apartó los recuerdos de Nuño.

Susona se agarró a los bordes de la tina y se levantó con esfuerzo, el ayuno le agotaba la energía y la dejaba completamente exhausta. Hubo de apoyarse en la anciana para no perder el equilibrio y caer al elevar las piernas para salir del barreño; al hacerlo un millar de gotas se precipitaron hacia el suelo y lo colorearon de una tonalidad más oscura. En las paredes se dibujó la silueta de su arruinada figura, recortada por la fluctuante luz del candil.

—¿Y si llegan antes de que Su Eminencia nos alerte? —Se abrazó para paliar el frío, que le erizaba los vellos, hasta que Catalina dispuso una tela caliente en la que quedó envuelta—. ¿Y si tenemos que marchar antes de que me sea dado el cadáver de mi padre?

—Su Eminencia no acudirá para informaros de que don Diego de Merlo ha permitido que nos llevemos los cuerpos de nuestros caídos. Se pudrirán en la plaza y luego serán enterrados en una fosa común, con el deseo de que sean olvidados y tiempos mejores sobrevengan. El olvido es el poder de los reyes. El cardenal vendrá por vos, os ofrecerá un techo en el que resguardaros y un lecho en el que dormir, y luego hundirá vuestro cuerpo bajo el suyo y no podréis escapar. Le perteneceréis.

La mano del cardenal Mendoza pendía delante de ella.

—¿Qué he de hacer?

Susona era esa calavera colgada en la jamba de la puerta, de la que ahora reconocía como su puerta, la puerta de su hogar, de la calle en la que vivía, del barrio Santa Cruz. No era un mundo onírico presentado en sueños y nebulosas grisáceas, era el devenir.

Se había contemplado a sí misma, implacable, decorando con nombre y traición los muros de piedra de las callejuelas, signo de arrepentimiento, signo de enseñanza a todos los futuros amantes que amaran demasiado. Esa había sido su falta, amar a Nuño por encima de la moralidad.

—Aceptad a Su Eminencia y viviréis en el amancebamiento —continuó Catalina—. Tendréis hijos con él, serán perdonados vuestros pecados, seréis cristiana, y en la persecución que padecerá el pueblo judío no sufriréis el destierro. Huelo el éxodo, huele como huele la sal del mar, como las costas que nos verán partir. Aceptad a un muslime de Granada y tendréis hijos entre dos fes, la vuestra y la del reino nazarí, allí os acogerán porque nadie sabe más de acecho y miedo que los judíos y los moros. Cuidado con Granada, Susona. Huelo la sal de las lágrimas de un hombre que las vierte encima de un monte, la enfermedad de una esposa que no sobrevivirá, la de una mujer honesta que lo ha perdido todo.

—Casarme. —La amargura resonó entre las paredes de la estancia. De la risa se le saltaban las lágrimas—. Yo ya no me casaré, ni amaré a nadie. —Con el reverso de la tela se secó el rostro aún húmedo.

—Eso no lo sabéis.

—Lo sé tan bien como vos. No me casaré, no amaré a nadie que no sea Nuño.

Ya lo había dicho Francesc Eiximenis: «La doncella que antes de tener marido se enamora de otro hombre nunca va a amar del todo a su marido, ya que el primer amor no desaparece hasta que el corazón no falla por la muerte».

—¿Esos son los caminos inescrutables de Dios, nuestro Señor? —preguntó, sabedora de que si Catalina tenía la respuesta, no la revelaría, pues la vieja aya veía, oía y callaba.

—Hay uno más. Tomad los hábitos religiosos como monja de clausura de por vida y olvidad la sensación del viento meciendo vuestra melena. Dedicad los años venideros a Dios, a orar, a labrar huertos, a tiznaros los dedos de tierra húmeda, a la misericordia. Renunciad así a vuestro padre y a su legado.

Susona ya había elegido una vez, hacía noches de ello, la misma en la que habían prendido fuego a su progenitor. Había elegido a Nuño por encima de la fe, del amor, de su pueblo y de su padre, de sus creencias cristianas y de sus ancestros judíos. Y ahora que tenía que volver a hacerlo deseó poder elegir a Nuño, ni los hábitos, ni a Pedro González de Mendoza, ni al muslime desconocido.

Las cartas del destino ya habían sido colocadas bocarriba sobre la mesa y el final era su cabeza arrancada del cuerpo coronando la calle.

37

A Nuño de Guzmán lo habían prometido con una doncella bonita, de esas que sonríen en silencio y descienden la mirada al hacerlo, de las que portan joyas mas no presumen de su resplandor, de las que se recogen el cabello y lo ocultan al contraer matrimonio. De esas mujeres que no hablan hasta que se dirigen a ellas, de las que no se atreven a formular palabra, ni a respirar siquiera. Lo habían prometido con una dama de alcurnia, una buena creyente, una buena cristiana, una buena mujer, una temerosa de Dios.

No era suficiente dar fe de ello, ni deshacerse en halagos que constaran en el contrato matrimonial —todos bien merecidos, a decir verdad—, los futuros cónyuges habían de conocerse. Para ello, los Ponce de León se trasladaron a la residencia de los Guzmanes, allí el marqués de Cádiz fue recibido con los brazos abiertos y enormes signos de hospitalidad por parte de aquel que había sido su enemigo. Los enlaces matrimoniales eran así de efectivos, conseguían tender alianzas entre los que siempre se habían buscado en el campo de batalla para ensartarse con sus espadas. De rivales a parientes.

Primero descendió de su montura don Rodrigo Ponce de León, luego sus hijas, doña Leonor, María, Francisca y finalmente la pequeña de todas, Elvira, que tiempo atrás había sido Elvirita, que a decir de algunos era bastarda —al igual que sus hermanas—, aunque ya más nunca, y que para Sancho era la niña que jamás sería Isolda.

Esa fue la primera vez que Nuño la vio, descendiendo de un

palafrén tostado. Elvira Ponce de León era casta y pura, de ojos almendrados, nariz diminuta y un abundante cabello trigueño, exactamente tal y como Sancho —su primo— la había descrito. Guardaba cierto parecido con sus hermanas, no tanto en el aspecto, pues las mayores eran morenas y la más cercana en edad se aclaraba la melena con azufre, agua, jabón y lejía de ceniza, buscaba así que sus guedejas fueran hilos de oro. No. No era el físico, Nuño lo pensó bien y concluyó que se debía al aura que la envolvía y que diferenciaba a las damas de abolengo de aquellas del pueblo llano.

Los acompañaban otros tantos deudos, más allegados al leal Sancho, sus progenitores —siendo el padre un Ponce de León— y su hermana Juana. La que faltaba era Inés de la Fuente, a quien el marqués de Cádiz no había traído consigo, pese a ser el vientre que alumbró a su descendencia. Aquella ausencia entristeció a doña Leonor de Ribera y Mendoza, que opinaba que quizá a la pobre mujer le habría placido ver quién era el galante caballero que se llevaba a la menor de sus hijas. Al menos, así lo habría querido ella de haber sido bendecida con una fémina.

Eso no evitó que hubiera fiesta y ceremonia, una íntima celebración para los que se convertirían en familia y algunos amigos de distinción, el cardenal Mendoza y el asistente mayor Diego de Merlo, cuyas intervenciones habían permitido el acercamiento. Y así Nuño pudo constatar que las lindezas vertidas acerca de doña Elvira eran ciertas y, sin embargo, él solo veía que era de menor estatura que Susona, de menor esbeltez y de menor belleza. Comparaba cada uno de sus rasgos con Susona y salía perdiendo. Y pese a todo, ¿cómo no iba a inclinarse ante doña Elvira Ponce de León? Tendría que hacerlo durante toda una vida. A menudo se decía que la esposa ha de ser servicial, mas siempre se obvia que el marido ha de serlo con ella, que ha de procurarle cuidados y tratarla con dignidad, y Nuño, enamorado de otra, esperaba al menos poder cumplir con eso. Con lo mínimo de lo mínimo. Con el yuntar y dejarla encinta, aunque su mente estuviera anhelando una piel aceitunada y unos ojos grises. Así pues, se prosternó ante la joven y agachó la cabeza, don Enrique de Guzmán y don Rodrigo Ponce de León quedaron satisfechos y la dama emitió una titubeante sonrisa.

Nuño picoteó su mejilla con un casto beso en pro de su inmaculada honra, y ella aceptó gustosa, un hombre preocupado por la honra era un hombre de bien. Un hombre que merecía ser conservado a su lado, un marido al que no debía dejar escapar. Los hombres escapan muy a menudo, lo hacen en un mísero parpadeo, al trote de un caballo. Por eso Elvira se mantenía alerta, al igual que su familia. Por eso Enrique de Guzmán permanecía atento, porque, con el corazón ocupado, un hombre siempre estará tentado de huir allí donde se halle la dueña de este.

«Jamás habéis de faltar a vuestra palabra», le había dicho Enrique de Guzmán a su hijo con la esperanza de que la lección se grabara a fuego en su mente, al igual que los potros reciben la marca que identifica su pertenencia. «Los Guzmanes nunca han de faltar a su palabra», eso le había dicho su abuelo, Juan Alonso Pérez de Guzmán, a su padre y así este se lo había repetido. Cuando Nuño tuviera descendencia debería pronunciar esas mismas palabras, pero solo si se trataba de un varón, porque de ser una hembra la enseñanza sería diferente. «Jamás debéis creer la palabra de un hombre que no sea de vuestra propia sangre, de vuestra propia familia, que no sea un Guzmán. Los hombres siempre mienten mirando a los ojos, siempre mienten tras un beso apasionado».

Se sirvió un banquete copioso consistente en aperitivo, cuatro servicios —cada cual más extenso y selecto— y postre. Tras la bandeja cuajada de fruta de temporada, en la que predominaban los cítricos y las naranjas, además de manzanas y peras que recreaban un bodegón de tonalidades amarillas como las hojas perecederas al caer de los árboles en otoño, se sirvió un caldo humeante de gallina que pretendía calentarles hasta el alma, con trozos de carne y las cebollas nadando en el embriagante líquido.

De segundo, se pasó a un estofado de caza, de tercero hubo pato, y de cuarto, un asado de cordero lechal con salsa de yema de huevo y almendras picadas, acompañado con frutas de la huerta. Para el postre, en las cocinas se había preparado más fruta, queso, vino y pasteles de miel rociados con frutos secos bien picados, hasta formar una especie de polvo.

Durante el yantar, Enrique de Guzmán se aseguró de que su hijo contemplara con atención el bonito rostro de su prometida, que se encontraba sentada enfrente de él, con su padre a la diestra y sus hermanas a la siniestra. Al lado de don Rodrigo Ponce de León continuaba su parentela y la de Sancho.

Los desposorios habían sido acordados con sangre, sudor, lágrimas de tinta y mucho esfuerzo. Los Guzmanes nunca faltaban a su palabra y aquella no sería la primera vez, no sería por culpa de Nuño, no sería por esa mujerzuela de ascendencia judía que era Susona. La boda llegaría a buen término y todos saldrían beneficiados de esa unión.

—Casarán y tendrán muchos hijos —brindó el marqués de Cádiz, a quien se le habían coloreado las narices de bermellón con el vino. Ahora conjuntaban con el rubí de su anillo.

—O hijas —comentó doña Leonor de Ribera y Mendoza.

—O hijas —concedió el Ponce de León, todavía con la copa en la mano.

—¡Que sean hijos! Hijos varones que garanticen la supervivencia de nuestro linaje —terció don Enrique de Guzmán, convocando las risas y el asentimiento de los comensales.

Su esposa esbozó un mohín de descontento, una mueca que jamás había efectuado en público, menos aun sabiendo que delataría su contrariedad ante una decisión de su marido.

—Ya sabéis lo que dicen —medió doña Constanza, esposa del asistente mayor—: quien empieza con hijas ensarta con hijos.

—Una gran verdad —la aplaudió Diego de Merlo.

Sin embargo, había excepciones a ese popular refrán.

Durante unos segundos hubo un silencio tangencial y todos

los ojos se posaron en la progenie del marqués de Cádiz, esas cuatro damas en mocedad que se sucedían en asientos contiguos, que en un mutismo absoluto, con los cuellos desnudos salvo por alguna alhaja y las frentes despejadas, comían con modestia y sonreían con prudencia.

Ponce de León bebió de la copa.

—Lo importante es no perder la esperanza —resucitó el ánimo don Enrique de Guzmán.

—Que sea lo que Dios desee, pongámoslo en sus divinas manos.

Allí estaban todos los reunidos, hablando locuazmente sobre los frutos que daría el encamamiento, como si los prometidos no estuvieran presentes y los oyeran. Quizá por eso mismo lo comentaran a viva voz, con tan poca vergüenza, para que tomaran conciencia de lo que se esperaba de ellos, para que trajeran retoños. Mitad Guzmanes, mitad Ponce de León. Si por ellos fuera, los lanzarían al lecho, cerrarían la puerta con cerrojo y los empujarían a retozar, pegarían los oídos a las paredes para escuchar su respiración desacompasada, sus jadeos, sus gemidos. Y luego abrirían y buscarían la sangre de Elvira entre las sábanas, y mirarían en su interior para corroborar que él se había derramado dentro, que la semilla germinaría.

Ya. Pronto. Cuanto antes, mejor. Que sin consumar el acto no hay matrimonio válido, y sin niños que criar no hay pareja bien avenida.

—Sonríe —le aconsejó en voz baja Sancho tras asestarle un ligero codazo. Había tomado asiento a su lado— o parecerá que no estás asistiendo a tus futuras nupcias, sino a tus exequias.

—No sabía que continuaba viviendo, hace tiempo que no respiro.

Los pulmones de Nuño aún no se habían encharcado de vino. Antes de que se enturbiase con el alcohol, Sancho apartó la jarra de su lado sin que nadie se percatara de ello y se la cedió al copero para que la alejara de su alcance. La ebriedad solo desembocaría en problemas.

—Al menos simula que la encuentras atractiva —le reprochó con una dureza que a ambos sorprendió—. Es atractiva. Es de facciones delicadas y de buena cuna, creo que su cabello huele a tomillo.

No lo creía. Lo sabía.

Nuño le dedicó una mirada de incomprensión, de extrañeza. Sancho reparó en lo que había dicho, así que se limpió la comisura de la boca con el mantel más estrecho y fingió que no había aspirado el aroma que nacía de Elvira cuando se había postrado ante ella para besarle la mano.

—Su padre podría ofenderse y mal asunto sería que dos casas como los Guzmanes y los Ponce de León se enfrentasen. Sevilla se teñiría de rojo sangre y los asaltos a la aljama judía no serían más que cuentos de niños para antes de dormir.

—Es atractiva —confirmó Nuño al alzar la mirada y colisionar con la tímida sonrisa de Elvira—, pero no es Susona.

—Entonces cásate con doña Elvira y ama a Susona en la privacidad de una alcoba, en el silencio y la oscuridad de las noches.

—¿Amantes? —Hubo de contener el bufido desdeñoso que se abría paso en su garganta—. Susona no es la Bella de la judería, dista mucho de ser esa mujer altiva que todos creéis que es, esa mujer vanidosa y orgullosa. Susona no aceptaría ser mi amante, ni vivir en concubinato concupiscente. Bien cela su honra.

En el otro extremo de la mesa el cardenal Mendoza estalló en carcajadas. A Nuño se le enquistó ese despliegue de dicha y despreocupación.

—¿No es eso lo que habéis estado haciendo hasta la conjura? ¿No es eso lo que la Bella busca de sus amantes, los cristianos viejos, según Su Eminencia, al que se ha insinuado como manceba?

Las risas continuaban entre el arzobispo, el asistente mayor, los Guzmanes y los Ponce de León. A Nuño se le cerraron las manos y se le clavaron las uñas en las palmas; de no haber sido así, habría levantado la mesa con furia y la habría hecho volar por los aires, habría tirado del mantel y habría arrojado las copas contra las paredes y manchado los tapices. La fina vajilla de plata con el escudo de armas grabado habría resonado, la comida habría barrido el suelo, todo se habría desperdiciado. Y habría destrozado las sillas a golpes, y habría desenvainado la espada para enfrentarse contra todo aquel que hubiera osado desearla siquiera.

Nuño exhaló un suspiro. Sus manos se abrieron rendidas, le dolían, y observó en ellas una hilera de marcas que asemejaban cordilleras.

Sancho no era el único que había percibido su rabia incandescente, Elvira también había sido testigo de ella. Puede que no hablara, pues su madre bien la había instruido en ello, pero observaba con atención entre pestañeo y pestañeo, con los párpados entornados. Veía y oía. La tensa mandíbula de Nuño lo había delatado casi tanto como el temblor de debajo de la mesa.

Con el fin de que ahondaran en sus intereses —nada comunes pues a Nuño le agradaba la caza y otras actividades que requerían movimiento como la montería y cetrería, y a Elvira la lectura, el bordado y el canto—, los instaron a pasear por los terrenos del castillo de Santiago. Habida cuenta de la honra inmaculada de la joven, el cardenal Mendoza y todo un séquito de doncellas los perseguían, asegurando que las manos de Nuño no tomaran un camino equivocado, el de la carne.

Al principio todo fue silencio, un silencio incómodo que les hizo temer que su vida fuera a ser tal cual. Durante un rato prolongado se permitieron deambular sin rumbo alguno, atentos a los pequeños e insignificantes gestos del otro, como el sonido de los chapines de Elvira contra el suelo o el rasgar de sus ropajes, un hermosísimo y fino brial de azul glasto y brocado bajo tabardo.

A Nuño le costaba alzar las comisuras de los labios para

sonreírle, y ella lo notaba. Tenía quince veranos, era dos años más joven que el Guzmán, varias décadas más inocente e ingenua, siglos más inexperta, pero aun así distinguía cuando un hombre la rehuía. Elvira aceptaba el matrimonio por muy diversas razones: estaba en edad casadera, su padre así lo había acordado y ella era lo suficientemente obediente para aceptar lo dictado como sentencia, los Guzmanes tenían una posición envidiable, sobre todo ahora que la conjura había sido descubierta gracias a Nuño, y Nuño era, sin lugar a dudas, un hombre apuesto. Lo seguía siendo, solo necesitaba unas horas de sueño reparador que borrase las ojeras y una comida opulenta que le retornase la alegría. Elvira se encargaría de ello con sumo gusto, ese era su deber de esposa: cuidar de su marido.

—Hace un día agradable.

Frente a la gelidez imparable de la meseta, el frío de febrero en el reino de Sevilla se replegaba paulatinamente. Las lluvias eran una cuestión diferente, según el día arreciaban. En breve, resurgiría la primavera.

—Así es —murmuró Elvira, sin apartar la vista de sus manos, cruzadas sobre su regazo.

Nuño se fijó en su andar mientras paseaban, pasos cortos, diminutos, no despegaba los pies del suelo, distaba mucho de parecerse a Susona. La última vez que la besó en los labios ella corría, sus zapatos no rozaban la superficie del camino, pues presa del miedo volaba. Susona había temido por su vida, le había salvado de la muerte.

¿Cómo no podía amarlo entonces? ¿Cómo no haberlo dejado morir? Se reprochó sus dudas respecto al cardenal Mendoza, que con buenas intenciones le había confesado sus perversos propósitos. ¿Cómo despreciar el mensaje de Su Eminencia, siendo este intermediario del Altísimo? Pero a veces lo veía con aquella sonrisa clerical de finos labios y le parecía que algo se reservaba para sí.

—Se narran grandes hazañas de vos. —La voz de Elvira era una corriente de agua entre guijarros, fresca, dulce y serena.

—No todas son ciertas.

Ante la tosquedad de la respuesta, la joven agachó la cabeza y trémulamente, con las mejillas tintadas de granate, dijo:

—Alguna lo será, mi señor. —Al creer muerta la conversación, desesperada por ganarse el favor del que sería su marido, prosiguió—: Debo agradeceros muy humildemente que hayáis salvado la vida a nuestra familia, sin vuestra actuación ahora los caballeros cristianos yacerían inertes, con las espadas desenvainadas, regarían con sangre los naranjos, y las mujeres habríamos padecido un tormento aún peor. Las mujeres siempre gozamos de un final más cruel, ¿no creéis? Los hombres morís en batalla, nosotras vivimos como esclavas de quienes os han dado muerte. Me habéis concedido una vida noble.

Un ápice de compasión lo inundó. La dama intentaba mostrarse cortés y él rechazaba todo posible acercamiento. Se había prometido ser un marido respetuoso, no hacerla sufrir más de lo que era su destino, que ya era mucho, porque él jamás la amaría. Y no amar a quien te ama es infligir un gran daño, matar sin contemplación.

—Obré como me ordenaron, leal a la Corona y a Dios, nuestro Señor. Si con eso os he salvado la vida me doy por honrado, bella Elvira.

—Mucho se habla de vuestro galanteo con la Fermosa Fembra, la Bella de la judería.

Nuño la miró perplejo. La alusión a Susona era más dolorosa cuando nacía en labios ajenos, cuando él la nombraba le quemaba la lengua. Sin darse cuenta había fruncido el ceño y emitido un gemido. Elvira se percató del gesto de su prometido.

—Nada he oído.

Y nada querría oír. Acabaría ahogándose en el vino y las jarras que lo servían, bocabajo, era lo único que lograba sanar sus heridas y aliviar el escozor de no tener a Susona consigo. ¿Cuánto tiempo había pasado sin ella? Tuvo que rememorarlo y le dolió la cabeza. Sin sus besos, cualquiera que fuera se le antojaba una eternidad.

—Mis sirvientas y doncellas han sido los pájaros cantores que me han traído las noticias del pueblo, jamás he prestado oídos a curiosidades sobre vidas ajenas: una buena mujer no debe hacerlo. Os confieso con vergüenza —y así debía ser, pues se tiñó de grana—, sabedora de que es una falta que no tardaré en expiar, que tratándose de vos no he podido tornarme sorda en esta ocasión.

—¿Qué hablan las lenguas venenosas? ¿Qué se canta y murmura según vuestras sirvientas y doncellas?

—Que sois el salvador de nuestra ciudad, que acudisteis a don Diego de Merlo al descubrir que los conversos judaizaban en privado, siendo infieles al agua bendita que los había proclamado como cristianos tras abandonar su fe y a su dios, al que seguían rezando. Que os sacrificasteis por el bien del pueblo, de los cristianos viejos y de todos los buenos cristianos al cortejar a la Bella de la judería, la hija de Diego de Susán, instigador de un grupo de judíos que pretendía asesinarnos a sangre fría.

Otra vez su nombre, otra vez Susona. Los dientes le rechinaron al sentir la flecha hurgar en la herida abierta en su pecho. Por instinto se llevó una mano allí donde adolecía, Elvira vio que era la zona izquierda. Ahí ya vivía alguien, y no era ella, Elvira Ponce de León. Se convenció de que no importaba, pues su madre ya la había prevenido de que el amor y el matrimonio no iban de la mano. Nuño de Guzmán también debía de saberlo.

—Si por mí fuera, os beatificaría. —Se mordió el labio inferior y una melosa risilla le brotó de entre los dientes—. Su Santidad, el Papa Sixto IV, debería planteárselo pues habéis salvado a la Corona.

Aquello fue más de lo que él podía soportar. Esa malsana admiración prendió una chispa de ira.

—Los hombres beatos no existen. Si vuestro afán es casaros con uno habéis errado conmigo, sería más adecuado para vos amancebaros con un obispo. —Elvira calló y no volvió a alzar la cabeza ni a pronunciarse.

La imagen del cardenal Mendoza aferrando la muñeca de Susona lo golpeó, y aquel «nunca os ha amado» referido a ella le hirvió en la sangre, bulló como las cacerolas colocadas sobre el fuego en las cocinas.

Escuchó al arzobispo a sus espaldas, entretenido en conversaciones banales con las mujeres, la vesania lo dominó y lo pagó con la Ponce de León.

—Ni siquiera los hombres de la Iglesia son beatos —susurró Nuño, que se alejó a zancadas, dejando allí a doña Elvira y su séquito.

A la muchacha ya le habían advertido del carácter voluble de su prometido y de que últimamente se le había agriado.

38

Se aprendieron muchas lecciones con aquel desmán del Guzmán hacia doña Elvira Ponce de León, que bien podría haber sido tomado como una terrible afrenta contra la joven y bonita dama, y haber desembocado en la llantina de ella, en una afrenta a su progenitor, quien hubiera podido dejarse vencer por la ira y en un intercambio de palabras furiosas entre los implicados. Por suerte, la muchacha guardó silencio y cuando la comitiva de doncellas y el cardenal Mendoza le preguntaron por la repentina ausencia de Nuño —nada habían oído, pero sí visto cómo se marchaba con expresión resentida y sofocada—, lo excusó con un «asuntos concernientes a su rango lo requerían. Sabe Dios que una esposa entiende de esto, pues los deberes siempre son más importantes que el amor», y a todos pareció gustarles la respuesta. Su rápida actuación garantizó la paz entre las familias y permitió que los preparativos del casamiento prosiguieran.

No obstante, Sancho conocía a Nuño, pocas cosas se ocultaban el uno al otro, y esa no fue una excepción. Sancho, que quería a su amigo con toda el alma y le sería leal hasta el fin de sus días, se tragó los reproches y le cayeron pesados en el estómago, pues había algo que era incapaz de soportar: aún no habían sido declarados marido y mujer, y Nuño ya estaba haciendo desdichada a Elvira. ¡Ay, pobre niña, destinada a convertirse en la maldita Isolda! ¡Ay de él, destinado a observarla languidecer en brazos de un hombre que no la amaba! No lo suficiente. No lo que ella necesitaba y merecía.

Lo que aprendió Nuño fue que debía haber permanecido en los jardines con doña Elvira, y no por ser lo que se esperaba de él, ni por complacerla a ella —que había recibido un golpe en su orgullo al saberse abandonada antes siquiera de haber tenido la oportunidad de entregarle su corazón, algo que habría hecho, sin duda, con el paso del tiempo—, ni por Sancho, que no se habría mordido los labios con fiereza en esa lucha interna que le iba ganando, sino porque, de haberlo hecho, se habría ahorrado ser testigo de una conversación que determinaría el rumbo de los acontecimientos venideros.

Nuño había caminado hacia la sala de la chimenea con la esperanza de encerrarse entre sus muros y embeberse de alcohol para disipar las palabras de doña Elvira en relación a la conjura conversa y olvidarse de la sombra del cardenal Mendoza. La parte más bondadosa que habitaba en él se arrepentía de su comportamiento, otra promesa rota al haber ofendido a la joven con su desaire. Pero lo había alterado enterarse de que Diego de Merlo había informado a los grandes señores acerca de la conjura, oculta solo a ojos del común, y que estos lo alababan y ensalzaban por su sacrificio. De repente Nuño era Cristo que había dado su vida por la humanidad dejándose crucificar. Más bien él se sentía un Judas Iscariote que veía a Susona llorar ríos de sangre por los estigmas de las palmas de las manos y los pies.

Al llegar a la estancia en la que el lar crepitaba y caldeaba el ambiente, se percató de que estaba ocupado por su padre, don Rodrigo Ponce de León y sus deudos varones; el asistente mayor Diego de Merlo también los acompañaba. Pensó en buscar otro refugio en el que guarecerse y sucumbir a la ebriedad, pero cuando procedía a alejarse le sorprendió un hecho inaudito: su padre no lo había agarrado por los postizos de los hombros del jubón y conducido a la reunión que allí se desarrollaba, pese a ser el primogénito y el eslabón que uniría ambos linajes.

Las puertas cerradas dificultaban oír los términos de la discusión —a juzgar por lo elevado de ciertas voces debía de serlo—, sin embargo, Nuño consiguió captar algunos retazos que lo hicieron palidecer. Hablaban sobre los cadáveres putrefactos de los criptojudíos quemados, del dolor de las familias que se habían visto sacudidas por la tragedia, del terror que asolaba a quienes aguardaban que su parentela encarcelada sufriera consecuencias similares o peores. ¿Había acaso algo peor que ser devorado por las llamas en un acto público siendo consciente del calor abrasador que te calcinaría hasta los huesos? Y pensó que sí lo había, su padecer por Susona.

—Los cadáveres hieden —comentaba don Diego de Merlo—. Demasiado tiempo a la intemperie, las moscas no han tardado en darse un festín y las ratas han sido convocadas. Los guardias las espantan como pueden, mas esos bichos corretean entre sus pies, llamados por el olor a podredumbre. En cuanto el calor apriete y la fruta se reblandezca, será imposible deshacerse de ellas.

—Hay demasiada preocupación por el brote pestífero —recordó el Ponce de León—. Tres cadáveres más, tres cadáveres menos no deberían ser problema.

—Quizá esa sea la cuestión. La pestilencia que nos azota.

Diego de Merlo chasqueó la lengua.

—Los conversos suplican por enterrar a sus difuntos y Su Eminencia intercede por ellos. Alude al descanso que merecen las ánimas de esos pobres herejes que, pese a su condena, deberían alcanzar la paz, Dios es misericordia y bondad. Defiende una Iglesia limpia y manifiesta que esos cadáveres ensucian las calles, el lugar, la ciudad de Sevilla y hasta la Catedral. Desde su confesionario dice oler la carne chamuscada y oír el roer de las ratas.

—¿El arzobispo de Sevilla o fray Hernando de Talavera? —rio alguien, y las carcajadas que siguieron dieron su aprobación a la chanza.

—Su Eminencia es débil —atajó Enrique de Guzmán con un desprecio patente—, cualquier hombre de Dios que empuña crucifijos y no armas es débil, y don Pedro González de Mendoza, por mucho que sea apreciado por todos nosotros, lo es. Atender a las súplicas de las viudas le ha derretido el alma.

—Diría que la herejía es un atentado contra Dios y la Iglesia —tanteó el marqués de Cádiz con cierta precaución—, no obstante, si os soy sincero, señores míos, la conjura que urdían habría supuesto no solo un gran coste para nosotros, también para nuestras familias.

—Y para el reino y la Corona de Castilla —apuntó otro.

Nuño hubo de apartarse de la puerta cuando un par de miembros de la servidumbre se acercaron por el pasillo; enseguida sus figuras se perdieron y él regresó de inmediato. Para entonces, el tema de conversación había virado hacia otra dirección y él hubo de aguzar el oído. Entre el chisporroteo del fuego, el sonido del vino al ser escanciado y el chocar de las copas, distinguió:

—Que si las gentes de Sevilla se alzan no será por los cuerpos que ahí perduran, sino porque se saben cercados de malos cristianos y se ven peligrar. La herejía es una enfermedad infecciosa y se extiende con celeridad.

—¿Profetizáis tumultos contra los conversos, mi señor?

—Alguno habrá. Siempre hay alguno. —Merlo exhaló un hondo suspiro—. Guardaré la paz en la medida de lo posible, pero no puedo detener a toda la población sevillana, del mismo modo que no puedo culparla del miedo a sus vecinos y sus prácticas semitas.

A continuación alguien dijo: «Una limpieza es de agradecer», y Enrique de Guzmán lo confirmó añadiendo: «De la tierra sembrada con sal nada vuelve a crecer, ni siquiera una conjura».

Don Diego de Merlo era hombre de gran intelecto. La noche en que Nuño fue a comunicarle que un grupo de conversos bien posicionados socialmente planeaban una conspiración le prometió que Susona, delatora de todos ellos, no sufriría represalias. En el auto de fe se lo había corroborado. Al preguntarle si estaba a salvo, Merlo le había respondido: «¿De nosotros? Por supuesto». Y reparó en que ese «nosotros» dejaba a su amada desprotegida, vulnerable ante los desquites de los indignados cristianos, conversos e incluso judíos.

Se lo había jurado y había faltado a su palabra, pese a que según el asistente mayor valía más que el oro, más que los maravedíes que llenaban con su tintineo y su metal las arcas reales de sus majestades Isabel y Fernando. Lo había jurado y había mentido, porque Diego de Merlo no era un Guzmán. Nuño se sintió igual de necio que un crío que es engañado por sus padres, demasiado pequeño para entender la realidad que lo rodea. Había pecado de ingenuo, se odió por ello, había practicado tanta mentira ante Susona y no había sabido reconocerla en la voz de Diego de Merlo. Se habría rajado la lengua por ello.

Jamás supo cómo había logrado contenerse para no abrir la puerta de una contundente patada como un ariete y abalanzarse contra el asistente mayor. De buena gana lo habría acorralado, un mentiroso es un hombre sin honor, y un hombre sin honor que no merece un cargo de tamaña responsabilidad. Nuño había dejado de creer en la justicia, había dejado de creer en muchas cosas.

Sancho se interpuso entre él y las cuadras, evitando que entrara y los caballos se alterasen. Había ahogado su frustración en vino y estaba seguro de que armaría un alboroto tratando de ensillar a su palafrén, asustaría a los animales y los relinchos advertirían de su huida al resto de los presentes en el castillo. A Enrique de Guzmán no le placería saber que su hijo había aprovechado la oscuridad para visitar a la dama de la judería, en especial esa la noche en la que se habían acordado sus esponsales y se celebraba la futura unión. A Rodrigo Ponce de León, padre de la novia, le placería aún menos. Con un desaire a doña Elvira ya había habido más que suficiente.

En cuanto a Sancho, comprendía esa necesidad de proteger a quien amaba, la urgencia que se había adueñado de Nuño y lo hacía lucir frenético. Por unos segundos la idea de dejarlo escapar le cruzó la mente, brillante y tentadora. Un oprobio de tal magnitud rompería el enlace, él podría fugarse con Susona —o no, pues el duque de Medina Sidonia se encargaría de ello— y Elvira quedaría libre de un futuro funesto. Aunque quizá le esperara otro peor. Siempre hay uno peor. Al final, atendiendo a esa fidelidad intrínseca de perro guardián, desechó el ardid.

—He de alertarla. He de alertar a Susona. Déjame pasar, Sancho —lo amenazó.

El Ponce de León se mantuvo firme.

—Has perdido el juicio, querido amigo. O es que estás demasiado ebrio para pensar con claridad. —Apoyó las manos sobre su torso y le dio un empujón, con ese simple gesto Nuño trastabilló, indicio de su pésimo estado.

No. No. El alcohol solía nublarlo, mas en esa ocasión le había insuflado fuerzas, le había dotado de una suerte de lucidez.

—Es la cordura del beodo.

—¿Qué esperas conseguir cabalgando hasta allí? Cuando uno de tus pies pise la judería, se cobrarán venganza por los hombres ejecutados y los que esperan apresados.

—Es un riesgo que estoy dispuesto a correr.

Hizo amago de avanzar. Sancho logró refrenarlo nuevamente, giró a mayor velocidad y le obstaculizó el camino. Empezaba a perder la escasa paciencia que poseía, se apreciaba en la mandíbula apretada y los dientes chirriantes.

—¿Por qué? ¿Para qué? —le increpó, molesto por la ofensa a su prima—. ¿Para avisarle de tus nupcias con doña Elvira?

¿Por qué? Porque las noticias viajan más rápido que una bandada de cuervos y llegan a cualquier rincón y lo último que quería era que Susona escuchara de labios ajenos que él contraería matrimonio con una mujer que no era ella. Doble traición a su persona. La primera, haber sido partícipe de la muerte de su padre. La segunda, no haber regresado para ajustar un anillo en su dedo índice. Aquello no haría más que alimentar su odio.

Y Nuño podía vivir con ello, con saberse detestado y aborrecido por Susona, se consideraba merecedor de esas horribles emociones. Con lo que no podía vivir era con la ínfima y remota posibilidad de que ella sufriera daño alguno a manos de quien fuera.

—¡Porque la deseo a salvo! —se desgañitó—. ¡Maldita sea, porque la deseo a salvo!

Un silencio abisal eclipsó el ya de por sí sepulcral ambiente. Sancho y Nuño se observaron, ambos en posición defensiva. El Ponce de León aflojó los puños y exhaló un suspiro.

—Entonces precaución —le recomendó—, si te ven llegar a su hogar no solo te crucificarán a ti como a nuestro Señor.

Nuño estalló en una carcajada que destilaba ponzoña. Alzó los brazos y se golpeó el pecho en repetidas tandas. Una y otra y otra vez.

—¡Que me maten, Sancho! ¡Que me maten y se apiaden de mí y de mi pobre alma, que no encuentra consuelo sin Susona! Que si es muerte lo que quieren darme, aquí he de recibirla yo. Si no puedo tenerla, de nada vale deambular por el vasto mundo. ¿Es que no me entiendes, ni siquiera tú me entiendes?

Lo entendía. Por Dios, que Sancho Ponce de León lo entendía mejor que nadie, iba a entregarle la niña de cabellos áureos, la que sollozaba sentada en el banco de piedra. ¿Qué más quería de él?

Nuño cayó sobre sus rodillas, arrancó la hierba mojada del rocío invernal y se sorbió la nariz. Lloraba a mares, se ahogaba a sí mismo con el agua salada de sus lágrimas y la costa que bañaba el señorío de Sanlúcar, que eran las mareas dulces del Guadalquivir. No había sabido hasta entonces que el amor quemaba tanto. Elvira, Susona, Nuño, Sancho…, todos estaban ardiendo con las llamas de esa hoguera.

—Ay, Sancho —se lamentó—. Qué infortunio este que me asola, qué temor este que me sacude. Que ya no es haberla perdido, que ya no es el cumplir con mis obligaciones para con tu parentela, que, muy honrado, lo haré con pompa y boato. Que lo que me aterra es olvidarla, que sus facciones se borren de mi recuerdo. Que lo que me quema por dentro es no poder protegerla del roce de quien desee su daño.

Compungido, doblado sobre sí mismo, con las manos repletas de briznas y las mejillas regadas de humedad, el Guzmán levantaba lástima.

—Quizá me equivoqué al augurar que la matarías —murmuró—. La Bella de la judería te matará a ti antes de dolor y desconsuelo.

—Es de justicia que así sea, mi querido amigo. —Alzó la cabeza y percibió la desazón en Sancho, que posaba con los brazos en jarra—. Ten por seguro que si ese ataque del que habla Merlo se produce, que si un desgraciado osa mandarla al Infierno, la seguiré allí donde moran los pecadores e infelices.

Sancho conocía a Nuño, erraría igual que erró Orfeo. No soportaría conducir a su amada sin girar la cabeza y contemplar su rostro, cuando lo hiciera la luz del día no la habría bañado y la Eurídice conversa se esfumaría.

Estaban condenados a amarse en las sombras.

—Tienes que ayudarme. —Se irguió, no sin esfuerzo, no sin tambalear. Su visión aún vidriada era un espejo que proyectaba dobles figuras.

El Ponce de León reculó unos pasos.

—No me pidas imposibles, no obro milagros.

—Si no vas a prestarme tu mano, no me detengas entonces —gruñó.

Nuño avanzó con unas zancadas gigantescas y lo apartó de un golpe. Sancho se recompuso, lo aferró por la espalda y tironeó de su jubón hasta hacerle perder el equilibrio, lanzándolo hacia atrás y ganando en cuanto a posición.

—¿Y permitir que te dirijas a una muerte segura? —espetó.

—Mi muerte será su salvación. Gustoso daría la vida por asegurar la suya.

—Tu muerte será en vano. Diego de Merlo te prometió…

—¡Diego de Merlo mintió! —La saliva salió en forma de volutas—. ¡Como mentimos todos los hombres para conseguir lo que deseamos, como mentí yo a Susona para atraerla y cortejarla y descubrir la herejía que se aposentaba en las viviendas de los conversos! —Cerró los dedos en torno a la empuñadura de la espada en un gesto de violencia—. Aparta, Sancho, lo último que me perdonaría sería herirte.

En aquellos momentos, habría pasado por encima del cadáver de quien fuera.

Sancho negó con la cabeza, decepcionado ante la reacción de su amigo. Batirse en duelo había sido un divertimento que habían compartido desde niños cuando aprendían a asestar golpes, las espadas pesaban tanto que debían sostenerlas con ambas manos y el peso les hacía bajar los brazos. Lejos habían quedado aquellos tiempos, ahora guerreaban por una mujer —o por dos—, por la supervivencia, por la locura que aquejaba a Nuño.

La luz de la luna le robó un destello a la rutilante hoja desenvainada. Sancho mostró la suya, si Nuño deseaba lucha, lucha tendría.

El Guzmán se lanzó hacia su oponente, espada en alto, los vapores del alcohol lo volvían lento de movimientos y aún más de pensamiento. El Ponce de León lo conocía tan bien que solo hubo de mover uno de sus pies para desviarse de la trayectoria y Nuño se encontró con el templado aire de la noche. Mordió el polvo.

Al girarse saboreó el acero que le laceró el rostro. Se tocó el corte de la mejilla, un tímido reguero bermellón le manchó la yema, el escozor era menor que el que sentía en las entrañas, abiertas en canal, similar a un cerdo expuesto en las tablas de carnicería de la Puerta de Minhoar, donde había conocido a Susona. En otra ocasión se habría defendido, se habría abalanzado contra Sancho con una furia incandescente que le habría costado cara, pues el orgullo siempre le había dolido. Ya no.

—¡Maldita sea! —se lamentó Sancho. Su estoque se precipitó a la verde hierba, desarmándolo.

Se habría cortado las manos antes que dañarlo, porque Nuño se habría cortado las manos antes que dañarlo a él. Eran hermanos, no necesitaban que la misma sangre corriera por sus venas.

—¡Has perdido el poco juicio que poseías, Susona te lo ha arrebatado así como te ha arrebatado el corazón y las ganas de vivir! ¿No te ves? ¿No te oyes, querido amigo? —Le dolía la garganta de contener las lágrimas—. Ni siquiera eres capaz de sostenerte en pie. —Le señaló. Nuño se balanceaba, la mirada oscilante entre el goteo carmesí y la espada que portaba—. Y así pretendes cabalgar hasta la judería, con un sigilo que gritas a voces entre tropiezos, llantos e hipidos. Ensartarán tu cabeza en una picota.

—No habrá sido en balde.

—No aciertas a dar dos pasos seguidos, no atinas con tu acero, Nuño de Guzmán, beodo y frágil. No durarías en una contienda, y menos en un lugar en el que desean tu cabeza. —Se acercó a él y con sutileza le arrebató el arma, no hubo resistencia—. No es noche de guerra, no podrías defenderte en una, no deseas morir ante tu amada y que llore sobre tu cuerpo. Sé justo, eres un Guzmán, un hombre de palabra.

—Le prometí a Susona reunirme con ella cuando todo hubiera tocado a su fin. No puedo faltar a mi palabra. Necesito narrarle lo acontecido, desvelarle la verdad oculta tras este velo de traiciones.

Cada vez que pensaba en Susona se desgajaba al igual que las naranjas de los árboles que los envolvían en aroma de azahar. Las lágrimas surcaban su faz, la sal de estas se mezclaba con el óxido rojizo que proclamaba la herida del pómulo.

Derrotado, se echó a sus brazos.

—Acudes a mí como amigo y como amigo te suplico que entres en razón, que depongas esa obstinación. Hazlo por tu madre, para que no tenga que enterrar a su primogénito.

—Qué bajeza mencionar a mi honorable madre...

—Pocas opciones me dejas. —Acunó su rostro y pegaron sus frentes, la una contra la otra, perladas de un sudor frío—. Y si no lo haces por ella o por Susona, hazlo por mí, que lo sacrifico todo en tu nombre. Ni siquiera eres consciente de cuánto dejo en tus manos.

El amor había cegado a Nuño, incapaz de ver, ni siquiera percibir, que su leal amigo atesoraba dos gemas de singular valía: su hermana Juana y su prima doña Elvira, y que si por la primera mataba, por la segunda moría.

—Escribe una misiva para Susona de Susán y entrégasela al cardenal Mendoza, que siendo su confesor y el hombre que la bautizó, y profesándole tanto cariño, tendrá a bien encargarse de hacérsela llegar. Así estará prevenida de tu amor y de ese posible ataque que Merlo augura.

—¿Al hombre que me unirá en sagrado matrimonio con tu prima?

«Al hombre al que ella se había ofrecido como manceba», calló.

Nuño no se atrevió a hacerle partícipe de sus sospechas, que Susona en realidad sí que le amaba y el cardenal Mendoza mentía, porque lo había visto regodearse en ese contacto con su piel aceitunada en el seno de la Catedral, porque advirtió una pizca de anhelo en sus agudos ojos. Los hombres de Iglesia, los hombres de Dios también pecaban, Su Eminencia contabilizaba faltas perdonadas. Tan cerca del Altísimo, con esas vestiduras coloradas, podía permitirse una más.

—Al mismo.

Sancho estaba en lo cierto, no era noche para verter sangre, si acudía a la judería sería la suya la que teñiría el vestido negro de Susona. Así pues, aceptó, y el Ponce de León suspiró aliviado, había ganado a la tozudez y con ello un día más de vida a su amigo.

39

La misa se alargaba, el humo grisáceo que procedía de los pebeteros iba en ascenso y se condensaba en la pequeña cúpula del sacro edificio, aromatizándolo todo con el espesor del incienso mientras el cardenal Mendoza recitaba pasajes bíblicos y el silencio tronaba en los oídos de los asistentes. Rezaban para sus adentros con la cabeza gacha, las implas límpidas y modestas, los rosarios en las manos pasando de dedo a dedo cual falsa moneda, los labios murmurantes y a veces los ojos cerrados para sentirse más cerca de nuestro Señor. En la mesa del altar, bellamente engalanada, vino, siempre vino, y una resplandeciente cruz de oro.

Entre los Guzmanes, los Ponce de León, doña Constanza Carrillo de Toledo y don Diego de Merlo —todos adecentados para la ocasión—, Nuño presentaba una mirada febril que conjugaba con su apariencia deteriorada, aderezada con ciertas dosis de desesperación e impaciencia que le hacían bailotear el pie derecho y desatender las oraciones. Ese acto le devolvía una mueca de reproche por parte de su madre, que lo único que no le perdonaba al favorito de sus vástagos era el alejamiento de Dios.

A Su Eminencia le sorprendió encontrárselo en la capilla aquella mañana, a unas horas tan intempestivas como eran los maitines, en las que solía cabecear a causa del sopor del alcohol y los estragos de la noche. No obstante, acostumbrado como estaba en esos últimos meses a esa volubilidad y las ojeras amoratadas, lo que le inquietó fue la herida alojada en su mejilla, que ya no era más que una fina línea rojiza de sangre reseca y mal curada. Al fijarse en ella, supo que se había enfrentado a alguien hacía poco —ni en el banquete del almuerzo ni en la cena la lucía— y que había vencido, pese a que la realidad era bien distinta. Nuño vivía derrotado.

Terminada la ceremonia y habiendo otorgado la eucaristía a los allí presentes, que habían bebido la sangre de Cristo y comido de su cuerpo, los feligreses se fueron dispersando. El cardenal se acercó al Guzmán con una sonrisa benévola en los labios, a sabiendas de que, a juzgar por su aspecto, el alma del joven se hallaba ardiendo en el Infierno y si esa condena no se debía a la separación con Susona, se debía al casamiento con doña Leonor.

A menudo se decía que la vida del clero era dura, habida cuenta de la exigencia de sus votos, pero bajo su opinión la del lego era aún peor. Para ilustrar las desgracias de quienes no visten el alba, ahí estaba Nuño de Guzmán, a quien le habían tocado las mejores cartas para jugar en la vida y, aun así, todo lo que jugaba eran malas partidas.

—Buenos días nos dé Dios, mi joven señor de Guzmán. —Apoyó una mano en su hombro—. Agradecemos que hayáis encontrado un par de minutos para honrarnos con vuestra presencia.

Nuño huyó del contacto físico dejando caer el hombro, por lo que el agarre se resbaló y el cardenal Pedro González de Mendoza se encontró con el aire y el vacío en el rostro de aquel.

—Su Eminencia —lo saludó. Había más gelidez en su voz que en glacial invierno que comenzaban a dejar atrás—. Requiero de una ayuda que solo vos podéis prestarme.

—Hablad pues, que habiendo finalizado la misa me hallo en disposición de tiempo, aunque no en demasía. Me temo que he de abandonar vuestro señorío y regresar a Sevilla, asuntos importantes me reclaman.

El Guzmán extrajo de la escarcela un pergamino con múltiples dobleces, lo encerró en su puño, y al cardenal casi le dio la impresión de oír el crujir del material.

—Aún mejor, pues es a Sevilla donde deseo que marchéis.
—La violencia que manaba de sus palabras se traducía en las arrugas de la misiva, quejumbrosa bajo el azote de sus dedos.

Nuño de Guzmán sabía que las peticiones tenían un alto valor y que siempre encontraban el pago correspondiente. Un favor era una atadura en torno a las muñecas, un cabo cuyo roce lacera la piel y la enrojece hasta dejarla en carne viva. Estaba dispuesto a pagar cualquiera que fuera el precio impuesto por el cardenal Mendoza, pues Sancho, que lo observaba desde la distancia, estaba en lo cierto. Presentarse en la collación de Santa Cruz y buscar a Susona habría sido avivar el peligro que la circundaba, informarla a través de una carta la mantendría a salvo.

—Decid. ¿En qué puedo serviros? ¿Os perturban los próximos acontecimientos de vuestra vida?

—No. Nada más lejos que los desvelos acerca de mis nupcias.

El arzobispo asintió, muy intrigado por el secretismo que rodeaba la conversación. Nuño susurraba, él susurraba. Quizá lo más conveniente fuera alejarse de la cúpula, no fuera a traicionarles y los murmullos hicieran eco.

—No así a vuestra futura esposa. —Con un movimiento de cabeza, indicó su posición al otro lado de la capilla—. Se deshace en desasosiegos y ya ha rogado varias audiencias conmigo para menguar la incertidumbre que la corroe.

Ambos contemplaron a doña Elvira, que sonreía con mesura a doña Constanza y doña Leonor de Ribera y Mendoza, quien la había atrapado por el antebrazo. Parecía que las mujeres la instruían en artes amatorias o deberes conyugales, pues la Ponce de León asentía y sonreía, sus mejillas teñidas de grana resaltaban sobre su piel de alabastro. Para agraciar a la que sería su futura suegra había escogido los ropajes más sencillos, una saya de brocado raso y una impla sin oropel, solo una joya la ornamentaba, un colgante que Leonor le había cedido con motivo de los esponsales, herencia familiar.

Durante una breve fracción de segundos, las miradas de

Nuño y Elvira se hallaron a mitad de camino, y cuando este la desvió halló la de Sancho dirigida al mismo objetivo que él, las pupilas destellantes, los labios entreabiertos, anhelantes. Sin embargo, todavía batallando contra los efectos de la embriaguez de la noche anterior fue incapaz de reconocerse en aquellas facciones admiradoras y sacar una conclusión.

Palpó el pergamino con manos sudorosas y habló:

—Habéis de entregar esta misiva a Susona de Susán, hija del difunto veinticuatro de Sevilla Diego de Susán. Su contenido es privado, solo sus ojos claros han de leerlo. —La carta bailó ante la nariz del arzobispo, lacrada con un sello bermellón con el escudo de los Guzmanes, las serpientes en calderas, lo que ellos eran, víboras de lenguas bífidas que escupen veneno—. Es de suma importancia que actuéis con presteza y sigilo.

González de Mendoza había alzado las cejas, impresionado por la osadía del joven, más bien por la terquedad que tan inherente era en él y le obligaba a persistir. Qué obstinado. Puede que fuera más simple, que estuviera demasiado enamorado. Eso lo explicaría todo, que se negara a soltar ese vínculo con Susona pese a que le había comunicado que ella no le amaba, que solo lo utilizaba para sus propios y egoístas fines.

Extendió la mano para tomar la misiva, Nuño tardó un par de segundos en entregársela, inseguro, renunciar a ella suponía depositar su corazón en cuerpo ajeno.

—¿Algo más, hijo mío?

Nuño tragó la amarga hiel mezclada con saliva, examinó la faz del arzobispo cual máscara de comedia griega que en algún momento caería y entonces negó.

—Nada más, Su Eminencia, esta será la última vez que requiera de un favor de vos. —Lo juró con una mano en el corazón—. No volveré a importunaros con el fin de que intercedáis por mí ante Susona.

Mendoza contempló el pergamino que tenía en su poder, entre los pliegues había quedado una hebra azabache que hacía meses había formado parte de la larguísima cabellera de cuervo de Susona. Fue fácil adivinar que le pertenecía, recordaba que a la joven le faltaba un mechón trasquilado que la escarcela del Guzmán debía de guardar. Una prueba de amor. De ahí que constantemente necesitara toquetear la bolsa que colgaba de su cinto.

Chasqueó la lengua.

—Sed cuidadoso. Los Ponce de León tienen oídos en todas partes, no desencadenéis una tragedia por un capricho carnal que será pasajero. Todos los son. Si lo que queréis es una concubina que os caliente el lecho para así librar a doña Elvira de la práctica del fornicio, será mejor que optéis por otra. —Sacudió el pergamino en señal de advertencia—. No sería digno de vuestra inteligencia cometer errores fatales por una mala mujer que se hace desear. Un bastardo de un vientre casi judío, singularmente el de la hija de un hombre que ha acabado en la hoguera… Mal asunto.

«Una mala mujer que se hace desear». «Un bastardo de un vientre casi judío». «La hija de un hombre que ha acabado en la hoguera». Aquellas terribles consideraciones se le enquistaron en el pecho. No se le escapaba que el arzobispo jugaba con él, según le convenía traducía a Susona de una forma u otra, ora mala mujer, ora buena cristiana de origen converso.

Las semillas de la sospecha germinaron en su interior.

—Lo seré, Su Eminencia. —Le chirriaban los dientes, le dolía la mandíbula.

Un nuevo vistazo a doña Elvira, cuyo rubor se le iba esparciendo por el cuello creando parches en él. Era una bella dama, pero no era su dama. Cuando la besara, estaba seguro, le sabría insípida.

—¿Es amor lo que destilan estas palabras que aquí habéis escrito, joven Nuño? —preguntó tras familiarizarse con la rugosidad del documento.

La noche había transcurrido entre una borrachera implacable, el ardiente deseo de ensillar el caballo y huir, y la voz de la cordura de su amigo Sancho. Cinco intentos en forma de letras y pergaminos que habían sido del todo infructíferos, pues el cálamo de la pluma arañaba más su corazón que la superficie. Se derramaba su llanto de negra tinta emborronando las palabras ya formuladas, sus manos estaban tan manchadas como las de Susona. Podía vivir con la sangre pegajosa de los herejes en sus dedos cristianos, de los que quedaban por calcinar, mas no con la de su amada. Se relamería los dedos, su dulzor sería zumo de granada.

Nuño contempló cómo el cardenal insertaba el pergamino entre los pliegues de sus ropajes, esbozaba una sonrisa enigmática que anheló le rajaran. Si Susona mentía, si Su Eminencia mentía y Diego de Merlo mentía, si incluso él mismo, Nuño de Guzmán, mentía, ¿había alguien sincero?

—Es amor y algo más que amor. Es vida —respondió.

Don Pedro González de Mendoza contuvo el resoplido de exasperación. Ay, los jóvenes amantes nunca entendían cuándo ceder en sus pasiones.

40

Pedro González de Mendoza no había leído la misiva, la curiosidad no era uno de sus defectos. «Es de suma importancia que actuéis con presteza y sigilo», había dicho el Guzmán al confiarle aquel recado, pero a sus cincuenta y dos años —con toda la experiencia que esa edad conllevaba—, si algo había aprendido era que las prisas no son buenas consejeras.

Por eso había transcurrido la semana examinando con atención el rugoso pergamino depositado encima de la mesa de su despacho, tratando de dilucidar qué palabras habían sido escritas en él. Entregárselo a Susona podía parecer un asunto trivial; sin embargo, Su Eminencia sabía que, de hacerlo, perdería el poder que ejercía sobre ella, se le escaparía como el agua entre los dedos. Porque al reconocer aquella letra curvada, la joven besaría la carta una y mil veces, y por amor a Nuño la llevaría en los pechos, cerca del corazón. Las mujeres eran así de necias y maleables, unas melifluas lisonjas, unos presentes brillantes, una atención que las hiciera sentir especiales, y ahí estaban, a su merced.

Entendía a Nuño de Guzmán. Él mismo habría de sentirse cual despojo humano si lo hubieran privado del afecto de Susona, y habría de intentar cualquier maniobra —por desesperada que fuera— para recuperarla. Hay personas cuya marcha te deja así, salpicado de agujeros que son una soledad gigantesca que, al igual que los insectos apolillan las viejas ropas, lo destruyen todo. Cada prenda descosida del alma hecha jirones. Susona era una de esas personas.

A veces, solo a veces, cuando la moralidad le ganaba la batalla al deseo y la conciencia salía a pasear, lamentaba sus acciones. Pero entonces veía el pergamino doblado y un ápice de celos le trepaba por la boca del estómago, porque el Guzmán de diecisiete veranos poseía lo que él más anhelaba en aquellos momentos. Y él debía de saberlo, ¿no? Que en la guerra y en el amor cualquier estrategia era válida.

Y ¡ay! El hombre era débil y pecador por naturaleza. Continuamente tentado por el diablo que le ofertaba sus mayores deseos en bandeja de plata. Susona era la manzana que no había de morder. Mas siempre se le presentaba ahí, lustrosa y sabrosa, de un verde brillante que lo cegaba, que le dolía en la saliva segregada. Quería hincarle el diente a cualquier coste, incluso si ese era Nuño de Guzmán. Dios sabría perdonarle.

25 de febrero de 1481

Se atrevió a tocar a la puerta del hogar de los Susán ya finalizando el duro mes de febrero, no tanto por el invierno que se iba doblegando, sino por la crueldad de los últimos acontecimientos. El miedo había impregnado cada rincón de la ciudad y hedía por doquier, peor que el líquido de las pústulas rotas que crecían en los cuerpos azotados por la peste.

Pedro González de Mendoza toqueteó el pergamino que guardaba entre los pliegues de sus vestiduras mientras leía el mensaje rojizo que yacía en los muros de piedra de la vivienda. SVSONA. TRAIDORA. Las letras escarlatas habían sufrido varios intentos de limpieza con agua jabonosa, se percibía en un par de pinceladas algo más desgatadas y en la tonalidad oscurecida de la piedra. O no habían conseguido eliminarla, o bien una nueva mano había repintado encima hasta dejar claro cuál era su consideración acerca de la moradora.

Con cierta inquietud, se preguntó si la tinta sería zumo de uva, sangre de carnero o sangre de hereje, y si los que lo habían escrito desearían en su fuero interno que, en caso de ser sangre, fuera la de Susona. Porque había quienes no creían en la justicia divina ni en la de los reyes, quienes —añorantes de los tiempos bárbaros— se aferraban al añejo «ojo por ojo, diente por diente», convencidos de que solo lo sangre era un precio aceptable.

Una película de sudor frío se le asentó en el rasurado bigote al imaginarla en peligro. Ante ello, volvió a llamar con el puño, esta vez más ávidamente.

Catalina atendió a su insistencia abriendo la puerta, su expresión ceñuda indicaba lo mucho que le desagradaba tenerlo allí. A ninguno les pasaba inadvertido que la malquerencia era mutua, simplemente se soportaban en presencia de Susona. Al cardenal no le preocupaba en demasía la inquina de la vieja aya, primero por su avanzada edad, un día fallecería, quizá ese día llegara muy pronto. Segundo, por su naturaleza conversa, si había alguien que luciera apegada a las tradiciones judías esa era Catalina; los rumores acerca del criptojudaísmo eran demasiado jugosos. Reclamada por Dios o por el Santo Oficio por una denuncia anónima —no la suya, pues aún le quedaba algo de bondad—, aquella mujer no vería muchas más estaciones. El resultado final sería el mismo. Una Catalina muerta y una Susona doliente de melancolía, desamparada, cayendo entre sus brazos.

La anciana lo invitó a entrar y Su Eminencia se internó en la boca del lobo, oscura y fría. Lo que con anterioridad había sido un hogar que gozaba de calidez, se había tornado una sucesión de estancias en las que se acumulaba una capa de polvo nada apreciable si no se contaba con la iluminación de la lumbre o los rayos del sol penetrando por las ventanas, lo cual no sucedía a menudo. Se habían encerrado a cal y canto. Ya no distinguían el día de la noche, las horas se alargaban hasta formar un rosario. Todo era tinieblas y un aire viciado y rancio que punzaba al ser inhalado.

Junto con las partículas de suciedad y la ausencia de ornamento, los espejos ensombrecidos por telas blanquecinas arropaban el mobiliario derramándose cual cascadas.

—Decidle a vuestra señora que su leal confesor ha venido a verla —pidió a Catalina, habiendo superado el primer impacto de aquella casa sometida a un abandono absoluto.

La anciana asintió a regañadientes, no fue necesario que diera más de dos pasos, Susona lo había oído aporreando la puerta por encima de sus murmuradas plegarias ante la exquisita tabla de la Virgen, donde se postraba a rezar.

Apareció por las escaleras, tan lóbrega que no la habría distinguido en una noche cerrada, sin una triste sonrisa mal fingida en sus facciones derretidas por la penuria. Por un instante temió que hubiera hecho voto de silencio y se hubiera cortado la lengua delatora.

—Su Eminencia. —Le habían lijado las cuerdas vocales y la voz emergía cavernosa—. ¿Traéis nuevas sobre mi progenitor? ¿Ha dado el asistente mayor orden de que nos llevemos a nuestros condenados? ¿Me dejarán velar su cuerpo marchito?

Le brillaban los ojos, quizá por el descanso que le era esquivo —de nuevo la asediaban las pesadillas de la calavera de marfil—, por un llanto recién derramado o porque esperaba respuesta afirmativa. González de Mendoza exhaló un ligero suspiro y dijo:

—Me temo que no. Mi visita responde a la preocupación que me impide conciliar el sueño noche tras noche.

Cualquier atisbo de esperanza en aquel rostro bello a la par que macilento se disolvió.

—Si venís a aseguraros de que cumplo mi condena, así es, podéis ir en paz pues ayuno, rezo fervientemente y me flagelo cada noche, cada una de las que vos no podéis dormir. No he vuelto a pecar. Mis días transcurren entre oraciones y bordados.

El arzobispo ya había notado sus pómulos más acentuados, la barbilla más afilada, las cuencas oculares hundidas; triste y apenada, aterida, su piel era menos lustrosa y el lago de sus iris se había aguado hasta crear dos pozas. La cabellera azabache de la que tan vanidosamente solía presumir cuando una brisa la acariciaba, había sido recogida en una cofia discreta, y el brial enlutado —que le quedaba grande debido a la delgadez— parecía haber sido remendado por manos poco diestras.

Era todo huesos a punto de deshacerse. Estaba seguro de que si la estrechaba podría sentir sus costillas. Aun así se humedeció los labios, subyugado ante su malograda belleza.

—Me congratula oír que vuestra devoción os ha dado fuerzas para continuar por el arduo camino que habéis de recorrer. Dios responde a las plegarias, siempre responde. Sed paciente y actuad con bondad, todo lo que se hace con amor es bien hecho.

—No todo lo que se hace con amor es bien hecho, Su Eminencia —se lamentó ella.

Susona había traicionado a su padre por amor a Nuño, y ese amor había costado vidas.

—Pasad. —Extendió el brazo en señal de hospitalidad—. Catalina traerá unas viandas con las que agasajaros, no podría corresponder de otro modo a tan amable visita. Encenderemos el fuego del salón. —Se abrazó a sí misma y enfiló el camino—. Hace frío. Últimamente siempre hace demasiado frío —susurró a medida que andaba.

El cardenal Mendoza le pisaba los talones.

—Afuera se ha atenuado.

—¿El qué? —Se giró para preguntárselo.

—El frío. El frío se ha atenuado afuera —aclaró.

Se trataba únicamente de esa casa. Era como si el desapacible invierno se hubiera alojado en ella junto con los fantasmas que ya la habitaban, cuyo gélido hálito le erizaba los vellos de la nuca. Le daba la sensación de que si entreabría los labios y exhalaba, una nubecilla de vaho ascendería ante él.

Una vez prendido el lar, el recuerdo de la quema de herejes sobrevoló la amplia estancia con el continuo chisporroteo de las llamas. Susona se encogía con el crepitar de la madera y Su Eminencia, sentado enfrente de ella, encontró la excusa idónea para tenderle la mano en un gesto íntimo. No lo rehuyó, se quedó ahí con los dedos entrelazados con los del prelado y una suerte de bilis acariciándole la garganta.

—He venido por si necesitabais un oído que os escuchara atentamente, un hombro sobre el que reposar, un hombre de la Iglesia que os prestara ánimo —explicó el arzobispo de Sevilla—. Pero veo que no os es menester, que como una buena cristiana habéis regresado al redil.

Fue entonces cuando reparó en que aún llevaba las cuentas del rosario en la otra mano, casi como una extensión de sí misma.

—Hice lo que me encomendasteis. —Entornó la mirada ante la llegada de Catalina que depositaba encima de la mesa una bandeja con dos copas de vino, fruta y queso—. Supongo que así es el proceso de la pérdida.

El cardenal Mendoza obvió las pitanzas y se permitió beber, acomodándose en la silla de cadera y rompiendo por iniciativa propia el lazo con Susona. Se fijó en que la joven cumplía lo estipulado, no era que ignorara los alimentos allí expuestos, sino que no los veía. El ayuno la había hecho inmune a la hambruna, al deseo de nutrirse.

—¿Sobrelleváis el duelo?

—¿Alguien lo sobrelleva? —preguntó con ciertas dosis de sarcasmo—. ¿Alguien sabe hacerlo aparte de la Santísima Virgen, que perdió a su hijo en la cruz?

—Y aun así soportó esa devastación con la mayor dignidad, la de una madre que perdona a quienes han dañado a su vástago.

—Se habla mucho de los dolores de la Virgen y nada de su cura. Quizá no hubo cura, quizá María nunca se repuso. Nadie se repondría de algo así.

Aquel comentario le indicaba que poseía un espíritu fragmentado, a punto de doblegarse a su voluntad. Solo había de ejercer un poco más de presión, la suficiente para que estallara en esquirlas. Con disimulo introdujo la mano entre los pliegues de sus ropajes, ocultos por la superficie de la mesa, y se aseguró de que la misiva seguía ahí, a buen recaudo.

Una parte de sí lo lamentaba por el Guzmán, pero no podía entregársela. No ahora. Estaba muy cerca de conseguir su propósito y que Susona de Susán fuera suya.

—A veces pienso si no habréis sido demasiado benévolo con esta alma pecadora, Su Eminencia.

—¿Creéis que he fallado en mi labor de imponeros penitencia? —Sorprendido, alzó la ceja.

Susona se mordió el labio inferior y, con la cabeza gacha y las manos sobre su regazo, aferradas al rosario, negó.

—No es eso. Es que me siento matricida y parricida, asesina de hombres y mujeres, y la pena ante semejante crimen, que Dios sabe que es el peor de todos, debería ser mayor que unos latigazos con un cordón de seda.

¿Qué quería? ¿Qué punición demandaba la dama de la judería? ¿Acaso deseaba ser azotada públicamente por sus faltas, que la unieran a la larga lista de prisioneros en el castillo de San Jorge, ser la siguiente en perecer ante los inquisidores? ¿Qué brutalidad requería?

Pedro González de Mendoza se regodeó en esa primera imagen, en la joven desnuda, domesticada por un flagelo que le enrojecería la espalda, y pensó que, en esa disposición de aceptar cualquier atroz castigo, bien podría cesar en su vano intento de convencerla y conducirla directamente a su alcoba.

—Vengo a consolaros, no a martirizaros, hija mía. —Sonó tan dulce que hasta a él mismo le pareció repulsivo—. Os digo que no desfallezcáis ante la tragedia, no dejéis que las cuitas os superen. Sabed que donde terminan vuestras fuerzas empiezan las de Dios. Haceos fuerte en él.

—Sea, Su Eminencia —fue lo único que Susona pudo murmurar.

A continuación, saboreando el exquisito vino, el cardenal echó un leve vistazo al salón, desposeído de oropel y parcamente iluminado por candiles.

—Veo que el luto y la austeridad se han adueñado no solo de vuestro atuendo, sino también de vuestro hogar.

—Soy mujer precavida, he dispuesto todo para cuando el Santo Oficio requise las propiedades de mi padre. ¿Sabéis si han usurpado ya los bienes de los otros hombres condenados?

Susona presuponía que no tardarían demasiado en llamar a la puerta. Primero a la suya, por ser la casa que había resguardado a los involucrados en la conjura, luego a la de Bartolomé Torralba, por último a la de Manuel Saulí.

—No estoy en posesión de esa información. No obstante, si os interesan noticias del exterior os traigo algunas, así al menos podréis estar al tanto de lo que discurre fuera de estos muros.

Catalina siempre regresaba de las compras bien abastecida de provisiones y rumores. Sin embargo, desde que las habladurías acerca de su participación en la detención de tan ilustres hombres de la comunidad conversa se habían esparcido, las gentes se cuidaban de mencionar ciertos temas ante la vieja nodriza, que ahora se había vuelto objeto de cuchicheos, burlas y miradas de odio.

—Hablad pues, aunque si algo he aprendido es que la ignorancia a veces es más rica que el propio conocimiento.

Las mujeres ignorantes eran más felices. Ella habría sido más feliz de haber sido una tonta ignorante.

—Poco os puedo aportar sobre política, esa no es mi esfera, como bien sabéis —la avisó con una sonrisa gentil.

—Mas si sabéis sobre asuntos de la Santa Madre Iglesia. ¿No debierais conocer entonces cuándo reclamarán los inquisidores las paredes y el techo que me cubre? —insistió nuevamente.

—Lo desconozco, hija mía. No obstante, cuando lo hagan no dudéis en acudir a mí, sin importar lo intempestivas que sean las horas, yo siempre os estaré aguardando para daros cobijo, a vos y a quienes traigáis con vos, incluida vuestra anciana nodriza. Espero que recordéis mi humilde ofrecimiento.

—Lo recuerdo, lo recuerdo tan bien como la muerte de mi padre. Nadie olvida el día en que la condenan a la orfandad. Aún oigo sus gritos, mi nombre en sus labios quemados.

—Por eso mismo habéis de aceptar mi generosidad. —No. No era capaz de obligarla, de llevarla de la mano y tumbarla en el lecho, había algo sucio y asqueroso en ello. Quería que lo buscara, que ella fuera a su encuentro, que lo hiciera por propia voluntad, que llamara a su puerta—. Recluiros en un convento, como tanto habéis barajado, sería la más triste pérdida, el cielo lloraría vuestra ausencia.

Él lloraría más que el cielo.

Pero Susona no quería hablar de un devenir torcido. Catalina ya se lo había advertido, sus opciones eran limitadas: monja, barragana del clérigo o esposa en tierras moras.

Se enderezó en el respaldo de la silla con esa gracia que le era innata, y elevó la nariz al cielo, ensombrecida, exhausta.

—¿Qué nuevas traéis entonces del exterior?

A Mendoza se le rajaron los labios al esbozar esa sonrisa pérfida.

—Rumores banales. —Les restó importancia con un gesto de mano mientras posaba de nuevo la copa sobre la mesa—. Cuando las desgracias ya han acontecido, los días felices se suceden. Sevilla no tardará en olvidar las funestas muertes para sumirse en la algarabía y vestirse de pompa. El primogénito del duque de Medina Sidonia, Nuño de Guzmán, casa con Elvira Ponce de León. Una gloriosa noticia.

Susona perdió un par de latidos. Demudada, se llevó la mano al pecho, cerrada en torno al brial, como si en el puño ocultara el órgano bombeante.

—Me rompéis el corazón —susurró sin aliento—. Idos.

Atónito, don Pedro González de Mendoza parpadeó varias veces. Se puso en pie y dio varios pasos, trató de acortar la distancia y acercarse a ella, pero Susona, encogida sobre sí misma, con la cara oculta entre sus manos y el cuerpo sacudido por los sollozos, se levantó.

—Hija mía… —balbuceó el arzobispo.

Ella lo miró, la locura manaba de sus pupilas, y reculó asqueada. Apretaba los dientes cual mala bestia, a punto de supurar espuma blancuzca de rabia, el rostro —completamente lívido— se había congestionado, y sus ojos, otrora dolientes, ardían envenenados, cual brasas en los postes candentes de los herejes.

—¡Idos! —gritó desgarrada.

De un manotazo rabioso, la bandeja y las copas de vino salieron despedidas por el aire y fueron a estrellarse contra el mobiliario y las paredes, provocando un ruido irritantemente metálico, la fruta rodó por el suelo, magullada por el impacto.

—¡Por Dios bendito, idos u os juro que me arrancaré la carne a tiras delante de vuestros ojos para que así contempléis la destrucción de la belleza que tanto anheláis! —Se arañaba las mejillas, frenética.

Enajenada, cayó de rodillas. Golpeó el suelo con los puños, se desgañitó entre alaridos, se revolvió en los brazos de su aya, que había corrido hasta ella, alertada por los aullidos agónicos que nacían de su pecho quebrado por el dolor. Susona se tironeó del cabello hasta llevarse mechones negros y se quebró las uñas, y se despedazó el vestido. Lloró con los ojos y con la boca, hasta quedarse hueca.

Al arzobispo, temeroso ante la sordidez del espectáculo, ante un sufrimiento que él jamás había padecido y tampoco previsto, no le quedó otro remedio que marcharse impresionado a toda prisa.

Una vez que la puerta se cerró a sus espaldas con un sonoro portazo que cortó el aire de sus pulmones, Pedro González de Mendoza rebuscó entre sus vestiduras cardenalicias. La carta le quemaba en las manos. La misiva estaba tan arrugada que el sello de cera se había quebrado, se adivinaba en ella la tinta negra y enormes máculas derramadas por un excesivo pensamiento, probablemente gotas de la pluma. La caligrafía de Nuño era descuidada, naciente de la prisa y la desesperación que alcanza a un amante que cree estar a punto de perderlo todo, cuando lo ha perdido ya.

Estuvo tentado de leerla para así oír sus sentimientos en voz del Guzmán, unos sentimientos compartidos que no parecían tan terribles ni pecaminosos si se hallaban en boca del caballero cristiano y no en la suya.

Los quejidos de Susona lo detuvieron, traspasaban la puerta, le martilleaban los tímpanos. Aquella mueca de rabia danzaba en sus recuerdos más cercanos. Lloraba al igual que una madre que ha perdido a su hijo, desgarrada, devastada. Contuvo el ansia de llamar de nuevo, de entrar y estrecharla entre sus brazos, de consolarla. A veces el consuelo no se halla en Dios sino en la carne humana, en el calor de un cuerpo. Susona lo rehuiría, le había amenazado con deformarse su bello rostro y él no habría podido perdonarse tamaña crueldad.

Y así, pensando que algunas palabras de amor más bien eran de desaliento, volvió a introducir la carta en su escondite.

41

Renqueante, cabizbaja, tres pasos por detrás de la anciana nodriza, Susona se dejaba arrastrar por las calles de la ciudad. Catalina la llevaba de la mano como la madre que conduce a su hijo, los brazos estirados pendían en el aire, solo se vislumbraban sus dedos entrelazados bajo las capas oscuras que cubrían sus ropajes y las caperuzas sus rostros.

Si tuviera fuerzas le habría preguntado adónde se dirigían camufladas entre las sombras, lo cierto era que no quería saberlo. Y la vieja aya, siempre tan críptica y sibilina, le habría respondido: «Allí donde vuestros problemas encuentren solución». A Susona le parecía que el único lugar donde hallaría solución sería bajo tierra, sepultada. Pero ya no hablaba de la muerte, la había presenciado tan de cerca que le había arrebatado las palabras. Temía invocarla y que apareciera, pensar en ella y que apareciera. Había comprobado que era preferible la ignorancia, así que prosiguió silente el camino.

El hogar frente al que se detuvieron era tan humilde y corriente que pasaba desapercibido, no distaba de los demás salvo por las celosías de las ventanas que lo asemejaban a un confesionario, tanto en la planta baja como en el soberado, que más que ventanas tenía saeteras por las que apenas entraba la luz de la luna. Se ubicaba en la esquina de un callejón ciego, lo que siglos atrás había sido un adarve. Susona jamás se había atrevido a deambular por allí sola, menos aún por una vía sin salida en la que era harto fácil que un malhechor la atacara.

Catalina llamó a la puerta con sus nudillos huesudos. En el interior reinaba un silencio espectral.

—Es una alcahueta —le explicó—. Una alcahueta mora.

Eso explicaba la configuración geométrica que tapiaba las ventanas e impedía observar lo que discurría en el interior de la casa. Los musulmanes eran celosos de su intimidad.

—No está en mi disposición buscar un marido, ya lo sabéis.

—No venimos a por un marido.

Volvió a reclamar la presencia de la dueña con unos golpecitos y Susona se sintió tentada de suplicarle que regresaran por donde habían venido. Eran horas intempestivas y ninguna persona, ya fuera alcahueta o partera, merecía que la despertaran en mitad de la noche para requerir sus servicios, por muy bien pagados que estuvieran.

No le dio tiempo a verbalizar sus pensamientos, un ruido anunció que pronto serían atendidas. Ambas se despojaron de las caperuzas que ocultaban su identidad.

—No daremos nuestros nombres —la advirtió—. Para lo que venimos a hacer es mejor permanecer en el anonimato.

Mostrar sus caras era un signo de buena fe, la promesa de que eran mujeres inocentes que no presentaban peligro alguno.

El sonido de las pisadas al otro lado se hizo más notable y de repente los goznes emitieron un quejido tremebundo, entre el quicio y la hoja de la puerta surgió la mitad de un rostro. A Susona le sorprendieron los enormes ojos negros que las estudiaban con cierto recelo juzgando si eran dignas de confianza. No hay que dejar que cualquiera traspase el umbral del hogar.

—Necesitamos de vuestra sapiencia, señora —dijo Catalina.

La alcahueta hizo un movimiento con la cabeza y las invitó a entrar. Su figura recortada a contraluz despedía un destello dorado. Cruzaron el estrecho zaguán a su zaga en una penumbra reinante, paliada únicamente por la luminosidad que procedía de algunos candiles encendidos. Olía a pegajoso almizcle.

A cada paso se oía un tintineo y Susona dedujo que la mujer iba engalanada con joyas, pese a que debían de haber interrumpido su sueño. ¿Se había acicalado solo para recibirlas, ¿dormía envuelta en sortijas?

—Buscáis remedios amatorios —comentó.

—¿Cómo lo sabéis? ¿Acaso sois adivina además de alcahueta?

—Odiamos a los hombres aunque no podamos vivir sin ellos. Esa es nuestra condena.

—¿Y la vuestra? ¿Cuál es vuestra condena? —Sonó con una dureza casi cruel.

La mujer se dio la vuelta y esbozó una sonrisa infestada de cinismo.

Allí, tocada por los rayos mortecinos de unos candiles de pie alto y peana, Susona pudo examinarla por fin. Era más joven de lo que había imaginado, las gentes pintaban a las alcahuetas como viejas y arrugadas féminas que, tras haber adolecido de una mala vida y ya aburridas en los últimos momentos de su existencia, se dedicaban al oficio de casamentera. Esta, sin embargo, no había de sobrepasar en edad a su hermana María.

Era menuda, de piel nacarada, labios finos y ojos profundos, las cejas dibujadas auguraban un cabello ónice que quedaba resguardado por una veladura del color del azafrán, y sus rasgos eran lo suficientemente armoniosos para ser considerada afortunada. La túnica le llegaba hasta los pies y de los lóbulos de las orejas le colgaban unos pendientes áureos.

De haberla avistado en la calle, en cualquier parte de la ciudad, sin velamen, la habría confundido con una cristiana más.

—Ser yo —respondió—. ¿Hay mayor condena que ser una muslime en tierra cristiana, ser mujer y ejercer un oficio tan mal considerado como el mío? —Había una nota de orgullo en su voz.

—¿Por qué no marcháis entonces al reino de Granada? Allí os acogerán los que son de vuestra religión.

—Porque para abandonar todo lo que conoces hay que estar sumamente desesperada, y a mí aún me queda una pizca de cordura. Hay asuntos aquí que no me dejan emigrar.

—¿Como qué?

—Niña —la amonestó Catalina. No se había pasado quince años criándola con esmero para que ahora hiciera gala de unas faltas que jamás le habían pertenecido, unos modales que serían la repulsa de su propio padre, Diego de Susán, y la decepción de su pobre madre.

Susona sabía que estaba pecando de arrogancia y descaro. Le interesaba comprobar si aquella mujer no era más que una farsante que se vanagloriaba de solucionar los problemas del corazón y timaba sin pudor ni remordimiento a las inocentes doncellas que acudían a ella. Hacer dinero de la desgracia ajena era un acto deleznable.

—Como los huesos de mis muertos —espetó con frialdad y los labios de Susona se cerraron al instante—. A mí no me echarán de estas tierras que también son mías, que también han sido de mis gentes. Este también es mi reino. Aún nos quedan unos buenos años antes de que seamos fugitivos.

—¿Es eso un vaticinio? —Susona enarcó una ceja, desafiante.

—No, mi joven señora, es política, más importante que las profecías. —Con un gesto de la mano les pidió que la siguieran—. Venid conmigo y contadme cuáles son vuestras necesidades para así poder satisfacerlas. ¿Qué es lo que queréis?, ¿qué puedo ofreceros?

Se trasladaron a un salón dividido en dos alhanías, una de ellas hacía de recepción, la otra de alcoba. Susona y Catalina tomaron asiento en unos mullidos cojines dispuestos sobre una alfombra que había vivido tiempos mejores, a juzgar por la tonalidad que habían perdido los hilos que la confeccionaban. En el otro extremo de la mesita octogonal que las separaba se había instalado la alcahueta, quien con hospitalidad les ofreció té y viandas, los cuales rechazaron. Era conticinio y sus estómagos estaban plegados.

—¿Qué tenéis? —preguntó Catalina.

—De todo. Dependerá de su propósito, de lo que desee conseguir la joven dama. —Dirigiéndose a Susona preguntó—: ¿Un filtro? ¿Un mal de ojo? ¿Un nudo de anclaje? Cuidado con todos, es el despecho el que nos mueve a hacer uso de ellos.

—No hay despecho alguno en mi corazón. —Por instinto, se había llevado las manos al pecho.

Muchas cosas habitaban allí dentro, bajo la capa de piel y músculos, encajadas entre las costillas, muchas cosas llevaban el nombre de Nuño de Guzmán. El despecho no era una de ellas. De esa horrible emoción estaba limpia, quizá fuera de las pocas de las que se había librado.

—Pues los otros sentimientos que suelen conducir a mi puerta para remedios de esta índole son la lujuria, los celos y la avaricia. Puedo curaros los celos, si es eso lo que os perturba, aunque nunca nadie elige esta opción. —Soltó una risita muda.

—¿Qué tiene que ver la avaricia con lo demás?

—La avaricia de poseer lo que no se puede poseer, el amor y el alma de otra persona.

Susona tragó saliva y asintió.

—Hay una ilustre doncella desposada por un hombre de gran linaje —le explicó Catalina.

—Preguntaría si vuestra intención es ahorrarle un mal casamiento y una vida de desdichas, mas como los hombres son nuestra condena no me hace falta. —Sus dedos correteaban por la mesita y los anillos de oro rielaban—. Lo que queréis es que esos esponsales no hagan peligrar el amor que ya os profesa.

¿Era eso lo que había ido a buscar, la perpetuidad de Nuño o su infelicidad con doña Elvira Ponce de León?

El recuerdo del anuncio de la boda en boca del cardenal Mendoza le aceleró el pulso.

—Quiero que su mente no pueda escapar de lo que hemos sido. Quiero que cuando la mire a los ojos solo pueda verme a mí, que cuando la bese crea que sus labios son los míos, que cuando yazga con ella crea que es mi cuerpo el que le da calor y refugio, que confunda su nombre con el mío, su voz con la mía, su silueta con la mía, su piel con la mía. —Había empezado a llorar, las lágrimas le rodaban por las mejillas al igual que los guijarros recorren los ríos empujados por la turbulencia de la corriente. Su voz se había tornado ronca y cavernosa, la angustia y la vergüenza le afloraban a la boca—. Quiero que siempre sea yo, día y noche, despierto y dormido, que no pueda huir de mi presencia.

Al terminar, Susona reparó en los surcos salados de su rostro. Se sorbió la nariz sin disimulo y, con la vista clavada en otra parte, se enjugó las lágrimas con la mano, en un gesto cargado de violencia y repugnancia hacia sí misma.

—Lo que anheláis es enfrascar su corazón —le reveló la mujer—, ser el fantasma que lo atosiga y persigue.

—Lo que sea que sea eso —murmuró Susona—. Lo que sea que sea eso —repitió.

Catalina lucía una expresión contraída, el brillo de preocupación en sus ojos hacía patente la diatriba que subyacía. «¿He hecho bien en traerla aquí? ¿No estaré alentando sus demonios internos, contaminándola aún más con la ponzoña del rencor? ¿Y si esto la conduce a la demencia?». Sin embargo, preguntó por el objeto del embrujo.

—¿No enloquecerá y le hará gran daño en un intento de tomarla contra su voluntad?

La alcahueta negó.

—Son muchos los hombres que, sin haber caído presas de embrujos, pecan de esos crímenes, de modo que son ellos los que han de responsabilizarse de sus acciones. No puedo predecir cómo le afectará mi remedio, solo garantizaros su eficacia. De lo que haga él después quedo exenta de culpa.

—Es suficiente para mí —dictaminó Susona con prisa. Habría aceptado cualquiera que fuera el precio a pagar, incluso si este fuera su virtud. De poco, de nada le servía la inmaculada pureza que la revestía, si no podía entregársela a Nuño.

La anciana nodriza chasqueó la lengua, arrepentida.

—¿Y no tendríais algo para cortar su apetito sexual y que así mi señora durmiera en paz? —insistió—. Es menester que seamos precavidas.

—Lo tengo. Pero no creo conveniente verter sobre un mismo hombre tanta desgracia. Abusar del poder nunca trae buenos resultados, ni para quien los sufre ni para quien los desea.

Susona se hartó enseguida de tribulaciones.

—Haced solo lo que os he pedido —le ordenó a la casamentera. A continuación, arropó las manos de Catalina entre las suyas y dijo—: Perded cuidado, mi querida aya, hasta en él existe un límite entre el bien y el mal que no es capaz de traspasar.

—Seguís fiando de aquel que os ha vendido. —No lo dijo con pesadumbre, fue una recriminación que hasta la anfitriona captó.

—Así es.

Era irremediable. Siempre habría algo en su interior que le perteneciera, un conato de esperanza que resurgiría para defenderlo y luchar por él, para obviar sus vilezas y rememorar que un día —quizá muy atrás— fue un buen hombre, un buen hombre que la amó, y así llorarlo.

Previendo que la cuestión a tratar era más personal, la mujer pidió dispensa y se puso en pie. Se encaminó hacia las cocinas y registró la despensa, donde acumulaba jarritas con brebajes e ingredientes como hierbas y especias con los que fabricaba estos y otros ungüentos, recetas y remedios; más tarde registró las pertenencias de sus aposentos, hasta allí le llegaban los cuchicheos de las inesperadas visitantes.

Aminah había sido prostituta durante años, en la búsqueda de un futuro más próspero había basculado hacia el oficio de alcahueta, por ambas profesiones estaba destinada al fuego eterno. Como mujer de bandera estaba condenada a colgar de sus partes pudendas de un tronco de madera y pender de cadenas ardientes; como alcahueta, ella misma devoraría sus entrañas con el rostro ennegrecido. Impedida para eludir el castigo del Infierno, eligió el que menor padecimiento supusiera en vida. Emparejar a jóvenes casaderos era mucho más grato que saciar el apetito carnal de los hombres.

El pasado, por desgracia, es una mácula imborrable, no importa cuánto te sumerjas en agua y frotes, no puedes deshacerte de lo que un día fuiste. No transcurrieron ni dos años cuando los rumores la alcanzaron.

Una mujer, madre de uno de sus clientes, había oído de boca de alguien que había oído a su vez de boca de otro que un vecino le había comentado que durante un tiempo se había ganado la vida abriéndose de piernas. El escándalo prendió enseguida y ese mismo día la muy enardecida e insultada mujer se personó en su hogar, con ella arrastraba a su joven criatura, una muchacha de quince tiernos años.

«¿Quién confiaría el correcto matrimonio de sus hijos, siendo este un asunto tan delicado para las familias, a una vulgar prostituta? —escupió asqueada—. Es una deshonra. A Allah ruego que nadie se entere de que acudimos a vuestros servicios y que la virtud de mi pobre hija no sea puesta en entredicho», abrazó a su primogénita en un ademán protector que no tenía otro objetivo que incrementar el sentimiento de culpa de Aminah.

Ella, que se había hecho experta en la mentira fingiéndose cándida y placentera en las mancebías, tabernas y prostíbulos, emuló una amplia y orgullosa sonrisa.

«¿Quién conoce mejor a los hombres adecuados para una doncella virginal que una prostituta?», alegó.

Encolerizada por el atrevimiento, la mujer prescindió de Aminah, y aunque durante una temporada el negocio se vio salpicado por calumnias —entre ellas que seguía practicando el oficio— y la clientela mermó, pronto remontó. Era imposible que no lo hiciera, su experiencia le había permitido tejer toda una red de contactos, tenía un vasto conocimiento sobre los hombres y cómo complacerlos, y en vez de reservárselo para sí, lo compartía con las jóvenes que, nerviosas y angustiadas, temían el roce del género masculino. A todas ellas las trataba con el cariño de una hermana mayor, buscaba el mejor candidato, uno de buena familia, que reuniera cualidades loables, que garantizara que sería un esposo recto y amable, que jamás les pusiera la mano encima.

Nadie más, consciente o no de su pasado, dudó de sus capacidades.

—Bien. —Regresó provista de múltiples preparados y otros objetos que nadie reconocería a simple vista—. Estas son vuestras opciones, bella Susona. —Una sonrisa se perfiló en sus labios y la muchacha se preguntó cómo era posible que supiera su nombre cuando ni siquiera se había presentado.

Depositó en la mesa amuletos, una piedra cerúlea no más grande que un garbanzo, otra de un amarillo similar al del óleo claro y diferentes contenedores en los que se encerraban ingredientes diversos.

—Me he visto obligada a descartar cualquier remedio que implicase un acercamiento entre ambos, dada la preocupación de vuestra aya. Eso reduce las posibilidades, pues muchos de los anclajes se llevan a cabo durante o tras la coyunda. He supuesto que con vuestra honra intacta, no querríais... —Hizo un gesto con la mano para ayudarse a explicarlo—. Digamos, que no querríais tomar algunas sustancias del cuerpo de vuestro amado para hacer con ellas una mixtura.

Catalina refunfuñó.

—No os entiendo.

—Ya me parecía —rio—. No es mi intención descubriros los secretos de la unión carnal, así pues, elegid lo que más os plazca de lo que está a vuestra disposición, que no es mucho.

»Podéis coger vuestras propias uñas y uñas de abubilla —le mostró un recipiente en el que se contenían varias de ellas—, quemarlas y machacarlas hasta que solo queden cenizas. Entonces deberéis verterlas en una copa de vino y dársela de beber. Vuestro amado no soportará alejarse de vos. Tampoco aguantará la separación si optáis por la flor de la hierba —le tendió un ramillete— y la inciensáis entre ambos.

»En caso de que cojáis una gema azul que destila el color del añil y os alcoholaráis los ojos en nombre de vuestro amado y luego cruzarais una mirada, se enamoraría tan perdidamente de vos que os seguiría allá adonde fuerais. También podríais tocar su camisa con un imán, de esta manera toda mala voluntad cesaría y no os haría daño alguno, para tranquilidad de vuestra aya. No haría más que quereros. El mismo resultado obtendríais con unos mechones de vuestro cabello —señaló la guedeja sesgada—. Solo tendríais que cortarlo finamente y dárselo de beber para que se inclinara a amaros hasta el fin de sus días.

—Para todo eso habrían de estar en contacto —intervino Catalina.

—En efecto. He dicho que trataría de eliminar el acercamiento, mas no puedo suprimirlo. Las ligaduras suponen un esfuerzo, un sacrificio. ¿Hasta dónde estáis dispuesta a llegar por aquello que anheláis, joven señora?

A Susona se le secó la lengua, pegada al paladar.

Hubo un tiempo en que Nuño le había jurado que trincharía su corazón para alimentarla. Ahora ella, desangraría el suyo.

—Sea lo que sea, lo haré.

Aminah la alcahueta le habló de un anillo de cobre rojo en el que se engarzaba un lapislázuli dorado, en la piedra se grabaría una oración y la imagen de Venus con una manzana; le habló sobre la rosa de Jericó, machacada y amasada con agua de hierbabuena, hecha píldora de medio *daniq*; y le habló de agua de acero y de flor de azafrán.

Le explicó que sin objetos personales que otrora le hubieran pertenecido al hombre o hubieran estado en contacto con él, aunque fueran simples prendas de ropa, solo les quedaba la posibilidad de recurrir a amuletos, oraciones y ciertos elementos execrables para fabricar la ligadura.

—Aunque no es con exactitud lo que deseabais, podéis ligarlo a vos para que no fornique con nadie dándole de beber la piedra de los ermitaños, la zamoricaz, o atando un pene de lobo a su nombre. Ninguna mujer accederá a él.

—No. No lo es.

—Pero es un *qeser* —comentó Catalina, que, al percibir el

desconcierto en el rostro de su señora, hubo de traducirlo del hebreo—. Un nudo. Cualquiera de ellos os valdrá.

La alcahueta estuvo de acuerdo.

Lo que para los judíos como la vieja aya era un *qeser* o un *glturi* —ligadura— para los muslimes era esa práctica mágica a la que el Corán se refería en la sura ciento trece. «Di: Me refugio en el Señor del alba del mal que hacen Sus criaturas, del mal de la oscuridad cuando se extiende, del mal de las que soplan en los nudos, del mal del envidioso cuando envidia».

Aminah había amarrado muchos nudos en cordones para sus clientas enamoradas, había soplado sobre ellos, había escupido en ellos.

—Quizá sea la sangre el ingrediente más poderoso del que dispongamos las mujeres a la hora de atar a un hombre. Utilizad la vuestra, aliñad su comida o su bebida con un par de gotas de vuestro sangrado menstrual y así jamás olvidará vuestro amor.

Susona aceptó aquel remedio y pagó un buen precio por él, pese a que el compuesto principal procedía de sus entrañas y ya lo había perdido en aquella luna, tendría que esperar la siguiente. Catalina encontraría la manera de que la sangre llegara hasta las cocinas del castillo de Santiago, de que se mezclara con los alimentos del banquete que Nuño degustaría, de que se disolviera en la copa de vino con la que brindaría en honor a sus esponsales.

Habiendo finalizado la transacción, la casamentera las acompañó hasta la salida.

—Sé que solo anheláis que su amor perdure, así que, aunque no me lo hayáis pedido, os daré esto como obsequio. —Susona extendió las manos creyendo que recibiría un amuleto. Le dio un consejo—. Si cogéis el pelo de su futura esposa y lo inciensáis en un recipiente de hierro sin que se derrame agua, y luego lo ponéis en agua y se lo dais a beber al hombre sin que este lo sepa, la odiará intensamente y no podrá mirarla jamás.

»Suerte con vuestro caballero de triste armadura —se despidió Aminah.

Susona se giró y acortó la distancia, dejando a Catalina a punto de cruzar el umbral. Viendo que buscaba algo de intimidad, la vieja aya salió de la vivienda y las dejó solas unos segundos. Esperó afuera, al amparo de la oscuridad.

—¿Puedo preguntaros algo? —Su tono era lastimero.

—Sí.

—Vos sois casamentera. —Ella asintió—. ¿Creéis que…?

Aminah no le permitió concluir la frase. Le habían hecho esa pregunta un millar de veces y siempre eran mujeres, mujeres con el corazón troceado por la mano de un hombre no muy considerado.

—Hace siglos, cuando el reino de Sevilla aún era de los míos y los almuédanos anunciaban la llamada a la oración, aquí vivía una alcahueta. Ella siempre decía: «Las parejas se hacen en el cielo, yo solo soy la intermediaria de Allah en la tierra, el instrumento que usa para que se encuentren en este paraje mundano». No. —Susona cerró los párpados unos instantes, alcanzada por el dardo de esas palabras—. No creo que Allah, Yahveh o Dios os hiciera pareja allí arriba. No creo que vuestras almas estén destinadas.

Se humedeció los labios, vacilante.

—Os lo agradezco.

—Susona —la llamó una última vez—. Sabed que rozaréis la desesperación al igual que lo hará vuestro pueblo.

—En eso os equivocáis. Yo ya no tengo pueblo.

42

Nuño había tenido paciencia, tanta que asistía impasible a los preparativos de sus nupcias con las náuseas alojadas en la garganta y el vómito sin acudir. Le habían vetado el alcohol y ahora se desquitaba mordiéndose las uñas y la carne de su derredor, se arrancaba la piel a tiras hasta que le sangraban las heridas. Y luego se las lamía, el regusto a óxido le inundaba la boca.

Hacía una semana que le había entregado la carta en mano al cardenal Mendoza y hacía una semana que no había tenido noticias de Su Eminencia. Cualquiera habría pensado que, dadas sus obligaciones clericales, González de Mendoza estaría ocupado y, por tanto, algún deber le habría impedido comunicarse con él. Pero Nuño no le había especificado que le informara de la reacción de Susona, solo le había pedido que le llevara el pergamino arrugado, así pues a veces pensaba que el silencio estaba más que justificado y que lo que estaba esperando era un movimiento de su amada en el tablero de damero sobre el que jugaban.

Pero este no llegaba. Nunca llegaba. Quizá porque Susona ya estaba cansada de deslizarse por el ajedrez, entre peones, obispos y reyes. Quizá había abandonado el juego y Nuño sería la siguiente pieza en caer.

¿Qué deseaba que hiciera ella cuando leyera la misiva? ¿Acaso la leería siquiera?, ¿le daría la oportunidad? Con el rencor y el odio enconado puede que la hubiera utilizado para alimentar las llamas del lar, si es que no le había atenazado el miedo al fuego después de lo de su padre. No había reproche que valiera en caso de que sus palabras fueran ascuas.

Le había escrito cuánto la amaba, que cada día sin verla era una tortura para él y que preferiría que le hubieran arrancado los ojos, que el tiempo discurría lento desde que no estaban juntos porque lo que antes eran minutos ahora se le antojaban meses. Y la separación era el bocado de una hoja afilada en su costado, chorreaba sangre. La había advertido de sus esponsales tras jurarle amor eterno y había fantaseado con huir juntos. No era tanto una fantasía como una propuesta caligrafiada que esperaba fuera aceptada. Renegar de su linaje podrido y fugarse le hacía salivar. El hijo de nadie, la hija de nadie. Que allí donde escaparan, no hubiera un alma que conociera sus apellidos, sus identidades. Y la había avisado del posible ataque para que fuera precavida, para que no saliera de su hogar, o para que marchara de Sevilla si lo creía conveniente, aunque eso supusiera dejarlo a él atrás.

Antes que él, Susona. Siempre Susona. Menos para la muerte. Porque entonces él. Siempre él. Nuño de Guzmán.

Aquella carta tenía el objetivo de mantenerla a salvo, sin embargo, cuanto más lo pensaba, más se percataba de que no buscaba la redención, sino ablandar su corazón. Pero de Susona no había obtenido noticias, el silencio también es una respuesta, aunque a él le palpitara en los oídos y lo ensordeciera hasta hacerle perder el juicio. No era así. Sabía de buena tinta que no era así. Que con aquella ferocidad que en ocasiones le manaba de dentro, el silencio no podía ser su respuesta.

Las sospechas —a su juicio nada infundadas— le habían llevado a pagar con una bolsa de tintineantes maravedíes a un criado a su servicio, el mismo que había perseguido a Susona durante un prolongado tiempo y había conocido su rutina, de manera que Nuño pudiera interceptarla en la Puerta de Minhoar antes del Ángelus. La orden que le había dado era sencilla: con ese rostro anodino debía pasar desapercibido, pegarse al cardenal Mendoza como si fuera su propia sombra y cuando este se encontrara con Susona de Susán, regresar al señorío de Sanlúcar y notificárselo.

Nuño necesitaba saber que la misiva estaba en su poder. Que don Pedro González de Mendoza había cumplido su promesa. Mas el sirviente no había retornado, y a Nuño ya no le quedaban uñas ni carne en los dedos que mordisquear en un vano intento de calmar su frustración y su rabia. Pasaban los días y las nupcias se aproximaban, la peste continuaba mermando la población, los apresamientos por parte del Santo Oficio proseguían y la tensión en el ambiente lo hacía irrespirable.

Era el galicinio, hora temprana en la que el canto de los gallos anunciaba que el horizonte se coloreaba del dorado de las aureolas de los santos. En un momento dado, Nuño temió implosionar, enloquecer por completo —si es que no lo había hecho ya—. Al borde de la desesperación, entró en las caballerizas, exigió que le ensillaran su animal y montó en él. Había relegado los jubones de terciopelo y raso, los brocados leonados, las alhajas y sortijas, y se había embutido en las vestiduras de un mozo de cuadras. Con aquel aspecto insulso y el rasguño a medio cicatrizar nadie que no lo conociera lo identificaría como un Guzmán, el único distintivo que guardó fue la escarcela en la que los mechones de Susona bailoteaban. Y así cabalgó hacia Sevilla.

No estaba dispuesto a aguardar ni un día más las nuevas de Mendoza o de su criado. Él mismo iría a postrarse ante Susona y explicarle lo acontecido. Y si aún podía mirarlo a los ojos sin escupirle, entonces haría algo más que arrodillarse, le besaría los pies.

43

En el entramado de arterias de la ciudad del reino de Sevilla existían dos calles que no se cruzaban, que discurrían serpenteantes cual culebras, tan estrechas y tan altos sus muros que la luz no alcanzaba el suelo, mas sí a los ventanales que eran ojos en las viviendas de los que allí habitaban. Se extendían como lo haría un río que no encuentra desembocadura ni roza el salitre del mar.

Paralelas, por una de esas calles escaparía la vida, por la otra, llegaría la muerte.

Susona escuchó un griterío impropio de aquellas horas matutinas. Postrada ante el crucifijo que ahora decoraba su austero dormitorio, rezaba a un Dios que no sabía si le prestaba oídos, así que constantemente giraba el rostro hacia la Virgen grabada en la tabla, a quien percibía más misericordiosa, más cercana a ella por su naturaleza femenina y por su espíritu doliente. La fe era lo único que le quedaba.

El clamor del exterior se intensificaba a cada segundo punzándole los oídos y avivando el aguijonazo que le embotaba la cabeza desde el día anterior. La llantina a causa de las nupcias solo había acrecentado el malestar que arrastraba, sumiéndola en un estado de melancolía que la iba apagando. Se presionó las sienes en un vano intento de paliar el dolor; viendo que no era suficiente, optó por levantarse. Sus huesos se quejaron como los de la vieja Catalina, las piernas, entumecidas por el sempiterno tiempo de oración, apenas recordaban el caminar, pese a que hacía unas horas —aquella misma noche— la habían llevado hasta el hogar de la alcahueta mora. No parecía que hubiera sido hacía tan poco, sino más bien en otra vida, en una en la que ella estaba decidida a tener a Nuño. Aunque, de regreso a casa, saturada por la información recibida sobre arte amatoria y nudos de anclaje, le asaltaron las dudas. ¿Era así cómo quería que él la amara, por medio de triquiñuelas mágicas?

Abrió las ventanas de sus aposentos y la luz del amanecer la cegó, el sol nacía sangrante en el horizonte. Llevaba demasiado tiempo sumida en la penumbra, su única salida había sido al amparo de la nocturnidad, por lo que hubo de utilizar su mano como obstáculo para no deslumbrarse. El aire trajo consigo olor a óxido y a lluvia.

Con los ojos ya habituados a la claridad, amusgó la vista. Las collaciones adyacentes eran fuego amenazante, los rayos solares se colaban hasta prender una hoguera de tonalidades cálidas que recordaban al dorado de las llamas. Susona buscó el incendio con la mirada, no lo halló.

En el juego de sombras que observaba en los muros de enfrente, las figuras corrían espantadas, un teatro de manos levantadas, bocas abiertas y agitación que habría sido motivo de terror para una niña que no hubiera perdido a su padre recientemente. Susona ya no temía a nada. Solo escuchaba «piedad, piedad, mi señor», pero nadie sabía el significado de esa palabra. Una efigie varonil se proyectó sobre la pared, agarró a una mujer por la larga cabellera haciendo que esta trastabillara y cayera al suelo de rodillas, la atrajo hacia sí de un fuerte tirón. El grito agónico le perforó los tímpanos cuando la espada se alzó y le rebanó la garganta, la sangre manchó la superficie del murete. Susona se tapó la boca con ambas manos, su respiración completamente extirpada.

Siempre había sabido que la sangre de los cristianos viejos era más rojiza, más pura, y que por cada gota derramada sería vertida el doble. La sangre de los judíos, conversos fieles o malos conversos, era igual de roja, dolía con la misma intensidad, sabía igual de ferrosa.

—La muerte ha llegado antes que los inquisidores y su desahucio —la advirtió Catalina, que había irrumpido en la estancia y se disponía a apartarla de la ventana. Tras observar una milésima de segundo el callejón por el que discurría una marea de gente que huía entre alaridos, la nodriza cerró de un golpe.

Su rostro demacrado hizo que la joven se preguntara si se debía a lo presenciado o a que hacía demasiado tiempo que la luz no incidía en sus pieles, transformándolas en espectros en vida. Sin espejos que le mostrasen la realidad, Catalina era su único reflejo. ¿Esa era la apariencia que ella tenía, la de un alma en pena?

—Son alguaciles enviados por don Diego de Merlo. Estoy tan segura que si apuesto mi cuello, no lo pierdo.

—No apostéis nada, mi niña, o perderéis algo más que las joyas que lo engalanaban.

En un acto reflejo, palpó la desnudez de su cuello, en él habían lucido antes hermosos collares.

—Entonces, ¿quién va? —preguntó desconcertada. Todavía la asediaba la horrible imagen que acababa de divisar—. ¿Qué atrocidad acontece ahí fuera?

—Lo que años atrás: un ataque contra los conversos.

Susona había sufrido el último de 1473, sin embargo, no tenía recuerdos. Contaba con la tierna edad de siete años y había sido precisamente eso lo que la había salvado de tan terrible espectáculo. Su padre se había encargado de que Catalina y ella estuvieran en un lugar seguro, resguardadas de la vileza de ciertos hombres que se hacían llamar buenos cristianos. Y la nodriza, tan experimentada, tan sensata, tan acostumbrada a tratar con la pequeña, hizo del escondite un juego.

—¿Y la milicia que se armó para nuestra defensa? —inquirió—. ¿Quién nos protege?

—He ahí el problema. —Lanzó un suspiro de pura aflicción—. El auto de fe ha desencadenado algo más que miedo y rencor.

Esta es una lucha en la que hay demasiados bandos, pues mientras los cristianos persiguen conversos, los conversos se defienden de los cristianos viejos y, a su vez, persiguen judíos. Los alguaciles responderán a la voz de alarma, acudirán enseguida con el fin de poner orden y serán otra facción contra la que batallar.

—Mal asunto ese, que los judíos son patrimonio personal de la reina doña Isabel.

Catalina la sujetó por los antebrazos y clavó en ella sus oscuras pupilas.

—Estamos marcadas con el sello de la traición —le recordó—. Si no somos cercadas por ser conversas, lo seremos por vuestras acciones. En cualquier momento echarán abajo nuestra puerta. Os buscan, están deseosos de saldar la deuda que habéis dejado escrita.

Susona se libró del agarre y corriendo hacia su lecho, hundió las manos debajo de la almohada hasta dar con la daga que usualmente portaba entre los pliegues de sus vestiduras. La hoja mellada le acarició la gruesa y azulada vena que palpitaba en su delgado y cetrino cuello.

—Si me mato antes, no podrán tenerme. —Sentía la gelidez del arma contra su piel.

—Si escapamos raudas tampoco, no hará falta recurrir al acero.

La anciana se acercó y con lentitud la desproveyó del cuchillo, siempre cuidadora, siempre atenta a que la niña que le habían encomendado no se dañara. La mano de Susona pendió derrotada.

—¿Y adónde iremos? —gimoteó.

—Adonde el viento nos lleve, lejos de Santa Cruz. Corremos más peligro en lo que ha sido nuestro hogar que siendo detenidas por la Santa Inquisición y su tribunal del demonio. Estaríamos más seguras en esas mazmorras haciéndoles compañía a los que han sido detenidos por la conjura de mi señor Susán.

Nunca pensó que abandonaría la casa de su padre en una situación que clamaba desesperanza, siempre creyó que lo haría casada con un hombre con el que la habría prometido —aunque no fuera el Guzmán—; un allegado que compartiera las virtudes de su progenitor. Gonzalo, el hijo del bueno de Beltrán, o alguno de los de Pedro Fernández Benadeva. Qué lejos quedaban esas fantasías pueriles; tendrían que escapar correteando en silencio, como las sucias ratas.

—Si llegásemos hasta Su Eminencia… —se lamentó con pesar.

—¿Adonde el cardenal Mendoza? —preguntó la vieja aya con palpable desprecio—. ¿Es ese el camino que decidís tomar después de su visita de ayer, de vuestra resistencia a su deseo carnal? ¿Os reducís a su barragana, la siguiente Mencía de Lemos e Inés de Tovar? —Disgustada, chasqueó la lengua—. Supongo que siempre hay una tercera.

Susona atisbó la decepción en su mirada avejentada y se tragó las incipientes lágrimas. De repente, Catalina se le antojaba más anciana que nunca, de la debilidad de la rama quebradiza de un árbol. ¿Aguantaría la huida, soportaría las tempestades de un destierro como aquel? ¿No sería piadoso que ella, que tan egoísta, ingenua e ilusa había sido, que había condenado a muchos por un amor irreconocible, ahora se sacrificara por salvaguardar a la persona que más quería? Los fallecidos pesaban sobre su conciencia, no podría con el recuerdo perenne de Catalina.

Nada le agradaba tener que agachar la cabeza y doblegarse cual perro domesticado ante el cardenal, pero lo haría. Por Dios que lo haría si eso garantizaba el bienestar de su aya, ella era lo poco que le quedaba.

—Si cualquiera de los caminos que Dios ha previsto para mí conlleva el mismo final, no importa cuál de ellos escoja, mas sí importa a quién salve con mi decisión.

Por primera vez, la daga era demasiado pesada para sus frágiles dedos.

De extramuros llegaba un caleidoscopio de dolores y gritos,

cada vez más agudos, más retorcidos, más guturales, todos inidentificables. Se miraron entre sí, espantadas, imaginando la matanza que se estaba cometiendo, las espadas desenvainadas refulgiendo en el brillo de ese último amanecer. La espesa sangre habría de discurrir por entre los guijarros del suelo volviéndolo resbaladizo, habría de embarrar el albero creando una mixtura. Y los cuerpos se desperdigarían en la fosa común en que se convertía el barrio.

El caos desatado en las calles colindantes fue el látigo que las azotó para que se pusieran en marcha. O aprovechaban el inicio del ataque o quedarían para siempre encerradas en una ciudad que acogería sus huesos cual osario.

—Hemos de irnos —anunció la anciana. Y Susona supo que había de seguirla, despedirse de aquel que había sido su hogar, renunciar a todo lo que le era conocido.

No había un plan trazado, no disponían de tiempo para urdirlo. Recuperaron lo necesario de los escondites de sus aposentos y se encontraron al pie de la escalera. Solo lo indispensable, habían dicho, lo que cupiera en sus bolsillos, en la capa que las cubría, en la escarcela que les colgaba, en un pequeño morral. Susona se descubrió a sí misma siendo precavida, sagaz. Arrasó con el dinero ahorrado, con las joyas que conservaba, con todo aquello que, al ser de valor, pudiera venderse y les permitiera sobrevivir un día más.

Lo dejó todo revuelto, el misal que le había regalado Beltrán allí olvidado, la tabla en la que se representaba a la bella Virgen María, solitaria, los crucifijos y rosarios, postergados. Porque en momentos de extrema urgencia, ni siquiera había cabida para la fe. Llevaría a Dios en el corazón, que era fácil de transportar.

Ya en el amplio zaguán, unos aullidos desgarradores las sobrecogieron, precedían a una carrera interminable, la de las víctimas y sus verdugos. Qué horror salir ahí fuera y enfrentarse a un mundo hostil, a tantos individuos que ansiaban su muerte.

«¡Ahí, ahí!», exclamaban las voces atronadoras. Las pisadas se intensificaron, directas hacia ellas, y ambas se sintieron cercadas. Susona estaba segura de que las indicaciones culminaban en su hogar, en los muros pintados con letras carmesíes que simulaban llorar sangre. El miedo las paralizó, demudadas y rilando, esperaron abrazadas a que los puños impactaran contra la puerta, a que la derribaran a base de duras patadas, a que las separaran y se las llevaran a rastras. «¡Ahí, ahí!», prosiguieron. Cada vez más cerca, cada vez más alto.

¿Serían cristianos viejos o conversos que ansiaban venganza por la detención de sus familiares? Fueran quienes fuesen, la buscaban a ella. ¿A quién, si no, habrían de señalar con tanta inquina y ponzoña? Sabiéndose objeto de odio y vesania, la inundaron las lágrimas.

Nadie las reclamó con salvajismo, los pasos continuaron calle abajo junto al tumulto y el griterío, y así asumieron que habían pasado de largo, que aún no había llegado la hora. Que Dios, en su infinita misericordia, les había concedido una última oportunidad.

—Ahora o nunca. El peligro acecha. —La mano cuarteada de la vieja aya acunó su mejilla, Susona cerró los párpados durante unos instantes.

De haber escapado con Nuño, presa de ese amor inconmensurable que les trastocaba el juicio, no habría mirado atrás ni una sola vez. Habría salido por la puerta con la cabeza bien alta, el corazón ligero y los pies presurosos, embriagada ante las expectativas de un futuro conjunto, empachada de ilusiones. ¿Qué no habría hecho por Nuño de Guzmán? ¿Qué no habría entregado por Nuño de Guzmán? Él, que la copaba con sus promesas vacías y esas mentiras que ella no había sabido oler pese a su buen olfato, que la había dejado sin cabida en su hogar y en su propia piel, que le era ajena y extraña, se desposaba con una Ponce de León. ¿Por qué no era ella una Ponce de León, una Mendoza, una Álvarez de Toledo? Hasta una Guzmán. Le habría bastado ser una Guzmán en segundo grado si eso le hubiera permitido besarle los labios ante el altar.

Pero era la hija de un hombre muerto y no huía con el amor

de su vida, al contrario, dejaba su hogar en unas condiciones penosas. Así pues, no pudo evitar girarse y grabar en su memoria cada uno de los recodos de la vivienda, cada una de las escenas cotidianas que se habían sucedido y que años atrás no había valorado por formar parte de una rutina diaria que, creyendo insípida, se suele desprestigiar.

Algo en su interior se deshacía en la añoranza de los buenos tiempos.

44

Llegó tarde, pues la fuerza de voluntad y el deseo más ferviente no es suficiente para sortear un destino que ya ha sido trazado. De haber esperado en el señorío de Sanlúcar se habría encontrado con su leal sirviente, que en aquellos instantes llegaba a tierra de los Guzmanes, y habría recibido la noticia que tanto ansiaba, que don Pedro González de Mendoza había acudido a visitar a Susona, y él habría creído —o querido creer— que su carta había sido entregada. Sin embargo, el criado se había visto envuelto en un altercado en una taberna debido al alcohol y los juegos de azar, por lo que su regreso se había demorado, y, siendo Nuño impaciente por naturaleza, ahora descubría que cualquier acto cometido habría sido en vano. Al descabalgar se vio inmerso en una lucha encarnizada.

Su primer pensamiento fue Susona.

Siempre Susona.

Y a su hogar acudió, esquivando a la muchedumbre que huía despavorida en dirección contraria. Todo a su derredor era una masa humana que aullaba y se enfrentaba entre puñaladas y sangre, que tropezaba y caía al suelo, que se empujaba entre empellones y codazos que se hundían en el costado, que se atropellaba a toda prisa, fruto del pánico. Mujeres que cogían en brazos a sus hijos, los arropaban a sus pechos agitados, criaturas de corta edad que berreaban en las esquinas por haber soltado las manos de sus padres y hallarse perdidos, madres que clamaban al cielo por encontrar a sus vástagos entre la multitud. Los ancianos renqueaban, se escondían en sus hogares y se asomaban a las ventanas, los rostros congestionados ante el horror. Y los varones luchaban como si quisieran rajarse los estómagos y vomitar las vísceras, como si lo que les impulsara a derrotar al enemigo fuera un asunto vital: no morir ellos antes de dar muerte a otros.

En los gritos que resonaban —la mayoría de auténtico pavor—, Nuño captó un odio abisal que en otros tiempos habría compartido y que ahora no hacía más que revolverle el ánima e inquietarlo. «¡Marranos! ¡Marranos!» se confundían con un «¡Muerte a la traidora!», y entonces entendió que cualquier juego de armas que hubiera compartido con Sancho distaba mucho de aquello, que era una batalla campal entre los cristianos viejos que atacaban a los conversos, y los conversos despechados que anhelaban arrancarle a Susona la cabeza de su cuerpo.

Que lo que don Diego de Merlo había previsto era cierto, más que cierto, un augurio que se tornaba realidad.

La premura se superpuso al agotamiento y la depauperación física que lo había ido consumiendo en aquellos meses, consecuencia directa de la languidez y las continuas ebriedades. Con la mano cerrada en torno a la empuñadura de la espada y la falta de aire presionándole el flanco izquierdo, llegó hasta la collación de Santa Cruz, donde vivía Susona.

Y de nuevo, tarde.

Siempre tarde.

Irremediablemente tarde.

En las paredes de la vivienda leyó el mensaje de irregular caligrafía. svsona. traidora. El miedo se le encajonó en el pecho, un miedo atroz que dejaba en ridículo cualquier temor que hubiera experimentado antes, y que se acrecentó en cuanto divisó a un grupo de cinco hombres terminando de despedazar la puerta de la casa a base de contundentes patadas. Aferró con aún más fuerza la empuñadura, las muescas se le grabaron en la palma de la mano, y con los dientes chirriantes, camuflado entre las sombras de una esquina, observó cómo entraban. Rezó para que Susona no estuviera, para que los hubiera oído llegar y hubiera marchado. Rezó —aunque ya hacía un tiempo que había abandonado las súplicas y las plegarias al Altísimo— para que estuviera a salvo, lejos de allí, aunque eso supusiera que también estuviera lejos de él.

Los minutos se le hicieron eternos allí afuera, con el oído aguzado por si captaba un alarido gutural proveniente de la garganta de su amada, con las ganas de intervenir bulléndole, macerándose con sus jugos gástricos. Y, al fin, los brutales desconocidos, allanadores de morada, salieron. Gracias al cielo, Susona no los acompañaba, no la habían atrapado entre sus garras para luego arrastrarla por el suelo mientras ella se revolvía cual perro rabioso asestando bocados. Porque si algo poseía Susona, aparte de una grácil hermosura, era valor. El coraje del perro que muerde en cuanto es vapuleado.

—¡Encontrad a la Bella de la judería, a la hija de Diego de Susán! —ordenó el que parecía estar al mando del curioso destacamento—. ¡Traed a la traidora!

Todos ellos asintieron y se dispusieron a complacer el mandato. El saberla buscada lo inquietó todavía más, si es que eso era posible. No eran hombres bien pertrechados más allá de las espadas que asían, pero cinco varones armados contra una doncella de quince años era una canallada, por mucho que la consideraran culpable de las detenciones y de las muertes acaecidas en el auto de fe, por mucho que fuera la responsable. ¡Por Dios bendito, si su progenitor también había sido quemado en la hoguera! ¿Es que nadie se atrevía a mirarla a esos ojos que eran balsas de agua y comprender que había sido engañada, que solo era una cría enamorada que había sucumbido a las artimañas del mal hombre que era él?

Qué razón tenía Sancho cuando le advirtió de que la mataría, de que la convertiría en una paria ante su pueblo, de que la despojaría de cualquier consideración y la haría mujer de nadie. Ni cristiana para los cristianos viejos, ni judía para los judíos, ni conversa para los conversos. Que sus huesos no los querrían ni los perros famélicos que deambulaban para meter sus hocicos en los desperdicios.

Ahora lo veía. La había condenado a algo peor que el azufre del Infierno. A ser perseguida, a morir por venganza.

Debía salvarla, se arrancaría de cuajo el corazón para garantizar su seguridad.

Nuño se deshizo de la capa que lo ocultaba, la manta parduzca y raída le cayó a los pies, y él echó a correr, esta vez con el rostro descubierto por si al ser confundido con un hereje quisieran dañarlo. Mostrando su faz para ser reconocido por Susona.

La judería se había convertido en un erial de cadáveres que se desperdigaban en los diferentes caminos y bifurcaciones, obstaculizando el paso. Despojados y desmadejados, se acumulaban en las esquinas unos encima de otros, la sangre que exudaban le manchaba las botas, se pegaba a sus suelas dificultándole el avance, tan adherido quedaba al suelo encharcado. Entre trompicones, las gentes no hallaban salida, ni por las puertas exteriores —la de Minhoar y la de Yahwar— ni por ninguna de las interiores; cualquier vía de escape había sido cercenada por docenas de alguaciles que, espadas al aire, trataban de aplacar el ataque. Y en ese intento de someter a los revoltosos, arrasaban con aquellos que se les presentaban delante.

No importaba hacia dónde se dirigiera, la muerte lo precedía. La muerte lo saludaba en cualquiera de los recovecos por los que torciera.

El hedor a óxido lo impregnaba todo y abotargaba sus sentidos, las exclamaciones de auxilio le pinzaban los tímpanos hasta casi ensordecerlo. Corría febril, bañado en un sudor pegajoso y frío, espoleado por la desesperación más absoluta. Susona.

«Susona», se repetía en su mente como una cancioncilla de cuna que no habría de olvidar.

Susona y su recuerdo palpable, en sus labios agrietados que añoraban el último beso, en la yema de los dedos, que le picaban al extrañar su roce, en las guedejas negras que portaba en la escarcela.

En la carrera, alguien le propinó un soberano empujón y su

espalda impactó contra un muro. Dolorido, Nuño cerró los ojos, y al abrirlos la imagen le seccionó la respiración como si el acero mellado que cargaba Susona le hubiera arañado la nuez de la garganta. Una mujer yacía a su derecha, sentada en un recodo, casi había tropezado con ella. Habría pensado que estaba viva de no haber sido porque la cabeza le caía sobre el pecho, que, abierto por una afilada hoja, lucía un corte trasversal. Entre sus brazos sostenía a un recién nacido que lloraba y pataleaba, la sangre de su madre empapaba el mantón en el que había sido envuelto al igual que un pastel de miel.

Nuño, que había sido instruido en el arte de la contienda y que tanto se vanagloriaba de su destreza en la cacería y la montería y la cetrería, se percató de que no sabía nada acerca de la guerra porque nunca había presenciado ninguna. Nunca había visto una masacre de semejantes dimensiones. Nunca había saboreado un peligro real.

Impactado, su mirada regresó a la criatura que berreaba. Se preguntó dónde estaba la misericordia de Dios, que acababa de dejar huérfano a un niño de tan solo unos meses de vida.

Los gritos agónicos lo cercaban, se mezclaban con las voces y chillidos de los herejes que habían perecido en el auto de fe y le azotaban con insistencia, se paseaban por su memoria muy a menudo. La bilis le trepó por el estómago y ardió en su garganta, las náuseas le sobrevinieron y Nuño pensó que no tardaría en postrarse de rodillas y regurgitar el vino especiado que lo había alimentado desde la última vez que besó a Susona. El alcohol había creado una pátina balsámica sobre el dolor, mas no lo había eliminado, solo paliado. Susona. Relamió su nombre y el regusto a granada le explosionó en la boca.

El frío de la pared se coló entre los remiendos de sus ropajes prestados y lo devolvió a la cruenta realidad. Se deshizo de los remilgos y las cuestiones de fe, enfocó la vista y la desvió del cuerpo sanguinolento de la joven, que ya no mecía con esmero ni chistaba a su hijo para que cesara su llanto. A continuación, se acuclilló para rescatar al niño, que alargó sus diminutas manitas y capturó uno de sus dedos, se lo llevó a la boca y succionó. Debía de tener hambre.

Las lágrimas se le agolparon en los ojos.

—Lleváoslo con vos —le rogó a la primera mujer que, despavorida, pasó por su vera—. Por Dios os lo imploro, lleváoslo, que su madre ha fallecido y nadie lo reclama.

Y la susodicha, que no había de superar a su amada en edad, accedió.

Presto, retomó el camino con amplias zancadas; a contracorriente se dirigía hacia la matanza, fijándose en cada uno de los rostros con los que se cruzaba por si identificaba las facciones de Susona. Si fuera el caso, se abalanzaría hacia ella y no la dejaría escapar, la cubriría con su cuerpo, la dotaría de vida y de fuerza, la defendería. Sin embargo, entre la rabia, el miedo y la desesperación no la halló, tampoco entre los muertos. Por eso continuó corriendo con la asfixia a punto de arrebatarle el último aliento, aterido, con sus músculos quejándose y un nudo de preocupación que no hacía más que estrecharse. Si se desenredaba, las lágrimas lo desbordarían, y Nuño no podía llorar.

Un Guzmán no lloraba.

¿Hacía cuánto había dejado de ser un Guzmán?

Serpenteante y sinuosa, a Nuño le eran familiares las curvas de esa calle aledaña, similares a las de las culebras que nacían de las calderas del blasón de los Guzmanes. Allí empezaba y culminaba la muerte, pues una decena de cristianos viejos —o lo que él suponía que serían cristianos viejos— ensartaba con sus espadas a hombres y mujeres que se escudaban armados, todo ello al grito de «herejes», «marranos», «deicidas», «adoradores de un falso dios». Y otra decena cegaba la vía con lanzas castigadoras, a las que se unían los alguaciles, que, en vez de poner orden, ejecutaban una justicia desalmada.

¿Era justa esa lucha? ¿Era justa esa necesidad de defender a Dios pasando a cuchillo a los otros, ya fueran verdaderos creyentes que se hubieran bautizado o judíos que aún apreciaban y practicaban sus costumbres en la clandestinidad, a la luz mortecina de una pálida lumbre? ¿Era eso lo que Dios deseaba, que tantas personas rindieran el alma en su nombre, que lo hicieran los disidentes, los tornadizos, los desertores de la fe, los malos conversos?

¿Eran buenos cristianos cuando el quinto mandamiento cincelado por Moisés claramente especificaba «no matarás»? ¿No habrían de poner la otra mejilla? ¿Por qué entonces se alimentaban del odio pudiendo hacerlo del amor? ¿No estaban más equivocados que aquellos que rezaban al dios erróneo?

Nuño desenvainó el estoque. Los inocentes caían ante el hostigamiento, la sangre mojaba los bajos de las vestiduras, discurría calle abajo.

45

—Hoy voy a morir —murmuró.

A cualquier otra persona se le hubieran erizado los vellos de la nuca, pero a Catalina un pálpito le corroboró aquella predicción. No la miraría a los ojos y le mentiría. No era su madre, no sería esa clase de madre, no con Susona. Así que dijo:

—Llevo meses oliendo a muerte, no pensaba que el hedor naciera de vuestras entrañas, mi querida niña.

Habían escapado apenas unos minutos antes de que aquel grupo de hombres aporreara la puerta al grito de «mujer maldita, salid y enfrentaos a vuestros demonios». —Pese a que ellos no se consideraban a sí mismos demonios, más bien se referían a las represalias—. Susona lo había pensado alguna vez, Nuño se lo había dicho en infinidad de ocasiones, sin embargo, no fue hasta que lo oyó de boca de extraños cuando realmente creyó que así era. Que estaba maldita. Contemplar la espiral de caos y destrucción que discurría a su alrededor no hacía más que confirmárselo. Solo una mala mujer, una mujer maldita, podría haber ocasionado una tragedia tal.

Durante un par de segundos permanecieron ahí, resguardadas bajo sus capas, acunadas por las sombras de una esquina desde la que divisaban el maltrato que sufría el que había sido su hogar. A Susona le daba la impresión de que las letras rojizas que le gritaban traidora se escurrían como si lloraran sangre.

Catalina señaló al grupo de varones armados, mencionó sus nombres y luego escupió al suelo, asqueada.

—Sabía que eran ellos, lo sabía. Me lanzaban miradas de

odio en la Puerta de Minhoar —graznó—. Valientes para acosar a dos mujeres indefensas, cobardes para hacerlo públicamente en el mercado, ante el juicio condenatorio de todos.

Susona no la escuchaba, se le quebraba el corazón a cada ruido que le llegaba desde el interior de la vivienda. Presentía que, llevados por la rabia, indignados por no haberla hallado, darían rienda suelta al revanchismo destrozando todo lo que quedaba. Porque, a menudo, los hombres que no pueden golpear a las mujeres desencadenan la furia contra sus bienes.

Imaginó la tabla de la Virgen quemada en el fuego del lar, el misal deshojado, las pertenencias de su madre rotas en algún rincón. Aquello la llenó de una tristeza que quizá en otros tiempos —unos en los que no hubiera sido domesticada a base de palos— le habría disgustado y hecho mostrar los dientes. Por primera vez agradeció que su hermana María la hubiera desposeído de la herencia familiar que ahora se hallaría a buen recaudo.

—María. —Al pronunciarlo, la preocupación se adueñó de su semblante—. Mi hermana María y el niño. Hemos de ir a por ellos.

Hizo amago de dirigirse hacia la collación de Santa María, Catalina la refrenó. No había dado ni dos pasos.

—Dejadla con sus deudos, que los Benadeva se encarguen de protegerla.

La miró atónita, incapaz de reconocer a su vieja aya, que siempre había sido misericordiosa incluso con esa niña por la que no sentía gran predilección, mas sí afecto.

—Es mi hermana. —Se le quebró la voz—. La parentela ha de tenderse la mano en momentos de auxilio. ¿No debería reunirme con ella para escapar?

—¿Para qué si ya vos misma os dais por muerta? —Aquello hizo que los labios de Susona se cerraran paulatinamente, enmudecidos—. Encontraros con María y su criatura solo servirá para que ella también sufra tan desgraciado destino. Si queréis salvarla, habéis de renegar de vuestro vínculo fraternal.

Era una unión endeble marcada por el recelo de una y la animadversión de otra, un cariño que no había cuajado ni con los años de crianza ni con la sangre compartida que discurría por sus venas. No había de ser difícil dejarla atrás, al fin y al cabo, María ya la había repudiado como hermana. Había pasado de tolerarla a aborrecerla, odiarla más de lo que era humanamente recomendado. No la perdonaba por sus múltiples crímenes: la condena de su padre y el arresto de su marido, Álvaro Suárez. Tanto era así que tras el auto de fe no habían intercambiado correspondencia, tampoco mediado palabra alguna en persona, ni una cortés visita para llorar juntas la tragedia y el cuerpo carbonizado de su progenitor.

Si ahora, al recurrir a ella con la modesta intención de salvaguardarla, eran atrapadas por esos vecinos que ansiaban cobrarse venganza y el recién nacido padecía algún daño, sería la propia María la que la mataría.

Y aunque a Susona le costaba convencerse de que abandonarla no era una crueldad, ese pensamiento mermó en cuanto los hombres salieron con los rostros rubicundos, rebosantes de violencia descarnada, y uno de ellos gritó: «¡Encontrad a la Bella de la judería, a la hija de Diego de Susán! ¡Traed a la traidora!».

Moriría.

Sabía que moriría, porque al contrario que el rey Midas, todo lo que ella tocaba se transformaba en cenizas. Ya hacía tiempo la muerte se le había presentado en sueños. Una calavera colgada en la jamba de la puerta de una casa cualquiera de una collación cualquiera del reino de Sevilla. Y ese mundo onírico había resultado ser una realidad espejada, esa jamba, esa casa, esa collación eran las suyas.

Así pues, habiendo aceptado que debían partir en soledad, se dispusieron a huir por una de las callejuelas del barrio. Doblar la esquina habría sido una renuncia si Susona hubiera sabido que en la paralela Nuño de Guzmán se escondía bajo una capa raída, vigilando las atrocidades cometidas por los vecinos que ansiaban prenderla.

—Si miráis atrás sí que moriréis, pero de pena. Y la pena no es buena compañera —le dijo Catalina cuando sintió tensarse la mano de Susona, enlazada con la suya. La joven había cesado en el andar, sus pies se anclaban al suelo.

—Ni manceba de Su Eminencia, ni casada en tierra de moros, ni monja como Eloísa. No saldré viva de la judería.

Una risa sardónica se le atragantó. Era irónico que las calles que la habían visto crecer fueran las mismas que la verían morir, la pregunta era si la asesinarían los que allí moraban —aquellos que antaño fueron cordiales vecinos— o los cristianos viejos, para quienes nunca serían más que asquerosos judíos.

Los primeros. Los primeros.

Del amor al odio hay un paso, y la traición cometida era más que suficiente para que reclamaran su cabeza.

Del amor al odio hay un paso y del odio al amor otro, ella misma había atravesado esa linde múltiples veces con Nuño de Guzmán.

—Se me ha congelado el aliento, hiede a putrefacción. —Exhaló en la palma de su mano para después olfatear el vaho viciado—. Puede que ya esté muerta por dentro.

—No. No. —La anciana le capturó la faz entre sus manos y la hizo descender hasta que sus miradas quedaron a idéntica altura—. Aún persiste un ápice de vida en ese cuerpo que he alimentado.

No vería una nueva primavera, Catalina lo sabía, no viviría lo suficiente para un cambio de estación.

Aferradas nuevamente, se pusieron en marcha, la senectud de la nodriza la ralentizaba. Susona cargaba con el peso de la anciana, que con un soberano esfuerzo trataba de librarse de los achaques de la edad y volver ligeras sus piernas, jóvenes sus articulaciones, pero sus músculos y sus huesos se quejaban con cada avance, y los obstáculos a sortear la hacían tropezar, por lo que había de ser cuidadosa y agarrarse con más determinación al báculo que era la muchacha.

—Un poco más, querida aya, solo un poco más —resollaba Susona.

Recubierta por una fina película de sudor, Catalina asentía y convocaba unas fuerzas de las que ya no disponía para proseguir. Hacia delante. Siempre hacia delante.

En el camino que tan lentamente recorrieron —a menudo cesaban por la fatiga y aprovechaban para reajustarse las caperuzas de las capas que las ocultaban ante posibles perseguidores— solo hallaron una desolación que les arrancó el ya extinto aliento. La judería había dejado de ser un conjunto de collaciones para ser un osario cuyos huesos no tardarían en emerger cuando los cuerpos se corrompieran por el paso del tiempo, la lluvia y el inclemente sol.

Estómagos rajados y gargantas cercenadas, cabezas arrancadas, pechos agujereados por impíos cuchillos y mutilaciones en mujeres, hombres, niños, recién nacidos, ancianos... Se deshacían de judíos, conversos y cristianos, en algún momento había dejado de importar la fe y lo único que imperaba era la más pura supervivencia. Los cadáveres eran motas sanguinolentas, Susona pensó que ese era el líquido que derramaba cuando se pinchaba con la aguja del bordado y se llevaba el dedo a la boca. Sangre desperdiciada. Vidas malgastadas.

Se le escapaban las lágrimas y se mordía los labios, de haber podido habría gritado, mas gritar era alertar a quienes la buscaban, así que el silencio se le rompía en la lengua y la aguijoneaba. Durante unos segundos creyó que había dejado de respirar.

—Desembarazaos de mí, mi niña, así iréis más deprisa. —Habían hecho un alto, Catalina se agarraba el costado, donde sentía la punzada, mientras procuraba recobrar el aire—. Nadie dañará a una pobre vieja.

Susona examinó su alrededor y buscó un lugar más apropiado para el efímero descanso, pues una multitud aterrorizada se dirigía hacia ellas, y de no apartarse con urgencia, quedarían sepultadas bajo sus pies.

—¿De qué me serviría alejarme de vos, dejaros atrás? Sin mi padre, sin Nuño, sin María... Sois lo único que me queda. No iré a ningún lado sin la mujer que me ha criado.

Y entonces se oyó un grito que fragmentó el cielo.

—¡La hija de Susán!

Hubiera preferido que un cristiano viejo la llamara marrana, pero tal y como había de acontecer según el despiadado destino, uno de sus convecinos la reconoció con el rostro descubierto y la capturó.

Susona aulló al sentir una mano cerrarse en torno a la frágil cofia que sostenía su larga melena y tironear de ella. El dolor en el cuero cabelludo se trasladó a su espalda cuando la arqueó por la presión que el hombre ejercía. Por mucho que se revolviera, era incapaz de ver a su oponente, se escondía detrás de ella y afianzaba el agarre, haciendo que unas cálidas lágrimas le surcaran las mejillas ya incendiadas.

Por su parte, la anciana había sido aprisionada por otro hombre, que la sujetaba hasta impedir el movimiento de sus brazos, tampoco tenía fuerzas para librarse de él. Era Martín de Carmona, también de la collación de Santa Cruz y curtidor de profesión, a quien había visto en infinidad de ocasiones, con cuya esposa e hijas había entablado conversación distendida al ser ambas muy gentiles y de sonrisa sincera. Y ahí estaba él, dándoles caza como si no fueran más que alimañas.

—Sucia traidora. —Un siseo venenoso acarició sutilmente la oreja derecha de Susona—. Tratando de escapar de la justicia como la rata inmunda que sois.

Entonces lo reconoció. Quien la mantenía cautiva era Juan Jiménez, tintorero y vecino de la collación de San Salvador.

—Maldito seáis. —Catalina escupió a la faz del hombre que la mantenía cautiva—. La llamáis traidora cuando sois vosotros quienes acudís a dañar a las mujeres que os han dado de comer cuando estabais hambrientos y de beber cuando estabais sedientos.

—¡Callad! —rugió Juan Jiménez, colorado por la reprimenda de la anciana.

—¡¿Callar yo?! —rio colérica—. ¿Acaso os duelen las verdades? ¿No podéis oírlas o no queréis oírlas? No hace un par de años, presa de una mala situación que se cebó con vuestra familia, os acogisteis al fondo comunitario, y en esa bolsa entra la bondad de todos los conversos, incluida la nuestra. Así que sí. Os hemos dado de comer y de beber, y os hemos abrigado por las noches.

—He dicho que calléis.

El hombre que la acorralaba le atizó un golpe en la sien y por unos instantes, la nodriza quedó desubicada.

—¡Catalina! —Susona lloró con rabia y se removió con más insistencia, pese al dolor, a la quemazón que creyó que la dejaría sin guedejas, que se las arrancaría de cuajo—. ¡Animales! ¡No sois más que animales!

El tintorero posó la espada sobre el desnudo cuello de Susona.

—Y vos, mordeos esa lengua pérfida e infame con la que nos habéis envenenado a todos, maldita.

Asediada por el acero, guardó silencio, ni siquiera osó tragar por si se le incrustaba en la piel y se abría una fina línea de la que manara sangre. El siguiente tirón de cabello hizo que se estirara más si cabía, con el mínimo movimiento la hoja la arañó, y ella, al notar el escozor de la tímida herida, exhaló un gemido lastimero.

Tal y como había previsto iba a morir.

Le sajarían la garganta, dejarían que se ahogase con su propia sangre y entonces, solo entonces, quizá se apiadasen de su alma y le rebanaran la cabeza. Se la llevarían como recompensa y la colgarían encima de la puerta de aquel que había sido su hogar, presidiendo las letras rojas que recordaban su crimen. «SVSONA TRAIDORA». Y allí permanecería hasta que los cuervos retiraran la carne a base de picotazos y devoraran sus ojos y su lengua, y la blancura calcárea del esqueleto saliera a relucir.

—Deponed el arma y soltadla, que es de hombre poco honrado amenazar a mujeres indefensas.

Una figura apareció en la boca del callejón. De altura considerable, amplias espaldas y betas bermejas en la frondosa barba, el hijo de Beltrán caminaba hacia ellos con un semblante inexpresivo y el estoque empuñado.

Era la última persona que Susona habría esperado ver.

—Gonzalo, idos de aquí, que esto no os incumbe —le apercibió Juan Jiménez.

—O que se quede, que bien que ha pagado su pobre padre las consecuencias de esa arpía —acotó el curtidor—. ¿Quién no quiere sangre por aquellos a los que le han arrebatado? Mirad a Benadeva y Álvaro Suárez, se llevaron al padre, se llevaron al hijo, el próximo podríais ser vos —trató de convencerlo con una sonrisa perfilada en los labios.

Gonzalo miró a Susona, tan demacrada, tan bella y tan asustada entre aquellos brazos, con los ojos preñados de un miedo agónico que gritaba precaución. De haberla conocido mejor, de haber leído esos iris grisáceos como los leía el Guzmán —con la intimidad que otorga el amor correspondido—, habría entendido que le rogaba que se marchara. En su lugar, miró a los hombres que podrían haber partido el cráneo de la joven con sus enormes manos, y envalentonado comentó:

—No está en mi ánimo oír excusas baratas que solo buscan saciar la venganza.

—Justicia. Queremos justicia —le aclaró Jiménez.

—No hay mayor justicia que la de Dios —murmuró Susona.

El tintorero, enfurecido por su intervención, le chistó y para asegurarse de que no volvía a hablar, aumentó el aprisionamiento de sus cabellos hasta que ella soltó un grito de sufrimiento que se incrustó en el gesto contraído de Gonzalo.

—¿Vos no? ¿No queréis resarcimiento por lo de vuestro padre?

Él negó.

—No es el camino —dijo con tranquilidad—. Sabed que quienes hieren a mujeres no son más que unos cobardes. Y vos entráis en la categoría de mayor bajeza, la de los cobardes y viles, pues quienes están bajo vuestro poder son una anciana y una doncella.

Aquel oprobio fue un hachazo en su dignidad, y ningún hombre permite impunemente ser agraviado.

La lucha fue tan rápida y sucia que apenas hubo tiempo para apreciarla. Gonzalo le dio un tajo en el hombro a Martín de Carmona, que soltó enseguida a Catalina, para enfrentarse a él, un momento de desconcierto que Susona aprovechó para rebuscar entre los pliegues de sus ropajes y sacar la daga que ocultaba. Cerró los ojos, se remojó los labios y rezó a Dios para que su puntería fuera certera, y entonces la clavó en el muslo de Juan Jiménez, que no esperaba recibir daño semejante y la liberó del agarre de los cabellos quedándose con su cofia.

Susona corrió hacia Catalina, que se había resguardado pegándose al muro de piedra. Cuando el tintorero se arrancó el puñal del muslo y reparó en lo ocurrido, bulló en una furia incontrolable. La contempló acuclillada, ayudando a la vieja nodriza a ponerse en pie, tirando de ella con una fuerza inútil, y se dirigió hacia allí, espada en la diestra, acero mellado en la siniestra.

—Vamos, querida aya —la animaba Susona para que se irguiera—. Vamos.

Pero Catalina estaba exhausta y necesitaba algo más que un par de segundos para recuperarse de la huida y el golpe en la cabeza.

Antes de que se abalanzara sobre ambas —su sombra amenazante ya se dibujaba en la pared en la que estaban agazapadas—, Gonzalo le atravesó el estómago. Susona observó cómo el cuerpo caía desplomado al suelo encharcado en sangre. Y así, rindieron el alma los que un día fueron apacibles vecinos, Juan Jiménez el tintorero y Martín de Carmona el curtidor.

Sin aflicción alguna por haber matado a esos hombres que tan bien conocían, Gonzalo se arrodilló a su lado, la respiración trabajosa y el sudor le brillaba en las sienes. Ella rielaba, en parte por la perturbadora experiencia, en parte por el frío que le bajaba por la espalda. Durante unos segundos no pudo apartar la vista de las gotas bermellón que tintaban el acero del hijo del bueno de Beltrán.

—No respondisteis —dijo él. Susona parpadeó, despertando así del letargo—. Nunca respondisteis, ni a mi madre ni a mí, por mucho que llamamos a vuestra puerta e interceptamos a Catalina en los comercios para preguntarle si habíais necesidad de nosotros. —No era un reproche, pese a que podía sonar como tal—. No hemos tenido de vos ni una triste noticia que aplacara esa preocupación constante, mi señora.

A Susona, despojada de la cofia, le caían los mechones azabaches por el rostro ocultando la mitad de sus facciones.

—Y lamento no poder hacerlo hoy tampoco —respondió, concentrada en examinar a la vieja aya, que no presentaba heridas visibles más allá del golpetazo que aún no había evolucionado siquiera en verdugón.

—Estoy bien —dijo Catalina, apartándole las manos para, a continuación, aferrarse a ella e intentar levantarse de la dureza del suelo—. Hace falta algo más para matarme.

Lo sabía. Catalina Pérez, nodriza y aya, descendiente de otras tantas nodrizas y ayas, madre de nodrizas y ayas, estaba hecha de otro material, uno resistente, a prueba de los embates de la vida.

Gonzalo se posicionó en el otro extremo y juntos tiraron de la anciana, que finalmente se puso en pie, quejumbrosa. A continuación, recuperó la daga —todavía en posesión del inerte Juan Jiménez— y se la tendió a Susona, quien la aceptó con una sonrisa amarga y dibujó un «gracias» con los labios que no llegó a verbalizar.

—Venid conmigo —le suplicó—. He dejado a mi madre en un lugar seguro, allí nos aguarda.

—No hay lugar seguro para mí.

—Venid conmigo, yo os protegeré de todo mal. —Extendió la mano en una cálida oferta que había de ser tomada. Por unos instantes, tuvo la sensación de que la agarraría y se la llevaría consigo a cualquier otra parte.

—No podría pediros eso, sería injusto.

Él contrajo el ceño, confundido por sus palabras.

—No habéis de pedírmelo pues no es un sacrificio, gustoso me ofrezco.

Susona cabeceó en señal de negación.

Era una mañana interminable. Había despertado antes de que el sol emergiera en el horizonte y se había postrado para orar y orar durante horas, entonces, alertada por un grito desgarrador, se había despedido de su hogar, había recogido solo unas pocas pertenencias y había echado a correr, sabedora de que no importaba adónde fuera, tenía los minutos contados. Y en esa carrera había presenciado horrores, y todos ellos se le habían grabado a fuego en la memoria, cada una de esas muertes era un peso que le encorvaba la espalda. Porque la culpa era suya y del amor tan profundo que albergaba por Nuño de Guzmán.

De nuevo, se sorprendió sacudida por las lágrimas.

—Quien venga conmigo, tiene asegurada la muerte. ¿No veis lo que ha estado a punto de ocurrir? —Señaló los cadáveres que yacían a sus pies—. Permitid que sea yo la que os proteja. Así pues, besad a vuestra madre de mi parte, que está presente en todas mis plegarias, y daos vos por besado, querido Gonzalo —le obsequió con una caricia en la mejilla—, que siempre habéis sido demasiado gentil con esta niña a la que habéis aspirado. Dios os cuide.

Gonzalo dio un paso al frente, dispuesto a retenerla.

—Susona, por Dios… —Sonó destrozado.

Y Susona lo destrozó un poco más al decir:

—Y por Dios os pido que nos dejéis marchar.

46

Nuño se apartó para no ser arrollado por la multitud que se perdía entre gemidos de angustia y nombres de familiares gritados a viva voz. Si había pensado que jamás olvidaría los chillidos de Diego de Susán al sucumbir al fuego purificador del Santo Oficio, estaba muy equivocado, a partir de aquella mañana sus gemidos se confundirían con los de la población doliente que había sido cercada.

Entre los aullidos guturales predominaban oraciones a Dios, a cualquier dios que pudiera escucharlas, a cualquiera de los dioses que, desde el cielo, observara impasible el agotamiento de su gente. Donde no hay espacio, no hay vida, y el espacio sinuoso y estrecho de una de las callejuelas del barrio de Santa Cruz se reducía a medida que hombres armados —cristianos viejos con sed de venganza y alguaciles cegados— iban avanzando. Y en ese avance mortal, la vida se plegaba como lo haría un pergamino, pues muchos de los habitantes de la judería que habían quedado atrapados eran hostigados por la diestra y siniestra, lanzas en ristre y espadas en alto.

Manadas de personas que trataban de huir caían al suelo, donde eran pisoteadas por el ansia de libertad, derribadas, apaleadas, apedreadas. Los niños lloraban, las mujeres pedían clemencia, los hombres luchaban. A su derredor, todo eran montículos de cadáveres que impedían el paso.

Entrar en aquella calle significaba morir. Así pues, Nuño la esquivó y prosiguió la búsqueda por otro camino, siempre en dirección contraria a la marea humana que escapaba y era atrapada.

Cansado, la espada le pesaba en las manos, los pies se le enredaban y de vez en cuando necesitaba hacer un alto para abrir la boca y capturar un poco de oxígeno. No obstante, se obligaba a reemprender la marcha enseguida, siempre con la idea de encontrar a Susona insuflándole fuerzas, alimentando su esperanza, pero también la angustia, a la que le echaba de comer el miedo al no haberla divisado todavía entre el gentío.

De los rasgos que discurrían despavoridos ante él, ninguno tenía su gracia, ni aquellos ojos de agua calma en los que se había visto reflejado ni el cabello azabache en el que gustoso había sumergido los dedos. La melena de Susona eran hebras negras que podría haber trenzado en una soga con la que ahorcarse.

Una horda de judíos se le cruzó en una carrera entorpecida por tropiezos y gestos desfigurados, al verlos pensó que así había de ser el Juicio Final con el que tanto los amenazaban. Y se preguntó si no habría una salida sin cubrir, una callejuela inhóspita que los cristianos viejos y los alguaciles no conocieran, ya que quienes no habitaban en la judería no se orientaban en aquel entramado de arterias.

Entonces lo advirtió, un serpenteante y angosto atajo del que brotaba la vida.

Era por ahí.

Atrapó el antebrazo de una madre que tironeaba de dos de sus vástagos, una muchacha y un niño que no levantaba dos palmos del suelo. Observó el terror en sus ojos castaños inundados de lágrimas, temblorosos ante la amenaza de haber sido aprisionados por uno de esos cristianos viejos. Nuño descendió la espada en un gesto de buena fe, tratando de proporcionarles algo de confianza. El rostro de ella, que otrora había sido una máscara mortuoria, se descongestionó.

—Huid por ahí, buena señora, que la calle no ha sido tomada por unos ni por otros —le indicó.

Le recordaba a Susona, o a lo que podría haber sido Susona si él no la hubiera cortejado y conducido a la desgracia total.

Habría sido una conversa más en un barrio de conversos que judaizaban en secreto, una mujer con hijos y marido, una mujer con una vida próspera, dichosa. Cuánto daño había provocado en su afán de satisfacer al gran y honorable don Enrique de Guzmán, duque de Medina Sidonia. Cuánto daño había causado con su egoísmo, disfrazando de recelo un sentimiento que era amor.

La fémina asintió y Nuño la vio marchar veloz, acompañada por el resto de lo que dedujo sería su familia. Al ser percibida por los demás habitantes, otros muchos siguieron su ejemplo y se dirigieron al mismo lugar, arrastrando a sus deudos y ciertas pertenencias fáciles de cargar.

Hasta ese momento, había salvado a un recién nacido y a una madre con sus dos hijos. Quería creer que así equilibraba la balanza por todas las almas que él mismo había condenado al traicionar a Susona, pero lo cierto era que el sabor agrio que paladeaba no se le disolvía por mucho que salivara y tragara, y su cuerpo no se tornaba más liviano. La culpa seguía oprimiéndolo.

Por fin, tras minutos de angustia que se le antojaron interminables, distinguió una figura maltrecha, renqueante, la de Catalina, la vieja nodriza que era la sombra de su amada. A su lado iba una muchacha enlutada que lucía una espesa cabellera negra. En un acto reflejo, Nuño se llevó la mano a la escarcela.

Era Susona.

Su Susona.

Al verla aparecer se le quebraron pecho y alma, por la mitad, de un solo tajo, sin contemplación alguna. La habría reconocido en cualquier parte, incluso en aquella siembra de difuntos que se multiplicaban como se multiplican las ratas y las enfermedades.

Con la respiración fragmentada, gritó su nombre, desesperado. Corrió hacia ella, empujando a quienes chocaban contra su cuerpo. No lo oía, el mundanal ruido se comía su voz. Lo intentó de nuevo, más fuerte, más alto. Seguía sin oírlo. Se le rajaron los labios llamándola entre aquella vorágine de personas que clamaban auxilio y se defendían a golpe de acero.

Para ponerla a salvo, tendría que alcanzarla.

47

Susona avanzaba con su vieja aya, a trompicones, lo más parecido a una carrera que habrían de experimentar, y no era tanto por
el peligro que les lamía los talones o por salvar la vida, sino porque las mujeres siempre debían correr. Lo dictaba una ley no
escrita que rezaba que en caso de extrema peligrosidad, quienes
han de refugiarse son las mujeres y los niños, quizá por su naturaleza débil y mansa, quizá por ser los que garantizan la supervivencia de una nueva generación. Así pues, mientras las féminas huían, los hombres resistían, luchaban con uñas y dientes y
acero contra los sitiadores.

Era una auténtica lucha encarnizada de todos contra todos.

Fue entonces cuando lo oyó, su nombre pronunciado con la
mayor desesperación, la que atormenta a un amado. Conocía
aquella voz rasposa, la llamaba en el duermevela, antes de que se
internara en esos sueños pesadillescos en los que caminaba en la
penumbra y se perdía entre altísimos muros para observar desde abajo la calavera colgada de la jamba de la puerta.

Catalina la miró, el ceño fruncido en expresión de advertencia, y Susona supo que sus oídos no la engañaban. Nuño la buscaba en un callejón cualquiera de la judería, entre todas aquellas
almas descarriadas.

Se le antojaba una ensoñación, una treta vomitiva del diablo,
que nuevamente la tentaba a seguir el sendero equivocado, el que
la alejaría de las puertas doradas que San Pedro custodiaba. Por
unos segundos quedó inmóvil, petrificada ante la imagen que
se desarrollaba ante ella: la figura parduzca de Nuño, recorta-

da por la claridad de la áurea y peregrina mañana, se abría paso entre la multitud. Al distinguir la mugre en sus facciones, el horror dibujado en aquella boca que tantas veces había besado, comprendió que no había intenciones deshonrosas en él. Que era la necesidad lo que lo espoleaba, y que la espada que empuñaba tenía otro objetivo más allá de su cuello desnudo.

Debía de estar muerta para haber sido bendecida con una oportunidad así, con el Guzmán regresando a sus brazos, estrechado contra su pecho, coronado de nuevo por una guirnalda de rosas que eran símbolo del amor.

—¡Susona! —Su nombre volvía a poseer el dulzor de la miel.

Le temblaron los pies al divisarlo acercándose. Un paso más y habría menos personas a las que sortear. Un paso más y la distancia habría mermado. Un paso más y podrían extender las manos y rozarse con la punta de los dedos. Un paso más y podrían abrazarse hasta que sus costillas se enredaran.

—Nuño… —murmuró, todavía ocupada en digerir que su efigie era real y no un espejismo que el diablo había convocado para condenarla al fuego eterno.

Él volvió a reclamar su presencia con un gruñido gutural, y a Susona se le cuartearon los labios al esbozar una sonrisa plena, dichosa, que rayaba en lo ufano, una mueca que hacía demasiado tiempo que no lucía en su rostro. Dio un paso al frente, dispuesta a reunirse con su amado; de pronto, un tirón en su antebrazo la retuvo. Catalina la miraba con las pupilas dilatadas.

—Sigue siendo un traidor —le recordó la vieja aya—. Mirad lo que ha creado con su mano desnuda, con su lengua bífida, sus promesas vacías y sus palabras sibilinas. Nos ha traído la muerte.

Susona se giró no más que unos segundos para observarlo. ¡Ay, cómo había desmejorado su aspecto desde la última vez que se habían encontrado en la encrucijada, y qué glorioso a la par que bello! Ella también había sufrido los dolores de esa separación, ahora era todo huesos y un corazón que a duras penas tamborileaba. La vida los había maltratado desde que sus caminos se habían bifurcado.

Chasqueó la lengua y dijo:

—Entonces hemos de ser traidores juntos y por separado, la culpa se come la culpa, y mi traición, la suya y la suya, la mía.

—Vos no sois como él. —Las palabras manaron entre sus añejos dientes—. Es un Guzmán, un hombre sin palabra, una serpiente que muerde y envenena.

—¡¿Y qué hay de mí?! —lloró. Con una furia silenciosa se enjugó las ardientes lágrimas que corrían barbilla abajo, mas no cesaron de precipitarse desde sus ojos vidriosos—. Por mis faltas, ¿no soy merecedora de idéntica consideración?

La nodriza negó.

—Vos sois inocente, por joven doncella y por ingenua. No sois la primera en haber caído en los viejos trucos de ciertos malnacidos que simulan ser caballeros. —El desprecio le ardía en la lengua—. El Guzmán os cortejó con mentiras y lisonjas, os engañó y os abandonó. No os ama más de lo que os amaría el cardenal Mendoza.

—Os equivocáis. —Su sonrisa se ensanchó y las gotas saladas regaron sus labios, sus dientes, sus encías—. Sí es amor.

Una noche se lo había jurado a Nuño, que sí que era amor, y que por esa bendita razón soportaba estar ahí, refugiada entre las sombras y la ignominia que pudieran acarrearle aquellos encuentros clandestinos.

Catalina no lo veía o no lo quería ver, pero ahí estaba Nuño, el primogénito del duque de Medina Sidonia, el que un buen día habría de heredar, quien, aun quemándole el suelo que pisaba, pues no era bien recibido, había osado internarse en esas callejuelas, a riesgo de morir. Y todo por ella.

Daba la sensación de que se postraría de rodillas y le besaría cada uno de los dedos de los pies con el fin de demostrarle la devoción que sentía, creyendo que solo así obtendría la redención.

—Venid conmigo —insistió la anciana.

Ya se le había presentado esa opción, la de elegir entre la lealtad a los suyos —su hogar, sus deudos, sus allegados, sus amistades, sus ancestros— o a Nuño. Y lo había escogido a él. Ahora, al contemplarlo mortificado, asustado, maltrecho, rodeado por esa vorágine incansable de enemigos que mataban y eran matados, reparó en el poco parecido que guardaba con el hombre del que se había enamorado. Sin embargo, estaba convencida de que su Nuño permanecía ahí, bajo capas y capas de suciedad. Ella lo traería de vuelta.

Una y mil veces, su elección sería el Guzmán.

—La vida se confecciona a partir de decisiones, mi querida aya, y, ciega de amor, yo he errado en todas. De haberme acuchillado los ojos habría gozado de mayor lucidez, mas sigo teniendo el don de ver y ya he presenciado demasiados horrores. —A su alrededor la destrucción era tal que por unos instantes hubo de cerrar los párpados—. Desconozco si mi corazón late en el deseo de amarle o asesinarle por la muerte de mi padre, pero si cercara su cuello con mis propias manos, entonces él habría de estrangularme con las suyas.

Sus dedos se desmadejaron, Catalina emitió un gemido de contrariedad paliado por el rugido de las gargantas de quienes huían. Nuño era serpiente y víbora, había tentado a su tierna niña, y ella, tan ingenua, tan ilusa, había mordido la manzana. La ponzoña no tardaría en derramarse por sus venas. A Susona no la matarían ni cristianos viejos ni conversos. La mataría el tal Nuño de Guzmán.

Decidida, Susona corrió hacia él. Esquivó los cuerpos de los caídos, a los niños que, confundiéndola con sus madres, se aferraban a los bajos del brial ennegrecido, a los que se dirigían hacia la callejuela por la que muchos escapaban, alentados por la mujer que el Guzmán había salvado. Esquivó a familias enteras, a enamorados, a ancianos y a jóvenes. Esquivó a vecinos y a otros que no recordaba haber visto más que en un par de ocasiones en la parroquia de la collación o en los comercios colindantes de la Puerta de Minhoar.

Y Nuño, sabiéndose anhelado por aquellos brazos desplegados, saltó a enormes zancadas, llevado por el deseo de fundirse con ella.

Habrían colisionado como lo hacen dos espadas que se encuentran en mitad de una embriagante liza, de no ser porque una hoja rutilante apareció por la diestra y la mano que la asía —en todos términos cristiana vieja— la hundió en su flanco. El Guzmán abrió los ojos, sorprendido, desconcertado, paralizado por el dolor en cuanto sintió la mordida en sus carnes, el frío del acero penetrándole en las entrañas.

Susona estalló en un lamento agónico.

48

Con las vestiduras de mozo de cuadras lo habían confundido con un hombre cualquiera perteneciente al común. Era difícil reconocerlo como un Guzmán cuando no quedaba ya ni un ápice de ese apellido de alta alcurnia en él. No parecía un Guzmán. Hacía mucho que había dejado de comportarse como lo haría don Enrique de Guzmán. Y, por encima de su amor a Susona, de su desobediencia y su huida en aquella madrugada de cielos áureos, no había mayor muestra de rebeldía ante su padre que esa: renegar del nombre, de la cuna en la que había nacido.

Una sonrisa —mitad fragmentada, mitad satisfecha— se abrió paso en sus labios al pensar en él, en el honorable duque de Medina Sidonia, en cuál sería su reacción al recibir la terrible noticia, que su primogénito había caído en el ataque a los conversos, dentro de los límites de la judería. De una cosa estaba seguro, Enrique de Guzmán no lloraría, ni siquiera creía que pudiera convocar sentimientos lo suficientemente intensos para que le brotaran las lágrimas. Probablemente buscaría al culpable de la cuchillada que tanto le escocía, y ya encontrado, obraría justicia, si es que podía denominarse como tal. Nuño ya no entendía el significado de esa palabra, «justicia», no sabía si en algún momento lo había hecho.

Y luego, para limpiar cualquier mácula que pudiera salpicar su linaje, lo elevaría a la posición de mártir, un estado al que su bienamada madre se aferraría acuciada por la desesperanza. Porque un Guzmán muerto por una buena causa es preferible a un Guzmán beodo y necio que ha perdido el juicio por un amor maldito.

Se taponó la herida con urgencia, como si el mero hecho de apretar la carne sajada fuera a aliviar el tormento. Al bajar la mirada halló su propia mano bañada en la pegajosa sangre y, fruto del debilitamiento, las rodillas cedieron y, pidiendo tierra y reposo, se anclaron al suelo.

No identificó al ejecutor del cortante acero, había pasado por su derecha cual exhalación escapándosele de los labios entreabiertos. Lo que sí observó fue el rostro demudado de Susona, le recordaba a las mujeres hilvanadas en los tapices que colgaban de las paredes del castillo de Santiago. Y entonces ella abrió la boca y gritó con una rabia y un pavor que habría ahuyentado al más aguerrido caballero. Aun con el rictus de tragedia pintado en sus facciones, a Nuño se le antojaba la mujer más bella.

Con los ropajes de luto remangados, desgarrados por la huida y los tropiezos, Susona echó a correr. No hacia él, sino tras él. En la mano portaba el mellado cuchillo que siempre la acompañaba, debía empuñarlo con una ira que la empantanaba, pues llevaba los dientes apretados y el ceño fruncido.

Nuño no se atrevió a girarse, pese a que necesitaba confirmar que Susona se hallaba a salvo en ese acto febril y suicida. El dolor era tal que se mantuvo ahí, encogido al invadirle una nueva oleada.

Recostado sobre la dureza del suelo, se sentía un recién nacido mecido por su madre o su nodriza, acogido a la protección de una cuna de madera y una cálida manta. Pero el calor corporal se fue desvaneciendo a medida que discurrían los segundos, y fue sustituido por una gelidez que le arrebataba el aliento. La sangre derramada lo encharcaba.

Para mantenerse en el mundo de los vivos, hubo de concentrarse en lo que discurría a su derredor. Se fijó en la rapidez de los centenares de pies que lo evitaban para no tropezar con él, en las pantorrillas de quienes luchaban por alcanzar la callejuela por la que muchos trataban de escapar, y aguzó los oídos para captar los sonidos que lo circundaban, el arrastrar de los pasos de Catalina, que se acercaba a duras penas, el rugido de la garganta de Susona, que asemejaba un gruñido animal.

Susona se había abalanzado sobre el responsable de la puñalada, quien, ocupado en esa espiral de masacre se vio sorprendido por una jovencita que mordía con ferocidad y de cuya boca rosada surgían ofensas e improperios como los sapos emergen de la de los infelices pecadores. El hombre no tuvo tiempo de reaccionar, se le había echado encima y, en un inusitado alarde de valentía, le hundió el cuchillo en uno de los flancos del cuello.

Dícese que las mujeres hermosas son las que entrañan más peligro. Dada su belleza, Susona de Susán había de ser el peligro personificado.

Completamente cegada por la sed de venganza, la hoja del puñal penetró en la carne del cristiano viejo que había osado confundir a Nuño —su Nuño— con uno más entre el vulgo. Una y otra y otra vez, siempre en alguna zona libre de la garganta. Y así fue hasta que con los ojos abiertos y sin hálito alguno, rindió el alma. Y ella se encontró con que había cometido el más terrible de los pecados: por primera vez había matado a alguien usando sus propias manos. Y no sentía arrepentimiento alguno.

Nuño, ajeno a los acontecimientos, solo oyó los aullidos, que bien podrían haber sido de cualquier persona de las que allí se congregaban. Jamás habría pensado que Susona, tan gentil como se insinuaba que era, se hubiese cobrado la vida del hombre que había atentado contra la suya. Y es que a menudo subestimamos la fuerza de quien ama y la pasión con la que se defiende al ser amado.

Paulatinamente, Nuño había ido perdiendo la noción de lo que lo rodeaba. Ahora solo apreciaba un eco imposible de distinguir, un murmullo lejano, como en estado de duermevela, en que no se distinguen los sueños de la realidad. Se había perdido en una neblina grisácea y únicamente visualizaba el rostro de Susona, tan parecido al de la Virgen María.

—Amado mío... —Cayó de rodillas junto a él.

Nuño hizo un soberano esfuerzo por alzar la vista. La recompensa fueron esos ojos grises que desbordaban lágrimas que le abrasaban las mejillas arreboladas. Al distinguirla cubierta de sangre, con el acero mellado todavía empuñado, reparó en que no era la suya la que la teñía de carmesí, pues tenía la faz salpicada de gotas, sino la de otro hombre, uno ya muerto. Uno al que ella había matado.

Siempre había creído que Susona estaba maldita, ahora sabía que, siendo capaz de cometer tal vileza por él, así era. Y la amaba aún más. Nunca pensó que pudiera amarla más de lo que ya la amaba.

Susona le colocó la cabeza sobre su regazo para acomodarlo mejor y, con la mano impregnada de sangre de cristiano viejo, buscó a tientas la laceración que los dedos de Nuño cubrían. Al sentir el contacto, el malherido Guzmán se retorció y cuando aligeró la presión para cederle el puesto, gimió. En el preciso y efímero momento en que el daño quedó al descubierto —vestiduras rasgadas por el picotazo de la hoja de la espada, carnes abiertas—, la joven se sintió desfallecer.

Ni el más hábil cirujano ni la más diestra filera habrían podido remendar semejante destrozo. Aguja e hilo de nada habrían servido.

—Susona —pronunció su nombre con una ronquera que la asustó.

—Estoy aquí —le dijo ella antes de apartarle uno de los mugrientos mechones de la amplia frente—. Estoy aquí, amor mío.

Y el Guzmán asintió.

—Os suplico vuestro perdón pese a no merecerlo, así como no merezco el amor con el que he sido bendecido —murmuró con el sabor ferroso en la boca y los dientes.

Ella negó, empapada por las lágrimas que le enturbiaban la

visión. Hubo de exhalar un ligero suspiro y sorberse la nariz para encontrar la forma de responder a esa clara despedida.

—No malgastéis fuerzas en hablar de un pasado que ha quedado tan lejano que no podemos divisarlo.

—No deseo partir sin vuestro perdón —insistió.

Las manos de Nuño se enredaron con las de Susona, que aún taponaban el flujo sanguinolento que escupía su estómago y encharcaba los ropajes hasta dejarlos pegajosos y pesados. De no haber vestido de negro los habría coloreado, pero al haber sucumbido al duelo, estos simplemente se volvían de una oscuridad casi agorera.

—Siempre ha sido vuestro.

—Entonces dádmelo —le imploró.

Susona elevó la cabeza. Durante unos instantes miró al cielo matutino y apretó los labios para que el chillido de angustia que le raspaba el pecho no brotara. Sollozar en silencio le producía convulsiones.

—Cuando llegue a las puertas de San Pedro quiero hacerlo liviano, ligero, al igual que un niño recién nacido. —Al oírlo Susona, posó nuevamente su mirada en él—. Puro, inmaculado, límpido de cualquier pecado y error cometido pese a no haber confesado todas las maldades que cargo sobre mis hombros.

—Las puertas de San Pedro no se abren para aquellos que aún no han de cruzarlas. —Besó su nariz y al agacharse, un quejido de dolor de Nuño la devolvió a su posición inicial. No se movió más por miedo a intensificarle el padecimiento—. Dios no os ha convocado en esta triste mañana.

Eran la imagen de la Virgen que sostiene el maltratado cuerpo de Cristo, que derrotado ha descendido de la cruz y ella llora sobre la carne ya azulada de un cadáver que recordaba como hijo, y ahora solo es eso: carne.

Nuño de Guzmán pronto dejaría de ser Nuño de Guzmán. Y eso era algo que Susona no podía soportar.

—Ni siquiera vos podéis dictarle a Dios cuándo ha de reclamarme. No impidáis mi partida, no la lamentéis, que mi mayor penuria es dejaros aquí desamparada. Solo deseo que os apiadéis de esta alma de pobre hombre enamorado que os traicionó creyendo hacer lo correcto y ha desencadenado un fuego infernal que ha costado y costará vidas, entre ellas la mía. —Esbozó una sonrisa torcida—. Es un precio justo que pagar.

—¿Acaso no hemos pagado ya suficiente? ¿Tan caro es el amor que nos profesamos que habéis de morir entre mis brazos?

—Ese es el final de los trágicos amantes… —Un exceso de tos le sobrevino, era como si estuviera a punto de vomitar los pulmones. La sangre expulsada le manchó la barba—. Deberíamos haber sabido que era imposible, encomendarnos a Dios, tomar los hábitos y dedicarnos a escribir poemas.

—Lo habría hecho. Por vos me habría alejado de la vida del lego y jurado los votos.

El Guzmán lo sabía, Susona habría hecho lo imposible por satisfacerlo, hasta traicionar a su padre, sus deudos, vecinos y allegados. Y él le habría correspondido, aunque quizá ya fuera tarde para mencionarlo. De haber tenido la oportunidad, de haber sido más sagaz, más raudo, menos egoísta y necio —la culpa era suya—, lo habría abandonado todo para fugarse con ella.

Susona le lloraba encima, sin hacer ruido. Pensaba que si lo bañaba con sus lágrimas, si lo restregaba con ahínco y suavidad con esa penosa agua que vertían sus ojos anegados, podría borrar los destrozos causados, la suciedad adherida a su apuesto rostro, las marcas que el alcohol le había dejado y la soledad tallado.

Una última cuestión corroía a Nuño antes de partir, una que solo podía aliviar Susona, así pues se lamió los labios y se dispuso a preguntar:

—¿Me amáis?

Algo en el fondo de su pecho, allí donde ella habitaba, le decía que sí. Que jamás habría podido dejar de hacerlo. Que todo lo que el cardenal Pedro González de Mendoza le había dicho con respecto a Susona no era más que una vil mentira, que no había sido su intención encamarse con ningún otro noble caballero para encumbrarse en la sociedad, que no había jugado con él, que no había fingido deshacerse en afectos.

—Mucho.

—¿Cuánto es mucho? —quiso saber Nuño.

La amarga sonrisa de Susona se le clavó en la herida abierta, recordatorio de aquella vez en que le preguntó cuánto la amaba y él supo que lo suficiente para prender fuego y extinguir guerras, las que estaba a punto de provocar.

—Lo suficiente para partirme el cuello y rajarme la garganta antes de que se os cierren los ojos, amado mío. Lo suficiente para marcharme con vos allá donde vayáis, aunque sea al mismísimo Infierno. Os seguiré aferrada de la mano, como siguen los perros a sus amos, los niños a sus madres, las briznas de hierbas a la brisa estival. Os seguiré como se siguen las golondrinas.

Aquella confesión le concedió una suerte de calma que hacía mucho que no lo embargaba. Aquella sensación casi le era ajena.

Elevó los dedos hacia su rostro y, al rozarlo para grabar en su memoria la belleza de Susona, le pinceló la mejilla de rojo sangre, trepó por su nariz y pintó sus párpados, y luego descendió por sus labios hasta dotarlos del color de las más jugosas granadas. Perfiló cada una de sus amadas facciones. Y ella, al borde de la desesperación, le besó el reverso de la mano.

Nuño se sentía adormecido, acompañado por una nana que solía entonar su madre cuando ante la cuna bordaba a la luz del día, cerca de la ventana. ¿Canturreaba doña Leonor de Ribera y Mendoza o era Susona? ¿Era su voz lo que lo alejaba del mundanal ruido?

—Quedaos conmigo —murmuró Susona al atisbar el aleteo de las espesas pestañas—. Quedaos conmigo. Por Dios bendito, os lo ruego. —Reposó la cabeza sobre el cuerpo de su amado y sucumbió a los estertores del llanto.

Para el Guzmán, sin embargo, todo era oscuro y frío, y sus palabras se habían convertido en el silbido del viento.

La sangre se mezcló con las lágrimas y Nuño supo que había

recibido el perdón que tanto anhelaba. El de Dios aún estaba por ver.

Tenía muchas preguntas que hacerle y exigiría muchas respuestas, pues sus dudas se habían acrecentado al haber sido testigo de tan salvaje crueldad. Era cierto que una vez muerto no es que las necesitase, mas le placería en gran medida que el Altísimo le desentrañara el verdadero significado de la vida, y así comprender el porqué de tanto dolor. Y más importante aun, querría requerir de él un gran favor: que en su grandísima benignidad le otorgarse la posibilidad de admirar el Infierno desde el Paraíso. Porque si de algo estaba seguro era de que Susona no cruzaría las doradas rejas de San Pedro.

Susona de Susán ardería en la hoguera de la morada de Satán, y él no podría sobrevivir una eternidad sin admirarla, aunque fuera desde lo lejos.

49

Las prioridades difieren cuando observas impotente cómo un ser querido se debate entre la vida y la muerte. Arañarle minutos a esta última, a sabiendas de que es el destino final y siempre se presenta triunfante, es lo más parecido a excavar en tierra pedregosa, de entrañas secas, y esperar encontrar agua. Lo único que hallarás será sed y sangre en las manos callosas.

Susona desconocía qué era más doloroso, ver a Nuño contraer nupcias con doña Elvira Ponce de León o alejarse del mundo de los vivos a causa de aquel mordisco que le había abierto la carne del costado. Lo segundo. Definitivamente, lo segundo. En aquellos momentos, los nobles esponsales se le antojaban un daño menor, un obstáculo que podrían haber sorteado como tantos enamorados que se habían visto abocados a la separación. Ni amarres ni filtros amorosos. La categoría de amante ya no le resultaba tan incómoda ni degradante, la habría aceptado, si bien es cierto que con algo de resistencia. Por él habría sido aquella que, silente, aguarda en las sombras y lo recibe en su lecho para adorarlo y, luego, dejarlo ir con la mujer a la que le habían encadenado.

Podría haber sido solo eso y habría sido mejor que ser quien sostiene su esqueleto.

Abrazada a su cuerpo aún latente, Susona lo inundaba todo con su llanto de aguacero.

—Quedaos conmigo. Quedaos conmigo, amor mío, os lo suplico —repetía una y otra vez mientras a su alrededor decenas de personas, ajenas a su padecimiento, corrían en busca de una salida. Solo veían a una joven que acunaba al que debía de ser su marido, la judería estaba perlada de viudas.

En uno de esos abrazos reparó en la escarcela del cinto, le sorprendió que la portara consigo, era evidente que aquellos ropajes que lo vestían no eran propios. La abrió con sutileza, la respiración contenida por si había errado en lo que a sus recuerdos se refería, mas no fue así; en su interior descansaba una trenza de guedejas negras que se había ido deshilachando.

La llevaba consigo, siempre la había llevado consigo. Había tratado sus cabellos sesgados de reliquia, como el peregrino que piensa únicamente en llegar al santo lugar en el que postrarse para besar los huesos del mártir.

Y entonces la intensidad de su llanto se acrecentó aún más.

—¿No habrá remedio alguno para sanarlo? —Susona elevó el rostro, los dos surcos salados que lo atravesaban eran manchas parduzcas—. Así como mi sangrado en su bebida y su comida puede atar su corazón, ¿no habrían mis lágrimas de curarle los males?

La esperanza es el alimento del alma, Catalina bien lo sabía.

—No podéis.

Ahí de pie, la vieja aya que había caminado la distancia que los separaba rezongando observaba con atención la deprimente escena. El rictus de desprecio que hacía un par de minutos le había convocado el Guzmán se había tornado una mueca de tristeza. Yacía en el suelo, desparramado, vomitando sangre por la boca y el estómago, y Susona lo lloraba a mares. No era la primera vez que lo hacía, pero sí la primera que lo hacía porque se lo arrebataban de la forma más cruel posible, y nada tenía que ver con los deseos de otra fémina.

—¿Y devolverle la vida?

—¿Acaso poseéis ese poder? —inquirió.

—¿Y la alcahueta mora?

Catalina exhaló aire por los orificios nasales y, apesadumbrada, chasqueó la lengua. Sus siguientes palabras fueron una importante lección que Susona ya debía haber aprendido después de experimentar el duelo.

—Los muertos son muertos, no hay quienes los levanten.

Susona se sorbió la nariz, con cada aleteo de las pestañas un reguero de lágrimas se precipitaba sobre sus mejillas. Contempló a Nuño, los labios entreabiertos apenas despedían hálito alguno, el pecho ya no se mecía en un plácido sube y baja.

Ni cuando se tornara calavera perdería la belleza de los Guzmanes.

—Ay, si pudiese entregar mi vida para que la suya continuase intacta, bien gustosa lo haría.

—No fue eso lo que deseasteis cuando vuestro padre sucumbió a las llamas. —Había cierta tirantez en la voz de la anciana. Pese a que detestaba su linaje y su apellido, el fallecimiento de un hombre tan joven le suscitaba lástima. Sin embargo, Diego de Susán había sido Diego de Susán, y ella siempre sería fiel al que fue su señor.

—Porque nunca tuve su cuerpo para amortajarlo, mas este cuerpo es mío y lo velaré hasta que la muerte me reclame —susurró mientras le prodigaba tímidas caricias.

—Este tampoco os lo cederán. Los Guzmanes lo querrán de vuelta a sus tierras, ya tendrán una tumba en la que enterrarlo con la dignidad que le corresponde.

—¡No! —Mostró dientes de perra rabiosa.

—No sois su esposa, no habéis matrimoniado.

—Es mío. Nos declaramos amor eterno y público, intercambiamos ofrendas como muestra de ello. Nuño es mío en cuerpo y alma. Mío y de nadie más. Me pertenece. —Mordería a quien se atreviera a acercarse para llevárselo.

El manto carmesí que los bañaba se iba esparciendo, remojando sus vestiduras, haciéndolas más pesadas. Todo se teñía del zumo de las moras pisoteadas, aquellos frutos diminutos que Susona solía robar de pequeña y devoraba sin pudor para luego negar haberlos probado.

Susona se relamió los labios y paladeó el líquido que los había empapado. Sabía tan dulce que su boca se contrajo en una mueca de asco, de repente deseó que tuviera el amargor de las naranjas que salpicaban los árboles de la judería en primavera. Ojalá regresara la templada primavera y ella le confeccionara una tiara de rosas, y él le recitara versos inventados rememorando a los poetas provenzales.

—No puedo verlo morir. —Cerró los ojos—. No puedo verlo morir entre mis brazos.

—No tenéis por qué hacerlo —dijo, consciente de que ya no podría arrancarla del lado del caballero cristiano, de que si era menester allí mismo echaría raíces.

Al abrir de nuevo los párpados, todavía con la visión vidriosa de la figura de Catalina y la efigie emborronada de Nuño sobre su regazo, Susona percibió su destino con una claridad espantosa. Entendió que no serían sus vecinos los que sajarían su cabeza para colocarla encima de las letras sanguinolentas que la declaraban traidora, así como no sería la venganza lo que la haría empalidecer hasta adquirir la blancura de los huesos astillados.

El amor y solo el amor la llevaría a despojarse de la vida.

Se reconocía en la calavera de sus sueños, en la amplia frente, en los altos pómulos, en la sonrisa taciturna que observaba a los habitantes de la judería desde allí arriba, impertérrita.

—Habéis de matarme —ordenó con una fría serenidad. De repente las lágrimas habían dejado de arrasarle las mejillas.

La vieja nodriza observó el solitario cuchillo que reposaba sobre el brial enlutado, en algún momento sus frágiles dedos lo habían soltado, demasiado ocupados en recorrer las facciones del Guzmán.

¿Así era cómo iba a finalizar todo, con un puñal de hoja mellada, con una mano cuidadora ejecutando el trágico final?

—No seré yo quien os dé muerte —declaró el aya.

—Si me queréis como la madre que habéis fingido ser, debéis cumplir con lo que os pido. Matadme antes de que sienta su última exhalación y su cuerpo sea una cáscara vacía y su alma parta sin mí. Matadme para que pueda seguirle allá donde vaya, no sea que me pierda en el camino y transcurra una eternidad sin encontrarnos.

—Las madres no matan a sus hijas.

—Lo hacen si el hambre les muerde el estómago y las deja en los huesos, si la febrícula las vuelve dolientes, si adolecen. Se apiadan de ellas. Lo hacen para ahorrarles el sufrimiento, para no contemplar, impasibles e inútiles, cómo sus hijas sucumben.

—Las madres no matan a sus hijas —repitió sin apartar la mirada de los ojos inundados de la joven y el cuchillo que descansaba a su lado.

—¡Entonces no seáis mi madre, sed mi aya! —aulló desesperada—. Sed mi buena y dulce aya que va a concederme el deseo que tanto le ruego. Si os negáis, yo misma lo haré —la retó con una furia glacial—. Si es necesario me rajaré la garganta con mis uñas.

Por Dios que lo haría, que cuando ya nada se posee, cuando no existe nada más que perder, ¿qué te empuja a seguir luchando?

Susona estrechó a Nuño un poco más contra su pecho, como si aquejara de la misma herida en el costado. Cuando de la garganta de este nació un débil gemido de dolor, ella arreció en un llorar virulento que lavó la suciedad que lo tiznaba —las lágrimas también purifican el ánima—, y lo besó en los párpados cerrados, una caricia casta y pura.

—Mi promesa a vuestro padre fue amamantaros, cuidaros, salvaguardar vuestra honra y protegeros de todo aquel que quisiera causaros mal alguno. Y ahora pretendéis que sea yo la que tome el arma que siempre habéis de portar y os apuñale. No. No. No.

Y mil veces serían no.

Vacilante, Catalina contempló de nuevo el peligroso acero, y Susona supo que pedía demasiado, que el amor tenía un límite y que había dado con el de su anciana aya.

—Perded cuidado, yo lo haré. Yo lo haré.

Alargó la mano hasta dar con la daga, todavía manchada de la sangre del cristiano viejo que había atacado a Nuño. Con la tela del brial limpió la hoja, no fuera a ser que se mezclasen, que de todos era conocido que los de ascendencia judía estaban contaminados. Y ella no quería desgarrarse el cuello con sangre de quien la despreciaba, pero sobre todo con aquel que se había llevado por delante a su amado.

—Mi querida y dulce niña —murmuró Catalina, que fue a acuclillarse enfrente de ella, mas sus articulaciones y el gesto de Susona la detuvieron.

—Os libro de la culpa de no cumplir con vuestra palabra para con mi honorable padre. No podéis protegerme de mí misma, a veces somos nuestro peor enemigo, el que más dolor nos inflige. A cambio solo os pido que hagáis una última cosa.

»Para que sirva de advertencia a los jóvenes en testimonio de mi desdicha, mando que cuando haya muerto separéis la cabeza de mi cuerpo y con un clavo la sujetéis sobre la puerta de aquel que fue nuestro hogar. Que quede allí para siempre jamás. Esa es mi voluntad.

Catalina hubiera preferido taponarse los oídos antes que escuchar semejante salvajada.

—Tamaño castigo a vuestra memoria. Las mujeres ya recibimos punición suficiente a diario para que la alarguéis hasta la posteridad. Vuestro nombre mancillado.

—Amar sin reservas conlleva un precio.

—¿Amar o traicionar a los vuestros?

Susona emitió una risa rasguñada de ironía. ¿Acaso había diferencia entre un crimen y otro? Había condenado a tantos inocentes con su ceguera de enamorada, que ya no sería recordada como la Bella o la Fermosa Fembra. Lo que quedaría de ella serían sus huesos a la intemperie y su maldito nombre. Susona de Susán, hija de Diego de Susán, traidora de la judería, amante de un Guzmán.

—Prometedme que lo haréis —insistió—, que me colgaréis

ahí arriba hasta que sea calavera para así prevenir a los tornadizos amantes para que sean leales.

A Catalina no le quedó más que asentir. A los moribundos no ha de negárseles su último deseo. Y ella habría sido incapaz de negarle nada a la pequeña que había guarecido bajo sus faldas.

—Sea.

Y así, como Cristo conocía su aciago destino y lo cumplió, sabiéndose crucificado, Susona se encaminó hacia el suyo propio: la calavera marmórea y pendente.

La empuñadura del cuchillo le hería la palma de la mano, tan fuerte lo asía, y titubeando lo acercó a su grácil cuello. Ya notando la afilada hoja sobre la piel, hubo de encontrar valor suficiente para proseguir, por eso desvió la mirada hacia el malherido Nuño, que se enfriaba a medida que el tiempo discurría. Ay, que sus labios parecían haberse amoratados, seguro que estaban helados, al contacto con un beso se volverían escarcha.

Unos instantes más. Solo había de esperarla unos instantes más para partir y cruzar juntos hacia la morada de Dios. En silencio le suplicó que no marchara sin ella, que aquella sería la peor afrenta.

Susona apretó el acero y, con la vista fija en la prudente y vieja Catalina, dibujó una fina línea de sangre sobre su garganta. Abriose la carne y las gotas que brotaron asemejaban rubíes engarzados en un collar invisible moteándole el escote, lloviendo sobre el Guzmán.

Las cuitas se le antojaron un eco lejano, la dorada luz que irradiaba el sol y había entintado el cielo se intensificó hasta confundirse con el oro puro que viste a los santos, y una paz abrumadora la invadió.

Qué acertado había estado su padre aquella mañana del 20 de noviembre de 1480. Si Susona le hubiera preguntado a la calavera de sus sueños qué era lo que deseaba, qué era lo que quería, esta le habría respondido. Y en ese «nada, pues nos somos vos, y vos sois nos», habría encontrado la verdad más amarga.

Que ella ya estaba muerta.

Epílogo

Los gatos tienen siete vidas, las serpientes, dos más. Nuño era un Guzmán y el blasón de los Guzmanes estaba formado por doce víboras que reptaban cantarinas de las calderas jaqueladas que las contenían. Nadie ha de fiarse de las serpientes, si no envenenan, devoran; si no devoran, estrangulan. El peligro no siempre reside en los colmillos que muestran en un alarde de coraje para desafiar a su adversario. Las serpientes son traicioneras, de naturaleza pérfida, ladina. Era irónico que la familia de Nuño de Guzmán y el propio Nuño de Guzmán no se vieran reflejados en esas aptitudes que habían adoptado desde la cuna, allá por el nacimiento de su linaje.

Nuño pagó con ocho de sus vidas aquella trágica mañana. Y la novena, la conservó.

El salón en el que se celebraban los esponsales había sido engalanado para la ocasión, revestido de pompa y boato para anunciar la unión más esperada, la de las familias más ilustres del reino de Sevilla: los Ponce de León y los Guzmanes. Los cónyuges y sus deudos más cercanos presidían el festejo desde la mesa nupcial, que había sido dispuesta encima de una tarima; un bonito dosel los enmarcaba y la iluminación de los candiles hacía resplandecer las joyas que portaban arrancándoles un brillo cegador y aportando un aura mágica.

Para acoger a los muchos y excelsos invitados que habrían de compartir tan entrañable momento, en los laterales —al ras del suelo alfombrado con hierbas perfumadas y flores secas que aún desprendían un agradable aroma— se sucedían otras dos interminables mesas, en las que todos habían sido colocados según su rango.

Encima de los finos manteles y la vajilla de metales preciosos yacía grabado el escudo de armas de los Guzmanes, y sobre este reposaban exquisitos manjares. Con un banquete de cuatro servicios en el que predominaban los asados —majestuosos pavos reales cuyas plumas de vivos colores continuaban adornándolos, níveos cisnes y faisanes de generoso tamaño, además de carneros y ternera—, el vino corría sin parar. El mejor vino para el ansiado desposorio, y con ese vino en la copa jugueteaba Nuño, observado de reojo por su nueva esposa, doña Elvira Ponce de León, situada a su diestra.

La joven lo examinaba discreta, con una mirada más pueril que curiosa y una sonrisa sin dientes analizaba cada uno de sus gestos adormilados, lejanos, pues en mitad de la algarabía, del sonido de las arpas, de los cantos angelicales, de las risas atronadoras y los aplausos festivos, Nuño vivía en la ausencia. Elvira dudaba de que algún día despertara de la ensoñación en la que se hallaba sumido; por más que le hablaba, él solo respondía con un «mmm» insípido, parecido al que balbucean los dementes o los prisioneros torturados a los que les han arrancado la lengua con tenazas al rojo vivo. Pero ella suponía que un marido ausente era mejor que no tener marido, aunque este fuera un Guzmán ausente.

Su buena madre —doña Inés de la Fuente— le había aconsejado que fuera cauta y amorosa, una esposa compresiva, cuidadosa, dedicada y obediente, una esposa cristiana, una buena esposa. Porque Nuño había fallecido para regresar de entre los muertos, resucitar como Jesucristo, y eso demostraba la bondad y fortaleza que residía en su corazón y, sobre todo, que Dios tenía reservados grandes planes para él.

No obstante, el roce con la muerte y el reino de los cielos había dejado en él estragos profundos. «No os preocupéis —la había prevenido el galeno converso llegado desde Niebla por orden del duque de Medina Sidonia—, la guerra deja impronta en el alma de los hombres. Solo necesita un merecido reposo, un poco de paz y una comida contundente que reviva su espíritu y su cuerpo». Mas Nuño no había recuperado el ímpetu que tanto lo había caracterizado, como tampoco su vigor.

Desde que uno de los alguaciles lo había encontrado a punto de exhalar el último aliento entre la marea de cadáveres, en una de las laberínticas calles de la judería, su vista se perdía en un horizonte inalcanzable. En aquellos momentos contemplaba con ojos vidriosos la puerta principal del gran salón, abierta de par en par, daba la impresión de que en su interior se removía algo, deseoso de escapar.

Piadosa, Elvira Ponce de León acarició con sutileza y pudor su mano, que descansaba sobre el mantel más estrecho, donde se limpiaban boca y dedos manchados por la grasa de las reses y las salsas dulces y afrutadas.

—¿Disfrutáis de la celebración? —se interesó. Semanas atrás, se le habrían teñido las mejillas del color de la grana, pero había enterrado parte de la vergüenza al saber que Nuño no respondería como esperaba.

El Guzmán ni siquiera sacudió la cabeza.

—Mmm… —fue su única contestación.

Elvira palmeó su mano en un gesto de cariño y le dedicó una sonrisa quejumbrosa que podría haber agriado el vino. Era una lástima que no la viera, la miraba pero no la veía, quizá nunca la había visto, ni siquiera cuando se conocieron, no de verdad. Se había ataviado para la ocasión más especial en la vida de una mujer, su enlace matrimonial, de ahí que vistiera el brial más deslumbrante, exquisitamente confeccionado, y las alhajas más rutilantes, muchas de ellas regalo de los Guzmanes con motivo del compromiso. Siendo así, le habría placido recibir un elogio de su persona, aunque fuera fingido e insulso, sin embargo, al aparecer en la capilla, Nuño ni siquiera había pestañeado, como si ella no estuviera delante, como si fuera invisible, un triste espectro.

Llamó al copero, que se acercó para atenderla. Antes de que el oficial de mesa pudiera extender el brazo para escanciar el vino, Elvira se hizo con la jarra y rellenó un poco más la copa de su marido, a quien instó a beber. Él cumplió, pese a que apenas había probado bocado, la pierna de cordero descansaba sobre su pulcro y resplandeciente plato.

La mirada de Elvira se encontró con la de Sancho, también clavada en Nuño, ¿o era en ella? Descubriéndose ruborizada, con un inusual calor trepándole por el cuerpo, apartó los ojos de la figura de aquel que había sido un niño de cabello pajizo y que un buen día se había ofrecido a secarle las lágrimas. Ojalá le hubiera permitido enjugárselas. Puede que ahora le dejara hacerlo, puede que aceptara un paño con sus iniciales bordadas para así secarse la pena, para así sacársela de encima. Al fin y al cabo, era su primo y el leal amigo de su marido. ¿Cuán inadecuado sería llorar sobre su pecho y sus hombros y su boca? ¿Sería traición? ¿Una traición de la gravedad de la de la reina Ginebra y el caballero Lanzarote, que se amaban como ha de amarse lo prohibido, entre las sombras y el alma?

Cuando alzó nuevamente la cabeza creyó que Nuño la contemplaba con una chispa de curiosidad y diversión, mas al fijarse en él se percató de que solo eran imaginaciones suyas. Nuño seguía perdido en alguna parte. Muy lejos de ella.

—Paciencia, esposo mío —le susurró al oído—. A veces, solo se necesita tiempo. Los días pasarán y vos, Nuño de Guzmán, volveréis. Las serpientes siempre retornan a su hogar bajo tierra, los Guzmanes siempre muerden otra vez.

Elvira Ponce de León se llevó la mano de su marido a los labios y depositó en ella un casto beso. Luego, agasajó a su primo Sancho con una media sonrisa que avivó el palpitar de su corazón, el mismo que habría de calentarle el lecho, aun cuando aquella noche de bodas no era de su pertenencia.

Agradecimientos

Empecé a pensar en Susona y su tragedia a principios de marzo de 2020, cuando atravesábamos la judería y se abrió un debate que jamás llegó a concluir, pero que en mi mente tenía una clara conclusión: las mujeres siempre habían sido castigadas con más crueldad que los hombres, pese a cometer idénticos crímenes.

¿Cuán injusto era el final de Susona que, en efecto, había traicionado a la comunidad conversa pero que lo había hecho movida por el amor que profesaba a aquel caballero cristiano? ¿No debía él haber correspondido a su prueba de amor regresando por ella y tomándola en matrimonio? ¿Por qué se había decidido que la culpa de Susona por vender a su padre y su pueblo era mayor que la culpa del noble caballero, que la había vendido a ella? ¿No eran los dos igual de responsables de las muertes acaecidas y, sin embargo, la que había permanecido en la historia como la villana era ella? ¿Habría ocurrido lo mismo de haber sucedido al revés? ¿Acaso no ilustraba esta leyenda que, incluso en aras del amor, las mujeres reciben una punición tan brutal y devastadora que arrastra sus nombres mancillados a la posteridad? Colgar su cabeza sobre aquel que fue su hogar no es precisamente un asunto baladí.

Así que para cuando llegó el verano, todavía azotados por la pandemia, la historia ya se había apoderado de mí. Sin embargo, todavía quedaba mucho por pulir y no fue hasta junio de 2022 cuando volví a resucitarla, esta vez impulsada por mi agente editorial, Jordi Ribolleda, a quien le cautivó las muchas posibilidades que presentaba la novela.

Lo cierto es que ha sido un camino largo en el que he saboreado emociones bien distintas, por eso agradezco mucho que todas las personas a las que quiero tantísimo hayan permanecido a mi lado durante el proceso.

Como siempre, gracias a mi familia —mis padres y mi hermano—, en especial a mi hermano, que desea que en algún momento escriba una novela graciosa con final feliz, un *Ocho apellidos mozárabes* o algo así. Prometo hacerlo, aunque sea solo para él. También a Penélope, que contaba los capítulos que faltaban para que esto terminara.

A Alejandro, que sigue defendiendo que el título debía haber sido *El drama de la judería*. Y no solo soporta que no haya sido así, sino que además me escucha pacientemente mientras parloteo acerca de mujeres en la Edad Media, me lleva a ver castillos y me sostiene la mano mientras paseamos por sus gélidos pasillos. Después de doce años mirándonos encandilados desde la distancia y la más absoluta cercanía, creo que el amor cortés lo inventamos nosotros.

Por supuesto, gracias a mis maravillosos amigos. A Ana, que ha participado resolviendo mis muchas dudas sobre el cristianismo y el funcionamiento de la Santa Madre Iglesia. He aquí su libro favorito de todos los que he escrito.

A Raquel, que ha estado involucrada en todo momento, en especial cuando se trataba de rebuscar en fuentes cristianas y aportar información sobre lo que más sabe, los Reyes Católicos.

A Cristina, grandísima amiga y grandísima autora de novelas, quien una noche me entregó en bandeja de plata la idea de que Sancho Ponce de León había de ser primo de doña Elvira. Desde entonces, esta historia no volvió a ser la misma.

A María, Antonio, Irene, Manu y Noelia. Y a Lucy, por ser una constante en mi vida y abrazarme desde la distancia.

También a Alejandro D. Martínez y Miriam Mosquera, que no dudaron ni un solo instante en leer esta novela para darme su opinión.

Y, por último, un profundo agradecimiento a todas las personas que han trabajado para que *La dama de la judería* vea la luz, desde mi agente editorial Jordi Ribolleda e IMC hasta el equipo de Ediciones B, correctores, maquetadores e ilustradores, además de mi increíble editora, Clara Rasero, quien siempre está dispuesta a todo.

Nota de la autora

La leyenda de Susona impregna las callejuelas de la judería de Sevilla, más concretamente las del barrio Santa Cruz. Al atravesar la plaza de las Cadenas es usual encontrar a todo un grupo de turistas escuchando con manifiesto interés la historia que el guía recrea para ellos bajo la atenta mirada de un mosaico que representa una calavera. Allí es donde se presupone que habría sido colgada la cabeza de la protagonista de esta novela.

Unos y otros cuentan que el rico mercader converso Diego Susón —así se le conoce, aunque en la documentación el apellido que se recoge es «de Susán»— tenía una hija célebre por su deslumbrante belleza, a la que llamaban la Fermosa Fembra. La joven se deshacía en galanteos con un caballero cristiano que dícese que provenía de la familia de los Guzmanes, pese a que es frecuente la omisión de su ilustre apellido.

Una noche, Susona oyó cómo su progenitor se reunía en secreto en su casa con múltiples hombres de la judería y allí mismo planeaban el asesinato de los cristianos viejos más importantes de la ciudad. Habida cuenta del linaje al que pertenecía su amado y temerosa de que se encontrara entre los objetivos de aquella conjura, no tardó en recurrir a él y confiarle el ardid, previniéndolo de lo que habría de acontecer y salvándole la vida.

El supuesto Guzmán alertó a las autoridades y enseguida se produjo el arresto de los conjuradores. Hay quienes defienden que la detención no respondía a la conspiración en sí misma, sino a su condición de conversos, por lo que la Santa Inquisición habría tomado partido, acusándolos de criptojudíos y condenándolos así a las llamas del fuego en distintos autos de fe. Quizá por esto —y muy erróneamente— se ha perpetuado la idea de que la conjura fue judía, o que Susona y su padre eran judíos; incluso que los muchos hombres ajusticiados lo fueron.

Con independencia de estas diatribas posteriores, Susona quedó desamparada, sin familia y enamorado, y su pueblo —la comunidad conversa— a sabiendas de la traición cometida le dio la espalda para siempre. A partir de aquí las versiones que conducen a Susona a su trágico final varían, pues como toda buena leyenda se ha ido modelando a través de la tradición oral. Una de ellas relata que, debido a la exclusión social y al remordimiento por su terrible decisión, ingresó en un convento como monja de clausura tras pedir la absolución espiritual al obispo de Tiberia, Reginaldo Romero. Otra, que casó con un morisco con el que engendró varios hijos. Una tercera versión recoge que acabó ejerciendo como prostituta. Aunque quizá la más popular —junto con esta última— es que se amancebó con un obispo con el que tuvo descendencia.

Fuera cual fuese el camino tomado, su padecimiento es idéntico en todos ellos. La joven pidió en su lecho de muerte que separasen la cabeza de su cuerpo y la colocasen encima de la puerta de su vivienda. Un castigo para toda la eternidad. Un aviso para los jóvenes amantes. Y así puede leerse en el azulejo que narra la leyenda en la misma calle sevillana:

> Y para que sirva de ejemplo a los jóvenes en testimonio de mi desdicha, mando que cuando haya muerto separen mi cabeza de mi cuerpo y la pongan sujeta en un clavo sobre la puerta de mi casa, y quede allí por siempre jamás.

No obstante, este libro no culmina de ninguna de estas maneras, salvando la última voluntad de Susona y su calavera pendiendo sobre aquel que fue su hogar. Esto se debe a que decidí hilvanar la propia leyenda de Susona con la que corresponde a la calle Vida y la calle Muerte, también presentes en el barrio Santa Cruz y que, en este caso, hace alusión al pogromo de 1391, es decir, al asalto a la judería en tiempos del rey Enrique III.

El trágico acontecimiento, que se saldó con más de cuatro mil judíos fallecidos, lo narra Diego Ortiz de Zúñiga en sus *Anales eclesiásticos y seculares de la muy noble y muy leal ciudad de Sevilla que contienen sus más principales memorias desde 1246 hasta 1671*:

> [...] Se levanto de nuevo el nuevo motín de los Christianos contra los Judíos, que dio muerte el pueblo enfurecido a mas de cuatro mil, numero, que aunque excesivo, refieren muchos memoriales, y saqueó la Judería; creese que fue la causa la predicación del Arcediano que los quería convertir casi por fuerza: pocos quedaron, y de esos temerosos los mas se fingieron convertidos, ocasión de prevaricar después. Quedó yerma la Judería, y al exemplo padecieron igual estrago todas las mas de esta provincia, delito a que no se lee que se impusiese algún castigo al pueblo.

Así, entre los días 5 y 6 de junio, la población cristiana de Sevilla asaltó la judería, impelida por los discursos incendiarios de Ferrán Martínez, arcediano de Écija. El clérigo fue castigado como principal inspirador del levantamiento, pero dada su personalidad se trató más de un gesto simbólico que ejemplar.

Las secuelas de este pogromo fueron cruentas en exceso para la población hebrea, y es aquí cuando entra a colación la leyenda que circula en torno a la calle Vida y la calle Muerte. Dícese que en la matanza, en la calle Muerte la sangre corría cual río rojizo, de ahí el nombre con el que sería bautizada, mientras que por la calle Vida escaparon algunos judíos, pudiendo así salvarse.

Alejándonos de la popular leyenda, lo cierto es que la comunidad judía sufrió tres grandes destinos: la muerte, el destierro y la conversión. Por lo que se refiere al número de fallecidos, parece ser que la estimación por parte de ciertos autores de la cifra ya notoriamente alta de cuatro mil ha quedado superada; y, de hecho, el número de migrantes acogidos en los reinos vecinos de Granada y Portugal fue aún mayor. Por su parte, la comunidad conversa creció en proporción al descenso de judíos. Aquellos que abrazaron el bautismo y se mantuvieron arraigados en

Sevilla conservaron sus viviendas en lo que había sido la antigua judería, al igual que su estatus socioeconómico, ya se tratase de individuos de alta o de baja posición social.

Pese a tantas dificultades, también hubo judíos sevillanos que permanecieron fieles a su fe y no por ello abandonaron la ciudad, sino que paulatinamente rehicieron sus vidas y siguieron ejerciendo sus antiguas profesiones.

Así pues, decidí que en el ocaso de esta historia Susona no fuera monja, ni prostituta, ni mujer casada con morisco o amancebada con obispo, opté por un final alternativo que poco se asemeja a las versiones que orbitan en torno a su figura. Para ello, era menester un ataque a los conversos con el fin de ilustrar no solo la violencia sufrida por parte de esta comunidad en distintas oleadas, como las de 1434, 1465 y 1473 en Sevilla, sino también los asaltos a la judería, que venían encadenándose desde tiempo atrás.

Es en mitad de este caos de muerte, consecuencia directa de los actos de Susona, cuando ella decide quitarse la vida debido a la incapacidad de ver a Nuño de Guzmán expirar entre sus brazos, lo que quizá a ojos del lector la haga aún más egoísta pues vuelve a ser esa niña impetuosa y necia que escoge su penuria y la de su amado por encima del padecimiento de los demás.

Del mismo modo que hemos explicado lo concerniente al pogromo de 1391, es necesario referirse al acontecimiento que por excelencia empaña la novela: la conjura conversa de 1480. Y cabe reseñar la falta de consenso acerca de la existencia de la misma debido a la escasez de información que presentan las fuentes. La catedrática Isabel Montes Romero-Camacho realiza un análisis del estado de la cuestión en su artículo *Sevilla 1480: ¿una conjura conversa contra la Inquisición?*, en el que desgrana las diferentes opiniones de los autores que se han dedicado a la investigación de este suceso. Resalta en particular la hipótesis de Benzion Netanyahu —historiador polaco-israelí— que defiende que de haberse producido una reunión clandestina por parte de Diego de Susán y los suyos, jamás habría tenido como objetivo la oposición hacia la Santa Inquisición, mucho menos el asesinato de los inquisidores o los cristianos viejos. Y que es más probable que la asamblea secreta se diera para deliberar sobre la llegada de estos.

En la misma órbita transita José Antonio Ollero Pina, profesor titular de la Universidad de Sevilla, que recuerda en su artículo *Una familia de conversos sevillanos en los orígenes de la Inquisición: los Benadeva* que los continuos ataques a los que estaban sometidos los conversos y las luchas en las que habían participado a favor del duque de Medina Sidonia justifican la posesión de armas, que habrían sido usadas más con estos fines que con ningún otro que fuera conspiratorio.

No obstante, conviene señalar que, en previsión de posibles alborotos por el asentamiento del Santo Oficio, el 9 de octubre de 1480, la reina doña Isabel mandó carta a don Diego de Merlo, asistente mayor de Sevilla, ordenándole que los reprimiera. Y justo un mes después, dispuso que se denunciara a todos aquellos que, ante la inminencia de la llegada de los inquisidores, quisieran huir al reino de Granada o a otros lugares donde poder refugiarse para eludir la justicia. Este documento testifica que, al menos, la Corona esperaba reacciones violentas por parte de los conversos, de ahí la medida preventiva que casaría con la leyenda de Susona y la conjura de su progenitor.

Lo que sí es cierto es que, con conjura o sin ella, a finales de 1480, tras el establecimiento de la Inquisición en Sevilla, se produjo el arresto de personalidades importantes de la comunidad conversa. Sorprendentemente, no consta que el motivo fuera la supuesta conspiración, tampoco el rechazo al Santo Oficio, por lo que la acusación radicaba en el criptojudaísmo, es decir, la práctica de determinados cristianos que no cumplían con los preceptos religiosos sino que judaizaban en privado, o lo que viene a denominarse ser un falso cristiano. La profesora de la Universidad de Sevilla Montes Romero-Camacho advierte que esta pudo ser una de las razones por las que hay un silencio absoluto en las crónicas en lo que respecta al complot urdido por Diego de Susán, además de la ascendencia conversa de ciertos autores como Diego de Valera o Fernando de Pulgar.

Entre los apresados se encontraban Diego de Susán, veinticuatro de Sevilla; Pedro Fernández Benadeva, veinticuatro de Sevilla y mayordomo del cabildo de la Catedral; Pedro Fernández Cansino, jurado de la collación de Santa María; Gabriel de Zamora; Luis de Medina o el Barbados, veinticuatro de Sevilla y tesorero de la Casa de la Moneda; Fernando García de Córdoba, veinticuatro de Sevilla; Pedro de Jaén, el de las Roelas o el Manco, veinticuatro de Sevilla; los hermanos Sepúlveda y Cordobilla y su sobrino el bachiller Rodilla; Juan Alemán Pocasangre, mayordomo del Concejo de Sevilla y guarda de la Casa de la Moneda; Pedro González de Sevilla o Pedrote el de las Salinas; Cristóbal Pérez de Mondadina o Mondadura; Juan Fernández Abolafia el Perfumado, alcalde de justicia del Concejo; Pedro Ortiz Mallite, cambiador de Santa María a cal de la Mar; Alonso Fernández de Lorca; Álvaro de Sepúlveda el Viejo; Aillón; los Adalfes de Triana; Manuel Saulí o Saunín y Bartolomé Torralba.

El destino fue dispar con ellos. Muchos fueron procesados y quemados en los consiguientes autos de fe inquisitoriales, así lo recoge Andrés Bernáldez en su *Historia de los Reyes Católicos*:

Y dende á pocos días quemaron tres de los principales de la ciudad y de los más ricos, los quales eran Diego de Susán, que decían que valia lo suyo diez cuentos, y era gran rabi y, según pareció, murio como christiano; e el otro era Manuel Sauli, é el otro Bartholome de Torralba. E prendieron a Pedro Fernandez Benadeva, que era mayordomo de la Iglesia de los señores Dean y Cabildo, que era de los mas principales de ellos, é tenia en su casa armas para armar cien hombres; y a Juan Fernández Albolasia, que había sido muchos tiempos Alcalde de la Justicia, é era gran letrado, é a otros muchos, é muy principales é muy ricos, á los quales tambien quemaron, é nunca les valieron los favores, ni las riquezas. E con esto todos los confesos fueron muy espantados e habían muy gran miedo é fuian de la ciudad é del arzobispado, e pusiéronles en Sevilla pena que no fuyesen so pena de muerte, é pusieron guardas á las puertas de la ciudad; é prendieron tantos que no había donde los tuviesen. E muchos huyeron á las tierras de los señores, é á Portugal é á tierra de moros.

Mientras, otros quedaron prisioneros en el castillo de Triana, y los más afortunados se rehabilitaron y fueron aceptados nuevamente por la sociedad, como es el caso de Luis de Medina, Pedrote el de las Salinas y Pedro de Jaén.

Huelga recordar que este libro, pese a tratar acontecimientos históricos reales, sigue siendo una novela y como tal contiene buenas dosis de ficción, de ahí que haya querido dedicarle unas líneas a todo aquello que no consta en crónicas, anales y, mucho menos, libros de historia.

En 1480 y 1481, el duque de Medina Sidonia era don Enrique de Guzmán (1440-1492), casado con doña Leonor de Ribera y Mendoza, con la que tuvo un único hijo varón. Juan Alonso (1466-1507) heredaría título y posesiones, siendo así tercer duque de Medina Sidonia, octavo señor de Sanlúcar, quinto conde de Niebla, segundo marqués de Gibraltar y primero de Cazaza. En 1488 se desposó con Isabel de Velasco, y años más tarde matrimonió con su prima Leonor de Zúñiga y Guzmán.

Por desgracia, se desconoce el nombre del caballero cristiano que cortejaba a Susona y, al no querer modificar la historia real de Juan Alonso, me vi en la absoluta necesidad de inventar un personaje masculino que actuara de amado. Así nació Nuño de Guzmán, que en esta historia se transforma en el primero de los vástagos de don Enrique de Guzmán, relegando a Juan Alonso a segundogénito y, a su vez, al inventado Martín, el más pequeño de este linaje.

Algo similar sucede con la familia de los Ponce de León. Y es que si bien es cierto que el marqués de Cádiz, don Rodrigo Ponce de León (1443-1492), engendró tres féminas con Inés de la Fuente tras sus yermos enlaces con Beatriz de Marmolejo y Beatriz Pacheco, jamás hubo una cuarta hija. Por lo tanto, tanto Nuño de Guzmán como Elvira Ponce de León son dos personajes ficticios que nada tienen que ver con la realidad pero que en esta narrativa contraen nupcias y entroncan a dos de las familias nobiliarias más importantes del momento, que en efecto se hallaban inmersas desde hacia tiempo en luchas intestinas.

Idéntico es el caso de Sancho, fiel amigo de Nuño de Guzmán y primo de doña Elvira Ponce de León, de quien lleva enamorado desde su más tierna infancia. En el bando de los conversos, el leal escudero de Diego de Susán es el bueno de Beltrán, que también responde a mi propia inventiva, y así el aya Catalina, quien salvaguarda a Susona, siendo su apoyo perpetuo hasta la muerte.

Por último, el ya mencionado Reginaldo Romero, obispo de Tiberia, aquel que según la leyenda le dio la absolución a la bella Susona, no hace aparición en la novela. La relevancia que poseyera en las decisiones y vida de Susona —ya fuera en lo espiritual o en lo terrenal, como es el amancebamiento— recae en otro clérigo de renombre, el cardenal don Pedro González de Mendoza, arzobispo de Sevilla, que cumple con las funciones que le habrían correspondido al de Tiberia. Los descendientes que Su Eminencia engendró con Mencía de Lemos e Inés de Tovar —bien documentados— y la obsesión enfermiza que sufre por Susona y a la que lo someto como personaje de esta historia tienen dos claros objetivos. En primer lugar, ilustrar las bajas pasiones que azotan a los hombres, singularmente a los que han tomado los hábitos, y la lucha interna para someterlas y no dejarse dominar por ellas. Y por otro lado, mostrar la tendencia al concubinato que imperaba en el ámbito eclesiástico en estos siglos.

Queremos compartir más momentos contigo.

Únete a la comunidad de Penguin Libros y encuentra tu siguiente lectura.

¡Únete hoy!

Penguin
Random House
Grupo Editorial